Schiller, Frie

Schillers sämtliche Schriften

Wallenstein, Maria Stuart

Schiller, Friedrich

Schillers sämtliche Schriften

Wallenstein, Maria Stuart

Inktank publishing, 2018

www.inktank-publishing.com

ISBN/EAN: 9783747770696

All rights reserved

Schillers

sämmtliche Schriften.

Historisch-kritische Ausgabe.

Zwölfter Theil.

Wallenstein. Maria Stuart.

Herausgegeben

von

Hermann Oesterley.

Stuttgart.

Verlag der J. G. Cotta'schen Buchhandlung.

1872.

Vorwort.

Der gegenwärtige zwölfte Theil von Schillers sämmtlichen Schriften enthält den Wallenstein und die Maria Stuart, beide von Hermann Oesterley nach den Grundsätzen bearbeitet, die auch in den übrigen Theilen maßgebend waren. Ich habe nur wenige Worte hinzuzufügen.

Mit dem Wallenstein beschäftigte sich Schiller seit dem Januar 1791 (an Körner 2, 224); er endigte denselben, nach einer Bemerkung in seinem Kalender (S. 74) am 17. März 1799. Ueber die Einzelheiten aus der Geschichte dieser Arbeit muß auf die Biographien und deren Quellen selbst verwiesen werden. Nur eines Umstandes mag hier gedacht sein. Goethe gab zur Eröffnung des Vorspiels, Wallensteins Lager, ein Soldatenlied, das Schiller, nach Ausweis des Briefwechsels mit Goethe, um ein paar Verse vermehrte. E. Boas theilte dies Lied, nach einer „sichern Abschrift aus Weimar" zuerst mit, wie es unten S. 13 wiedergegeben ist. Welche Strophen von Schiller herrühren, ist ungewiß. Nun wird in „Christian August Joachim Leißring. Ein Lebensbild. Seinen Freunden gewidmet. Frankfurt am Main 1853. 23 S. 8°." S. 7 erzählt: „Bei der ersten Aufführung von Wallensteins Lager am 12. Oktober 1798 gab Leißring in dem einen Holk'schen Jäger ganz den brausenden, hoch einher fahrenden, die Neige der köstlichen Zeit gierig schlürfenden Leichtfuß, der schon alle Armeen ausgekostet hat, und nun erst bei Wallenstein seine volle Rechnung findet. Goethe war zufrieden mit dem Declamiren der gereimten Verse von Leißring, eine wahre Pein vieler Schauspieler damaliger Zeit. Am Tage der Probe von Wallensteins Lager kam Schiller von Jena nach Weimar, derselben beizuwohnen. Als diese beendigt war, ging der Dichter auf die Bühne, die Schauspieler zu beloben und zu ermuntern. Leißring ward ganz besonders von ihm ausgezeichnet. Er klopfte ihn auf die Wange, indem er sagte: „Brav, sehr brav, lieber Leißring, Sie haben diese Rolle vortrefflich durchdacht, ich selbst hätte kaum geglaubt, daß sie einen solchen Effekt hervorbringen werde. Nur eines wünschte ich, um der Scene so viel Leben wie nur immer möglich zu geben, werde ich ein paar Verse aufschreiben, die Sie beim Trinken singen sollen, die andern Soldaten müssen die Worte im Chorus wiederholen. Auch eine leichte Melodie muß gewählt werden, Sie bringen es bis morgen schon zu Stande." Die Verfasserin des anonym erschienenen Lebensbildes, Frau Marie Belli-Gontard, in deren Hause in Frankfurt Leißring die letzten Jahre seines Lebens zubrachte, schrieb mir, daß diese Angaben auf Leißrings Mittheilungen beruhen und daß die Musik von Capellmeister Kranz geliefert sei. Dem Lebensbilde ist ein Musikblatt beigefügt, das drei Strophen enthält, die nur in den Namen variiren, indem in der zweiten und dritten die Namen Juliane: Christiane; Maria: Sophia — eingefügt sind. Die erste lautet:

> Heute die Johanna,
> und morgen die Susanna,
> der Lieb ist alles neu,
> das ist Soldatentreu.
> la la la la, Juchhe!

Die Verse und die ganze Erzählung scheinen aus der Erinnerung erst spät aufgezeichnet zu sein, zugleich aber anzuzeigen, daß Schiller in dem Liede die vier letzten Strophen gehören, wie er denn auch ursprünglich die Absicht hatte, dem zu kurzen Liede Goethe's „ein paar Strophen anzuflicken."

Im Musenalmanach für 1799 (S. 248) hatte Joh. Georg Cotta in Tübingen angekündigt, daß „auf Ostern 1799, Wallenstein von Schiller, bestehend aus drey zusammengehörenden dramatischen Stücken" erscheinen werde. Die von Schiller selbst aufgesetzte Anzeige wurde in einer gleichfalls von Schiller verfaßten, im Namen der Verlagshandlung unterzeichneten Anzeige (in der Allgemeinen Zeitung, Freitag 28 Dec. 1798 Sp. 8) widerrufen:

„Einer mit verschiedenen Theater-Directionen getroffenen Ueber-einkunft gemäß, bleiben die drei Schauspiele: Wallensteins Lager, die Piccolomini, und Wallensteins Tod noch ein Jahr lang ungedruckt, und die auf Ostern angekündigte Erscheinung derselben im Druck wird hiemit wiederrufen. Der Verleger wird die dadurch erhaltene längere Frist dazu benuzen, die Liebhaber durch ein zier-liches Aeußere des Werks desto mehr zu befriedigen. J. G. Cotta'sche Buchhandlung."

Der Absatz war ein unerwartet günstiger. Aus den Correspon-denzen darüber erwähne ich (nach dem Gedächtnisse), eine den Ver-kehr zwischen Autor und Verleger bezeichnende Anekdote. Als Cotta sich zu seinem Nachtheile bei einer Abrechnung mit Schiller um eine Kleinigkeit versehen, machte letzterer den Freund nachdrücklich darauf aufmerksam. Cotta dankte und fügte hinzu: „Sie haben dagegen übersehen, daß ich Ihnen die letzte Auflage mit tausend Thalern gut zu schreiben vergessen hatte."

Am 11. Sept. 1803 schrieb Schiller an Cotta: „Beiliegenden Artikel bitte ich in die Allg. Zeitung einzurücken." Der Artikel (bei Schillers Briefen an Cotta Nr. 223) lautete:

„Weimar vom 4. Sept. 1803. In höchster Anwesenheit Ihrer königlichen Majestäten von Schweden zu Weimar ist der Wallenstein aufgeführt und der Verfasser dieses Stücks und der Geschichte des dreißigjährigen Krieges von des Königs Majestät mit einem kostbaren Brillantring beschenkt worden."

Der Artikel, nachweislich der einzige, den Schiller für die Allgemeine Zeitung geschrieben, erschien dort 1803, Donnerstag 22. Sept., Nr. 265, S. 1059.

Maria Stuart beschäftigte den Dichter vom 26. April 1799 bis 9. Juni 1800; schon am 14. desselben Monats wurde sie in Weimar dargestellt. Hier sind aus der Uebersetzung des Engländers Mellish, der nach einem Schiller'schen Manuscript arbeitete, zum erstenmal die Stellen mitgetheilt, die sich in den deutschen Ausgaben nicht finden.

Göttingen, 5. März 1867.

R. Goedeke.

Inhalt.

I.

Wallenstein

ein dramatisches Gedicht

von

Schiller.

Erster Theil.

Tübingen,
in der J. G. Cotta'schen Buchhandlung.
1800.

Schiller, sämmtl. Schriften. Hist.-krit. Ausg. XII.   1

A: Wallenstein, 1800. Th. 1. 2. — B: Wallenstein, 1800. Th. 1. 2.,
2. Auflage. — C: Wallenstein, 1801. Th. 1. 2., 3. Auflage. — D: Wallenstein,
1805. Th. 1. 2., 4. Auflage. — F: Theater von Schiller, Bd. 3, 1806. —
K: Körners Ausgabe, Bd. 9, Abtheilung 2, 1814. — M: Joachim Meyers
Ausgabe, Bd. 4, 1860.

a: Allgemeine Zeitung, 24. October 1798. — b: Musen-Almanach für 1799,
S. 241. — c: Beilage zur allgemeinen Zeitung vom 7. November 1798. — b: Brief-
wechsel zwischen Schiller und Goethe, 2², 141, Nr. 528. — e: Musen-Almanach
für 1798, S. 137. — f: Weimar'scher Theaterzettel; Maltzahn, Beilage II. —
g: Weimar'scher Theaterzettel; Maltzahn, Beilage III. — h: Allgemeine Zeitung,
1799, Nr. 84—90. — i: Jahrbücher der preußischen Monarchie, Jahrgang 1799.
Bd. I, S. 278. — k: Herrig's Archiv für das Studium der neueren Sprachen,
Bd. 12, S. 396; Bd. 13, S. 20. — l: Weimar'scher Theaterzettel; Maltzahn,
Beilage IV. — m: Döring, Nachlese, S. 362. — n: Schillers Album, 1837,
S. 91. — o: Morgenblatt, 1807, Nr. 81. — p: Jahrbücher der preußischen
Monarchie, Jahrgang 1799, Bd. 2, S. 135. — q: Der Gesellschafter, 1827,
Bl. 198. — r: Janus, 1800, Nr. 2, S. 163. — s: The Athenæum. 1861,
Nr. 1755, S. 797. Nr. 1766, S. 284. — t: Maltzahn, Wallenstein, Stuttgart
1861. — u: Herrig's Archiv für das Studium der neueren Sprachen, Bd. 7,
S. 395. — v: Böttiger's Manuscript in Nürnberg. — w: Das dem Druck A zu
Grund gelegte, sogenannte Rues'sche Manuscript auf der königl. öffentl. Bibliothek
in Stuttgart (von W. Vollmer verglichen). — w: Die in w (in der Regel von
Schiller selbst) vorgenommenen Tilgungen, Correcturen, Aenderungen u. dgl. (von
W. Vollmer verglichen). — x: Reiterlied von Schiller. Cotta 1807. Fol.

Wallensteins Lager.

Wallensteins Lager.] Wallensteins Lager. | Dramatischer Prolog | zu den zwey
Trauerspielen | Piccolomini und Wallenstein. t w (getilgt w).

Prolog.

Gesprochen bey Wiedereröffnung der Schaubühne in Weimar im October 1798.

Der scherzenden, der ernsten Maske Spiel,
Dem ihr so oft ein willig Ohr und Auge
Geliehn, die weiche Seele hingegeben,
Vereinigt uns aufs neu in diesem Saal —
5 Und sieh! er hat sich neu verjüngt, ihn hat
Die Kunst zum heitern Tempel ausgeschmückt,
Und ein harmonisch hoher Geist spricht uns
Aus dieser edeln Säulenordnung an,
Und regt den Sinn zu festlichen Gefühlen.

10 Und doch ist dies der alte Schauplatz noch,
Die Wiege mancher jugendlichen Kräfte,
Die Laufbahn manches wachsenden Talents.
Wir sind die Alten noch, die sich vor euch
Mit warmem Trieb und Eifer ausgebildet.
15 Ein edler Meister stand auf diesem Platz,
Euch in die heitern Höhen seiner Kunst
Durch seinen Schöpfergenius entzückend.
O! möge dieses Raumes neue Würde
Die Würdigsten in unsre Mitte ziehn,

Prolog] der ganze Prolog fehlt in tw. — Wiedereröffnung] Wieder-Eröffnung a,
Wiedereröfnung b. — Schaubühne] Schau-Bühne a. — 6: ausgeschmückt] aus-
geschmükt — 8: edeln] edlen a. — Säulenordnung] Säulen-Ordnung a. — 10:
dies] dis a, dieß b. — Schauplatz] a schreibt stets Schauplaz. — 14: warmen]
wahrem a. — 15: Platz] Plaz a. — 17: Schöpfergenius] Schöpfer-Genius a —
entzückend] entzükend a. — 19: unsre] unsere a.

20   Und eine Hoffnung, die wir lang gehegt,
       Sich uns in glänzender Erfüllung zeigen.
       Ein großes Muster weckt Nacheiferung
       Und giebt dem Urtheil höhere Gesetze.
       So stehe dieser Kreis, die neue Bühne
25   Als Zeugen des vollendeten Talents.
       Wo möcht' es auch die Kräfte lieber prüfen,
       Den alten Ruhm erfrischen und verjüngen,
       Als hier vor einem auserles'nen Kreis,
       Der rührbar jedem Zauberschlag der Kunst
30   Mit leisbeweglichem Gefühl den Geist
       In seiner flüchtigsten Erscheinung hascht?

       Denn schnell und spurlos geht des Mimen Kunst,
       Die wunderbare, an dem Sinn vorüber,
       Wenn das Gebild des Meisels, der Gesang
35   Des Dichters nach Jahrtausenden noch leben.
       Hier stirbt der Zauber mit dem Künstler ab,
       Und wie der Klang verhallet in dem Ohr,
       Verrauscht des Augenblicks geschwinde Schöpfung,
       Und ihren Ruhm bewahrt kein daurend Werk.
40   Schwer ist die Kunst, vergänglich ist ihr Preis,
       Dem Mimen flicht die Nachwelt keine Kränze,
       Drum muß er geizen mit der Gegenwart,
       Den Augenblick, der sein ist, ganz erfüllen,
       Muß seiner Mitwelt mächtig sich versichern,
45   Und im Gefühl der Würdigsten und Besten
       Ein lebend Denkmal sich erbaun — So nimmt er
       Sich seines Namens Ewigkeit voraus,

20: Hoffnung] Hofnung a. — 22: großes] grofes a. — weckt] wekt a. —
23: giebt] K M schreiben überall gibt. — Gesetze] Geseze a. — 25: Zeugen] Zeuge
a. — 28: auserles'nen] auserlesnen a. — 30: leisbeweglichem] leis beweglichem a.
— 32: des Mimen Kunst] die mim'sche Kunst a. — 34: Meisels] Meißels M.
38: Augenblicks] a schreibt überall Augenblifs. — 39: daurend] dauernd K M.
40: Preis] Preiß b. — 42: geizen] geitzen b. — 45: Würdigsten und Besten] würdigsten und besten a b. — 47: Namens] Nahmens b.

Denn wer den Besten seiner Zeit genug
Gethan, der hat gelebt für alle Zeiten.

50 Die neue Aera, die der Kunst Thaliens
Auf dieser Bühne heut beginnt, macht auch
Den Dichter kühn, die alte Bahn verlassend,
Euch aus des Bürgerlebens engem Kreis
Auf einen höhern Schauplatz zu versetzen,
55 Nicht unwerth des erhabenen Moments
Der Zeit, in dem wir strebend uns bewegen.
Denn nur der große Gegenstand vermag
Den tiefen Grund der Menschheit aufzuregen,
Im engen Kreis verengert sich der Sinn,
60 Es wächst der Mensch mit seinen größern Zwecken.

Und jetzt an des Jahrhunderts ernstem Ende,   6
Wo selbst die Wirklichkeit zur Dichtung wird,
Wo wir den Kampf gewaltiger Naturen
Um ein bedeutend Ziel vor Augen sehn,
65 Und um der Menschheit große Gegenstände,
Um Herrschaft und um Freyheit wird gerungen,
Jetzt darf die Kunst auf ihrer Schattenbühne
Auch höhern Flug versuchen, ja sie muß,
Soll nicht des Lebens Bühne sie beschämen.

70 Zerfallen sehen wir in diesen Tagen
Die alte feste Form, die einst vor hundert
Und fünfzig Jahren ein willkommner Friede
Europens Reichen gab, die theure Frucht
Von dreyßig jammervollen Kriegesjahren.
75 Noch einmal laßt des Dichters Phantasie

---

⁴⁸: Besten] besten a. — ⁵⁴: versetzen] versetzen a. — ⁵⁷: große] a schreibt stets
grose. — ⁶⁰: wächst] K M schreiben stets wächst. — größern] a schreibt stets
grösern. — Zwecken] Zwecken a. — ⁶¹: jetzt] a schreibt stets izt. — ⁶⁶: Freyheit]
a b F M schreiben frei, Freiheit. — ⁷²: fünfzig] funfzig b. — ⁷⁴: dreyßig] dreissig
a, dreissig b M. — Kriegesjahren] Krieges-Jahren a.

Die düstre Zeit an euch vorüberführen,
Und blicket froher in die Gegenwart
Und in der Zukunft hoffnungsreiche Ferne.

In jenes Krieges Mitte stellt euch jetzt
80 Der Dichter. Sechzehn Jahre der Verwüstung,
Des Raubs, des Elends sind dahin geflohen,
In trüben Massen gähret noch die Welt,
Und keine Friedenshoffnung strahlt von fern.
Ein Tummelplatz von Waffen ist das Reich,
85 Veröbet sind die Städte, Magdeburg
In Schutt, Gewerb und Kunstfleiß liegen nieder,
Der Bürger gilt nichts mehr, der Krieger alles,
Straflose Frechheit spricht den Sitten Hohn,
Und rohe Horden lagern sich, verwildert
90 Im langen Krieg, auf dem verheerten Boden.

Auf diesem finstern Zeitgrund malet sich
Ein Unternehmen kühnen Uebermuths
Und ein verwegener Charakter ab.
Ihr kennet ihn — den Schöpfer kühner Heere,
95 Des Lagers Abgott und der Länder Geißel,
Die Stütze und den Schrecken seines Kaisers,
Des Glückes abentheuerlichen Sohn,
Der von der Zeiten Gunst emporgetragen,
Der Ehre höchste Staffeln rasch erstieg
100 Und ungesättigt immer weiter strebend,
Der unbezähmten Ehrsucht Opfer fiel.
Von der Partheyen Gunst und Haß verwirrt

77: blicket] blikt a. — 78: hoffnungsreiche] hofnungsreiche a b F (schreibt überall Hofnung ꝛc.). — 83: Friedenshoffnung] Friedens-Hofnung a b. — fern] ferne a. — 84: Tummelplatz] Tummelplaz a. — 87: der Krieger] die Krieger D F R. — 91: malet] mahlet a b F R. — 92: Uebermuths] Übermuths a. — 95: Lagers] Lasters C D F R. — Geißel] Geißel a b. — 96: Stütze] Stüze a. — Schrecken] Schreken a. — 97: Glückes] Glükes a. — abentheuerlichen] abentheuerlichen R M. — 101: Ehrsucht] Ehrfurcht (Druckfehler in D.) — 102: Partheyen] Parteien a M, Partheien C D F, Parteyen R.

Schwankt sein Charakterbild in der Geschichte,
Doch euren Augen soll ihn jetzt die Kunst,
105 Auch eurem Herzen, menschlich näher bringen.
Denn jedes Aeußerste führt sie, die alles
Begrenzt und bindet, zur Natur zurück,
Sie sieht den Menschen in des Lebens Drang
Und wälzt die größre Hälfte seiner Schuld
110 Den unglückseligen Gestirnen zu.

    Nicht Er ist's, der auf dieser Bühne heut
Erscheinen wird. Doch in den kühnen Schaaren,
Die sein Befehl gewaltig lenkt, sein Geist
Beseelt, wird euch sein Schattenbild begegnen,
115 Bis ihn die scheue Muse selbst vor euch
Zu stellen wagt in lebender Gestalt,
Denn seine Macht ist's, die sein Herz verführt,
Sein Lager nur erkläret sein Verbrechen.

    Darum verzeiht dem Dichter, wenn er euch
120 Nicht raschen Schritts mit Einem mal ans Ziel
Der Handlung reißt, den großen Gegenstand
In einer Reihe von Gemälden nur
Vor euren Augen abzurollen wagt.
Das heut'ge Spiel gewinne euer Ohr
125 Und euer Herz den ungewohnten Tönen,
In jenen Zeitraum führ' es euch zurück,
Auf jene fremde kriegerische Bühne,
Die unser Held mit seinen Thaten bald
Erfüllen wird.

        Und wenn die Muse heut,
130 Des Tanzes freye Göttin und Gesangs,

103: Charakterbild] Charakter-Bild a. — 106: Aeußerste] Aeusserste a. — 107: zurück] zurük a. — 110: unglückseligen] unglükseligen a. — 117: ist's] A hat hier und sonst bisweilen ists; ebenso die späteren Ausgaben bis zu M. — 120: Einem mal] Einemmal a, Einem Mal K, einem Mal. M. — 121: Gemälden] Gemählden a b F K. — 130: Göttin] Göttinn a b F K (F K schreiben überall inn).

Ihr altes deutsches Recht, des Reimes Spiel,
Bescheiden wieder fodert — tadelts nicht!
Ja danket ihr's, daß sie das düstre Bild
Der Wahrheit in das heitre Reich der Kunst
135 Hinüberspielt, die Täuschung, die sie schafft,
Aufrichtig selbst zerstört und ihren Schein
Der Wahrheit nicht betrüglich unterschiebt,
Ernst ist das Leben, heiter ist die Kunst.

131: deutsches] teutsches a. — 132: fodert] K M schreiben überall fordert, fordern 2c. — 135: schafft] schaft a. — 138: Kunst.] Kunst. Schiller. h.

Perſonen.

Wachtmeiſter, ⎱
Trompeter, ⎰ von einem Terzkiſchen Karabinerregiment.

Konſtabler.

5 Scharfſchützen.

Zwey Hollifche reitende Jäger.

Buttlerifche Dragoner.

Arkebuſiere vom Regiment Tiefenbach.

Küraſſier von einem wallonifchen ⎱
10 Küraſſier von einem lombardifchen ⎰ Regiment.

Kroaten.

Uhlanen.

Rekrout.

Bürger.

15 Bauer.

Bauerknabe.

Kapuziner.

Soldatenfchulmeifter.

Marketenderin.

20 Eine Aufwärterin.

Soldatenjungen.

Hoboiſten.

Vor der Stadt Pilſen in Böhmen.

2: Terzkifchen] Terzkyfchen f t, Terzky'fchen M. — 4: Konſtabler] fehlt in f. —
6: Zwey Hollifche] Hollifche f. — 7: Buttlerifche] Buttlerifcher f. — 8: Arkebuſiere]
Grenadier f t, Grenadiere v w. — 10: Küraſſier von einem lombardifchen] fehlt in f.
— 13: Rekrout] Rekrut f KM (M fchreibt überall Rekrut). — 14: Bürger] fehlt
in f. — 15—17: Bauer. Bauerknabe. Kapuziner] Kapuziner. Bauer. Bauer-
junge. f. — 18: Soldatenfchulmeifter] fehlt in f. — 20: Eine Aufwärterin]
Aufwärterin. Konſtabler. Scharfſchützen. Küraſſier. Kroaten. Uhlanen. Bürger. Soldaten-Schulmeifter f. — 23: Vor — Böhmen] fehlt in f.

Erster Auftritt.

Marketenderzelte, davor eine Kram- und Trödelbude. Soldaten von allen Farben und Feldzeichen drängen sich durch einander, alle Tische sind besetzt. Kroaten und Uhlanen an einem Kohlfeuer kochen, Marketenderin schenkt Wein, Soldatenjungen würfeln auf einer Trommel, im Zelt wird gesungen.

Ein Bauer und sein Sohn.

Bauerknabe.

Vater, es wird nicht gut ablaufen,
Bleiben wir von dem Soldatenhaufen.

durch einander] durcheinander K. — Kroaten — kochen] Grenadiere an einem Kohlfeuer kochen, Kroaten und Uhlanen treiben Handel t w (dann corrigirt w). — im Zelt wird gesungen.] Hoboisten blasen. Chor. [Scharfschützen (singen) v w.] t v w (dann corrigirt w). — In t ist für den Soldatenchor von Goethe, welchem Schiller einige Strophen angehängt hat, Raum gelassen. Er lautet nach E. Boas, Nachträge zu Schillers sämmtlichen Werken, Bd. 1, S. 538, 539:

Es leben die Soldaten!
Der Bauer gibt den Braten,
Der Gärtner gibt den Most;
Das ist Soldatenkost.
   Tra da ra la la la la!

Der Bürger muß uns backen,
Den Adel muß man zwacken,
Sein Knecht ist unser Knecht;
Das ist Soldatenrecht!
   Tra da ra la la la la!

In Wäldern gehn wir bürschen
Nach allen alten Hirschen,
Und bringen frank und frei
Den Männern das Geweih.
   Tra da ra la la la la!

Heut schwören wir der Hanne
Und morgen der Susanne,

Die Lieb' ist immer neu;
Das ist Soldatentreu.
   Tra da ra la la la la!

Wir schmausen wie Dynasten,
Und morgen heißt es fasten;
Früh reich, am Abend bloß;
Das ist Soldatenloos.
   Tra da ra la la la la!

Wer hat, der muß uns geben,
Wer Nichts hat, der soll leben!
Der Ehmann hat das Weib
Und wir den Zeitvertreib.
   Tra da ra la la la la!

Es heißt bei unsern Festen:
Gestohlnes schmeckt am Besten,
Unrechtes Gut macht fett,
Das ist Soldatengebet.
   Tra da ra la la la la!

Ein Bauer und sein Sohn] Zweyter Auftritt. Ein Bauer und sein Sohn. t w (dann getilgt w).

Sind euch gar trotzige Kameraden;
Wenn sie uns nur nichts am Leibe schaden.

Bauer.

5 Ei was! Sie werden uns ja nicht fressen,
Treiben sie's auch ein wenig vermessen.
Siehst du? sind neue Völker herein,
Kommen frisch von der Saal und dem Main,
Bringen Beut mit, die rarsten Sachen!
10 Unser ist's, wenn wir's nur listig machen.
Ein Hauptmann, den ein andrer erstach,
Ließ mir ein Paar glückliche Würfel nach.
Die will ich heut einmal probiren,
Ob sie die alte Kraft noch führen.
15 Mußt dich nur recht erbärmlich stellen,
Sind dir gar lockere, leichte Gesellen.
Lassen sich gerne schön thun und loben,
So wie gewonnen, so ist's zerstoben.
Nehmen sie uns das Unsre in Scheffeln,
20 Müssen wir's wieder bekommen in Löffeln;
Schlagen sie grob mit dem Schwerte drein,
So sind wir pfiffig und treiben's fein.

(Im Zelt wird gesungen und gejubelt.)

Wie sie juchzen — daß Gott erbarm!
Alles das geht von des Bauern Felle.
25 Schon acht Monate legt sich der Schwarm
Uns in die Betten und in die Ställe,
Weit herum ist in der ganzen Aue
Keine Feder mehr, keine Klaue,
Daß wir für Hunger und Elend schier
30 Nagen müssen die eignen Knochen.
War's doch nicht ärger und krauser hier,
Als der Sachs noch im Lande that pochen.
Und die nennen sich Kaiserliche!

12: Paar] paar M. — 13: probiren] probieren M. — 23: juchzen] jauchzen D F K. — daß] das c B C D F K. — 29: für] vor K. — 30: eignen] eigenen D F K M.

Bauerknabe.

Vater, da kommen ein paar aus der Küche,
35 Sehen nicht aus, als wär viel zu nehmen.

Bauer.   13

Sind einheimische, gebohrne Böhmen,
Von des Terschkas Karabinieren,
Liegen schon lang in diesen Quartieren.
Unter allen die schlimmsten just,
40 Spreitzen sich, werfen sich in die Brust,
Thun, als wenn sie zu fürnehm wären,
Mit dem Bauer ein Glas zu leeren.
Aber dort seh ich die drey scharfe Schützen
Linker Hand um ein Feuer sitzen,
45 Sehen mir aus wie Tiroler schier.
Emmerich komm! An die wollen wir,
Lustige Vögel, die gerne schwatzen,
Tragen sich sauber und führen Batzen.

(Gehen nach den Zelten.)

Zweyter Auftritt.

Vorige. Wachtmeister. Trompeter. Uhlan.

Trompeter.

Was will der Bauer da? Fort Halunk!

Bauer.

50 Gnädige Herren, einen Bissen und Trunk,
Haben heut noch nichts Warmes gegessen.

Trompeter.

Ei das muß immer saufen und fressen.

Uhlan (mit einem Glase).   14

Nichts gefrühstückt? Da trink, du Hund!

(Führt den Bauer nach dem Zelte; jene kommen vorwärts.)

31: paar] Paar K M. — 36: gebohrne] geborne K M. — 40: Spreitzen] Spreizen
M, Spritzen w, Spreitzen w. — 43: drey] M schreibt überall drei. — 45: Tiroler]
M schreibt Tyroler. — 48a: Zweyter Auftritt.] Dritter Auftritt. tw (dann
corrigirt in: zweyter w). — 52: Ei] J K schreiben fast überall Ey, die früheren
Ausgaben bisweilen.

Wachtmeister (zum Trompeter).

Meynst du, man hab' uns ohne Grund
55 Heute die doppelte Löhnung gegeben,
Nur daß wir flott und lustig leben?

Trompeter.

Die Herzogin kommt ja heute herein
Mit dem fürstlichen Fräulein —

Wachtmeister.

Das ist nur der Schein.

Die Truppen, die aus fremden Landen
60 Sich hier vor Pilsen zusammen fanden,
Die sollen wir gleich an uns locken
Mit gutem Schluck und guten Brocken
Damit sie sich gleich zufrieden finden
Und fester sich mit uns verbinden.

Trompeter.

65 Ja es ist wieder was im Werke!

Wachtmeister.

Die Herrn Generäle und Kommendanten —

Trompeter.

Es ist gar nicht geheuer, wie ich merke.

Wachtmeister.　　　　　　　　　　15

Die sich so dick hier zusammen fanden —

Trompeter.

Sind nicht für die Langweil herbemüht.

Wachtmeister.

70 Und das Gemunkel, und das Geschicke —

54: Meinest w, Meinst w. — 66: Kommendanten] B C D F K schreiben Kom-
mandanten; im Texte von Wallensteins Tod ist aber meistens Kommendant stehen
geblieben. — 70—73: Und das Gemunkel — Die man]
　　　　Und das Gemunkel, und Gespionire
　　　　Und das Heimlichthun, und die vielen Couriere —
　　　　　　　　　　Trompeter.
　　　　Ja ja! das hat sicher was zu sagen.
　　　　　　　　Wachtmeister.
　　　　Und der spanische steife Kragen,
　　　　Den man d.

Trompeter.

Ja! ja!

Wachtmeister.

Und von Wien die alte Perücke,
Die man seit gestern herum gehn sieht,
Mit der guldenen Gnadenkette,
Das hat was zu bedeuten, ich wette.

Trompeter.

75 Wieder so ein Spürhund, gebt nur Acht,
Der die Jagd auf den Herzog macht.

Wachtmeister.

Merkst du wohl? Sie trauen uns nicht,
Fürchten des Friedländers heimlich Gesicht.
Er ist ihnen zu hoch gestiegen,
80 Möchten ihn gern herunter kriegen.

Trompeter.

Aber wir halten ihn aufrecht, wir.
Dächten doch alle wie ich und ihr!

Wachtmeister.

Unser Regiment und die andern vier,
Die der Terschka anführt, des Herzogs Schwager,
85 Das resoluteste Corps im Lager.
Sind ihm ergeben und gewogen,
Hat er uns selbst doch herangezogen.
Alle Hauptleute setzt' er ein,
Sind alle mit Leib und Leben sein.

Dritter Auftritt.

Kroat (mit einem Halsschmuck). Scharfschütze (folgt). Vorige.

Scharfschütz.

90 Kroat, wo hast du das Halsband gestohlen?
Handle dir's ab! dir ist's doch nichts nütz.
Geb dir dafür das Paar Terzerolen.

71: Und von Wien] Und t. — Perücke] Perrücke K M. — 72: herum gehn] herumgehn J K M. — 73: guldenen] guldnen B C D F K. — 74: was] wieder was t w.
— 80: herunter kriegen] herunterkriegen B C D J K M. — 80 a: Dritter Auftritt.] Vierter Auftritt. t w. (corr. w). — folgt] folgt ihm t. — 92: das Paar]

Schiller, sämmtl. Schriften. Hist.-krit. Ausg. XII.   2

27

Kroat.

Nix, nix! Du willst mich betrügen, Schütz.

Scharfschütz.

Nun! geb dir auch noch die blaue Mütz,
95 Hab sie so eben im Glücksrad gewonnen.
Siehst du? Sie ist zum höchsten Staat.

Kroat
(läßt das Halsband in der Sonne spielen).

'S ist aber von Perlen und edelm Granat.
Schau, wie das flinkert in der Sonnen!

Scharfschütz (nimmt das Halsband).   17

Die Feldflasche noch geb ich drein,

(besieht es)

100 Es ist mir nur um den schönen Schein.

Trompeter.

Seht nur, wie der den Kroaten prellt!
Halbpart Schütze, so will ich schweigen.

Kroat (hat die Mütze aufgesetzt).

Deine Mütze mir wohlgefällt.

Scharfschütz (winkt dem Trompeter).

Wir tauschen hier! Die Herrn sind Zeugen!

Vierter Auftritt.

Vorige. Konstabler.

Konstabler (tritt zum Wachtmeister).

105 Wie ist's, Bruder Karabinier?
Werden wir uns lang noch die Hände wärmen,
Da die Feinde schon frisch im Feld herum schwärmen?

Wachtmeister.

Thut's ihm so eilig, Herr Konstabel?
Die Wege sind noch nicht practikabel.

---

ein Paar D, ein paar FK. — 104: Zeugen!] Zeugen! (Scharfschütz und Kroat ab.)
t. — 104a: Vierter Auftritt.] Fünfter Auftritt. t w (geändert w). —
107: Felde w. — 109: practikabel] praktikabel M.

Konstabler.

110 Mir nicht. Ich sitze gemächlich hier;
Aber ein Eilbot ist angekommen,
Meldet, Regensburg sey genommen.

Trompeter.   18

Ei, da werden wir bald aufsitzen.

Wachtmeister.

Wohl gar! Um dem Baier sein Land zu schützen?
115 Der dem Fürsten so unfreund ist?
Werden uns eben nicht sehr erhitzen.

Konstabler.

Meynt ihr? — Was ihr nicht alles wißt!

Fünfter Auftritt.

Vorige. Zwey Jäger. Dann Marketenderin. Soldatenjungen.
Schulmeister. Aufwärterin.

Erster Jäger.

Sieh! sieh!
Da treffen wir lustige Compagnie.

Trompeter.

Was für Grünröck mögen das seyn?
120 Treten ganz schmuck und stattlich ein.

Wachtmeister.

Sind Holkische Jäger, die silbernen Treffen
Holten sie sich nicht auf der Leipziger Messen.

Marketenderin (kommt und bringt Wein).

Glück zur Ankunft, ihr Herrn!

Erster Jäger.   19

Was? der Blitz!

Das ist ja die Gustel aus Blasewitz.

111: Aber ein Eilbot' ist angekommen] Aber das Prager Blatt ist angekommen
b. — 112: Regensburg] DJKM schreiben überall Regensburg. — eingenommen
w. — 114: Baier] M schreibt überall Bayer, Bayern ꝛc., k bisweilen. — 115: un-
freund] unfreundlich tw. — 117: Meynt] kM schreiben überall Meint, meinen ꝛc.
— 117a: Fünfter Auftritt.] Sechster Auftritt. tw (corr. w). — Zwey]
M schreibt überall zwei, zweiter. — 119: seyn] M schreibt überall sein, sei ꝛc. —
121: silberne w. — 123: Herrn] Herren k.

Marketenderin.

126 Ja freylich! Und er ist wohl gar Mußjö,
Der lange Peter aus Itzehö?
Der seines Vaters goldene Füchse
Mit unserm Regiment hat durchgebracht
Zu Glückstadt, in einer lustigen Nacht. —

Erster Jäger.

130 Und die Feder vertauscht mit der Kugelbüchse.

Marketenderin.

Ei! da sind wir alte Bekannte!

Erster Jäger.

Und treffen uns hier im böhmischen Lande.

Marketenderin.

Heute da, Herr Vetter, und morgen dort —
Wie einen der rauhe Kriegesbesen
135 Fegt und schüttelt von Ort zu Ort,
Bin indeß weit herum gewesen.

Erster Jäger.

Will's ihr glauben! Das stellt sich dar.

Marketenderin.

Bin hinauf bis nach Temeswar
Gekommen, mit den Bagagewagen,
140 Als wir den Mansfelder thäten jagen.
Lag mit dem Friedländer vor Stralsund,
Ging mir dorten die Wirthschaft zu Grund.
Zog mit dem Succurs vor Mantua,
Kam wieder heraus mit dem Feria,
145 Und mit einem spanischen Regiment
Hab ich einen Abstecher gemacht nach Gent.
Jetzt will ich's im böhmischen Land probiren,
Alte Schulden einkassiren —
Ob mir der Fürst hilft zu meinem Geld.
150 Und das dort ist mein Marketenderzelt.

126: Itzehö] Itzehöe c. — 129: Glückstadt M. — 129a: Erster Jäger] c hat
im fünften Auftritte durchgängig Jäger. — 147: probiren] probieren M, der
meistens ieren schreibt. — 148: einkassieren M.

Erster Jäger.

Nun, da trifft sie alles beysammen an!
Doch wo hat sie den Schottländer hingethan,
Mit dem sie damals herumgezogen?

Marketenderin.

Der Spitzbub! der hat mich schön betrogen.
155 Fort ist er! Mit allem davon gefahren,
Was ich mir thät am Leibe ersparen.
Ließ mir nichts, als den Schlingel da!

Soldatenjunge (kommt gesprungen).

Mutter! sprichst du von meinem Papa?

Erster Jäger.

Nun, nun! das muß der Kaiser ernähren,
160 Die Armee sich immer muß neu gebähren.

Soldatenschulmeister (kommt).

Fort in die Feldschule! Marsch, ihr Buben!

Erster Jäger.

Das fürcht sich auch vor der engen Stuben!

Aufwärterin (kommt).

Base, sie wollen fort.

Marketenderin.

Gleich! gleich!

Erster Jäger.

Ei, wer ist denn das kleine Schelmengesichte?

Marketenderin.

165 'S ist meiner Schwester Kind — aus dem Reich.

Erster Jäger.

Ei, also eine liebe Nichte?   (Marketenderin geht.)

Zweyter Jäger (das Mädchen haltend).

Bleib sie bey uns doch, artiges Kind.

Aufwärterin.

Gäste dort zu bedienen sind.

(macht sich los und geht.)

156: Leibe] Leib B C D F K M, — 157 a: kommt] kömmt A B C D. — 160: ge-
bähren] gebären M. — 162: fürcht] fürchtet K. — den B C D F K. — 167: bey]
M schreibt überall bei.

Erster Jäger.

Das Mädchen ist kein übler Bissen! —
170 Und die Muhme! beym Element!
Was haben die Herrn vom Regiment
Sich um das niedliche Lärvchen gerissen! —
Was man nicht alles für Leute kennt!
Und wie die Zeit von dannen rennt. —
175 Was werd' ich noch alles erleben müssen!
(zum Wachtmeister und Trompeter)
Euch zur Gesundheit, meine Herrn! —
Laßt uns hier auch ein Plätzchen nehmen.

Sechster Auftritt.

Jäger. Wachtmeister. Trompeter.

Wachtmeister.

Wir danken schön. Von Herzen gern.
Wir rücken zu. Willkommen in Böhmen!

Erster Jäger.

180 Ihr sitzt hier warm. Wir, in Feindes Land,
Mußten derweil uns schlecht bequemen.

Trompeter.

Man sollt's euch nicht ansehn, ihr seyd galant.

Wachtmeister.

Ja, ja, im Saalkreis und auch in Meißen
Hört man euch Herrn nicht besonders preisen.

Zweyter Jäger.

185 Seyd mir doch still! Was will das heißen?
Der Kroat es ganz anders trieb,
Uns nur die Nachles' übrig blieb.

Trompeter.

Ihr habt da einen saubern Spitzen
Am Kragen, und wie euch die Hosen sitzen!
190 Die feine Wäsche, der Federhut!

171: Herrn] Herren D J R. — 177: Laß w. — 177a: Sechster Auftritt]
Achter Auftritt t w (geändert w).

Was das alles für Wirkung thut!
Daß doch den Burschen das Glück soll scheinen,
Und so was kommt nie an unser einen!

Wachtmeister.

Dafür sind wir des Friedländers Regiment,
195 Man muß uns ehren und respectiren.

Erster Jäger.

Das ist für uns andre kein Compliment,
Wir eben so gut seinen Namen führen.

Wachtmeister.

Ja, ihr gehört auch so zur ganzen Masse.

Erster Jäger.

Ihr seyd wohl von einer besondern Rasse?
200 Der ganze Unterschied ist in den Röcken,
Und ich ganz gern mag in meinem stecken.

Wachtmeister.

Herr Jäger, ich muß euch nur bedauern,
Ihr lebt so draußen bey den Bauern;
Der feine Griff und der rechte Ton
205 Das lernt sich nur um des Feldherrn Person.

Erster Jäger.

Sie bekam euch übel, die Lection.
Wie er räuspert und wie er spuckt,
Das habt ihr ihm glücklich abgeguckt;
Aber sein Schenie, ich meyne sein Geist,
210 Sich nicht auf der Wachparade weist.

Zweyter Jäger.

Wetter auch! wo ihr nach uns fragt,
Wir heißen des Friedländers wilde Jagd, .
Und machen dem Namen keine Schande —
Ziehen frech durch Feindes und Freundes Lande,
215 Queerfeldein durch die Saat, durch das gelbe Korn —
Sie kennen das Holkische Jägerhorn! —
In einem Augenblick fern und nah,

193: unser einen] unser Einen R M. — 197: Rahmen] e hat überall Rahmen,
bisweilen auch A und die späteren Drucke, namentlich in Wallensteins Tod.

Schnell wie die Sündfluth, so sind wir da —
Wie die Feuerflamme bey dunkler Nacht
220 In die Häuser fähret, wenn niemand wacht —
Da hilft keine Gegenwehr, keine Flucht,
Keine Ordnung gilt mehr und keine Zucht. —
Es sträubt sich — der Krieg hat kein Erbarmen —
Das Mägdlein in unsern sennigten Armen —
225 Fragt nach, ich sag's nicht um zu pralen;
In Baireuth, im Voigtland, in Westphalen,
Wo wir nur durchgekommen sind —
Erzählen Kinder und Kindeskind
Nach hundert und aber hundert Jahren   25
230 Von dem Holk noch und seinen Schaaren.

             Wachtmeister.

Nun da sieht man's! Der Saus und Braus
Macht denn der den Soldaten aus?
Das Tempo macht ihn, der Sinn und Schick,
Der Begriff, die Bedeutung, der feine Blick.

             Erster Jäger.

235 Die Freyheit macht ihn! Mit euren Fratzen!
Daß ich mit euch soll darüber schwatzen. —
Lief ich darum aus der Schul' und der Lehre,
Daß ich die Frohn und die Galeere,
Die Schreibstub' und ihre engen Wände
240 In dem Feldlager wiederfände? —
Flott will ich leben und müßig gehn,
Alle Tage was Neues sehn,
Mich dem Augenblick frisch vertrauen,
Nicht zurück, auch nicht vorwärts schauen —
245 Drum hab' ich meine Haut dem Kaiser verhandelt,
Daß keine Sorg' mich mehr anwandelt.
Führt mich in's Feuer frisch hinein,
Ueber den reißenden, tiefen Rhein,

215: pralen] prahlen M. — 215: im] in wM. — 231: Saus und Braus] Sauß
und Brauß cw. — 235: Freyheit] FM schreiben frei, Freiheit rc. — 241: will ich
leben] will leben c, will ich DJK.

Der dritte Mann soll verlohren seyn;
250 Werde mich nicht lang sperren und zieren. —
Sonst muß man mich aber, ich bitte sehr,
Mit nichts weiter incommobiren.

     Wachtmeister.   26

Nu, nu, verlangt ihr sonst nichts mehr?
Das ließ sich unter dem Wams da finden.

     Erster Jäger.

255 Was war das nicht für ein Placken und Schinden
Bey Gustav dem Schweden, dem Leuteplager!
Der machte eine Kirch' aus seinem Lager,
Ließ Betstunde halten, des Morgens, gleich
Bey der Reveille und beym Zapfenstreich.
260 Und wurden wir manchmal ein wenig munter,
Er kanzelt' uns selbst wohl vom Gaul herunter.

     Wachtmeister.

Ja, es war ein gottesfürchtiger Herr.

     Erster Jäger.

Dirnen, die ließ er gar nicht passiren,
Mußten sie gleich zur Kirche führen.
265 Da lief ich, konnt's nicht ertragen mehr.

     Wachtmeister.

Jetzt geht's dort auch wohl anders her.

     Erster Jäger.

So ritt ich hinüber zu den Liguisten,
Sie thäten sich just gegen Magdeburg rüsten.
Ja, das war schon ein ander Ding!
270 Alles da lustiger, loser ging,
Soff und Spiel und Mädels die Menge!   27
Wahrhaftig, der Spaß war nicht gering.
Denn der Tilly verstand sich auf's kommandiren.
Dem eigenen Körper war er strenge;

243: verlohren] J K M schreiben verloren. — 254: Wams] Wamms M. —
254: Gustav dem Schweden] Gustav Adolph c., dem Gustav, dem Schweden t. —
270: ging] B C D F schreiben gieng, aber nicht durchgängig. — 271: Spaß w. —
gering] geringe C D J K [schwäbischer Reim auf: Menge, strenge].

275 Dem Soldaten ließ er vieles paſſiren,
    Und ging's nur nicht aus seiner Kaſſen,
    Sein Spruch war: leben und leben laſſen.
    Aber das Glück blieb ihm nicht stät, —
    Seit der Leipziger Fatalität
280 Wollt' es eben nirgends mehr flecken,
    Alles bey uns gerieth ins Stecken;
    Wo wir erschienen und pochten an
    Ward nicht gegrüßt noch aufgethan.
    Wir mußten uns drücken von Ort zu Ort,
285 Der alte Respect war eben fort. —
    Da nahm ich Handgeld von den Sachsen,
    Meynte, da müßte mein Glück recht wachsen.

                Wachtmeiſter.

Nun! Da kamt ihr ja eben recht
Zur böhmischen Beute.

              Erſter Jäger.
             Es ging mir schlecht.

290 Sollten da strenge Mannszucht halten,
    Durften nicht recht als Feinde walten,
    Mußten des Kaisers Schlösser bewachen,
    Viel Umstänb' und Komplimente machen,
    Führten den Krieg, als wär's nur Scherz,
295 Hatten für die Sach' nur ein halbes Herz,
    Wollten's mit niemand ganz verderben,
    Kurz, da war wenig Ehr zu erwerben,
    Und ich wär' bald für Ungeduld
    Wieder heimgelaufen zum Schreibepult,
300 Wenn nicht eben auf allen Straßen
    Der Friedländer hätte werben laſſen.

                Wachtmeiſter.
Und wie lang denkt ihr's hier auszuhalten?

284: mußten] muſſten R (behält überhaupt ſ und ſſ vor Conſonanten bei, wo Schiller ß schreibt). — 298: für] vor R. — 299: heim gelaufen] heimgelaufen B C D J R M.

Erster Jäger.

Spaßt nur! so lange der thut walten
Denk' ich euch, mein Seel! an kein Entlaufen.
305 Kann's der Soldat wo besser kaufen? —
Da geht alles nach Kriegessitt',
Hat alles 'nen großen Schnitt,
Und der Geist, der im ganzen Corps thut leben,
Reißet gewaltig, wie Windesweben,
310 Auch den untersten Reiter mit.
Da tret ich auf mit beherztem Schritt,
Darf über den Bürger kühn wegschreiten,
Wie der Feldherr über der Fürsten Haupt.
Es ist hier wie in den alten Zeiten,
315 Wo die Klinge noch alles thät bedeuten,
Da giebts nur Ein Vergehn und Verbrechen:
Der Ordre fürwitzig widersprechen!
Was nicht verboten ist, ist erlaubt;
Da fragt niemand, was einer glaubt.
320 Es giebt nur zwey Ding überhaupt,
Was zur Armee gehört und nicht,
Und nur der Fahne bin ich verpflicht.

Wachtmeister.

Jetzt gefallt ihr mir, Jäger! Ihr sprecht
Wie ein Friedländischer Reitersknecht.

Erster Jäger.

325 Der führt's Kommando nicht wie ein Amt,
Wie eine Gewalt, die vom Kaiser stammt!
Es ist ihm nicht um des Kaisers Dienst,
Was bracht' er dem Kaiser für Gewinnst?
Was hat er mit seiner großen Macht
330 Zu des Landes Schirm und Schutz vollbracht?
Ein Reich von Soldaten wollt' er gründen,
Die Welt anstecken und entzünden,
Sich alles vermessen und unterwinden —

313: Wie der — Haupt.] ausgestrichen in t.

Trompeter.

Still! Wer wird solche Worte wagen!

Erster Jäger.

335 Was ich denke, das darf ich sagen.
Das Wort ist frey, sagt der General.

Wachtmeister.

So sagt er, ich hört's wohl einigemal,
Ich stand dabey. „Das Wort ist frey,
„Die That ist stumm, der Gehorsam blind,"
340 Dieß urkundlich seine Worte sind.

Erster Jäger.

Ob's just seine Wort' sind, weiß ich nicht;
Aber die Sach' ist so wie er spricht.

Zwenter Jäger.

Ihm schlägt das Kriegsglück nimmer um,
Wie's wohl bey andern pflegt zu geschehen.
345 Der Tilly überlebte seinen Ruhm.
Doch unter des Friedländers Kriegspanieren
Da bin ich gewiß zu victorisiren.
Er bannet das Glück, es muß ihm stehen.
Wer unter seinem Zeichen thut fechten,
350 Der steht unter besondern Mächten.
Denn das weiß ja die ganze Welt,
Daß der Friedländer einen Teufel
Aus der Hölle im Solde hält.

Wachtmeister.

Ja, daß er fest ist, das ist kein Zweifel.
355 Denn in der blut'gen Affair bey Lützen
Ritt er euch unter des Feuers Blitzen
Auf und nieder mit kühlem Blut.
Durchlöchert von Kugeln war sein Hut,
Durch den Stiefel und Koller fuhren
360 Die Ballen, man sah die deutlichen Spuren,

334: Still!] Still! still! c. — wagen] sagen w, wagen w. — 340: dieß] dieß c.
— 346: Kriegspanieren] Panieren w. — 356: euch] auch t b w. — 359: Goller w.

Konnt' ihm keine die Haut nur ritzen,
Weil ihn die höllische Salbe thät schützen.

Erster Jäger.

Was wollt ihr da für Wunder bringen!
Er trägt ein Koller von Elendshaut,
365 Das keine Kugel kann durchbringen.

Wachtmeister.

Nein, es ist die Salbe von Hexenkraut,
Unter Zaubersprüchen gekocht und gebraut.

Trompeter.

Es geht nicht zu mit rechten Dingen!

Wachtmeister.

Sie sagen, er les auch in den Sternen
370 Die künftigen Dinge, die nahen und fernen;
Ich weiß aber besser, wie's damit ist.
Ein graues Männlein pflegt bey nächtlicher Frist
Durch verschlossene Thüren zu ihm einzugehen,
Die Schildwachen haben's oft angeschrien,
375 Und immer was Großes ist drauf geschehen,
Wenn je das graue Röcklein kam und erschien.

Zweyter Jäger.

Ja, er hat sich dem Teufel übergeben,
Drum führen wir auch das lustige Leben.

Siebenter Auftritt.

Vorige. Ein Rekrout. Ein Bürger. Dragoner.

Rekrout

(tritt aus dem Zelt, eine Blechhaube auf dem Kopfe, eine Weinflasche in der
Hand).

Grüß den Vater und Vaters Brüder!
380 Bin Soldat, komme nimmer wieder.

364: ein Koller] einen Goller t w. — 365: Das] Den t w. — 369: les] les c. —
370: nahen] nahn c. — 378 a: Siebenter Auftritt.] (Achter w, corr. w)
Neunter Auftritt. t. — Recrout] M schreibt überall Recrut.

Erster Jäger.

Sieh, da bringen sie einen Neuen!

Bürger.

O! gieb acht, Franz! Es wird dich reuen.

Rekrout (singt).

Trommeln und Pfeifen,
Kriegrischer Klang!
Wandern und streifen
Die Welt entlang,
Rosse gelenkt,
Muthig geschwenkt,
Schwert an der Seite,
Frisch in die Weite,
Flüchtig und flink,
Frey, wie der Fink
Auf Sträuchern und Bäumen
In Himmels Räumen,
Heysa! ich folge des Friedländers Fahn'!

Zweyter Jäger.

Seht mir! das ist ein wackrer Kumpan! (sie begrüßen ihn).

Bürger.

O! laßt ihn! Er ist guter Leute Kind.

Erster Jäger.

Wir auch nicht auf der Straße gefunden sind.

Bürger.

Ich sag' euch, er hat Vermögen und Mittel.
Fühlt her, das feine Tüchlein am Kittel!

Trompeter.

Des Kaisers Rock ist der höchste Titel.

Bürger.

Er erbt eine kleine Mützenfabrik.

Zweyter Jäger.

Des Menschen Wille, das ist sein Glück.

394: Himmels Räumen] Himmels-Räumen K M. — 395: Heysa] Heisa M.

Bürger.

Von der Großmutter einen Kram und Laden.

Erster Jäger.

405 Pfui! wer handelt mit Schwefelfaden!

Bürger.

Einen Weinschank dazu von seiner Pathen;
Ein Gewölbe mit zwanzig Stückfaß Wein.

Trompeter.

Den theilt er mit seinen Kameraden.

Zweyter Jäger.

Hör du! Wir müssen Zeltbrüder seyn.

Bürger.

410 Eine Braut läßt er sitzen in Thränen und Schmerz.

Erster Jäger.

Recht so, da zeigt er ein eisernes Herz.

Bürger.

Die Großmutter wird für Kummer sterben.

Zweyter Jäger.

Desto besser, so kann er sie gleich beerben.

Wachtmeister

(tritt gravitätisch herzu, dem Retrouten die Hand auf die Blechhaube legend).

Sieht er! das hat er wohl erwogen.

415 Einen neuen Menschen hat er angezogen,
Mit dem Helm da und Wehrgehäng,
Schließt er sich an eine würdige Meng.
Muß ein fürnehmer Geist jetzt in ihn fahren —

Erster Jäger.

Muß besonders das Geld nicht sparen.

Wachtmeister.

420 Auf der Fortuna ihrem Schiff
Ist er zu segeln im Begriff,
Die Weltkugel liegt vor ihm offen,
Wer nichts waget, der darf nichts hoffen.
Es treibt sich der Bürgersmann, träg und dumm,
425 Wie des Färbers Gaul, nur im Ring herum.

406: seiner] seinen tvw (seiner w). — 412: für] vor K. — 416: da] fehlt in DFK.

Aus dem Soldaten kann Alles werden,
Denn Krieg ist jetzt die Losung auf Erden.
Seh' er 'mal mich an! In diesem Rock
Führ' ich, sieht er, des Kaisers Stock.
430 Alles Weltregiment, muß er wissen,
Von dem Stock hat ausgehen müssen;
Und das Scepter in Königs Hand
Ist ein Stock nur, das ist bekannt.
Und wer's zum Corporal erst hat gebracht,
435 Der steht auf der Leiter zur höchsten Macht,
Und so weit kann er's auch noch treiben.

                     Erster Jäger.

Wenn er nur lesen kann und schreiben.

                     Wachtmeister.

Da will ich ihm gleich ein Exempel geben,
Ich thät's vor kurzem selbst erleben.
440 Da ist der Chef vom Dragonerkorps,
Heißt Buttler, wir standen als Gemeine
Noch vor dreyßig Jahren bey Köln am Rheine,
Jetzt nennt man ihn Generalmajor.
Das macht, er thät sich das hervor,
445 Thät die Welt mit seinem Kriegsruhm füllen,
Doch meine Verdienste, die blieben im Stillen.
Ja, und der Friedländer selbst, sieht er,
Unser Hauptmann und hochgebietender Herr,
Der jetzt alles vermag und kann,
450 War erst nur ein schlichter Edelmann,
Und weil er der Kriegsgöttin sich vertraut,
Hat er sich diese Größ' erbaut,
Ist nach dem Kaiser der nächste Mann,
Und wer weiß, was er noch erreicht und ermißt,
455 (pfiffig) Denn noch nicht aller Tage Abend ist.

                     Erster Jäger.

Ja, er fing's klein an und ist jetzt so groß,

432: Scepter] A hat hier ausnahmsweise Zepter, ebenso w B C D J K. —
433: Ist] War c t v w. — 442: Köln] Kölln D J K. — 444: das] baß K M.

Denn zu Altdorf, im Studentenkragen,
Trieb er's, mit Permiß zu sagen,
Ein wenig locker und purschikos,
Hätte seinen Famulus bald erschlagen.
460 Wollten ihn drauf die Nürnberger Herren
Mir nichts, dir nichts, in's Carcer sperren,
'S war just ein neugebautes Nest,
Der erste Bewohner sollt' es taufen.
Aber wie fängt er's an? Er läßt
465 Weislich den Pudel voran erst laufen.
Nach dem Hunde nennt sich's bis diesen Tag;
Ein rechter Kerl sich dran spiegeln mag.
Unter des Herrn großen Thaten allen
Hat mir das Stückchen besonders gefallen.

(das Mädchen hat unterdessen aufgewartet; der zweyte Jäger schäkert mit ihr.)

        Dragoner (tritt dazwischen).   **37**

470 Kamerad! laß er das unterwegen.

        Zweyter Jäger.

Wer Henker! hat sich da drein zu legen!

        Dragoner.

Ich will's ihm nur sagen, die Dirn' ist mein.

        Erster Jäger.

Der will ein Schätzchen für sich allein!
Dragoner, ist er bey Troste! Sag' er!

        Zweyter Jäger.

475 Will was apartes haben im Lager.
Einer Dirne schön Gesicht
Muß allgemein seyn, wie's Sonnenlicht!   (küßt sie.)

        Dragoner (reißt sie weg).

Ich sag's noch einmal, das leid ich nicht.

        Erster Jäger.

Lustig! lustig! da kommen die Prager!

456: Altdorf] Altorf M. — 458: purschikos] burschikos A M. — 460: Herrn w. —
469: das (unterstrichen) w. — 469a: Dragoner] Zehnter (Neunter w, Achter
w) Auftritt. | Vorige. Dragoner. Marketenderin. Grenadier. Bauer. Scharf-
schützen. t w. — 470: er] fehlt in D J K.

Schiller, sämmtl. Schriften. Hist.-krit. Ausg. XII.   **3**

Zwenter Jäger.

480 Sucht er Händel? Ich bin dabey.

Wachtmeister.

Fried', ihr Herren! Ein Kuß ist frey!

Achter Auftritt.

Bergknappen treten auf und spielen einen Walzer, erst langsam und dann immer geschwinder. Der erste Jäger tanzt mit der Aufwärterin, die Marketenderin mit dem Rekrouten; das Mädchen entspringt, der Jäger hinter ihr her und bekommt den Kapuziner zu fassen, der eben hereintritt.

Kapuziner.

Heysa, Juchheya! Dudeldumdey!
Das geht ja hoch her. Bin auch dabey!
Ist das eine Armee von Christen?
485 Sind wir Türken? sind wir Antibaptisten?
Treibt man so mit dem Sonntag Spott,
Als hätte der allmächtige Gott
Das Chiragra, könnte nicht drein schlagen?
Ist's jetzt Zeit zu Saufgelagen,
490 Zu Banketten und Feyertagen?
Quid hic statis otiosi?
Was steht ihr und legt die Hände in Schooß?
Die Kriegsfuri ist an der Donau los,
Das Bollwerk des Baierlands ist gefallen,
495 Regenspurg ist in des Feindes Krallen,
Und die Armee liegt hier in Böhmen,
Pflegt den Bauch, läßt sich's wenig grämen,

481: frey!] frey!

Erster Jäger.
Lustig! lustig! Da kommen die Prager! tw (dann umgestellt w).
482 a: Achter Auftritt.] fehlt in t, Zehnter Auftritt w, Neunter w. — Aufwärterin] Aufwartemädchen t, Aufwärtermädchen w. — 483: Heysa] Heisa M. — Juchheya] Juchheia M, Juchheisa tv. — Dudeldumdey] Dudeldumbei M. — 487–488: Als hätte — drein schlagen?] ausgestrichen in t. — 489: Saufgelagen] Feyertagen c. — 490: Banketten] Bankettin c. — Feyertagen] Saufgelagen c. — 492: Schooß] Schoß K. — 493: Kriegsfuri] Kriegsfuria c. — 494: liegt hier] liegt still t.

Kümmert sich mehr um den Krug als den Krieg,
Wetzt lieber den Schnabel als den Sabel,
500 Hetzt sich lieber herum mit der Dirn',
Frißt den Ochsen lieber als den Ochsenstirn.
Die Christenheit trauert in Sack und Asche,
Der Soldat füllt sich nur die Tasche.
Es ist eine Zeit der Thränen und Noth,
505 Am Himmel geschehen Zeichen und Wunder
Und aus den Wolken, blutigroth,
Hängt der Herrgott den Kriegsmantel 'runter.
Den Kometen steckt er wie eine Ruthe
Drohend am Himmelsfenster aus,
510 Die ganze Welt ist ein Klagehaus,
Die Arche der Kirche schwimmt in Blute,
Und das römische Reich — daß Gott erbarm!
Sollte jetzt heißen römisch Arm,
Der Rheinstrom ist worden zu einem Peinstrom,
515 Die Klöster sind ausgenommene Nester,
Die Bisthümer sind verwandelt in Wüstthümer,
Die Abteyen und die Stifter
Sind nun Raubteyen und Diebesklüfter,
Und alle die gesegneten deutschen Länder
520 Sind verkehrt worden in Elender —
Woher kommt das? das will ich euch verkünden,
Das schreibt sich her von euern Lastern und Sünden,
Von dem Greuel und Heidenleben,
Dem sich Officier und Soldaten ergeben.
525 Denn die Sünd' ist der Magnetenstein,
Der das Eisen ziehet ins Land` herein.
Auf das Unrecht, da folgt das Uebel,
Wie die Thrän' auf den herben Zwiebel,

499: Schnabel] Schnaberl t. — Sabel] Säbel w A V M, Saberl t. — 508: Kometen] Cometen c. — 512—513: Und das — römisch Arm,] ausgestrichen in t. — 517: Abteyen] Abteien M. — 518: nun] nur t. — Raubteyen] Raubteien M. — 519: die gesegneten] gesegnete c. — 522: euern] euren c. — 523: Greuel] M schreibt Gräuel. — 524: Officier] Offizier B C D F, Offizier' R. — 525: Magnetstein w. — 527—530: Auf das — a, b, c.] ausgestrichen in t.

Hinter dem U kömmt gleich das Weh,
530 Das ist die Ordnung im a, b, c.
     Ubi erit victoriae spes,
     Si offenditur Deus? Wie soll man siegen,
     Wenn man die Predigt schwänzt und die Meß,
     Nichts thut als in den Weinhäusern liegen?
535 Die Frau in dem Evangelium
     Fand den verlohrnen Groschen wieder,
     Der Saul seines Vaters Esel wieder,
     Der Joseph seine saubern Brüder;
     Aber wer bey den Soldaten sucht
540 Die Furcht Gottes und die gute Zucht,
     Und die Schaam, der wird nicht viel finden,
     Thät er auch hundert Laternen anzünden.
     Zu dem Prediger in der Wüsten,
     Wie wir lesen im Evangelisten,
545 Kamen auch die Soldaten gelaufen,
     Thaten Buß' und ließen sich taufen,
     Fragten ihn: Quid faciemus nos?
     Wie machen wir's, daß wir kommen in Abrahams Schooß?
     Et ait illis. Und er sagt:
550 Neminem concutiatis,
     Wenn ihr niemanden schindet und plackt.
     Neque calumniam faciatis,   41
     Niemand verlästert, auf niemand lügt.
     Contenti estote, euch begnügt
555 Stipendiis vestris mit eurer Löhnung
     Und verflucht jede böse Angewöhnung.
     Es ist ein Gebot: Du sollt den Namen
     Deines Herrgotts nicht eitel auskramen,
     Und wo hört man mehr blasphemiren,
560 Als hier in den Friedländischen Kriegsquartieren?

529: kömmt] kommt K. — 530: a, b, c.] ABC KM — 541: Schaam] KM
schreiben überall Scham. — 548: Abrams w. — Schooß] KM schreibt stets Schoß.
— 556: plackt] plagt D F K. — 558: Herrgotts] Gottes c. — 560: den Friedländi-
schen] des Friedländers c.

Wenn man für jeden Donner und Blitz,
Den ihr losbrennt mit eurer Zungenspitz,
Die Glocken müßt läuten im Land umher,
Es wär' bald kein Meßner zu finden mehr.
565 Und wenn euch für jedes böse Gebet,
Das aus eurem ungewaschnen Munde geht,
Ein Härlein ausging aus eurem Schopf,
Ueber Nacht wär' er geschoren glatt,
Und wär' er so dick wie Absalons Zopf.
570 Der Josua war doch auch ein Soldat,
König David erschlug den Goliath,
Und wo steht denn geschrieben zu lesen,
Daß sie solche Fluchmäuler sind gewesen?
Muß man den Mund doch, ich sollte meynen,
575 Nicht weiter aufmachen zu einem Helf Gott!
Als zu einem Kreuz Sackerlot!
Aber wessen das Gefäß ist gefüllt,
Davon es sprudelt und überquillt.

    Wieder ein Gebot ist: Du sollt nicht stehlen.
580 Ja, das befolgt ihr nach dem Wort,
Denn ihr tragt alles offen fort,
Vor euren Klauen und Geiersgriffen,
Vor euren Praktiken und bösen Kniffen
Ist das Geld nicht geborgen in der Truh,
585 Das Kalb nicht sicher in der Kuh,
Ihr nehmt das Ey und das Huhn dazu.
Was sagt der Prediger? Contenti estote,
Begnügt euch mit eurem Kommißbrote.
Aber wie soll man die Knechte loben,
590 Kömmt doch das Aergerniß von oben!
Wie die Glieder, so auch das Haupt!
Weiß doch niemand an wen der glaubt!

42

561: man] auch t. — 563—566: Die Glocken — Munde geht,] ausgestrichen in t.
— 564: wäre w, wär w. — 567: Härlein] Häärlein c. — 568: wär'] wäre c. —
569: wär'] wäre c. — 576: Kreuz] Kreuz F R. — 582: Klauen] Krallen c. —
583: bösen] höllischen c. — 586: Ey] Ei M. — 588: Kommißbrote] Commißbrote
M. — 590: Kömmt doch das Aergerniß] Da das Aergerniß kommt c.

Erster Jäger.

Herr Pfaff! Uns Soldaten mag er schimpfen,
Den Feldherrn soll er uns nicht verunglimpfen.

Kapuziner.

595 Ne custodias gregem meam!
Das ist so ein Ahab und Jerobeam,
Der die Völker von der wahren Lehren
Zu falschen Götzen thut verkehren.

Trompeter und Rekrout.

Laß er uns das nicht zweymal hören!

Kapuziner.

600 So ein Bramarbas und Eisenfresser,
Will einnehmen alle festen Schlösser.
Rühmte sich mit seinem gottlosen Mund,
Er müsse haben die Stadt Stralsund,
Und wär' sie mit Ketten an den Himmel geschlossen.

Trompeter.

605 Stopft ihm keiner sein Lästermaul?

Kapuziner.

So ein Teufelsbeschwörer und König Saul,
So ein Jehu und Holofern,
Verläugnet wie Petrus seinen Meister und Herrn,
Drum kann er den Hahn nicht hören krähn —

Beyde Jäger.

610 Pfaffe, jetzt ist's um dich geschehn!

Kapuziner.

So ein listiger Fuchs Herodes ——

43

593: schimpfen] verschimpfen c. — 598 a: und Recrout] und Recrout (nach ein-
ander). tw. — 604: Und wär' — geschlossen.] fehlt in v. — geschlossen.] geschlossen.
Hat aber sein Pulver umsonst verschossen. t.
606—612: So ein Teufelsbeschwörer — Schweig stille!]
So ein Saul und Teufelsbeschwörer,
So ein Jehu und Friedensstörer,
So ein listiger Fuchs Herodes
Soldaten.
Pfaff halts Maul. c.
609 a: Beyde] M schreibt überall Beide.

Trompeter und **beyde Jäger.**
(auf ihn einbringend).

Schweig stille! Du bist des Todes!

Kroaten (legen sich drein).

Bleib da, Pfäfflein, fürcht dich nit,
Sag dein Sprüchel und theil's uns mit.

Kapuziner (schreyt lauter).

615 So ein hochmüthiger Nebucadnezer,
So ein Sündenvater und muffiger Ketzer,
Läßt sich nennen den Wallenstein,
Ja freylich ist er uns allen ein Stein
Des Anstoßes und Aergernisses,
620 Und so lang der Kaiser diesen Friedeland
Läßt walten, so wird nicht Fried' im Land.

(er hat nach und nach bey den letzten Worten, die er mit erhobener Stimme
spricht, seinen Rückzug genommen, indem die Kroaten die übrigen Soldaten von
ihm abwehren.)

Neunter Auftritt.

Vorige ohne den **Kapuziner.**

Erster Jäger (zum Wachtmeister).

Sagt mir! Was meynt' er mit dem Gökelhahn,
Den der Feldherr nicht krähen hören kann?
Es war wohl nur so gesagt ihm zum Schimpf und Hohne?

Wachtmeister.

625 Da will ich euch dienen! Es ist nicht ganz ohne!
Der Feldherr ist wundersam gebohren,
Besonders hat er gar kitzlichte Ohren.
Kann die Katze nicht hören mauen,
Und wenn der Hahn kräht, so macht's ihm Grauen.

Erster Jäger.

630 Das hat er mit dem Löwen gemein.

621a: Neunter Auftritt.] fehlt in t, Zehenter w. — 622: Gökelhahn]
Gockelhahn t w. — 623: krähen] krähn M. — 626: gebohren] KM schreiben überall
gebären, geboren. — 627: kitzlichte] kitzliche K.

Wachtmeister.

Muß alles mausstill um ihn seyn.
Den Befehl haben alle Wachen,
Denn er denkt gar zu tiefe Sachen.

Stimmen (im Zelt. Auflauf).

Greift ihn, den Schelm! Schlagt zu! Schlagt zu.

Des Bauern Stimme.

635　Hilfe! Barmherzigkeit!

Andre Stimmen.

Friede! Ruh!

Erster Jäger.

Hol mich der Teufel! Da setzt's Hiebe.

Zweyter Jäger.

Da muß ich dabey seyn!　　　　　(laufen in's Zelt.)

Marketenderin (kommt heraus).

Schelmen und Diebe!

Trompeter.

Frau Wirthin, was setzt euch so in Eifer?

Marketenderin.

Der Lump! der Spitzbub! der Straßenläufer!
640　Das muß mir in meinem Zelt passiren!
Es beschimpft mich bey allen Herrn Officieren.

Wachtmeister.

Bäschen, was giebt's denn?

Marketenderin.　　　　　46
　　　Was wird's geben?
Da erwischten sie einen Bauer eben,
Der falsche Würfel thät bey sich haben.

Trompeter.

645　Sie bringen ihn hier mit seinem Knaben.

635: Hilfe] R schreibt Hülfe. — 635a: Andre] Andere W. — 638: Eifer]
Eifer (Druckfehler in A). — 641: Officieren] Offizieren JR. — 644: haben.] haben.
(Soldaten bringen den Bauer geschleppt.) w, dann an die jetzige Stelle gesetzt w.

Zehnter Auftritt.

Soldaten bringen den Bauer geschleppt.

Erster Jäger.

Der muß baumeln!

Scharfschützen und Dragoner.

Zum Profoß! zum Profoß!

Wachtmeister.

Das Mandat ist noch kürzlich ausgegangen.

Marketenderin.

In einer Stunde seh' ich ihn hangen!

Wachtmeister.

Böses Gewerbe bringt bösen Lohn.

Erster Arkebusier (zum andern).

650 Das kommt von der Desperation.
Denn seht! erst thut man sie ruiniren,
Das heißt sie zum Stehlen selbst verführen.

Trompeter.

Was? was? ihr red't ihm das Wort noch gar?
Dem Hunde! thut euch der Teufel plagen?

Erster Arkebusier.

655 Der Bauer ist auch ein Mensch — so zu sagen.

Erster Jäger (zum Trompeter).

Laß sie gehen! sind Tiefenbacher,
Gevatter Schneider und Handschuhmacher!
Lagen in Garnison zu Brieg,
Wissen viel, was der Brauch ist im Krieg.

Eilfter Auftritt.

Vorige. Küraffiere.

Erster Küraffier.

660 Friede! Was giebt's mit dem Bauer da?

Erster Scharfschütz.

'S ist ein Schelm, hat im Spiel betrogen!

645a: Zehnter Auftritt.] fehlt in t, Eilfter w. — 649: Gewerbe] Gewerb
c. — 650a: Arkebusier] tw haben überall Grenadier. — 659a: Eilfter] Zwölfter w.

Erster Küraffier.

Hat er dich betrogen etwa?

Erster Scharffchüß.

Ja, und hat mich rein ausgezogen.

Erster Küraffier.

Wie? du bist ein Friebländischer Mann,
665 Kannst dich so wegwerfen und blamiren,
Mit einem Bauer dein Glück probiren?
Der laufe was er laufen kann.

(Bauer entwischt, die Andern treten zusammen.)

Erster Arkebusier.

Der macht kurze Arbeit, ist resolut,
Das ist mit solchem Volke gut.
670 Was ist's für einer? Es ist kein Böhm.

Marketenderin.

'S ist ein Wallon! Respect vor dem!
Von des Pappenheims Küraffieren.

Erster Dragoner (tritt dazu).

Der Piccolomini, der junge, thut sie jeßt führen,
Den haben sie sich aus eigner Macht
675 Zum Oberst gesetzt in der Lütner Schlacht,
Als der Pappenheim umgekommen.

Erster Arbebusier.

Haben sie sich so was 'rausgenommen?

Erster Dragoner.

Dies Regiment hat was voraus,
Es war immer voran bey jedem Strauß.
680 Darf auch seine eigene Justiz ausüben,
Und der Friebländer thut's besonders lieben.

Erster Küraffier (zum andern).

Ist's auch gewiß? Wer bracht' es aus?

Zweyter Küraffier.

Ich hab's aus des Obersts eigenem Munde.

667 a: zusammen] beisammen t. — 680: eigene] eigne B C D F R. — 683: eigenem]
eignem B C D F R.

Erster Küraffier.

Was Teufel! Wir find nicht ihre Hunde.

Erster Jäger.

685 Was haben bie da? find voller Gift.

Zweyter Jäger.

Ist's was, ihr Herrn, das uns mit betrifft?

Erster Küraffier.

Es hat sich keiner brüber zu freuen.

(Solbaten treten herzu.)

Sie wollen uns in die Niederland' leihen;
Küraffiere, Jäger, reitende Schützen,
690 Sollen achttaufend Mann auffiten.

Marketenderin.

Was? was? da sollen wir wieder wandern?
Bin erst seit gestern zurück aus Flandern.

Zweyter Küraffier (zu den Dragonern).

Ihr Buttlerischen, sollt auch mitreiten.

Erster Küraffier.

Und absonderlich wir Wallonen.

Marketenderin.

695 Ei, das find ja die allerbesten Schwadronen!

Erster Küraffier.   50

Den aus Mailand sollen wir hinbegleiten.

Erster Jäger.

Den Infanten! Das ist ja kurios!

Zweyter Jäger.

Den Pfaffen! Da geht der Teufel los.

Erster Küraffier.

Wir sollen von dem Friedländer lassen,
700 Der den Solbaten so nobel hält,
Mit dem Spanier ziehen zu Feld,
Dem Knaufer, den wir von Herzen haffen?
Nein, das geht nicht! Wir laufen fort.

Trompeter.

Was zum Henker! sollen wir bort?

686: mit betrifft] mitbetrifft B C D F K. — 687: brüber] barüber K. — 693: mit reiten w.

705 Dem Kaiser verkauften wir unser Blut
Und nicht dem hispanischen rothen Hut.

                    Zweyter Jäger.

Auf des Friebländers Wort und Krebit allein
Haben wir Reitersbienst genommen;
Wär's nicht aus Lieb' für den Wallenstein,
710 Der Ferdinand hätt' uns nimmer bekommen.

                    Erster Dragoner.

Thät uns der Friebländer nicht formiren?
Seine Fortuna soll uns führen.

                    Wachtmeister.   51

Laßt euch bedeuten, hört mich an.
Mit dem Gereb' da ist's nicht gethan.
715 Ich sehe weiter als ihr alle,
Dahinter steckt eine böse Falle.

                    Erster Jäger.

Hört das Befehlbuch! Stille doch!

                    Wachtmeister.

Bäschen Gustel, füllt mir erst noch
Ein Gläschen Melneder für den Magen,
720 Alsbann will ich euch meine Gedanken sagen.

           Marketenderin (ihm einschenkend).

Hier, Herr Wachtmeister! Er macht mir Schrecken.
Es wird doch nichts Böses dahinter stecken!

                    Wachtmeister.

Seht, ihr Herrn, das ist all recht gut,
Daß jeder das Nächste bedenken thut;
725 Aber, pflegt der Feldherr zu sagen,
Man muß immer das Ganze überschlagen.
Wir nennen uns alle des Friebländers Truppen.
Der Bürger, er nimmt uns ins Quartier,
Und pflegt uns und kocht uns warme Suppen.
730 Der Bauer muß den Gaul und den Stier
Vorspannen an unsre Bagagewagen,

_____

707: Krebit] Crebit M. — 710: hätt'] hätte J K. — 728: nimmt] nimt c.

Vergebens wird er sich drüber beklagen.
Läßt sich ein Gefreyter mit sieben Mann   52
Jn einem Dorfe von weitem spüren,
735 Er ist die Obrigkeit drinn und kann
Nach Lust drinn walten und kommandiren.
Zum Henker! Sie mögen uns alle nicht,
Und sähen des Teufels sein Angesicht
Weit lieber als unsre gelben Kolletter.
740 Warum schmeißen sie uns nicht aus dem Land? Potz Wetter!
Sind uns an Anzahl doch überlegen,
Führen den Knittel, wie wir den Degen.
Warum dürfen wir ihrer lachen?
Weil wir einen furchtbaren Haufen ausmachen!

Erster Jäger.

745 Ja, ja, im Ganzen, da sitzt die Macht!
Der Friedländer hat das wohl erfahren,
Wie er dem Kaiser vor acht — neun Jahren
Die große Armee zusammenbracht.
Sie wollten erst nur von zwölftausend hören:
750 Die, sagt' er, die kann ich nicht ernähren;
Aber ich will sechzigtausend werben,
Die, weiß ich, werden nicht Hungers sterben.
Und so wurden wir Wallensteiner.

Wachtmeister.

Zum Exempel, da hack mir einer
755 Von den fünf Fingern, die ich hab',
Hier an der Rechten den kleinen ab.   53
Habt ihr mir den Finger bloß genommen?
Nein, beym Kukuk! ich bin um die Hand gekommen!
'S ist nur ein Stumpf, und nichts mehr werth.
760 Ja, und diese achttausend Pferd,
Die man nach Flandern jetzt begehrt,

734: Dorfe von weitem] Dorf oder Städtlein c. — 741: an] in K. — 742:
Knittel] Knüttel M. — 744: einen furchtbaren Haufen] eine furchtbare Meng c. —
745: im Ganzen] in der Menge c. — 746: erfahren] erwogen c. — 747: acht —
neun Jahren] ein Jahrner acht c. — 748: zusammenbracht] zusammengezogen c,
zusammengebracht D F K M. — 752: Hungers] Hunger c w. — 759: nur] nun w.

Sind von der Armee nur der kleine Finger.
Läßt man sie ziehn, ihr tröstet euch,
Wir seyen um ein Fünftel nur geringer?
765 Prost Mahlzeit! da fällt das Ganze gleich.
Die Furcht ist weg, der Respect, die Scheu,
Da schwillt dem Bauer der Kamm auf's neu,
Da schreiben sie uns in der Wiener Canzley
Den Quartier- und den Küchenzettel,
770 Und es ist wieder der alte Bettel.
Ja, und wie lang wird's stehen an,
So nehmen sie uns auch noch den Feldhauptmann —
Sie sind ihm am Hofe so nicht grün,
Nun, da fällt eben alles hin!
775 Wer hilft uns dann wohl zu unserm Geld?
Sorgt, daß man uns die Contracte hält?
Wer hat den Nachdruck und hat den Verstand,
Den schnellen Witz und die feste Hand,
Diese gestückelten Heeresmassen,
780 Zusammen zu fügen und zu passen?
Zum Exempel — Dragoner — sprich: 54
Aus welchem Vaterland schreibst du dich?

> ### Erster Dragoner.

Weit aus Hibernien her komm' ich.

> ### Wachtmeister (zu den beyden Kürassieren).

Ihr, das weiß ich, seyd ein Wallon,
785 Ihr ein Welscher. Man hört's am Ton.

> ### Erster Kürassier.

Wer ich bin? ich hab's nie können erfahren,
Sie stahlen mich schon in jungen Jahren.

> ### Wachtmeister.

Und du bist auch nicht aus der Näh?

> ### Erster Arkebusier.

Ich bin von Buchau am Feder-See.

783: ziehn] ziehen BCDFK. — 465: Prost w. — 768: Canzley] Kanzlei M. —
779: Heeresmassen] Heeres-Massen c, Heeres Massen w. — 783: komme w. —
785: Wälscher. M. — 789: Feder-See] Federsee M.

Wachtmeister.

790 Und ihr, Nachbar?

Zweiter Arkebusier.

Aus der Schweiz.

Wachtmeister (zum zweyten Jäger).

Was für ein Landsmann bist du, Jäger?

Zweyter Jäger.

Hinter Wismar ist meiner Eltern Sitz.

Wachtmeister (auf den Trompeter zeigend).   55

Und der da und ich, wir sind aus Eger.
Nun! und wer merkt uns das nun an,
795 Daß wir aus Süden und aus Norden
Zusammengeschneyt und geblasen worden?
Sehn wir nicht aus, wie aus Einem Spahn?
Stehn wir nicht gegen den Feind geschlossen,
Recht wie zusammengeleimt und gegossen?
800 Greifen wir nicht wie ein Mühlwerk flink
In einander, auf Wort und Wink?
Wer hat uns so zusammengeschmiedet,
Daß ihr uns nimmer unterschiedet?
Kein andrer sonst als der Wallenstein!

Erster Jäger.

805 Das fiel mir mein Lebtag nimmer ein,
Daß wir so gut zusammen passen;
Hab mich immer nur gehen lassen.

Erster Kürassier.

Dem Wachtmeister muß ich Beyfall geben.
Dem Kriegsstand kämen sie gern ans Leben;
810 Den Soldaten wollen sie nieder halten,
Daß sie alleine können walten.
'S ist eine Verschwörung, ein Complott.

Marketenderin.

Eine Verschwörung? du lieber Gott!
Da können die Herren ja nicht mehr zahlen.

Wachtmeister.

815 Freylich! Es wird alles bankerott.
Viele von den Hauptleuten und Generalen
Stellten aus ihren eignen Kassen
Die Regimenter, wollten sich sehen lassen,
Thäten sich angreifen über Vermögen,
820 Dachten, es bring ihnen großen Segen.
Und die alle sind um ihr Geld,
Wenn das Haupt, wenn der Herzog fällt.

Marketenderin.

Ach! du mein Heiland! das bringt mir Fluch!
Die halbe Armee steht in meinem Buch.
825 Der Graf Isolani, der böse Zahler,
Restirt mir allein noch zweyhundert Thaler.

Erster Küraffier.

Was ist da zu machen, Kameraden?
Es ist nur eins, was uns retten kann,
Verbunden können sie uns nichts schaden,
830 Wir stehen alle für Einen Mann.
Laßt sie schicken und ordenanzen,
Wir wollen uns fest in Böhmen pflanzen,
Wir geben nicht nach und marschiren nicht,   57
Der Soldat jetzt um seine Ehre ficht.

Zwenter Jäger.

835 Wir lassen uns nicht so im Land 'rum führen!
Sie sollen kommen und sollen's probiren!

Erster Arkebusier.

Liebe Herren, bedenkt's mit Fleiß,
'S ist des Kaisers Will' und Geheiß.

814: Herren] Herrn B C D F L. — 817: Stellen w. — 819: angreifen] angreiffen
c. — 820: bring] bringt F L. — Segen] Seegen c. — 829: nichts] nicht F L.

Trompeter.

Werden uns viel um den Kaiser scheeren.

Erster Arkebusier.

840 Laß er mich das nicht zweymal hören.

Trompeter.

'S ist aber doch so, wie ich gesagt.

Erster Jäger.

Ja, ja, ich hört's immer so erzählen,
Der Friedländer hab' hier allein zu befehlen.

Wachtmeister.

So ist's auch, das ist sein Beding und Pakt.

845 Absolute Gewalt hat er, müßt ihr wissen,
Krieg zu führen und Frieden zu schließen,
Geld und Gut kann er konfisciren,
Kann henken lassen und pardoniren,
Officiere kann er und Obersten machen,
850 Kurz, er hat alle die Ehrensachen.
Das hat er vom Kaiser eigenhändig.

Erster Arkebusier.

Der Herzog ist gewaltig und hochverständig;
Aber er bleibt doch, schlecht und recht,
Wie wir alle, des Kaisers Knecht.

Wachtmeister.

855 Nicht wie wir alle! das wißt ihr schlecht.
Er ist ein unmittelbarer und freyer
Des Reiches Fürst, so gut wie der Baier.
Sah ich's etwa nicht selbst mit an,
Als ich zu Brandeis die Wach' gethan,
860 Wie ihm der Kaiser selbsten erlaubt
Zu bedecken sein fürstlich Haupt?

Erster Arkebusier.

Das war für das Meklenburger Land,
Das ihm der Kaiser versetzt als Pfand.

838a—841: Trompeter. Werden uns — wie ich gesagt] ausgestrichen in t. —
839: scheeren] scheren K M. — 842: für das] wegen dem t w.

Schiller, sämmtl. Schriften. Hist.-krit. Ausg. XII.   4

Erster Jäger (zum Wachtmeister).

Wie? In des Kaisers Gegenwart?
865 Das ist doch seltsam und sehr apart!

Wachtmeister (fährt in die Tasche).

Wollt ihr mein Wort nicht gelten lassen,
Sollt ihr's mit Händen greifen und fassen.

(eine Münze zeigend)

Weß ist das Bild und Gepräg?

Marketenderin.

Weißt her!

Ei, das ist ja ein Wallensteiner!

Wachtmeister.

870 Na! da habt ihr's, was wollt ihr mehr?
Ist er nicht Fürst so gut als einer?
Schlägt er nicht Geld, wie der Ferdinand?
Hat er nicht eigenes Volk und Land?
Eine Durchlauchtigkeit läßt er sich nennen!
875 Drum muß er Soldaten halten können.

Erster Arkebusier.

Das disputirt ihm niemand nicht.
Wir aber stehn in des Kaisers Pflicht,
Und wer uns bezahlt, das ist der Kaiser.

Trompeter.

Das läugn' ich ihm, sieht er, in's Angesicht.
880 Wer uns nicht zahlt, das ist der Kaiser!
Hat man uns nicht seit vierzig Wochen
Die Löhnung immer umsonst versprochen?

Erster Arkebusier.

Ei was! das steht ja in guten Händen.

Erster Kürassier.

Fried', ihr Herrn! Wollt ihr mit Schlägen enden?
885 Ist denn darüber Zank und Zwist,
Ob der Kaiser unser Gebieter ist?
Eben drum, weil wir gern in Ehren

873: eigenes] eignes BCDFK. — 879—880: Das läugn' ich — der Kaiser!)
ausgestrichen in t.

Seine tüchtigen Reiter wären,
Wollen wir nicht seine Heerde seyn,
890 Wollen uns nicht von den Pfaffen und Schranzen
Herum lassen führen und verpflanzen.
Sagt selber! Kommt's nicht dem Herrn zu gut,
Wenn sein Kriegsvoll was auf sich halten thut?
Wer anders macht ihn als seine Soldaten
895 Zu dem großmächtigen Potentaten?
Verschafft und bewahrt ihm weit und breit
Das große Wort in der Christenheit?
Mögen sich die sein Joch auflaben,
Die mitessen von seinen Gnaden,
900 Die mit ihm tafeln im goldnen Zimmer.
Wir, wir haben von seinem Glanz und Schimmer
Nichts als die Müh' und als die Schmerzen,
Und wofür wir uns halten in unserm Herzen.

Zweyter Jäger.

Alle großen Tyrannen und Kaiser
905 Hielten's so und waren viel weiser.
Alles andre thäten sie hudeln und schänden,
Den Soldaten trugen sie auf den Händen.

Erster Kürassier.

Der Soldat muß sich können fühlen.
Wer's nicht edel und nobel treibt,
910 Lieber weit von dem Handwerk bleibt.
Soll ich frisch um mein Leben spielen,
Muß mir noch etwas gelten mehr.
Oder ich lasse mich eben schlachten
Wie der Kroat — und muß mich verachten.

Beyde Jäger.

915 Ja, über's Leben noch geht die Ehr!

889: Wollen wir — Heerde seyn] ausgestrichen in t. — 890: uns] wir uns e.
— 894—907 a: Wer anders — auf den Händen. Erster Kürassier.) ausgestrichen
in t. — 910: dem] dem c. — 912: Muß mir noch etwas gelten mehr] So gelt
ich mir gleich selbst was mehr c t v w (gleich mir t v w).

Erster Kürassier.

Das Schwert ist kein Spaten, kein Pflug,
Wer damit ackern wollte, wäre nicht klug.
Es grünt uns kein Halm, es wächst keine Saat,
Ohne Heimath muß der Soldat
920 Auf dem Erdboden flüchtig schwärmen,
Darf sich an eignem Heerd nicht wärmen,
Er muß vorbey an der Städte Glanz,
An des Dörfleins lustigen, grünen Auen,
Die Traubenlese, den Aerntekranz
925 Muß er wandernd von ferne schauen.
Sagt mir, was hat er an Gut und Werth,
Wenn der Soldat sich nicht selber ehrt?
Etwas muß er sein eigen nennen,
Oder der Mensch wird morden und brennen.

Erster Arkebusier.

930 Das weiß Gott, 's ist ein elend Leben!

Erster Kürassier.

Möcht's doch nicht für ein andres geben.
Seht, ich bin weit in der Welt 'rum kommen,
Hab' alles in Erfahrung genommen.
Hab' der hispanischen Monarchie
935 Gedient und der Republik Venedig
Und dem Königreich Napoli,
Aber das Glück war mir nirgends gnädig.
Hab' den Kaufmann gesehn und den Ritter,
Und den Handwerksmann und den Jesuiter,
940 Und kein Rock hat mir unter allen
Wie mein eisernes Wams gefallen.

Erster Arkebusier.

Ne! das kann ich eben nicht sagen.

Erster Kürassier.

Will einer in der Welt was erjagen,
Mag er sich rühren und mag sich plagen,

916: kein Pflug] ist kein Pflug c. — 921: eignem] eignem c w. — Heerd] Herd
x M. — 929: morden] rauben c. — 941: Wie] So gut als t v w.

945 Will er zu hohen Ehren und Würden,
Bück er sich unter die goldnen Bürden.
Will er genießen den Vatersegen,
Kinder und Enkelein um sich pflegen,
Treib er ein ehrlich Gewerb in Ruh.
950 Ich — ich hab' kein Gemüth dazu.
Frey will ich leben und also sterben,
Niemand berauben und niemand beerben,
Und auf das Gehudel unter mir
Leicht wegschauen von meinem Thier.

Erster Jäger.

955 Bravo! Just so ergeht es mir.

Erster Arkebusier.

Lustiger freylich mag sich's haben,
Ueber anderer Köpf' wegtraben.

Erster Küraffier.

Kamerad, die Zeiten sind schwer,
Das Schwert ist nicht bey der Wage mehr;
960 Aber so mag mir's keiner verdenken,
Daß ich mich lieber zum Schwert will lenken.
Kann ich im Krieg mich doch menschlich faffen,
Aber nicht auf mir trommeln laffen.

Erster Arkebusier.

Wer ist dran Schuld, als wir Soldaten,
965 Daß der Nährstand in Schimpf gerathen?
Der leidige Krieg, und die Noth und Plag
In die sechzehn Jahr' schon währen mag.

Erster Küraffier.

Bruder, den lieben Gott da droben,
Es können ihn Alle zugleich nicht loben.
970 Einer will die Sonn', die den andern beschwert,
Dieser will's trocken, was jener feucht begehrt.
Wo du nur die Noth siehst und die Plag,
Da scheint mir des Lebens heller Tag.

950: mir's] mir F R. — 963: nicht] ich brauche nicht t v r. — zu laffen r.

Geht's auf Kosten des Bürgers und Bauern,
597 Nun wahrhaftig, sie werden mich dauern;
Aber ich kann's nicht ändern — seht,
'S ist hier just, wie's beim Einhau'n geht,
Die Pferde schnauben und setzen an,
Liege wer will mitten in der Bahn,
980 Sey's mein Bruder, mein leiblicher Sohn,
Zerriß mir die Seele sein Jammerton,
Ueber seinen Leib weg muß ich jagen,
Kann ihn nicht sachte bey Seite tragen.

Erster Jäger.

Ei, wer wird nach dem andern fragen!

Erster Kürassier.

985 Und weil sich's nun einmal so gemacht,
Daß das Glück dem Soldaten lacht,
Laßt's uns mit beyden Händen fassen,
Lang' werden sie's uns nicht so treiben lassen.
Der Friede wird kommen über Nacht,
990 Der dem Wesen ein Ende macht;
Der Soldat zäumt ab, der Bauer spannt ein,
Eh man's denkt, wird's wieder das Alte seyn.
Jetzt sind wir noch beysammen im Land,
Wir haben's Heft noch in der Hand,
995 Lassen wir uns auseinander sprengen,
Werden sie uns den Brotkorb höher hängen.

Erster Jäger.

Nein, das darf nimmermehr geschehn!
Kommt, laßt uns Alle für Einen stehn.

Zweyter Jäger.

Ja, laßt uns Abrede nehmen, hört!

Erster Arkebusier
(ein ledernes Beutelchen ziehend, zur Marketenderin).

1000 Gevatterin, was hab' ich verzehrt?

65

974: Bauren w. — 977: Einhau'n] Einhauen c w (dann corr. w). — 982: weg]
fehlt in R. — 983: sachte] erst t. — 995: aus einander w. — 996: uns] uns noch D F R.

Marketenderin.

Ach! es ist nicht der Rede werth! (Sie rechnen.)

Trompeter.

Ihr thut wohl, daß ihr weiter geht,
Verderbt uns doch nur die Societät.

(Arkebusiere gehen ab.)

Erster Kürassier.

Schad' um die Leut'! Sind sonst wackre Brüder.

Erster Jäger.

1005 Aber das denkt wie ein Seifensieder.

Zweyter Jäger.

Jetzt sind wir unter uns, laßt hören,
Wie wir den neuen Anschlag stören.

Trompeter.

Was? wir gehen eben nicht hin.

Erster Kürassier.

Nichts, ihr Herrn, gegen die Disciplin!
1010 Jeder geht jetzt zu seinem Corps,
Trägt's den Kameraden vernünftig vor,
Daß sie's begreifen und einsehn lernen.
Wir dürfen uns nicht so weit entfernen.
Für meine Wallonen sag' ich gut.
1015 So, wie ich, jeder denken thut.

Wachtmeister.

Terzka's Regimenter zu Roß und Fuß
Stimmen alle in diesen Schluß.

Zweyter Kürassier (stellt sich zum ersten).

Der Lombard sich nicht vom Wallonen trennt.

Erster Jäger.

Freyheit ist Jägers Element.

Zweyter Jäger.

1020 Freyheit ist bey der Macht allein.
Ich leb' und sterb' bey dem Wallenstein.

1001: Rede] Mühe (verbessert in 1). — 1009: Herrn] Herren (corr. w). D J K M. —
1011: den] dem w. — 1020—1021: Freyheit ist — dem Wallenstein] ausgestrichen in t.

Erster Scharffchüz.

Der Lothringer geht mit der großen Fluth,
Wo der leichte Sinn ist und luſtiger Muth.

Dragoner.

Der Irländer folgt des Glückes Stern.

Zweyter Scharffchüz.

1025 Der Tiroler dient nur dem Landesherrn.

Erster Küraſſier.

Alſo laßt jedes Regiment
Ein Pro Memoria reinlich ſchreiben:
Daß wir zuſammen wollen bleiben,
Daß uns keine Gewalt noch Liſt
1030 Von dem Friedländer weg ſoll treiben,
Der ein Soldatenvater iſt.
Das reicht man in tiefer Devotion
Dem Piccolomini — ich meyne den Sohn —
Der verſteht ſich auf ſolche Sachen,
1035 Kann bey dem Friedländer alles machen,
Hat auch einen großen Stein im Bret
Bey des Kaiſers und Königs Majeſtät.

Zweyter Jäger.

Kommt! Dabey bleibt's! Schlagt alle ein!
Piccolomini ſoll unſer Sprecher ſeyn.

Trompeter. Dragoner. Erster Jäger. Zweyter Küraſſier.

Scharffchüzen (zugleich).

1040 Piccolomini ſoll unſer Sprecher ſeyn. (wollen fort.)

Wachtmeiſter.

Erſt noch ein Gläschen, Kameraden! (trinkt.)
Des Piccolomini hohe Gnaden!

Marketenderin (bringt eine Flaſche).

Das kommt nicht auf's Kerbholz. Ich geb' es gern.
Gute Verrichtung, meine Herrn!

1024: Irrländer w. — 1025: Tiroler] Thyroler JKM. — 1026: Alſo] Vielmehr
t. — 1027: Promemoria w. — 1033: meyn w. — 1035: machen] thun w (machen
w). — 1044: meine Herrn!] meine Herrn! | (geht.) t.

Küraffier.

1045 Der Wehrstand soll leben!

Beyde Jäger.

Der Nährstand soll geben!

Dragoner und Scharffchützen.

Die Armee soll floriren!

Trompeter und Wachtmeister. 69

Und der Friedländer soll sie regieren.

Zweyter Küraffier (fingt).

Wohl auf, Kameraden, auf's Pferd, auf's Pferd,

1050   In's Feld, in die Freyheit gezogen.

Im Felde, da ist der Mann noch was werth,

    Da wird das Herz noch gewogen.

Da tritt kein anderer für ihn ein,

Auf sich selber steht er da ganz allein.

(Die Soldaten aus dem Hintergrunde haben sich während des Gesangs herbeyge-
zogen und machen den Chor.)

Chor.

1055 Da tritt kein anderer für ihn ein,

Auf sich selber steht er da ganz allein.

Dragoner.

Aus der Welt die Freyheit verschwunden ist,

    Man sieht nur Herrn und Knechte;

Die Falschheit herrschet, die Hinterlist

1060   Bey dem feigen Menschengeschlechte.

Der dem Tod in's Angesicht schauen kann,

Der Soldat allein, ist der freye Mann.

Chor. 70

Der dem Tod in's Angesicht schauen kann,

Der Soldat allein, ist der freye Mann.

1048: Vgl. XI, 211 ff. — Wohl auf] Wohlauf e. — 1050: Freyheit] e schreibt
Freiheit.

Erster Jäger.

1065　Des Lebens Aengsten, er wirft sie weg,
　　　Hat nicht mehr zu fürchten, zu sorgen;
　　　Er reitet dem Schickal entgegen keck,
　　　Trifft's heute nicht, trifft es doch morgen.
　　　Und trifft es morgen, so lasset uns heut
1070　— Noch schlürfen die Neige der köstlichen Zeit.

Chor.

　　　Und trifft es morgen, so lasset uns heut
　　　Noch schlürfen die Neige der köstlichen Zeit.

　　　(Die Gläser sind auf's neue gefüllt worden, sie stoßen an und trinken.)

Wachtmeister.

　　　Von dem Himmel fällt ihm sein lustig Loos,
　　　Braucht's nicht mit Müh' zu erstreben,
1075　Der Fröhner, der sucht in der Erde Schooß,
　　　Da meynt er den Schatz zu erheben.
　　　Er gräbt und schaufelt so lang er lebt,
　　　Und gräbt, bis er endlich sein Grab sich gräbt.

Chor.

　　　Er gräbt und schaufelt so lang er lebt,
1080　Und gräbt, bis er endlich sein Grab sich gräbt.

Erster Jäger.

71

　　　Der Reiter und sein geschwindes Roß,
　　　Sie sind gefürchtete Gäste;
　　　Es flimmern die Lampen im Hochzeitschloß,
　　　Ungeladen kommt er zum Feste,
1085　Er wirbt nicht lange, er zeiget nicht Gold,
　　　Im Sturm erringt er den Minnesold.

Chor.

　　　Er wirbt nicht lange, er zeiget nicht Gold,
　　　Im Sturm erringt er den Minnesold.

1068: Trifft] e schreibt Trift. — 1076: meynt] meint e. — 1081: Reiter] Reuter
e. — 1085 u. 1087: wirbt] wirbet e.

Zweyter Kürassier.

Warum weint die Dirn' und zergrämet sich schier?

1090 Laß fahren dahin, laß fahren!
Er hat auf Erden kein bleibend Quartier,
Kann treue Lieb' nicht bewahren.
Das rasche Schicksal, es treibt ihn fort,
Seine Ruh' läßt er an keinem Ort.

Chor.

1095 Das rasche Schicksal, es treibt ihn fort,
Seine Ruh' läßt er an keinem Ort.

Erster Jäger

(faßt die zwey Nächsten an der Hand, die übrigen ahmen es nach; alle welche gesprochen, bilden einen großen Halbkreis).

— Drum frisch, Kameraden, den Rappen gezäumt,
Die Brust im Gefechte gelüftet.
Die Jugend brauset, das Leben schäumt,
1100 Frisch auf! eh' der Geist noch verdüftet.
Und setzet ihr nicht das Leben ein,
Nie wird euch das Leben gewonnen seyn.

Chor.

Und setzet ihr nicht das Leben ein,
Nie wird euch das Leben gewonnen seyn.

(Der Vorhang fällt, ehe der Chor ganz ausgesungen.)

1094 u. 1096: Ruh'] Ruhe e M. — 1097—1104: Drum frisch — gewonnen seyn.]
fehlt in e; ebenso sämmtliche scenische Anweisungen. — 1098: im] in w. —
1100: verdustet. A B C w r] verdüftet D F K M. — 1104: gewonnen seyn.] gewonnen seyn.

Auf des Degens Spitze die Welt jetzt liegt,
Drum froh, wer den Degen jetzt führet,
Und bleibt nur wacker zusammengefügt,
Ihr zwingt das Glück und regieret.
Es sitzt keine Krone so fest, so hoch,
Der muthige Springer erreicht sie doch.
Es sitzt keine Krone so fest, so hoch,
Der muthige Springer erreicht sie doch. r.

Die Piccolomini

in

fünf Aufzügen.

² u. ³: in fünf Aufzügen.] Ein | Schauspiel in fünf Aufzügen. | Wallensteins
Erster Theil ı.

Perfonen.

Wallenstein, Herzog zu Friedland, kaiserlicher Generalissimus im dreyßig-
    jährigen Kriege.

Octavio Piccolomini, Generallieutenant.

Max Piccolomini, sein Sohn, Oberst bey einem Kürassierregiment.

5 Graf Terzky, Wallensteins Schwager, Chef mehrerer Regimenter.

Illo, Feldmarschall, Wallenstein's Vertrauter.

Isolani, General der Kroaten.

Buttler, Chef eines Dragonerregiments.

Tiefenbach,

10 Don Maradas, } Generale unter Wallenstein.

Göß,

Kolalto,

Rittmeister Neumann, Terzky's Adjutant.

15 Kriegsrath von Questenberg, vom Kaiser gesendet.

Baptista Seni, Astrolog.

Herzogin von Friedland, Wallenstein's Gemahlin.

Thekla, Prinzessin von Friedland, ihre Tochter.

Gräfin Terzky, der Herzogin Schwester.

20 Ein Kornet.

Kellermeister des Grafen Terzky.

Friedländische Pagen und Bediente.

Terzkysche Bediente und Hoboisten.

Mehrere Obersten und Generale.

3: dreyßigjährigen] dreißigjährigen g. — Kriege] Krige C. — 4: General-
lieutenant] Generalleutnant g. — 5: Oberst] Christ D F K. — 9: Buttler] Buttler,
ein Irländer g l t. — 11 u. 12: Don Maradas, Göß] Göß, Don Maradas g. —
13: Kolalto] M schreibt überall Colalto. — 15: gesendet.] gesendet. | Oberst
Wrangel, von den Schweden gesendet g l t. — 20: Ein Kornet] Ein Kornet.¹|
Mehrere Obersten und Generale. g l t. — 21: Kellermeister — Terzky] fehlt in l t.
— des] beim g. — 24: Mehrere Obersten und Generale] Die Szene ist in Pilsen. g.
— Kellermeister beym Grafen Terzky. Kammerdiener beym Grafen Piccolomini. l t.

Erster Aufzug.

Ein alter gothischer Saal auf dem Rathhause zu Pilsen, mit Fahnen und anderm Kriegsgeräthe decorirt.

Erster Auftritt.

Illo mit Buttler und Isolani.

Illo.

Spät kommt ihr — Doch ihr kommt! Der weite Weg,
Graf Isolan, entschuldigt euer Säumen.

Isolani.

Wir kommen auch mit leeren Händen nicht!
Es ward uns angesagt bey Donauwerth,
5 Ein schwedischer Transport sey unterwegs
Mit Proviant, an die sechshundert Wagen. —
Den griffen die Kroaten mir noch auf,
Wir bringen ihn.

Illo.
　　　　　　Er kommt uns grad zu paß,
Die stattliche Versammlung hier zu speisen.

Buttler.
10 Es ist schon lebhaft hier, ich seh's.

mit Fahnen — decorirt] fehlt in t. — Illo] Illo (beim Hereintreten). t. —
1—2: Spät — Säumen.]
　　　Gut, daß ihrs seid, daß wir euch haben! Wußt ichs doch,
　　　Graf Isolan bleibt nicht aus, wenn sein Chef (Feldherr w)
　　　Auf ihn gerechnet hat. — Willkommen Oberst Buttler
　　　Im Böhmerlande! Euer treuer Eifer
　　　Hat sich auch jetzt bewährt wie immerdar. w (dann getilgt und der
jetzige Text hergestellt w). — 4: Donauwerth] Donauwörth M.

Isolani.

Ja, ja,
Die Kirchen selber liegen voll Soldaten,
　　　　　　(sich umschauend)
Auch auf dem Rathhaus, seh' ich, habt ihr euch
Schon ziemlich eingerichtet — Nun! nun! der Soldat
Behilft und schickt sich wie er kann!

Illo.

15 Von dreyßig Regimentern haben sich
Die Obersten zusammen schon gefunden,
Den Terzky trefft ihr hier, den Tiefenbach,
Kolalto, Götz, Marabas, Hinnersam,
Auch Sohn und Vater Piccolomini, —
20 Ihr werdet manchen alten Freund begrüßen.
Nur Gallas fehlt uns noch und Altringer.

Buttler.

Auf Gallas wartet nicht.

Illo (stutzt).

Wie so? Wißt ihr —

Isolani (unterbricht ihn).

Max Piccolomini hier? O! führt mich zu ihm.
Ich seh' ihn noch — es sind jetzt zehen Jahr —
25 Als wir bey Dessau mit dem Mansfeld schlugen,
Den Rappen sprengen von der Brücke herab,
Und zu dem Vater, der in Nöthen war,
Sich durch der Elbe reißend Wasser schlagen.
Da sproßt' ihm kaum der erste Flaum um's Kinn,
30 Jetzt, hör' ich, soll der Kriegsheld fertig seyn.

Illo.

Ihr sollt ihn heut' noch sehn. Er führt aus Kärnthen

10a—14: Isolani. Ja, ja, — wie er kann!] fehlt in l t. — 13: Schon ziem-
lich] Ganz artig w (corr. w). — 14: Behilft] Hilft sich w ('sich' getilgt w). —
15: zusammen schon gefunden,] die Chefs schon eingefunden w (corr. w). —
18: Kolalto] M schreibt überall Colalto. — 22a: ihn] ihn schnell w (getilgt w). —
23: hier] fehlt in l. — 26: Brücke] Brück C D J K M.

Die Fürstin Friedland her und die Prinzessin,
Sie treffen diesen Vormittag noch ein.

Buttler.

Auch Frau und Tochter ruft der Fürst hieher?
35 Er ruft hier viel zusammen.

Isolani.

Desto besser.
Erwartet' ich doch schon von nichts als Märschen
Und Batterien zu hören und Attaken;
Und siehe da! der Herzog sorgt dafür, ·
Daß auch was Holdes uns das Aug' ergötze.

Illo
(der nachdenkend gestanden, zu Buttlern, den er ein wenig auf die Seite führt).
40 Wie wißt ihr, daß Graf Gallas außen bleibt?

Buttler (mit Bedeutung).

Weil er auch mich gesucht zurückzuhalten.

Illo (warm).

Und Ihr seyd fest geblieben?
(drückt ihm die Hand).
Wackrer Buttler!

Buttler.

Nach der Verbindlichkeit, die mir der Fürst
Noch kürzlich aufgelegt —

Illo.

45 Ja, Generalmajor! Ich gratulire!

Isolani.

Zum Regiment, nicht wahr? das ihm der Fürst
Geschenkt? Und noch dazu dasselbe, hör' ich,
Wo er vom Reiter hat heraufgedient?
Nun, das ist wahr! dem ganzen Corps gereicht's
50 Zum Sporn, zum Beyspiel, macht einmal ein alter
Verdienter Kriegsmann seinen Weg.

Buttler.

Ich bin verlegen,

75

Ob ich den Glückwunsch schon empfangen darf,
— Noch fehlt vom Kaiser die Bestätigung.

Isolani.

Greif zu! greif zu! Die Hand, die ihn dahin
55 Gestellt, ist stark genug ihn zu erhalten,
Trotz Kaiser und Ministern.

Illo.   81
        Wenn wir alle
So gar bedenklich wollten seyn!
Der Kaiser giebt uns nichts — vom Herzog
Kommt alles, was wir hoffen, was wir haben.

Isolani (zu Illo).

60 Herr Bruder! Hab' ich's schon erzählt? Der Fürst
Will meine Kreditoren contentiren,
Will selber mein Kassier seyn künftighin,
Zu einem ordentlichen Mann mich machen.
Und das ist nun das drittemal, bedenk' Er!
65 Daß mich der Königlichgesinnte vom
Verderben rettet, und zu Ehren bringt.

Illo.

Könnt' er nur immer wie er gerne wollte!
Er schenkte Land und Leut' an die Soldaten.
Doch wie verkürzen sie in Wien ihm nicht den Arm,
70 Beschneiden wo sie können ihm die Flügel! —
Da! diese neuen, saubern Foderungen,
Die dieser Questenberger bringt!

53: vom Kaiser die Bestätigung.] mir die Bestätigung vom Kaiser t w (corr. w),
mir die Bestätigung vom Hofe. t. — .... Kaiser.
        Illo.
     Und soll ich rathen, wartet nicht darauf.
     Seid ihr doch im Besitz, das ist das Wesen.
        Isolani.
     Greif zu ꝛc. w (dann getilgt w).
56: Trotz Kaiser und Ministern.] fehlt in t, gestrichen in w, dann wiederhergestellt w. — 59: Der Kaiser giebt uns nichts — ausgestrichen in t. — 65 u. 66: Königlichgesinnte | Vom Elend rettet w (corr. w).

Buttler.

Ich habe mir
Von diesen kaiserlichen Foderungen auch
Erzählen lassen — doch ich hoffe,
75 Der Herzog wird in keinem Stücke weichen.

Illo.   82

Von seinem Recht gewißlich nicht, wenn nur nicht
— Vom Platze!

Buttler (betroffen).

Wißt Ihr etwas? Ihr erschreckt mich.

Isolani (zugleich).

Wir wären alle ruinirt!

Illo.

Brecht ab!

Ich sehe unsern Mann dort eben kommen
80 Mit Gen'ralleutnant Piccolomini.

Buttler (den Kopf bedenklich schüttelnd).

Ich fürchte,

Wir gehn nicht von hier, wie wir kamen.

Zwenter Auftritt.

Vorige. Octavio Piccolomini. Questenberg.

Octavio (noch in der Entfernung).

Wie? Noch der Gäste mehr? Gestehn Sie, Freund!
Es brauchte diesen thränenvollen Krieg,

74: kaiserlichen] neuesten t. — 76: seinem] einem R. — 80: Gen'ralleutnant]
Gen'ralleutnant R. — 82: Wie? Noch der Gäste mehr? Gestehn Sie, Freund!]
Ei, ei, noch immer mehr der neuen Gäste? i. (ebenso t v w; dann:) (zu Questen-
berg:)

    Gestehn Sie Freund! Kein Kriegeslager hat
    So viele Heldenhäupter noch vereinigt.
        (indem sie näher treten:)
    Graf Isolan, willkommen!
        Isolani.
        Eben angelangt
    Herr Bruder — wär' sonst meine Pflicht gewesen — t v w (dann corr. w)

So vieler Helden ruhmgekrönte Häupter
85 In Eines Lagers Umkreis zu versammeln.

Questenberg.

In kein Friedländisch Heereslager komme,
Wer von dem Kriege Böses denken will.
Beinah' vergessen hätt' ich seine Plagen,
Da mir der Ordnung hoher Geist erschienen,
90 Durch die er, Weltzerstörend, selbst besteht,
Das Große mir erschienen, das er bildet.

Octavio.

Und siehe da! ein tapfres Paar, das würdig
Den Heldenreihen schließt. Graf Isolan
Und Obrist Buttler. — Nun, da haben wir
95 Vor Augen gleich das ganze Kriegeshandwerk.

(Buttlern und Isolani präsentirend)

Es ist die Stärke, Freund, und Schnelligkeit.

Questenberg (zu Octavio).

Und zwischen beyden, der erfahrne Rath.

Octavio (Questenbergen an jene vorstellend).

Den Kammerherrn und Kriegsrath Questenberg,
Den Ueberbringer kaiserlicher Befehle,
100 Der Soldaten großen Gönner und Patron
Verehren wir in diesem würdigen Gaste.

(allgemeines Stillschweigen.)

Illo (nähert sich Questenbergen).

Es ist das erstemal nicht, Herr Minister,
Daß Sie im Lager uns die Ehr' erweisen.

85 a:—91: Questenberg. In kein — er bildet.] fehlt in l t, ebenso ursprünglich in w, dann von Schiller eingeschrieben. — 90: Weltzerstörend] Weltzerstöhrend
A B C D (A schreibt einzelne Male stöhren, zerstöhren.) — 92—93: Und siehe da! —
Graf Isolan] fehlt in l t w. — 94—95: Nun da haben wir — Kriegeshandwerk.]
        Mich erfreut's mit einem
    Verdienten Mann Bekanntschaft zu erneuern.
    — Sieh! sieh! Da hätten wir ja gleich die Summa
    Des ganzen Kriegeshandwerks vor den Augen. l t w (dann corr. w).
95 a: (Buttlern und Isolani präsentirend)] An Questenbergen, Buttlern und
Isolani präsentirend:) l t w (corr. w). — 96: Stärke, Freund, und Schnelligkeit.]
Stärke und Geschwindigkeit. l t w (corr. w). — 97: der erfahrne Rath.] die erfahrne Klugheit. l t w (dann corr. w).

Questenberg.

Schon einmal sah ich mich vor diesen Fahnen.

Illo. 84

105 Und wissen Sie, wo das gewesen ist?
Zu Znaim war's, in Mähren, wo Sie Sich
Von Kaisers wegen eingestellt, den Herzog
Um Uebernahm' des Regiments zu flehen.

Questenberg.

Zu flehn, Herr General? So weit ging weder
110 Mein Auftrag, daß ich wüßte, noch mein Eifer.

Illo.

Nun! Ihn zu zwingen, wenn Sie wollen. Ich
Erinnre mich's recht gut — Graf Tilly war
Am Lech aufs Haupt geschlagen — offen stand
Das Baierland dem Feind — nichts hielt ihn auf,
115 Bis in das Herz von Oestreich vorzudringen.
Damals erschienen Sie und Werdenberg
Vor unserm Herrn, mit Bitten in ihn stürmend,
Und mit der kaiserlichen Ungnad drohend,
Wenn sich der Fürst des Jammers nicht erbarme.

Isolani (tritt dazu).

120 Ja, ja! 's ist zu begreifen, Herr Minister,
Warum Sie Sich bey Ihrem heut'gen Auftrag
An jenen alten just nicht gern erinnern.

Questenberg.

Wie sollt' ich nicht! Ist zwischen beyden doch
Kein Widerspruch! Damalen galt es, Böhmen
125 Aus Feindes Hand zu reißen, heute soll ich's 85
Befrehn von seinen Freunden und Beschützern.

Illo.

Ein schönes Amt! Nachdem wir dieses Böhmen,
Mit unserm Blut, dem Sachsen abgefochten,
Will man zum Dank uns aus dem Lande werfen.

125—126: soll ich's — Beschützern] bin ich
Geschickt, das unglückselge Land von seinen
Bertheidigern und Freunden zu erlösen. I w (corr. w).

Questenberg.

130 Wenn es nicht bloß ein Elend mit dem andern
Vertauscht soll haben, muß das arme Land
Von Freund und Feindes Geißel gleich befreyt seyn.

Illo.

Ei was! Es war ein gutes Jahr, der Bauer kann
Schon wieder geben.

Questenberg.

Ja, wenn Sie von Heerden
135 Und Weideplätzen reden, Herr Feldmarschall —

Isolani.

Der Krieg ernährt den Krieg. Geh'n Bauern drauf,
Ei, so gewinnt der Kaiser mehr Soldaten.

Questenberg.

Und wird um so viel Unterthanen ärmer!

Isolani.

Pah! Seine Unterthanen sind wir alle!

Questenberg.

140 Mit Unterschied, Herr Graf! Die einen füllen
Mit nützlicher Geschäftigkeit den Beutel,
Und andre wissen nur ihn brav zu leeren.
Der Degen hat den Kaiser arm gemacht;
Der Pflug ist's, der ihn wieder stärken muß.

Buttler.

145 Der Kaiser wär' nicht arm, wenn nicht so viel
— Blutigel saugten an dem Mark des Landes.

Isolani.

So arg kann's auch nicht seyn. Ich sehe ja,

(indem er sich vor ihn hinstellt und seinen Anzug mustert)

Es ist noch lang nicht alles Gold gemünzt.

Questenberg.

Gottlob! Noch etwas weniges hat man
150 Geflüchtet — vor den Fingern der Kroaten.

130: es] er w (es w). — bloß] blos B C D F N. — 131: das arme Land] der arme Landmann l w (corr. w). — 136: Gehen Bauren w. — 138: wird] mir l. — 144 a — 146: Buttler. Der Kaiser — des Landes] fehlt in l t, gestrichen w, wiederhergestellt w.

Illo.

Da! der Slawata und der Martiniß,
Auf die der Kaiser, allen guten Böhmen
Zum Aergernisse, Gnadengaben häuft —
Die sich vom Raube der vertriebnen Bürger mästen —
155 Die von der allgemeinen Fäulniß wachsen,
Allein im öffentlichen Unglück ärnten —
Mit königlichem Prunk dem Schmerz des Landes
Hohn sprechen — die und ihres Gleichen läßt
Den Krieg bezahlen, den verderblichen,   87
160 Den sie allein doch angezündet haben.

Buttler.

Und diese Landschmaruzer, die die Füße
Beständig unterm Tisch des Kaisers haben,
Nach allen Beneßzen hungrig schnappen,
Die wollen dem Soldaten, der vor'm Feind liegt,
165 Das Brod vorschneiden und die Rechnung streichen.

Isolani.

Mein Lebtag denk' ich dran, wie ich nach Wien
Vor sieben Jahren kam, um die Remonte
Für unsre Regimenter zu betreiben,
Wie sie von einer Ante camera
170 Zur andern mich herumgeschleppt, mich unter
Den Schranzen stehen lassen, stundenlang,
Als wär' ich da, um's Gnadenbrot zu betteln.
Zuletzt — da schickten sie mir einen Kapuziner,
Ich dacht', es wär' um meiner Sünden willen!
175 Nein doch, das war der Mann, mit dem

150 a: Illo.] Buttler. t. — 151: Da! der] Da den K. — und der] und
den K. — 152—153: Auf die — Gnadengaben häuft] ausgestrichen in t. — 155:
Die — wachsen] gestrichen w, wiederhergestellt w. — 156: ärnten] M schreibt
ernten, Ernte x. — 158: ihres Gleichen] Ihresgleichen M. — 161: Landschmaruzer]
Landschmaruzer B C D F K. — 162: haben,] haben,
    Wie freche Fliegen sich auf jeden Honig setzen, 1 w (getilgt w).
164: vorm] vor dem 1 w (corr. w). — 165 a—257: Isolani. Mein Lebtag —
diese Fahnen.] fehlt in t. — 169: Ante camera] Antecamera K M. — 173: Gnaden-
brot] Gnadenbrod C D F M. — 174: Sünden] Sünde D F K.

Ich um die Reiterpferde sollte handeln.
Ich mußt' auch abziehn, unverrichteter Ding.
Der Fürst nachher verschaffte mir in drey Tagen,
Was ich zu Wien in dreyßig nicht erlangte.

Questenberg.

180 Ja, ja! Der Posten fand sich in der Rechnung,
Ich weiß, wir haben noch daran zu zahlen.

Illo.

Es ist der Krieg ein roh, gewaltsam Handwerk.
Man kommt nicht aus mit sanften Mitteln, alles
Läßt sich nicht schonen. Wollte man's erpassen,
185 Bis sie zu Wien aus vier und zwanzig Uebeln
Das kleinste ausgewählt, man paßte lange!
— Frisch mitten durchgegriffen, das ist besser!
Reiß dann, was mag! — Die Menschen, in der Regel,
Verstehen sich aufs Flicken und aufs Stückeln,
190 Und finden sich in ein verhaßtes Müssen
Weit besser, als in eine bittre Wahl.

Questenberg.

Ja, das ist wahr! Die Wahl spart uns der Fürst.

Illo.

Der Fürst trägt Vatersorge für die Truppen,
Wir sehen, wie's der Kaiser mit uns meynt.

Questenberg.

195 Für jeden Stand hat er ein gleiches Herz,
Und kann den einen nicht dem andern opfern.

Isolani.

Drum stößt er uns zum Raubthier in die Wüste,
Um seine theuren Schaafe zu behüten.

Questenberg (mit Hohn).

Herr Graf! Dies Gleichniß machen Sie — nicht ich.

186: lange!] lange:
Das Schlimmste immer ist, daß (das w) man just fühlt: I w (getilgt w).
189: Stückeln] Stickeln t. — 192 a: Ille] Buttler w (corr. w). — 198: Schaafe]
Schafe 8 M. — 199 a: Ille] Buttler I w (corr. w).

Illo.

200 Doch wären wir, wofür der Hof uns nimmt,
.Gefährlich wär's, die Freyheit uns zu geben.

Questenberg (mit Ernst).

Genommen ist die Freyheit, nicht gegeben,
Drum thut es Noth, den Zaum ihr anzulegen.

Illo.

Ein wildes Pferd erwarte man zu finden.

Questenberg.

205 Ein beß'rer Reiter wird's besänftigen.

Illo.

Es trägt den Einen nur, der es gezähmt.

Questenberg.

Ist es gezähmt, so folgt es einem Kinde.

Illo.

Das Kind, ich weiß, hat man ihm schon gefunden.

Questenberg.

Sie kümmre nur die Pflicht und nicht der Name.

Buttler   90

(der sich bisher mit Piccolomini seitwärts gehalten, doch mit sichtbarem Antheil
an dem Gespräch, tritt näher).

210 Herr Präsident! Dem Kaiser steht in Deutschland

200: (In w ist ein Blatt beigeheftet, worauf sich die Verse 200—317 zum Theil
in der endgiltigen Redaktion (209—257), zum Theil im Entwurf (200—208,
258—317) befinden und deſſen urſprünglichen Text wir mit w¹, die Correcturen ꝛc.
Schillers mit w¹ bezeichnen.) — 203a—257: Illo. Ein wildes — dieſe Fahnen.]
fehlt in l. — 203a—208: Illo. Ein wildes — gefunden.] getilgt w, wiederhergeſtellt w¹. — 205: Wild macht es nur der desperate Reiter. w¹, Ein beß'rer —
beſänftigen. w w¹. — 206: Und nur den Einen trägt es, der es zähmt. w¹, Es
trägt den Einen nur, der es gezähmt. w. — 207a: Illo] Buttler w, Illo w¹,
Iſolan (höhniſch lachend) w¹. — 208: Dieß Kind iſt ihres Kaiſers Sohn, Herr
Oberſt. w, Das Kind, ich weiß, hat man ihm ſchon gefunden. w¹, Das Kind
iſt ihres Kaiſers Sohn w¹ (dann getilgt). — 209: Name.] Nahme.

Illo.

Der Nahme macht die Pflichten ſchwer und leicht.

Queſtenberg.

Die ſchwere Pflicht iſt wie die leichte heilig. w¹ (getilgt w¹).

209a: Geſpräch] Geſpräche M.

Ein stattlich Kriegsvolk da, es kantoniren
In diesem Königreich wohl dreyßigtausend,
Wohl sechzehntausend Mann in Schlesien;
Zehn Regimenter stehn am Weserstrom,
215 Am Rhein und Main; in Schwaben bieten sechs,
In Baiern zwölf den Schwedischen die Spitze.
Nicht zu gedenken der Besatzungen,
Die an der Grenz' die festen Plätze schirmen.
All dieses Volk gehorcht Friedländischen
220 Hauptleuten. Die's befehligen sind alle
In Eine Schul' gegangen, Eine Milch
Hat sie ernährt, Ein Herz belebt sie alle.
Fremdlinge stehn sie da auf diesem Boden,
Der Dienst allein ist ihnen Haus und Heimat.
225 Sie treibt der Eifer nicht für's Vaterland,
Denn Tausende, wie mich, gebahr die Fremde
Nicht für den Kaiser, wohl die Hälfte kam
Aus fremdem Dienst feldflüchtig uns herüber,
Gleichgültig, unter'm Doppelabler fechtend,
230 Wie unter'm Löwen und den Lilien.
Doch Alle führt an gleich gewalt'gem Zügel
Ein Einziger, durch gleiche Lieb' und Furcht
Zu Einem Volke sie zusammen bindend.   91
Und wie des Blitzes Funke sicher, schnell,
235 Geleitet an der Wetterstange, läuft,
Herrscht sein Befehl vom letzten fernen Posten,
Der an die Dünen branden hört den Belt,
Der in der Etsch fruchtbare Thäler sieht,

211: kantoniren] cautonnieren M. — 216: Baiern] M schreibt überall Bayern.
— 224: Heimat] Heimath M. — 230: Lilien.] Lilien.
            Nicht für den Pabst, diese tausende sind drunter
            Die ihm von Herzen abgesagt wie ich. w¹ (getilgt w¹).
233: zusammen bindend] zusammenbindend B C D F K R. — 235—236: läuft —
Posten] läuft,
            Durchdringt sein Will, der herrschende [corr.: herrschender Befehl] das Ganze.
            Es regt in diesem weit zerstreuten Körper
            Nur ein Gedanke sich, vom fernen Posten, w¹, corr. w¹.

84

Bis zu der Wache, die ihr Schilderhaus
240 Hat aufgerichtet an der Kaiserburg.

Questenberg.

Was ist der langen Rede kurzer Sinn?

Buttler.

Daß der Respect, die Neigung, das Vertraun,
Das uns dem Friedland unterwürfig macht,
Nicht auf den ersten besten sich verpflanzt,
245 Den uns der Hof aus Wien herübersendet.
Uns ist in treuem Angedenken noch,
Wie das Kommando kam in Friedland's Hände.
War's etwa kaiserliche Majestät,
Die ein gemachtes Heer ihm übergab,
250 Den Führer nur gesucht zu ihren Truppen?
— Noch gar nicht war das Heer. Erschaffen erst
Mußt' es der Friedland, er empfing es nicht,
Er gab's dem Kaiser! Von dem Kaiser nicht
Erhielten wir den Wallenstein zum Feldherrn.
255 So ist es nicht, so nicht! Vom Wallenstein
Erhielten wir den Kaiser erst zum Herrn,
Er knüpft uns, er allein, an diese Fahnen.

92

Octavio (tritt dazwischen).

Es ist nur zur Erinnerung, Herr Kriegsrath,
Daß Sie im Lager sind und unter Kriegern. —
260 Die Kühnheit macht, die Freyheit den Soldaten. —
Vermöcht' er keck zu handeln, dürft' er nicht

245: der Hof] die unsichtbare Majestät | Nach Staatsraison w¹, corr. w¹. —
249: untergeben w¹, übergab w¹. — 254: zum General den Herzog w¹, den Wallenstein zum Feldherrn. w¹. — 255: General w¹, Wallenstein w¹. — 257: Fahnen.]
Fahnen.

Piccolomini
(nach einem allgemeinen Stillschweigen, worinn Questenberg sein Erstaunen, die
andern ihre Zufriedenheit blicken lassen).
Es ist nur Questenberg, damit einmal
Des Lagers freie Sitte Sie erproben. w¹, getilgt w¹.
260: Die Freiheit macht, das Selbstgefühl den Krieger. w¹.

Keck reden auch? — Eins geht ins andre drein. —
Die Kühnheit dieses würd'gen Officiers,

(auf Buttlern zeigend)

Die jetzt in ihrem Ziel sich nur vergriff,
265 Erhielt, wo nichts als Kühnheit retten konnte,
Bei einem furchtbarn Aufstand der Besatzung,
Dem Kaiser seine Hauptstadt Prag.

(man hört von fern eine Kriegsmusik.)

Illo.

Das sind sie!

Die Wachen salutiren — Dies Signal
Bedeutet uns, die Fürstin sey herein.

Octavio (zu Questenberg).

270 So ist auch mein Sohn Max zurück. Er hat sie
Aus Kärnthen abgeholt und hergeleitet.

Isolani (zu Illo).

Gehn wir zusammen hin, sie zu begrüßen?

Illo.

Wohl! Laßt uns gehen. Oberst Buttler, kommt!

(zum Octavio)

Erinnert euch, daß wir vor Mittag noch
275 Mit diesem Herrn beym Fürsten uns begegnen.

263: würd'gen Officiers] tapfern w1. — 264: angreift w1. — 267: Das sind
sie!] Da sind sie! t. — 267—268: Dem Kaiser — Signal]
Die erste Bestung seines Reichs dem Kaiser.
(Man hört von Fern ein Freudengeschrei, von einer kriegerischen Musik begleitet.)
Das sind sie! Sie sind angelangt! Dieß Jauchzen w1.
267a: Illo] fehlt w1 (eingeschrieben w1). — 269a: (zu) (zum D F K.
269a—271: Octavio — hergeleitet.] fehlt w1. — 271a: Isolani (zu Illo).]
Isolani (zu Illo und Buttler) w1, Octavio w1. — 273: Oberst] Obrist
D F K. — 273:
— — — Oberst Buttler, kommt!
Eur Regiment habt ihr mit tapfrer Zunge
So gut verdient als mit dem tapfern Schwert. w1 (getilgt w1).
274: daß noch vor Mittag wir w1 (corr. w1).

Dritter Auftritt.

Octavio und Questenberg die zurückbleiben.

Questenberg.

(mit Zeichen des Erstaunens)

Was hab' ich hören müssen, Genralleutnant!
Welch zügelloser Trotz! Was für Begriffe!
— Wenn dieser Geist der allgemeine ist —

Octavio.

Drey Viertel der Armee vernahmen Sie.

Questenberg.

280 Weh uns! Wo dann ein zweytes Heer gleich finden,
Um dieses zu bewachen! — Dieser Illo, fürcht' ich,
Denkt noch viel schlimmer als er spricht. Auch dieser Buttler
Kann seine böse Meynung nicht verbergen.

276: Genralleutnant] Generalleutnant C t, Generallieutenant D J R. — 281: zu
bewachen] zu bewahren ! D J R. — Dieser Illo] Dieser Buttler, t. — 281—289:
fürcht' ich — dieser Buttler] fehlt in t. — 282—284: Denkt — nichts weiter !]
Denkt noch viel schlimmer als er spricht.

Piccolomini.

Er ist
Die rechte Hand des Fürsten, den er selbst
Zum Werkzeug brauchet einer alten Rache,
Die Östreich unversöhnlich er geschworen.
Verbrechens halber von dem Heer gejagt,
Schon vor dem Kriege, fand er einen Freund
Im Fürsten, der ihn aufnahm und erhöhte
Und Trotz dem Kaiser beut mit solchem Diener.

Questenberg.

Auch diesen kleinen Buttler nagt die Wut.

Piccolomini.

Wenns nicht vielleicht Empfindlichkeit nur ist. w¹. —

282—283: als er spricht — verbergen.]
— — — — als er spricht.

Octavio.

Er ist
Des Fürsten Busenfreund, sein erstes Werkzeug. .

Questenberg.

Auch dieser Buttler kann den Grimm
Ins Herzens böse Meinung nicht verbergen. w (corr. w).

Octavio.

Empfindlichkeit — gereizter Stolz — nichts weiter! —
285 Diesen Buttler geb' ich noch nicht auf, ich weiß,
Wie dieser böse Geist zu bannen ist.

Questenberg
(voll Unruh auf und abgehend)

Nein! das ist schlimmer, o! viel schlimmer, Freund!
Als wir's in Wien uns hatten träumen lassen.
Wir sahen's nur mit Höflingsaugen an,
290 Die von dem Glanz des Throns geblendet waren;
Den Feldherrn hatten wir noch nicht gesehn,
Den allvermögenden, in seinem Lager,
Hier ist's ganz anders!
Hier ist kein Kaiser mehr. Der Fürst ist Kaiser!
295 Der Gang, den ich an Ihrer Seite jetzt
Durch's Lager that, schlägt meine Hoffnung nieder.

Octavio.

Sie seh'n nun selbst, welch ein gefährlich Amt
Es ist, das Sie vom Hof mir überbrachten —
Wie mißlich die Person, die ich hier spiele.
300 Der leiseste Verdacht des Generals,

285: Diesen Buttler] Den Treuen w¹, Den Buttler w¹. — 286: Die Formel,
diesen Dämon zu beschwören. w¹, Eine Formel, diesen bösen Geist zu bannen w¹
(dann nochmals in die jetzige Form corrigirt). — 287–296: Questenberg —
nieder.]

Questenberg.
Nein! Das ist schlimmer, o viel schlimmer Freund
Als wirs erwartet hatten, wir in Wien!
Wir sahens nur mit Höflings Augen an,
Uns blendete des Thrones naher Glanz
Des heilig festgegründeten, als wir
Berechneten die Kühnheit des Vasallen.
Den Feldherrn hatten wir noch nicht gesehn
Im Mittelpunkt der Macht. Hier ists ganz anders
Hier ist kein Kaiser mehr, der Fürst ist Kaiser.
Der Gang, den Sie durchs Lager heut mich führten,
Raubt meine Hofnung mir, mit der ich kam. w¹.
(Die Verse: 'Uns blendete — Vasallen' getilgt w¹.) — 297: sehen w. — ein ge-
fährlich] hoch bedenklich w¹, ein bedenklich w¹.

Er würde Freyheit mir und Leben kosten,
Und sein verwegenes Beginnen nur
Beschleunigen.

Questenberg.

　　　　Wo war die Ueberlegung,
Als wir dem Rasenden das Schwert vertraut,
305 Und solche Macht gelegt in solche Hand!
Zu stark für dieses' schlimmverwahrte Herz
War die Versuchung! Hätte sie doch selbst　　　　95
Dem bessern Mann gefährlich werden müssen!
Er wird sich weigern, sag' ich Ihnen,
310 Der kaiserlichen Ordre zu gehorchen. —
Er kann's und wird's. — Sein unbestrafter Trotz
Wird unsre Ohnmacht schimpflich offenbaren.

Octavio.

Und glauben Sie, daß er Gemahlin, Tochter,
Umsonst hieher ins Lager kommen ließ,
315 Gerade jetzt, da wir zum Krieg uns rüsten?
Daß er die letzten Pfänder seiner Treu
Aus Kaisers Landen führt, das deutet uns
Auf einen nahen Ausbruch der Empörung.

302—317: Und sein verwegenes — das deutet uns]
　　Und Flügel leihn dem frevelnden Beginnen.
　　　　Questenberg.
　　Wo war die Überlegung hingeflohn,
　　Als wir dem Mächtigen die Macht verliehn?
　　Zu stark für dieses schlimmverwahrte Herz
　　War die Versuchung, Zwiespalt [doch selbst w] hätte sie
　　Auch in des bessern Mannes Brust entzündet.
　　— Er wird, ich sags, sich weigern zu gehorchen,
　　Er kanns und wirds, sein unbestrafter Trotz
　　Wird unsre Ohnmacht schädlich offenbaren.
　　　　Piccolomini.
　　Und glauben Sie, daß er Gemahlin, Tochter,
　　Umsonst hieher berufen, eben jetzt?
　　Daß er der Treue letzte Unterpfänder
　　Zieht aus des Kaisers Hand, verkündet uns wl.

306—308: Zu stark — werden müssen!] fehlt in lt, gestrichen w, wiederhergestellt w.

Questenberg.

Weh uns! und wie dem Ungewitter stehn,
320 Das drohend uns umzieht von allen Enden?
Der Reichsfeind an den Grenzen, Meister schon
Vom Donaustrom, stets weiter um sich greifend —
Im innern Land des Aufruhrs Feuerglocke —
Der Bauer in Waffen — alle Stände schwürig —
325 Und die Armee, von der wir Hülf' erwarten,
Verführt, verwildert, aller Zucht entwohnt —
Vom Staat, von ihrem Kaiser losgerissen,
Vom Schwindelnden die schwindelnde geführt,
Ein furchtbar Werkzeug, dem verwegensten
330 Der Menschen blind gehorchend hingegeben —

Octavio.

Verzagen wir auch nicht zu früh, mein Freund!
Stets ist die Sprache kecker als die That,
Und mancher, der in blindem Eifer jetzt
Zu jedem Aeußersten entschlossen scheint,
335 Findet unerwartet in der Brust ein Herz,
Spricht man des Frevels wahren Namen aus.
Zudem — ganz unvertheidigt sind wir nicht.
Graf Altringer und Gallas, wissen Sie,
Erhalten in der Pflicht ihr kleines Heer —
340 Verstärken es noch täglich. — Ueberraschen
Kann er uns nicht, Sie wissen, daß ich ihn
Mit meinen Horchern rings umgeben habe;
Vom kleinsten Schritt erhalt' ich Wissenschaft
Sogleich — ja, mir entdeckt's sein eigner Mund.

Questenberg.

345 Ganz unbegreiflich ist's, daß er den Feind nicht merkt
An seiner Seite.

Octavio.

Denken Sie nicht etwa,

320: umzieht] umgiebt t., — 324: schwürig] schwierig t M. — 328: Vom Schwindelnden — geführt] fehlt in t, gestrichen w, wiederhergestellt w. — 335: Findet] Find't C D F K M.

Daß ich durch Lügenkünste, gleißnerische
Gefälligkeit in seine Gunst mich stahl,
Durch Heuchelworte sein Vertrauen nähre.
350 Befiehlt mir gleich die Klugheit und die Pflicht, 97
Die ich dem Reich, dem Kaiser schuldig bin,
Daß ich mein wahres Herz vor ihm verberge,
Ein falsches hab' ich niemals ihm geheuchelt!

Questenberg.

Es ist des Himmels sichtbarliche Fügung.

Octavio.

355 Ich weiß nicht, was es ist — was ihn an mich
Und meinen Sohn so mächtig zieht und kettet.
Wir waren immer Freunde, Waffenbrüder;
Gewohnheit, gleichgetheilte Abentheuer
Verbanden uns schon frühe — doch ich weiß
360 Den Tag zu nennen, wo mit einem Mal
Sein Herz mir aufging, sein Vertrauen wuchs.
Es war der Morgen vor der Lützner Schlacht —
Mich trieb ein böser Traum, ihn aufzusuchen,
Ein ander Pferd zur Schlacht ihm anzubieten.
365 Fern von den Zelten, unter einem Baum
Fand ich ihn eingeschlafen. Als ich ihn
Erweckte, mein Bedenken ihm erzählte,
Sah er mich lange staunend an; drauf fiel er
Mir um den Hals, und zeigte eine Rührung,
370 Wie jener kleine Dienst sie gar nicht werth war.
Seit jenem Tag verfolgt mich sein Vertrauen
In gleichem Maaß, als ihn das meine flieht.

Questenberg. 98

Sie ziehen Ihren Sohn doch in's Geheimniß?

355a—372a: Octavio. Ich weiß nicht — meine flieht. Octavio.] fehlt in t.
— 358: Abentheuer] K W schreiben überall Abenteuer. — 361: wuchs] sich
Mit jedem Tage wachsend an mich schloß. t w.
362—372: Es war der Morgen — meine flieht.] fehlte w, beigeschrieben w. —
372: Maaß] M schreibt Maß.
Schiller, sämmtl. Schriften. hist.-krit. Ausg. XII. 6

Octavio.

Nein!

Questenberg.

Wie? auch warnen wollen Sie ihn nicht,
375 In welcher schlimmen Hand er sich befinde?

Octavio.

Ich muß ihn seiner Unschuld anvertrauen.
Verstellung ist der offnen Seele fremd,
Unwissenheit allein kann ihm die Geistesfreyheit
Bewahren, die den Herzog sicher macht.

Questenberg (besorglich).

380 Mein würd'ger Freund! Ich hab' die beste Meynung
Vom Oberst Piccolomini — doch — wenn —
Bedenken Sie —

Octavio.

Ich muß es darauf wagen — Still! Da kommt er.

Vierter Auftritt.

Max Piccolomini. Octavio Piccolomini. Questenberg.

Max.

Da ist er ja gleich selbst. Willkommen, Vater!
(er umarmt ihn. Wie er sich umwendet, bemerkt er Questenberg und tritt kalt
zurück.)
385 Beschäftigt, wie ich seh? Ich will nicht stören.

Octavio.

Wie, Max? Sieh diesen Gast doch näher an.
Aufmerksamkeit verdient ein alter Freund;
Ehrfurcht gebührt dem Boten deines Kaisers.

Max (trocken).

Von Questenberg! Willkommen, wenn was Gutes
390 Ins Hauptquartier Sie herführt.

374: auch warnen — ihn nicht,] Er ist des Kaisers (Herzogs w) Liebling, hängt
An ihm mit leidenschaftlicher Verehrung,
Und keine Warnung wollen Sie ihm geben, k w (dann corr. w).
378: kann ihm] kann ihm. | Den unbefangnen Sinn k t v w (dann corr. w). —
385: seh] sehe t.

Questenberg (hat seine Hand gefaßt).

Ziehen Sie

Die Hand nicht weg, Graf Piccolomini,
Ich fasse sie nicht bloß von Meinetwegen,
Und nichts Gemeines will ich damit sagen.

(Beyde Hände fassend)

Octavio — Max Piccolomini!
395 Heilbringend, vorbedeutungsvolle Namen!
Nie wird das Glück von Oesterreich sich wenden,
So lang zwey solche Sterne, segenreich
Und schützend, leuchten über seinen Heeren.

Max.

Sie fallen aus der Rolle, Herr Minister,
400 Nicht Lobenswegen sind Sie hier, ich weiß,
Sie sind geschickt, zu tadeln und zu schelten —
Ich will voraus nichts haben vor den andern.

Octavio (zu Max).   100

Er kommt vom Hofe, wo man mit dem Herzog
Nicht ganz so wohl zufrieden ist, als hier.

Max.

405 Was giebt's aufs neu denn an ihm auszustellen?
Daß er für sich allein beschließt, was er
Allein versteht? Wohl! daran thut er recht,
Und wird's dabey auch sein Verbleiben haben. —

392: bloß] K schreibt überall blos. — 395: Namen!] Nahmen, | Der Klugheit
heilig und der Rittertugend. w (dann getilgt w). — 400: Lobenswegen] Lobens
wegen M. — 404: als hier.] als hier.

Max Piccolomini.
So? Hat ers abermals nicht recht gemacht?
Wir sollen wieder ausgescholten werden.
Gott weiß, es hört der Krieg uns nimmer auf,
Gönnt auch zu Winterszeit der Feind uns Ruh
So haben wirs mit Kaisern und Ministern.
Questenberg.
Betrübt genug, daß man vom Kaiser hier
Als wie von einem Feind muß sprechen hören w (getilgt w).
407: Wohl! daran thut er recht,] Herr, daran thut er recht, K w (corr. w), Herr,
daran thut er wohl u. — 408: Verbleiben] Bewenden u.

Er ist nun einmal nicht gemacht, nach andern
410 Geschmeidig sich zu fügen und zu wenden,
Es geht ihm wider die Natur, er kann's nicht.
Geworden ist ihm eine Herrscherseele,
Und ist gestellt auf einen Herrscherplatz.
Wohl uns, daß es so ist! Es können sich
415 Nur wenige regieren, den Verstand
Verständig brauchen — Wohl dem Ganzen, findet
Sich einmal einer, der ein Mittelpunkt
Für viele tausend wird, ein Halt; — sich hinstellt
Wie eine feste Säul', an die man sich
420 Mit Lust mag schließen und mit Zuversicht.
·So einer ist der Wallenstein, und taugte
Dem Hof ein Andrer besser — der Armee
Frommt nur ein Solcher.

Questenberg.

Der Armee! Ja wohl!

Max.

101

Und eine Lust ist's, wie er alles weckt
425 Und stärkt und neu belebt um sich herum,
Wie jede Kraft sich ausspricht, jede Gabe
Gleich deutlicher sich wird in seiner Nähe!
Jedwedem zieht er seine Kraft hervor,
Die eigenthümliche, und zieht sie groß,
430 Läßt jeden ganz das bleiben, was er ist,
Er wacht nur drüber, daß er's immer sey .
Am rechten Ort; so weiß er aller Menschen
Vermögen zu dem seinigen zu machen.

Questenberg.

Wer spricht ihm ab, daß er die Menschen kenne,
435 Sie zu gebrauchen wisse! Ueber'm Herrscher
Vergißt er nur den Diener ganz und gar,
Als wär' mit seiner Würd' er schon gebohren.

<hr/>

418: Halt] Held u. — 419: Säul'] Säule t u w. — 423a—449: Max. Und eine Lust — hoch ist] fehlt in t t (ebenso ursprünglich in w, und ist dann auf einem besondern Blatt von der Hand Charlottens beigefügt). — 435: Übern w.

Max.

Ist er's denn nicht? Mit jeder Kraft dazu
Ist er's, und mit der Kraft noch obendrein,
440 Buchstäblich zu vollstrecken die Natur,
Dem Herrschtalent den Herrschplatz zu erobern.

Questenberg.

So kommt's zuletzt auf seine Großmuth an,
Wie viel wir überall noch gelten sollen!

Max.

102

Der seltne Mann will seltenes Vertrauen,
445 Gebt ihm den Raum, das Ziel wird Er sich setzen.

Questenberg.

Die Proben geben's.

Max.

Ja! so sind sie! Schreckt
Sie alles gleich, was eine Tiefe hat;
Ist ihnen nirgends wohl, als wo's recht flach ist.

Octavio (zu Questenberg).

Ergeben Sie Sich nur in gutem, Freund!
450 Mit dem da werden Sie nicht fertig.

Max.

Da rufen sie den Geist an in der Noth,
Und grauet ihnen gleich, wenn er sich zeigt.
Das Ungemeine soll, das Höchste selbst
Geschehn wie das Alltägliche. Im Felde
455 Da bringt die Gegenwart — Persönliches
Muß herrschen, eignes Auge sehn. Es braucht
Der Feldherr jedes Große der Natur,
So gönne man ihm auch, in ihren großen
Verhältnissen zu leben. Das Orakel
460 In seinem Innern, das Lebendige, —
Nicht todte Bücher, alte Ordnungen,
Nicht modrigte Papiere soll er fragen.

452: zeigt] zeiget t u w (zeigt w). — 454: Felde] Feld u. — 462: Nicht modrigte]
Vermoderte w (corr. w). — modrigte] modrige h R. (Auf orthographische Abwei-
chungen in h ist keine Rücksicht genommen, da sie, mit den bei a angemerkten

Octavio.

Mein Sohn! Laß uns die alten, engen Ordnungen
Gering nicht achten! Köstlich unschätzbare
465 Gewichte sind's, die der bedrängte Mensch
An seiner Dränger raschen Willen band;
Denn immer war die Willkühr fürchterlich —
Der Weg der Ordnung, ging er auch durch Krümmen,
Er ist kein Umweg. Grad aus geht des Blitzes,
470 Geht des Kanonballs fürchterlicher Pfad —
Schnell, auf dem nächsten Wege, langt er an,
Macht sich zermalmend Platz, um zu zermalmen.
Mein Sohn! Die Straße, die der Mensch befährt,
Worauf der Segen wandelt, diese folgt
475 Der Flüsse Lauf, der Thäler freyen Krümmen,
Umgeht das Waizenfeld, den Rebenhügel,
Des Eigenthums gemeßne Grenzen ehrend —
So führt sie später, sicher doch zum Ziel.

Questenberg.

O! hören Sie den Vater — hören Sie
480 Ihn, der ein Held ist und ein Mensch zugleich.

Octavio.

Das Kind des Lagers spricht aus dir, mein Sohn.
Ein fünfzehnjähr'ger Krieg hat dich erzogen,
— Du hast den Frieden nie gesehn! Es giebt

---

zusammenfallend, der Redaction der Allgemeinen Zeitung zugeschrieben werden
müssen. Ebenso bei andern, nicht von Schiller herausgegebenen Zeitschriften.) —
463—466: Mein Sohn! — band;]
    Laß uns die alten engen Ordnungen
    Gering nicht achten! Unschätzbare, theure
    Gewichte sinds, die schwer bedrängt der Mensch
    An seiner Dränger raschen Willen hing, w (corr. w).
464: Köstlich unschätzbare] Unschätzbare theure f t u. — 467: Willkühr] Willkür k N
— 468—469: Der Weg — des Blitzes,]
    Der Ordnung Weg, gieng er durch Krümmen auch,
    Es ist kein Umweg. Sohn. Gerad aus geht des Blitzes, w (corr. w).
474: Worauf — folgt) fehlt w, eingeschrieben w. — 477: Eigenthums gemeßne]
Eigenthumes heilge i l t u v w (in w nicht corrigirt, so daß also Schiller die Aen-
derung erst in der Druckcorrectur vorgenommen haben muß. W. Voßmer.).

Noch höhern Werth, mein Sohn, als kriegerischen,
485 Im Kriege selber ist das letzte nicht der Krieg.　　　104
　　Die großen, schnellen Thaten der Gewalt,
　　Des Augenblicks erstaunenswerthe Wunder,
　　Die sind es nicht, die das Beglückende,
　　Das ruhig, mächtig Daurende erzeugen.
490 In Hast und Eile bauet der Soldat,
　　Von Leinwand seine leichte Stadt, da wird
　　Ein augenblicklich Brausen und Bewegen,
　　Der Markt belebt sich, Straßen, Flüsse sind
　　Bedeckt mit Fracht, es rührt sich das Gewerbe.
495 Doch eines Morgens plötzlich siehet man
　　Die Zelte fallen, weiter rückt die Horde,
　　Und ausgestorben, wie ein Kirchhof, bleibt
　　Der Acker, das zerstampfte Saatfeld liegen,
　　Und um des Jahres Aernte ist's gethan.

　　　　　　　　　Max.

500 O! laß den Kaiser Friede machen, Vater!
　　Den blut'gen Lorbeer geb' ich hin, mit Freuden,
　　Für's erste Veilchen, das der März uns bringt,
　　Das duftige Pfand der neuverjüngten Erde.

　　　　　　　　　Octavio.

　　Wie wird dir? Was bewegt dich so auf einmal?

　　　　　　　　　Max.

505 Ich hab' den Frieden nie gesehn? — Ich hab' ihn
　　Gesehen, alter Vater, eben komm' ich —　　　　　　105
　　Jetzt eben davon her — es führte mich
　　Der Weg durch Länder, wo der Krieg nicht hin
　　Gekommen — o! das Leben, Vater,

489: Daurende] Dauernde M. — 504: Wie auf einmal so bewegt? w (Was bewegt dich so auf einmal? w). — 508—511: Der Weg — küste nur]
　　Der Weg durch Länder, wo der Krieg nicht war —
　　Wo's lebte in den Dörfern, in den Höfen,
　　Wo auf den Straßen warmgekleidet Menschen
　　Uns lustig grüßten, aus den Fenstern ruhig
　　Sich Köpfe streckten über uns sich wundernd.
　　Das war uns allen etwas seltsam Neues!

510 Hat Reize, die wir nie gekannt. — Wir haben
Des schönen Lebens öde Küste nur
Wie ein umirrend Räubervolk befahren,
Das in sein dumpfig enges Schiff gepreßt,
Im wüsten Meer mit wüsten Sitten haust,
515 Vom großen Land nichts als die Buchten kennt,
Wo es die Diebeslandung wagen darf.
Was in den innern Thälern Köstliches
Das Land verbirgt, o! davon — davon ist
Auf unsrer wilden Fahrt uns nichts erschienen.

                    Octavio (wird aufmerksam).
520 Und hätt' es diese Reise dir gezeigt?

                    Max.
Es war die erste Muße meines Lebens.
Sag' mir, was ist der Arbeit Ziel und Preis,
Der peinlichen, die mir die Jugend stahl,
Das Herz mir öde ließ und unerquickt
525 Den Geist, den keine Bildung noch geschmücket?
Denn dieses Lagers lärmendes Gewühl,
Der Pferde Wiehern, der Trompete Schmettern,
Des Dienstes immer gleichgestellte Uhr,
Die Waffenübung, das Kommandowort, —
530 Dem Herzen giebt es nichts, dem lechzenden.   106
Die Seele fehlt dem nichtigen Geschäft —
Es giebt ein andres Glück und andre Freuden.

          Questenberg (zu Octavio).
        Das schöne Viertel ob dem Wienerwald!
        O möcht es nie des Krieges Geißel fühlen!
                Max Piccolomini.
        Ein neu Geschlecht von Menschen sah ich hier
        Ein neues Daseyn lernt ich — O wir haben
        Des schönen Lebens öde Küste nur w (corr. w).
   510—511: Wir haben — Küste nur]
            Nur seine öde Küste haben wir, k u.
   513: Dumpfig] dumpfes u, dumpfig enges] dumpfig-enges A B C D F K. —
   519: Auf unsrer wilden Fahrt] Auf unserm Wanderschiff k u w (corr. w). — 532: Es
   giebt — Freuden.]
            Die mir geheimnißreich aus einer nie
        Geahnten Zauberwelt herüber tönt. w (corr. w).

Octavio.

Viel lerntest du auf diesem kurzen Weg, mein Sohn!

Max.

O schöner Tag! wenn endlich der Soldat
535 In's Leben heimkehrt, in die Menschlichkeit,
Zum frohen Zug die Fahnen sich entfalten,
Und heimwärts schlägt der sanfte Friedensmarsch.
Wenn alle Hüte sich und Helme schmücken
Mit grünen Mayen, dem letzten Raub der Felder!
540 Der Städte Thore gehen auf, von selbst,
Nicht die Petarde braucht sie mehr zu sprengen,
Von Menschen sind die Wälle rings erfüllt,
Von friedlichen, die in die Lüfte grüßen, —
Hell klingt von allen Thürmen das Geläut,
545 Des blut'gen Tages frohe Vesper schlagend.
Aus Dörfern und aus Städten wimmelnd strömt
Ein jauchzend Volk, mit liebend emsiger
Zudringlichkeit des Heeres Fortzug hindernd —
Da schüttelt, froh des noch erlebten Tags,
550 Dem heimgekehrten Sohn der Greis die Hände.
Ein Fremdling tritt er in sein Eigenthum,
Das längstverlaßne, ein, mit breiten Aesten
Deckt ihn der Baum bey seiner Wiederkehr,
Der sich zur Gerte bog, als er gegangen,
555 Und schaamhaft tritt als Jungfrau ihm entgegen,
Die er einst an der Amme Brust verließ.
O! glücklich, wem dann auch sich eine Thür,
Sich zarte Arme sanft umschlingend öffnen —

Questenberg (gerührt).

O! daß Sie von so ferner, ferner Zeit,
560 Und nicht von morgen, nicht von heute sprechen!

533: diesem kurzen] kurzem t. — 534: wenn] wann n. — 539: Mayen] Maien
M. — 546—556: Aus Dörfern — Brust verließ.] fehlt in t, gestrichen w, wiederhergestellt w. — 548: Zudringlichkeit] Zudränglichkeit B D E. — 551: So lautete
dieser Vers auch ursprünglich in w, dann von Schiller geändert in: 'Ein Fremdling tritt der Krieger in sein Haus', und schließlich die erste Textform wieder hergestellt. — 552: längstverlaßne] längstverlaßne M. — 556: Die er verlassen an der

Max
(mit Heftigkeit sich zu ihm wendend)

Wer sonst ist schuld daran, als ihr in Wien? —
Ich will's nur frey gestehen, Questenberg!
Als ich vorhin Sie stehen sah, es preßte
Der Unmuth mir das Innerste zusammen —
565 Ihr seyd es, die den Frieden hindern, ihr!
Der Krieger ist's, der ihn erzwingen muß.
Dem Fürsten macht ihr's Leben sauer, macht
Ihm alle Schritte schwer, ihr schwärzt ihn an —
Warum? Weil an Europa's großem Besten
570 Ihm mehr liegt als an ein paar Hufen Landes,
Die Oestreich mehr hat oder weniger —
Ihr macht ihn zum Empörer, und, Gott weiß!
Zu was noch mehr, weil er die Sachsen schont,
Beym Feind Vertrauen zu erwecken sucht,
575 Das doch der einz'ge Weg zum Frieden ist;
Denn hört der Krieg im Kriege nicht schon auf,
Woher soll Friede kommen? — Geht nur, geht!
Wie ich das Gute liebe, haß' ich euch —
Und hier gelob' ich's an, versprützen will ich
580 Für ihn, für diesen Wallenstein, mein Blut,
Das letzte meines Herzens, tropfenweis, eh' daß
Ihr über seinen Fall frohlocken sollt!

(er geht ab.)

Fünfter Auftritt.

Questenberg. Octavio Piccolomini.

Questenberg.

O weh uns! Steht es so?
(dringend und ungeduldig)
Freund, und wir lassen ihn in diesem Wahn

Amme Brüsten w (corr. w). — 561: in Wien] Minister t. — 567: sauer, macht]
schwer, verschwärzt t t w (corr. w). — 568—571: Ihm alle — oder weniger —] fehlt
in t t, gestrichen w, wiederhergestellt w. — 570: paar] Paar k M. — 572: Ihr
macht] Ihn, macht t t w (corr. w). — 579: versprützen] verspritzen k M.

585 Dahingehn, rufen ihn nicht gleich
Zurück, daß wir die Augen auf der Stelle
Ihm öffnen?

Octavio.

(aus einem tiefen Nachdenken zu sich kommend)
Mir hat Er sie jetzt geöffnet,
Und mehr erblick' ich, als mich freut.

Questenberg.

Was ist es, Freund?

Octavio.　　　　　　　　　　　　　109
Fluch über diese Reise!

Questenberg.

590 Wie so? Was ist es?

Octavio.
Kommen Sie! Ich muß
Sogleich die unglückselige Spur verfolgen,
Mit meinen Augen sehen — Kommen Sie —

(will ihn fortführen.)

Questenberg.

Was denn? Wohin?

Octavio (pressirt).
Zu ihr!

Questenberg.
Zu —

Octavio (corrigirt sich).
Zum Herzog! Gehn wir. O! ich fürchte alles.
595 Ich seh das Netz geworfen über ihn,
Er kommt mir nicht zurück, wie er gegangen.

585: mehr (unterstrichen) w. — 589 a—594: Questenberg. Wie so? — fürchte
alles] scheint in i zu fehlen. — 591: unglückselge w (unglückselige w). — 593: Was
denn?] in w erst von Schiller gestrichen und dann wieder beigeschrieben. — Zu
ihr!] Zu diesem Fräulein! w (Zu ihr! w). — Zwischen 594 u. 595 hat w folgende,
dann gestrichene Verse:
„Das Waffenhandwerk giebt dem Herzen nichts,
„Die Seele fehlt dem nichtigen Geschäft,
„Ein andres Daseyn lernt er kennen, sagt er,
Und sieht auf einmal, daß ihm Bildung mangelt.
Wie kommt ihm plötzlich dieses Licht? — O es ist klar! —

Queſtenberg.

Erklären Sie mir nur —

Octavio.

Und konnt' ich's nicht
Vorherſehn? Nicht die Reiſe hintertreiben?
Warum verſchwieg ich's ihm? — Sie hatten Recht,
600 Ich mußt' ihn warnen — Jetzo iſt's zu ſpät.

Queſtenberg.

Was iſt zu ſpät? Beſinnen Sie Sich, Freund,
Daß Sie in lauter Räthſeln zu mir reden.

Octavio (gefaßter).

Wir gehn zum Herzog. Kommen Sie. Die Stunde
Rückt auch heran, die er zur Audienz
605 Beſtimmt hat. Kommen Sie! —
Verwünſcht! dreymal verwünſcht ſey dieſe Reiſe!
(er führt ihn weg. Der Vorhang fällt.)

110

605: Beſtimmt hat.] Beſtimmte. t. — 606 a: Der] fehlt w.

Zweyter Aufzug.

Saal beym Herzog von Friedland.

Erster Auftritt.

Bediente setzen Stühle und breiten Fußteppiche aus. Gleich darauf Seni, der Astrolog, wie ein italienischer Doctor schwarz und etwas phantastisch gekleidet. Er tritt in die Mitte des Saals, ein weißes Stäbchen in der Hand, womit er die Himmelsgegenden bezeichnet.

Bedienter.
(mit einem Rauchfaß herumgehend)

Greift an! Macht, daß ein Ende wird! Die Wache
Ruft in's Gewehr. Sie werden gleich erscheinen.

606 a—632 a: Zweyter Aufzug. — Seni folgt langsam.)] fehlt in t. —
606 a—631: Zweyter Aufzug — denkt sich bei den Worten.] In w steht dieser Text
auf einem Blatt, durch welches ein anderes mit dem folgenden Text verklebt ist:
„Zweite Scene.
Ein großer Saal beim Herzog von Friedland. Bediente sind beschäftigt, ihn eben
in Ordnung zu bringen, Teppiche auf den Boden zu breiten, Tische und Stühle
zurecht zu stellen. Das Geräthe ist kostbar, die Diener in reicher Kleidung.
Erster Bedienter (mit einem Rauchfaß herumgehend).
Greift an. Macht daß ein Ende wird. Ich höre
Die Wachen treten ins Gewehr. Sie werden
Gleich oben seyn. Hieher den Polsterfessel
Auf diesen Sammet muß die Hoheit sitzen.
Zweiter Bedienter.
Daß man uns aber auch nicht eher sagte
Daß hier die Audienz soll vor sich gehen
Es war auch gar nichts darauf eingerichtet.
Dritter Bedienter.
Der Herr besitzt der Burgen und der Schlösser
Soviel im Land. Dieß Zimmer, sag ich euch
Ist viel zu niedrig für so hohes Haupt.

Zweyter Bedienter.

Warum denn aber ward die Erkerstube,
610 Die rothe, abbestellt, die doch so leuchtet?

Erster Bedienter.

Das frag' den Mathematikus. Der sagt,
Es sey ein Unglückszimmer.

Zweyter Bedienter.

Narrensposten!

Vierter Bedienter.
Warum denn aber ward die Erkerstube
Die rothe abbestellt, die doch so leuchtet.
Dritter Bedienter.
Weil der Professor sagt, der Sternengucker
Es sey ein Unglückszimmer.
(Es kommt ein Friedländischer Kammerherr mit Pagen.)
Kammerherr.
Tretet hieher
Barou! Und kommt der Fürst, so überreicht ihr
Ihm den Kommandostab auf diesem Kissen.
Wie ist euch? Ist es das erstemal, daß ihr
Den Dienst habt?
Page.
Ja, das Herz klopft mir im Leibe.
Kammerherr.
Habt keine Furcht! Was ihr die andern thun seht,
Das thut ihr auch. Fragt er euch was, nur nicht
Gestockt! Lieber eine ganze Lüge
Als eine halbe Antwort. Still! Sie kommen."

606a—614: Sechster Auftritt. (Ein großer Saal beim Herzog von Friedland.
— Vier Bediente sind beschäftigt, den Saal zu reinigen, Fußteppiche zu legen,
Tische und Stühle zurecht zu setzen. Seni — wie ein alter italienischer Doctor,
schwarz und etwas phantastisch gekleidet. Er führt ein weißes Stäbchen, womit
er die Himmelsgegenden bezeichnet.) ꝛc. — Erster Bedienter (mit einem Rauchfaß umhergehend). Greift an. Macht daß ein Ende wird. Ich höre die Wache
in's Gewehr rufen. Sie werden den Augenblick da seyn. Zweiter Bedienter.
Warum sagte man uns aber auch nicht eher, daß die Audienz hier seyn sollte.
Es war auch gar nichts darauf eingerichtet. Dritter Bedienter. Ja! warum
ist die Erkerstub contermandirt worden, die mit der großen gewirkten Tapete, die
sieht doch nach was aus! Erster Bedienter. Das frag den Mathematikus.
Der sagt, es sey ein unglückliches Zimmer. Zweiter Bedienter. Ei, Narrens-
possen! Das heißt die Leute scheeren! Saal ist Saal! Was kann der Ort viel bei
der Sach bedeuten? ꝛc.

Das heißt die Leute scheeren. Saal ist Saal.
Was kann der Ort viel zu bedeuten haben?

Seni (mit Gravität). 112

615 Mein Sohn! Nichts in der Welt ist unbedeutend.
Das erste aber und hauptsächlichste
Bey allem irdschen Ding ist Ort und Stunde.

Dritter Bedienter.

Laß dich mit dem nicht ein, Nathanael.
Muß ihm der Herr doch selbst den Willen thun.

Seni (zählt die Stühle).

620 Eilf! Eine böse Zahl. Zwölf Stühle setzt,
Zwölf Zeichen hat der Thierkreis, fünf und sieben,
Die heil'gen Zahlen liegen in der Zwölfe.

Zweyter Bedienter.

Was habt ihr gegen Eilf? Das laßt mich wissen.

Seni.

Eilf ist die Sünde. Eilfe überschreitet
625 Die zehn Gebote.

Zweyter Bedienter.

So! Und warum nennt ihr
Die Fünfe eine heil'ge Zahl?

Seni.

Fünf ist

Des Menschen Seele. Wie der Mensch aus Gutem
Und Bösem ist gemischt, so ist die Fünfe
Die erste Zahl aus Grad und Ungerade.

Erster Bedienter. 113

630 Der Narr!

613: scheeren] scheren K. — 617a: Dritter] Erster K. — 619: den Willen thun.]
seinen Willen lassen. K. — 619a: Stühle).] Stühle halb laut, halb leise bis zu
Eilf, das er wiederholt.) K. — 626—629:

Fünf ist des Menschen Seele! Wie der Mensch
Aus Gutem und aus Bösem ist gemischt,
So ist die Fünf die erste Zahl aus Grade
Und Ungerade. K.

630—632: Der Narr! — hinaus!]

Sieh! das läßt sich hören.

Dritter Bedienter.

Ei, laß ihn doch! Ich hör' ihm gerne zu,
Denn mancherley doch denkt sich bey den Worten.

Zwenter Bedienter.

Hinweg! Sie kommen! Da! zur Seitenthür hinaus.

(sie eilen fort. Seni folgt langsam.)

Zwenter Auftritt.

Wallenstein. Die Herzogin.

Wallenstein.

Nun, Herzogin? Sie haben Wien berührt,
Sich vorgestellt der Königin von Ungarn?

Herzogin.

635 Der Kaiserin auch. Bey beyden Majestäten
Sind wir zum Handkuß zugelassen worden.

Wallenstein.

Wie nahm man's auf, daß ich Gemahlin, Tochter
Zu dieser Winterszeit in's Feld beschieden?

Herzogin.

Ich that nach Ihrer Vorschrift, führte an,

Dritter Bedienter.
Hinweg! Sie kommen.
Zweiter Bedienter.
Da, zur Seitenthür hinaus! t.

631a—637a: Zwenter Bedienter. — langsam.)] fehlt w. — 631a—639: Wallen-
stein. Die Herzogin — fürstliche Gemahlin] dieser Text steht in w auf der
Rückseite des verklebten Blattes; wir bezeichnen seine Varianten mit w1, w1. —
Wallenstein.] Wallenstein (nimmt dem Pagen den Commandostab ab, den er
neben seinem Sessel auf den Tisch legt. Auf einen Blick von ihm entfernt sich der
Kammerherr mit dem Pagen.) Nun Herzogin u. s. w. w1. — 632a: Zwenter
Auftritt.] Sechster Auftritt. (Ein großer Saal beym Herzog von Fried-
land. | Bediente. (sind beschäftigt Tische und Stühle zu recht zu setzen.) Ein Page.
(bringt den Kommandostab auf einem rothen Kissen und legt ihn auf den Tisch,
neben des Herzogs Armsessel. Außen wird präsentirt und die Zimmerflügel geöffnet.) Siebenter Auftritt. t. — (Ein Page) Ein Kammerdiener t) [von hier
ab. t.] — 633—634: Sie haben Wien berührt, Sich vorgestellt] Sie kamen über
Wien | Und zeigten sich t t. — 638: beschieden] bescheide t. — 639: Ihrer Vor-
schrift] Ihrem Auftrag t t.

640 Sie hätten über unser Kind bestimmt,
Und möchten gern dem künftigen Gemahl
Noch vor dem Feldzug die Verlobte zeigen.

Wallenstein.   114

Muthmaßte man die Wahl, die ich getroffen?

Herzogin.

Man wünschte wohl, sie möcht' auf keinen fremden
645 Noch lutherischen Herrn gefallen seyn.

Wallenstein.

Was wünschen Sie, Elisabeth?

Herzogin.

Ihr Wille, wissen Sie, war stets der meine.

Wallenstein (nach einer Pause).

Nun — Und wie war die Aufnahm' sonst am Hofe?

(Herzogin schlägt die Augen nieder und schweigt)

Verbergen Sie mir nichts — Wie war's damit?

Herzogin.

650 O! mein Gemahl — Es ist nicht alles mehr
Wie sonst — Es ist ein Wandel vorgegangen.

Wallenstein.

Wie? Ließ man's an der alten Achtung fehlen?

Herzogin.

Nicht an der Achtung. Würdig und voll Anstand
War das Benehmen — aber an die Stelle
655 Huldreich vertraulicher Herablassung

641: Dem künftigen Gemahl] eh' Sie zu Felde gehn, l t. — 642: Noch vor dem
Feldzug] Dem künft'gen Gatten k t. — 645 a—647: Wallenstein. Was wünschen
— stets der meine] ausgestrichen in t. — 646: Sie (unterstrichen) w1. — 647 a:
(nach einer Pause)] fehlt w1. — 648 a: (Herzogin — schweigt.)] fehlt w1. — 651:
ein Wandel] eine Veränderung l t w (in w nicht geändert, so daß die Correctur
erst auf dem Druckbogen vorgenommen erscheint). — 652: Wie? An der alten
Achtung hätts gefehlt? w1 (corr. w1). — 654—658: War das Benehmen — als der
Gunst.]

        War das Betragen, an die Stelle nur
        Schön sich vergessender Vertraulichkeit
        War feierlich besonnen, viel bedeutend,
        Herablassung, die fürstliche, getreten.
        Ach und der Worte Mildigkeit, der Blicke
        Sie sprachen mehr das Mitleid als die Gunst. w1.

Schiller, sämmtl. Schriften. Hist.-krit. Ausg. XII.   7

War feyerliche Förmlichkeit getreten.

Ach! und die zarte Schonung, die man zeigte,

Sie hatte mehr vom Mitleid als der Gunſt. 115

660 Nein! Herzog Albrechts fürſtliche Gemahlin,

Graf Harrachs edle Tochter hätte ſo —

Nicht eben ſo empfangen werden ſollen!

Wallenſtein.

Man ſchalt gewiß mein neueſtes Betragen?

Herzogin.

O hätte man's gethan! — Ich bin's von lang her

Gewohnt, Sie zu entſchuldigen, zufrieden

665 Zu ſprechen die entrüſteten Gemüther —

Nein, niemand ſchalt Sie — Man verhüllte ſich

In ein ſo laſtend feyerliches Schweigen.

Ach! hier iſt kein gewöhnlich Mißverſtändniß, keine

Vorübergehende Empfindlichkeit —

670 Etwas unglücklich, unerſetzliches iſt

Geſchehn — Sonſt pflegte mich die Königin

Von Ungarn immer ihre liebe Muhme

Zu nennen, mich bey'm Abſchied zu umarmen.

Wallenſtein.

Jetzt unterließ ſie's?

Herzogin
(ihre Thränen trocknend, nach einer Pauſe)

Sie umarmte mich,

675 Doch erſt als ich den Urlaub ſchon genommen, ſchon

Der Thüre zuging, kam ſie auf mich zu,

Schnell, als beſänne ſie ſich erſt, und drückte 116

Mich an den Buſen, mehr mit ſchmerzlicher

Als zärtlicher Bewegung.

Wallenſtein (ergreift ihre Hand).

Faſſen Sie Sich! —

680 Wie war's mit Eggenberg, mit Lichtenſtein

Und mit den andern Freunden?

670: unglücklich] unglückliches; l t w (corr. w). — unglücklich, unerſetzliches]

Unglücklich-Unerſetzliches K.

Herzogin (den Kopf schüttelnd).

Keinen sah ich.

Wallenstein.

Und der hispanische Conte Ambassador,
Der sonst so warm für mich zu sprechen pflegte?

Herzogin.

Er hatte keine Zunge mehr für Sie.

Wallenstein.

685 Die Sonnen also scheinen uns nicht mehr,
Fortan muß eignes Feuer uns erleuchten.

Herzogin.

Und wär' es? Theurer Herzog, wär's an dem,
Was man am Hofe leise flüstert, sich
Im Lande laut erzählt — Was Pater Lamormain
690 Durch einige Winke —

Wallenstein (schnell).

Lamormain! Was sagt der?

Herzogin.

Man zeihe Sie verwegner Ueberschreitung
Der anvertrauten Vollmacht, freventlicher
Verhöhnung höchster, kaiserlicher Befehle.
Die Spanier, der Baiern stolzer Herzog,
695 Stehen auf als Kläger wider Sie —
Ein Ungewitter zieh' sich über Ihnen
Zusammen, noch weit drohender als jenes,
Das Sie vordem zu Regensburg gestürzt.
Man spreche, sagt er — ach! ich kann's nicht sagen.

Wallenstein (gespannt).

Nun?

Herzogin.

700 Von einer zwehten (sie stockt.)

Wallenstein.

Zwehten —

685: Die] Diese it w. — 695: Stehen] Stehn & M. — 696: zieh'] ziehe tw.

Herzogin.

Schimpflichern

— Absetzung.

Wallenstein.

Spricht man?

(heftig bewegt durch das Zimmer gehend)

O! sie zwingen mich, sie stoßen

Gewaltsam, wider meinen Willen, mich hinein.

Herzogin.

(sich bittend an ihn schmiegend)

O! wenn's noch Zeit ist, mein Gemahl — Wenn es

Mit Unterwerfung, mit Nachgiebigkeit

705 Kann abgewendet werden — Geben Sie nach —

Gewinnen Sie's dem stolzen Herzen ab,

Es ist Ihr Herr und Kaiser, dem Sie weichen.

O! lassen Sie es länger nicht geschehn,

Daß hämische Bosheit Ihre gute Absicht

710 Durch giftige, verhaßte Deutung schwärze.

Mit Siegeskraft der Wahrheit stehen Sie auf,

Die Lügner, die Verleumder zu beschämen.

Wir haben so der guten Freunde wenig.

Sie wissen's! Unser schnelles Glück hat uns

715 Dem Haß der Menschen bloßgestellt — Was sind wir,

Wenn kaiserliche Huld sich von uns wendet!

Dritter Auftritt.

Gräfin Terzky, welche die Prinzessin Thekla an der Hand führt, zu den Vorigen.

Gräfin.

Wie, Schwester? Von Geschäften schon die Rede,

Und, wie ich seh', nicht von erfreulichen,

Eh' er noch seines Kindes froh geworden?

711: stehen] stehn KM. — 716a: Dritter Auftritt.] Achter Auftritt. tw (corr. w). — Thekla] Thekla reich mit Brillanten geschmückt t1 (von Schiller w beigeschrieben und dann gestrichen).

720 Der Freude gehört der erste Augenblick.   119

Hier, Vater Friedland! das ist deine Tochter!

(Thekla nähert sich ihm schüchtern und will sich auf seine Hand beugen; er
empfängt sie in seinen Armen, und bleibt einige Zeit in ihrem Anschauen verlohren stehen.)

Wallenstein.

Ja! Schön ist mir die Hoffnung aufgegangen.

Ich nehme sie zum Pfande größern Glücks.

Herzogin.

Ein zartes Kind noch war sie, als Sie gingen,

725 Das große Heer dem Kaiser aufzurichten.

Hernach, als Sie vom Feldzug heimgekehrt

Aus Pommern, war die Tochter schon im Stifte,

Wo sie geblieben ist bis jetzt.

Wallenstein.

Indeß

Wir hier im Feld' gesorgt, sie groß zu machen,

730 Das höchste Irdische ihr zu erfechten,

Hat Mutter Natur in stillen Klostermauren

Das Ihrige gethan, dem lieben Kind

Aus freyer Gunst das Göttliche gegeben,

Und führt sie ihrem glänzenden Geschick

735 Und meiner Hoffnung schön geschmückt entgegen.

Herzogin (zur Prinzessin).   120

Du hättest deinen Vater wohl nicht wieder

Erkannt, mein Kind? Kaum zähltest du acht Jahre,

Als du sein Angesicht zuletzt gesehn.

Thekla.

Doch, Mutter, auf den ersten Blick — Mein Vater

740 Hat nicht gealtert — Wie sein Bild in mir gelebt,

So steht er blühend jetzt vor meinen Augen.

Wallenstein (zur Herzogin).

Das holde Kind! Wie fein bemerkt und wie

Verständig! Sieh', ich zürnte mit dem Schicksal,

731: Klostermauren] Klostermauern K M. — 737: acht] in w erst 'fünf', dann
von Schiller corrigirt: 'sechs' und schließlich noch einmal geändert in: acht.

Daß mir's den Sohn versagt, der meines Namens
745 Und meines Glückes Erbe könnte seyn,
In einer stolzen Linie von Fürsten
Mein schnell verlöschtes Daseyn weiter leiten.
Ich that dem Schicksal Unrecht. Hier auf dieses
Jungfräulich blühende Haupt will ich den Kranz
750 Des kriegerischen Lebens niederlegen,
Nicht für verlohren acht' ich's, wenn ich's einst,
In einen königlichen Schmuck verwandelt,
Um diese schöne Stirne flechten kann.
(Er hält sie in seinen Armen, wie Piccolomini hereintritt.)

Vierter Auftritt. 121

Max Piccolomini, und bald darauf Graf Terzky zu den Vorigen.

Gräfin.

Da kommt der Paladin, der uns beschützte.

Wallenstein.

755 Sey mir willkommen, Max. Stets warst du mir
Der Bringer irgend einer schönen Freude,
Und, wie das glückliche Gestirn des Morgens,
Führst du die Lebenssonne mir herauf.

Max.

Mein General —

Wallenstein.

Bis jetzt war es der Kaiser,
760 Der dich durch meine Hand belohnt. Heut' hast du
Den Vater dir, den glücklichen, verpflichtet,
Und diese Schuld muß Friedland selbst bezahlen.

Max.

Mein Fürst! Du eiltest sehr, sie abzutragen.
Ich komme mit Beschämung, ja, mit Schmerz;
765 Denn kaum bin ich hier angelangt, hab' Mutter
Und Tochter deinen Armen überliefert,

753 a: (er hält — hereintritt.)] fehlt w, beigeschrieben w. — Vierter Auftritt.] Neunter Auftritt lw. — 765: hab'] habe lw (corr. w).

So wird aus deinem Marstall, reich geschirrt.
Ein prächt'ger Jagdzug mir von dir gebracht,   122
Für die gehabte Müh' mich abzulohnen.
770 Ja, ja, mich abzulohnen. Eine Müh',
Ein Amt bloß war's! Nicht eine Gunst, für die
Ich's vorschnell nahm, und dir schon volles Herzens
Zu danken kam — Nein, so war's nicht gemeynt,
Daß mein Geschäft mein schönstes Glück seyn sollte!
(Terzky tritt herein und übergiebt dem Herzog Briefe, welche dieser schnell erbricht.)

Gräfin (zu Max).

775 Belohnt er Ihre Mühe? Seine Freude
Vergilt er Ihnen. Ihnen steht es an,
So zart zu denken, meinem Schwager ziemt's,
Sich immer groß und fürstlich zu beweisen.

Thekla.

So müßt' auch ich an seiner Liebe zweifeln,
780 Denn seine gütigen Hände schmückten mich,
Noch eh' das Herz des Vaters mir gesprochen.

Max.

Ja, er muß immer geben und beglücken!
(er ergreift der Herzogin Hand, mit steigender Wärme.)

782: Max. Ja — beglücken!]
Max (zur Herzogin).
Er hätte mich mit dem Geschenk nicht bloß
Abfinden wollen, mich zum Fremdling machen?
Herzogin.
Er giebt nicht um zu nehmen. Seine Großmut
Ist seiner Liebe Pfand und nicht ihr Ende.
Max.
Ja unversiegt ist seiner Großmut Quelle,
Und mir besonders war er gütig stets
Und herrlich wie ein Gott und unerschöpflich wie
Das reiche Jahr, die nimmer alternde Sonne.
Gleich einem guten Acker giebt er nie
Zurück wie man ihm gab, es sprosset gleich
Aus jedem Kern ein königlicher Baum,
Von jeder Aussaat wallet, körnerschwer
Dem überraschten eine goldne Aernte. w.
(In w erst statt 'und unerschöpflich wie': 'wohlthätig', und statt 'nimmer alternde'
corrigirt: 'unerschöpfliche', dann alles getilgt und der Vers 'Ja er muß immer

Was dank' ich ihm nicht alles — o! was sprech' ich
Nicht alles aus in diesem theuren Namen, Friedland!
785 Zeitlebens soll ich ein Gefangner seyn
Von diesem Namen — darin blühen soll
Mir jedes Glück und jede schöne Hoffnung —
Fest, wie in einem Zauberringe, hält
Das Schicksal mich gebannt in diesem Namen.

Gräfin

(welche unterdessen den Herzog sorgfältig beobachtet, bemerkt, daß er bey den Briefen
nachdenkend geworden)

790 Der Bruder will allein seyn. Laßt uns gehen.

Wallenstein

(wendet sich schnell um, faßt sich und spricht heiter zur Herzogin)

Noch einmal, Fürstin, heiß' ich Sie im Feld willkommen.
Sie sind die Wirthin dieses Hofs — Du, Max,
Wirst diesmal noch dein altes Amt verwalten,
Indeß wir hier des Herrn Geschäfte treiben.

(Max Piccolomini bietet der Herzogin den Arm, Gräfin führt die Prinzeffin ab.

Terzky (ihm nachrufend).

795 Versäumt nicht, der Versammlung beyzuwohnen.

Fünfter Auftritt.

Wallenstein. Terzky.

Wallenstein.

(in tiefem Nachdenken, zu sich selbst)

Sie hat ganz recht gesehn — So ist's, und stimmt
Vollkommen zu den übrigen Berichten —
Sie haben ihren letzten Schluß gefaßt

geben und beglücken' dafür eingesetzt.) — 785—786: ein Gefangener seyn | Von
diesem Namen] mich in diesem Nahmen | Gefangen sehen (von Schiller in w ein-
corrigirt und dann wieder gestrichen). — 787: Mir jedes — Hoffnung]
   Mir jedes schöne Glück, wie jede Kraft
   Mir darinn aufgieng, darinn enden soll
   Mein ganzer Lauf, wie er darinn begann, w (dann corr. w).
786: einem] einem festen K. — 790 a: Fünfter Auftritt.] Zehnter Auftritt.
t w (corr. w). — Terzky] Graf Terzky t w.

In Wien, mir den Nachfolger schon gegeben. 124
800 Der Ungarn König ist's, der Ferdinand,
Des Kaisers Söhnlein, der ist jetzt ihr Heiland,
Das neu aufgehende Gestirn! Mit uns
Gedenkt man fertig schon zu seyn, und wie
Ein Abgeschiedner sind wir schon beerbet.
805 Drum keine Zeit verlohren!
(indem er sich umwendet, bemerkt er den Terzky und giebt ihm einen Brief)
Graf Altringer läßt sich entschuldigen,
Auch Gallas — Das gefällt mir nicht.

Terzky.

Und wenn du
Noch länger säumst, bricht einer nach dem andern.

Wallenstein.

Der Altringer hat die Tiroler Pässe,
810 Ich muß ihm einen schicken, daß er mir
Die Spanier aus Mailand nicht hereinläßt.
— Nun! der Sesin, der alte Unterhändler,
Hat sich ja kürzlich wieder blicken lassen.
Was bringt er uns vom Grafen Thurn?

Terzky.

Der Graf entbietet dir,
815 Er hab' den schwed'schen Kanzler aufgesucht
Zu Halberstadt, wo jetzo der Convent ist:
Der aber sagt, er sey es müd', und wolle 125
Nichts weiter mehr mit dir zu schaffen haben.

Wallenstein.

Wie so?

Terzky.

Es sey dir nimmer Ernst mit deinen Reden,
820 Du wollst die Schweden nur zum Narren haben,
Dich mit den Sachsen gegen sie verbinden,

---

⁷⁰¹: Des Kaisers — Heiland] ausgestrichen in t. — 806—811: Graf Altringer —
nicht hereinläßt] ausgestrichen in t. — 811: hereinläßt] herein läßt D F K M. —
⁸¹³—⁸²⁶: Der Graf entbietet dir, | Er hab'] Er habe, | Schreibt er, w (corr. w).
— ⁸²⁷—⁸⁴⁷: Wallenstein. So! Meynt er — Wege machst —] fehlt in t.

Am Ende fie mit einem elenden Stück Geldes
Abfertigen.

Wallenftein.

So! Meynt er wohl, ich foll ihm
Ein fchönes deutfches Land zum Raube geben,
825 Daß wir zulett auf eignem Grund und Boden
Selbft nicht mehr Herren find? Sie müffen fort,
Fort, fort! Wir brauchen keine folche Nachbarn.

Terzky.

Gönn' ihnen doch das Fleckchen Land, geht's ja
Nicht von dem Deinen! Was bekümmert's dich,
830 Wenn du das Spiel gewinneft, wer es zahlt.

Wallenftein.

Fort, fort mit ihnen — das verftehft du nicht.
Es foll nicht von mir heißen, daß ich Deutfchland
Zerftücket hab', verrathen an den Fremdling,
Um meine Portion mir zu erfchleichen.
835 Mich foll das Reich als feinen Schirmer ehren,
Reichsfürftlich mich erweifend, will ich würdig
Mich bey des Reiches Fürften niederfetzen.
Es foll im Reiche keine fremde Macht
Mir Wurzel faffen, und am wenigften
840 Die Gothen foll's, diefe Hungerleider,
Die nach dem Segen unfers deutfchen Landes
Mit Neidesblicken raubbegierig fchauen.
Beyftehen follen fie mir in meinen Planen,
Und dennoch nichts dabey zu fifchen haben.

Terzky.

845 Doch mit den Sachfen willft du ehrlicher
Verfahren? Sie verlieren die Geduld,
Weil du fo krumme Wege machft —
Was follen alle diefe Masken? fprich!

126

824: zum Raube geben] in Rachen jagen w (cqrr. w). — 835—837: Mich foll —
niederfetzen.] fehlt in t, geftrichen in w, wiederhergeftellt w. — 838: im Reiche]
in Deutfchland w (corr. w). — 845: willft] wirft R. — 846: Geduld] R fchreibt
Gedult.

Die Freunde zweifeln, werden irr' an dir —
850 Der Oxenstirn, der Arnheim, keiner weiß,
Was er von deinem Zögern halten soll.
Am End' bin ich der Lügner, alles geht
Durch mich. Ich hab' nicht einmal deine Handschrift.

Wallenstein.

Ich geb' nichts Schriftliches von mir, du weißt's.

Terzky.

855 Woran erkennt man aber deinen Ernst,
Wenn auf das Wort die That nicht folgt? Sag' selbst,
Was du bisher verhandelt mit dem Feind,   127
Hätt' alles auch recht gut gescheh'n seyn können,
Wenn du nichts mehr damit gewollt, als ihn
860 Zum Besten haben.

Wallenstein
(nach einer Pause, indem er ihn scharf ansieht)

Und woher weißt du, daß ich ihn nicht wirklich
Zum Besten habe? Daß ich nicht euch alle
Zum Besten habe? Kennst du mich so gut?
Ich wüßte nicht, daß ich mein Innerstes
865 Dir aufgethan — Der Kaiser, es ist wahr,
Hat übel mich behandelt! — Wenn ich wollte,
Ich könnt' ihm recht viel Böses dafür thun.
Es macht mir Freude, meine Macht zu kennen;
Ob ich sie wirklich brauchen werde, davon, denk' ich,
870 Weißt du nicht mehr zu sagen, als ein andrer.

Terzky.

So hast du stets dein Spiel mit uns getrieben!

Sechster Auftritt.

Illo zu den Vorigen.

Wallenstein.

Wie steht es draußen? Sind sie vorbereitet?

871a: Sechster — Vorigen.] Elster Auftritt. Illo. Vorige. t w (corr. w).

Illo.

Du findest sie in der Stimmung, wie du wünschest.
Sie wissen um des Kaisers Foderungen
875 Und toben.

Wallenstein.

Wie erklärt sich Isolan?

Illo.

Der ist mit Leib und Seele dein, seitdem du
Die Farobank ihm wieder aufgerichtet.

Wallenstein.

Wie nimmt sich der Kolalto? Hast du dich
Des Deobat und Tiefenbach versichert?

Illo.

880 Was Piccolomini thut, das thun sie auch.

Wallenstein.

So, meynst du, kann ich was mit ihnen wagen?

Illo.

— Wenn du der Piccolomini gewiß bist.

Wallenstein.

Wie meiner selbst. Die lassen nie von mir.

Terzky.

Doch wollt' ich, daß du dem Octavio,
885 Dem Fuchs, nicht so viel trautest.

Wallenstein.

Lehre du.

Mich meine Leute kennen. Sechzehnmal
Bin ich zu Feld gezogen mit dem Alten,

873: findest] find'st M. — 874: um] nun t. — 875—880: Wallenstein. Wie
erklärt — thun sie auch.] fehlt in t. — 877: Farobank] Pharobank M. — 878:
Wie nimmt]

Der hohle Mensch! — Und Buttler der Dragoner?
Ille.
Was hast Du mit dem stillen Mann gemacht?
Der kommt hieher, ganz Ernst für Dich und Eifer.
Wallenstein.
Er ist der unsre und ich weiß warum.
Wie nimmt ꝛc. w (dann getilgt w).

— Zudem — ich hab' sein Horoskop gestellt,   129)
Wir sind gebohren unter gleichen Sternen —
890 Und kurz —

(geheimnißvoll)
Es hat damit sein eigenes Bewenden.
Wenn du mir also gut sagst für die andern —

Illo.

Es ist nur Eine Stimme unter allen:
Du dürfst das Regiment nicht niederlegen.
Sie werden an dich deputiren, hör' ich.

Wallenstein.

895 Wenn ich mich gegen sie verpflichten soll,
So müssen sie's auch gegen mich.

Illo.

Versteht sich.

Wallenstein.

Parole müssen sie mir geben, eidlich, schriftlich,
Sich meinem Dienst zu weihen, unbedingt.

Illo.

Warum nicht?

Terzky.

Unbedingt? Des Kaisers Dienst,
900 Die Pflichten gegen Oestreich werden sie
Sich immer vorbehalten.

Wallenstein (den Kopf schüttelnd).   130

Unbedingt
Muß ich sie haben. Nichts von Vorbehalt!

Illo.

Ich habe einen Einfall — Giebt uns nicht
Graf Terzky ein Bankett heut Abend?

888: Zudem]
Hab fröhliches mit ihm und trauriges
Getheilt — Zudem ꝛc. w.
(In w erst durch Aufschreiben von Ziffern geändert in 'fröhliches und trauriges
mit ihm' und dann ganz getilgt). — gestellt] fehlt in t w (auch nicht ergänzt in
w, so daß es erst von Schiller in der Druckcorrectur eingesetzt worden sein muß).
— 893: dürfst] darfst t. — 899: Des Kaisers Dienst] fehlt in t t w (auch in w nicht
nachgetragen, so daß dieß erst bei der Druckcorrectur geschehen ist). — 903—904: nicht |

Terzky.

Ja,

905 Und alle Generale ſind geladen.

Illo (zum Wallenſtein).

Sag! Willſt du völlig freye Hand mir laſſen?
Ich ſchaffe dir das Wort der Generale,
So wie du's wünſcheſt.

Wallenſtein.

Schaff mir ihre Handſchrift.
Wie du dazu gelangen magſt, iſt deine Sache.

Illo.

910 Und wenn ich dir's nun bringe, ſchwarz auf weiß,
Daß alle Chefs, die hier zugegen ſind,
Dir blind ſich überliefern — Willſt du dann
Ernſt machen endlich, mit beherzter That
Das Glück verſuchen?

Wallenſtein.

Schaff mir die Verſchreibung!

Illo. 131

915 Bedenke, was du thuſt! Du kannſt des Kaiſers
Begehren nicht erfüllen — kannſt das Heer
Nicht ſchwächen laſſen — nicht die Regimenter
Zum Spanier ſtoßen laſſen — willſt du nicht
Die Macht auf ewig aus den Händen geben.
920 Bedenk' das andre auch! Du kannſt des Kaiſers
Befehl und ernſte Ordre nicht verhöhnen,
Nicht länger Ausflucht ſuchen, temporiſiren,
Willſt du nicht förmlich brechen mit dem Hof.
Entſchließ' dich! Willſt du mit entſchloßner That
925 Zuvor ihm kommen? Willſt du, ferner zögernd,
Das Aeußerſte erwarten?

Graf Terzky] Terzky | Nicht l t w (in w nicht corrigirt). — 914a—927: Illo.
Bedenke — Aeußerſte beſchließt!] fehlt in l t w (dann wiederhergeſtellt w). —
925: zögern und w, zögernd w'.

Wallenstein.

Das geziemt sich,
Eh' man das Aeußerste beschließt!

Illo.

O! nimm der Stunde wahr, eh' sie entschlüpft.
So selten kommt der Augenblick im Leben,
930 Der wahrhaft wichtig ist und groß. Wo eine
Entscheidung soll geschehen, da muß Vieles
Sich glücklich treffen und zusammenfinden, —
Und einzeln nur, zerstreuet zeigen sich
Des Glückes Fäden, die Gelegenheiten,
935 Die nur in Einen Lebenspunkt zusammen
Gedrängt, den schweren Früchteknoten bilden.
Sieh! Wie entscheidend, wie verhängnißvoll
Sich's jetzt um dich zusammenzieht! — Die Häupter
Des Heers, die besten, trefflichsten, um dich,
940 Den königlichen Führer, her versammelt,
Nur deinen Wink erwarten sie — O! laß
Sie so nicht wieder aus einander gehen!
So einig führst du sie im ganzen Lauf
Des Krieges nicht zum zweytenmal zusammen.
945 Die hohe Fluth ist's, die das schwere Schiff
Vom Strande hebt — Und jedem Einzelnen
Wächst das Gemüth im großen Strom der Menge.
Jetzt hast du sie, jetzt noch! Bald sprengt der Krieg
Sie wieder aus einander, dahin, dorthin —
950 In eignen kleinen Sorgen und Intressen
Zerstreut sich der gemeine Geist. Wer heute,
Vom Strome fortgerissen, sich vergißt,
Wird nüchtern werden, sieht er sich allein,
Nur seine Ohnmacht fühlen und geschwind
955 Umlenken in die alte, breitgetretne

132

942—949: aus einander] auseinander D F K M. — 941: Krieg's w, Krieges w.
— 945—957: Die hohe Fluth — kommen suchen.] fehlt in t. — 953: sieht er sich
allein,] wenn er sich allein sieht, t u w (in w nicht corr.).

.

Fahrſtraße der gemeinen Pflicht, nur wohl-
Behalten unter Dach zu kommen ſuchen.

Wallenstein.

Die Zeit iſt noch nicht da.

Terzky.   133
So ſagſt du immer.

Wann aber wird es Zeit ſeyn?

Wallenstein.
Wenn ich's ſage.
Illo.

960 O! du wirſt auf die Sternenſtunde warten,
Bis dir die Irdiſche entflieht! Glaub' mir,
In deiner Bruſt ſind deines Schickſals Sterne.
Vertrauen zu dir ſelbſt, Entſchloſſenheit
Iſt deine Venus! Der Maleficus,
965 Der einz'ge, der dir ſchadet, iſt der Zweifel.

Wallenstein.

Du red'ſt, wie du's verſteh'ſt. Wie oft und vielmals
Erklärt' ich dir's! — Dir ſtieg der Jupiter
Hinab, bey der Geburt, der helle Gott;
Du kannſt in die Geheimniſſe nicht ſchauen.
970 Nur in der Erde magſt du finſter wühlen,
Blind, wie der Unterirdiſche, der mit dem bleichen
Bleyfarb'nen Schein in's Leben dir geleuchtet.
Das Irdiſche, Gemeine magſt du ſehn,
Das Nächſte mit dem Nächſten klug verknüpfen;
975 Darin vertrau' ich dir und glaube dir.
Doch, was geheimnißvoll bedeutend webt
Und bildet in den Tiefen der Natur, —
Die Geiſterleiter, die aus dieſer Welt des Staubes
Bis in die Sternenwelt, mit tauſend Sproſſen,

134

959: ich's (unterſtrichen) w, dann der Strich getilgt w. — 963: Entſchloſſenheit)
Entſchließung. — Das iſt u w (in w nicht corr.). — 965: einz'ge] einzige i w. —
972: Bleyfarben w. — 977: in den Tiefen] im Abyſſus l, in w von Schiller ſtatt
des urſprünglichen Textes eincorrigirt und dann wieder getilgt. — 978: Staubes]
Raubes l.

980 Hinauf sich baut, an der die himmlischen
Gewalten wirkend auf und nieder wandeln,
— Die Kreise in den Kreisen, die sich eng
Und enger zieh'n um die centralische Sonne —
Die sieht das Aug' nur, das entsiegelte,
985 Der hellgebohrnen, heitern Joviskinder.
(nachdem er einen Gang durch den Saal gemacht, bleibt er stehen und fährt fort)
Die himmlischen Gestirne machen nicht
Bloß Tag und Nacht, Frühling und Sommer — nicht
Dem Sä'mann bloß bezeichnen sie die Zeiten
Der Aussaat und der Aernte. Auch des Menschen Thun
990 Ist eine Aussaat von Verhängnissen,
Gestreut in der Zukunst dunkles Land,
Den Schicksalsmächten hoffend übergeben.
Da thut es noth, die Saatzeit zu erkunden,
Die rechte Sternenstunde auszulesen,
995 Des Himmels Häuser forschend zu durchspüren,
Ob nicht der Feind des Wachsens und Gedeihens
In seinen Ecken schadend sich verberge.
Drum laßt mir Zeit. Thut ihr indeß das Eure.
Ich kann jetzt noch nicht sagen, was ich thun will.
1000 Nachgeben aber werd' ich nicht. Ich nicht!
Absetzen sollen sie mich auch nicht. — Darauf
Verlaßt euch.

Kammerdiener (kommt).

Die Herrn Generale.

Wallenstein.

Laß sie kommen.

Terzky.

Willst du, daß alle Chefs zugegen seyen?

Wallenstein.

Das braucht's nicht. Beyde Piccolomini,

954: Aug nur, das entsiegelte] Auge nur, der entsiegelte Blick k t w (nicht corr.
in w). — 992: Schicksals Mächten w. — 995, 997: Häuser, Ecken] in w nicht unterstrichen. — 1002: Kammerdiener] Page t w (corr. w). — Seit k „Verlaßt —
kommen." als Ein Vers. — Herrn] Herren M. — 1002 a—1010: Terzky. Willst
du — Als dem Octavio] fehlt in k t w (wiederhergestellt w).

Schiller, sämmtl. Schriften. Hist.-krit. Ausg. XII.

1005 Marabas, Buttler, Forgatsch, Deodat,

Karaffa, Isolani mögen kommen.

　　　　　　(Terzky geht hinaus mit dem Kammerdiener)

Wallenstein (zu Illo).

Hast du den Questenberg bewachen lassen?

Sprach er nicht ein'ge in geheim?

Illo.

Ich hab' ihn scharf bewacht.　Er war mit niemand

1010 Als dem Octavio.

Siebenter Auftritt.

Vorige, Questenberg, beyde Piccolomini, Buttler, Isolani, Marabas und noch drey andere Generale treten herein. **Auf den Wink des Generals nimmt Questenberg ihm grad gegenüber Platz, die andern folgen nach ihrem Range. Es herrscht eine augenblickliche Stille.**

Wallenstein.

Ich hab' den Inhalt Ihrer Sendung zwar

Vernommen, Questenberg, und wohl erwogen,

Auch meinen Schluß gefaßt, den nichts mehr ändert.　　　　　　136

Doch, es gebührt sich, daß die Kommandeurs

1015 Aus Ihrem Mund' des Kaisers Willen hören —

Gefall' es Ihnen denn, sich Ihres Auftrags

Vor diesen edeln Häuptern zu entledigen.

Questenberg.

Ich bin bereit, doch bitt' ich zu bedenken,

Daß kaiserliche Herrschgewalt und Würde

1020 Aus meinem Munde spricht, nicht eigne Kühnheit.

Wallenstein.

Den Eingang spart.

1005—1006: Marabas — Isolani] Kolalto, Don Marabas, Tiefenbach, Götz Buttler, Isolani w (in w nach Tiefenbach erst 'Esterhazy, Buttler' beigeschrieben, dann der jetzige Text hergestellt). — 1006a: Kammerdiener] Pagen w (corr. w). — 1008: ein'ge] Einige K. — 1010a: Siebenter Auftritt] Zwölfter Auftritt. t w. — Vorige — treten herein.] Wallenstein setzt sich, die Hand an den Kommandostab legend. Terzky steht hinter seinem Stuhl. Die Flügel öfnen sich. Questenberg, beide Piccolomini, Buttler, Isolani, Illo, Götz, Tiefenbach, Kolalto, Deodati, Palfi treten herein. w (dann corr. w). — gerad] grad DFK. — 1011: Ihrer] Eurer l.

Questenberg.

Als Seine Majestät,
Der Kaiser, ihren muthigen Armeen
Ein ruhmgekröntes, kriegserfahrnes Haupt
Geschenkt in der Person des Herzogs Friedland,
1025 Geschah's in froher Zuversicht, das Glück
Des Krieges schnell und günstig umzuwenden.
Auch war der Anfang ihren Wünschen hold,
Gereiniget ward Böheim von den Sachsen,
Der Schweden Siegeslauf gehemmt — es schöpften
1030 Aufs neue leichten Athem diese Länder,
Als Herzog Friedland die zerstreuten Feindesheere
Herbey von allen Strömen Deutschlands zog,
Herbey auf Einen Sammelplatz beschwor
Den Rheingraf, Bernhard, Banner, Oxenstirn,
1035 Und jenen nie besiegten König selbst,
Um endlich hier im Angesichte Nürnbergs
Das blutig große Kampfspiel zu entscheiden.

Wallenstein.

Zur Sache, wenn's beliebt.

Questenberg.

Ein neuer Geist
Verkündigte sogleich den neuen Feldherrn.
1040 Nicht blinde Wuth mehr rang mit blinder Wuth,
In hellgeschiednem Kampfe sah man jetzt
Die Festigkeit der Kühnheit widerstehn,
Und weise Kunst die Tapferkeit ermüden.
Vergebens lockt man ihn zur Schlacht, er gräbt
1045 Sich tief und tiefer nur im Lager ein,
Als gält es, hier ein ewig Haus zu gründen.
Verzweifelnd endlich will der König stürmen,
Zur Schlachtbank reißt er seine Völker hin,
Die ihm des Hungers und der Seuchen Wuth
1050 Im leichenvollen Lager langsam tödtet.

137

1035: wenn's] wenn es l. — 1038—1040: Questenberg. Ein neuer Geist —
selbst erlebt.] fehlt in k t w (in w wiederhergestellt).

Durch den Verhack des Lagers, hinter welchem
Der Tod aus tausend Röhren lauert, will
Der Riegehemmte stürmend Bahn sich brechen.
Da ward ein Angriff und ein Widerstand,
1065 Wie ihn kein glücklich Auge noch gesehn.
Zerrissen endlich führt sein Volk der König
Vom Kampfplatz heim, und nicht ein Fußbreit Erde
Gewann es ihm, das grause Menschenopfer.

Wallenstein.

Ersparen Sie's, uns aus dem Zeitungsblatt
1060 Zu melden, was wir schaubernd selbst erlebt.

Questenberg.

Anklagen ist mein Amt und meine Sendung,
Es ist mein Herz, was gern bey'm Lob verweilt.
In Nürnbergs Lager ließ der Schwedische König
Den Ruhm — in Lützens Ebenen das Leben.
1065 Doch wer erstaunte nicht, als Herzog Friedland
Nach diesem großen Tag, wie ein Besiegter,
Nach Böheim floh, vom Kriegesschauplatz schwand,
Indeß der junge Weimarische Held
In's Frankenland unaufgehalten drang,
1070 Bis an die Donau reißend Bahn sich machte,
Und stand mit einem Mal vor Regensburg,
Zum Schrecken aller gut kathol'schen Christen.
Da rief der Baiern wohlverdienter Fürst
Um schnelle Hilf' in seiner höchsten Noth, —
1075 Es schickt der Kaiser sieben Reitende
An Herzog Friedland ab mit dieser Bitte,
Und fleht, wo er als Herr befehlen kann.
Umsonst! Es hört in diesem Augenblick
Der Herzog nur den alten Haß und Groll,

1060: erlebten w (nicht corr. w). — 1061—1062: Anklagen — verweilt] fehlt in I L.
— 1062: was] das D F R. — 1068: Held] Held
    Dem schwedischen Heer ein zweiter Gustav ward, I w
(in w nicht getilgt). — 1074: Hilf'] R schreibt überall Hülf', Hülfe ꝛc. — 1078:
Augenblick] Augenblicke I.

1080 Giebt das gemeine Beste preis, die Rachgier
  An einem alten Feinde zu vergnügen.
  Und so fällt Regensburg!

Wallenstein.

  Von welcher Zeit ist denn die Rede, Max?
  Ich hab' gar kein Gedächtniß mehr.

Max.

Er meynt,

1085 Wie wir in Schlesien waren.

Wallenstein.

So! So! So!

  Was aber hatten wir denn dort zu thun?

Max.

  Die Schweden draus zu schlagen und die Sachsen.

Wallenstein.

  Recht! Ueber der Beschreibung da vergeß ich
  Den ganzen Krieg — (zu Questenberg)

Nur weiter fortgefahren!

Questenberg.

1090 Am Oberstrom vielleicht gewann man wieder,
  Was an der Donau schimpflich ward verlohren.
  Erstaunenswerthe Dinge hoffte man
  Auf dieser Kriegesbühne zu erleben,
  Wo Friedland in Person zu Felde zog,

140

1095 Der Nebenbuhler Gustavs einen — Thurn
  Und einen Arnheim vor sich fand. Und wirklich
  Gerieth man nahe gnug hier an einander,
  Doch um als Freund, als Gast sich zu bewirthen.
  Ganz Deutschland seufzte unter Kriegeslast,

1100 Doch Friede war's im Wallensteinischen Lager.

Wallenstein.

  Manch blutig Treffen wird um nichts gefochten,

<hr>

1082: fiel w, fällt w. — Regensurg] K M schreiben überall Regensburg. —
1089a—1110: Questenberg. Am Oberstrom — zu lösen.] fehlt in Lt, gestrichen
w, wiederhergestellt w. — 1101—1102: Manch blutig — braucht.]

Manch blutig Treffen wird gefochten, weil
Der junge Feldherr eilen muß zu siegen. w (nicht corr. w).

Weil einen Sieg der junge Feldherr braucht.
Ein Vortheil des bewährten Feldherrn ist's,
Daß er nicht nöthig hat zu schlagen, um
1105 Der Welt zu zeigen, er versteh' zu siegen.
Mir konnt' es wenig helfen, meines Glücks
Mich über einen Arnheim zu bedienen,
Viel nützte Deutschland meine Mäßigung,
Wär' mir's geglückt, das Bündniß zwischen Sachsen
1110 Und Schweden, das verderbliche, zu lösen.

Questenberg.

Es glückte aber nicht, und so begann
Auf's neu das blut'ge Kriegesspiel. Hier endlich
Rechtfertigte der Fürst den alten Ruhm.
Auf Steinau's Feldern streckt das schwedische Heer
1115 Die Waffen, ohne Schwertstreich überwunden —
Und hier, mit andern, lieferte des Himmels
Gerechtigkeit den alten Aufruhrstifter,
Die fluchbeladne Fackel dieses Kriegs,
Matthias Thurn, des Rächers Händen aus.
1120 — Doch in großmüth'ge Hand war er gefallen,
Statt Strafe fand er Lohn, und reich beschenkt
Entließ der Fürst den Erzfeind seines Kaisers.

Wallenstein (lacht).

Ich weiß, ich weiß — Sie hatten schon in Wien
Die Fenster, die Balcons voraus gemiethet,
1125 Ihn auf dem Armensünderkarrn zu sehn —
Die Schlacht hätt' ich mit Schimpf verlieren mögen,
Doch das vergeben mir die Wiener nicht,
Daß ich um ein Spectakel sie betrog.

Questenberg.

Befreyt war Schlesien, und alles rief

141

1111—1112: Es glückte — hier] fehlt in 1, gestrichen w, hergestellt w. —
endlich] — Ja am Oderstrome endlich 1t w (corr. w). — 1118: Krieges w (in w
nicht corr.). — 1128: betrog] betrüge 1t. — 1129—1130: Befreit war — Baiern.]
Am Oderstrome war der Feind geschlagen,
Nichts hält den Fürsten, alles ruft ihn auf,

1130 Den Herzog nun in's hart bedrängte Baiern.

Er setzt auch wirklich sich in Marsch — gemächlich
Durchzieht er Böheim auf dem längsten Wege;
Doch eh' er noch den Feind gesehen, wendet
Er schleunig um, bezieht sein Winterlager, drückt
1135 Des Kaisers Länder mit des Kaisers Heer.

Wallenstein.

Das Heer war zum Erbarmen, jede Nothdurft, jede
Bequemlichkeit gebrach — der Winter kam.
Was denkt die Majestät von ihren Truppen?
Sind wir nicht Menschen? Nicht der Kält' und Näffe,   142
1140 Nicht jeder Nothdurft sterblich unterworfen?

Fluchwürdig Schicksal des Soldaten! Wo
Er hinkommt, flieht man vor ihm — wo er weggeht,
Verwünscht man ihn! Er muß sich alles nehmen;
Man giebt ihm nichts, und jeglichem gezwungen
1145 Zu nehmen, ist er jeglichem ein Greuel.

Hier stehen meine Generals. Karaffa!
Graf Deodati! Buttler! Sagt es ihm,
Wie lang der Sold den Truppen ausgeblieben?

Buttler.

Ein Jahr schon fehlt die Löhnung.

Den Feind im tiefen Baiern aufzusuchen,
Dem er die Rückkehr blutig hemmen kann. w
(w erst statt der beiden letzten Verse: 'Das schwer bedrängte Baiern zu entsetzen',
dann der jetzige Text hergestellt). — 1133—1135: Doch eh er — Kaisers Heer.]
Und [zeigt sich w, dann getilgt] endlich sieht man in der obern Pfalz
Sein längst ersehntes Banner wehn — Doch stürzt
Er auf den Feind? Versucht er auch nur einmal
Der Schlachten Glück? Er zeigt die Hilfe, giebt
Die Hoffnung nur, um grausam sie zu täuschen.
Und [Doch w, dann getilgt] eh man seiner Ankunft froh geworden,
Kriecht er in Böheim wieder unter schnell,
Giebt Feierabend seinem Heere, schlägt
Sein Winterlager auf in diesem Reiche
Das unter harter Kriegessteuer seufzt. w
(dann der jetzige Text hergestellt, doch nur bis 'Winterlager', so daß die Worte
'drückt — Kaisers Heer' sich als erst bei der Druckcorrectur eingetragen darstellen).
— 1134—1135: drückt — Heer] fehlt in k t w w. — 1136: Das Heer war] Das
Heer | War w. — 1146 u. 47: Karaffa! Graf] Kolalto! | Göh! w (corr. w).

Wallenstein.

Und sein Sold

1150 Muß dem Soldaten werden, darnach heißt er!

Questenberg.

Das klingt ganz anders, als der Fürst von Friedland
Vor acht, neun Jahren sich vernehmen ließ.

Wallenstein.

Ja, meine Schuld ist es, weiß wohl, ich selbst
Hab' mir den Kaiser so verwöhnt. Da! Vor neun Jahren,
1155 Beym Dänenkriege, stell' ich eine Macht ihm auf
Von vierzigtausend Köpfen oder fünfzig,
Die aus dem eignen Seckel keinen Deut
Ihm kostete — Durch Sachsens Kreise zog
Die Kriegesfurie, bis an die Scheeren   143
1160 Des Belts den Schrecken seines Namens tragend.
Da war noch eine Zeit! Im ganzen Kaiserstaate
Kein Nam' geehrt, gefeyert wie der meine,
Und Albrecht Wallenstein, so hieß
Der dritte Edelstein in seiner Krone!
1165 Doch auf dem Regenspurger Fürstentag,
Da brach es auf! Da lag es kund und offen,
Aus welchem Beutel ich gewirthschaft't hatte.
Und was war nun mein Dank dafür, daß ich,
Ein treuer Fürstenknecht, der Völker Fluch
1170 Auf mich gebürdet — diesen Krieg, der nur

1153—54: ich selbst — verwöhnt] ausgestrichen in t. — 1155: ihm auf] auf t. —
1158: Ihm] Euch t. — 1161: Da war noch eine Zeit!]
            Wie aus den Wolken fielen da Armeen
            Und Länder und Victorien ihm zu,
            Und Kaiserliche Majestät vermeinten
            In mir des Mährleins Vogel zu besitzen,
            Der mit der Kehle wundervollem Schlag
            Des Waldes Sänger an sich lockt. Da war
            Noch eine Zeit, w (dann getilgt und corr. w).
1161: Kaiserstaate] Reiche t. — 1162: geehrt] fehlt in t. — 1169—1171: Ein treuer
— zahlen lassen.]
            Der Völker Flüche und der Fürsten Haß
            Mir aufgebürdet, meinem Herrn zu dienen. t.

Ihn groß gemacht, die Fürsten zahlen lassen?
Was? Aufgeopfert wurd' ich ihren Klagen,
— Abgesetzt wurd' ich.

Questenberg.

Eure Gnaden weiß,
Wie sehr auf jenem unglücksvollen Reichstag
1175 Die Freyheit ihm gemangelt.

Wallenstein.

Tod und Teufel!

Ich hatte, was ihm Freyheit schaffen konnte.
— Nein, Herr! Seitdem es mir so schlecht bekam,
Dem Thron zu dienen, auf des Reiches Kosten,
Hab' ich vom Reich ganz anders denken lernen.
1180 Vom Kaiser freylich hab' ich diesen Stab,
Doch führ' ich jetzt ihn als des Reiches Feldherr,
Zur Wohlfahrt aller, zu des Ganzen Heil,
Und nicht mehr zur Vergrößerung des Einen!
Zur Sache doch. Was ist's, das man von mir begehrt?

Questenberg.

1185 Für's erste wollen Seine Majestät,
Daß die Armee ohn' Aufschub Böhmen räume.

Wallenstein.

In dieser Jahrszeit? Und wohin will man,
Daß wir uns wenden?

Questenberg.

Dahin, wo der Feind ist.

Denn Seine Majestät will Regenspurg
1190 Vor Ostern noch vom Feind gesäubert sehn,
Daß länger nicht im Dome Lutherisch
. Gepredigt werde — ketzerischer Greul
Des Festes reine Feyer nicht besudle.

144

1171: Jhn] Den Kaiser w. — ließ w (lassen w). — 1175: Tod und Teufel!
Freiheit! Freiheit! t. — 1177—1183: — Nein Herr — des Einen!] ausgestrichen in
i. — 1182: Ganzen (nicht unterstrichen) w. — 1193: besudle] beflecke f.

Wallenstein.

Kann das geschehen, meine Generals?

Illo.

1195 Es ist nicht möglich.

Buttler.

Es kann nicht geschehn.

Questenberg.   145

Der Kaiser hat auch schon dem Oberst Suys
Befehl geschickt, nach Baiern vorzurücken.

Wallenstein.

Was that der Suys?

Questenberg.

Was er schuldig war.

Er rückte vor.

Wallenstein.

Er rückte vor! Und ich,
1200 Sein Chef, gab ihm Befehl, ausdrücklichen,
Nicht von dem Platz zu weichen! Steht es so
Um mein Kommando? Das ist der Gehorsam,
Den man mir schuldig, ohne den kein Kriegsstand
Zu denken ist? Sie, meine Generale,
1205 Seyen Richter! Was verdient der Officier,
Der eidvergessen seine Ordre bricht?

Illo.

Den Tod!

Wallenstein
(da die übrigen bedenklich schweigen, mit erhöhter Stimme)

Graf Piccolomini, was hat er
Verdient?

Max (nach einer langen Pause).

Nach des Gesetzes Wort — den Tod!

Isolani.

Den Tod!

1194: Generals?] Generals?
Heischt man das Mögliche von uns? k w (getilgt w).
1205: Sein w (Seyen w).

146

Buttler.

Den Tod nach Kriegesrecht!

(Questenberg steht auf. Wallenstein folgt, es erheben sich alle.)

Wallenstein.

1210 Dazu verdammt ihn das Gesetz, nicht ich!
Und wenn ich ihn begnadige, geschieht's
Aus schuld'ger Achtung gegen meinen Kaiser.

Questenberg.

Wenn's so steht, hab' ich hier nichts mehr zu sagen.

Wallenstein.

Nur auf Bedingung nahm ich dies Kommando;
1215 Und gleich die erste war, daß mir zum Nachtheil
Kein Menschenkind, auch selbst der Kaiser nicht,
Bey der Armee zu sagen haben sollte.
Wenn für den Ausgang Ich mit meiner Ehre
Und meinem Kopf soll haften, muß ich Herr
1220 Darüber seyn. Was machte diesen Gustav
Unwiderstehlich, unbesiegt auf Erden?
Dies: daß er König war in seinem Heer!
Ein König aber, einer der es ist,
Ward nie besiegt noch, als durch seines gleichen —
1225 Jedoch zur Sach'. Das Beste soll noch kommen.

Questenberg.

Der Kardinal-Infant wird mit dem Frühjahr
Aus Mailand rücken, und ein spanisch Heer
Durch Deutschland nach den Niederlanden führen.   147
Damit er sicher seinen Weg verfolge,
1230 Will der Monarch, daß hier aus der Armee
Acht Regimenter ihn zu Pferd begleiten.

Wallenstein.

Ich merk', ich merk' — Acht Regimenter — Wohl!
Wohl ausgesonnen, Pater Lamormain!

<hr>

1223: es ist] es wirklich ist I t w (Schiller hat dann 'wirklich' getilgt und 'ist' unterstrichen). — 1224: seines gleichen] Seinesgleichen K M.

Wär' der Gedank' nicht so verwünscht gescheid,
1235 Man wär' versucht, ihn herzlich dumm zu nennen.
Achttausend Pferde! Ja! Ja! Es ist richtig,
Ich seh' es kommen.

Questenberg.

Es ist nichts dahinter
Zu sehn. Die Klugheit räth's, die Noth gebeut's.

Wallenstein.

Wie, mein Herr Abgesandter? Ich soll's wohl
1240 Nicht merken, daß man's müde ist, die Macht,
Des Schwertes Griff in meiner Hand zu sehn?
Daß man begierig diesen Vorwand hascht,
Den span'schen Namen braucht, mein Volk zu mindern,
In's Reich zu führen eine neue Macht,
1245 Die Mir nicht untergeben sey. Mich so
Gerad' bey Seit' zu werfen, dazu bin ich
Euch noch zu mächtig. Mein Vertrag erheischt's,
Daß alle Kaiserheere mir gehorchen,
So weit die deutsche Sprach' geredet wird.   148
1250 Von span'schen Truppen aber und Infanten,
Die durch das Reich als Gäste wandernd ziehn,
Steht im Vertrage nichts — Da kommt man denn
So in der Stille hinter ihm herum,
Macht mich erst schwächer, dann entbehrlich, bis
1255 Man kürzeren Prozeß kann mit mir machen.
— Wozu die krummen Wege, Herr Minister?
Gerad heraus! Den Kaiser drückt das Pactum
Mit mir. Er möchte gerne, daß ich ginge.
Ich will ihm den Gefallen thun, das war
1260 Beschloßne Sach', Herr, noch eh' Sie kamen.
    (es entsteht eine Bewegung unter den Generalen, welche immer zunimmt.)
Es thut mir leid um meine Obersten,

1231—35: Wär' der — nennen.] fehlt in t t, gestrichen w, hergestellt w. —
1234: gescheid] gescheidt M. — 1235: dumm] platt w (dumm w). — 1236: wichtig
w (richtig w). — 1255: Prozeß] Proceß M. — 1259—60: Das war — sie kamen.]
fehlt in t, gestrichen w, hergestellt w. — 1260: Sach'] Sache K. — 1261: Offiziere
w (Obersten w).

Noch seh' ich nicht, wie sie zu ihren vorgeschoßnen Geldern,
Zum wohlverdienten Lohne kommen werden.
Neu Regiment bringt neue Menschen auf,
1265 Und früheres Verdienst veraltet schnell.
Es dienen viel Ausländische im Heer,
Und war der Mann nur sonsten brav und tüchtig,
Ich pflegte eben nicht nach seinem Stammbaum,
Noch seinem Katechismus viel zu fragen.
1270 Das wird auch anders werden künftighin!
Nun — mich geht's nichts mehr an.

(er setzt sich)   143

Max.

Da sey Gott für,

Daß es bis dahin kommen soll! — Die ganze
Armee wird furchtbar gährend sich erheben —
Der Kaiser wird mißbraucht, es kann nicht seyn.

Isolani.

1275 Es kann nicht seyn, denn alles ging zu Trümmern.

Wallenstein.

Das wird es, treuer Isolan. Zu Trümmern
Wird alles gehn, was wir bedächtig bauten.
Deßwegen aber find't sich doch ein Feldherr,
Und auch ein Kriegsheer läuft noch wohl dem Kaiser
1280 Zusammen, wenn die Trommel wird geschlagen.

1262: wie sie zu ihren vorgeschoßnen Geldern] wie zu dem Vorgeschoßnen w,
wie sie zu ihrem Vorschuß w (dann der jetzige Text hergestellt). — 1263: Lohn sie
w (Lohne w). — 1271: er setzt sich] setzt sich t. — 1274a: Buttler w (Isolani
w). — 1275a: Wallenstein (hat sich wieder niedergesetzt). w (getilgt w). —
1276: Isolan. Zu] Buttler. Ja zu w (corr. w). — 1280: geschlagen.] geschlagen.

Isolani.
Stehn wir gelassen da und sehen zu,
Wie dieses Baiern Ränke und der Pfaffen
Zum zweitenmal den Feldherrn von uns reißen?
Fang unter diesem kaiserlichen Sohn
Von vornen an wer will! Von seinem Friedland
Trennt Isolan im Alter sich nicht mehr!
Buttler.
Versuchs die Jugend mit der neuen Sonne!
Ists in dem Spätjahr unsers Lebens Zeit,

Mar.

(geschäftig, leidenschaftlich von einem zum andern gehend, und sie besänftigend)

Hör' mich, mein Feldherr! Hört mich, Obersten!
Laß dich beschwören, Fürst! Beschließe nichts,
Bis wir zusammen Rath gehalten, dir
Vorstellungen gethan — Kommt, meine Freunde!
1285 Ich hoff', es ist noch alles herzustellen.

Terzky.

Kommt, kommt! im Vorsaal treffen wir die andern.

          (gehen.)

Buttler (zu Questenberg).

Wenn guter Rath Gehör bey Ihnen findet,
Vermeiden Sie's, in diesen ersten Stunden   150
Sich öffentlich zu zeigen, schwerlich möchte Sie
1290 Der goldne Schlüssel vor Mißhandlung schützen.

      (laute Bewegungen draußen.)

Wallenstein.

Der Rath ist gut — Octavio, du wirst
Für unsers Gastes Sicherheit mir haften.

     Neu auszusäen? neu Verdienst zu pflanzen?
     Der dürre Stamm treibt keine Sprossen mehr.
     Von jenem Vorrath müssen wir jetzt zehren,
     Den wir im warmen Sommer unsrer Kraft,
     Bei dem gerechten Fürsten aufgeschüttet.
     Verloren ist uns das vergangne Leben,
     Beherrscht uns der nicht mehr, der uns erprobet,
     Der Buch gehalten über unser Thun,
     Und in sich trägt lebendig, was wir gelten. w.

(w hat die Worte 'Stehn wir — nicht mehr!' Buttler zugetheilt, den Vers 'Trennt
Isolan — nicht mehr!' in 'Trennt Buttler sich nicht mehr im Greisesalter' geändert,
nach demselben die Worte: 'Während — heftig zusammen' (vgl. die folgende Note)
eingeschaltet und schließlich das Ganze getilgt). — geschlagen.) geschlagen. (Während
dieser Rede sprechen Isolani, Terzky, Illo und Marados heftig zusammen.) t u. —
1272—83: Obersten — Laß dich]   Obersten!
     Gott, Gott! so unermeßlich ist dieß Unglück,
     Daß ich es jetzt nicht überdenken kann.
     Laß dich 2c. w (getilgt w).
1289—90:   Sich öffentlich zu zeigen, kommt es aus
     Was Ihre Sendung nach sich zog, nichts möchte
     Des Kaisers Boten vor Mißhandlung schützen w (corr. w).

Gehaben Sie Sich wohl, von Questenberg!

(als dieser reden will)

Nichts, nichts von dem verhaßten Gegenstand!
1295 Sie thaten Ihre Schuldigkeit. Ich weiß
Den Mann von seinem Amt zu unterscheiden.

(Indem Questenberg mit dem Octavio abgehen will, bringen Göt, Tiefenbach,
Kolalto herein, denen noch mehrere Kommandeurs folgen.)

Göt.

Wo ist er, der uns unsern General —

Tiefenbach (zugleich).

Was müssen wir erfahren, du willst uns —

Kolalto (zugleich).

Wir wollen mit dir leben, mit dir sterben.

Wallenstein (mit Ansehen, indem er auf Illo zeigt).

1300 Hier der Feldmarschall weiß um meinen Willen.

(geht ab.)

1296a: Göt, Tiefenbach — folgen.] bringen mehrere Kommandeurs
herein, rufend w. (corr. w). — 1296—99: Göt — dir sterben.]

Göt.
Wo ist 2c.
Tiefenbach.
Was müssen 2c. } zugleich doch nicht schreiend. t t, ebenso w, dann getilgt.
Kolalto,
Wir wollen 2c.

1300a: (geht ab.)] (geht ab) Illo (zu den Kommandeurs). Kommt, kommt!
Heut Nacht bei Tisch besprechen wir's. t w. — (ab.) (Indem sie gehen, fällt der
Vorhang.) t t w (getilgt w).

Dritter Aufzug.

Ein Zimmer.

Erster Auftritt.

Illo und Terzky.

Terzky.

Nun sagt mir! Wie gedenkt Ihr's diesen Abend
Bey'm Gastmahl mit den Obristen zu machen?

Illo.

Gebt Acht! Wir setzen eine Formel auf,
Worin wir uns dem Herzog insgesammt
1305 Verschreiben, sein zu seyn mit Leib und Leben,
Nicht unser letztes Blut für ihn zu sparen;
Jedoch der Eidespflichten unbeschadet,
Die wir dem Kaiser schuldig sind.   Merkt wohl!
Die nehmen wir in einer eignen Klausel
1310 Ausdrücklich aus, und retten das Gewissen.
Nun hört! Die also abgefaßte Schrift
Wird ihnen vorgelegt vor Tische, keiner
Wird daran Anstoß nehmen — Hört nun weiter!
Nach Tafel, wenn der trübe Geist des Weins
1315 Das Herz nun öffnet, und die Augen schließt,
Läßt man ein unterschobnes Blatt, worin
Die Klausel fehlt, zur Unterschrift herumgehn.

1300a: Dritter Aufzug.] Zweiter Aufzug. ſtw. (corr. w). — 1309: Klausel]
M schreibt Clausel.

Terzky.

Wie? Denkt Ihr, daß sie sich durch einen Eid
Gebunden glauben werden, den wir ihnen
1320 Durch Gaukelkunst betrüglich abgelistet?

Illo.

Gefangen haben wir sie immer — Laßt sie
Dann über Arglist schreyn, so viel sie mögen.
Am Hofe glaubt man ihrer Unterschrift
Doch mehr, als ihrem heiligsten Betheuern.
1325 Verräther sind sie einmal, müssen's seyn,
So machen sie aus der Noth wohl eine Tugend.

Terzky.

Nun, mir ist alles lieb, geschieht nur was,
Und rücken wir nur einmal von der Stelle.

Illo.

Und dann — liegt auch so viel nicht dran, wie weit
1330 Wir damit langen bey den Generalen,
Genug, wenn wir's dem Herrn nur überreden,
Sie seyen sein — denn handelt er nur erst
Mit seinem Ernst, als ob er sie schon hätte,
So hat er sie, und reißt sie mit sich fort.

Terzky.   153

1335 Ich kann mich manchmal gar nicht in ihn finden.
Er leiht dem Feind sein Ohr, läßt mich dem Thurn,
Dem Arnheim schreiben, gegen den Sesina
Geht er mit kühnen Worten frey heraus,
Spricht stundenlang mit uns von seinen Planen,
1340 Und meyn' ich nun, ich hab' ihn — weg, auf einmal
Entschlüpft er, und es scheint als wär' es ihm
Um nichts zu thun, als nur am Platz zu bleiben.

Illo.

Er seine alten Plane aufgegeben!

1329: liegt — wie weit] so liegt mir auch so viel nicht dran, wie weit t. —
1334: fort.] fort. — Kommt t. — 1334 a—1357: Terzky. Ich kann — Himmel vorgehn.] ausgestrichen in t. — 1341: er] er mir w (corr. w).

Ich sag' Euch, daß er wachend, schlafend mit
1345 Nichts anderm umgeht, daß er Tag für Tag
Deßwegen die Planeten fragt —

Terzky.

Ja, wißt Ihr,
Daß er sich in der Nacht, die jetzo kommt,
Im astrologischen Thurme mit dem Doctor
Einschließen wird und mit ihm observiren?
1350 Denn es soll eine wicht'ge Nacht seyn, hör' ich,
Und etwas Großes, Langerwartetes
Am Himmel vorgehn.

Illo.

Wenn's hier unten nur geschieht.
Die Generale sind voll Eifer jetzt
Und werden sich zu allem bringen lassen,
1355 Nur um den Chef nicht zu verlieren. Seht!
So haben wir den Anlaß vor der Hand,
Zu einem engen Bündniß wider'n Hof.
Unschuldig ist der Name zwar, es heißt,
Man will ihn bey'm Kommando bloß erhalten.
1360 Doch wißt Ihr, in der Hitze des Verfolgens
Verliert man bald den Anfang aus den Augen,
Ich denk' es schon zu karten, daß der Fürst
Sie willig finden — willig glauben soll
Zu jedem Wag'stück. Die Gelegenheit
1365 Soll ihn verführen. Ist der große Schritt
Nur erst gethan, den sie zu Wien ihm nicht verzeihn,
So wird der Nothzwang der Begebenheiten
Ihn weiter schon und weiter führen, nur
Die Wahl ist's, was ihm schwer wird; drängt die Noth,
1370 Dann kommt ihm seine Stärke, seine Klarheit.

154

1350: wichtge w (wichtige w). — 1351—1372: Illo. Wenn's hier — zuzuführen.] fehlt in t t. — 1352: Der Vers: 'Wenns hierunten nur geschieht' fehlt
w, und ist durch w eingeschrieben. — 1357: wider den w, widern M. —
1366: vergeben w (verzeihn w). — 1370: Stärke, seine] Stärk' und seine w (nicht
corr. w).

Terzky.

Das ist es auch, worauf der Feind nur wartet,
Das Heer uns zuzuführen.

Illo.

Kommt! Wir müssen
Das Werk in diesen nächsten Tagen weiter fördern,
Als es in Jahren nicht gedieh — Und steht's
1375 Nur erst hier unten glücklich, gebet Acht,
So werden auch die rechten Sterne scheinen!
Kommt zu den Obersten. Das Eisen muß
Geschmiedet werden, weil es glüht.

Terzky.

Geht Ihr hin, Illo.
Ich muß die Gräfin Terzky hier erwarten.
1380 Wißt, daß wir auch nicht müßig sind — wenn Ein
Strick reißt, ist schon ein andrer in Bereitschaft.

Illo.

Ja, Eure Hausfrau lächelte so listig.
Was habt Ihr?

Terzky.

Ein Geheimniß! Still! Sie kommt!

(Illo geht ab.)

Zweyter Auftritt.

Graf und Gräfin Terzky, die aus einem Kabinet heraustritt. Hernach ein
Bedienter, darauf Illo.

Terzky.

Kommt sie? Ich halt' ihn länger nicht zurück.

Gräfin.

1385 Gleich wird sie da seyn. Schick' ihn nur.

Terzky.

Zwar weiß ich nicht, ob wir uns Dank damit
Bey'm Herrn verdienen werden. Ueber diesen Punkt,
Du weißt's, hat er sich nie herausgelassen.

1381: andrer] anderer K.

Du haſt mich überredet, und mußt wiſſen,
1390 Wie weit du gehen kannſt.

Gräfin.

Ich nehm's auf mich.

(für ſich)

Es braucht hier keiner Vollmacht — Ohne Worte, Schwager,
Verſtehn wir uns — Errath' ich etwa nicht,
Warum die Tochter hergefodert worden,
Warum juſt er gewählt, ſie abzuholen?
1395 Denn dieſes vorgeſpiegelte Verlöbniß
Mit einem Bräutigam, den niemand kennt,
Mag andre blenden! Ich durchſchaue dich —
Doch dir geziemt es nicht, in ſolchem Spiel
Die Hand zu haben. Nicht doch! Meiner Feinheit
1400 Bleibt alles überlaſſen. Wohl! — Du ſollſt
Dich in der Schweſter nicht betrogen haben.

Bedienter (kommt).

Die Generale!   (ab)

Terzky (zur Gräfin).

Sorg' nur, daß du ihm
Den Kopf recht warm machſt, was zu denken giebſt —
Wenn er zu Tiſch' kommt, daß er ſich nicht lange
1405 Bedenke, bey der Unterſchrift.

Gräfin.   157

Sorg' du für deine Gäſte! Geh' und ſchick' ihn.

Terzky.

Denn alles liegt dran, daß er unterſchreibt.

Gräfin.

Zu deinen Gäſten. Geh!

Illo (kommt zurück).

Wo bleibt Ihr, Terzky?

Das Haus iſt voll, und alles wartet Euer.

1390 a: (für ſich)] (für ſich, indem ſie vorwärts kommt.) t t w (getilgt w). —
1395—1397: Denn dieſes — durchſchaue dich —] fehlt in t. — 1402: (ab) fehlt M. —
1403: warm machſt] anfüllſt t.

Terzky.

1410 Gleich! Gleich!

(zur Gräfin)
Und daß er nicht zu lang verweilt —
Es möchte bey dem Alten sonst Verdacht —

Gräfin.

Unnöth'ge Sorgfalt!

(Terzky und Jllo gehen.)

Dritter Auftritt.

Gräfin Terzky. Max Piccolomini.

Max (blickt schüchtern herein).
Base Terzky! Darf ich?
(tritt bis in die Mitte des Zimmers, wo er sich unruhig umsieht)
Sie ist nicht da! Wo ist sie?

Gräfin.　　　　　　　　158
Sehen Sie nur recht
In jene Ecke, ob sie hinter'm Schirm
1415 Vielleicht versteckt —

Max.
Da liegen ihre Handschuh!
(will hastig darnach greifen, Gräfin nimmt sie zu sich)
Ungüt'ge Tante! Sie verleugnen mir —
Sie haben Ihre Lust dran, mich zu quälen.

Gräfin.
Der Dank für meine Müh'!

Max.
O! fühlten Sie,
Wie mir zu Muthe ist! — Seitdem wir hier sind —
1420 So an mich halten, Wort' und Blicke wägen!
Das bin ich nicht gewohnt!

Gräfin.
Sie werden Sich

1412: Dritter Auftritt.] fehlt in t. — 1415: versteckt] versteckt ist t t w
(nicht corr. w).

An manches noch gewöhnen, ſchöner Freund!
Auf dieſer Probe Ihrer Folgſamkeit
Muß ich durchaus beſtehn, nur unter der Bedingung
1425 Kann ich mich überall damit befaſſen.

Max.

Wo aber iſt ſie? Warum kommt ſie nicht?

Gräfin.   159

Sie müſſen's ganz in meine Hände legen.
Wer kann es beſſer auch mit Ihnen meynen!
Kein Menſch darf wiſſen, auch Ihr Vater nicht,
1430 Der gar nicht!

Max.

Damit hat's nicht Noth. Es iſt
Hier kein Geſicht, an das ich's richten möchte,
Was die entzückte Seele mir bewegt.
— O Tante Terzky! Iſt denn alles hier
Verändert, oder bin nur ich's! Ich ſehe mich
1435 Wie unter fremden Menſchen. Keine Spur
Von meinen vor'gen Wünſchen mehr und Freuden.
Wo iſt das alles hin? Ich war doch ſonſt
In eben dieſer Welt nicht unzufrieden.
Wie ſchaal iſt alles nun und wie gemein!
1440 Die Kameraden ſind mir unerträglich,
Der Vater ſelbſt, ich weiß ihm nichts zu ſagen,
Der Dienſt, die Waffen ſind mir eitler Tand.
So müßt' es einem ſel'gen Geiſte ſeyn,
Der aus den Wohnungen der ew'gen Freude,
1445 Zu ſeinen Kinderſpielen und Geſchäften,
Zu ſeinen Neigungen und Brüderſchaften,
Zur ganzen armen Menſchheit wiederkehrte.

Gräfin.   160

Doch muß ich bitten, ein'ge Blicke noch
Auf dieſe ganz gemeine Welt zu werfen,
1450 Wo eben jetzt viel Wichtiges geſchieht.

1436: vorigen w. — 1439: ſchaal] ſchal M. — 1443—1447: So müßt' es — wiederkehrte.] fehlt in 1t, geſtrichen w, wiederhergeſtellt w. — 1448: einige w, einge w.

Max.

Es geht hier etwas vor um mich, ich seh's
An ungewöhnlich treibender Bewegung,
Wenn's fertig ist, kommt's wohl auch bis zu mir.
Wo denken Sie, daß ich gewesen, Tante?
1455 Doch keinen Spott! Mich ängstigte des Lagers
Gewühl, die Fluth zudringlicher Bekannten,
Der fade Scherz, das nichtige Gespräch,
Es wurde mir zu eng, ich mußte fort,
Stillschweigen suchen diesem vollen Herzen,
1460 Und eine reine Stelle für mein Glück.
Kein Lächeln, Gräfin! In der Kirche war ich.
Es ist ein Kloster hier, zur Himmelspforte,
Da ging ich hin, da fand ich mich allein.
Ob dem Altar hing eine Mutter Gottes,
1465 Ein schlecht Gemälde war's, doch war's der Freund,
Den ich in diesem Augenblicke suchte.
Wie oft hab' ich die Herrliche gesehn
In ihrem Glanz, die Inbrunst der Verehrer —
Es hat mich nicht gerührt, und jetzt auf einmal
1470 Ward mir die Andacht klar, so wie die Liebe.

Gräfin. 161

Genießen Sie Ihr Glück. Vergessen Sie
Die Welt um sich herum. Es soll die Freundschaft
Indessen wachsam für Sie sorgen, handeln.
Nur sey'n Sie dann auch lenksam, wenn man Ihnen
1475 Den Weg zu Ihrem Glücke zeigen wird.

Max.

Wo aber bleibt sie denn! — O! goldne Zeit
Der Reise, wo uns jede neue Sonne
Vereinigte, die späte Nacht nur trennte!
Da rann kein Sand und keine Glocke schlug.
1480 Es schien die Zeit dem Ueberseligen
In ihrem ew'gen Laufe still zu stehen.

1467—1470: Wie oft — die Liebe.] fehlt in t. — 1479: seien w. — 1674 a—1684 a:
Max. Wo aber — keinem Glücklichen. Gräfin.] fehlt in t t.

O! der ist aus dem Himmel schon gefallen,
Der an der Stunden Wechsel denken muß!
Die Uhr schlägt keinem Glücklichen.

Gräfin.

1485 Wie lang ist es, daß Sie Ihr Herz entdeckten?

Max.

Heut früh wagt' ich das erste Wort.

Gräfin.

Wie? Heute erst in diesen zwanzig Tagen?

Max.

Auf jenem Jagdschloß war es, zwischen hier
Und Nepomuk, wo Sie uns eingeholt,
1490 Der letzten Station des ganzen Wegs.　　　　　162
In einem Erker standen wir, den Blick
Stumm in das öde Feld hinaus gerichtet,
Und vor uns ritten die Dragoner auf,
Die uns der Herzog zum Geleit gesendet.
1495 Schwer lag auf mir des Scheidens Bangigkeit,
Und zitternd endlich wagt' ich dieses Wort:
Dies alles mahnt mich, Fräulein, daß ich heut
Von meinem Glücke scheiden muß. Sie werden
In wenig Stunden einen Vater finden,
1500 Von neuen Freunden Sich umgeben sehn,
Ich werde nun ein Fremder für Sie seyn,
Verlohren in der Menge — „Sprechen Sie
„Mit meiner Base Terzky!" fiel sie schnell
Mir ein, die Stimme zitterte, ich sah
1505 Ein glühend Roth die schönen Wangen färben,
Und von der Erde langsam sich erhebend
Trifft mich ihr Auge — ich beherrsche mich
Nicht länger —
(die Prinzessin erscheint an der Thüre und bleibt stehen, von der Gräfin, aber
nicht von Piccolomini bemerkt)
— Fasse kühn sie in die Arme,

1467: Heut w (Heute w). — 1495: des Scheidens Bangigkeit] die Bangigkeit des
Scheidens k w (corr. w). — 1497: heut] heute l. — 1507: beherrsche] beherrschte l.

Mein Mund berührt den ihrigen — da rauscht' es
1510 Im nahen Saal und trennte uns — Sie waren's.
Was nun geschehen, wissen Sie.

Gräfin   163
(nach einer Pause, mit einem verstohlnen Blick auf Thekla)

Und sind Sie so bescheiden, oder haben
So wenig Neugier, daß Sie mich nicht auch
Um mein Geheimniß fragen?

Max.

Ihr Geheimniß?

Gräfin.

1515 Nun ja! Wie ich unmittelbar nach Ihnen
In's Zimmer trat, wie ich die Nichte fand,
Was sie in diesem ersten Augenblick
Des überraschten Herzens —

Max (lebhaft).

Nun?

Vierter Auftritt.

Vorige. Thekla, welche schnell hervortritt.

Thekla.

Spart Euch die Mühe, Tante!

Das hört er besser von mir selbst.

Max (tritt zurück).

Mein Fräulein! —

1520 Was ließen Sie mich sagen, Tante Terzky!

Thekla (zur Gräfin).

Ist er schon lange hier?

Gräfin.   164

Ja wohl, und seine Zeit ist bald vorüber.
Wo bleibt Ihr auch so lang?

Thekla.

Die Mutter weinte wieder so. Ich seh sie leiden
1525 — Und kann's nicht ändern, daß ich glücklich bin.

1509: rauschte w (rauscht' w). — 1511 a: verstohlnen] verstohlenen M. — 1517:
in diesem] im t. — 1520: mich] mir t. — 1525 a: (in ihrem Anblick verlohren)] fehlt
in t w (beigeschrieben w).

Max (in ihren Anblick verlohren).

Jetzt hab' ich wieder Muth, Sie anzusehn.
Heut konnt' ich's nicht. Der Glanz der Edelsteine,
Der Sie umgab, verbarg mir die Geliebte.

Thekla.

So sah mich nur Ihr Auge, nicht Ihr Herz.

Max.

1530 O! diesen Morgen, als ich Sie im Kreise
Der Ihrigen, in Vaters Armen fand,
Mich einen Fremdling sah in diesem Kreise!
Wie drängte mich's in diesem Augenblick,
Ihm um den Hals zu fallen, Vater ihn
1535 Zu nennen! Doch sein strenges Auge hieß
Die heftig wallende Empfindung schweigen,
Und jene Diamanten schreckten mich,
Die wie ein Kranz von Sternen Sie umgaben.
Warum auch mußt' er bey'm Empfange gleich
1540 Den Bann um Sie verbreiten, gleich zum Opfer
Den Engel schmücken, auf das heitre Herz
Die traur'ge Bürde seines Standes werfen!
Wohl darf die Liebe werben um die Liebe,
Doch solchem Glanz darf nur ein König nahn.

Thekla.

1545 O! still von dieser Mummerey. Sie sehn,
Wie schnell die Bürde abgeworfen ward.

(zur Gräfin)

Er ist nicht heiter. Warum ist er's nicht?
Ihr, Tante, habt ihn mir so schwer gemacht!
War er doch ein ganz andrer auf der Reise!
1550 So ruhig hell! So froh beredt! Ich wünschte,
Sie immer so zu sehn, und niemals anders.

Max.

Sie fanden Sich, in Ihres Vaters Armen,

1526: Muth sie wieder w (wieder Muth sie w). — 1536: sie w (Sie w). —
1545: Mummerey] Mummerei M. — sehen w. — 1548: gemacht!] gemacht und
traurig. f. — 1550: beredt!] beredt. — (zu Max.) t.

In einer neuen Welt, die Ihnen huldigt,
Wär's auch durch Neuheit nur, Ihr Auge reizt.

Thekla.

1555 Ja! Vieles reizt mich hier, ich will's nicht läugnen,
Mich reizt die bunte, kriegerische Bühne,
Die vielfach mir ein liebes Bild erneuert,
Mir an das Leben, an die Wahrheit knüpft,
Was mir ein schöner Traum nur hat geschienen.

Max.

1560 Mir machte sie mein wirklich Glück zum Traum.
Auf einer Insel in des Aethers Höh'n
Hab' ich gelebt in diesen letzten Tagen,
Sie hat sich auf die Erd' herabgelassen,
Und diese Brücke, die zum alten Leben
1565 Zurück mich bringt, trennt mich von meinem Himmel.

Thekla.

Das Spiel des Lebens sieht sich heiter an,
Wenn man den sichern Schatz im Herzen trägt,
Und froher kehr' ich, wenn ich es gemustert,
Zu meinem schönern Eigenthum zurück —

(abbrechend, und in einem scherzhaften Ton)

1570 Was hab' ich Neues nicht und Unerhörtes
In dieser kurzen Gegenwart gesehn!
Und doch muß alles dies dem Wunder weichen,
Das dieses Schloß geheimnißvoll verwahrt.

Gräfin (nachsinnend).

Was wäre das? Ich bin doch auch bekannt
1575 In allen dunkeln Ecken dieses Hauses.

Thekla (lächelnd).

Von Geistern wird der Weg dazu beschützt,
Zwey Greife halten Wache an der Pforte.

Gräfin (lacht).

Ach so! der astrologische Thurm! Wie hat sich
Dies Heiligthum, das sonst so streng verwahrt wird,
1580 Gleich in den ersten Stunden Euch geöffnet?

Thekla.   167

Ein kleiner, alter Mann mit weißen Haaren
Und freundlichem Gesicht, der seine Gunst
Mir gleich geschenkt, schloß mir die Pforten auf.

Max.

Das ist des Herzogs Astrolog, der Seni.

Thekla.

1585 Er fragte mich nach vielen Dingen, wann ich
Gebohren sey, in welchem Tag und Monat,
Ob eine Tages — oder Nachtgeburt —

Gräfin.

Weil er das Horoscop Euch stellen wollte.

Thekla.

Auch meine Hand besah er, schüttelte
1590 Das Haupt bedenklich, und es schienen ihm
Die Linien nicht eben zu gefallen.

Gräfin.

Wie fandet Ihr es denn in diesem Saal?
Ich hab' mich stets nur flüchtig umgesehn.

Thekla.

Es ward mir wunderbar zu Muth, als ich
1595 Aus vollem Tageslichte schnell hinein trat,
Denn eine düstre Nacht umgab mich plötzlich,
Von seltsamer Beleuchtung schwach erhellt.
In einem Halbkreis standen um mich her   168
Sechs oder sieben große Königsbilder,

1581: kleiner] hagrer l. — 1583: die Pforten auf.] fehlt w, beigeschrieben w. —
1584 a—1593: Thekla. Er fragte — umgesehn. fehlt in l. — 1587: eine] eines
D J. — Tages — oder Nachtgeburt] Tages - oder Nacht-Geburt R, Tages - oder
Nachtgeburt M. — 1592: fandet Ihr] fandest Du l w (corr. w). — diesem Saal]
jenem Thurm l, diesem Zimmer w (nicht corr. w). — 1593: stets] drin l. —
umgesehen w (umgesehn w). — 1595: Aus vollem] Von vollen l. — hineintrat]
hinein trat R. — 1597: schwach] schnell l.

1600 Den Scepter in der Hand, und auf dem Haupt
Trug jedes einen Stern, und alles Licht
Im Thurm schien von den Sternen nur zu kommen.
Das wären die Planeten, sagte mir
Mein Führer, sie regierten das Geschick,
1605 Drum seyen sie als Könige gebildet.
Der äußerste, ein grämlich finstrer Greis,
Mit dem trübgelben Stern, sey der Saturnus,
Der mit dem rothen Schein, grad von ihm über,
In kriegerischer Rüstung, sey der Mars,
1610 Und beyde bringen wenig Glück den Menschen.
Doch eine schöne Frau stand ihm zur Seite,
Sanft schimmerte der Stern auf ihrem Haupt,
Das sey die Venus, das Gestirn der Freude.
Zur linken Hand erschien Merkur geflügelt.
1615 Ganz in der Mitte glänzte silberhell
Ein heitrer Mann, mit einer Königsstirn,
Das sey der Jupiter, des Vaters Stern,
Und Mond und Sonne standen ihm zur Seite.

Max.

O! nimmer will ich seinen Glauben schelten
1620 An der Gestirne, an der Geister Macht.
Nicht bloß der Stolz des Menschen füllt den Raum
Mit Geistern, mit geheimnißvollen Kräften,
Auch für ein liebend Herz ist die gemeine
Natur zu eng, und tiefere Bedeutung
1625 Liegt in dem Mährchen meiner Kinderjahre,
Als in der Wahrheit, die das Leben lehrt.
Die heitre Welt der Wunder ist's allein,
Die dem entzückten Herzen Antwort giebt,
Die ihre ew'gen Räume mir eröffnet,

169

1601: jedes] jede t. — 1602: nur] mir t. — 1603—1614: Das wären — geflügelt.] fehlt in t. — 1609: Rüstung] Richtung K. — 1615: Und] ganz t. — glänzte] strahlte t. — 1616: Mann — Königsstirn;] Gott von königlichem Ansehn; t. — Königsmiene w (nicht corr. w). — 1618: standen] glänzten t. — 1627—1632: Die heitre Welt — selig wiegt.] fehlt in t.

1630 Mir tausend Zweige reich entgegen streckt,
      Worauf der trunkne Geist sich selig wiegt.
      Die Fabel ist der Liebe Heimathwelt,
      Gern wohnt sie unter Feen, Talismanen,
      Glaubt gern an Götter, weil sie göttlich ist.

1635 Die alten Fabelwesen sind nicht mehr,
      Das reizende Geschlecht ist ausgewandert;
      Doch eine Sprache braucht das Herz, es bringt
      Der alte Trieb die alten Namen wieder,
      Und an dem Sternenhimmel gehn sie jetzt,

1640 Die sonst im Leben freundlich mit gewandelt,
      Dort winken sie dem Liebenden herab,
      Und jedes Große bringt uns Jupiter
      Noch diesen Tag, und Venus jedes Schöne.

                  Thekla.

      Wenn das die Sternenkunst ist, will ich froh

1645 Zu diesem heitern Glauben mich bekennen.
      Es ist ein holder, freundlicher Gedanke,
      Daß über uns, in unermeßnen Höhn,
      Der Liebe Kranz aus funkelnden Gestirnen,
      Da wir erst wurden, schon geflochten ward.

                  Gräfin.

1650 Nicht Rosen bloß, auch Dornen hat der Himmel,
      Wohl dir! wenn sie den Kranz dir nicht verletzen.
      Was Venus band, die Bringerin des Glücks,
      Kann Mars, der Stern des Unglücks, schnell zerreißen.

                  Max.

      Bald wird sein düstres Reich zu Ende seyn!

1655 Gesegnet sey des Fürsten ernster Eifer,
      Er wird den Oelzweig in den Lorbeer flechten,
      Und der erfreuten Welt den Frieden schenken.
      Dann hat sein großes Herz nichts mehr zu wünschen,

170

1630: entgegen streckt] entgegenstreckt M. — 1635—1651: Die alten Fabelwesen —
verletzen!] fehlt in t. — 1635: Fabelwesen] Dichterbilder w (nicht corr. w). —
1639: dem] den (Druckfehler in D). — gehen w (gehn w). — 1653 a—1681: Max.
Bald wird — zu gewinnen!] fehlt in t. — 2656. Lorbeer] Lorber K.

Er hat genug für seinen Ruhm gethan,
1660 Kann jetzt sich selber leben und den Seinen.
Auf seine Güter wird er sich zurückziehn,
Er hat zu Gitschin einen schönen Sitz,
Auch Reichenberg, Schloß Friedland liegen heiter —
Bis an den Fuß der Riesenberge hin
1665 Streckt sich das Jagdgehege seiner Wälder.
Dem großen Trieb, dem prächtig schaffenden,
Kann er dann ungebunden frey willfahren.
Da kann er fürstlich jede Kunst ermuntern,
Und alles würdig Herrliche beschützen —

171

1670 Kann bauen, pflanzen, nach den Sternen sehn —
Ja, wenn die kühne Kraft nicht ruhen kann,
So mag er kämpfen mit dem Element,
Den Fluß ableiten und den Felsen sprengen,
Und dem Gewerb die leichte Straße bahnen.
1675 Aus unsern Kriegsgeschichten werden dann
Erzählungen in langen Winternächten —

Gräfin.

Ich will denn doch gerathen haben, Vetter,
Den Degen nicht zu frühe weg zu legen.
Denn eine Braut, wie die, ist es wohl werth,
1680 Daß mit dem Schwert um sie geworben werde.

Max.

O! wäre sie mit Waffen zu gewinnen!

Gräfin.

Was war das? Hört ihr nichts? — Mir war's, als hört' ich
Im Tafelzimmer heft'gen Streit und Lärmen.

(sie geht hinaus)

1642—1676: Er hat — Winternächten —]
        Da kann er fürstlich jedes Würdige beschützen,
        Und alle schönen Friedenskünste pflegen. t.
1671—1676: Ja, wenn die — Winternächten] gestrichen w, wiederhergestellt w. —
1675: Kriegsgeschichten] Kriegsgeschichen w (Kriegsgeschichten ist wohl nur Druckfehler und w gibt das Richtige. W.B.). — 1678: weg zu legen] wegzulegen K M.
— 1683: heft'gen Streit und] fehlt in t. — heftigen w (heftgen w).

Fünfter Auftritt.

Thekla und Max Piccolomini.

Thekla

(sobald die Gräfin sich entfernt hat, schnell und heimlich zu Piccolomini)

1685 Trau ihnen nicht. Sie meynen's falsch.

Max.   172

Sie könnten —

Thekla.

Trau niemand hier als mir. Ich sah es gleich,
Sie haben einen Zweck.

Max.

Zweck! Aber welchen?
Was hätten sie davon, uns Hoffnungen —

Thekla.

Das weiß ich nicht. Doch glaub' mir, es ist nicht
1690 Ihr Ernst, uns zu beglücken, zu verbinden.

Max.

Wozu auch diese Terzky's? Haben wir
Nicht deine Mutter? Ja, die gütige
Verdient's, daß wir uns kindlich ihr vertrauen.

Thekla.

Sie liebt dich, schätzt dich hoch vor allen andern,
1695 Doch nimmer hätte sie den Muth, ein solch
Geheimniß vor dem Vater zu bewahren.
Um ihrer Ruhe willen muß es ihr
Verschwiegen bleiben.

Max.

Warum überall
Auch das Geheimniß? Weißt du, was ich thun will?
Ich werfe mich zu deines Vaters Füßen,   173
1700 Er soll mein Glück entscheiden, er ist wahrhaft,

1689 a: heimlich zu Piccolomini] heimlich zu Max t. — 1687: Was hätten —
Hoffnungen — fehlt in l t. — 1700: wahrhaft] wahr l.

Ist unverstellt und haßt die krummen Wege,
Er ist so gut, so edel —

Thekla.
Das bist du!

Max.

Du kennst ihn erst seit heut. Ich aber lebe
Schon zehen Jahre unter seinen Augen:
1705 Ist's denn das erstemal, daß er das Seltne,
Das Ungehoffte thut? Es sieht ihm gleich,
Zu überraschen wie ein Gott, er muß
Entzücken stets und in Erstaunen setzen.
Wer weiß, ob er in diesem Augenblick
1710 Nicht mein Geständniß, deines bloß erwartet,
Uns zu vereinigen — Du schweigst? Du siehst
Mich zweifelnd an? Was hast du gegen deinen Vater?

Thekla.

Ich? Nichts — Nur zu beschäftigt find' ich ihn,
Als daß er Zeit und Muße könnte haben,
1715 An unser Glück zu denken.

(ihn zärtlich bey der Hand fassend)
Folge mir!

Laß nicht zu viel uns an die Menschen glauben,
Wir wollen diesen Terzky's dankbar seyn
Für jede Gunst, doch ihnen auch nicht mehr
Vertrauen, als sie würdig sind, und uns
1720 Im übrigen — auf unser Herz verlassen.

Max.

O! werden wir auch jemals glücklich werden!

Thekla.

Sind wir's denn nicht? Bist du nicht mein? Bin ich
Nicht dein? — In meiner Seele lebt
Ein hoher Muth, die Liebe giebt ihn mir

174

1702: Thekla.] Thekla (fällt ihm um den Hals) l t w (getilgt w). —
1705—1709: Ist's denn — Erstaunen setzen.] fehlt in l t. — 1713: beschäftigt] geschäftig C D. — 1716: nicht zu viel uns] uns nicht zu viel l t w (nicht corr. in
w). — 1723: meiner Seele] meinem Herzen t. — deiner D F K.

1725 Ich sollte minder offen seyn, mein Herz
Dir mehr verbergen, also will's die Sitte.
Wo aber wäre Wahrheit hier für dich,
Wenn du sie nicht auf meinem Munde findest?
Wir haben uns gefunden, halten uns
1730 Umschlungen, fest und ewig. Glaube mir!
Das ist um vieles mehr, als sie gewollt.
Drum laß es uns wie einen heil'gen Raub
In unsers Herzens Innerstem bewahren.
Aus Himmels Höhen fiel es uns herab,
1735 Und nur dem Himmel wollen wir's verdanken.
Er kann ein Wunder für uns thun.

Sechster Auftritt.

Gräfin Terzky zu den Vorigen.

Gräfin (preſſirt).

Mein Mann schickt her. Es sey die höchste Zeit.
Er soll zur Tafel —

(da jene nicht darauf achten, tritt sie zwischen sie)

Trennt euch!

Thekla.

O! nicht doch!

Es ist ja kaum ein Augenblick.

Gräfin.

1740 Die Zeit vergeht Euch schnell, Prinzessin Nichte.

Max.

Es eilt nicht, Base.

Gräfin.

Fort! Fort! Man vermißt Sie.
Der Vater hat sich zweymal schon erkundigt.

Thekla.

Ei nun! der Vater!

1729—1736: Wir haben — für uns thun] fehlt in tt, gestrichen w, wiederhergestellt w. — 1735: wollens wir w. — 1738: Trennet euch] Fort, geschwind! L.
— 1741: Der Vater] Sein Vater t.

Gräfin.

Das versteht Ihr, Nichte.

Thekla.

Was soll er überall bey der Gesellschaft?
1745 Es ist sein Umgang nicht, es mögen würd'ge,
Verdiente Männer seyn, er aber ist
Für sie zu jung, taugt nicht in die Gesellschaft.

176

Gräfin.

Ihr möchtet ihn wohl lieber ganz behalten?

Thekla (lebhaft).

Ihr habt's getroffen. Das ist meine Meynung.
1750 Ja, laßt ihn ganz hier, laßt den Herren sagen —

Gräfin.

Habt Ihr den Kopf verlohren, Nichte? — Graf!
Sie wissen die Bedingungen.

Max.

Ich muß gehorchen, Fräulein. Leben Sie wohl.
(da Thekla sich schnell von ihm wendet)
Was sagen Sie?

Thekla (ohne ihn anzusehen).

Nichts. Gehen Sie.

Max.

Kann ich's,
1755 Wenn Sie mir zürnen —
(er nähert sich ihr, ihre Augen begegnen sich, sie steht einen Augenblick schweigend,
dann wirft sie sich ihm an die Brust, er drückt sie fest an sich)

Gräfin.

Weg! Wenn jemand käme!
Ich höre Lärmen — Fremde Stimmen nahen.

(Max reißt sich aus ihren Armen und geht, die Gräfin begleitet ihn. Thekla folgt 177
ihm anfangs mit den Augen, geht unruhig durch das Zimmer und bleibt dann in
Gedanken versenkt stehen. Eine Guitarre liegt auf dem Tische, sie ergreift sie, und
nachdem sie eine Weile schwermüthig präludirt hat, fällt sie in den Gesang.)

1756a: die Gräfin] 'die' fehlt w.

Siebenter Auftritt.

Thekla (spielt und singt).

Der Eichwald brauset, die Wolken ziehn,
Das Mägdlein wandelt an Ufers Grün,
Es bricht sich die Welle mit Macht, mit Macht,
1760   Und sie singt hinaus in die finstre Nacht,
Das Auge von Weinen getrübet.

Das Herz ist gestorben, die Welt ist leer,
Und weiter giebt sie dem Wunsche nichts mehr.
Du Heilige, rufe dein Kind zurück,
1765   Ich habe genossen das irdische Glück,
Ich habe gelebt und geliebet.

Achter Auftritt.

Gräfin kommt zurück. Thekla.

Gräfin.

Was war das, Fräulein Nichte? Fy! Ihr werft Euch
Ihm an den Kopf. Ihr solltet Euch doch, dächt' ich,
Mit Eurer Person ein wenig theurer machen.

1756 a—1766: Siebenter — geliebet.] fehlt in t. — Auftritt.] Auftritt.
Thekla. (dann) die Gräfin. t, Thekla. Die Gräfin. w (dann gestrichen w).
— 1759: mit Macht, mit Macht,] mit Macht und Macht, t. — 1766 a: Achter
Auftritt — Thekla.] fehlt in t w (ergänzt w). — 1757 ff.: Vgl. XI, 290. —
1769: theurer machen.] theurer machen.

               Thekla (spielt fort).
Es rinnet der Thränen vergeblicher Lauf,
Es wecket die Klage die Todten nicht auf.
Doch sage: Was tröstet und heilet die Brust,
Nach der süßen Liebe entschwundener Lust,
Ich die Himmlische wills nicht versagen.
               Gräfin.
Ihr hört mich nicht. Fy! Schämt Euch! So verliebt.
Euch ihm so ohne Bedingung hinzugeben.
               Thekla (spielt fort).
Laß rinnen der Thränen vergeblichen Lauf,
Die Klage sie wecke den Todten nicht auf.
Das süßeste Glück für die traurende Brust
Nach der schönen Liebe verschwundener Lust
Sind der Liebe Schmerzen und Klagen. w (getilgt w).

Thekla (indem sie aufsteht).   178

1770 Was meynt Ihr, Tante?

Gräfin.

Ihr sollt nicht vergessen,
Wer Ihr seyd, und wer Er ist. Ja, das ist Euch
Noch gar nicht eingefallen, glaub' ich.

Thekla.

Was denn?

Gräfin.

Daß Ihr des Fürsten Friedland Tochter seyd.

Thekla.

Nun? und was mehr?

Gräfin.

Was? Eine schöne Frage!

Thekla.

1775 Was wir geworden sind, ist Er gebohren.
Er ist von alt lombardischem Geschlecht,
Ist einer Fürstin Sohn!

Gräfin.

Sprecht Ihr im Traum?
Fürwahr! Man wird ihn höflich noch drum bitten,
Die reichste Erbin in Europa zu beglücken
1780 Mit seiner Hand.

Thekla.

Das wird nicht nöthig seyn.

Gräfin.   179

Ja, man wird wohl thun, sich nicht auszusetzen.

1769a: Thekla] fehlt w (eingeschrieben w). — 1770: Tante?] Tante?
Gräfin.
Daß Er sich nicht besitzt, ist in der Ordnung.
Ihr solltet klüger seyn, doch wenn mans recht
Besieht ists Euch so ernst wie ihm!
Thekla.
Ich soll wohl damit scherzen?
Gräfin.
Ihr sollt nicht ꝛc. w. (getilgt w). —
sollt] solltet t. — 1771—1774: War Ihr — Was denn?] ausgestrichen in t. —
1790—1839: Thekla. Das wird — das Schicksal.] fehlt in t.

Thekla.

Sein Vater liebt ihn, Graf Octavio
Wird nichts dagegen haben —

Gräfin.

Sein Vater! Seiner! Und der Eure, Nichte?

Thekla.

1785 Nun ja! Ich denk', ihr fürchtet ſeinen Vater,
Weil Ihr's vor dem, vor ſeinem Vater, meyn' ich,
So ſehr verheimlicht.

          Gräfin (ſieht ſie forſchend an).

        Nichte, Ihr ſeyd falſch.

Thekla.

Seyd Ihr empfindlich, Tante? O, ſeyd gut!

Gräfin.

Ihr haltet Euer Spiel ſchon für gewonnen —
1790 Jauchzt nicht zu frühe!

             Thekla.

           Seyd nur gut!

Gräfin.

Es iſt noch nicht ſo weit.

              Thekla.

           Ich glaub' es wohl.

Gräfin.

                                              180

Denkt Ihr, er habe ſein bedeutend Leben
In kriegeriſcher Arbeit aufgewendet,
Jedwedem ſtillen Erdenglück entſagt,
1795 Den Schlaf von ſeinem Lager weggebannt,

1781a—1787: Thekla. Sein Vater — ſeyd falſch.] fehlt in t. — 1790: frühe!]
früh!   Thekla (unterbricht ſie ſchmeichelnd.)
                   Seid gut! Seid gut!
                  Gräfin.
        Jauchzt nicht zu frühe!
                    Thekla.
                Seid nur gut! ꝛc. w (getilgt w). —
Thekla.] Thekla (unterbricht ſie ſchmeichelnd). t. — 1794: Erdenglück] Erden-
blick R. — 1795: Den Schlaf — weggebannt,] fehlt in t.

Sein edles Haupt der Sorge hingegeben,
Nur um ein glücklich Paar aus Euch zu machen?
Um dich zuletzt aus diesem Stift zu ziehn,
Den Mann dir im Triumphe zuzuführen,
1800 Der deinen Augen wohlgefällt? — Das hätt' er
Wohlfeiler haben können! Diese Saat
Ward nicht gepflanzt, daß du mit kind'scher Hand
Die Blume brächest, und zur leichten Zier
An deinen Busen stecktest!

Thekla.

1805 Was er mir nicht gepflanzt, das könnte doch
Freywillig mir die schönen Früchte tragen.
Und wenn mein gütig freundliches Geschick
Aus seinem furchtbar ungeheuren Daseyn
Des Lebens Freude mir bereiten will —

Gräfin.

1810 Du siehst's wie ein verliebtes Mädchen an.
Blick' um dich her. Besinn' dich, wo du bist —
Nicht in ein Freudenhaus bist du getreten,
Zu keiner Hochzeit findest du die Wände
Geschmückt, der Gäste Haupt bekränzt. Hier ist
1815 Kein Glanz, als der von Waffen. Oder denkst du,
Man führte diese Tausende zusammen,
Bey'm Brautfest dir den Reihen aufzuführen?
Du siehst des Vaters Stirn gedankenvoll,
Der Mutter Aug' in Thränen, auf der Waage liegt
1820 Das große Schicksal unsers Hauses!
Laß jetzt des Mädchens kindische Gefühle,
Die kleinen Wünsche hinter dir! Beweise,
Daß du des Außerordentlichen Tochter bist!

1796: hingegeben,] hingegeben,
        Die Heldenbrust des Glückes bösen Streichen
        Zum Ziele dargeboten, und dieß alles
        Nur um ein ꝛc. w (getilg: w).
1801—1804: Diese Saat — stecktest!] fehlt in t w (eingeschrieben w). — 1802: Ward]
War w. — 1803: brächest] brachest (Druckfehler in D). — 1816: führte] führe t. —
1817: bir den] bir die t. — 1819: Waage] Wage kM.

Das Weib soll sich nicht selber angehören,
1825 An fremdes Schicksal ist sie fest gebunden,
Die aber ist die beste, die sich Fremdes
Aneignen kann mit Wahl, an ihrem Herzen
Es trägt und pflegt mit Innigkeit und Liebe.

      Thekla.

So wurde mir's im Kloster vorgesagt.
1830 Ich hatte keine Wünsche, kannte mich
Als seine Tochter nur, des Mächtigen,
Und seines Lebens Schall, der auch zu mir drang,
Gab mir kein anderes Gefühl, als dies:
Ich sey bestimmt, mich leidend ihm zu opfern.

      Gräfin.

1835 Das ist dein Schicksal. Füge dich ihm willig.
Ich und die Mutter geben dir das Beyspiel.

      Thekla.   182

Das Schicksal hat mir ben gezeigt, dem ich
Mich opfern soll, ich will ihm freudig folgen.

      Gräfin.

Dein Herz, mein liebes Kind, und nicht das Schicksal.

      Thekla.

1840 Der Zug des Herzens ist des Schicksals Stimme.
Ich bin die Seine. Sein Geschenk allein
Ist dieses neue Leben, das ich lebe.
Er hat ein Recht an sein Geschöpf. Was war ich,
Eh' seine schöne Liebe mich beseelte?
1845 Ich will auch von mir selbst nicht kleiner denken,
Als der Geliebte. Der kann nicht gering seyn,
Der das Unschätzbare besitzt. Ich fühle
Die Kraft mit meinem Glücke mir verliehn.
Ernst liegt das Leben vor der ernsten Seele.
1850 Daß ich mir selbst gehöre, weiß ich nun.

1836: geben] gaben t. — 1840: Der Zug — Stimme.] Des Schicksals Stimme
ist das Herz. t. — 1845—1863: Ich will — alles sehen.] fehlt in t t w (beigefügt
von Schiller in w, dann getilgt und endlich wiederhergestellt). — 1849: mit] zu w
(dann corrigirt).

Den festen Willen hab' ich kennen lernen,
Den unbezwinglichen, in meiner Brust,
Und an das Höchste kann ich alles setzen.

Gräfin.

Du wolltest dich dem Vater widersetzen,
1855 Wenn er es anders nun mit dir beschlossen?
— Ihm denkst du's abzuzwingen? Wisse, Kind!
Sein Nam' ist Friedland.

Thekla.

183

Auch der meinige.

Er soll in mir die ächte Tochter finden.

Gräfin.

Wie? Sein Monarch, sein Kaiser zwingt ihn nicht,
1860 Und du, sein Mädchen, wolltest mit ihm kämpfen?

Thekla.

Was niemand wagt, kann seine Tochter wagen.

Gräfin.

Nun wahrlich! Darauf ist er nicht bereitet.
Er hätte jedes Hinderniß besiegt,
Und in dem eignen Willen seiner Tochter
1865 Sollt' ihm der neue Streit entstehn? Kind! Kind!
Noch hast du nur das Lächeln deines Vaters,
Hast seines Zornes Auge nicht gesehen.
Wird sich die Stimme deines Widerspruchs,
Die zitternde, in seine Nähe wagen?
1870 Wohl magst du dir, wenn du allein bist, große Dinge
Vorsetzen, schöne Rednerblumen flechten,
Mit Löwenmuth den Taubensinn bewaffnen.
Jedoch versuch's! Tritt vor sein Auge hin,
Das fest auf dich gespannt ist, und sag' Nein!

1855: beschlossen?] beschlossen? Thekla schweigt still. Sie fährt fort:) t. —
beschlossen hätte w (dann 'hätte' getilgt w). — 1858—1861: Er soll — Tochter
wagen.] fehlt in t. — 1859: Er soll — Tochter finden.] fehlt w, eingesetzt w. —
1858a—1861: Gräfin. Wie? — Tochter wagen.] fehlt in t. — 1863: besiegt,]
besiegt,
So viele Pfade mühevoll geebnet, t. —
1868—1876: Wird sich — der Sonne.] fehlt in kt.

1875 Vergehen wirst du vor ihm, wie das zarte Blatt
　　　Der Blume vor dem Feuerblick der Sonne.
　　　— Ich will dich nicht erschrecken, liebes Kind!
　　　Zum Aeußersten soll's ja nicht kommen, hoff' ich —　　　　　　184
　　　Auch weiß ich seinen Willen nicht. Kann seyn,
1880 Daß seine Zwecke deinem Wunsch begegnen.
　　　Doch das kann nimmermehr sein Wille seyn,
　　　Daß du, die stolze Tochter seines Glücks,
　　　Wie ein verliebtes Mädchen dich gebärdest,
　　　Wegwerfest an den Mann, der, wenn ihm je
1885 Der hohe Lohn bestimmt ist, mit dem höchsten Opfer,
　　　Das Liebe bringt, dafür bezahlen soll!

　　　　　　　　　　　　　　　　　　　　　　　　(sie geht ab)

Neunter Auftritt.

Thekla allein.

　　　Dank dir für deinen Wink! Er macht
　　　Mir meine böse Ahnung zur Gewißheit.
　　　So ist's denn wahr? Wir haben keinen Freund
1890 Und keine treue Seele hier — wir haben
　　　Nichts als uns selbst. Uns drohen harte Kämpfe.
　　　Du, Liebe, gieb uns Kraft, du göttliche!
　　　O! sie sagt wahr! Nicht frohe Zeichen sind's,
　　　Die diesem Bündniß unsrer Herzen leuchten.
1895 Das ist kein Schauplatz, wo die Hoffnung wohnt,
　　　Nur dumpfes Kriegsgetöse rasselt hier,
　　　Und selbst die Liebe, wie in Stahl gerüstet,
　　　Zum Todeskampf gegürtet, tritt sie auf.

1879: Auch] Noch k t. — 1883: gebärdest] geberdest L. — 1884: ihm] ihn k t. —
1885: bestimmt ist] erwartet k t. — 1886a: Neunter Auftritt.] fehlt in k t. —
allein (die während der Rede still sinnend da gestanden) k t, 'allein' fehlt w, beigeschrieben w. — 1888: Ahnung] Ahndung l. — 1891—1892: Uns drohen — göttliche!] fehlt in t. — 1891: selbst. — Kämpfe.] selbst.
　　　Auf harte Kämpfe müssen wir bereit seyn. t. —
1896: rasselt] rauschet k t. — 1898: sie auf.] sie auf. (Man hört von fern die Tafelmusik, aber schwach.) t, sie auf. (Man hört die Tafelmusik von ferne.) t, aber
schwach, wie ganz aus der Ferne w (gestrichen w).

Es geht. ein finstrer Geist durch unser Haus,   1875
1900 Und schleunig will das Schicksal mit uns enden.
Aus stiller Freystatt treibt es mich heraus,
Ein holder Zauber muß die Seele blenden.
Es lockt mich durch die himmlische Gestalt,
Ich seh sie nah und seh sie näher schweben,
1905 Es zieht mich fort, mit göttlicher Gewalt,
Dem Abgrund zu, ich kann nicht widerstreben.

         (man hört von ferne die Tafelmusik)

O! wenn ein Haus im Feuer soll vergehn,
Dann treibt der Himmel sein Gewölk zusammen,
Es schießt der Blitz herab aus heitern Höh'n,
1910 Aus unterird'schen Schlünden fahren Flammen,
Blindwüthend schleudert selbst der Gott der Freude
Den Pechkranz in das brennende Gebäude!

         (sie geht ab)

1901: heraus] hinaus u. — 1902: Ein holder Zauber] Ein heftig Wollen i t u.
— 1906: Dem Abgrund zu, ich] Ich mögte gern und i t u. — 1906a: (Man hört
— Tafelmusik.)) (Die Tafelmusik wird lauter.) t. — 1907: im] in i. — 1910:
Schlünden] Klüften i t t u. — 1911: Blindwüthend] Blind, wüthend u.

Vierter Aufzug.

Scene: Ein großer, festlich erleuchteter Saal, in der Mitte desselben und nach
der Tiefe des Theaters eine reich ausgeschmückte Tafel, an welcher acht Generale,
worunter Octavio Piccolomini, Terzky und Marabas sitzen. Rechts
und links davon, mehr nach hinten zu, noch zwey andere Tafeln, welche jede
mit sechs Gästen besetzt sind. Vorwärts steht der Credenztisch, die ganze vordere
Bühne bleibt für die aufwartenden Pagen und Bedienten frey. Alles ist in
Bewegung, Spielleute von Terzky's Regiment ziehen über den Schauplatz um
die Tafel herum. Noch ehe sie sich ganz entfernt haben, erscheint Max
Piccolomini, ihm kommt Terzky mit einer Schrift, Isolani mit einem
Pokal entgegen.

Erster Auftritt.

Terzky. Isolani. Max Piccolomini.

Isolani.

Herr Bruder, was wir lieben! Nun, wo steckt Er?
Geschwind an Seinen Platz! Der Terzky hat

1912a: Vierter Aufzug.] Achter Auftritt. t. — besetzt sind.] besetzt sind.
Die offenstehende Mittelthüre öffnet den Prospect noch auf eine vierte, gleich stark
besetzte Tafel I t; Zweite Scene. Ein großer festlich erleuchteter Saal, in der
Vertiefung desselben eine reich ausgeschmückte Tafel, an welcher Octavio Piccolomini, Terzky, Isolani mit noch sechs andern Kommandeurs sitzen und für
den jüngern Piccolomini ein Platz leer gelassen ist. Die Mittelthüre öffnet den
Prospekt in eine Reihe von Zimmern, welche mit ähnlichen Tafeln besetzt sind.
Mehr vorwärts steht der Credenztisch, die ganze vordere Bühne bleibt für die
aufwartenden Bedienten frey. Alles ist in Bewegung, Spielleute von Terzky's
Regiment ziehen über den Schauplatz um die Tafeln herum. Wenn sie sich entfernt haben, erscheint Max Piccolomini, ihm kommt Terzky mit einer Schrift,
Isolani mit einem Pokal entgegen. Isolani. Herr Bruder, was wir lieben zc.
w. (w hat die jetzige Textform hergestellt und nach 'Pokal entgegen' noch beigefügt:
„Beide haben die Servietten vor"; da diese Worte nicht gestrichen sind, so scheinen
sie erst auf dem Druckcorrecturbogen getilgt worden zu sein.)

1915 Der Mutter Ehrenweine preisgegeben,
Es geht hier zu, wie auf dem Heidelberger Schloß.
Das Beste hat Er schon versäumt. Sie theilen
Dort an der Tafel Fürstenhüte aus,
Des Eggenberg, Slawata, Lichtenstein,
1920 Des Sternbergs Güter werden ausgeboten,
Samt allen großen Böhm'schen Lehen, wenn
Er hurtig macht, fällt auch für Ihn was ab.
Marsch! Setz' Er sich!

Kolalto und Göh.
(rufen an der zweyten Tafel)
Graf Piccolomini!

Terzky.

Ihr sollt ihn haben! Gleich! — Lies diese Eidesformel,
1925 Ob dir's gefällt, so wie wir's aufgesetzt.
Es haben's alle nach der Reih' gelesen,
Und jeder wird den Namen drunter setzen.

Max (liest).

„Ingratis servire nefas."

Isolani.

Das klingt wie ein lateinscher Spruch — Herr Bruder,
1930 Wie heißt's auf deutsch?

Terzky.

Dem Undankbaren dient kein rechter Mann!

1921: Samt] A hat hier und sonst bisweilen Sammt, ebenso die späteren Ausgaben; M schreibt überall sammt. — 1923a: Colalto — Tafel).) An der Tafel wird gerufen w (corr. w). — zweyten Tafel).] 2 und 3 Tafel. t. — 1924:
Ihr sollt ihn haben, gleich. Zwei Augenblicke
Nur laßt mir ihn! — Lies diese Eidesformel w (corr. w).
1927a—1931: Max (liest) — Nachdem unser] Max Piccolomini (liest). Ingratis servire nefas. Nachdem unser w (in w wurde erst geändert:
Ingratis servire nefas.
Isolani.
Das klingt ja wie Latein? Was heißt Herr Bruder.
Terzky.
Dem Undankbaren dienen —
Dann wurden diese Worte gestrichen und der jetzige Text hergestellt. — Max (liest). Ingratis — rechter Mann!] fehlt in t. — 1929: lateinscher] lateinischer D.

Max.

„Nachdem unser hochgebietender Feldherr, der Durchlauchtige
„Fürst von Friedland, wegen vielfach empfangener Kränkungen, des
„Kaisers Dienst zu verlassen gemeynt gewesen, auf unser einstimmiges
„Bitten aber sich bewegen lassen,' noch länger bey der Armee zu ver- 188
„bleiben, und ohne unser Genehmhalten sich nicht von uns zu trennen;
„als verpflichten wir uns wieder insgesammt, und jeder für sich
„insbesondere, anstatt eines körperlichen Eides — auch bey ihm ehrlich
„und getreu zu halten, uns auf keinerley Weise von ihm zu trennen,
„und für denselben alles das Unsrige, bis auf den letzten Bluts-
„tropfen, aufzusetzen, soweit nämlich unser dem Kaiser geleiste-
„ter Eid es erlauben wird. (die letzten Worte werden von Isolani
„nachgesprochen) Wie wir denn auch, wenn einer oder der andre von
„uns, diesem Verbündniß zuwider, sich von der gemeinen Sache ab-
„sondern sollte, denselben als einen bundesflüchtigen Verräther er-
„klären, und an seinem Hab und Gut, Leib und Leben Rache dafür
„zu nehmen verbunden seyn wollen. Solches bezeugen wir mit Unter-
„schrift unsers Namens."

Terzky.

Bist du gewillt, dies Blatt zu unterschreiben?

Isolani.

Was sollt' er nicht! Jedweder Officier
Von Ehre kann das — muß es — Dint' und Feder!

Terzky.

1935 Laß gut seyn, bis nach Tafel.

Isolani (Max fortziehend).

Komm' Er, komm' Er!

(beyde gehen an die Tafel)

<hr/>

1931: empfangener hochschmerzlicher Kränkungen w (getilgt w). — wieder] hin-
wiederum w (corr. w). — insbesondere, ernstlich und aufrichtig, anstatt w (getilgt w). — Blutstropfen,] Blutstropfen unaufgespart t, ungespart t. — Die
letzten] Die unterstrichenen t t. — Wie wir denn — verbunden seyn wollen.] fehlt
in t t. — 1934: muß das —] fehlt w (nicht corr. w). — 1935: nach] nach der t.
— (Max fortziehend).] (Max Piccolomini fortziehend). t. — 1935a: (beide — Tafel.)]
fehlt w (corr. w). — die Tafel] die 3. Tafel t.

Zwepter Auftritt.

Terzky. Neumann.

Terzky

(winkt dem Neumann, der am Credenztisch gewartet, und tritt mit ihm vorwärts)
Bringst du die Abschrift, Neumann? Gieb! Sie ist
Doch so verfaßt, daß man sie leicht verwechselt?

Neumann.

Ich hab' sie Zeil' um Zeile nachgemalt,
Nichts als die Stelle von dem Eid blieb weg,
1940 Wie deine Excellenz es mir geheißen.

Terzky.

Gut! Leg' sie dorthin, und mit dieser gleich
In's Feuer! Was sie soll, hat sie geleistet.

(Neumann legt die Copie auf den Tisch, und tritt wieder zum Schenktisch)

Dritter Auftritt.

Illo kommt aus dem zweiten Zimmer. Terzky.

Illo.

Wie ist es mit dem Piccolomini?

Terzky.

Ich denke, gut. Er hat nichts eingewendet.

Illo.

1945 Er ist der einz'ge, dem ich nicht recht traue,
Er und der Vater — Habt ein Aug' auf beyde!

Terzky.

Wie sieht's an Eurer Tafel aus? Ich hoffe,
Ich haltet Eure Gäste warm?

Illo.

Sie sind

Ganz kordial. Ich denk', wir haben sie.

1935 a: Zwepter Auftritt.] Neunter Auftritt. t. — Terzky. Neumann.] fehlt w. (corr. w). — dem Neumann] einem Offizier w (corr. w). —
1937 a: Rittmeister Neumann. w (getilgt w). — 1932 a: Büvet w (Schenktisch w).
1942: Dritter Auftritt.] fehlt w (corr. w), Zehnter Auftritt. t. —
1946 a—1957: Terzky. Wie sieht's — können sparen.] fehlt in t.

1950 Und wie ich's Euch vorausgesagt — Schon ist
Die Red' nicht mehr davon, den Herzog bloß
Bey Ehren zu erhalten. Da man einmal
Beysammen sey, meynt Montecuculi,
So müsse man in seinem eignen Wien
1955 Dem Kaiser die Bedingung machen. Glaubt mir,
Wär's nicht um diese Piccolomini,
Wir hätten den Betrug uns können sparen.

Terzky.

Was will der Buttler? Still!

Vierter Auftritt.

Buttler zu den Vorigen.

Buttler

(von der zweyten Tafel kommend).

Laßt euch nicht stören.

Ich hab' Euch wohlverstanden, Feldmarschall.
1960 Glück zum Geschäfte — und was mich betrifft,   191

(geheimnißvoll)

So könnt Ihr auf mich rechnen.

Illo (lebhaft).

Können wir's?

Buttler.

Mit oder ohne Klausel! gilt mir gleich!
Versteht Ihr mich? Der Fürst kann meine Treu
Auf jede Probe setzen, sagt ihm das.
1965 Ich bin des Kaisers Officier, so lang ihm
Beliebt, des Kaisers General zu bleiben,
Und bin des Frieblands Knecht, so bald es ihm
Gefallen wird, sein eigner Herr zu seyn.

Terzky.

Ihr treffet einen guten Tausch. Kein Karger,
1970 Kein Ferdinand ist's, dem Ihr Euch verpflichtet.

1956a: Vierter Auftritt.] fehlt w (corr. w), Eilfter Auftritt. t. —
Buttler zu den Vorigen.] fehlt w (corr. w). — von der zweiten Tafel] aus
dem zweiten Zimmer w (corr. w). — 1967: so bald] sobald M.

Buttler (ernst).

Ich biete meine Treu nicht feil, Graf Terzky,
Und wollt' Euch nicht gerathen haben, mir
Vor einem halben Jahr noch abzubingen,
Wozu ich jetzt freywillig mich erbiete.
1975 Ja, mich sammt meinem Regiment bring' ich
Dem Herzog, und nicht ohne Folgen soll
Das Beyspiel bleiben, denk' ich, das ich gebe.

Illo.

192

Wem ist es nicht bekannt, daß Oberst Buttler
Dem ganzen Heer voran als Muster leuchtet!

Buttler.

1980 Meynt Ihr, Feldmarschall? Nun, so reut mich nicht
Die Treue, vierzig Jahre lang bewahrt,
Wenn mir der wohlgesparte gute Name
So volle Rache kauft im sechzigsten! —
Stoßt Euch an meine Rede nicht, Ihr Herrn.
1985 Euch mag es gleichviel seyn, wie Ihr mich habt,
Und werdet, hoff' ich, selber nicht erwarten,
Daß Euer Spiel mein grades Urtheil krümmt —
Daß Wankelsinn und schnell bewegtes Blut,
Noch leichte Ursach sonst den alten Mann
1990 Vom langgewohnten Ehrenpfade treibt.
Kommt! Ich bin darum minder nicht entschlossen,
Weil ich es deutlich weiß, wovon ich scheide.

Illo.

Sagt's rund heraus, wofür wir Euch zu halten —

Buttler.

Für einen Freund! Nehmt meine Hand darauf,
1995 Mit allem, was ich hab', bin ich der Eure.
Nicht Männer bloß, auch Geld bedarf der Fürst.

1970 a: (ernst)] fehlt w (corr. w), (mit einem stolzen Blick) t. — ernsthaft D
J R. — 1879 a—1993: Buttler. Meynt Ihr, — zu halten —] fehlt in t. —
1984: meine] meiner t. — 1988: schnell bewegtes] schnellbewegtes M. — 1994—1995:
Für einen Freund — der Eure.] fehlt in t. — Zwischen 1995 u. 96: hat w noch
folgende, von w getilgte Verse:

Ich hab' in seinem Dienst mir was erworben,
Ich leih es ihm, und überlebt er mich,
Ist's ihm vermacht schon längst, er ist mein Erbe.
2000 Ich steh allein da in der Welt, und kenne
Nicht das Gefühl, das an ein theures Weib
Den Mann und an geliebte Kinder bindet,
Mein Name stirbt mit mir, mein Dasepn endet.

Illo.

Nicht Eures Gelds bedarf's — ein Herz, wie Euers,
2005 Wiegt Tonnen Goldes auf und Millionen.

Buttler.

Ich kam, ein schlechter Reitersbursch, aus Irland
Nach Prag mit einem Herrn, den ich begrub.
Vom niedern Dienst im Stalle stieg ich auf,
Durch Kriegsgeschick, zu dieser Würd' und Höhe,
2010 Das Spielzeug eines grillenhaften Glücks.
Auch Wallenstein ist der Fortuna Kind,
Ich liebe einen Weg, der meinem gleicht.

Illo.

Verwandte sind sich alle starken Seelen.

Buttler.

Es ist ein großer Augenblick der Zeit,
2015 Dem Tapfern, dem Entschloßnen ist sie günstig.
Wie Scheidemünze geht von Hand zu Hand,

Und so gewiß an diesem einzgen Arm
Des Herzogs Glück gescheitert sollte seyn,
So ernstlich soll der Arm jezt für ihn fechten.

2004: Euers] Eures R. — 2013: Verwandte — Seelen.] Verwandt sind alle starken
Seelen. t. — 2015: Dem tapfern ist sie, dem entschloßnen günstig. w (dann corr.
w). — Zwischen 2015 u. 16 standen in w noch folgende Verse:
Des Glückes Markt ist offen, Mannestraft
Und Klugheit kauft die feilgebotne Erde.
Ehrwürdig altes wankt, flüßig ist
Die tausendjährig harte Form der Welt.
Dann in w geändert:
Des Glückes Markt ist aufgethan — es gilt
Und auf des Degens Spitze liegt die Welt.
Ehrwürdig altes wankt, im Flusse ist
Die tausendjährig feste Form der Welt.

Tauscht Stadt und Schloß den eilenden Besitzer.
Uralter Häuser Enkel wandern aus,   194
Ganz neue Wappen kommen auf und Namen,
2020 Auf deutscher Erde unwillkommen wagt's
Ein nördlich Volk, sich bleibend einzubürgern.
Der Prinz von Weimar rüstet sich mit Kraft,
Am Main ein mächtig Fürstenthum zu gründen,
Dem Mansfeld fehlte nur, dem Halberstädter
2025 Ein längres Leben, mit dem Ritterschwert
Landeigenthum sich tapfer zu erfechten.
Wer unter diesen reicht an unsern Friedland?
Nichts ist so hoch, wornach der starke nicht
Befugniß hat, die Leiter anzusetzen.

                    Terzky.
2030 Das ist gesprochen wie ein Mann!

                    Buttler.
Versichert Euch der Spanier und Welschen,
Den Schotten Leßly will ich auf mich nehmen.
Kommt zur Gesellschaft! Kommt!

                    Terzky.
            Wo ist der Kellermeister?

Dann wieder geändert:
          Des Glückes Markt ist offen — jetzo gilts,
          Wer am geschwindesten zugreift — im Flusse ist
und schließlich alles getilgt. — 2016—2021: Wie Scheidemünze — einzubürgern.]
fehlt in I t. — Zwischen 2017 u. 18 stand in w folgender, später getilgte Vers:
          Der schwarze schwere Grenzstein rückt vom Platz. —
Zwischen 2026 u. 27 hatte w folgende, später gestrichene Verse:
          Ein Siebenbürgischer Edler Bethlehem
          Durft ungestraft dem Zinsherrn sich entziehn
          Und Östreichs Macht im Vaterlande stürzen. —
2028—2029: Nichts ist — anzusetzen.] ausgestrichen in t. — 2028: so] zu CDFKM.
2029: hat] hätt' I w (corr. w). — Zwischen 2030 u. 2030a hat w folgende, dann
getilgte Rede:
                    Illo.
                Mit solchem Beistand
          Wie ihr seid, kann er jedes sich erkühnen. —
2031: Welschen] M schreibt Wälschen.

Laß aufgehn, was du haft! die beſten Weine!¯
2035 Heut gilt es.   Unſre Sachen ſtehen gut.

(gehen, jeder an ſeine Tafel.)

Fünfter Auftritt.

Kellermeiſter mit Neumann vorwärts kommend. Bediente gehen
ab und zu.

Kellermeiſter.

Der edle Wein! Wenn meine alte Herrſchaft,
Die Frau Mama, das wilde Leben ſäh,
In ihrem Grabe kehrte ſie ſich um! —
Ja! Ja! Herr Officier! Es geht zurück
2040 Mit dieſem edeln Haus — Kein Maaß noch Ziel!
Und die durchlauchtige Verſchwägerung
Mit dieſem Herzog bringt uns wenig Segen.

Neumann.

Behüte Gott! Jetzt wird der Flor erſt angehn.

Kellermeiſter.

Meynt Er? Es ließ ſich vieles davon ſagen.

Bedienter (kommt).

2045 Burgunder für den vierten Tiſch!

Kellermeiſter.

Das iſt

Die ſiebenzigſte Flaſche nun, Herr Leutnant.

Bedienter.

Das macht, der deutſche Herr, der Tiefenbach
Sitzt dran.   (geht ab.)

Kellermeiſter (zu Neumann fortfahrend).

Sie wollen gar zu hoch hinaus. Kurfürſten

2038a: Fünfter Auftritt.] fehlt w (corr. w). — Zwölfter Auftritt. t.
— Bediente gehen ab und zu.] fehlt w (corr. w). — 2037: Großmama w (Frau
Mama w). — 2041: durchlauchtige] durchlauchtigſte CD. — 2044a—2519: Bedienter (kommt). Burgunder — Sitzt dran.] fehlt in t. — 2048—51: Sie
wollen — dahinten bleiben.]
         Sie wollen gar zu hoch hinaus.
         Churfürſten gleich thun wollen ſies im Prunt,

Und Königen wollen sie's im Prunke gleich thun,
2050 Und wo der Fürst sich hingetraut, da will der Graf,
Mein gnäd'ger Herre, nicht dahinten bleiben.

(zu den Bedienten)

Was steht ihr horchen? Will euch Beine machen.
Seht nach den Tischen, nach den Flaschen! Da!
Graf Palfy hat ein leeres Glas vor sich!

Zweyter Bedienter (kommt).

2055 Den großen Kelch verlangt man, Kellermeister,
Den reichen, güldnen, mit dem böhm'schen Wappen,
Ihr wißt schon welchen, hat der Herr gesagt.

Kellermeister.

Der auf des Friedrichs seine Königskrönung
Vom Meister Wilhelm ist verfertigt worden,
2060 Das schöne Prachtstück aus der Prager Beute?

Zweyter Bedienter.

Ja, den! Den Umtrunk wollen sie mit halten.

Kellermeister.

(mit Kopfschütteln, indem er den Pokal hervorholt und ausspühlt)

Das giebt nach Wien was zu berichten wieder!

Neumann.

Zeigt! Das ist eine Pracht von einem Becher!
Von Golde schwer, und in erhabner Arbeit   197
2065 Sind kluge Dinge zierlich drauf gebildet.
Gleich auf dem ersten Schildlein, laßt 'mal sehn!
Die stolze Amazone da zu Pferd,

Und wo der Fürst sich hingetraut, da will
Der Graf, mein gnädger Herr nicht hinten bleiben w (corr. w).
2054: Der Palfi w (Graf Palfi w). — 2054 a: Erster Bedienter (kommt). w (dann
geändert in: „Sechster Auftritt. Vorige. Ein Bedienter kommt," und
schließlich die jetzige Textgestalt hergestellt). — 2054 a—2111: Zweiter Bedienter
(kommt). Den großen — auf der Erden — fehlt in t. — 2057: Ihr wißt schon
welchen,] Ihr kennt ihn schon t. — 2058: u. 59:
Den auf des Pfalzgraf seine Königskrönung
Der Graf von Thurn verfertigen hat lassen w (corr. w). —
2061: Ja, — halten.] Ja, ja, den! Sie wollen den Umtrunk mit halten. t. —
2061a: ausspühlt] ausspült M. — 2062a—2111: Neumann. Zeigt — auf der
Erden —] fehlt in t.

Die über'n Krummstab setzt und Bischoffsmützen,
Auf einer Stange trägt sie einen Hut,
2070 Nebst einer Fahn', worauf ein Kelch zu sehn.
Könnt Ihr mir sagen, was das all bedeutet?

Kellermeister.

Die Weibsperson, die Ihr da seht zu Roß,
Das ist die Wahlfreyheit der böhm'schen Kron.
Das wird bedeutet durch den runden Hut
2075 Und durch das wilde Roß, auf dem sie reitet.
Des Menschen Zierrath ist der Hut, denn wer
Den Hut nicht sitzen lassen darf vor Kaisern
Und Königen, der ist kein Mann der Freyheit.

Neumann.

Was aber soll der Kelch da auf der Fahn'?

Kellermeister.

2080 Der Kelch bezeugt die böhm'sche Kirchenfreyheit,
Wie sie gewesen zu der Väter Zeit.
Die Väter im Hussitenkrieg erstritten
Sich dieses schöne Vorrecht über'n Papst,
Der keinem Layen gönnen will den Kelch.
2085 Nichts geht dem Utraquisten über'n Kelch,
Es ist sein köstlich Kleinod, hat dem Böhmen
Sein theures Blut in mancher Schlacht gekostet.

Neumann.

Was sagt die Rolle, die da drüber schwebt?

Kellermeister.

Den böhm'schen Majestätsbrief zeigt sie an,
2090 Den wir dem Kaiser Rudolph abgezwungen,
Ein köstlich unschätzbares Pergament,
Das frey Geläut' und offenen Gesang

2078: der Freyheit] von Freyheit J R. — Nach 2079 hat w noch folgenden, dann
gestrichenen Vers:
    Bedeutet der die Trinkfreiheit der Böhmen?
2084: Der keinem Layen gönnen will den Kelch.] Der keinem Lay'n den Kelch vergönnen will. b. — Layen] Laien M. — 2085: Utraquisten] Mährischen Bruder b.

Dem neuen Glauben sichert, wie dem alten.
Doch seit der Grätzer über uns regiert,
2095 Hat das ein End, und nach der Prager Schlacht,
Wo Pfalzgraf Friedrich Kron' und Reich verlohren,
Ist unser Glaub' um Kanzel und Altar,
Und unsre Brüder sehen mit dem Rücken
Die Heimath an, den Majestätsbrief aber
2100 Zerschnitt der Kaiser selbst mit seiner Scheere.

Neumann.

Das alles wißt Ihr! Wohl bewandert seyd Ihr
In Eures Landes Chronik, Kellermeister.

Kellermeister.

Drum waren meine Ahnherrn Taboriten,
Und dienten unter dem Prokop und Ziska.
2105 Fried' sei mit ihrem Staube! Kämpften sie
Für eine gute Sache doch — Tragt fort!

Neumann.   199

Erst laßt mich noch das zweyte Schildlein sehn.
Sieh doch! das ist, wie auf dem Prager Schloß
Des Kaisers Räthe, Martiniz, Slawata,
2110 Kopf unter sich herabgestürzet werden.
Ganz recht! Da steht Graf Thurn, der es befiehlt.
(Bedienter geht mit dem Kelch)

Kellermeister.

Schweigt mir von diesem Tag, es war der drey
Und zwanzigste des Mays, da man Ein tausend
Sechs hundert schrieb und achtzehn. Ist mir's doch
2115 Als wär' es heut, und mit dem Unglückstag
Fing's an, das große Herzeleid des Landes.
Seit diesem Tag, es sind jetzt sechzehn Jahr,
Ist nimmer Fried' gewesen auf der Erden —

2094: Grätzer] Steiermärker h s. — 2100: Scheere] Schere K. — 2101: Das]
Daß (Druckfehler in A). — bewandert] bewandernd K. — Nach 2118 hat Schiller
in w eingeschrieben und dann wieder getilgt: Terzky kommt und hohlt das
Papier ab.

An der zweyten Tafel (wird gerufen).

Der Fürst von Weimar!

An der dritten und vierten Tafel.

Herzog Bernhard lebe!

(Musik fällt ein)

Erster Bedienter.

2120 Hört den Tumult!

Zweyter Bedienter (kommt gelaufen).

Habt ihr gehört? Sie lassen

Den Weimar leben!

Dritter Bedienter.   200

Oestreichs Feind!

2118a: An der] (giebt dem Bedienten den Becher, an der t. — wird gerufen]
fehlt w (corr. w). — 2119: Der Fürst] Dem Fürst w (dann geändert in 'Dem
Prinz', hierauf 'Das Haus', endlich 'Der Fürst'). — Fürst] Prinz t t. — Herzog
Bernhard] Fürst Wilhelm! Herzog Bernhard t t w [dann getilgt in w). — und
vierten] (In den Drucken sind nur drei Tafeln angegeben; vgl. 1922a). —
In w ist ein Blatt (w¹) beigefügt, auf welchem 2119a—2147a: „an der dritten
und vierten Tafel — kommt vorwärts" verzeichnet und dann gestrichen ist. Der
Text lautet:

An der dritten und vierten Tafel.

Fürst Wilhelm! Herzog Bernhard lebe!

(Musik fällt ein.)

Erster Bedienter. Hört! Hört den Tumult! Zweiter Bedienter (kommt
gelaufen). Habt Ihr gehört? Sie lassen den Weimarischen leben. Dritter Bedienter. Den Schwedischen Feldhauptmann! Erster Bedienter (zugleich).
Den Lutheraner! Zweiter Bedienter. Vorhin da bracht der Graf Teodati
des Kaisers Gesundheit aus; da ists ganz mäuschenstill zugegangen.

Kellermeister.

Beim Trunk geht vieles drein. Ein ordentlicher
Bedienter muß kein Ohr für so was haben.

Terzky.

Tint und Feder!

(geht nach dem Hintergrund.)

Kellermeister (zu den Bedienten).

Der Generallieutenant steht auf. Gebt acht.
Sie machen Aufbruch! Fort und rück die Sessel.

(An allen Tafeln wird aufgestanden, die Bedienten eilen nach hinten, ein Theil
der Gäste kommt vorwärts.)

2120: Hört] Hört! Hört t t. — 2120a: gelaufen] fehlt w (corr. w). — 2121: Weimar]
Weimarischen t t w (corr. w). — Östreichs Feind] Den Schwedischen Feldhaupt-
mann t. — Östreichs Feind w (in w geändert: 'Den General, der Schwedischen
Feldhauptmann', schließlich in 'Östreichs Feind'.)

Erster Bedienter.

Den Lutheraner!

Zweyter Bedienter.

Vorhin, da bracht' der Deodat des Kaisers
Gesundheit aus, da blieb's ganz mäuschenstille.

Kellermeister.

Bey'm Trunk geht vieles drein. Ein ordentlicher
2125 Bedienter muß kein Ohr für so was haben.

Dritter Bedienter (bey Seite zum vierten).

Paß' ja wohl auf, Johann, daß wir dem Pater
Quiroga recht viel zu erzählen haben,
Er will dafür uns auch viel Ablaß geben.

Vierter Bedienter.

Ich mach' mir an des Illo seinem Stuhl
2130 Deßwegen auch zu thun, so viel ich kann,
Der führt dir gar verwundersame Reden. (gehen zu den Tafeln)

2119: Erster Bedienter.] Erster Bedienter (zugleich). t. — Erster Bedienter.] Vierter Bedienter. w, Erster Bedienter (zugleich). w. —
2121—23: Den Lutheraner!

Zweiter Bedienter.

Vorhin bracht der Kaunitz
Des Kaiser Ferdinands Gesundheit aus,
Da iß ganz Mäuschenstille zugegangen. w (corr. w).

2122: Kaisers] Spaniers t. — 2123: blieb's ganz mäuschenstille.] iß's ganz mäuschenstille zugegangen. f t. — 2123 a—2142 a: Kellermeister — kommt vorwärts" steht
in w, von Schillers Hand geschrieben auf einem besondern Blatt. — 2125: haben.]
haben.   Zweiter Bedienter.
(zum Laufer, dem er eine Weinflasche zusteckt, immer den Kellermeister im Aug
behaltend, und zwischen diesen und den Bedienten sich stellend.)
Geschwind, Thoms! Eh der Kellermeister hersieht!
Eine Flasche Frontignac — Hab sie am dritten Tisch weggkipizt —
Biß du fertig?
Laufer.
Nur fort! 'S ist richtig!
(Zweiter Bedienter geht.) s t.
s t hat vierter Bedienter statt Laufer. — 2125 a—2135: Dritter Bedienter.
Paß ja — ein Spanier.] fehlt in t. — 2128: Er will — geben.] Er will uns
auch recht viel Ablaß dafür geben. t. — 2128 a—2130: Vierter Bedienter —
kann.]   Erster Bedienter.
Ich mach' mir auch deswegen hinter des Illoers
Seinem Stuhl zu thun, so viel's angeht. t.

Kellermeister (zu Neumann).

Wer mag der schwarze Herr seyn mit dem Kreuz,
Der mit Graf Palffy so vertraulich schwaßt?

Neumann.

Das ist auch einer, dem sie zu viel trauen,
2135 Marabas nennt er sich, ein Spanier.

Kellermeister.　　　　　　　　　　201

'S ist nichts mit den Hispaniern, sag' ich Euch,
Die Welschen alle taugen nichts.

Neumann.

Ey! Ei!
So solltet Ihr nicht sprechen, Kellermeister.
Es sind die ersten Generale drunter,
2140 Auf die der Herzog just am meisten hält.
(Terzky kommt und holt das Papier ab, an den Tafeln entsteht eine Bewegung.)

Kellermeister (zu den Bedienten).

Der Generalleutenant steht auf! Gebt Acht!
Sie machen Aufbruch.　Fort und rückt die Sessel.
(Die Bedienten eilen nach hinten, ein Theil der Gäste kommt vorwärts.)

Sechster Auftritt.

Octavio Piccolomini kommt im Gespräch mit Marabas, und beyde stellen sich ganz vorne hin, auf eine Seite des Prosceniums. Auf die entgegengesetzte Seite tritt Max Piccolomini, allein, in sich gekehrt, und ohne Antheil an der übrigen Handlung. Den mittlern Raum zwischen beyden, doch einige Schritte mehr zurück, erfüllen Buttler, Isolani, Götz, Tiefenbach, Kolalto und bald darauf Graf Terzky.

Isolani.
(während daß die Gesellschaft vorwärts kommt.)

Gut' Nacht! — Gut' Nacht, Kolalto — Generalleutnant,
Gut' Nacht! Ich sagte besser, guten Morgen.

2133: Graf Palffy] dem Esterhaz t. — 2133 a: Kellermeister.] Terzky. Dint
und Feder! (geht nach dem Hintergrunde.) t. — 2135 a—2140 a: Kellermeister.
'S ist nichts — eine Bewegung.) fehlt in t. — 2140: hält.] hält. Kellermeister (zieht
dem Laufer [dem vierten Bedienten a t] die Flasche aus der Tasche). Mein Sohn,
du wirst's zerbrechen! a t t. — 2140 a: Terzky kommt] Terzky. (kommt eilig) t. —
an den Tafeln — Bewegung.)] zu einem Bedienten) Dint' und Feder! (er geht nach
dem Hintergrund.) — 2142: Generalleutenant] Generalleutenant K M. — 2142 a: Die

Die Piccolomini. 4. Aufzug. 6. Auftritt. B. 2132—2155.   **171**

202

Göz (zu Tiefenbach).

2145 Herr Bruder! Prosit Mahlzeit!

Tiefenbach.

Das war ein königliches Mahl!

Göz.

Ja, die Frau Gräfin

Versteht's. Sie lernt' es ihrer Schwieger ab,
Gott hab' sie selig! Das war eine Hausfrau!

Isolani (will weggehen).

Lichter! Lichter!

Terzky (kommt mit der Schrift zu Isolani).

2150 Herr Bruder! Zwey Minuten noch. Hier ist
Noch was zu unterschreiben.

Isolani.

Unterschreiben

So viel Ihr wollt! Verschont mich nur mit Lesen.

Terzky.

Ich will Euch nicht bemühn. Es ist der Eid,
Den ihr schon kennt. Nur einige Federstriche.

(wie Isolani die Schrift dem Octavio hinreicht)

2155 Wie's kommt! Wen's eben trifft! Es ist kein Rang hier.

(Octavio durchläuft die Schrift mit anscheinender Gleichgültigkeit. Terzky beobachtet
ihn von weitem)

Bedienten] An allen Tafeln wird aufgestanden; die Bedienten rc. — Sechster
Auftritt.] Dreizehnter Auftritt. rc tw (corr. w). — 2144a—2148: Göz.
Herr Bruder — eine Hausfrau!] fehlt in t. — 2148: Hausfrau!] Hausfrau!
Tiefenbach.
Sie gab den besten Tisch im Böhmerlande.
Octavio (seitwärts zu Maradas).
Erzeigt mir den Gefallen, sprecht mit mir —
Wovon Ihr wollt — thut nur als ob Ihr sprächt —
Ich mag nicht gern allein stehn, und vermuthe
Es wird hier vieles zu bemerken geben.
(Er behält ein Aug über der ganzen nachfolgenden Scene.) s t. —
Hausfrau!   Octavio (bei Seite zu Maradas).
Erzeigt mir den Gefallen, sprecht mit mir,
Thut nur als ob ihr sprächt — w (von Schillers Hand). —
2148a: Isolani.] Göz t. — 2155: Wen's eben] Wen's t, Wems (Wens w)
eben w.

Götz (zu Terzky).

Herr Graf! Erlaubt mir, daß ich mich empfehle.

Terzky. 203

Eilt doch nicht so — Noch einen Schlaftrunk — He!
(zu den Bedienten)

Götz.

Bin's nicht im Stand.

Terzky.

Ein Spielchen.

Götz.

Excusirt mich.

Tiefenbach (setzt sich).

Vergebt, Ihr Herrn. Das Stehen wird mir sauer.

Terzky.

2160 Macht's Euch bequem, Herr Generalfeldzeugmeister.

Tiefenbach.

Das Haupt ist frisch, der Magen ist gesund,
Die Beine aber wollen nicht mehr tragen.

Isolani (auf seine Corpulenz zeigend).

Ihr habt die Last auch gar zu groß gemacht.
(Octavio hat unterschrieben und reicht Terzky die Schrift, der sie dem Isolani
giebt. Dieser geht an den Tisch zu unterschreiben)

Tiefenbach.

2165 Der Krieg in Pommern hat mir's zugezogen,
Da mußten wir heraus in Schnee und Eis,
Das werd' ich wohl mein Lebtag nicht verwinden.

Götz. 204

Ja wohl! Der Schwed' frug nach der Jahrszeit nichts.
(Terzky reicht das Papier an Don Maradas; dieser geht an den Tisch zu unterschreiben)

2155 a—2166 a: Götz.] 1 hat innerhalb dieser Verse überall Kolalto statt Götz.
— 2163: unterschreiben] unterzeichnen 1. — 2167: Jahrszeit nichts.] Jahrszeit nichts.

Terzky.
(sieht dem Isolani zu, der heftig mit der Hand zittert und lang mit seinem Namen
zubringt).'
Habt Ihr den garstigen Zufall da schon lang,
Herr Bruder? Schafft ihn fort.

Octavio (nähert sich Buttlern).

Ihr liebt die Bacchusfeste auch nicht sehr,
Herr Oberster! Ich hab' es wohl bemerkt.
2170 Und würdet, däucht mir, besser Euch gefallen
Im Toben einer Schlacht, als eines Schmauses.

Buttler.

Ich muß gestehen, es ist nicht in meiner Art.

Octavio (zutraulich näher tretend).

Auch nicht in meiner, kann ich Euch versichern,
Und mich erfreut's, sehr würd'ger Oberst Buttler,
2175 Daß wir uns in der Denkart so begegnen.
Ein halbes Dutzend guter Freunde höchstens
Um einen kleinen, runden Tisch, ein Gläschen
Tokaierwein, ein offnes Herz dabey
'Und ein vernünftiges Gespräch — so lieb' ich's!

Buttler.

2180 Ja, wenn man's haben kann, ich halt' es mit.
(Das Papier kommt an Buttlern, der an den Tisch geht, zu unterschreiben. Das
Proscenium wird leer, so daß beyde Piccolomini, jeder auf seiner Seite, allein
stehen bleiben.)

Isolani.
Die Jugendsünden!
Stahlbäder hab' ich schon gebraucht. Was hilft's? s l. —
2172: gestehen] gestehn M. — 2180a: Das Papier — stehen bleiben.)] (Das Papier
kommt an Tiefenbach, der mit Götz und Kolalto zugleich hineinsieht.
Maradas ist unterdessen wieder zu Octavio getreten; alles dies geschieht, wäh-
rend das Gespräch mit Buttlern ununterbrochen fortgeht.) — [fortgeht] fortgeht.
Octavio.
(der den Maradas an Buttlern präsentiert).
Don Balthasar Maradas! Auch ein Mann
Von unserm Schlag und Euer Verehrer längst.
(Buttler verbeugt sich.) s l. —
Octavio.
Ihr seyd hier fremd, seyd erst seit gestern hier,
Kennt die Gelegenheiten nicht — es ist
Ein schlechter Ort. — Ich weiß, man liebt's bequem
Und still in unserm Alter. — Wißt Ihr was?
Zieht zu mir?
(Buttler verbeugt sich.)

Octavio. 205

(nachdem er seinen Sohn eine Zeitlang aus der Ferne stillschweigend betrachtet,
nähert sich ihm ein wenig)

Du bist sehr lange ausgeblieben, Freund.

Max. (wendet sich schnell um, verlegen)

Ich — bringende Geschäfte hielten mich.

Octavio.

Doch, wie ich sehe, bist du noch nicht hier?

Max.

Du weißt, daß groß Gewühl mich immer still macht.

Octavio (rückt ihm noch näher).

2185 Ich darf nicht wissen, was so lang dich aufhielt?

(listig)

— Und Terzky weiß es doch.

Max.

Was weiß der Terzky?

Octavio (bedeutend).

Er war der einz'ge, der dich nicht vermißte.

Isolani.

(der von weitem Acht gegeben, tritt dazu)

Recht, alter Vater! Fall' ihm in's Gepäck!
Schlag' die Quartier ihm auf! Es ist nicht richtig.

Terzky (kommt mit der Schrift).

2190 Fehlt keiner mehr? Hat alles unterschrieben?

Octavio. 206

Es haben's alle.

Terzky (rufend).

Nun! Wer unterschreibt noch?

Ohn' Umständ — [Dieser Herr
Nimmt auch bei mir vorlieb.] — Ich habe noch
Für einen Freund, wie Ihr, ein Plätzchen übrig.

Buttler (kalt).

Euer sehr verbund'ner Knecht, Herr Generalleutenant.

(Das Papier — stehen bleiben.) k st w ([ ] fehlt in t w), gestrichen w. — 2185: Ich
darf nicht wissen, was dich so lang aufhielt? w. — 2187a—2189: Isolani.
Recht, — nicht richtig.] ausgestrichen in t.

Buttler (zu Terzky).

Zähl' nach! Just dreyßig Namen müssen's seyn.

Terzky.

Ein Kreuz steht hier.

Tiefenbach.

Das Kreuz bin ich.

Isolani (zu Terzky).

Er kann nicht schreiben, doch sein Kreuz ist gut,
2195 Und wird ihm honorirt von Jud und Christ.

Octavio (pressirt, zu Max).

Gehn wir zusammen, Oberst. Es wird spät.

Terzky.

Ein Piccolomini nur ist aufgeschrieben.

Isolani (auf Max zeigend).

Gebt Acht! Es fehlt an diesem steinernen Gast,
Der uns den ganzen Abend nichts getaugt.

(Max empfängt aus Terzky's Händen das Blatt, in welches er gedankenlos
hineinsieht.)

Siebenter Auftritt. 207

Die Vorigen. Illo kommt aus dem hintern Zimmer, er hat den goldenen
Pokal in der Hand und ist sehr erhitzt, ihm folgen **Götz** und **Buttler**, die ihn
zurückhalten wollen.

Illo.

2200 Was wollt Ihr? Laßt mich.

Götz und **Buttler.**

Illo! Trinkt nicht mehr.

Illo.

(geht auf den Octavio zu und umarmt ihn, trinkend)

Octavio! Das bring' ich dir! Ersäuft
Sey aller Groll in diesem Bundestrunk!
Weiß wohl, du hast mich nie geliebt — Gott straf' mich,

2192: dreyßig] CDM schreiben dreißig. — 2193: Tiefenbach [Tiefenbach
(hebt sich vom Stuhl). I. — 2195: Jud und Christ] Jude und Christ I, Juden
und Christen iw. — 2199: Siebenter Auftritt.] Vierzehnter Auftritt.
I w (corr. w).

Und ich dich auch nicht! Laß Vergangenes
2205 Vergessen seyn! Ich schätze dich unendlich,
(ihn zu wiederholtenmalen küssend)
Ich bin dein bester Freund, und, daß ihr's wißt!
Wer mir ihn eine falsche Katze schilt,
Der hat's mit mir zu thun.

Terzky (bei Seite).
Bist du bey Sinnen?
Bedenk' doch, Illo, wo du bist!

Illo (treuherzig).
2210 Was wollt Ihr? Es sind lauter gute Freunde.
(sich mit vergnügtem Gesicht im ganzen Kreise umsehend)
Es ist kein Schelm hier unter uns, das freut mich.

Terzky (zu Buttler, dringend).
Nehmt ihn doch mit Euch fort! Ich bitt' Euch, Buttler.
(Buttler führt ihn an den Schenktisch)

Isolani.
(zu Max, der bisher unverwandt aber gedankenlos in das Papier gesehen)
Wird's bald, Herr Bruder? Hat Er's durchstudirt?

Max
(wie aus einem Traum erwachend).
·Was soll ich?

Terzky und Isolani (zugleich).
Seinen Namen drunter setzen.
(Man sieht den Octavio ängstlich gespannt den Blick auf ihn richten)

Max (giebt es zurück).
2215 Laßt's ruhn bis morgen. Es ist ein Geschäft,
Hab' heute keine Fassung. Schickt mir's morgen.

Terzky.
Bedenk' Er doch —

Isolani.
Frisch! Unterschrieben! Was!
Er ist der jüngste von der ganzen Tafel,
Wird ja allein nicht klüger wollen seyn,
2220 Als wir zusammen! Seh Er her! Der Vater
Hat auch, wir haben alle unterschrieben.

Terzky (zum Octavio).

Braucht Euer Ansehn doch. Bedeutet ihn.

Octavio. 209

Mein Sohn ist mündig.

Illo. (hat den Pokal auf den Schenktisch gesetzt)

Wovon ist die Rede?

Terzky.

Er weigert sich das Blatt zu unterschreiben.

Max.

2225 Es wird bis morgen ruhen können, sag' ich.

Illo.

Es kann nicht ruhn. Wir unterschrieben alle,
Und du mußt auch, du mußt dich unterschreiben.

Max.

Illo, schlaf wohl.

Illo.

Nein! So entkömmst du nicht!
Der Fürst soll seine Freunde kennen lernen.

(es sammeln sich alle Gäste um die beyden)

Max.

2230 Wie ich für ihn gesinnt bin, weiß der Fürst,
Es wissen's alle, und der Fratzen braucht's nicht.

Illo.

Das ist der Dank, das hat der Fürst davon,
Daß er die Welschen immer vorgezogen!

Terzky. 210

(in höchster Verlegenheit zu den Kommandeurs, die einen Auflauf machen)

Der Wein spricht aus ihm! Hört ihn nicht, ich bitt' Euch.

Isolani (lacht).

2235 Der Wein erfindet nichts, er schwatzt's nur aus.

Illo.

Wer nicht ist mit mir, der ist wider mich.

2179: entkömmst] entkommst K. — 2233: vorgezogen!] vorgezogen!
Uns Böhmen hält er nur für dumm, ich weiß,
Nur, was ausländisch ist, kann ihm gefallen. 1.
2236: mit (nicht unterstrichen) w.

Schiller, sämmtl. Schriften. Hist.-krit. Ausg. XII. 12

187

Die zärtlichen Gewissen! Wenn sie nicht
Durch eine Hinterthür, durch eine Klausel —

Terzky (fällt schnell ein).

Er ist ganz rasend, gebt nicht Acht auf ihn.

Illo (lauter schreyend).

2240 Durch eine Klausel sich salviren können.
Was Klausel? Hol der Teufel diese Klausel —

Max.
(wird aufmerksam und sieht wieder in die Schrift)

Was ist denn hier so hoch Gefährliches?
Ihr macht mir Neugier, näher hinzuschaun.

Terzky (bey Seite zu Illo).

Was machst du, Illo? Du verderbest uns!

Tiefenbach (zu Kolalto).

2245 Ich merkt' es wohl, vor Tische las man's anders.

Götz.

Es kam mir auch so vor.

Isolani.
Was ficht das mich an?

Wo andre Namen, kann auch meiner stehn.

Tiefenbach.

Vor Tisch war ein gewisser Vorbehalt
Und eine Klausel drinn, von Kaisers Dienst.

Buttler (zu einem der Kommandeurs).

2250 Schämt Euch, Ihr Herrn! Bedenkt, worauf es ankommt.
Die Frag' ist jetzt, ob wir den General
Behalten sollen oder ziehen lassen?
Man kann's so scharf nicht nehmen und genau.

211

2245: man's] man t. — 2249: drinn] R schreibt drin. — von Kaisers Dienst.]
vom Dienst des Kaisers. tw. — Dienst.] Dienst.
Max.
Der Vorbehalt versteht sich wohl von selbst,
Doch stand er einmal, warum blieb er weg?
Terzky.
Der Kürze halber blos, und weil's nicht Noth thut. t.
2253a: (zu einem der Generale.)] (zu Kolalto). t.

Jsolani (zu einem der Generale).

Hat sich der Fürst auch so verklausulirt,
2255 Als er dein Regiment dir zugetheilt?

Terzky (zu Göz).

Und Euch die Lieferungen, die an tausend
Pistolen Euch in Einem Jahre tragen?

Illo.

Spitzbuben selbst, die uns zu Schelmen machen!
Wer nicht zufrieden ist, der sag's! Da bin ich!

Tiefenbach.

2260 Nun! Nun! Man spricht ja nur.

Max. (hat gelesen und giebt das Papier zurück)

Bis morgen also!

Illo.   212

(vor Wuth stammelnd und seiner nicht mehr mächtig, hält ihm mit der einen
Hand die Schrift, mit der andern den Degen vor)

Schreib — Judas!

Jsolani.

Pfuy, Illo!

Octavio. Terzky. Buttler (zugleich).

Degen weg!

Max.

(ist ihm rasch in den Arm gefallen und hat ihn entwaffnet, zu Graf Terzky)

Bring' ihn zu Bette!

(er geht ab. Illo, fluchend und scheltend, wird von einigen Kommandeurs gehalten, unter allgemeinem Aufbruch fällt der Vorhang.)

———————

2255: zugetheilt?] zugetheilt?

Buttler.

Schmäht unsern edlen Freund nicht, Jsolan!
Er ist der einzige Jüngling unter uns,
Das Beispiel erst erwartet er bescheiden,
An eine würdige Reih' sich anzuschließen. ℓ.

2261: Judas] fehlt in ℓ. — 2262: Pfuy] Pfui M.

Fünfter Aufzug.

Scene: Ein Zimmer in Piccolomini's Wohnung. Es ist Nacht.

Erster Auftritt.

Octavio Piccolomini. Kammerdiener leuchtet. Gleich darauf
Max Piccolomini.

Octavio.

So bald mein Sohn herein ist, weiset ihn
Zu mir — Was ist die Glocke?

Kammerdiener.

Gleich ist's Morgen.

Octavio.

2265 Setzt euer Licht hieher — Wir legen uns
Nicht mehr zu Bette, ihr könnt schlafen gehn.

(Kammerdiener ab. Octavio geht nachdenkend durchs Zimmer. Max Piccolomini
tritt auf, nicht gleich von ihm bemerkt, und sieht ihm einige Augenblicke
schweigend zu.)

Max.

Bist du mir bös, Octavio? Weiß Gott,
Ich bin nicht schuld an dem verhaßten Streit.
— Ich sahe wohl, du hattest unterschrieben;

2270 Was Du gebilliget, das konnte mir
Auch recht seyn — doch es war — du weißt — ich kann
In solchen Sachen nur dem eignen Licht,
Nicht fremdem folgen.

2261a: Fünfter Aufzug.] Dritter Aufzug. tw (corr. w). — 2263: So
bald] Sobald M. — weiset] führt t tw. — 2264: Zu mir] (in t tw zum vorher-
gehenden Verse). — 2266: gehen w. — 2268: Streit] Vorgang t w. — 2273: fremden w.

Octavio.

(geht auf ihn zu und umarmt ihn)

Folg' ihm ferner auch,

Mein bester Sohn! Es hat dich treuer jetzt

2275 Geleitet, als das Beyspiel deines Vaters.

Max.

Erklär' dich deutlicher.

Octavio.

Ich werd' es thun.

Nach dem, was diese Nacht geschehen ist,

Darf kein Geheimniß bleiben zwischen uns.

(nachdem beyde sich niedergesetzt)

Max! Sage mir, was denkst du von dem Eid,

2280 Den man zur Unterschrift uns vorgelegt?

Max.

Für etwas Unverfänglich's halt' ich ihn,

Obgleich ich dieses Förmliche nicht liebe.

Octavio.

Du hättest dich aus keinem andern Grunde

Der abgedrungnen Unterschrift geweigert?

Max.

2285 Es war ein ernst Geschäft — ich war zerstreut —

Die Sache selbst erschien mir nicht so bringend —

Octavio.

Sey offen, Max. Du hattest keinen Argwohn —

Max.

Worüber Argwohn? Nicht den mindesten.

Octavio.

Dank's deinem Engel, Piccolomini!

2290 Unwissend zog er dich zurück vom Abgrund.

Max.

Ich weiß nicht, was du meynst.

215

2274: treuer jetzt] heute redlicher f. t w. — 2278: zwischen] unter f. — 2279—80:
Max — vorgelegt?]
    Max Piccolomini! was denkst du von
    Dem Eid, der heut zur Unterschrift herumging? f t w.

Octavio.

Ich will dir's sagen:
Zu einem Schelmstück solltest du den Namen
Hergeben, deinen Pflichten, deinem Eid
Mit einem einz'gen Federstrich entsagen.

Max (steht auf).

2295 Octavio!

Octavio.

Bleib sitzen. Viel noch hast du
Von mir zu hören, Freund, hast Jahre lang
Gelebt in unbegreiflicher Verblendung.
Das schwärzeste Komplott entspinnet sich   216
Vor deinen Augen, eine Macht der Hölle
2300 Umnebelt deiner Sinne hellen Tag —
Ich darf nicht länger schweigen, muß die Binde
Von deinen Augen nehmen.

Max.

Eh' du sprichst,
Bedenk es wohl! Wenn von Vermuthungen
Die Rede seyn soll — und ich fürchte fast,
2305 Es ist nichts weiter — Spare sie! Ich bin
Jetzt nicht gefaßt, sie ruhig zu vernehmen.

Octavio.

So ernsten Grund du hast, dies Licht zu fliehn,
So bringendern hab' ich, daß ich dir's gebe.
Ich konnte dich der Unschuld deines Herzens,
2310 Dem eignen Urtheil ruhig anvertraun,
Doch deinem Herzen selbst seh' ich das Netz
Verderblich jetzt bereiten — Das Geheimniß,
       (ihn scharf mit den Augen fixirend)
Das Du vor mir verbirgst, entreißt mir meines.

Max.

(versucht zu antworten, stockt aber und schlägt den Blick verlegen zu Boden.)

2292: Schelmenstück w. — 2293: deinem Eid] deiner Ehre tw. — 2298: Komplott]
M schreibt Komplot. — 2307: fliehn] hoffen tw. — 2310: anvertrauen, w.

Octavio (nach einer Pause).   217

So wisse denn! Man hintergeht dich — spielt
2315 Auf's schändlichste mit dir und mit uns allen.
Der Herzog stellt sich an, als wollt' er die
Armee verlassen; und in dieser Stunde
Wird's eingeleitet, die Armee dem Kaiser
— Zu stehlen und dem Feinde zuzuführen!

Max.

2320 Das Pfaffenmährchen kenn' ich, aber nicht
Aus deinem Mund erwartet' ich's zu hören.

Octavio.

Der Mund, aus dem du's gegenwärtig hörst,
Verbürget dir, es sey kein Pfaffenmährchen.

Max.

Zu welchem Rasenden macht man den Herzog!
2325 Er könnte daran denken, dreyßig tausend
Geprüfter Truppen, ehrlicher Soldaten,
Worunter mehr denn tausend Edelleute,
Von Eid und Pflicht und Ehre wegzulocken,
Zu einer Schurkenthat sie zu vereinen?

Octavio.

2330 So was nichtswürdig Schändliches begehrt
Er keinesweges — Was er von uns will,
Führt einen weit unschuldigeren Namen.   218
Nichts will er, als dem Reich den Frieden schenken;
Und weil der Kaiser diesen Frieden haßt,
2335 So will er ihn — er will ihn dazu zwingen!
Zufriedenstellen will er alle Theile,
Und zum Ersatz für seine Mühe Böhmen,
Das er schon inne hat, für sich behalten.

Max.

Hat er's um uns verdient, Octavio,
2340 Daß wir — wir so unwürdig von ihm denken?

2336: Zufriedenstellen] Zufrieden stellen M.
·

Octavio.

Von unserm Denken ist hier nicht die Rede.
Die Sache spricht, die kläresten Beweise.
Mein Sohn! Dir ist nicht unbekannt, wie schlimm
Wir mit dem Hofe stehn — doch von den Ränken,
2345 Den Lügenkünsten hast du keine Ahnung,
Die man in Uebung setzte, Meuterey
Im Lager auszusäen. Aufgelöst
Sind alle Bande, die den Officier
An seinen Kaiser fesseln, den Soldaten
2350 Vertraulich binden an das Bürgerleben.
Pflicht= und gesetzlos steht er gegenüber
Dem Staat gelagert, den er schützen soll,
Und drohet, gegen ihn das Schwert zu kehren.
Es ist so weit gekommen, daß der Kaiser   219
2355 In diesem Augenblick vor seinen eignen
Armeen zittert — der Verräther Dolche
In seiner Hauptstadt fürchtet — seiner Burg;
Ja, im Begriffe steht, die zarten Enkel
Nicht vor den Schweden, vor den Lutheranern,
2360 — Nein! vor den eignen Truppen wegzuflüchten.

Max.

Hör' auf! Du ängstigest, erschütterst mich.
Ich weiß, daß man vor leeren Schrecken zittert;
Doch wahres Unglück bringt der falsche Wahn.

Octavio.

Es ist kein Wahn. Der bürgerliche Krieg
2365 Entbrennt, der unnatürlichste von allen,
Wenn wir nicht, schleunig rettend, ihm begegnen.
Der Obersten sind viele längst erkauft,
Der Subalternen Treue wankt; es wanken
Schon ganze Regimenter, Garnisonen.
2370 Ausländern sind die Vestungen vertraut,
Dem Schafgotsch, dem verdächtigen, hat man

2342: kläresten] klaresten KM. — 2343: schlimm] übel t w. — 2356: Verräther-
Dolche w. — 2359: vor den] vor t. — 2367: erkauft] gewonnen t w.

Die ganze Mannschaft Schlesiens, dem Terzky
Fünf Regimenter, Reiterey und Fußvolk,
Dem Illo, Kinsky, Buttler, Isolan
2375 Die bestmontirten Truppen übergeben.

Max.

220

Uns beyden auch.

Octavio.

    Weil man uns glaubt zu haben,
Zu locken meynt durch glänzende Versprechen.
So theilt er mir die Fürstenthümer Glatz
Und Sagan zu, und wohl seh' ich den Angel,
2380 Womit man dich zu fangen denkt.

Max.

    Nein! Nein!
Nein! sag' ich dir!

Octavio.

    O! öffne doch die Augen!
Weßwegen glaubst du, daß man uns nach Pilsen
Beorderte? Um mit uns Rath zu pflegen?
Wann hätte Friedland unsers Raths bedurft?
2385 Wir sind berufen, uns ihm zu verkaufen,
Und weigern wir uns — Geißel ihm zu bleiben.
Deßwegen ist Graf Gallas weggeblieben —
Auch deinen Vater sähest du nicht hier,
Wenn höh're Pflicht ihn nicht gefesselt hielt.

Max.

2390 Er hat es keinen Hehl, daß wir um seinetwillen
Hieher berufen sind — gestehet ein,
Er brauche unsers Arms, sich zu erhalten.
Er that so viel für uns, und so ist's Pflicht',
Daß wir jetzt auch für ihn was thun!

221

Octavio.

    Und weißt du,

2374: Isolan] Isolani t. — 2381: O! öffne] Oeffne t. — 2383: Beorderte?] Berufen hab'? t w. — 2386: Geißel] Geisel w M. — 2389: hielt] hielte k. — 2391: Hierherberufen w. — 2393: Pflicht] billig t w.

2395 Was dieses ist, das wir für ihn thun sollen?
Des Illo trunkner Muth hat dir's verrathen.
Besinn' dich doch, was du gehört, gesehn.
Zeugt das verfälschte Blatt, die weggelaßne,
So ganz entscheidungsvolle Klausel nicht,
2400 Man wolle zu nichts Gutem uns verbinden?

Max.

Was mit dem Blatte diese Nacht geschehn,
Ist mir nichts weiter, als ein schlechter Streich
Von diesem Illo. Dies Geschlecht von Mäklern
Pflegt alles auf die Spitze gleich zu stellen.
2405 Sie sehen, daß der Herzog mit dem Hof
Zerfallen ist, vermeynen ihm zu dienen,
Wenn sie den Bruch unheilbar nur erweitern.
Der Herzog, glaub' mir, weiß von all dem nichts!

Octavio.

Es schmerzt mich, deinen Glauben an den Mann,
2410 Der dir so wohlgegründet scheint, zu stürzen.
Doch hier darf keine Schonung seyn — Du mußt
Maaßregeln nehmen, schleunige, mußt handeln.
— Ich will dir also nur gestehn — daß alles,
Was ich dir jetzt vertraut, was so unglaublich
2415 Dir scheint, daß — daß ich es aus seinem eignen,
— Des Fürsten Munde habe.

Max (in heftiger Bewegung).
Nimmermehr!

Octavio.

Er selbst vertraute mir — was ich zwar längst
Auf anderm Weg schon in Erfahrung brachte:
Daß er zum Schweden wolle übergehn,
2420 Und an der Spitze des verbundnen Heers
Den Kaiser zwingen wolle —

Max.
Er ist heftig,

222

· 2400a—2410: Max. Was mit — zu stürzen.] fehlt in l. — 2411: Doch] Nein,
l. — 2420—2421: Und an der Spitze — zwingen wolle — fehlt in l.

Es hat der Hof empfindlich ihn beleidigt,
In einem Augenblick des Unmuths, sey's!
Mag er sich leicht einmal vergessen haben.

Octavio.

2425 Bey kaltem Blute war er, als er mir
Dies eingestand; und weil er mein Erstaunen
Als Furcht auslegte, wies er im Vertrau'n   223
Mir Briefe vor, der Schweden und der Sachsen,
Die zu bestimmter Hülfe Hoffnung geben.

Max.

2430 Es kann nicht seyn! kann nicht seyn! kann nicht seyn!
Siehst du, daß es nicht kann! Du hättest ihm
Nothwendig deinen Abscheu ja gezeigt,
Er hätt' sich weisen lassen, oder du
— Du stündest nicht mehr lebend mir zur Seite!.

Octavio.

2435 Wohl hab' ich mein Bedenken ihm geäußert,
Hab' bringend, hab' mit Ernst ihn abgemahnt,
— Doch meinen Abscheu, meine innerste
Gesinnung hab' ich tief versteckt.

Max.

Du wärst
So falsch gewesen? Das sieht meinem Vater
2440 Nicht gleich! Ich glaubte deinen Worten nicht,
Da du von ihm mir Böses sagtest; kann's
Noch wen'ger jetzt, da du dich selbst verläumdest.

Octavio.

Ich drängte mich nicht selbst in sein Geheimniß.

Max.

Aufrichtigkeit verdiente sein Vertrau'n.   224

Octavio.

2445 Nicht würdig war er meiner Wahrheit mehr.

2426: Erstaunen] Erstaunen nur k t w. — 2427: Als Furcht — im Vertraun]
Für einen Zweifel hielt an seiner Macht, so wies er k t w. —
2436: ihn abgemahnt,] ihm abgerathen t w. — 2437: meine innerste] meines Herzens
ganze k t w. — 2442: verleumdest.] verleumdet. t.

Max.

Noch minder würdig deiner war Betrug.

Octavio.

Mein bester Sohn! Es ist nicht immer möglich,
Im Leben sich so Kinderrein zu halten,
Wie's uns die Stimme lehrt im Innersten.
2450 In steter Nothwehr gegen arge List
Bleibt auch das redliche Gemüth nicht wahr —
Das eben ist der Fluch der bösen That,
Daß sie, fortzeugend, immer Böses muß gebähren.
Ich klügle nicht, ich thue meine Pflicht,
2455 Der Kaiser schreibt mir mein Betragen vor.
Wohl wär' es besser, überall dem Herzen   ·
Zu folgen, doch darüber würde man
Sich manchen guten Zweck versagen müssen.
Hier gilt's, mein Sohn, dem Kaiser wohl zu dienen,
2460 Das Herz mag dazu sprechen, was es will.

Max.

Ich soll dich heut' nicht fassen, nicht verstehn.
Der Fürst, sagst du, entdeckte redlich dir sein Herz   225
Zu einem bösen Zweck, und Du willst ihn
Zu einem guten Zweck betrogen haben!
2465 Hör' auf! ich bitte dich — du raubst den Freund
Mir nicht — Laß mich den Vater nicht verlieren!

Octavio.

(unterdrückt seine Empfindlichkeit)

Noch weißt du alles nicht, mein Sohn. Ich habe
Dir noch was zu eröffnen.

(nach einer Pause)

· Herzog Friedland

Hat seine Zurüstung gemacht. Er traut

2446: Betrug.] Verstellung f t w. —

Octavio.

Gab ich ihm Grund, an meiner Ehr zu zweifeln?

Max.

Daß er's nicht that, bewies dir sein Vertrauen. t. —

2449: Innersten] innern Herzen. i f t u w. — 2450: List] Lust t. — 2464: Zu] Aus t w.

2470 Auf seine Sterne. Unbereitet denkt er uns
Zu überfallen — mit der sichern Hand
Meynt er, den goldnen Zirkel schon zu fassen.
Er irret sich — Wir haben auch gehandelt.
Er faßt sein bös geheimnißvolles Schicksal.

Max.

2475 Nichts Rasches, Vater! O! bey allem Guten
Laß dich beschwören. Keine Uebereilung!

Octavio.

Mit leisen Tritten schlich er seinen bösen Weg,
So leis' und schlau ist ihm die Rache nachgeschlichen.
Schon steht sie ungesehen, finster hinter ihm,

2480 Ein Schritt nur noch, und schaudernd rühret er sie an.
— Du hast den Questenberg bey mir gesehn,
Noch kennst du nur sein öffentlich Geschäft,
Auch ein geheimes hat er mitgebracht,
Das bloß für mich war.

Max.
Darf ich's wissen?

Octavio.
Max!

2485 — Des Reiches Wohlfahrt leg' ich mit dem Worte,
Des Vaters Leben, dir in deine Hand.
Der Wallenstein ist deinem Herzen theuer,
Ein starkes Band der Liebe, der Verehrung
Knüpft seit der frühen Jugend dich an ihn —

2490 Du nährst den Wunsch — O! laß mich immerhin
Vorgreifen deinem zögernden Vertrauen —
Die Hoffnung nährst du, ihm viel näher noch
Anzugehören.

Max.
Vater —

Octavio.
Deinem Herzen trau ich,

2477: Tritten] Schritten D. — 2479: finster] fehlt in l. — 2481: gesehen w. — 2484: Octavio.] Octavio (ergreift das Patent). tw. — 2486: Hand.] Hände. l t w.

Doch, bin ich deiner Fassung auch gewiß?
2495 Wirst du's vermögen, ruhigen Gesichts,
Vor diesen Mann zu treten, wenn ich dir
Sein ganz Geschick nun anvertrauet habe?

227

Max.

Nachdem du seine Schuld mir anvertraut!

Octavio.

(nimmt ein Papier aus der Schatulle und reicht es ihm hin)

Max.

Was? Wie? Ein offner kaiserlicher Brief.

Octavio.

2500 Lies ihn.

Max. (nachdem er einen Blick hineingeworfen)
Der Fürst verurtheilt und geächtet!

Octavio.

So ist's.

Max.

O! das geht weit! O unglücksvoller Irrthum!

Octavio.

Lies weiter! Faß' dich!

Max.

228

(nachdem er weiter gelesen, mit einem Blick des Erstaunens auf seinen Vater)
Wie? Was? Du? Du bist —

Octavio.

Bloß für den Augenblick — und bis der König
Von Ungarn bey dem Heer erscheinen kann,
2505 Ist das Kommando mir gegeben —

Max.

Und glaubst' du, daß du's ihm entreißen werdest?
Das denke ja nicht — Vater! Vater! Vater!
Ein unglückselig Amt ist dir geworden.
Dies Blatt hier — dieses! willst du geltend machen?
2510 Den Mächtigen in seines Heeres Mitte,

2501: Max] Max (wirft das Blatt weg). Kw.

Umringt von seinen Tausenden, entwaffnen?
Du bist verlohren — Du, wir alle sind's!

Octavio.

Was ich dabey zu wagen habe, weiß ich.
Ich stehe in der Allmacht Hand; sie wird
2515 Das fromme Kaiserhaus mit ihrem Schilde
Bedecken, und das Werk der Nacht zertrümmern.
Der Kaiser hat noch treue Diener, auch im Lager
Giebt es der braven Männer gnug, die sich
Zur guten Sache munter schlagen werden.
2520 Die Treuen sind gewarnt, bewacht die andern,
Den ersten Schritt erwart' ich nur, sogleich —

Max.

Auf den Verdacht hin willst du rasch gleich handeln?

Octavio.

Fern sey vom Kaiser die Tyrannenweise!
Den Willen nicht, die That nur will er strafen.
2525 Noch hat der Fürst sein Schicksal in der Hand —
Er lasse das Verbrechen unvollführt,
So wird man ihn still vom Kommando nehmen,
Er wird dem Sohne seines Kaisers weichen,
Ein ehrenvoll Exil auf seine Schlösser
2530 Wird Wohlthat mehr, als Strafe für ihn seyn.
Jedoch der erste offenbare Schritt —

Max.

Was nennst du einen solchen Schritt? Er wird
Nie einen bösen thun. — Du aber könntest
(Du hast's gethan) den frömmsten auch mißdeuten.

Octavio.

2535 Wie strafbar auch des Fürsten Zwecke waren,
Die Schritte, die er öffentlich gethan,
Verstatteten noch eine milde Deutung.
Nicht eher denk ich dieses Blatt zu brauchen,
Bis eine That gethan ist, die unwidersprechlich
2540 Den Hochverrath bezeugt und ihn verdammt.

229

230

Max.

Und wer soll Richter drüber seyn?

Octavio.

— Du selbst.

Max.

O! dann bedarf es dieses Blattes nie!
Ich hab' dein Wort, du wirst nicht eher handeln,
Bevor du mich — mich selber überzeugt.

Octavio.

2545 Ist's möglich? Noch — nach allem, was du weißt,
Kannst du an seine Unschuld glauben?

Max (lebhaft).

Dein Urtheil kann sich irren, nicht mein Herz.
(gemäßigter fortfahrend)
Der Geist ist nicht zu fassen, wie ein andrer.
Wie er sein Schicksal an die Sterne knüpft,
2550 So gleicht er ihnen auch in wunderbarer,
Geheimer, ewig unbegriffner Bahn.
Glaub' mir, man thut ihm Unrecht. Alles wird
Sich lösen. Glänzend werden wir den Reinen
Aus diesem schwarzen Argwohn treten sehn.

231

Octavio.

2555 Ich will's erwarten.

2542: Blattes nie!] Blattes nie!

Octavio.

Zu bald nur, fürcht' ich, wird es damit Noth thun.
Nach dem Revers von heute wird er sich
Der Mehrheit unter uns versichert halten.
Und wie das Heer gesinnt ist, lehrt die Bittschrift,
Die ihm die Regimenter durch dich senden.
Zudem, ich habe Briefe, daß der Rheingraf
Sich schnell gedreht hat nach dem Böhmerwalde;
Worauf das deutet, weiß man nicht. Auch ist
Heut Nacht ein schwedscher Herr hier eingetroffen.
Max. f.

Zweyter Auftritt.

Die Vorigen. Der Kammerdiener. Gleich darauf ein Kourier.

Octavio.

Was giebt's?

Kammerdiener.

Ein Eilbot' wartet vor der Thür.

Octavio.

So früh' am Tag'! Wer ist's? Wo kommt er her?

Kammerdiener.

Das wollt' er mir nicht sagen.

Octavio.

2560 Führ' ihn herein. Laß nichts davon verlauten.

(Kammerdiener ab. Kornet tritt ein.)

Seyd Ihr's, Kornet? Ihr kommt vom Grafen Gallas?
Gebt her den Brief.

Kornet.

Bloß mündlich ist mein Auftrag.
Der Generalleutnant traute nicht.

Octavio.

Was ist's?

Kornet.

Er läßt Euch sagen — Darf ich frey hier sprechen?

Octavio.

Mein Sohn weiß alles.

Kornet.

Wir haben ihn.

Octavio.

Wen meynt Ihr?

Kornet.

2565 Den Unterhändler! Den Sesin!

Octavio (schnell).

Habt Ihr?

Kornet.

Im Böhmerwald erwischt' ihn Hauptmann Mohrbrand,
Vorgestern früh, als er nach Regenspurg
Zum Schweden unterwegs war mit Depeschen.

Octavio.

Und die Depeschen —

Kornet.

Hat der Generalleutnant
2570 Sogleich nach Wien geschickt mit dem Gesangnen.

Octavio.

Nun endlich! endlich! Das ist eine große Zeitung!
Der Mann ist uns ein kostbares Gefäß,
Das wicht'ge Dinge einschließt — Fand man viel?

Kornet.

An sechs Pakete mit Graf Terzky's Wappen.

Octavio.

2575 Kein's von des Fürsten Hand?

Kornet.

Nicht, daß ich wüßte.

Octavio.

Und der Sesina?

Kornet.

Der that sehr erschrocken,
Als man ihm sagt', es ginge nacher Wien.
Graf Altring aber sprach ihm guten Muth ein,
Wenn er nur alles wollte frey bekennen.

Octavio.

2580 Ist Altringer bey Eurem Herrn? Ich hörte,
Er läge krank zu Linz.

Kornet.

Schon seit drey Tagen
Ist er zu Frauenberg beym Generalleutnant.
Sie haben sechzig Fähnlein schon beysammen,

2581: zu Linz] in Linz R.

2585 Erlesnes Volk, und lassen Euch entbieten,
Daß sie von Euch Befehle nur erwarten.

Octavio.

In wenig Tagen kann sich viel ereignen.
Wann müßt Ihr fort?

Kornet.

Ich wart' auf Eure Ordre.

Octavio.

Bleibt bis zum Abend.

Kornet.

Wohl.   (will gehen)

Octavio.

Sah Euch doch niemand?

Kornet.

Kein Mensch. Die Kapuziner ließen mich
2590 Durch's Klosterpförtchen ein, so wie gewöhnlich.

Octavio.

Geht, ruht Euch aus und haltet Euch verborgen.
Ich denk' Euch noch vor Abend abzufert'gen.
Die Sachen liegen der Entwicklung nah,   235
Und eh' der Tag, der eben jetzt am Himmel
2595 Verhängnißvoll heranbricht, untergeht,
Muß ein entscheidend Loos gefallen seyn.

                                   (Kornet geht ab)

Dritter Auftritt.

Beyde Piccolomini.

Octavio.

Was nun, mein Sohn? Jetzt werden wir bald klar seyn,
— Denn alles, weiß ich, ging durch den Sesina.

2592: abzufert'gen.] abzufert'gen. (Kornet geht ab.). Dritter Auftritt. |
Beide Piccolomini. | Octavio. t. — 2595: heranbricht] hereinbricht t. —
2596a: (Kornet geht ab.) Beyde Piccolomini. Octavio.] fehlt in t. (s stimmt
hier mit A überein, während die scenische Disposition sonst überall mit t zu-
sammenfällt.)

Max.

(der während des ganzen vorigen Auftritts in einem heftigen, innern Kampf
gestanden, entschlossen)

Ich will auf kürzerm Weg mir Licht verschaffen.
2600 Leb' wohl!

Octavio.

Wohin? Bleib da!

Max.

Zum Fürsten.

Octavio (erschrickt).

Was?

Max (zurückkommend).

Wenn du geglaubt, ich werde eine Rolle
In deinem Spiele spielen, hast du dich
In mir verrechnet. Mein Weg muß gerad seyn.
Ich kann nicht wahr seyn mit der Zunge, mit
2605 Dem Herzen falsch — nicht zusehn, daß mir einer
Als seinem Freunde traut, und mein Gewissen
Damit beschwichtigen, daß er's auf s e i n e
Gefahr thut, daß mein Mund ihn nicht belogen.
Wofür mich einer kauft, das muß ich seyn.
2610 — Ich geh' zum Herzog. Heut' noch werd' ich ihn
Auffordern, seinen Leumund vor der Welt
Zu retten, Eure künstlichen Gewebe
Mit einem graden Schritte zu durchreißen.

Octavio.

Das wolltest du?

2613: zu durchreißen.] zu durchreißen,
        Es (Er l) kanns, er wirds. Ich glaub an seine Unschuld,
        Doch bürg ich nicht dafür, daß jene Briefe
        Euch nicht Beweise leihen gegen ihn. Wie weit
        Kann dieser Terzky nicht gegangen seyn,
        Was kann er selbst sich nicht verstattet haben,
        Den Feind zu täuschen, wies der Krieg entschuldigt.
        Nichts soll ihn richten, als sein eigner Mund,
        Und Mann zu Manne werd ich ihn befragen. b;
(Von „Wie weit" ab auch i) l.

Max.

Das will ich. Zweifle nicht.

Octavio.

2615 Ich habe mich in dir verrechnet, ja.

Ich rechnete auf einen weisen Sohn,

Der die wohlthät'gen Hände würde segnen,

Die ihn zurück vom Abgrund ziehn — und einen

Verblendeten entdeck' ich, den zwey Augen

2620 Zum Thoren machten, Leidenschaft umnebelt,

Den selbst des Tages volles Licht nicht heilt.

Befrag' ihn! Geh! Sey unbesonnen gnug,

Ihm deines Vaters, deines Kaisers   237

Geheimniß preis zu geben. Nöth'ge mich

2625 Zu einem lauten Bruche vor der Zeit!

Und jetzt, nachdem ein Wunderwerk des Himmels

Bis heute mein Geheimniß hat beschützt,

Des Argwohns helle Blicke eingeschläfert,

Laß mich's erleben, daß mein eigner Sohn

2630 Mit unbedachtsam rasendem Beginnen

Der Staatskunst mühevolles Werk vernichtet.

Max.

O! diese Staatskunst, wie verwünsch' ich sie!

Ihr werdet ihn durch Eure Staatskunst noch

Zu einem Schritte treiben — Ja, Ihr könntet ihn,

2635 Weil ihr ihn schuldig wollt, noch schuldig machen.

O! das kann nicht gut endigen — und, mag sich's

Entscheiden, wie es will, ich sehe ahnend

Die unglückselige Entwicklung nahen. —

Denn dieser Königliche, wenn er fällt,

2640 Wird eine Welt im Sturze mit sich reißen,

2624: preis zu geben] preiszugeben K M. — Nöth'ge] Nöthige h. — 2635:
machen.] machen.

       Ihr sperrt ihm jeden Ausweg, schließt ihn eng
       Und enger ein, so zwingt Ihr ihn, Ihr zwingt ihn
       Verzweifelnd sein Gefängniß anzuzünden,
       Sich durch des Brandes Flammen Luft zu machen. h t.

Und wie ein Schiff, das mitten auf dem Weltmeer
In Brand geräth mit einem Mal, und berstend
Auffliegt, und alle Mannschaft die es trug,
Ausschüttet plötzlich zwischen Meer und Himmel;
2645 Wird er uns alle, die wir an sein Glück
Befestigt sind, in seinen Fall hinabziehn.

　　Halte du es, wie du willst! Doch mir vergönne,   23ˢ
Daß ich auf meine Weise mich betrage.
Nein muß es bleiben zwischen mir und ihm,
2650 Und eh' der Tag sich neigt, muß sich's erklären,
Ob ich den Freund, ob ich den Vater soll entbehren.

　　　　（indem er abgeht, fällt der Vorhang.）

———————

2651a: (indem — Vorhang.) fehlt in t.

Wallenstein

ein dramatisches Gedicht

von

Schiller.

———

Zweyter Theil.

———

Tübingen,
in der J. G. Cotta'schen Buchhandlung.
1800.

Wallensteins Tod,

ein

Trauerspiel

in

fünf Aufzügen.

Wallensteins Tod, ein] Wallenstein, ein Llst.

Personen.

Wallenstein.
Octavio Piccolomini.
Max Piccolomini.
Terzky.
5   Illo.
Isolani.
Buttler.
Rittmeister Neumann.
Ein Adjutant.
10   Oberst Wrangel, von den Schweden gesendet.
Gordon, Kommendant von Eger.
Major Geraldin.
Deveroux, } Hauptleute in der Wallensteinischen Armee.
Macdonald,
15   Schwedischer Hauptmann.
Eine Gesandtschaft von Kürassieren.
Bürgermeister von Eger.
Seni.
Herzogin von Friedland.
20   Gräfin Terzky.
Thekla.
Fräulein Neubrunn, Hofdame } der Prinzessin.
von Rosenberg, Stallmeister
Dragoner.
25   Bediente. Pagen. Volk.

Die Scene ist in den drey ersten Aufzügen zu Pilsen, in den zwey letzten
zu Eger.

1—25: Wallenstein — zu Eger.]

Wallenstein Herzog von Friedland.
Herzogin.
Thekla.
Gräfin Terzky.
Fräulein Neubrunn.
Octavio } Piccolomini.
Max

Terzky.

Illo.

Buttler.

Gordon. Kommandant in Eger.

Major Geraldin.

Hauptmann Deveroux.

„ Macdonald.

Rittmeifter Neumann.

Schwedischer Hauptmann.

Seni.

Bürgermeister von Eger.

Gefreyter von den Küraffieren.

Kammerbiener ⎱
Ein Page ⎰ des Herzogs.

Küraffiere. Dragoner. Bedienten. Kammerfrauen. t.

¹: Wallenstein.] in l find die Titel und sonstigen Bezeichnungen der Personen aus „Die Piccolomini“ wiederholt, z. B. Wallenstein, Herzog zu Friedland, Generalissimus im dreißigjährigen Kriege. — ⁶: Isolani] fehlt in l. — ⁸⁻²⁵: Rittmeister Neumann — Volk.]

Major Geraldin
Hauptmann Desverroux ⎱ von Buttlers Regiment.
Hauptmann Mac-Donald ⎰

Gordon, Kommandant von Eger.

Rittmeister Neumann.

Schwedischer Hauptmann.

Baptista Seni, Astrolog.

Bürgermeister von Eger.

Herzogin von Friedland, Wallensteins Gemahlin.

Thekla, Prinzessin von Friedland, ihre Tochter.

Gräfin Terzky, der Herzogin Schwester.

Fräulein Neubrunn, Hofdame der Prinzessin.

Kammerfrau.

Kammerbiener des Herzogs.

Page.

Bediente.

Pappenheimische Küraffiere.

Buttlerische Dragoner.

Soldaten von verschiedenen Regimentern. l.

Erster Aufzug.

Ein Zimmer zu astrologischen Arbeiten eingerichtet und mit Sphären, Charten, Quadranten und anderm astronomischen Geräthe versehen. Der Vorhang von einer Rotunde ist aufgezogen, in welcher die sieben Planetenbilder, jedes in einer Nische, seltsam beleuchtet, zu sehen sind. Seni beobachtet die Sterne, Wallenstein steht vor einer großen, schwarzen Tafel, auf welcher der Planeten Aspect gezeichnet ist.

Erster Auftritt.

Wallenstein. Seni.

Wallenstein.

Laß es jetzt gut seyn, Seni. Komm' herab.
Der Tag bricht an, und Mars regiert die Stunde.
Es ist nicht gut mehr operiren. Komm!
Wir wissen gnug.

Erster Aufzug. — Erster Auftritt.] Vierter Aufzug. (Ein Saal mit astronomischen Geräthe versehen.) t. — Vierter Aufzug. w. — Wallenstein. Seni.] Seni und Wallenstein. t. — Wallenstein.] Wallenstein. (Betrachtet aufmerksam ein Horoscop auf einer schwarzen Tafel.) t. — Sphären, Charten,] Weltcharten, Himmelsgloben t, Himmelscharten, Globen, Fernröhren s w. — astronomischen, mathematischen t s w. — Der Vorhang — Wallenstein. Seni.] Im Hintergrunde, der einen Halbkreis bildet, stehen sieben kolossale Göttergestalten, die sieben Planeten der damaligen Zeit vorstellend, jede mit einem transparenten Stern auf dem Haupt, alles so, wie's im vierten Auftritt des zweiten Aufzuges beschrieben wird. (Ein Vorhang, der nach dem fünften Auftritt wieder geöffnet werden muß, entzieht dem Aug des Zuschauers, sobald die erste Scene vorbei ist.) Erster Auftritt. Wallenstein (vor einer schwarzen Tafel, worauf ein speculum astrologicum mit Kreide gezeichnet ist), Seni (in einem Zimmer über ihm, ungesehen, observirt). t. — Sieben colossale Bilder, die Planeten vorstellend, jedes einen transparenten Stern von verschiedener Farbe über

1—2: herab. Der Tag bricht an,] herab! Es fängt zu tagen an, t.

Seni.

Nur noch die Venus·laß mich
5 Betrachten, Hoheit. Eben geht sie auf.
Wie eine Sonne glänzt sie in dem Osten.

dem Haupt, stehen in einem Halbkreis im Hintergrund, so daß Mars und Saturn
dem Auge die nächsten sind. Das übrige ist in dem vierten Auftritt des zweiten
Acts angegeben. Diese Bilder müssen durch einen Vorhang dem Auge entzogen
werden können. (Im fünften Auftritt, Wallensteins mit Wrangel, dürfen sie nicht
gesehen werden, in der siebenten Scene aber müssen sie ganz oder zum Theil
wieder sichtbar seyn.) Erster Auftritt. Wallenstein (vor einer schwarzen
Tafel, worauf ein Speculum astrologicum mit Kreide gezeichnet ist.) Seni
observirt durch ein Fenster. s w. — Chatten] Karten M. — Planeten Aspect]
Planetenaspect M. — Wallenstein. Seni.] Wallenstein und Seni.

Wallenstein.

So ist er todt, mein alter Freund und Lehrer?

Seni.

Er starb zu Padua in seinem hundert
Und neunten Lebensjahr, grad' auf die Stunde,
Die er im Horoscop sich selbst bestimmt;
Und unter drey Orakeln, die er nachließ,
Wovon zwey in Erfüllung schon gegangen,
Fand man auch dieß, und alle Welt will meinen,
Es geh' auf dich.

(Er schreibt mit großen Buchstaben auf eine schwarze Tafel.)

Wallenstein (auf die Tafel blickend).
Ein fünffach F. — Hm! Seltsam!
Die Geister pflegen Dunkelheit zu lieben —
Wer mir das nach der Wahrheit lesen könnte.

Seni.

Es ist gelesen, Herr.

Wallenstein.

Es ist? Und heißt?

Seni.

Du hörtest von dem siebenfachen M,
Das von dem nämlichen Philosophus

[Das Pentagramm fehlt in den späteren Drucken.]

Wallenstein.

Ja, sie ist jetzt in ihrer Erdennäh'
Und wirkt herab mit allen ihren Stärken.

　　　　(die Figur auf der Tafel betrachtend)　　　　　6

Kurz vor dem Hinscheid des hochseligen Kaisers
Matthias in die Welt gestellet worden.

Wallenstein.

Ja wohl! Es gab uns damals viel zu denken.
Wie hieß es doch? Ein Mönch hat es gedeutet.

Seni.

Magnus Monarcha Mundi Matthias Mense Majo Morietur.

Wallenstein.

Und das traf pünktlich ein, im May verstarb er.

Seni.

Der jenes M gedeutet nach der Wahrheit,
Hat auch dieß F gelesen.

Wallenstein (gespannt).

Nun! Laß hören!

Seni.

Es ist ein Vers.

Wallenstein.

In Versen spricht die Gottheit.

Seni.

　　　　(Schreibt mit großen Buchstaben auf die Tafel.)

Wallenstein (liest).

Fidat Fortunae Friedlandus.

Seni.

Friedland traue dem Glück.　　　　　　　　　(Schreibt weiter.)

Wallenstein (liest).

Fata Favebunt.

Seni.

　　　　Die Verhängnisse werden ihm hold seyn.

Wallenstein.

Friedland traue dem Glück! Die Verhängnisse werden ihm hold seyn.
　　　　(Er bleibt in tiefen Gedanken stehen.)
Woher dieß Wort mir schallt — Ob es ganz leer,
Ob ganz gewichtig ist, das ist die Frage?
Hier gibt's kein Mittleres. Die höchste Weisheit
Gränzt hier so nahe an den höchsten Wahn.
Wie soll ich's prüfen? — Was die Sinne mir

7: Erdennäh'] Erdennähe L.

Glückseliger Aspect! So stellt sich endlich
10 Die große Drey verhängnißvoll zusammen,
Und beyde Segenssterne, Jupiter
Und Venus, nehmen den verderblichen,
Den tück'schen Mars in ihre Mitte, zwingen
Den alten Schadenstifter mir zu dienen.
15 Denn lange war er feindlich mir gesinnt,
Und schoß mit senkrecht — oder schräger Strahlung,
Bald im Gevierten bald im Doppelschein
Die rothen Blitze meinen Sternen zu,
Und störte ihre segenvollen Kräfte.

Seltsames bringen, ob es aus den Tiefen
Geheimnißvoller Kunst heraufgestiegen,
Ob nur ein Trugbild auf der Oberfläche —
Schwer ist das Urtheil, denn Beweise gibt's
Hier keine. Nur dem Geiste in uns
Gibt sich der Geist von auffen zu erkennen.
Wer nicht den Glauben hat, für den bemühn
Sich die Dämonen in verlornen Wundern,
Und in dem sinnvoll tiefen Buch der Sterne
Liest sein gemeines Aug' nur den Kalender.
Dem reden die Orakel, der sie nimmt,
Und wie der Schatte sonst der Würklichkeit,
So kann der Körper hier dem Schatten folgen.
Denn wie der Sonne Bild sich auf dem Dunstkreis
Mahlt, eh' sie kommt, so schreiten auch den großen
Geschicken ihre Geister schon voran,
Und in dem Heute wandelt schon das Morgen.
Die Mächte, die den Menschen seltsam führen,
Drehn oft das Janusbild der Zeit ihm um,
Die Zukunft muß die Gegenwart gebähren.
   Fidat Fortunae Friedlandus, Fata Favebunt.
Es klingt nicht, wie ein menschlich Wort — die Worte
Der Menschen sind nur wesenlose Zeichen,
Der Geister Worte sind lebendige Mächte.
Es tritt mir nah wie eine dunkle Kraft,
Und rückt an meinen tiefsten Lebensfäden.
Mir ist, indem ich's bilde mit den Lippen,
Als hübe sich's allmählig, und es träte
Starrblickend mir ein Geisterhaupt entgegen — o.

¹⁸: meinen Sternen zu] gegen meine Sterne t.

20 Jetzt haben sie den alten Feind besiegt,
   Und bringen ihn am Himmel mir gefangen.

Seni.

Und beyde große Lumina von keinem
Malefico beleidigt! der Saturn
Unschädlich, machtlos, in cadente domo.

Wallenstein.

25 Saturnus Reich ist aus, der die geheime
   Geburt der Dinge in dem Erdenschooß
   Und in den Tiefen des Gemüths beherrscht,
   Und über allem, was das Licht scheut, waltet.
   Nicht Zeit ist's mehr zu brüten und zu sinnen,
30 Denn Jupiter, der glänzende, regiert
   Und zieht das dunkel zubereitete Werk
   Gewaltig in das Reich des Lichts — Jetzt muß
   Gehandelt werden, schleunig, eh' die Glücks-
   Gestalt mir wieder wegflieht über'm Haupt,
35 Denn stets in Wandlung ist der Himmelsbogen.

        (es geschehen Schläge an die Thür)

Man pocht. Sieh', wer es ist.

Terzky (draußen).

Laß öffnen!

Wallenstein.

Es ist Terzky.

Was giebt's so dringendes? Wir sind beschäftigt.

21: gefangen.] gefangen.

      Seni (ist herabgekommen).
   In einem Eckhaus, Hoheit. Das bedenke!
   Das jeden Segen doppelt kräftig macht.
        Wallenstein.
   Und Mond und Sonne im gesechsten Schein,
   Das milde mit dem heft'gen Licht. So lieb' ich's.
   Sol ist das Herz, Luna das Hirn des Himmels,
   Kühn sey's bedacht und feurig sey's vollführt. s k. —
31: dunkel zubereitete Werk] heimlich dunkle Werk der Nacht k. — 32: in] an k.
— 33: schleunig,] fehlt in i. — 35: stets in Wandlung ist der] nie ist Stillstand
an dem i k.

Schiller, sämmtl. Schriften. Hist.-krit. Ausg. XII.

Terzky (draußen).

Leg' alles jetzt bey Seit'. Ich bitte dich.
Es leidet keinen Aufschub.

Wallenstein.
Oeffne, Seni.

(indem jener dem Terzky aufmacht, zieht Wallenstein den Vorhang vor die Bilder.)

Zweyter Auftritt.

Wallenstein. Graf Terzky.

Terzky (tritt ein).

40 Vernahmst du's schon? Er ist gefangen, ist
Vom Gallas schon dem Kaiser ausgeliefert?

Wallenstein (zu Terzky).   8

Wer ist gefangen? Wer ist ausgeliefert?

Terzky.

Wer unser ganz Geheimniß weiß, um jede
Verhandlung mit den Schweden weiß und Sachsen,
45 Durch dessen Hände alles ist gegangen —

Wallenstein (zurückfahrend).

Sesin' doch nicht? Sag' nein, ich bitte dich!

Terzky.

Grad' auf dem Weg' nach Regensburg zum Schweden
Ergriffen ihn des Gallas Abgeschickte,
Der ihm schon lang' die Fährte abgelauert.
50 Mein ganz Paket an Kinsky, Matthes Thurn,
An Oxenstirn, an Arnheim führt er bey sich,
Das alles ist in ihrer Hand, sie haben
Die Einsicht nun in alles was geschehn.

38,a: Zweyter Auftritt — Graf Terzky] fehlt in t. — 41: ausgeliefert?
ausgeliefert? (Seni ab.) t. — (Seni trägt die schwarze Tafel fort.) — Zweyter
Auftritt. Wallenstein. Graf Terzky. t. — 50: Kinsky, Matthes Thurn,]
Matthes Thurn, an Kinsky, t t.

Dritter Auftritt.

Vorige. Illo kommt.

Illo (zu Terzky).

Weiß er's?

Terzky.

Er weiß es.

Illo (zu Wallenstein).

Denkst du deinen Frieden
55 Nun noch zu machen mit dem Kaiser, sein
Vertrau'n zurückzurufen? wär' es auch,
Du wolltest allen Planen jetzt entsagen.
Man weiß, was du gewollt hast. Vorwärts mußt du,
Denn rückwärts kannst du nun nicht mehr.

Terzky.

60 Sie haben Documente gegen uns
In Händen, die unwidersprechlich zeugen —

Wallenstein.

Von meiner Handschrift nichts. Dich straf' ich Lügen.

Illo.

So? Glaubst du wohl, was dieser da, dein Schwager,
65 In deinem Namen unterhandelt hat,
Das werde man nicht dir auf Rechnung setzen?
Dem Schweden soll sein Wort für deines gelten,
Und deinen Wiener Feinden nicht!

Terzky.

Du gabst nichts Schriftliches — Besinn' dich aber,
Wie weit du mündlich gingst mit dem Sesin.
70 Und wird er schweigen? Wenn er sich mit deinem
Geheimniß retten kann, wird er's bewahren?

Illo.

Das fällt dir selbst nicht ein! Und da sie nun
Berichtet sind, wie weit du schon gegangen,
Sprich! was erwartest du? Bewahren kannst du
75 Nicht länger dein Kommando, ohne Rettung
Bist du verlohren, wenn du's niederlegst.

Wallenstein.

Das Heer ist meine Sicherheit. Das Heer
Verläßt mich nicht. Was sie auch wissen mögen,
Die Macht ist mein, sie müssen's niederschlucken,
80 — Und stell' ich Kaution für meine Treu,
So müssen sie sich ganz zufrieden geben.

Illo.

Das Heer ist dein; jetzt für den Augenblick
Ist's dein; doch zittre vor der langsamen,
Der stillen Macht der Zeit. Vor offenbarer
85 Gewalt beschützt dich heute noch und morgen
Der Truppen Gunst; doch gönnst du ihnen Frist,
Sie werden unvermerkt die gute Meynung,
Worauf du jetzo fußest, untergraben,
· Dir einen um den andern listig stehlen —
90 Bis, wenn der große Erdstoß nun geschieht,
Der treulos mürbe Bau zusammenbricht.

Wallenstein.

Es ist ein böser Zufall!

Illo.

O! einen glücklichen will ich ihn nennen,
Hat er auf dich die Wirkung, die er soll,
95 Treibt dich zu schneller That — Der schweb'sche Oberst —

Wallenstein.   11

Er ist gekommen? Weißt du, was er bringt?

Illo.

Er will nur dir allein sich anvertrau'n.

Wallenstein.

Ein böser, böser Zufall — Freylich! Freylich!
Sesina weiß zu viel und wird nicht schweigen.

Terzky.

100 Er ist ein böhmischer Rebell und Flüchtling,
Sein Hals ist ihm verwirkt; kann er sich retten
Auf deine Kosten, wird er Anstand nehmen?

·

90—91: Bis, — zusammenbricht.] fehlt in l t. — 92: Zufall] Umstand l.

Und wenn sie auf der Folter ihn befragen,
Wird er, der Weichling, Stärke gnug besitzen? —

Wallenstein (in Nachsinnen verlohren).

105 Nicht herzustellen mehr ist das Vertrau'n.
Und mag ich handeln, wie ich will, ich werde
Ein Landsverräther ihnen seyn und bleiben.
Und kehr' ich noch so ehrlich auch zurück
Zu meiner Pflicht, es wird mir nichts mehr helfen —

Illo.

110 Verderben wird es dich. Nicht deiner Treu,
Der Ohnmacht nur wird's zugeschrieben werden.

Wallenstein.   12
(in heftiger Bewegung auf und abgehend)

Wie? Sollt' ich's nun im Ernst erfüllen müssen,
Weil ich zu frey gescherzt mit dem Gedanken?
Verflucht, wer mit dem Teufel spielt! —

Illo.

115 Wenn's nur dein Spiel gewesen, glaube mir,
Du wirst's in schwerem Ernste büßen müssen.

Wallenstein.

Und müßt' ich's in Erfüllung bringen, jetzt,
Jetzt, da die Macht noch mein ist, müßt's geschehn —

Illo.

Wo möglich, eh' sie von dem Schlage sich
120 In Wien besinnen und zuvor dir kommen —

Wallenstein (die Unterschriften betrachtend).

Das Wort der Generale hab' ich schriftlich —
Max Piccolomini steht nicht hier. Warum nicht?

Terzky.

Es war — er meynte —

Illo.
Bloßer Eigendünkel!

Es brauche das nicht zwischen dir und ihm.

---

104 a: (in] (im M. — 111: Ohnmacht] Unmacht K. — 114 a—116 a: Illo.
Wenn's nur — büßen müssen. Wallenstein.] fehlt in k t. — 120 a: Unter-
schriften] Unterschrift t. — 122: Warum nicht?] Warum? t.

Wallenstein.

125 Es braucht das nicht, er hat ganz recht —
Die Regimenter wollen nicht nach Flandern,
Sie haben eine Schrift mir übersandt,
Und widersetzen laut sich dem Befehl.
Der erste Schritt zum Aufruhr ist geschehn.

Illo.

130 Glaub' mir, du wirst sie leichter zu dem Feind,
Als zu dem Spanier hinüber führen.

Wallenstein.

Ich will doch hören, was der Schwede mir
Zu sagen hat.

Illo (pressirt).

Wollt ihr ihn rufen, Terzky?
Er steht schon draußen.

Wallenstein.

Warte noch ein wenig.
135 Es hat mich überrascht — Es kam zu schnell —
Ich bin es nicht gewohnt, daß mich der Zufall
Blind waltend, finster herrschend mit sich führe.

Illo.

Hör' ihn für's erste nur. Erwäg's nachher.

(sie gehen)

Vierter Auftritt.

Wallenstein (mit sich selbst redend).

Wär's möglich? Könnt' ich nicht mehr, wie ich wollte?
140 Nicht mehr zurück, wie mir's beliebt? Ich müßte
Die That vollbringen, weil ich sie gedacht,
Nicht die Versuchung von mir wies — das Herz
Genährt mit diesem Traum, auf ungewisse
Erfüllung hin die Mittel mir gespart,

14

126—131: Die Regimenter — hinüber führen.] fehlt in t. — 129: Aufruhr] Abfall t. — 140: beliebt] geliebt t.

145 Die Wege bloß mir offen hab' gehalten? —
Bey'm großen Gott des Himmels! Es war nicht
Mein Ernst, beschloßne Sache war es nie.
In dem Gedanken bloß gefiel ich mir;
Die Freyheit reizte mich und das Vermögen.
150 War's unrecht, an dem Gaukelbilde mich
Der königlichen Hoffnung zu ergötzen?
Blieb in der Brust mir nicht der Wille frey,
Und sah ich nicht den guten Weg zur Seite,
Der mir die Rückkehr offen stets bewahrte?
155 Wohin denn seh ich plötzlich mich geführt?
Bahnlos liegt's hinter mir, und eine Mauer
Aus meinen eignen Werken baut sich auf,
Die mir die Umkehr thürmend hemmt! —

(er bleibt tiefsinnig stehen)

Strafbar erschein' ich, und ich kann die Schuld,
160 Wie ich's versuchen mag! nicht von mir wälzen;
Denn mich verklagt der Doppelsinn des Lebens,
Und — selbst der frommen Quelle reine That
Wird der Verdacht, schlimmdeutend, mir vergiften.
War ich, wofür ich gelte, der Verräther,
165 Ich hätte mir den guten Schein gespart,
Die Hülle hätt' ich dicht um mich gezogen,
Dem Unmuth Stimme nie geliehn. Der Unschuld,
Des unverführten Willens mir bewußt,
Gab ich der Laune Raum, der Leidenschaft —
170 Kühn war das Wort, weil es die That nicht war.
Jetzt werden sie, was planlos ist geschehn,
Weitsehend, planvoll mir zusammen knüpfen,
Und was der Zorn, und was der frohe Muth
Mich sprechen ließ im Ueberfluß des Herzens,
175 Zu künstlichem Gewebe mir vereinen,
Und eine Klage furchtbar draus bereiten,
Dagegen ich verstummen muß. So hab' ich

15

---

¹⁴⁵: In dem Gedanken — ich mir;] fehlt in f. — ¹⁵¹: ergötzen] ergetzen. K.
— ¹⁵⁸ᵃ: tiefsinnig] tiefsinnend f. — ¹⁷²: mir] wir (Druckfehler in K.)

Mit eignem Netz verderblich mich umstrickt,
Und nur Gewaltthat kann es reißend lösen.

                  (wiederum still stehend)

180 Wie anders! da des Muthes freyer Trieb
    Zur kühnen That mich zog, die rauh gebietend
    Die Noth jetzt, die Erhaltung von mir heischt.
    Ernst ist der Anblick der Nothwendigkeit.
    Nicht ohne Schauder greift des Menschen Hand
185 In des Geschicks geheimnißvolle Urne.
    In meiner Brust war meine That noch mein;
    Einmal entlassen aus dem sichern Winkel
    Des Herzens, ihrem mütterlichen Boden,
    Hinausgegeben in des Lebens Fremde,
190 Gehört sie jenen tück'schen Mächten an,
    Die keines Menschen Kunst vertraulich macht.   16

    (er macht heftige Schritte durchs Zimmer, dann bleibt er wieder sinnend stehen)
    Und was ist dein Beginnen? Hast du dir's
    Auch redlich selbst bekannt? Du willst die Macht,
    Die ruhig, sicher thronende erschüttern,
195 Die in verjährt geheiligtem Besitz,
    In der Gewohnheit festgegründet ruht,
    Die an der Völker frommem Kinderglauben
    Mit tausend zähen Wurzeln sich befestigt.
    Das wird kein Kampf der Kraft seyn mit der Kraft,
200 Den fürcht' ich nicht. Mit jedem Gegner wag' ich's,
    Den ich kann sehen und in's Auge fassen,
    Der, selbst voll Muth, auch mir den Muth entflammt.
    Ein unsichtbarer Feind ist's, den ich fürchte,
    Der in der Menschen Brust mir widersteht,
205 Durch feige Furcht allein mir fürchterlich —
    Nicht was lebendig, kraftvoll sich verkündigt,
    Ist das gefährlich Furchtbare. Das ganz

178: umstrickt] verstrickt F K. — 179: still] stille K. — 184: Schauder] Grauen
t t u v. — 191: Kunst] Gunst k. — 193: die Macht] zu B. 194 t t. — 194: ruhig,
sicher thronende] ruhig thronende t t v. — 202: entflammt] erweckt t t. — 204:
Menschen Brust] Menschenbrust M.

Gemeine ist's, das ewig Gestrige,

Was immer war und immer wiederkehrt,

210 Und morgen gilt, weil's heute hat gegolten!

Denn aus Gemeinem ist der Mensch gemacht,

Und die Gewohnheit nennt er seine Amme.

Weh' dem, der an den würdig alten Hausrath

Ihm rührt, das theure Erbstück seiner Ahnen!

215 Das Jahr übt eine heiligende Kraft,

Was grau für Alter ist, das ist ihm göttlich.

Sey im Besitze und du wohnst im Recht,

Und heilig wird's die Menge dir bewahren.

(zu dem Pagen, der hereintritt)

Der schwed'sche Oberst? Ist er's? Nun, er komme.

(Page geht. Wallenstein hat den Blick nachdenkend auf die Thür geheftet)

220 Noch ist sie rein — noch! Das Verbrechen kam

Nicht über diese Schwelle noch — So schmal ist

Die Grenze, die zwey Lebenspfade scheidet!

Fünfter Auftritt.

Wallenstein und Wrangel.

Wallenstein.
(nachdem er einen forschenden Blick auf ihn geheftet)

Ihr nennt euch Wrangel?

Wrangel.
Gustav Wrangel, Oberst

Vom blauen Regimente Südermannland.

Wallenstein.

225 Ein Wrangel war's, der vor Stralsund viel Böses

Mir zugefügt, durch tapfre Gegenwehr

Schuld war, daß mir die Seestadt widerstanden.

Wrangel.

Das Werk des Elements, mit dem sie kämpften,

Nicht mein Verdienst, Herr Herzog! Seine Freyheit

216: für] vor K M. — 219a: Page] f hat hier und 218a: Kammerherr. — 224: blauen] fehlt in f. — 228: sie] Sie C D F K M.

230 Vertheidigte mit Sturmes Macht der Welt,
Es sollte Meer und Land nicht Einem dienen.
Wallenstein.
Den Admiralshut riß't ihr mir vom Haupt.
Wrangel.
Ich komme, eine Krone drauf zu setzen.
Wallenstein.
(winkt ihm, Platz zu nehmen, setzt sich)
Euer Kreditiv. Kommt ihr mit ganzer Vollmacht?
Wrangel (bedenklich).
235 Es sind so manche Zweifel noch zu lösen —
Wallenstein (nachdem er gelesen).
Der Brief hat Händ' und Füß'. Es ist ein klug,
Verständig Haupt, Herr Wrangel, dem ihr dienet.
Es schreibt der Kanzler: Er vollziehe nur
Den eignen Einfall des verstorbnen Königs,
240 Indem er mir zur böhm'schen Kron' verhelfe.
Wrangel.
Er sagt, was wahr ist. Der Hochselige
Hat immer groß gedacht von euer Gnaden
Fürtrefflichem Verstand und Feldherrngaben,
Und stets der Herrschverständigste, beliebt' ihm   19
245 Zu sagen, sollte Herrscher seyn und König.
Wallenstein.
Er durft' es sagen.
(seine Hand vertraulich fassend)
Aufrichtig, Oberst Wrangel — Ich war stets
Im Herzen auch gut Schwedisch — Ei, das habt ihr
In Schlesien erfahren und bey Nürnberg.
250 Ich hatt' euch oft in meiner Macht und ließ
Durch eine Hinterthür euch stets entwischen.
Das ist's, was sie in Wien mir nicht verzeihn,
Was jetzt zu diesem Schritt mich treibt — Und weil

230: mit Sturmes Macht der Welt,] der Baltische Neptun l t v. — 231 a —233:
Wallenstein. Den Admiralshut — zu setzen.] fehlt in l t. — 247: stets] immer
l t. — 251: Durch — stets] Euch stets durch eine Hinterthür l. — 252: nicht] nie t.

Nun unser Vortheil so zusammengeht,
255 So laßt uns zu einander auch ein recht
Vertrauen fassen.

Wrangel.

Das Vertrau'n wird kommen,
Hat jeder nur erst seine Sicherheit.

Wallenstein.

Der Kanzler, merk' ich, traut mir noch nicht recht.
Ja, ich gesteh's — Es liegt das Spiel nicht ganz
260 Zu meinem Vortheil — Seine Würden meynt,
Wenn ich dem Kaiser, der mein Herr ist, so
Mitspielen kann, ich könn' das Gleiche thun
Am Feinde, und das eine wäre mir
Noch eher zu verzeihen, als das andre.
265 Ist das nicht eure Meynung auch, Herr Wrangel?

Wrangel.

Ich hab' hier bloß ein Amt und keine Meynung.

Wallenstein.

Der Kaiser hat mich bis zum äußersten
Gebracht. Ich kann ihm nicht mehr ehrlich dienen.
Zu meiner Sicherheit, aus Nothwehr thu ich
270 Den harten Schritt, den mein Bewußtseyn tadelt.

Wrangel.

Ich glaub's. So weit geht niemand, der nicht muß.
(nach einer Pause)
Was eure Fürstlichkeit bewegen mag,
Also zu thun an ihrem Herrn und Kaiser,
Gebührt nicht uns, zu richten und zu deuten.
275 Der Schwede ficht für seine gute Sach'
Mit seinem guten Degen und Gewissen.
Die Concurrenz ist, die Gelegenheit
Zu unsrer Gunst, im Krieg gilt jeder Vortheil,

271: muß.] muß.
Ich bin ein Schwedischer. Es ließ mir schlecht,
Dem Kaiser seine Diener zu erhalten. s.

20

Wir nehmen unbedenklich, was sich bietet;
280 Und wenn sich alles richtig so verhält —

Wallenstein.

Woran denn zweifelt man? An meinem Willen?
An meinen Kräften? Ich versprach dem Kanzler,
Wenn er mir sechzehn tausend Mann vertraut,
Mit achtzehn tausend von des Kaisers Heer   21
285 Dazu zu stoßen —

Wrangel.

Euer Gnaden sind
Bekannt für einen hohen Kriegesfürsten,
Für einen zweyten Attila und Pyrrhus.
Noch mit Erstaunen redet man davon,
Wie sie vor Jahren, gegen Menschendenken,
290 Ein Heer wie aus dem Nichts hervorgerufen.
Jedennoch —

Wallenstein.

Dennoch?

Wrangel.

Seine Würden meynt,
Ein leichter Ding doch möcht' es seyn, mit Nichts
In's Feld zu stellen sechzig tausend Krieger,
Als nur ein Sechzigtheil davon —

(er hält inne)

Wallenstein.

Nun, was?
295 Nur frey heraus!

Wrangel.

Zum Treubruch zu verleiten.

Wallenstein.   22

Meynt er? Er urtheilt wie ein Schweb' und wie
Ein Protestant. Ihr Lutherischen fechtet

284: Heer] Truppen t t. — 285: sind] sind der Welt t. — 294 a: (er hält inne)]
(hält inne.) t. — 296: und wie] Ihr Schweden fechtet t. — 297: Ein Protestant —
fechtet] ausgestrichen in t.

Für eure Bibel, euch ist's um die Sach';
Mit eurem Herzen folgt ihr eurer Fahne. —
300 Wer zu dem Feinde läuft von euch, der hat
Mit zweyen Herrn zugleich den Bund gebrochen.
Von all dem ist die Rede nicht bey uns —

Wrangel.

Herr Gott im Himmel! Hat man hier zu Lande
Denn keine Heimath, keinen Heerd und Kirche?

Wallenstein.

305 Ich will euch sagen, wie das zugeht — Ja,
Der Oesterreicher hat ein Vaterland,
Und liebt's, und hat auch Ursach, es zu lieben.
Doch dieses Heer, das kaiserlich sich nennt,
Das hier in Böhmen hauset, das hat keins;
310 Das ist der Auswurf fremder Länder, ist
Der aufgegebne Theil des Volks, dem nichts
Gehöret, als die allgemeine Sonne.
Und dieses böhm'sche Land, um das wir fechten,
Das hat kein Herz für seinen Herrn, den ihm
315 Der Waffen Glück, nicht eigne Wahl gegeben.
Mit Murren trägt's des Glaubens Tyranney,
Die Macht hat's eingeschreckt, beruhigt nicht.
Ein glühend, rachvoll Angedenken lebt
Der Greuel, die geschahn auf diesem Boden.
320 Und kann's der Sohn vergessen, daß der Vater
Mit Hunden in die Messe ward gehetzt?
Ein Volk, dem das geboten wird, ist schrecklich,
Es räche oder dulde die Behandlung.

Wrangel.

Der Adel aber und die Officiere?
325 Solch eine Flucht und Felonie, Herr Fürst,
Ist ohne Beyspiel in der Welt Geschichten.

23

302: Von all — bey uns —] ausgestrichen t. — 304: Kirche] Kirchen t. —
308: das kaiserlich sich nennt,] darüber ich gebiete. t. — 309: Böheim] Böhmen
t t. — 313—323: Und dieses — Behandlung.] fehlt in t t.

Wallenstein.

Sie sind auf jegliche Bedingung mein.
Nicht mir, den eignen Augen mögt ihr glauben.

(er giebt ihm die Eidesformel. Wrangel durchliest sie, und legt sie, nachdem er
gelesen, schweigend auf den Tisch)

Wie ist's? Begreift ihr nun?

Wrangel.

Begreif's wer's kann!

330 Herr Fürst! Ich laß' die Maske fallen — Ja!
Ich habe Vollmacht, alles abzuschließen.
Es steht der Rheingraf nur vier Tagemärsche
Von hier, mit funfzehn tausend Mann, er wartet
Auf Ordre nur, zu ihrem Heer zu stoßen.

335 Die Ordre stell' ich aus, sobald wir einig.

Wallenstein.   24

Was ist des Kanzlers Foderung?

Wrangel (bedenklich).

Zwölf Regimenter gilt es, schwedisch Volk.
Mein Kopf muß dafür haften. Alles könnte
Zuletzt nur falsches Spiel —

Wallenstein (fährt auf).

Herr Schwede!

Wrangel (ruhig fortfahrend).

Muß demnach

340 Darauf bestehn, daß Herzog Friedland förmlich,
Unwiderruflich breche mit dem Kaiser,
Sonst ihm kein schwedisch Volk vertrauet wird.

Wallenstein.

Was ist die Foderung? Sagt's kurz und gut.

Wrangel.

Die spanschen Regimenter, die dem Kaiser
345 Ergeben, zu entwaffnen, Prag zu nehmen,
Und diese Stadt, wie auch das Grenzschloß Eger,
Den Schweden einzuräumen.

333: funfzehn] fünfzehn M. — 339: Spiel] Spiel gewesen sein t. — 341: Unwiderruflich — Kaiser,] Und öffentlich dem Kaiser Krieg erkläre, t.

Wallenstein.

Viel gefodert!

Prag! Sey's um Eger! Aber Prag? Geht nicht.

Ich leist' euch jede Sicherheit, die ihr

350 Vernünft'gerweise von mir fodern möget.

Prag aber — Böhmen — kann ich selbst beschützen.

Wrangel.

Man zweifelt nicht daran. Es ist uns auch

Nicht um's Beschützen bloß. Wir wollen Menschen

Und Geld umsonst nicht aufgewendet haben.

Wallenstein.

355 Wie billig.

Wrangel.

Und so lang, bis wir entschädigt,

Bleibt Prag verpfändet.

Wallenstein.

Traut ihr uns so wenig?

Wrangel (steht auf).

Der Schwede muß sich vorsehn mit dem Deutschen.

Man hat uns über's Ostmeer hergerufen;

Gerettet haben wir vom Untergang

360 Das Reich — mit unserm Blut des Glaubens Freyheit,

Die heil'ge Lehr' des Evangeliums

Versiegelt — Aber jetzt schon fühlet man

Nicht mehr die Wohlthat, nur die Last, erblickt

Mit scheelem Aug' die Fremdlinge im Reiche,

365 Und schickte gern mit einer Handvoll Geld

Uns heim in unsre Wälder. Nein! wir haben

Um Judas Lohn, um klingend Gold und Silber,

Den König auf der Wahlstatt nicht gelassen,

So vieler Schweden adeliches Blut

370 Es ist um Gold und Silber nicht geflossen!

350: entschädigt,] entschädigt sind, f t. — 361: Die heil'ge — Evangeliums] Des Evangeliums heil'ge Lehr' versiegelt. t. — 362: Versiegelt — fehlt in t. — fühlet] fühlt t. 364: scheelem] schelem M. — 368: auf der Wahlstatt] bei dem Steine f t.

Und nicht mit magerm Lorbeer wollen wir
Zum Vaterland die Wimpel wieder lüften,
Wir wollen Bürger bleiben auf dem Boden,
Den unser König fallend sich erobert.

Wallenstein.

* 375 Helft den gemeinen Feind mir niederhalten,
Das schöne Grenzland kann euch nicht entgehn.

Wrangel.

Und liegt zu Boden der gemeine Feind,
Wer knüpft die neue Freundschaft dann zusammen?
Uns ist bekannt, Herr Fürst — wenn gleich der Schwede
380 Nichts davon merken soll — daß ihr mit Sachsen
Geheime Unterhandlung pflegt. Wer bürgt uns
Dafür, daß wir nicht Opfer der Beschlüsse sind,
Die man vor uns zu hehlen nöthig achtet?

Wallenstein.

Wohl wählte sich der Kanzler seinen Mann,
385 Er hätt' mir keinen zähern schicken können.

(aufstehend)

Besinnt euch eines Bessern, Gustav Wrangel.
Von Prag nichts mehr.

Wrangel.   27

Hier endigt meine Vollmacht.

Wallenstein.

Euch meine Hauptstadt räumen! Lieber tret' ich
Zurück — zu meinem Kaiser.

Wrangel.

Wenn's noch Zeit ist.

Wallenstein.

390 Das steht bey mir, noch jetzt, zu jeder Stunde.

Wrangel.

Vielleicht vor wenig Tagen noch. Heut' nicht mehr.
— Seit der Sesin gefangen sitzt, nicht mehr.

(wie Wallenstein betroffen schweigt)

373a: Wallenstein.] Wallenstein. (steht auf.) t. — 384—385: Wohl wählte
— schicken können.] fehlt in t t.

Herr Fürst! Wir glauben, daß sie's ehrlich meynen;
Seit gestern — sind wir deß gewiß — Und nun
395 Dies Blatt uns für die Truppen bürgt, ist nichts,
Was dem Vertrauen noch im Wege stünde.
Prag soll uns nicht entzweyen. Mein Herr Kanzler
Begnügt sich mit der Altstadt, euer Gnaden
Läßt er den Ratschin und die kleine Seite.
400 Doch Eger muß vor allem sich uns öffnen,
Eh' an Conjunction zu denken ist.

Wallenstein.

Euch also soll ich trauen, ihr nicht mir?
Ich will den Vorschlag in Erwägung ziehn.

Wrangel.

In keine gar zu lange, muß ich bitten.
405 In's zweyte Jahr schon schleicht die Unterhandlung,
Erfolgt auch diesmal nichts, so will der Kanzler
Auf immer sie für abgebrochen halten.

Wallenstein.

Ihr drängt mich sehr. Ein solcher Schritt will wohl
Bedacht seyn.

Wrangel.

Eh' man überhaupt dran denkt,
410 Herr Fürst! Durch rasche That nur kann er glücken.

(er geht ab)

Sechster Auftritt.

Wallenstein. Terzky und Illo kommen zurück.

Illo.

Ist's richtig?

Terzky.

Seyd ihr einig?

Illo.

Dieser Schwede
Ging ganz zufrieden fort. Ja, ihr seyd einig.

Wallenstein.

Hört! Noch ist nichts geschehn, und — wohl erwogen,
Ich will es lieber doch nicht thun.

### Terzky.					29.

      Wie? Was ist das?

Wallenstein.

415 Von dieser Schweden Gnade leben!
Der Uebermüthigen? Ich trüg' es nicht.

Illo.

Kommst du als Flüchtling, ihre Hülf' erbettelnd?
Du bringest ihnen mehr, als du empfängst.

Wallenstein.

Wie war's mit jenem königlichen Bourbon,
420 Der seines Volkes Feinde sich verkaufte,
Und Wunden schlug dem eignen Vaterland?
Fluch war sein Lohn, der Menschen Abscheu rächte
Die unnatürlich frevelhafte That.

Illo.

Ist das dein Fall?

Wallenstein.

      Die Treue, sag' ich euch,
425 Ist jedem Menschen, wie der nächste Blutsfreund,
Als ihren Rächer fühlt er sich gebohren.
Der Sekten Feindschaft, der Partheyen Wuth,
Der alte Neid, die Eifersucht macht Friede,
Was noch so wüthend ringt, sich zu zerstören,
430 Verträgt, vergleicht sich, den gemeinen Feind
Der Menschlichkeit, das wilde Thier zu jagen,
Das mordend einbricht in die sichre Hürde,					80

414: Was ist das?] Was ist das?
      Wallenstein.
      Komm über mich, was will! Das Schlimme thun,
      Das Schlimme zu vermeiden, ist nicht gut.
      Terzky.
      Bedenk' — t. —
416 a—443: Illo. Kommst du — Welt regiert.] fehlt in t. — 418 a—443: Wallenstein. Wie war's — Welt regiert,] fehlt in t. — 420: Feinde] Feinden J K.

Worin der Mensch geborgen wohnt — denn ganz
Kann ihn die eigne Klugheit nicht beschirmen.
435 Nur an die Stirne setzt' ihm die Natur
Das Licht der Augen, fromme Treue soll
Den bloßgegebnen Rücken ihm beschützen.

Terzky.

Denk' von dir selbst nicht schlimmer, als der Feind,
Der zu der That die Hände freudig bietet.
440 So zärtlich dachte jener Karl auch nicht,
Der Oehm und Ahnherr dieses Kaiserhauses,
Der nahm den Bourbon auf mit offnen Armen,
Denn nur vom Nutzen wird die Welt regiert.

Siebenter Auftritt.

Gräfin Terzky zu den Vorigen.

Wallenstein.

Wer ruft euch? Hier ist kein Geschäft für Weiber.

Gräfin.

445 Ich komme, meinen Glückwunsch abzulegen.
— Komm' ich zu früh etwa? Ich will nicht hoffen.

Wallenstein.

Gebrauch' dein Ansehn, Terzky. Heiß' sie gehn.

Gräfin.

Ich gab den Böhmen einen König schon.

449ª: Vorigen.] Vorigen. (Dazwischen.) Der Kammerdiener. t. —
446: Komm' ich — nicht hoffen.] fehlt in t t. — 447: Gehn.] Gehn.
Gräfin.
Komm' ich zu früh etwa? Ich will nicht hoffen.
Wallenstein.
Hetzt diese Zunge nicht an mich, ich bitt' Euch,
Ihr wißt, sie ist die Waffe, die mich tödtet,
Geschlagen bin ich wenn ein Weib mich anfällt,
Ich kann mit dem Geschlecht nicht Worte wechseln;
Denn nicht mit Gründen ist es zu gewinnen.
Die beste Sach' in Weiberhand verdirbt. t t v
(t v ohne den letzten Vers).

Wallenstein.

Er war darnach.

Gräfin (zu den andern).

Nun, woran liegt es? Sprecht!

Terzky.

450 Der Herzog will nicht.

Gräfin.

Will nicht, was er muß?

Illo.

An euch ist's jetzt. Versucht's, denn ich bin fertig,
Spricht man von Treue mir und von Gewissen.

Gräfin.

Wie? da noch alles lag in weiter Ferne,
Der Weg sich noch unendlich vor dir dehnte,
455 Da hattest du Entschluß und Muth — und jetzt,
Da aus dem Traume Wahrheit werden will,
Da die Vollbringung nahe, der Erfolg
Versichert ist, da fängst du an zu zagen?
Nur in Entwürfen bist du tapfer, feig
460 In Thaten? Gut! Gieb deinen Feinden Recht,
Da eben ist es, wo sie dich erwarten.
Den Vorsatz glauben sie dir gern, sey sicher,
Daß sie's mit Brief und Siegel dir belegen!
Doch an die Möglichkeit der That glaubt keiner,
465 Da müßten sie dich fürchten und dich achten.
Ist's möglich? Da du so weit bist gegangen,
Da man das Schlimmste weiß, da dir die That
Schon als begangen zugerechnet wird, .
Willst du zurückziehn und die Frucht verlieren?
470 Entworfen bloß, ist's ein gemeiner Frevel,
Vollführt, ist's ein unsterblich Unternehmen;
Und wenn es glückt, so ist es auch verziehn,
Denn aller Ausgang ist ein Gottes Urthel.

450a—452: Illo. An euch — von Gewissen.] fehlt in t. — 453—469: Nur in
Entwürfen — Frucht verlieren?] fehlt in l t. — 473: Gottes Urthel] Gottes
Urtheil R, Gottesurthel M.

Kammerdiener (tritt herein).

Der Oberst Piccolomini.

Gräfin (schnell).

Soll warten.

Wallenstein.

475 Ich kann ihn jetzt nicht sehn. Ein andermal.

Kammerdiener.

Nur um zwey Augenblicke bittet er,
Er hab' ein dringendes Geschäft —

Wallenstein.

Wer weiß, was er uns bringt. Ich will doch hören.

Gräfin (lacht).

Wohl mag's ihm dringend seyn. Du kannst's erwarten.

Wallenstein.

480 Was ist's?

Gräfin.   33

Du sollst es nachher wissen.

Jetzt denke dran, den Wrangel abzufert'gen.

(Kammerdiener geht)

Wallenstein.

Wenn eine Wahl noch wäre — noch ein milderer
Ausweg sich fände — jetzt noch will ich ihn
Erwählen und das Aeußerste vermeiden.

Gräfin.

485 Verlangst du weiter nichts, ein solcher Weg
Liegt nah' vor dir. Schick' diesen Wrangel fort.
Vergiß die alten Hoffnungen, wirf dein
Vergangnes Leben weg, entschließe dich
Ein neues anzufangen. Auch die Tugend
490 Hat ihre Helden, wie der Ruhm, das Glück.
Reis' hin nach Wien zum Kaiser stehndes Fußes,
Nimm eine volle Kasse mit, erklär',
Du hab'st der Diener Treue nur erproben,
Den Schweden bloß zum besten haben wollen.

473 a: herein] ein t. — 485: Weg] Ausweg t.

Illo.

495 Auch damit ist's zu spät. Man weiß zu viel.
Er würde nur das Haupt zum Todesblocke tragen.

Gräfin.

Das fürcht' ich nicht. Gesetzlich ihn zu richten,
Fehlt's an Beweisen, Willkühr meiden sie.
Man wird den Herzog ruhig lassen ziehn.   31
500 Ich seh, wie alles kommen wird. Der König
Von Ungarn wird erscheinen, und es wird sich
Von selbst verstehen, daß der Herzog geht,
Nicht der Erklärung wird das erst bedürfen.
Der König wird die Truppen lassen schwören,
505 Und alles wird in seiner Ordnung bleiben.
An einem Morgen ist der Herzog fort.
Auf seinen Schlössern wird es nun lebendig,
Dort wird er jagen, bau'n, Gestütte halten,
Sich eine Hofstatt gründen, goldne Schlüssel
510 Austheilen, gastfrey große Tafel geben,
Und kurz ein großer König seyn — im Kleinen!
Und weil er klug sich zu bescheiden weiß,
Nichts wirklich mehr zu gelten, zu bedeuten,
Läßt man ihn scheinen, was er mag, er wird
515 Ein großer Prinz bis an sein Ende scheinen.
Ei nun! der Herzog ist dann eben auch
Der neuen Menschen einer, die der Krieg
Emporgebracht; ein übernächtiges
Geschöpf der Hofgunst, die mit gleichem Aufwand
520 Freyherrn und Fürsten macht.

495: Willkühr] K M schreiben stets Willkür. — 500—515: Ich seh' — Ende scheinen.]
fehlt in l. — 508: Gestütte] Gestüte M. — 518: übernächtiges] übermächtiges L.
— 520: macht.] macht.

Wallenstein (heftig bewegt).

Führ' sie hinaus!
Laß mir den Piccolomini herein.

Gräfin.

Sprich, ist's dein Ernst? Ich bitte Dich, Du kanust
Drein willigen, dich selbst zu Grab zu tragen,

Wallenstein (steht auf, heftig bewegt).

Zeigt einen Weg mir an, aus diesem Drang,
Hilfreiche Mächte! einen solchen zeigt mir,
Den ich vermag zu gehn — Ich kann mich nicht,   35
Wie so ein Wortheld, so ein Tugendschwätzer,
525 An meinem Willen wärmen und Gedanken —
Nicht zu dem Glück, das mir den Rücken kehrt,
Großthuend sagen: Geh! Ich brauch' dich nicht.
Wenn ich nicht wirke mehr, bin ich vernichtet;
Nicht Opfer, nicht Gefahren will ich scheu'n,
530 Den letzten Schritt, den äußersten, zu meiden;
Doch eh' ich sinke in die Nichtigkeit,
So klein aufhöre, der so groß begonnen,
Eh' mich die Welt mit jenen Elenden
Verwechselt, die der Tag erschafft und stürzt,
535 Eh' spreche Welt und Nachwelt meinen Namen
Mit Abscheu aus, und Friedland sey die Losung
Für jede fluchenswerthe That.

Gräfin.

Was ist denn hier so wider die Natur?
Ich kann's nicht finden, sage mir's — o! laß
540 Des Aberglaubens nächtliche Gespenster
Nicht deines hellen Geistes Meister werden!
Du bist des Hochverraths verklagt; ob mit
— Ob ohne Recht, ist jetzo nicht die Frage —

So schmählich zu versiegen, so in Nichts
Zu endigen Dein anspruchvolles Leben?
[Nichts sein, wenn man nichts war, erträgt sich leicht,
Doch nichts mehr sein, gewesen sein—] t, bis auf [ ] auch i. —
511: Meister werden!] Meister werden!
Heißt man dich morden, mit verfluchtem Stahl
Den Schooß der dich getragen hat, durchbohren?
— Das wäre wider die Natur und werth
Die Eingeweide schaudernd aufzuregen.
Und dennoch haben's um geringern Preis
Nicht wenige gewagt und ausgeführt.
Was ist an deinem Fall so ungeheures? t v. —
542—549: Du bist des — entschuldigt?] fehlt in t.

    Du bist verlohren, wenn du dich nicht schnell der Macht

545 Bedienst, die du besitzest — Ei! wo lebt denn

    Das friedsame Geschöpf, das seines Lebens

    Sich nicht mit allen Lebenskräften wehrt?

    Was ist so kühn, das Nothwehr nicht entschuldigt?

                Wallenstein.

    Einst war mir dieser Ferdinand so huldreich;

550 Er liebte mich, er hielt mich werth, ich stand

    Der nächste seinem Herzen. Welchen Fürsten

    Hat er geehrt, wie mich? — Und so zu enden!

                Gräfin.

    So treu bewahrst du jede kleine Gunst,

    Und für die Kränkung hast du kein Gedächtniß?

555 Muß ich dich dran erinnern, wie man dir

    Zu Regenspurg die treuen Dienste lohnte?

    Du hattest jeden Stand im Reich beleidigt;

    Ihn groß zu machen, hattest du den Haß,

    Den Fluch der ganzen Welt auf dich geladen,

560 Im ganzen Deutschland lebte dir kein Freund,

    Weil du allein gelebt für deinen Kaiser.

    An ihn bloß hieltest du bey jenem Sturme

    Dich fest, der auf dem Regenspurger Tag

    Sich gegen dich zusammenzog — da ließ er

565 Dich fallen! Ließ dich fallen! Dich dem Baiern,

    Dem Uebermüthigen, zum Opfer, fallen!

546—548: das seines Lebens — entschuldigt?]
                  das nicht mit allen Lebenskräften
        Sich seines Lebens wehrt? Was ist so kühn,
        Das Nothwehr nicht entschuldigt? t. —
548 a: Wallenstein.] Wallenstein (mit Rührung.) t. — 551—552: Welchen
Fürsten — zu enden!] Vielmals speisten wir
        An einem Tisch vertraulich mit einander,
        Wir beiden, und es hielten mir
        Die königlichen Söhne selbst das Becken
        Zum Waschen dienend über meine Hände.
        Und so zu endigen! f t v.
557—565: Du hattest — ausgesöhnt.] fehlt in t. — 561: gelebt für deinen Kaiser.]
für diesen Ferdinand gelebt. t.

Sag' nicht, daß die zurückgegebne Würde,
Das erste, schwere Unrecht ausgesöhnt.
Nicht wahrlich guter Wille stellte dich,
570 Dich stellte das Gesetz der herben Noth
An diesen Platz, den man dir gern verweigert.

Wallenstein.

Nicht ihrem guten Willen, das ist wahr!
Noch seiner Neigung dank' ich dieses Amt.
Mißbrauch' ich's, so mißbrauch' ich kein Vertrauen.

Gräfin.

575 Vertrauen? Neigung? — Man bedurfte deiner!
Die ungestüme Presserin, die Noth,
Der nicht mit hohlen Namen, Figuranten
Gedient ist, die die That will, nicht das Zeichen!
Den Größten immer aufsucht und den Besten,
580 Ihn an das Ruder stellt, und müßte sie ihn
Aufgreifen aus dem Pöbel selbst — die setzte dich
In dieses Amt, und schrieb dir die Bestallung.
Denn lange, bis es nicht mehr kann, behilft
Sich dies Geschlecht mit feigen Sklavenseelen,
585 Und mit den Drahtmaschinen seiner Kunst —
Doch wenn das Aeußerste ihm nahe tritt,
Der hohle Schein es nicht mehr thut, da fällt
Es in die starken Hände der Natur,
Des Riesengeistes, der nur sich gehorcht,
590 Nichts von Verträgen weiß, und nur auf ihre
Bedingung, nicht auf seine, mit ihm handelt.

Wallenstein.

Wahr ist's! Sie sahn mich immer wie ich bin,
Ich hab' sie in dem Kaufe nicht betrogen,

574 a—593: Gräfin. Vertrauen? — nicht betrogen,] fehlt in t. — 583—589:
Denn lange — sich gehorcht.] ausgestrichen in t. — 585: Drahtmaschinen J·M. —
Kunst] Gunst u. — 590—591: und nur — handelt.] und wie die los-
Gelaßne Kraft des Feuers, meisterlos
Durch ihre künstlichen Gewebe schreitet. u v, in t ausgestrichen.

Denn nie hielt ich's der Mühe werth, die kühn
595 Umgreifende Gemüthsart zu verbergen.

Gräfin.

Vielmehr — du haft dich furchtbar ftets gezeigt.
Nicht Du, der ftets fich felber treu geblieben,
Die haben Unrecht, die dich fürchteten,
Und doch die Macht bir in die Hände gaben.
600 Denn Recht hat jeder eigene Charakter,
Der übereinftimmt mit fich felbft, es giebt
Kein andres Unrecht, als den Widerfpruch.
Warft du ein andrer, als du vor acht Jahren
Mit Feuer und Schwert durch Deutfchlands Kreife zogft,
605 Die Geißel fchwangeft über alle Länder,
Hohn fpracheft allen Ordnungen des Reichs,
Der Stärfe fürchterliches Recht nur übteft
Und jede Landeshoheit niedertratft,
Um deines Sultans Herrfchaft auszubreiten?
610 Da war es Zeit, den ftolzen Willen bir
Zu brechen, dich zur Ordnung zu verweifen!
Doch wohl gefiel dem Kaifer, was ihm nützte,
Und fchweigend brückt' er diefen Frevelthaten
Sein kaiferliches Siegel auf. Was damals
615 Gerecht war, weil du's für ihn thatft, ift's heute
Auf einmal fchänblich, weil es gegen ihn
Gerichtet wird?

Wallenftein (aufftehend).

Von diefer Seite fah ich's nie — Ja! dem
Ift wirflich fo. Es übte diefer Kaifer
620 Durch meinen Arm im Reiche Thaten aus,
Die nach der Ordnung nie gefchehen follten.

596: gezeigt.] gezeigt.
Und ungebunden immer übteft Du
Die Rechte Deiner heftigen Natur,
Die man Dir einmal hatte zugeftanden. t. —
600—602: Denn Recht — den Widerfpruch.] ausgeftrichen in t. — 609: Um deines
Sultans — auszubreiten?] ausgeftrichen in t. — 612: Kaifer] Ferdinand t. —
617 a: (aufftehend).] fehlt in t. — 619: Kaifer] Ferdinand t.

Und selbst den Fürstenmantel, den ich trage,
Verdank' ich Diensten, die Verbrechen sind.

Gräfin.

· Gestehe denn, daß zwischen dir und ihm
625 Die Rede nicht kann seyn von Pflicht und Recht,
Nur von der **Macht** und der **Gelegenheit!**
Der Augenblick ist da, wo du die Summe
Der großen Lebensrechnung ziehen sollst,
Die Zeichen stehen sieghaft über dir,
630 Glück winken die Planeten dir herunter
Und rufen: es ist an der Zeit! Hast du
Dein Lebenlang umsonst der Sterne Lauf
Gemessen? — den Quadranten und den Zirkel
Geführt? — den Zodiak, die Himmelskugel
635 Auf diesen Wänden nachgeahmt, um dich herum
Gestellt in stummen, ahnungsvollen Zeichen
Die sieben Herrscher des Geschicks,
Nur um ein eitles Spiel damit zu treiben?   40
Führt alle diese Zurüstung zu nichts,
640 Und ist kein Mark in dieser hohlen Kunst,
Daß sie dir selbst nichts gilt, nichts über dich
Vermag im Augenblicke der Entscheidung?

Wallenstein.

(ist während dieser letzten Rede mit heftig arbeitendem Gemüth auf und abge-
gangen, und steht plötzlich still, die Gräfin unterbrechend)

Ruft mir den Wrangel, und es sollen gleich
Drey Boten satteln.

626: **Gelegenheit!**] Gelegenheit!
      Jetzt ist sie da, sie naht mit schnellen Rossen.
      Drum rasch dich in den Wagensitz geschwungen,
      Mit sichrer, fester Hand von Zaum und Zügel
      Besitz genommen, eh' der Gegner dir
      Zuvorkommt und den leeren Sitz erobert. v. —
634: **Geführt?**] Geführt? (indem sie auf die Gegenstände im Zimmer deutet.) ll. —
637: **Geschicks**] Geschickes nur l. — 638: **Nur — zu treiben?**] Um einen eitlen
Prunk damit zu machen? l. — 642 a: **still**] stille K. — 644: **Boten**] Estaffetten il.

Illo.
Nun gelobt sey Gott!

(eilt hinaus)

Wallenstein.

645 Es ist sein böser Geist und meiner. Ihn
Straft er durch mich, das Werkzeug seiner Herrschsucht,
Und ich erwart' es, daß der Rache Stahl
Auch schon für meine Brust geschliffen ist.
Nicht hoffe, wer des Drachen Zähne sä't,
650 Erfreuliches zu ärnten. Jede Unthat
Trägt ihren eignen Rache-Engel schon,
Die böse Hoffnung, unter ihrém Herzen.

Er kann mir nicht mehr traun, — so kann ich auch
Nicht mehr zurück. Geschehe denn, was muß.
655 Recht stets behält das Schicksal, denn das Herz
In uns ist sein gebietrischer Vollzieher.

(zu Terzky)

Bring mir den Wrangel in mein Kabinet,
Die Boten will ich selber sprechen, schickt
Nach dem Octavio!

(zur Gräfin, welche eine triumphirende Miene macht)

Frohlocke nicht!
660 Denn eifersüchtig sind des Schicksals Mächte.
Voreilig Jauchzen greift in ihre Rechte.
Den Saamen legen wir in ihre Hände,
Ob Glück, ob Unglück aufgeht, lehrt das Ende.

(indem er abgeht, fällt der Vorhang.)

41

———　———

645: Geist] Genius t v. — 651: Rache-Engel] Racheengel M. — 653: so kann]
nun so kann t. — 658: Boten] Estafetten t. — Schickt] fehlt in t. — 659: Nach]
Schick gleich nach t v. — 661: Voreilig] Voreiliges t, Voreil'ges u. — 662: Saamen]
R M schreiben Samen.

42

Zweyter Aufzug.

Ein Zimmer.

Erster Auftritt.

Wallenstein. Octavio Piccolomini. Bald darauf Max Piccolomini.

Wallenstein.

Mir meldet er aus Linz, er läge krank,
665 Doch hab' ich sichre Nachricht, daß er sich
Zu Frauenberg versteckt bey'm Grafen Gallas.
Nimm beyde fest, und schick' sie mir hieher.
Du übernimmst die spanischen Regimenter,
Machst immer Anstalt, und bist niemals fertig,
670 Und treiben sie dich, gegen mich zu ziehn,
So sagst du Ja, und bleibst gefesselt stehn.
Ich weiß, daß dir ein Dienst damit geschieht,
In diesem Spiel dich müßig zu verhalten.
Du rettest gern, so lang du kannst, den Schein;
675 Extreme Schritte sind nicht deine Sache,
Drum hab' ich diese Rolle für dich ausgesucht,
Du wirst mir durch dein Nichtsthun diesesmal
43
Am nützlichsten — Erklärt sich unterdessen
Das Glück für mich, so weißt du, was zu thun.
(Max Piccolomini tritt ein)
680 Jetzt, Alter geh. Du mußt heut Nacht noch fort.

---

663 a: Zweyter Aufzug. Ein Zimmer.] Fünfter Aufzug. Zimmer. t. —
Wallenstein.] Wallenstein (im Gespräch hervorkommend). t. — 677: thun]
thun ist. t. — 680: Jetzt, Alter,] Jetzt aber i.

Nimm meine eignen Pferde. — Diesen da
Behalt' ich hier — Macht's mit dem Abschied kurz!
Wir werden uns ja, denk' ich, alle froh
Und glücklich wiedersehn.

Octavio (zu seinem Sohn.)
Wir sprechen uns noch.

(geht ab)

Zwenter Auftritt.

Wallenstein. Max Piccolomini.

Max (nähert sich ihm).

685 Mein General —

Wallenstein.
Der bin ich nicht mehr,
Wenn du des Kaisers Officier dich nennst.

Max.
So bleibt's dabey, du willst das Heer verlassen?

Wallenstein.
Ich hab' des Kaisers Dienst entsagt.

Max.   44
Und willst das Heer verlassen?

Wallenstein.
Vielmehr hoff' ich,
690 Mir's enger noch und fester zu verbinden.
(er setzt sich)
Ja, Max. Nicht eher wollt' ich dir's eröffnen,
Als bis des Handelns Stunde würde schlagen.
Der Jugend glückliches Gefühl ergreift
Das Rechte leicht, und eine Freude ist's,
695 Das eigne Urtheil prüfend auszuüben,
Wo das Exempel rein zu lösen ist.
Doch, wo von zwey gewissen Uebeln eins
Ergriffen werden muß, wo sich das Herz
Nicht ganz zurückbringt aus dem Streit der Pflichten,

694: und eine Freude ist's] und da ist's eine Freude, !

700 Da ist es Wohlthat, keine Wahl zu haben,
Und eine Gunst ist die Nothwendigkeit.
— Die ist vorhanden. Blicke nicht zurück.
Es kann dir nichts mehr helfen. Blicke vorwärts!
Urtheile nicht! Bereite dich, zu handeln!
705 — Der Hof hat meinen Untergang beschlossen,
Drum bin ich willens, ihm zuvor zu kommen.
— Wir werden mit den Schweden uns verbinden.
Sehr wackre Leute sind's und gute Freunde.
(hält ein, Piccolominis Antwort erwartend)
— Ich hab' dich überrascht. Antwort' mir nicht.   45
710 Ich will dir Zeit vergönnen, dich zu fassen.
(er steht auf, geht nach hinten. Max steht lange unbeweglich, in den heftigsten
Schmerz versetzt, wie er eine Bewegung macht, kommt Wallenstein zurück und
stellt sich vor ihn.)

Max.

Mein General! — Du machst mich heute mündig.
Denn bis auf diesen Tag war mir's erspart,
Den Weg mir selbst zu finden und die Richtung.
Dir folg' ich unbedingt. Auf dich nur braucht' ich
715 Zu sehn und war des rechten Pfads gewiß.
Zum ersten Male heut' verweisest du
Mich an mich selbst und zwingst mich, eine Wahl
Zu treffen zwischen dir und meinem Herzen.

Wallenstein.

Sanft wiegte dich bis heute dein Geschick,
720 Du konntest spielend deine Pflichten üben,
Jedwedem schönen Trieb Genüge thun,
Mit ungetheiltem Herzen immer handeln.
So kann's nicht ferner bleiben. Feindlich scheiden
Die Wege sich. Mit Pflichten streiten Pflichten.
725 Du mußt Parthey ergreifen in dem Krieg,

710 a: vor ihn.)] vor ihn hin.) D J K. — 715: Male] Mal B C. — 723: ferner]
immer J K. — 724: Pflichten.] Pflichten.
Eins muß verlassen werden für das Andre. l.

Der zwischen deinem Freund und deinem Kaiser
Sich jetzt entzündet.

Max.   46

Krieg! Ist das der Name?

Der Krieg ist schrecklich, wie des Himmels Plagen,
Doch er ist gut, ist ein Geschick, wie sie.
730 Ist das ein guter Krieg, den du dem Kaiser
Bereitest mit des Kaisers eignem Heer?
O Gott des Himmels! was ist das für eine
Veränderung! Ziemt solche Sprache mir
Mit dir, der wie der feste Stern des Pols
735 Mir als die Lebensregel vorgeschienen!
O! welchen Riß erregst du mir im Herzen!
Der alten Ehrfurcht eingewachsnen Trieb
Und des Gehorsams heilige Gewohnheit
Soll ich versagen lernen deinem Namen?
740 Nein! wende nicht dein Angesicht zu mir,
Es war mir immer eines Gottes Antlitz,
Kann über mich nicht gleich die Macht verlieren;
Die Sinne sind in deinen Banden noch,
Hat gleich die Seele blutend sich befreyt!

Wallenstein.

745 Max, hör' mich an.

Max.

O! thu' es nicht! Thu's nicht!

Sieh! deine reinen, edeln Züge wissen
Noch nichts von dieser unglücksel'gen That.
Bloß deine Einbildung befleckte sie,   47
Die Unschuld will sich nicht vertreiben lassen
750 Aus deiner hoheitblickenden Gestalt.
Wirf ihn heraus, den schwarzen.Fleck, den Feind.
Ein böser Traum bloß ist es dann gewesen,

740: zu mir] von mir J R. — 742: That.] That.
     Es hat die gutgeschaffene Natur
       Des Willens schwere Schuld noch nicht getheilt, l t v. —
751—755: Wirf ihn — glückliche Gefühl.] fehlt in t.

Der jede sichre Tugend warnt. Es mag
Die Menschheit solche Augenblicke haben,
755 Doch siegen muß das glückliche Gefühl.
Nein, du wirst so nicht endigen. Das würde
Verrufen bey den Menschen jede große
Natur und jedes mächtige Vermögen,
Recht geben würd' es dem gemeinen Wahn,
760 Der nicht an Edles in der Freyheit glaubt,
Und nur der Ohnmacht sich vertrauen mag.

Wallenstein.

Streng wird die Welt mich tadeln, ich erwart' es.
Mir selbst schon sagt' ich, was du sagen kannst.
Wer miede nicht, wenn er's umgehen kann,
765 Das Aeußerste! Doch hier ist keine Wahl,
Ich muß Gewalt ausüben oder leiden —
So steht der Fall. Nichts anders bleibt mir übrig.

758: mächtige] herrliche i l t. — 762: tadeln] richten l t. — 767: übrig.] übrig.

Max.

O das bleibt niemals übrig — ist die letzte
Verzweiflungsvolle Zuflucht jener feilen
Gemüther, denen Ehre, guter Name
Ihr Spargeld ist, ihr Pfennig in der Noth,
Die in des Glücksspiels Wuth sich selber hetzen.
Du bist ja reich und herrlich, und das Höchste
Erringst Du Dir mit einem reinen Herzen.
Doch, wer das Schändliche einmal
Gethan, der thut nichts weiter mehr auf Erden.
Wallenstein (ergreift seine Hand.)
Sei ruhig Max. Viel Großes wollen wir [1]
Und Treffliches [2] zusammen noch vollführen;
Und wenn wir nur erst würdig oben stehn,
Vergißt man leicht, wie wir hinauf gekommen.
Es trägt sich heute manche [3] Krone rein,
Die nicht so reinlich auch erworben worden. —
(Dann B. 799—801: Dem bösen — Güter.)
Ihr Licht erfreuet, [4] ihre Luft erfrischt,
Doch ist noch keiner reich davon geworden.
(Dann B. 802—809: In ihrem Staat [5] — zurückgezogen.) l t v.
[1 wollen wir des Großen. — 2 Und Trefflichen. — 3 Glaub' mir! Es trägt sich
manche. — 4 erfreut. — 5 Reich l v.]

Max.

Sey's denn! Behaupte dich in deinem Posten
Gewaltsam, widersetze dich dem Kaiser,
770 Wenn's seyn muß, treib's zur offenen Empörung,
Nicht loben werd' ich's, doch ich kann's verzeihn,
Will, was ich nicht gut heiße, mit dir theilen.
Nur — zum Verräther werde nicht! Das Wort
Ist ausgesprochen. Zum Verräther nicht!
775 Das ist kein überschrittnes Maaß! Kein Fehler,
Wohin der Muth verirrt in seiner Kraft.
O! das ist ganz was anders — das ist schwarz,
Schwarz, wie die Hölle!

Wallenstein.

(mit finsterm Stirnfalten, doch gemäßigt)

Schnell fertig ist die Jugend mit dem Wort,
780 Das schwer sich handhabt, wie des Messers Schneide,
Aus ihrem heißen Kopfe nimmt sie keck
Der Dinge Maaß, die nur sich selber richten.
Gleich heißt ihr alles schändlich oder würdig,
Bös oder gut — und was die Einbildung

764: Sey's denn!]
    Was menschlich ist, gab ich dem Menschen zu,
    Und dem gewaltig strebenden Gemüth[1]
    Verzeih ich gern das Übermaß. Dir aber[2]
    Besonders räum ich großes ein vor andern —
    Denn du mußt herrschend eine Welt bewegen,
    Dich tödtet, was[3] zur Ruhe dich verdammt.
    Sei's denn! i t [3 wer t] t v.
      [1 Gemüthe. — 2 Doch dir. — 3 wer t v.]
769: Kaiser] Hof t. — 770: treib's zur offenen Empörung,] treibe Macht zurück
mit Macht. i t. — 772: Will — theilen.] fehlt in i t. — 776: Wohin der Muth
verirrt in seiner Kraft.] Der Menschlichkeit und der verirrten Kraft. i t. — Der
Menschlichkeit — t v. — 778: Hölle!] Hölle!
     (Wallenstein macht eine schnelle Bewegung.)
         Sieh, Du kannst's
    Nicht nennen hören und Du willst es thun?
    O lehre[1]
      (Dann V. 814 ff.) t t v. [1 O lehre um t.]
778a—813: Wallenstein. Schnell fertig — O lehre] fehlt in t (zum Theil nur
an dieser Stelle; vgl. zu 767).

785 Phantastisch schleppt in diesen dunkeln Namen,
Das bürdet sie den Sachen auf und Wesen.
Eng ist die Welt, und das Gehirn ist weit,
Leicht bey einander wohnen die Gedanken,
Doch hart im Raume stoßen sich die Sachen,
790 Wo Eines Platz nimmt, muß das andre rücken,
Wer nicht vertrieben seyn will, muß vertreiben,
Da herrscht der Streit, und nur die Stärke siegt.
— Ja, wer durch's Leben gehet ohne Wunsch,
Sich jeden Zweck versagen kann, der wohnt   49
795 Im leichten Feuer mit dem Salamander,
Und hält sich rein im reinen Element.
Mich schuf aus gröberm Stoffe die Natur,
Und zu der Erde zieht mich die Begierde.
Dem bösen Geist gehört die Erde, nicht
800 Dem guten. Was die Göttlichen uns senden
Von oben, sind nur allgemeine Güter,
Ihr Licht erfreut, doch macht es keinen reich,
In ihrem Staat erringt sich kein Besitz.
Den Edelstein, das allgeschätzte Gold
805 Muß man den falschen Mächten abgewinnen,
Die unter'm Tage schlimmgeartet hausen.
Nicht ohne Opfer macht man sie geneigt,
Und keiner lebet, der aus ihrem Dienst
Die Seele hätte rein zurückgezogen.

                    Max (mit Bedeutung).

810 O! fürchte, fürchte diese falschen Mächte!
Sie halten nicht Wort! Es sind Lügengeister,
Die dich berückend in den Abgrund ziehn.
Trau ihnen nicht! Ich warne dich — O! kehre
Zurück zu deiner Pflicht! Gewiß! du kannst's!
815 Schick mich nach Wien. Ja, thue das. Laß mich,
Mich deinen Frieden machen mit dem Kaiser.
Er kennt dich nicht, ich aber kenne dich,
Er soll dich sehn mit meinem reinen Auge,
Und sein Vertrauen bring' ich dir zurück.   50

Wallenstein.

820 Es ist zu spät. Du weißt nicht, was geschehn.

Max.

Und wär's zu spät — und wär' es auch so weit,
Daß ein Verbrechen nur vom Fall dich rettet,
So falle! Falle würdig, wie du standst.
Verliere das Kommando. Geh vom Schauplatz.
825 Du kannst's mit Glanze, thu's mit Unschuld auch.
— Du hast für andre viel gelebt, leb' endlich
Einmal dir selber, ich begleite dich,
Mein Schicksal trenn' ich nimmer von dem deinen —

Wallenstein.

Es ist zu spät. Indem du deine Worte
830 Verlierst, ist schon ein Meilenzeiger nach dem andern
Zurückgelegt von meinen Eilenden,
Die mein Gebot nach Prag und Eger tragen.
— Ergieb dich drein. Wir handeln, wie wir müssen.
So laß uns das Nothwendige mit Würde,
835 Mit festem Schritte thun — Was thu ich Schlimmres
Als jener Cäsar that, deß Name noch
Bis heut' das Höchste in der Welt benennet?
Er führte wider Rom die Legionen,
Die Rom ihm zur Beschützung anvertraut.
840 Warf er das Schwert von sich, er war verlohren,   51
Wie ich es wär', wenn ich entwaffnete.

825: Unschuld auch.] Unschuld auch.
(zärtlich ihn bei der Hand ergreifend.) t.]
829: zu spät.] zu spät. (Er steht auf.) t. — 832: mein Gebot] den Befehl k t v. —
tragen.] tragen. Max. (steht im Ausdruck des tiefsten Schmerzens.) t. (Max
schrickt zusammen, und steht im Ausdruck des höchsten Schmerzens.) t. — 833:
müssen,] müssen,
          Ich kann in meine Schmach und mein Verderben
          Nicht willigen. Du — kannst nicht von mir lassen! k t v.
835: festem] einem festen t. — 836—839: deß Name noch — anvertraut.] am Rubikon,
          Da er die Legionen, welche Rom
          Ihm übergeben, führte wider Rom? k t v. —
840: von sich] hinweg t. — 841: entwaffnete] entwaffnet t.

Ich spüre was in mir von seinem Geist,
Gieb mir sein Glück, das andre will ich tragen.

(Max, der bisher in einem schmerzvollen Kampfe gestanden, geht schnell ab.
Wallenstein sieht ihm verwundert und betroffen nach, und steht in tiefe Gedanken
verlohren)

Dritter Auftritt.

Wallenstein. Terzky. Gleich darauf Illo.

Terzky.

Max Piccolomini verließ dich eben?

Wallenstein.

845 Wo ist der Wrangel?

Terzky.

Fort ist er.

Wallenstein.

So eilig?

Terzky.

Es war, als ob die Erd' ihn eingeschluckt.
Er war kaum von dir weg, als ich ihm nachging,
Ich hatt' ihn noch zu sprechen, doch — weg war er,
Und niemand wußte mir von ihm zu sagen.
850 Ich glaub', es ist der Schwarze selbst gewesen,
Ein Mensch kann nicht auf einmal so verschwinden.

Illo (kommt). 52

Ist's wahr, daß du den Alten willst verschicken?

843 a: schmerzvollem Kampfe] heftigen Kampfe. t. — geht schnell ab.] verläßt ihn
schweigend und schnell. t. — verwundert und] fehlt in t. — und steht — verlohren.] und ist noch in dieser Stellung, wie Terzky hereintritt. — (Max — verlohren.)] Max geht schnell ab. Er sieht ihm betroffen nach und ist noch in dieser
Stellung als Terzky eintritt.) t. — Gleich darauf] Bald darauf t. — 845: Fort
ist er — eilig?] Fort ist er. Wie steht's
        Mit Piccolomini?
                    Wallenstein.
                Er wird sich geben.
        Fort sagst Du? Diesem Wrangel thut's sehr eilig. t. —
845 a—851: Terzky. Es war, — so verschwinden.] fehlt in t. — 846: war] ist t.

Terzky.

Wie? Den Octavio! Wo denkst du hin?

Wallenstein.

Er geht nach Frauenberg, die spanischen
855 Und welschen Regimenter anzuführen.

Terzky.

Das wolle Gott nicht, daß du das vollbringst!

Illo.

Dem Falschen willst du Kriegsvolk anvertrauen?
Ihn aus den Augen lassen, grade jetzt,
In diesem Augenblicke der Entscheidung?

Terzky.

860 Das wirst du nicht thun. Nein, um Alles nicht!

Wallenstein.

Seltsame Menschen seyd ihr.

Illo.

O! nur diesmal
Gieb unsrer Warnung nach. Laß ihn nicht fort.

Wallenstein.

Und warum soll ich ihm dies Eine Mal
Nicht trauen, da ich's stets gethan? Was ist geschehn,
865 Das ihn um meine gute Meynung brächte?
Aus Eurer Grille, nicht der meinen, soll ich
Mein alt erprobtes Urtheil von ihm ändern?
Denkt nicht, daß ich ein Weib sey. Weil ich ihm
Getraut bis heut', will ich auch heut' ihm trauen.

Terzky.

870 Muß es denn der just seyn? Schick einen andern.

Wallenstein.

Der muß es seyn, den hab' ich mir erlesen.
Er taugt zu dem Geschäft, drum gab ich's ihm.

53

853 a: Terzky.] Illo. l. — 854: vollbringst!] vollbringst!
Wallenstein.
Nun, warum soll es nicht geschehn? l t v. —
862: fort.] von dir weg. l t v. — 866: nicht der — soll ich] aus der meinen nicht
l. — 867: Mein alt erprobtes] Soll ich mein altes l. — 872: Er taugt — ich's
ihm.] fehlt in l.

Illo.

Weil er ein Welscher ist, drum taugt er dir.

Wallenstein.

Weiß wohl, ihr war't den beyden nie gewogen,
875 Weil ich sie achte, liebe, euch und andern
Vorziehe, sichtbarlich, wie sie's verdienen,
Drum sind sie euch ein Dorn im Auge! Was
Geht euer Neid mich an und mein Geschäft?
Daß ihr sie haßt, das macht sie mir nicht schlechter.
880 Liebt oder haßt einander, wie ihr wollt,
Ich lasse jedem seinen Sinn und Neigung,
Weiß doch, was mir ein jeder von euch gilt.

Illo.

Er geht nicht ab — müßt' ich die Räder ihm am Wagen
Zerschmettern lassen.

Wallenstein.

Mäßige dich, Illo!

Terzky.

885 Der Questenberger, als er hier gewesen,
Hat stets zusammen auch gesteckt mit ihm.

Wallenstein.

Geschah mit meinem Wissen und Erlaubniß.

Terzky.

Und daß geheime Boten an ihn kommen
Vom Gallas, weiß ich auch.

Wallenstein.

Das ist nicht wahr.

Illo.

890 O! du bist blind mit deinen sehenden Augen!

Wallenstein.

Du wirst mir meinen Glauben nicht erschüttern,
Der auf die tiefste Wissenschaft sich baut.
Lügt Er, dann ist die ganze Sternkunst Lüge.

879: sie mir] mir sie t. — 883 a—884: Illo. Er geht — Mäßige dich, Illo!]
fehlt in f t. — 893: Lüge.] Lüge.
   Denn alle Zeichen geben für ihn Zeugniß. t.

Denn wißt, ich hab' ein Pfand vom Schicksal selbst.
895 Daß er der treuste ist von meinen Freunden.

Illo.

Hast du auch eins, daß jenes Pfand nicht lüge?

Wallenstein.

Es giebt im Menschenleben Augenblicke,
Wo er dem Weltgeist näher ist, als sonst,
Und eine Frage frey hat an das Schicksal.　　　　　55
900 Solch ein Moment war's, als ich in der Nacht,
Die vor der Lützner Action vorher ging,
Gedankenvoll an einen Baum gelehnt,
Hinaus sah in die Ebene. Die Feuer
Des Lagers brannten düster durch den Nebel,
905 Der Waffen dumpfes Rauschen unterbrach,
Der Runden Ruf einförmig nur die Stille.
Mein ganzes Leben ging, vergangenes
Und künftiges, in diesem Augenblick
An meinem inneren Gesicht vorüber,
910 Und an des nächsten Morgens Schicksal knüpfte
Der ahnungsvolle Geist die fernste Zukunft.

Da sagt' ich also zu mir selbst. „So vielen
Gebietest du! Sie folgen deinen Sternen,
Und setzen, wie auf eine große Nummer,
915 Ihr Alles auf dein einzig Haupt, und sind
In deines Glückes Schiff mit dir gestiegen.
Doch kommen wird der Tag, wo diese alle
Das Schicksal wieder auseinander streut,
Nur wen'ge werden treu bey dir verharren.
920 Den möcht' ich wissen, der der Treuste mir
Von allen ist, die dieses Lager einschließt.
Gieb mir ein Zeichen, Schicksal! Der soll's seyn,
Der an dem nächsten Morgen mir zuerst

903—906: Die Feuer — die Stille] fehlt in f t u. — 908: Und] Als u. —
911: fernste] ferne f u. — 914: Und setzen] Sie setzen f u. — 920: wissen]
kennen f u.

Entgegen kommt mit einem Liebeszeichen."   56
925 Und dieses bey mir denkend, schlief ich ein.

    Und mitten in die Schlacht ward ich geführt
Im Geist. Groß war der Drang. Mir tödtete
Ein Schuß das Pferd, ich sank, und über mir
Hinweg, gleichgültig, setzten Roß und Reiter,
930 Und keuchend lag ich, wie ein Sterbender,
Zertreten unter ihrer Hufe Schlag.
Da faßte plötzlich hilfreich mich ein Arm,
Es war Octavio's — und schnell erwach ich,
Tag war es, und — Octavio stand vor mir.
935 „Mein Bruder," sprach er, „Reite heute nicht
„Den Schecken, wie du pflegst. Besteige lieber
„Das sichre Thier, das ich dir ausgesucht.
„Thu's mir zu lieb. Es warnte mich ein Traum."
Und dieses Thieres Schnelligkeit entriß
940 Mich Bannier's verfolgenden Dragonern.
Mein Vetter ritt den Schecken an dem Tag,
Und Roß und Reiter sah ich niemals wieder.

                    Illo.
Das war ein Zufall.

             Wallenstein (bedeutend).
             Es giebt keinen Zufall;
Und was uns blindes Ohngefähr nur dünkt,
945 Gerade das steigt aus den tiefsten Quellen.
Versiegelt hab' ich's und verbrieft, daß Er   57
Mein guter Engel ist, und nun kein Wort mehr!

                          (er geht)
             Terzky.
Das ist mein Trost, der Max bleibt uns als Geißel.

924: Entgegen kommt] Entgegenkommt M. — 926: in die] in der B. — 929:
setzten] setzte k u. — 938: lieb, es] Lieb. Es h. — 941: den Schecken — Tag] an
diesem Tag den Schecken k u. — 942: sah — wieder.] hab' ich niemals mehr gesehn k u. — 943: bedeutend).] mit erhobenem Finger). k. — 944—945: Und was —
Quellen.] fehlt in k. — 944: dünkt] däucht k. — 947: und nun — (er geht)] und
jetzt davon kein Wort mehr! (er will gehen). k.

Illo.

Und der soll mir nicht lebend hier vom Platze.

Wallenstein.

(bleibt stehen und kehrt sich um)

950 Seyd ihr nicht wie die Weiber, die beständig
Zurück nur kommen auf ihr erstes Wort,
Wenn man Vernunft gesprochen Stundenlang!
— Des Menschen Thaten und Gedanken, wißt!
Sind nicht wie Meeres blind bewegte Wellen.
955 Die innre Welt, sein Microcosmus, ist
Der tiefe Schacht, aus dem sie ewig quellen.
Sie sind nothwendig, wie des Baumes Frucht,
Sie kann der Zufall gaukelnd nicht verwandeln.
Hab' ich des Menschen Kern erst untersucht,
960 So weiß ich auch sein Wollen und sein Handeln.

(gehen ab)

Vierter Auftritt.

(Zimmer in Piccolomini's Wohnung.)

Octavio Piccolomini reisefertig. Ein Adjutant.

Octavio.

Ist das Kommando da?

Adjutant.

Es wartet unten.

Octavio.

Es sind doch sichre Leute, Adjutant?
Aus welchem Regimente nahmt ihr sie?

Adjutant.

Von Tiefenbach.

Octavio.

Dies Regiment ist treu.

949: hier vom Platze.] von dem Platz. t. — 949a: (bleibt — um)] zurückkommend). t. — 951: ihr erstes] dasselbe t. — 955: Microcosmus) Mikrokosmus
M. — 958: Sie kann der Zufall] Der Zufall kann sie t u. — 960a: (gehen ab)]
(Ab mit Terzky und Illo.) t. — reisefertig. Ein Adjutant.] Isolani (tritt
herein). t. — 960a—970a: Octavio. Ist das — Isolani tritt herein.] fehlt in t t.

965 Laßt sie im Hinterhof sich ruhig halten,
Sich niemand zeigen, bis ihr klingeln hört,
Dann wird das Haus geschlossen, scharf bewacht,
Und jeder, den ihr antrefft, bleibt verhaftet.

(Adjutant ab)

Zwar hoff' ich, es bedarf nicht ihres Dienstes,
970 Denn meines Kalkuls halt' ich mich gewiß.
Doch es gilt Kaisers Dienst, das Spiel ist groß,
Und besser, zu viel Vorsicht, als zu wenig.

Fünfter Auftritt.

Octavio Piccolomini. Isolani tritt herein.

Isolani.

Hier bin ich — Nun! wer kommt noch von den andern?

Octavio (geheimnißvoll).

Vorerst ein Wort mit euch, Graf Isolani.

Isolani (geheimnißvoll).

975 Soll's losgehn? Will der Fürst was unternehmen?
Mir dürft ihr trauen. Setzt mich auf die Probe.

Octavio.

Das kann geschehn.

Isolani.

Herr Bruder, ich bin nicht
Von denen, die mit Worten tapfer sind,
Und kommt's zur That, das Weite schimpflich suchen.
980 Der Herzog hat als Freund an mir gethan,
Weiß Gott, so ist's! Ich bin ihm alles schuldig.
Auf meine Treue kann er bau'n.

Octavio.

Es wird sich zeigen.

Isolani.

Nehmt euch in Acht. Nicht Alle denken so.
Es halten's hier noch viele mit dem Hof,

970: Kalkuls] Calculs M. — 972a: Fünfter Auftritt.] Vierter Auftritt. A.

985 Und meynen, daß die Unterschrift von neulich,
Die abgestohlne, sie zu nichts verbinde.

Octavio.

So? Nennt mir doch die Herren, die das meynen.

Isolani.

Zum Henker! Alle Deutschen sprechen so.
Auch Esterhazy, Kaunitz, Deodat
990 Erklären jetzt, man müss' dem Hof gehorchen.

Octavio.

Das freut mich.

Isolani.

Freut euch?

Octavio.

Daß der Kaiser noch
So gute Freunde hat und wackre Diener.

Isolani.

Spaßt nicht. Es sind nicht eben schlechte Männer.

Octavio.

Gewiß nicht. Gott verhüte, daß ich spaße!
995 Sehr ernstlich freut es mich, die gute Sache
So stark zu sehn.

Isolani.

Was Teufel? Wie ist das?
Seyd ihr denn nicht? — Warum bin ich denn hier?

Octavio (mit Ansehen).

Euch zu erklären rund und nett, ob ihr
Ein Freund wollt heißen, oder Feind des Kaisers?

Isolani (trotzig).

1000 Darüber werd' ich dem Erklärung geben,
Dem's zukommt, diese Frag' an mich zu thun.

Octavio.

Ob mir das zukommt, mag dies Blatt euch lehren.

---

986 a—990: Octavio. So? — gehorchen.] fehlt in t t. — 991: Freut euch?]
Freut mich? K. — 999: heißen) sein t.

Isolani.

Wa — was? Das ist des Kaisers Hand und Siegel.

(liest)

„Als werden sämmtliche Hauptleute unsrer
1005 „Armee der Ordre unsers lieben, treuen,
„Des Generalleutnant Piccolomini,
„Wie unsrer eigenen" — Hum — Ja — So — Ja, ja!
Ich — mach' euch meinen Glückwunsch, Generalleutnant.

Octavio.

Ihr unterwerft euch dem Befehl?

Isolani.

Ich — aber
1010 Ihr überrascht mich auch so schnell — Man wird
Mir doch Bedenkzeit, hoff' ich —

Octavio.

Zwey Minuten.

Isolani.

Mein Gott, der Fall ist aber —

Octavio.

Klar und einfach.

Ihr sollt erklären, ob ihr euren Herrn
Verrathen wollet, oder treu ihm dienen.

Isolani.

1015 Verrath — Mein Gott — Wer spricht denn von Verrath?

Octavio.

Das ist der Fall. Der Fürst ist ein Verräther,
Will die Armee zum Feind hinüberführen.
Erklärt euch kurz und gut. Wollt ihr dem Kaiser
Abschwören? Euch dem Feind verkaufen? Wollt ihr?

Isolani.

1020 Was denkt ihr? Ich des Kaisers Majestät
Abschwören? Sagt' ich so? Wann hätt' ich das
Gesagt?

Octavio.

Noch habt ihr's nicht gesagt. Noch nicht.
Ich warte drauf, ob ihr es werdet sagen.

Ifolani.

Nun seht, das ist mir lieb, daß ihr mir selbst
1025 Bezeugt, ich habe so was nicht gesagt.

Octavio.

Ihr sagt euch also von dem Fürsten los?

Ifolani.

Spinnt er Verrath — Verrath trennt alle Bande.

Octavio.

Und seyd entschlossen, gegen ihn zu fechten?

Ifolani.

Er that mir Gutes — doch wenn er ein Schelm ist,
1030 Verdamm' ihn Gott! die Rechnung ist zerrissen.

Octavio.

Mich freut's, daß ihr in Gutem euch gefügt.
Heut' Nacht in aller Stille brecht ihr auf
Mit allen leichten Truppen; es muß scheinen,
Als käm' die Ordre von dem Herzog selbst.
1035 Zu Frauenberg ist der Versammlungsplatz,
Dort giebt euch Gallas weitere Befehle.

Ifolani.

Es soll geschehn. Gedenkt mir's aber auch
Bey'm Kaiser, wie bereit ihr mich gefunden.

Octavio.

Ich werd' es rühmen.

(Ifolani geht. Es kommt ein Bedienter.)
Oberst Buttler? Gut.

Ifolani *(zurückkommend).*

1040 Vergebt mir auch mein barsches Wesen, Alter.
Herr Gott! Wie konnt' ich wissen, welche große
Person ich vor mir hatte!

Octavio.

Laßt das gut seyn.

Ifolani.

Ich bin ein lust'ger alter Knab', und wär'
Mir auch ein rasches Wörtlein über'n Hof

1045 Entschlüpft zuweilen, in der Lust des Weins,
Ihr wißt ja, bös war's nicht gemeynt.

(geht ab)

Octavio.

64

Macht euch

Darüber keine Sorge! — Das gelang!
Glück, sey uns auch so günstig bey den andern!

Sechster Auftritt.

Octavio Piccolomini. Buttler.

Buttler.

Ich bin zu eurer Ordre, Generalleutnant.

Octavio.

1050 Seyd mir als werther Gast und Freund willkommen.

Buttler.

Zu große Ehr' für mich.

Octavio.

(nachdem beyde Platz genommen)

Ihr habt die Neigung nicht erwiedert,
Womit ich gestern euch entgegen kam,
Wohl gar als leere Formel sie verkannt.
1055 Von Herzen ging mir jener Wunsch, es war
Mir Ernst um euch, denn eine Zeit ist jetzt,
Wo sich die Guten eng verbinden sollten.

Buttler.

Die Gleichgesinnten können es allein.

Octavio.

45

Und alle Guten nenn' ich gleichgesinnt.
1060 Dem Menschen bring' ich nur die That in Rechnung,
Wozu ihn ruhig der Charakter treibt;
Denn blinder Mißverständnisse Gewalt
Drängt oft den Besten aus dem rechten Gleise.

1045: Wörtlein] rasches Wörtlein t. — 1046a: (geht ab.)] (ab.) t. —
1048a: Sechster Auftritt. Octavio Piccolomini.] Fünfter Auftritt.
Octavio. t. — 1050: Seyd] Sey C D.

Ihr kamt durch Frauenberg. Hat euch Graf Gallas
1065 Nichts anvertraut? Sagt mir's. Er ist mein Freund.

Buttler.

Er hat verlohrne Worte nur gesprochen.

Octavio.

Das hör' ich ungern, denn sein Rath war gut.
.Und einen gleichen hätt' ich euch zu geben.

Buttler.

Spart euch die Müh' — mir die Verlegenheit,
1070 So schlecht die gute Meynung zu verdienen.

Octavio.

Die Zeit ist theuer, laßt uns offen reden.
Ihr wißt, wie hier die Sachen stehn. Der Herzog
Sinnt auf Verrath, ich kann euch mehr noch sagen,
Er hat ihn schon vollführt; geschlossen ist
1075 Das Bündniß mit dem Feind vor wen'gen Stunden.
Nach Prag und Eger reiten schon die Boten,
Und morgen will er zu dem Feind uns führen.
Doch er betrügt sich, denn die Klugheit wacht,
Noch treue Freunde leben hier dem Kaiser,
1080 Und mächtig steht ihr unsichtbarer Bund.
Dies Manifest erklärt ihn in die Acht,
Spricht los das Heer von des Gehorsams Pflichten,
Und alle Gutgesinnten ruft es auf,
Sich unter meiner Führung zu versammeln.
1085 Nun wählt, ob ihr mit uns die gute Sache,
Mit ihm der Bösen böses Loos wollt theilen?

Buttler (steht auf).

Sein Loos ist meines.

Octavio.

Ist das euer letzter
Entschluß?

Buttler.

Er ist's.

Octavio.

Bedenkt euch, Oberst Buttler.

Noch habt ihr Zeit. In meiner treuen Brust
1090 Begraben bleibt das raschgesprochne Wort.
Nehmt es zurück. Wählt eine bessere
Parthey. Ihr habt die gute nicht ergriffen.

Buttler.

Befehlt ihr sonst noch etwas, Generalleutnant?

Octavio.

Seht eure weißen Haare! Nehmt's zurück.

Buttler.

1095 Lebt wohl!   67

Octavio.

Was? Diesen guten tapfern Degen
Wollt ihr in solchem Streite ziehn? Wollt
In Fluch den Dank verwandeln, den ihr euch
Durch vierzigjähr'ge Treu' verdient um Oestreich?

Buttler (bitter lachend).

Dank vom Haus Oestreich!

(er will gehen)

Octavio

(läßt ihn bis an die Thüre gehen, dann ruft er)

Buttler!

Buttler.

Was beliebt?

Octavio.

1100 Wie war es mit dem Grafen?

Buttler.

Grafen! Was?

Octavio.

Dem Grafentitel, meyn' ich.

Buttler (heftig auffahrend).

Tod und Teufel!

Octavio (kalt).

Ihr suchtet darum nach. Man wies euch ab.

Buttler.   68

Nicht ungestraft sollt ihr mich höhnen. Zieht!

1090: raschgesprochne] rasch gesprochne M. — 1096: ziehen D F K M.
Schiller, sämmtl. Schriften. Hist.-krit. Ausg. XII.   17

Octavio.

Steckt ein. Sagt ruhig, wie es damit ging. Ich will
1105 Genugthuung nachher euch nicht verweigern.

Buttler.

Mag alle Welt doch um die Schwachheit wissen,
Die ich mir selber nie verzeihen kann!
— Ja! Generalleutnant, ich besitze Ehrgeiz,
Verachtung hab' ich nie ertragen können.
1110 Es that mir wehe, daß Geburt und Titel
Bey der Armee mehr galten, als Verdienst.
Nicht schlechter wollt' ich seyn, als meines Gleichen,
So ließ ich mich in unglücksel'ger Stunde
Zu jenem Schritt verleiten — Es war Thorheit!
1115 Doch nicht verdient' ich, sie so hart zu büßen!
— Versagen konnte man's — Warum die Weigerung
Mit dieser kränkenden Verachtung schärfen,
Den alten Mann, den treu bewährten Diener
Mit schwerem Hohn zermalmend niederschlagen,
1120 An seiner Herkunft Schmach so rauh ihn mahnen,
Weil er in schwacher Stunde sich vergaß!
Doch einen Stachel gab Natur dem Wurm,
Den Willkühr übermüthig spielend tritt —

Octavio.

Ihr müßt verläumdet seyn. Vermuthet ihr
1125 Den Feind, der euch den schlimmen Dienst geleistet?

Buttler.

Sey's, wer es will! Ein niederträcht'ger Bube,

1104: damit] damals l. — 1105: nachher euch] euch nachher l t. — 1107: nie
verzeihen kann] nimmer kann verzeihn. l. — 1108—1114: — Ja! — Thorheit!] fehlt in l.
fehlt in l. — 1115: büßen!] büßen!
     Nicht für der Thorheit leicht verzieh'ne Schuld
     In allen Mannestiefen schwer zu leiden. l. —
1116: die Weigerung] den treu bewährten Diener l. — 1117—18: Mit dieser —
Diener] fehlt in l. — 1119: zermalmend niederschlagen,] zermalmen, weil er sich
l. — 1120—21: An seiner — sich vergaß!]
     In schwachem Augenblick vergaß, so rauh
     An seine niedrige Geburt ihn mahnen! l. —
1122: gab] giebt l.

Ein Höfling muß es seyn, ein Spanier,
Der Junker irgend eines alten Hauses,
Dem ich im Licht mag stehn, ein neid'scher Schurke,
1130 Den meine selbstverdiente Würde kränkt.

Octavio.

Sagt. Billigte der Herzog jenen Schritt?

Buttler.

Er trieb mich dazu an, verwendete
Sich selbst für mich, mit edler Freundeswärme.

Octavio.

So? Wißt ihr das gewiß?

Buttler.
Ich las den Brief.

Octavio (bedeutend).

1135 Ich auch — doch anders lautete sein Inhalt.

(Buttler wird betroffen)

Durch Zufall bin ich im Besitz des Briefs,
Kann euch durch eignen Anblick überführen.

(er giebt ihm den Brief)

Buttler.   70

Ha! was ist das?

Octavio.
Ich fürchte, Oberst Buttler,

Man hat mit euch ein schändlich Spiel getrieben.
1140 Der Herzog, sagt ihr, trieb euch zu dem Schritt? —
In diesem Briefe spricht er mit Verachtung
Von euch, räth dem Minister, euren Dünkel,
Wie er ihn nennt, zu züchtigen.

(Buttler hat den Brief gelesen, seine Knie zittern, er greift nach einem Stuhl,
setzt sich nieder)

Kein Feind verfolgt euch. Niemand will euch übel.
1145 Dem Herzog schreibt allein die Kränkung zu,
Die ihr empfangen; deutlich ist die Absicht.
Losreißen wollt' er euch von eurem Kaiser —
Von eurer Rache hofft' er zu erlangen,

1147: euren] euren lächerlichen t.

Was eure wohlbewährte Treu ihn nimmer
1150 Erwarten ließ, bey ruhiger Besinnung.

Zum blinden Werkzeug wollt' er euch, zum Mittel
Verworfner Zwecke euch verächtlich brauchen.
Er hat's erreicht. Zu gut nur glückt' es ihm,
Euch wegzulocken von dem guten Pfade,
1155 Auf dem ihr vierzig Jahre seyd gewandelt.

     Buttler (mit der Stimme bebend).

Kann mir des Kaisers Majestät vergeben?

     Octavio.   71

Sie thut noch mehr. Sie macht die Kränkung gut,
Die unverdient dem Würdigen geschehn.
Aus freyem Trieb bestätigt sie die Schenkung,
1160 Die euch der Fürst zu bösem Zweck gemacht.
Das Regiment ist euer, das ihr führt.

     Buttler.

(will aufstehen, sinkt zurück. Sein Gemüth arbeitet heftig, er versucht zu reden
und vermag es nicht. Endlich nimmt er den Degen vom Gehänge und reicht ihn
      dem Piccolomini)

     Octavio.

Was wollt ihr? Faßt euch.

     Buttler.

     Nehmt!

     Octavio.

       Wozu? Besinnt euch.

     Buttler.

Nehmt hin! Nicht werth mehr bin ich dieses Degens.

     Octavio.

Empfangt ihn neu zurück aus meiner Hand,
1165 Und führt ihn stets mit Ehre für das Recht.

     Buttler.

Die Treue brach ich solchem gnäd'gen Kaiser!

     Octavio.

Macht's wieder gut. Schnell trennt euch von dem Herzog.

     Buttler.   72

Mich von ihm trennen!

Octavio.

Wie? Bedenkt ihr euch?

Buttler (furchtbar ausbrechend).

Nur von ihm trennen? O! er soll nicht leben!

Octavio.

1170 Folgt mir nach Frauenberg, wo alle Treuen
Bey Gallas sich und Altringer versammeln.
Viel andre bracht' ich noch zu ihrer Pflicht
Zurück, heut' Nacht entfliehen sie aus Pilsen. —

Buttler.

(ist heftig bewegt auf und ab gegangen, und tritt zu Octavio mit entschlossenem
Blick)

Graf Piccolomini! Darf euch der Mann
1175 Von Ehre sprechen, der die Treue brach?

Octavio.

Der darf es 𝕸 der so ernstlich es bereut.

Buttler.

So laßt mich hier, auf Ehrenwort.

Octavio.

Was sinnt ihr?

Buttler.

Mit meinem Regimente laßt mich bleiben.

Octavio.   73

Ich darf euch trau'n. Doch sagt mir, was ihr brütet?

Buttler.

1180 Die That wird's lehren. Fragt mich jetzt nicht weiter.
Traut mir! Ihr könnt's! Bey Gott! Ihr überlasset
Ihn seinem guten Engel nicht! — Lebt wohl!

(geht ab)

Bedienter (bringt ein Billet).

Ein Unbekannter bracht's und ging gleich wieder.
Des Fürsten Pferde stehen auch schon unten.   (ab).

Octavio (liest).

1185 „Macht, daß ihr fortkommt. Euer treuer Isolan."

1173a: heftig] sehr heftig t. — 1182a: (geht ab.)] (geht ab.) Sechster Auftritt.
Octavio klingelt. Bedienter bringt ein Billet. t.

— O! läge diese Stadt erst hinter mir!
So nah dem Hafen sollten wir noch scheitern?
Fort! Fort! Hier ist nicht länger Sicherheit
Für mich. Wo aber bleibt mein Sohn?

Siebenter Auftritt.

Beyde Piccolomini.

Max.

(kömmt in der heftigsten Gemüthsbewegung, seine Blicke rollen wild, sein Gang
ist unstät, er scheint den Vater nicht zu bemerken, der von ferne steht und ihn
mitleidig ansieht. Mit großen Schritten geht er durch das Zimmer, bleibt wieder
stehen, und wirft sich zuletzt in einen Stuhl, gerad vor sich hin starrend.)

Octavio (nähert sich ihm).   74

1190 Ich reise ab, mein Sohn.

(da er keine Antwort erhält, faßt er ihn bey der Hand)

Mein Sohn, leb' wohl!

Max.

Leb' wohl!

Octavio.

Du folgst mir doch bald nach?

Max (ohne ihn anzusehen).

Ich dir?

Dein Weg ist krumm, er ist der meine nicht.

(Octavio läßt seine Hand los, fährt zurück)

O! wärst du wahr gewesen und gerade,
Nie kam es dahin, alles stünde anders!
1195 Er hätte nicht das Schreckliche gethan,
Die Guten hätten Kraft bey ihm behalten,
Nicht in der Schlechten Garn wär' er gefallen.
Warum so heimlich, hinterlistig laurend,
Gleich einem Dieb und Diebeshelfer schleichen?
1200 Unsel'ge Falschheit! Mutter alles Bösen!
Du jammerbringende, verderbest uns!

1190a: Siebenter Auftritt.] Sechster Auftritt. t. — (kommt in] (kommt
mit t. — gerad] gerade K. — 1191: folgst] folgest t. — 1192: er ist] es ist C D.
— 1198: laurend] lauernd M.

Wahrhaftigkeit, die reine, hätt' uns alle,
Die welterhaltende gerettet. Vater!
Ich kann dich nicht entschuldigen, ich kann's nicht.
1205 Der Herzog hat mich hintergangen, schrecklich,
Du aber hast viel besser nicht gehandelt.

Octavio.

75

Mein Sohn, ach! ich verzeihe deinem Schmerz.

Max.
(steht auf, betrachtet ihn mit zweifelhaften Blicken)

Wär's möglich? Vater? Hättest du's
Mit Vorbedacht bis dahin treiben wollen?
1210 Du steigst durch seinen Fall. Octavio,
Das will mir nicht gefallen.

Octavio.
Gott im Himmel!

Max.

Weh mir! Ich habe die Natur verändert,
Wie kommt der Argwohn in die freye Seele?
Vertrauen, Glaube, Hoffnung ist dahin,
1215 Denn alles log mir, was ich hochgeachtet.
Nein! Nein! Nicht alles! Sie ja lebt mir noch,
Und sie ist wahr und lauter wie der Himmel.
Betrug ist überall und Heuchelschein,
Und Mord und Gift und Meineid und Verrath,
1220 Der einzig reine Ort ist unsre Liebe,
Der unentweihte in der Menschlichkeit.

Octavio.

Max! Folg mir lieber gleich, das ist doch besser.

Max.

76

Was? Eh' ich Abschied noch von ihr genommen,
Den letzten — Nimmermehr!

Octavio.
Erspare dir

1209: Vorbedacht bis dahin] kaltem Vorsatz so weit f t. — wollen?] wollen?
Ihn lieber schuldig als gerettet sehen? f t.

1225 Die Quaal der Trennung, der nothwendigen.

Komm mit mir! Komm, mein Sohn!

(will ihn fortziehn)

Max.

Nein! So wahr Gott lebt!

Octavio.

Komm mit mir, ich gebiete dir's, dein Vater.

Max.

Gebiete mir, was menſchlich iſt. Ich bleibe.

Octavio.

Max! In des Kaiſers Namen, folge mir!

Max.

1230 Kein Kaiſer hat dem Herzen vorzuſchreiben.

Und willſt du mir das Einzige noch rauben,

Was mir mein Unglück übrig ließ, ihr Mitleid?

Muß grauſam auch das Grauſame geſchehn?

Das Unabänderliche ſoll ich noch

1235 Unedel thun, mit heimlich feiger Flucht,

Wie ein Unwürdiger mich von ihr ſtehlen?

Sie ſoll mein Leiden ſehen, meinen Schmerz,

Die Klagen hören der zerrißnen Seele,

Und Thränen um mich weinen — O! die Menſchen

1240 Sind grauſam, aber ſie iſt wie ein Engel.

Sie wird von gräßlich wüthender Verzweiflung

Die Seele retten, dieſen Schmerz des Todes

Mit ſanften Troſteswotten klagend löſen.

Octavio.

Du reißeſt dich nicht los, vermagſt es nicht.

1245 O! komm mein Sohn, und rette deine Tugend!

Max.

Verſchwende beine Worte nicht vergebens,

Dem Herzen folg' ich, denn ich darf ihm trauen.

Octavio (außer Faſſung, zitternd).

Max! Max! Wenn das Entſetzliche mich trifft,

<hr>

1225: Quaal] Qual & M. — 1226a: fortziehn)] fortziehen.) M. — 1238: hören
der zerrißnen Seele] der zerrißnen Seele hören I t. — 1247a: zitternd] fehlt in t.

Wenn du — mein Sohn — mein eignes Blut — ich darf's
1250 Nicht denken! dich dem Schändlichen verkaufst,
Dies Brandmal aufdrückst unsers Hauses Adel,
Dann soll die Welt das Schauderhafte sehn,
Und von des Vaters Blute triefen soll
Des Sohnes Stahl, im gräßlichen Gefechte.

Max.

1255 O! hättest du vom Menschen besser stets
Gedacht, du hättest besser auch gehandelt.
Fluchwürd'ger Argwohn! Unglücksel'ger Zweifel!
Es ist ihm Festes nichts und Unverrücktes,
Und alles wanket, wo der Glaube fehlt.

Octavio.

1260 Und trau ich deinem Herzen auch, wird's immer
In deiner Macht auch stehen, ihm zu folgen?

Max.

Du hast des Herzens Stimme nicht bezwungen,
So wenig wird der Herzog es vermögen.

Octavio.

O! Max, ich seh' dich niemals wiederkehren!

Max.

1265 Unwürdig deiner wirst du nie mich sehn.

Octavio.

Ich geh' nach Frauenberg, die Pappenheimer
Laß ich dir hier, auch Lothringen, Toskana
Und Tiefenbach bleibt da, dich zu bedecken.
Sie lieben dich, und sind dem Eide treu,
1270 Und werden lieber tapfer streitend fallen,
Als von dem Führer weichen und der Ehre.

Max.

Verlaß dich drauf, ich lasse fechtend hier
Das Leben, oder führe sie aus Pilsen.

Octavio (aufbrechend).

Mein Sohn, leb' wohl!

Max.

Leb' wohl!

Octavio.

Wie? Keinen Blick

1275 Der Liebe? Keinen Händedruck zum Abschied?

Es ist ein blut'ger Krieg, in den wir gehn,

Und ungewiß, verhüllt ist der Erfolg.

So pflegten wir uns vormals nicht zu trennen.

Ist es denn wahr? Ich habe keinen Sohn mehr?

(Max fällt in seine Arme, sie halten einander lange schweigend umfaßt, dann
entfernen sie sich nach verschiedenen Seiten.)

1279a: (Hier in 1a1 Titel und Personenverzeichniß.)

Dritter Aufzug.

Saal bey der Herzogin von Friedland.

Erster Auftritt.

Gräfin Terzky. Thekla. Fräulein von Neubrunn. (beide letztern
mit weiblichen Arbeiten beschäftigt)

Gräfin.

1280 Ihr habt mich nichts zu fragen, Thekla? Gar nichts?
Schon lange wart' ich auf ein Wort von euch.
Könnt ihr's ertragen, in so langer Zeit
Nicht einmal seinen Namen auszusprechen?
Wie? Oder wär' ich jetzt schon überflüssig,
1285 Und gäb' es andre Wege, als durch mich? —
Gesteht mir, Nichte. Habt ihr ihn gesehn?

Thekla.

Ich hab' ihn heut' und gestern nicht gesehn.

Gräfin.

Auch nicht von ihm gehört? Verbergt mir nichts.

Thekla.

Kein Wort.

Gräfin.

Und könnt so ruhig seyn!

1279a: Dritter Aufzug.] Erster Aufzug. t. — letztern] letztere an einem
Tisch lt. — Gräfin] Gräfin (auf der entgegengesetzten Seite sie beobachtend).
lt. — letztern] letztere C., Letztere R. — 1283: auszusprechen?] auszusprechen? (da
Thekla schweigt, steht sie auf und tritt näher). lt. — 1288: nicht] nichts t.

Thekla.

Ich bin's.

Gräfin.

1290 Verlaßt uns, Neubrunn.

(Fräulein von Neubrunn entfernt sich)

Zweyter Auftritt.

Gräfin. Thekla.

Gräfin.

Es gefällt mir nicht,
Daß er sich grade jetzt so still verhält.

Thekla.

Gerade jetzt!

Gräfin.

Nachdem er alles weiß!
Denn jetzo war's die Zeit, sich zu erklären.

Thekla.

Sprecht deutlicher, wenn ich's verstehen soll.

Gräfin.

1295 Zu dieser Absicht schick' ich sie hinweg.
Ihr seyd kein Kind mehr, Thekla. Euer Herz
Ist mündig, denn ihr liebt, und kühner Muth
Ist bey der Liebe. Den habt ihr bewiesen.
Ihr artet mehr nach eures Vaters Geist,
1300 Als nach der Mutter ihrem. Darum könnt ihr hören,
Was sie nicht fähig ist, zu tragen.

Thekla.

Ich bitt' euch, endet diese Vorbereitung.
Sey's, was es sey. Heraus damit! Es kann
Mich mehr nicht ängstigen, als dieser Eingang.
1305 Was habt ihr mir zu sagen? Faßt es kurz.

Gräfin.

Ihr müßt nur nicht erschrecken ——

1293: war's die] war es t.

Thekla.

Nennt's! Ich bitt' Euch.

Gräfin.

Es steht bey euch, dem Vater einen großen Dienst
Zu leisten —

Thekla.

Bey mir stünde das! Was kann —

Gräfin.

Max Piccolomini liebt euch. Ihr könnt
1310 Ihn unauflöslich an den Vater binden.

Thekla.

Brauchts dazu meiner? Ist er es nicht schon?

Gräfin.

Er war's.

Thekla.

Und warum sollt' ers nicht mehr seyn,
Nicht immer bleiben?

Gräfin.

Auch am Kaiser hängt er.

Thekla.

Nicht mehr als Pflicht und Ehre von ihm fodern.

Gräfin.

1315 Von seiner Liebe fodert man Beweise,
Und nicht von seiner Ehre — Pflicht und Ehre!
Das sind vieldeutig doppelsinn'ge Nahmen,
Ihr sollt sie ihm auslegen, seine Liebe
Soll seine Ehre ihm erklären.

Thekla.

Wie?

Gräfin.

1320 Er soll dem Kaiser oder euch entsagen.

Thekla.

Er wird den Vater gern in den Privatstand
Begleiten. Ihr vernahmt es von ihm selbst,
Wie sehr er wünscht, die Waffen wegzulegen.

1320: Kaise roder A.

Gräfin.

Er soll sie nicht weglegen, ist die Meynung,
1325 Er soll sie für den Vater ziehn.

Thekla.

         Sein Blut,   84

Sein Leben wird er für den Vater freudig
Verwenden, wenn ihm Unglimpf widerführe.

Gräfin.

Ihr wollt mich nicht errathen — Nun so hört.
Der Vater ist vom Kaiser abgefallen,
1330 Steht im Begriff, sich zu dem Feind zu schlagen,
Mit samt dem ganzen Heer —

Thekla.

         O meine Mutter!

Gräfin.

Es braucht ein großes Beyspiel, die Armee
Ihm nachzuziehn. Die Piccolomini
Stehn bey dem Heer in Ansehn, sie beherrschen
1335 Die Meynung und entscheidend ist ihr Vorgang.
Des Vaters sind wir sicher durch den Sohn —
— Ihr habt jetzt viel in eurer Hand.

Thekla.

O jammervolle Mutter! Welcher Streich des Todes
Erwartet dich! — Sie wirds nicht überleben.

Gräfin.

1340 Sie wird in das Nothwendige sich fügen.
Ich kenne sie — Das Ferne, Künftige beängstigt
Ihr fürchtend Herz, was unabänderlich   85
Und wirklich da ist, trägt sie mit Ergebung.

Thekla.

O meine ahnungsvolle Seele — Jetzt —
1345 Jetzt ist sie da, die kalte Schreckenshand,
Die in mein fröhlich Hoffen schaudernd greift.
Ich wußt' es wohl — O gleich, als ich hier eintrat,

1331: samt] M schreibt überall sammt. — 1341: Ferne, Künftige] ferne Künftige t.

Weissagte mirs das bange Vorgefühl,
Daß über mir die Unglücksterne stünden —
1850 Doch warum denk ich jetzt zuerst an mich —
O meine Mutter! meine Mutter!

Gräfin.

Faßt euch.
Brecht nicht in eitle Klagen aus. Erhaltet
Dem Vater einen Freund, Euch den Geliebten,
So kann noch alles gut und glücklich werden.

Thekla.

1855 Gut werden! Was? Wir sind getrennt auf immer! —
Ach, davon ist nun gar nicht mehr die Rede.

Gräfin.

Er läßt euch nicht! Er kann nicht von euch lassen.

Thekla.

O der Unglückliche!

Gräfin.

Wenn er euch wirklich liebt, wird sein Entschluß
1360 Geschwind gefaßt seyn.

Thekla.

Sein Entschluß wird bald
Gefaßt seyn, daran zweifelt nicht. Entschluß!
Ist hier noch ein Entschluß?

Gräfin.

Faßt euch. Ich höre
Die Mutter nahn.

Thekla.

Wie werd' ich ihren Anblick
Ertragen!

Gräfin.

Faßt euch.

1349: mir die Unglücksterne stünden —] meinem Glück die Todesgötter stünden
(stänben] stünden) t t, stunden B. — 1355: Was? — auf immer!] Was kann
hier gut werden?
         Wir sind getrennt, getrennt auf immerdar. p t t. —
1358: Unglückliche!] Unglückliche! Es wird ihm
         Das Herz zerreißen! t t.

Dritter Auftritt.

Die Herzogin. Vorige.

Herzogin (zur Gräfin).

Schwester! Wer war hier?

1365 Ich hörte lebhaft reden.

Gräfin.

Es war niemand.

Herzogin.

Ich bin so schreckhaft. Jedes Rauschen kündigt mir
Den Fußtritt eines Unglücksboten an.
Könnt ihr mir sagen Schwester, wie es steht?   87
Wird er dem Kaiser seinen Willen thun,
1370 Dem Kardinal die Reiter senden? Sprecht,
Hat er den Questenberg mit einer guten
Antwort entlassen?

Gräfin.

— Nein, das hat er nicht.

Herzogin.

O dann ists aus! Ich seh das Aergste kommen.
Sie werden ihn absetzen, es wird alles wieder
1375 So werden, wie zu Regenspurg.

Gräfin.

So wird's
Nicht werden. Dießmal nicht. Dafür seyd ruhig.

(Thekla, heftig bewegt, stürzt auf die Mutter zu und schließt sie weinend in die
Arme)

Herzogin.

O der unbeugsam unbezähmte Mann!

1370: Sprecht,] O sprecht, 1t. — 1375: zu Regenspurg.] auf dem Regenspurger
Reichstag. 1t. — 1375—1376: So — ruhig]
So wird's nicht werden Schwester. Dießmal nicht!
Dafür seyd ruhig. 1t.
1737: O der] Ja mein armes Kind,
Und du hast auch nun eine güt'ge Pathe
Verloren in der Kaiserin! —
O der 1t. —
unbezähmte] ungezähmte J R.

Was hab ich nicht getragen und gelitten
In dieser Ehe unglücksvollem Bund;
1380 Denn gleich wie an ein feurig Rad gefesselt,
Das rastlos eilend, ewig, heftig, treibt,
Bracht' ich ein angstvoll Leben mit ihm zu,
Und stets an eines Abgrunds jähem Rande
Sturzdrohend, schwindelnd riß er mich dahin.
1385 — Nein, weine nicht mein Kind. Laß dir mein Leiden
Zu keiner bösen Vorbedeutung werden,
Den Stand, der dich erwartet, nicht verleiden.
Es lebt kein zweyter Friedland, du, mein Kind,
Hast deiner Mutter Schicksal nicht zu fürchten.

Thekla.

1390 O lassen Sie uns fliehen, liebe Mutter!
Schnell! Schnell! Hier ist kein Aufenthalt für uns.
Jedwede nächste Stunde brütet irgend
Ein neues, ungeheures Schreckbild aus!

Herzogin.

Dir wird ein ruhigeres Loos! — Auch wir,
1395 Ich und dein Vater, sahen schöne Tage,
Der ersten Jahre denk ich noch mit Lust.
Da war er noch der fröhlich strebende,
Sein Ehrgeiz war ein mild erwärmend Feuer,
Noch nicht die Flamme, die verzehrend rast.
1400 Der Kaiser liebte ihn, vertraute ihm,
Und was er anfing, das mußt ihm gerathen.
Doch seit dem Unglückstag zu Regensburg,
Der ihn von seiner Höh herunter stürzte,
Ist ein unstäter, ungesell'ger Geist
1405 Argwöhnisch, finster, über ihn gekommen.
Ihn floh die Ruhe, und dem alten Glück,
Der eignen Kraft nicht fröhlich mehr vertrauend,
Wandt' er sein Herz den dunkeln Künsten zu,
Die keinen, der sie pflegte, noch beglückt.

1394: Loos] Loos zu Theil H. — 1402: zu] von u. — 1403: herunter] hinunter
u. — herunter stürzte] herunterstürzte B C D F R. — 1404: unstäter] unstäter M.

Schiller, sämmtl. Schriften. Hist.-krit.-Ausg. XII.   18

Gräfin.

1410 Ihr seht's mit euren Augen — Aber ist
Das ein Gespräch, womit wir ihn erwarten?
Er wird bald hier seyn, wißt ihr. Soll er sie
In diesem Zustand finden?

Herzogin.
Komm mein Kind.

Wisch deine Thränen ab. Zeig deinem Vater
1415 Ein heitres Antlitz — Sieh, die Schleife hier
Ist los — Dies Haar muß aufgebunden werden.
Komm trockne deine Thränen. Sie entstellen
Dein holdes Auge — Was ich sagen wollte?
Ja, dieser Piccolomini ist doch
1420 Ein würd'ger Edelmann und voll Verdienst.

Gräfin.

Das ist er Schwester.   .

Thekla (zur Gräfin beängstigt).
Tante, wollt ihr mich

Entschuldigen?   (will gehen)

Gräfin.
Wohin? Der Vater kommt.

Thekla.

Ich kann ihn jetzt nicht sehn.

Gräfin.
Er wird euch aber

Vermissen, nach euch fragen.

Herzogin.   90
Warum geht sie?

Thekla.

1425 Es ist mir unerträglich, ihn zu sehn.

. 1410: Augen] Augen Schwester f t. — 1418: Was ich sagen wollte?] Was wollte
ich doch sagen? — f t. — 1423: sehn.] sehn.
Gräfin.
Wie? Bedenkt!
Thekla.
Es ist mir unerträglich, ihn zu sehn. f t.
euch aber] euch t. — 1425: Es ist — sehn.] fehlt in t.

Gräfin (zur Herzogin).

Ihr ist nicht wohl.

Herzogin (besorgt).

Was fehlt dem lieben Kinde?

(Beyde folgen dem Fräulein und sind beschäftigt, sie zurück zu halten. Wallenstein
erscheint, im Gespräch mit Illo.)

Vierter Auftritt.

Wallenstein. Illo. Vorige.

Wallenstein.

Es ist noch still im Lager?

Illo.

Alles still.

Wallenstein.

In wenig Stunden kann die Nachricht da seyn
Aus Prag, daß diese Hauptstadt unser ist.
1430 Dann können wir die Maske von uns werfen,
Den hiesigen Truppen den gethanen Schritt
Zugleich mit dem Erfolg zu wissen thun.
In solchen Fällen thut das Beyspiel alles.
Der Mensch ist ein nachahmendes Geschöpf,
1435 Und wer der Vorderste ist führt die Heerde.
Die Prager Truppen wissen es nicht anders,
Als daß die Pilsner Völker uns gehuldigt,
Und hier in Pilsen sollen sie uns schwören,
Weil man zu Prag das Beyspiel hat gegeben.
1440 — Der Buttler sagst du hat sich nun erklärt?

Illo.

Aus freyem Trieb, unaufgefodert kam er,
Sich selbst, sein Regiment dir anzubieten.

Wallenstein.

Nicht jeder Stimme find ich, ist zu glauben,
Die warnend sich im Herzen läßt vernehmen.

91

1426 a: zurück zu halten] zurückzuhalten F.R. — mit Illo.)] mit dem Illo.) t.

1445 Uns zu berücken borgt der Lügengeist
Nachahmend oft die Stimme von der Wahrheit
Und streut betrügliche Orakel aus.
So hab' ich diesem würdig braven Mann,
Dem Buttler, stilles Unrecht abzubitten;
1450 Denn ein Gefühl, deß ich nicht Meister bin,
Furcht möcht' ichs nicht gern nennen, überschleicht
In seiner Nähe schaudernd mir die Sinne,
Und hemmt der Liebe freudige Bewegung.
Und dieser Redliche, vor dem der Geist
1455 Mich warnt, reicht mir das erste Pfand des Glücks.

Illo.

Und sein geachtet Beyspiel, zweifle nicht,
Wird dir die Besten in dem Heer gewinnen.

Wallenstein. 92

Jetzt geh und schick mir gleich den Isolan
Hieher, ich hab ihn mir noch jüngst verpflichtet.
1460 Mit ihm will ich den Anfang machen. Geh!

(Illo geht hinaus, unterdessen sind die übrigen wieder vorwärts gekommen)

Wallenstein.

Sieh da die Mutter mit der lieben Tochter!
Wir wollen einmal von Geschäften ruhn —
Kommt! Mich verlangte, eine heitre Stunde
Im lieben Kreis der Meinen zu verleben.

Gräfin.

1465 Wir waren lang nicht so beysammen Bruder.

Wallenstein (bey Seite zur Gräfin).

Kann sie's vernehmen? Ist sie vorbereitet?

Gräfin.

Noch nicht.

Wallenstein.

Komm her mein Mädchen. Setz dich zu mir.
Es ist ein guter Geist auf deinen Lippen,
Die Mutter hat mir deine Fertigkeit

1450 a: (Illo — gekommen)] Illo (geht ab.) lt. — Wallenstein.] Wallenstein (wendet sich zu den Frauen.) lt.

1470 Gepriesen, es soll eine zarte Stimme
Des Wohllauts in dir wohnen, die die Seele
Bezaubert. Ein solche Stimme brauch'
Ich jetzt, den bösen Dämon zu vertreiben,
Der um mein Haupt die schwarzen Flügel schlägt.

93

Herzogin.

1475 Wo hast du deine Zither, Thekla? Komm.
Laß deinem Vater eine Probe hören
Von deiner Kunst.

Thekla.
O meine Mutter! Gott!

Herzogin.
Komm Thekla und erfreue deinen Vater.

Thekla.

Ich kann nicht Mutter —

Gräfin.
Wie? Was ist das Nichte!

Thekla (zur Gräfin).

1480 Verschont mich — Singen — jetzt — in dieser Angst
Der schwer beladnen Seele — vor ihm singen —
Der meine Mutter stürzt ins Grab!

Herzogin.
Wie Thekla, Launen? Soll dein güt'ger Vater
Vergeblich einen Wunsch geäußert haben?

Gräfin.

1485 Hier ist die Zither.

Thekla.
O mein Gott — Wie kann ich —

'(hält das Instrument mit zitternder Hand, ihre Seele arbeitet im heftigsten Kampf, 94
und im Augenblick, da sie anfangen soll zu singen, schaubert sie zusammen, wirft
das Instrument weg und geht schnell ab)

1470: zarte] fehlt in t t. — 1472: brauch'] wird mir wohl thun t t. — 1473: Ich
jetzt] fehlt in t t. — 1475: Zither] M schreibt Cither. 1476: deinem] deinen C D
F k M. — 1477: Gott! fehlt in t t. — 1478: Komm Thekla] Du zitterst? Faß
dich! Geh t t. — 1481: schwer beladnen] schwerbeladnen M. — 1483: güt'ger] fehlt
in t t. — 1485 a: (hält — arbeitet im] (das Orchester fängt an. Während des
Ritornells [ausgestrichen in t] (zeigt Thekla den t t.

Herzogin.

Mein Kind — o sie ist krank!

Wallenstein.

Was ist dem Mädchen? Pflegt sie so zu seyn?

Gräfin.

Nun weil sie es denn selbst verräth, so will
Auch ich nicht länger schweigen.

Wallenstein.

Wie?

Gräfin.

Sie liebt ihn.

Wallenstein.

1490 Liebt! Wen?

Gräfin.

Den Piccolomini liebt sie.
Hast du es nicht bemerkt? Die Schwester auch nicht?

Herzogin.

O war es dieß, was ihr das Herz beklemmte!
Gott segne dich mein Kind! Du darfst
Dich deiner Wahl nicht schämen.

Gräfin.   95

Diese Reise
1495 Wenns deine Absicht nicht gewesen, schreibs
Dir selber zu. Du hättest einen andern
Begleiter wählen sollen!

Wallenstein.

Weiß ers?

Gräfin.

Er hofft sie zu besitzen.

Wallenstein.

Hofft

Sie zu besitzen — Ist der Junge toll?

Gräfin.

1500 Nun mag sie's selber hören!

1490: Piccolomini] Max 1 t.

Wallenstein.

Die Friedländerin

Denkt er davon zu tragen? Nun! Der Einfall
Gefällt mir! Die Gedanken stehen ihm nicht niedrig.

Gräfin.

Weil du so viele Gunst ihm stets bezeugt,
So —

Wallenstein.

    — Will er mich auch endlich noch beerben.
1505 Nun ja! Ich lieb ihn, halt ihn werth, was aber
Hat das mit meiner Tochter Hand zu schaffen?
Sind es die Töchter, sind's die einz'gen Kinder,
Womit man seine Gunst bezeugt?

Herzogin.

Sein adelicher Sinn und seine Sitten —

Wallenstein.

1510 Erwerben ihm mein Herz, nicht meine Tochter.

Herzogin.

Sein Stand und seine Ahnen —

Wallenstein.

    Ahnen! Was!
Er ist ein Unterthan, und meinen Eidam
Will ich mir auf Europens Thronen suchen.

Herzogin.

O lieber Herzog! Streben wir nicht allzuhoch
1515 Hinauf, daß wir zu tief nicht fallen mögen.

Wallenstein.

Ließ ich mirs so viel kosten, in die Höh
Zu kommen, über die gemeinen Häupter
Der Menschen weg zu ragen, um zuletzt
Die große Lebensrolle mit gemeiner
1520 Verwandtschaft zu beschließen? — Hab ich darum —
      (plötzlich hält er inne, sich fassend)
Sie ist das einzige, was von mir nachbleibt
Auf Erden, eine Krone will ich sehn

1518: weg zu ragen] wegzuragen M.

Auf ihrem Haupte, oder will nicht leben.

Was? Alles — Alles! setz' ich dran, um sie

1525 Recht groß zu machen — ja in der Minute,

Worinn wir sprechen —

(er besinnt sich)

Und ich sollte nun,

Wie ein weichherz'ger Vater, was sich gern hat

Und liebt, sein bürgerlich zusammengeben?

Und jetzt soll ich das thun, jetzt eben, da ich

1530 Auf mein vollendet Werk den Kranz will setzen —

Nein, sie ist mir ein langgespartes Kleinod,

Die höchste, letzte Münze meines Schatzes,

Nicht niedriger fürwahr gedenk' ich sie

Als um ein Königsscepter loszuschlagen —

Herzogin.

1535 O mein Gemahl! Sie bauen immer, bauen

Bis in die Wolken, bauen fort und fort

Und denken nicht dran, daß der schmale Grund

Das schwindelnd schwanke Werk nicht tragen kann.

Wallenstein (zur Gräfin).

Hast du ihr angekündigt, welchen Wohnsitz

1540 Ich ihr bestimmt?

Gräfin.

Noch nicht. Entdeck's ihr selbst.

Herzogin.

Wie? Gehen wir nach Kärnthen nicht zurück?

Wallenstein.

Nein.

Herzogin.

Oder sonst auf keines Ihrer Güter?

Wallenstein.

Sie würden dort nicht sicher seyn.

Herzogin.

Nicht sicher

In Kaisers Landen, unter Kaisers Schutz?

1523: leben.] leben. — Was? t1. — 1524: Was — dran.] Ich setze alles —
Alles! dran, t1. — 1526: Worinn] Worin M.

Wallenstein.

1545 Den hat des Frieblands Gattin nicht zu hoffen.

Herzogin.

O Gott bis dahin haben Sie's gebracht!

Wallenstein.

In Holland werden Sie Schutz finden.

Herzogin.

Was?

Sie senden uns in lutherische Länder?

Wallenstein.   99

Der Herzog Franz von Lauenburg wird Ihr
1550 Geleitsmann dahin seyn.

Herzogin.

Der Lauenburger?

Der's mit dem Schweden hält, des Kaisers Feind?

Wallenstein.

Des Kaisers Feinde sind die meinen nicht mehr.

Herzogin.

(sieht den Herzog und die Gräfin schreckensvoll an)

Ist's also wahr? Es ist? Sie sind gestürzt?
Sind vom Kommando abgesetzt? O Gott
1555 Im Himmel!

Gräfin (seitwärts zum Herzog).

Lassen wir sie bey dem Glauben.
Du siehst, daß sie die Wahrheit nicht ertrüge.

Fünfter Auftritt.

Graf Terzky. Vorige.

Gräfin.

Terzky! Was ist ihm? Welches Bild des Schreckens!
Als hätt' er ein Gespenst gesehn!

Terzky.

(Wallenstein bey Seite führend, heimlich)

Ist's dein Befehl, daß die Kroaten reiten?

1549: Ihr] ihr A.

Wallenstein.

1560 Ich weiß von nichts.

Terzky.

Wir sind verrathen!

Wallenstein.

Was?

Terzky.

Sie sind davon, heut Nacht, die Jäger auch,
Leer stehen alle Dörfer in der Runde.

Wallenstein.

Und Isolan?

Terzky.

Den hast du ja verschickt.

Wallenstein.

Ich?

Terzky.

Nicht? Du hast ihn nicht verschickt? Auch nicht
1565 Den Deobat? Sie sind verschwunden beyde.

Sechster Auftritt.

Illo. Vorige.

Illo.

Hat dir der Terzky —

Terzky.

Er weiß alles.

Illo.　　　　　　　　　　　　　　　101

Auch daß Marabas, Esterhazy, Götz,
Kolalto, Kaunitz, dich verlassen? —

Terzky.

Teufel!

Wallenstein (winkt).

Still!

1568: Kaunitz] Kaunitz, Palfi &c.

Gräfin.

(hat sie von weitem ängstlich beobachtet, tritt hinzu)

Terzky! Gott! Was giebt's? Was ist geschehen?

Wallenstein (im Begriff aufzubrechen).

1570 Nichts! Laßt uns gehen.

Terzky (will ihm folgen).

Es ist nichts, Therese.

Gräfin (hält ihn).

Nichts? Seh ich nicht, daß alles Lebensblut
Aus euren geisterbleichen Wangen wich,
Daß selbst der Bruder Fassung nur erkünstelt?

Page (kommt).

Ein Adjutant fragt nach dem Grafen Terzky.   (ab)

(Terzky folgt dem Pagen)

Wallenstein.

1575 Hör, was er bringt — (zu Illo) Das konnte nicht so heimlich   102
Geschehen ohne Meuterey — Wer hat
Die Wache an den Thoren?

Illo.

Tiefenbach.

Wallenstein.

Laß Tiefenbach ablösen unverzüglich
Und Terzky's Grenadiere aufziehn — Höre!
1580 Hast du von Buttlern Kundschaft?

Illo.

Buttlern traf ich.

Gleich ist er selber hier. Der hält dir fest.

(Illo geht. Wallenstein will ihm folgen.)

Gräfin.

Laß ihn nicht von dir, Schwester! Halt ihn auf —
Es ist ein Unglück —

1574 a: (Terzky) (Ab. Terzky M. — 1579—150: Höre! — Kundschaft?) fehlt
in t. — 1580: Illo.] Illo. (will gehn) It.

Wallenstein.
Halt! höre,
Hast du von Buttlern Kundschaft?
Illo. t.

Herzogin.

Großer Gott! Was ist's?

(hängt sich an ihn)

Wallenstein (erwehrt sich ihrer).

Seyd ruhig! Laßt mich! Schwester! Liebes Weib,
1585 Wir sind im Lager! Da ist's nun nicht anders,
Da wechseln Sturm und Sonnenschein geschwind,
Schwer lenken sich die heftigen Gemüther,
Und Ruhe nie beglückt des Führers Haupt.
Wenn ich soll bleiben, geht! Denn übel stimmt   103
1590 Der Weiber Klage zu dem Thun der Männer.

(er will gehn, Terzky kommt zurück.)

Terzky.

Bleib hier. Von diesem Fenster muß man's sehn.

Wallenstein (zur Gräfin).

Geht, Schwester!

Gräfin.

Nimmermehr!

Wallenstein.

Ich will's.

Terzky.

(führt sie bey Seite, mit einem bedeutenden Wink auf die Herzogin)

Therese!

Herzogin.

Komm Schwester, weil er es befiehlt.   (gehen ab)

Siebenter Auftritt.

Wallenstein. Graf Terzky.

Wallenstein (aus Fenster tretend).

Was giebts denn?

Terzky.

Es ist ein Rennen und Zusammenlaufen
1595 Bey allen Truppen. Niemand weiß die Ursach,
Geheimnißvoll, mit einer finstern Stille,

1586: wechseln] wechselt p.

Stellt jedes Corps sich unter seine Fahnen,
Die Tiefenbacher machen böse Minen,
Nur die Wallonen stehen abgesondert
1600 In ihrem Lager, lassen niemand zu,
Und halten sich gefeßt, so wie sie pflegen.

Wallenstein.

Zeigt Piccolomini sich unter ihnen?

Terzky.

Man sucht ihn, er ist nirgends anzutreffen.

Wallenstein.

Was überbrachte denn der Adjutant?

Terzky.

1605 Ihn schickten meine Regimenter ab,
Sie schwören nochmals Treue dir, erwarten
Voll Kriegeslust den Aufruf zum Gefechte.

Wallenstein.

Wie aber kam der Lärmen in das Lager?
Es sollte ja dem Heer verschwiegen bleiben,
1610 Bis sich zu Prag das Glück für uns entschieden.

Terzky.

O daß du mir geglaubt! Noch gestern Abends
Beschwuren wir dich, den Octavio,
Den Schleicher, aus den Thoren nicht zu lassen,
Du gabst die Pferde selber ihm zur Flucht —

Wallenstein.

1615 Das alte Lied! Einmal für allemal,
Nichts mehr von diesem thörigten Verdacht!

Terzky.

Dem Isolani hast du auch getraut,
Und war der erste doch, der dich verließ.

Wallenstein.

Ich zog ihn gestern erst aus seinem Elend.
1620 Fahr' hin! Ich hab auf Dank ja nie gerechnet.

1599: Minen,] Mienen, nur C t. — 1599: Nur die Wallonen] die Pappenheimer C t. — 1610: Bis] bis (Druckfehler in A). — 1616: thörigtem] thörichtem
F K M. — Verdacht] Verdachte C.

Terzky.

Und so sind alle, einer wie der andre.

Wallenstein.

Und thut er unrecht, daß er von mir geht?
Er folgt dem Gott, dem er sein Leben lang
Am Spieltisch hat gedient. Mit meinem Glücke
1625 Schloß er den Bund und bricht ihn, nicht mit mir.
War ich ihm was, er mir? Das Schiff nur bin ich,
Auf das er seine Hoffnung hat geladen,
Mit dem er wohlgemuth das freye Meer
Durchsegelte, er sieht es über Klippen
1630 Gefährlich gehn und rettet schnell die Waare.
Leicht wie der Vogel von dem wirthbar'n Zweige,
Wo er genistet, fliegt er von mir auf,
Kein menschlich Band ist unter uns zerrissen.
Ja der verdient, betrogen sich zu sehn,
1635 Der Herz gesucht bey dem Gedankenlosen!
Mit schnell verlöschten Zügen schreiben sich
Des Lebens Bilder auf die glatte Stirne,
Nichts fällt in eines Busens stillen Grund,
Ein munter Sinn bewegt die leichten Säfte,
1640 Doch keine Seele wärmt das Eingeweide.

Terzky.

Doch möcht' ich mich den glatten Stirnen lieber
Als jenen tiefgefurchten anvertrauen.

Achter Auftritt.

Wallenstein. Terzky. Illo (kömmt wüthend).

Illo.

Verrath und Meuterey!

Terzky.
Ha! was nun wieder?

1623: Leben lang] Lebenlang M. — 1636: schreiben] schrieben t.

Illo.

Die Tiefenbacher, als ich die Ordre gab,
1645 Sie abzulösen — Pflichtvergeßne Schelmen!

Terzky.

Nun?

Wallenstein.

Was denn?

Illo.

Sie verweigern den Gehorsam.

Terzky.

107

So laß sie niederschießen. O gieb Ordre!

Wallenstein.

Gelassen! Welche Ursach geben sie?

Illo

Kein andrer sonst hab' ihnen zu befehlen,
1650 Als Generalleutnant Piccolomini.

Wallenstein.

Was — Wie ist das?

Illo.

So hab' er's hinterlassen
Und eigenhändig vorgezeigt vom Kaiser.

Terzky.

Vom Kaiser — Hörst du's Fürst!

Illo.

Auf seinen Antrieb
Sind gestern auch die Obersten entwichen.

Terzky.

1655 Hörst du's!

Illo.

Auch Montecuculi, Caraffa,
Und noch sechs andre Generale werden
Vermißt, die er beredt hat, ihm zu folgen.
Das hab' er alles schon seit lange schriftlich

108

1651: hab'] hat t.

Bey sich gehabt vom Kaiser, und noch jüngst
1660 Erst abgeredet mit dem Questenberger.

(Wallenstein sinkt auf einen Stuhl und verhüllt sich das Gesicht)

Terzky.

O hättest du mir doch geglaubt!

Neunter Auftritt.

Gräfin. Vorige.

Gräfin.

Ich kann die Angst — ich kanns nicht länger tragen,
Um Gotteswillen, sagt mir, was es ist.

Illo.

Die Regimenter fallen von uns ab.
1665 Graf Piccolomini ist ein Verräther.

Gräfin.

O meine Ahnung!   •

(stürzt aus dem Zimmer)

Terzky.

Hätt' man mir geglaubt!
Da siehst du's, wie die Sterne dir gelogen!

Wallenstein (richtet sich auf).

Die Sterne lügen nicht, das aber ist
Geschehen wider Sternenlauf und Schicksal.
1670 Die Kunst ist redlich, doch dies falsche Herz
Bringt Lug und Trug in den wahrhaft'gen Himmel.
Nur auf der Wahrheit ruht die Wahrsagung,
Wo die Natur aus ihren Grenzen wanket,
Da irret alle Wissenschaft. War es
1675 Ein Aberglaube, menschliche Gestalt
Durch keinen solchen Argwohn zu entehren,
O nimmer schäm' ich dieser Schwachheit mich!
Religion ist in der Thiere Trieb,
Es trinkt der Wilde selbst nicht mit dem Opfer,

1659: jüngst] neulich t t. — 1660: Questenberger.] Questenberg. t. — 1664: ab.]
ab. | Terzky. t t. — 1665: ein] der t.

1680 Dem er das Schwert will in den Busen stoßen..
Das war kein Heldenstück, Octavio!
Nicht deine Klugheit siegte über meine,
Dein schlechtes Herz hat über mein gerades
Den schändlichen Triumph davon getragen.
1685 Kein Schild fing deinen Mordstreich auf, du führtest
Ihn ruchlos auf die unbeschützte Brust,
Ein Kind nur bin ich gegen solche Waffen.

Zehnter Auftritt.

Vorige. Buttler.

Terzky.

O sieh da! Buttler! Das ist noch ein Freund!

Wallenstein.

(geht ihm mit ausgebreiteten Armen entgegen und umfaßt ihn mit Herzlichkeit)

Komm an mein Herz, du alter Kriegsgefährt!   110
1690 So wohl thut nicht der Sonne Blick im Lenz,
Als Freundes Angesicht in solcher Stunde.

Buttler.

Mein General — Ich komme —

Wallenstein.

(sich auf seine Schultern lehnend)

Weißt du's schon?

Der Alte hat dem Kaiser mich verrathen.
Was sagst du? Dreißig Jahre haben wir
1695 Zusammen ausgelebt und ausgehalten.
In Einem Feldbett haben wir geschlafen,
Aus Einem Glas getrunken, Einen Bissen
Getheilt, ich stützte mich auf ihn, wie ich
Auf deine treue Schulter jetzt mich stütze,
1700 Und in dem Augenblick, da liebevoll
Vertrauend meine Brust an seiner schlägt,

1689: Kriegsgefährt] Kriegsgefährte C D F K. — 1700: Und] Uns (Druckfehler in B).

Ersieht er sich den Vortheil, sticht das Messer
Mir listig lauernd, langsam, in das Herz!

(er verbirgt das Gesicht an Buttlers Brust)

Buttler.

Vergeßt den Falschen. Sagt, was wollt ihr thun?

Wallenstein.

1705 Wohl, wohlgesprochen. Fahre hin! Ich bin
Noch immer reich an Freunden, bin ich nicht?
Das Schicksal liebt mich noch, denn eben jetzt,   111
Da es des Heuchlers Tücke mir entlarvt,
Hat es ein treues Herz mir zugesendet.
1710 Nichts mehr von ihm. Denkt nicht, daß sein Verlust
Mich schmerze, o! mich schmerzt nur der Betrug.
Denn werth und theuer waren mir die beiden,
Und jener Max, er liebte mich wahrhaftig,
Er hat mich nicht getäuscht, er nicht — Genug,
1715 Genug davon! Jetzt gilt es schnellen Rath —
Der Reitende, den mir Graf Kinsky schickt
Aus Prag, kann jeden Augenblick erscheinen.
Was er auch bringen mag, er darf den Meutern
Nicht in die Hände fallen. Drum geschwind,
1720 Schickt einen sichern Boten ihm entgegen,
Der auf geheimem Weg ihn zu mir führe.

(Illo will gehen)

Buttler (hält ihn zurück).

Mein Feldherr, wen erwartet ihr?

Wallenstein.

Den Eilenden, der mir die Nachricht bringt,
Wie es mit Prag gelungen.

Buttler.

Hum!

Wallenstein.

Was ist euch?

Buttler.   .   112

1725 So wißt ihr's nicht?

1705: wohlgesprochen] wohl gesprochen M. — 1709: zugesendet.] zugewendet. t.

Wallenstein.

Was denn?

Buttler.

Wie dieser Lärmen

Ins Lager kam? —

Wallenstein.

Wie?

Buttler.

Jener Bote —

Wallenstein (erwartungsvoll).

Nun?

Buttler.

Er ist herein.

Terzky und Illo.

Er ist herein?

Wallenstein.

Mein Bote?

Buttler.

Seit mehrern Stunden.

Wallenstein.

Und ich weiß es nicht?

Buttler.

Die Wache fing ihn auf.

Illo (stampft mit dem Fuß). 118

Verdammt!

Buttler.

Sein Brief

1730 Ist aufgebrochen, läuft durchs ganze Lager —

Wallenstein (gespannt).

Ihr wißt was er enthält?

Buttler (bedenklich).

Befragt mich nicht!

Terzky.

O — Weh uns Illo! Alles stürzt zusammen!

1777: Illo.] Illo (zugleich, rasch). t.

Wallenstein.

Verhehlt mir nichts. Ich kann das Schlimmste hören.
Prag ist verloren? Ist's? Gesteht mir's frey.

Buttler.

1735 Es ist verloren. Alle Regimenter
　　Zu Budweiß, Tabor, Braunau, Königingrätz,
　　Zu Brünn und Znaym haben euch verlassen,
　　Dem Kaiser neu gehuldiget, ihr selbst
　　Mit Kinsky, Terzky, Illo seyd geächtet.
　　(Terzky und Illo zeigen Schrecken und Wuth. Wallenstein bleibt fest und gefaßt
　　　　stehen)

Wallenstein (nach einer Pause).

1740 Es ist entschieden, nun ist's gut — und schnell
　　Bin ich geheilt von allen Zweifelsqualen,
　　Die Brust ist wieder frey, der Geist ist hell,
　　Nacht muß es seyn, wo Friedlands Sterne strahlen.
　　Mit zögerndem Entschluß, mit wankendem Gemüth
1745 Zog ich das Schwert, ich that's mit Widerstreben,
　　Da es in meine Wahl noch war gegeben!
　　Nothwendigkeit ist da, der Zweifel flieht,
　　Jetzt secht' ich für mein Haupt und für mein Leben.
　　　　　　(er geht ab. Die Andern folgen.)

114

Eilfter Auftritt.

Gräfin Terzky (kommt aus dem Seitenzimmer).

Nein! ich kanns länger nicht — Wo sind sie? Alles
1750 Ist leer. Sie lassen mich allein — allein,
　　In dieser fürchterlichen Angst — Ich muß
　　Mich zwingen vor der Schwester, ruhig scheinen
　　Und alle Qualen der bedrängten Brust
　　In mir verschließen — Das ertrag' ich nicht!
1755 — Wenn es uns fehl schlägt, wenn er zu dem Schweden
　　Mit leerer Hand, als Flüchtling, müßte kommen,

1744: mit wankendem] und wankendem p. — 1749: länger nicht —] länger nicht
— (sich umschauend) l t.

Nicht als geehrter Bundsgenosse, stattlich,
Gefolgt von eines Heeres Macht — Wenn wir
Von Land zu Lande wie der Pfalzgraf müßten wandern,
1760 Ein schmählich Denkmal der gefallnen Größe —
Nein, diesen Tag will ich nicht schau'n! und könnt'
Er selbst es auch ertragen, so zu sinken,
Ich trüg's nicht, so gesunken ihn zu sehn.

115

Zwölfter Auftritt.

Gräfin. Herzogin. Thekla.

Thekla.
(will die Herzogin zurückhalten)
O liebe Mutter, bleiben Sie zurück!

Herzogin.
1765 Nein, hier ist noch ein schreckliches Geheimniß,
Das mir verhehlt wird — Warum meidet mich
Die Schwester? Warum seh' ich sie voll Angst
Umhergetrieben, warum dich so voll Schrecken?
Und was bedeuten diese stummen Winke,
1770 Die du verstohlen heimlich mit ihr wechselst?

Thekla.
Nichts, liebe Mutter!

Herzogin.
Schwester, ich will's wissen.

Gräfin.
Was hilfts auch, ein Geheimniß draus zu machen!
Läßt sich's verbergen? Früher, später muß
Sie's doch vernehmen lernen und ertragen.
1775 Nicht Zeit ist's jetzt, der Schwäche nachzugeben,
Muth ist uns Noth und ein gefaßter Geist,
Und in der Stärke müssen wir uns üben.
Drum besser, es entscheidet sich ihr Schicksal
Mit einem Wort — Man hintergeht euch, Schwester.

116

1758: eines Heeres Macht) einer Heeres-Macht R.

1780 Ihr glaubt, der Herzog sey entsetzt — der Herzog
　　　Ist nicht entsetzt — er ist —

　　　　　　　　　Thekla (zur Gräfin gehend).
　　　　　　　　　　　　　Wollt ihr sie tödten?

　　　　　　　　　　　Gräfin.

Der Herzog ist —

　　　　　　　　　　Thekla.
　　　　　　(die Arme um die Mutter schlagend)
　　　　　　　O standhaft meine Mutter!

　　　　　　　　　　Gräfin.

Empört hat sich der Herzog, zu dem Feind
Hat er sich schlagen wollen, die Armee
1785 Hat ihn verlassen, und es ist mislungen.
　　(Während dieser Worte wankt die Herzogin und fällt ohnmächtig in die Arme ihrer
　　　　　　　　　　　Tochter.)

　　　(Ein großer Saal beym Herzog von Friedland.)

　　　　　　Dreyzehnter Auftritt.

　　　　　Wallenstein (im Harnisch).

Du hast's erreicht, Octavio — Fast bin ich
Jetzt so verlassen wieder, als ich einst
Vom Regenspurger Fürstentage ging.
Da hatt' ich nichts mehr als mich selbst — doch was　　　117
1790 Ein Mann kann werth seyn, habt ihr schon erfahren.
Den Schmuck der Zweige habt ihr abgehauen,
Da steh' ich, ein entlaubter Stamm! Doch innen
Im Marke lebt die schaffende Gewalt,
Die sprossend eine Welt aus sich gebohren.
1795 Schon einmal galt ich euch statt eines Heers,
Ich einzelner. Dahin geschmolzen vor
Der Schweb'schen Stärke waren eure Heere,

1785 a : ihrer Tochter.)] ihrer Tochter. Indem Thekla um Hilfe ruft, fällt der
Vorhang.) t. — Ein großer] Zweyter Aufzug. | Ein großer t. — Drey-
zehnter Auftritt.] Erster Auftritt. t. — 1790: kann] mag u. — 1796: Dahin geschmolzen] Dahingeschmolzen M.

Am Lech sank Tilly, euer letzter Hort,
Ins Bayerland, wie ein geschwollner Strom,
1800 Ergoß sich dieser Gustav, und zu Wien
In seiner Hofburg zitterte der Kaiser.
Soldaten waren theuer, denn die Menge
Geht nach dem Glück — Da wandte man die Augen
Auf mich, den Helfer in der Noth, es beugte sich
1805 Der Stolz des Kaisers vor dem Schwergekränkten,
Ich sollte aufstehn mit dem Schöpfungswort
Und in die hohlen Läger Menschen sammeln.
Ich that's. Die Trommel ward gerührt. Mein Nahme
Ging wie ein Kriegsgott durch die Welt. Der Pflug,
1810 Die Werkstatt wird verlassen, alles wimmelt
Der altbekannten Hoffnungsfahne zu —
— Noch fühl' ich mich denselben, der ich war!
Es ist der Geist, der sich den Körper baut,
Und Friedland wird sein Lager um sich füllen.
1815 Führt eure Tausende mir kühn entgegen,
Gewohnt wohl sind sie, unter mir zu siegen,
Nicht gegen mich — Wenn Haupt und Glieder sich trennen,
Da wird sich zeigen, wo die Seele wohnte.

(Illo und Terzky treten ein.)

Muth, Freunde, Muth! Wir sind noch nicht zu Boden.
1820 Fünf Regimenter Terzky sind noch unser,
Und Buttlers wack're Schaaren — Morgen stößt
Ein Heer zu uns von sechzehntausend Schweden.
Nicht mächt'ger war ich, als ich vor neun Jahren
Auszog, dem Kaiser Deutschland zu erobern.

118

1811: altbekannten] allbekannten K. — Hoffnungsfahne zu —] Hoffnungsfahne zu —
              Und wie des Waldes liederreicher Chor
              Schnell um den Wundervogel her sich sammelt,
              Wenn er der Kehle Zauberschlag beginnt,
              So drängte sich um meines Adlers Bild
              Des deutschen Landes kriegerische Jugend. g k t u.
1817: Glieder] Glied u.

Vierzehnter Auftritt.

Vorige. Neumann. (der den Grafen Terzky bei Seite führt und mit ihm
spricht)

Terzky (zu Neumann).

1825 Was suchen sie?

Wallenstein.

Was giebt's?

Terzky.

Zehn Küraffiere

Von Pappenheim verlangen dich im Nahmen

Des Regiments zu sprechen.

Wallenstein (schnell zu Neumann).

Laß sie kommen.

(Neumann geht hinaus)

Davon erwart' ich etwas. Gebet acht,   119

Sie zweifeln noch und sind noch zu gewinnen.

Fünfzehnter Auftritt.

Wallenstein. Terzky. Illo. Zehn Küraffiere. (von einem Gefreiten
geführt, marschieren auf und stellen sich nach dem Kommando in einem Glied vor
den Herzog, die Honneurs machend)

Wallenstein.

(nachdem er sie eine Zeitlang mit den Augen gemessen, zum Gefreiten)

1830 Ich kenne dich wohl. Du bist aus Brügg' in Flandern,

Dein Nam' ist Mercy.

Gefreiter.

Heinrich Mercy heiß ich.

1824a: Vierzehnter Auftritt.] Zweiter Auftritt. t. — 1825: fie] Sie M.
— 1826—1828: Zehn Küraffiere von Pappenheim] Zehn Küraffiere t. — 1824a:
Fünfzehnter Auftritt.] Dritter Auftritt. t. — Honneurs machend.)]
Honneurs machend. Er nimmt den Hut ab und bedeckt sich gleich wieder.) t. —
Gefreiter.
Halt! Front!
Richt euch.[1] Präsentirt. st.
([1] Richt euch.] durchstrichen in s.)

Wallenstein.

Du wurdest abgeschnitten auf dem Marsch,
Von Hessischen umringt und schlugst dich durch,
Mit hundertachtzig Mann durch ihrer Tausend.

Gefreiter.

1835 So ist's, mein General.

Wallenstein.

Was wurde dir

Für diese wack're That?

Gefreiter. 120

Die Ehr, mein Feldherr,
Um die ich bat, bey diesem Corps zu dienen.

Wallenstein (wendet sich zu einem andern).

Du warst darunter, als ich die Freywilligen
Heraus ließ treten auf dem Altenberg,
1840 Die schwed'sche Batterie hinweg zu nehmen.

Zweyter Kürassier.

So ist's, mein Feldherr.

Wallenstein.

Ich vergesse keinen,
Mit dem ich einmal Worte hab' gewechselt.
Bringt eure Sache vor.

Gefreiter (kommandirt).

Gewehr in Arm!

1834: hundertachtzig] hundert achtzig M. — 1842–1843: gewechselt. Bringt eure
Sache vor.] gewechselt. (nach einer Pause.)

Wer sendet Euch?

Gefreiter.

Dein edles Regiment,
Die Kürassiere Piccolomini.

Wallenstein.

Warum führt Euer Oberst nicht für Euch
Das Wort, wie's 1 Brauch und Ordnung ist im Dienst?

Gefreiter.

Weil wir erst wissen wollen, wem wir dienen.

Wallenstein.

Bringt eure Sache vor. kt. (1 wie.)

1843: Gewehr in Arm!] Gewehr beim Fuß! k, Gewehr auf Schulter! Gewehr
in Arm! st (auf Schulter, Gewehr) durchstrichen in s.

Wallenstein (zu einem Dritten gewendet).
Du nennst dich Risbeck, Köln ist dein Geburtsort.

Dritter Küraffier.
1845 Risbeck aus Köln.

Wallenstein.
Den schwed'schen Oberst Dübald brachtest du
Gefangen ein im Nürenberger Lager.

Dritter Küraffier.
Ich nicht, mein General.

Wallenstein.   121
Ganz recht! Es war
Dein ältrer Bruder, der es that — du hattest
1850 Noch einen jüngern Bruder, wo blieb der?

Dritter Küraffier.
Er steht zu Olmütz bey des Kaisers Heer.

Wallenstein (zum Gefreiten).
Nun so laß hören.

Gefreiter.
Ein kaiserlicher Brief kam uns zu Handen,
Der uns —

Wallenstein (unterbricht ihn).
Wer wählte euch?

Gefreiter.
Jedwede Fahn'
1855 Zog ihren Mann durchs Loos.

Wallenstein.
Nun denn zur Sache!

Gefreiter.
Ein kaiserlicher Brief kam uns zu Handen,
Der uns befiehlt, die Pflicht dir aufzukünden,
Weil du ein Feind und Landsverräther seyst.

Wallenstein.
Was habt ihr drauf beschlossen?

1841—1845: Köln] Cölln R. — 1851: zu] bey R. — 1854: (unterbricht ihn.)]
(unterbricht). t. — 1855: denn] dann t.

Gefreiter.

Unsre Kameraden
1860 Zu Braunau, Budweiß, Prag und Olmütz haben
Bereits gehorcht und ihrem Beyspiel folgten
Die Regimenter Tiefenbach, Toscana.
— Wir aber glaubens nicht, daß du ein Feind
Und Landsverräther bist, wir halten's bloß
1865 Für Lug und Trug und spanische Erfindung.

(treuherzig)
Du selber sollst uns sagen, was du vor hast,
Denn du bist immer wahr mit uns gewesen,
Das höchste Zutraun haben wir zu dir,
Kein fremder Mund soll zwischen uns sich schieben,
1870 Den guten Feldherrn und die guten Truppen.

Wallenstein.

Daran erkenn' ich meine Pappenheimer.

Gefreiter.

Und dies entbietet dir dein Regiment.
Ist's deine Absicht bloß, dies Kriegesscepter,
Das dir gebührt, das dir der Kaiser hat
1875 Vertraut, in deinen Händen zu bewahren,
Oestreichs rechtschaffner Feldhauptmann zu seyn,
So wollen wir dir beystehn und dich schützen
Bey deinem guten Rechte gegen Jeden —
Und wenn die andern Regimenter alle

1880 Sich von dir wenden, wollen wir allein
Dir treu seyn, unser Leben für dich laßen.
Denn das ist unsre Reiterpflicht, daß wir
Umkommen lieber, als dich sinken laßen.
Wenn's aber so ist, wie des Kaisers Brief
1885 Besagt, wenn's wahr ist, daß du uns zum Feind
Treuloser Weise willst hinüber führen,
Was Gott verhüte! ja so wollen wir
Dich auch verlaßen und dem Brief gehorchen.

1860: Budweiß] Budweis M. — 1866: vor baß] vorbaß M. — 1867: wollen
wir] wollen wir (einfach und ehrlich.) † t.

Wallenſtein.

Hört Kinder —

Gefreiter.

Braucht nicht viel Worte. Sprich
1890 Ja oder Nein, ſo ſind wir ſchon zufrieden.

Wallenſtein.

Hört an. Ich weiß, daß ihr verſtändig ſeyd,
Selbſt prüft und denkt und nicht der Heerde folgt,
Drum hab' ich euch, ihr wißt's, auch ehrenvoll
Stets unterſchieden in der Heereswoge,
1895 Denn nur die Fahnen zählt der ſchnelle Blick
Des Feldherrn, er bemerkt kein einzeln Haupt,
Streng herrſcht und blind der eiſerne Befehl,
Es kann der Menſch dem Menſchen hier nichts gelten —
So, wißt ihr, hab' ich's nicht mit euch gehalten,
1900 Wie ihr euch ſelbſt zu faſſen angefangen
Im rohen Handwerk, wie von euren Stirnen
Der menſchliche Gedanke mir geleuchtet,
Hab' ich als freye Männer euch behandelt,
Der eignen Stimme Recht euch zugeſtanden —

Gefreiter.

1905 Ja, würdig haſt du ſtets mit uns verfahren,
Mein Feldherr, uns geehrt durch dein Vertraun,
Uns Gunſt erzeigt vor allen Regimentern.
Wir folgen auch dem großen Haufen nicht,
Du ſiehſt's! Wir wollen treulich bey dir halten.
1910 Sprich nur ein Wort, dein Wort ſoll uns genügen,
Daß es Verrath nicht ſey, worauf du ſinnſt,
Daß du das Heer zum Feind nicht wolleſt führen.

Wallenſtein.

Mich, mich verräth man! Aufgeopfert hat mich

124

1892: Heerde folgt.] Heerde folgt.
    Denn zu der Stärke, die nur ſchrecklich iſt,
    Geſellet Ihr die Mäßigung, die Ruhe;
    Und Euer Anſtand, Eures Marſches Weiſe
    Verkündigte¹ ein edleres Geſchlecht. q t, t wieder ausgeſtrichen.
        (¹ Verkündet gleich.)

Der Kaiser meinen Feinden, fallen muß ich,
1915 Wenn meine braven Truppen mich nicht retten.
Euch will ich mich vertrauen — Euer Herz
Sey meine Veste! Seht, auf diese Brust
Zielt man! Nach diesem greisen Haupte! — Das
Ist span'sche Dankbarkeit, das haben wir
1920 Für jene Mordschlacht auf der alten Veste,
Auf Lützens Ebnen! Darum warfen wir
Die nackte Brust der Partisan' entgegen,
Drum machten wir die eisbedeckte Erde,
Den harten Stein zu unserm Pfühl, kein Strom   125
1925 War uns zu schnell, kein Wald zu undurchdringlich,
Wir folgten jenem Mansfeld unverdrossen
Durch alle Schlangen-Krümmen seiner Flucht,
Ein ruheloser Marsch war unser Leben,
Und wie des Windes Sausen, heimatlos,
1930 Durchstürmten wir die kriegbewegte Erde.
Und jetzt, da wir die schwere Waffenarbeit
Die undankbare, fluchbeladene gethan,
Mit unermüdet treuem Arm des Krieges Last
Gewälzt, soll dieser kaiserliche Jüngling
1935 Den Frieden leicht wegtragen, soll den Oelzweig,
Die wohlverdiente Zierde unsers Haupts,
Sich in die blonden Knabenhaare flechten —

Gefreiter.

Das soll er nicht, so lang wir's hindern können.
Niemand als du, der ihn mit Ruhm geführt,
1940 Soll diesen Krieg, den fürchterlichen, enden.

1917: Veste] M schreibt Festung. — 1927: Schlangen-Krümmen] Schlangen-
trümmen M. — 1929: heimatlos] heimathlos M. — 1932—1934: Die undankbare
— Jüngling]
    Die undankbare, fluchbeladene
    Gethan, mit unermüdet treuem Arm
    Des Krieges Last gewälzt, soll dieser Jüngling ¶1.
1937: flechten —] flechten —
    Mit Blumen sich den Weg bestreuet sehen,
    Indessen wir durch Blut gewadet¹ sind! g¶1.   (¹ gewatet.)

Du führtest uns heraus ins blut'ge Feld
Des Todes, du, kein andrer, sollst uns fröhlich
Heimführen in des Friedens schöne Fluren,
Der langen Arbeit Früchte mit uns theilen —

Wallenstein.

1945 Wie? denkt ihr euch im späten Alter endlich
Der Früchte zu erfreuen? Glaubt das nicht.
Ihr werdet dieses Kampfes Ende nimmer   126
Erblicken! Dieser Krieg verschlingt uns alle.
Oestreich will keinen Frieden, darum eben,
1950 Weil ich den Frieden suche, muß ich fallen.
Was kümmerts Oestreich, ob der lange Krieg
Die Heere aufreibt und die Welt verwüstet,
Es will nur wachsen stets und Land gewinnen.
Ihr seyd gerührt — ich seh den edeln Zorn
1955 Aus euren kriegerischen Augen blitzen.
O daß mein Geist euch jetzt beseelen möchte,
Kühn wie er einst in Schlachten euch geführt!
Ihr wollt mir beystehn, wollt mich mit den Waffen
Bey meinem Rechte schützen — das ist edelmüthig!
1960 Doch denket nicht, daß ihr's vollenden werdet,
Das kleine Heer! Vergebens werdet ihr
Für euren Feldherrn euch geopfert haben.

(zutraulich)

Nein! laßt uns sicher gehen, Freunde suchen,
Der Schwede sagt uns Hilfe zu, laßt uns
1965 Zum Schein sie nutzen, bis wir, beiden furchtbar,
Europens Schicksal in den Händen tragen,
Und der erfreuten Welt aus unserm Lager
Den Frieden schön bekränzt entgegen führen.

Gefreiter.

So treibst du's mit dem Schweden nur zum Schein,
1970 Du willst den Kaiser nicht verrathen, willst uns

1941: führtest] führst t. — blut'ge] blutige t. — 1949: Oestreich will] Sie wollen
t. — 1951—1953: Was kümmerts — Land gewinnen.] ausgestrichen in t. — 1953:
gewinnen.] gewinnen. (Die Kürassiere gerathen in Bewegung.) t t.

Nicht schwedisch machen? — sieh, das ist's allein,   127
Was wir von dir verlangen zu erfahren.

Wallenstein.

Was geht der Schwed' mich an? Ich haß ihn, wie
Den Pfuhl der Hölle, und mit Gott gedenk' ich ihn
1975 Bald über seine Ostsee heimzujagen.
Mir ist's allein ums Ganze. Seht! Ich hab'
Ein Herz, der Jammer dieses deutschen Volks erbarmt mich.
Ihr seyd gemeine Männer nur, doch denkt
Ihr nicht gemein, ihr scheint mir's werth vor andern,
1980 Daß ich ein traulich Wörtlein zu euch rede —
Seht! Fünfzehn Jahr schon brennt die Kriegesfackel,
Und noch ist nirgends Stillstand. Schwed und Deutscher!
Papist und Lutheraner! Keiner will
Dem andern weichen! Jede Hand ist wider
1985 Die andre! Alles ist Parthey und nirgends
Kein Richter! Sagt wo soll das enden? Wer
Den Knäul entwirren, der sich endlos selbst
Vermehrend wächst — Er muß zerhauen werden.
Ich fühl's, daß ich der Mann des Schicksals bin,
1990 Und hoff's mit eurer Hilfe zu vollführen.

Sechzehnter Auftritt.

Buttler. Vorige.

Buttler (in Eifer).

Das ist nicht wohl gethan, mein Feldherr.

Wallenstein.   128

Was?

Buttler.

Das muß uns schaden bey den Gutgesinnten.

Wallenstein.

Was denn?

Buttler.

Es heißt den Aufruhr öffentlich erklären!

1986: wo] wer t. — 1990a: Sechzehnter Auftritt.] Vierter Auftritt. t.

Wallenstein.

Was ist es denn?

Buttler.

Graf Terzky's Regimenter reißen
1995 Den kaiserlichen Adler von den Fahnen.
Und pflanzen deine Zeichen auf.

Gefreiter (zu den Kürassieren).

Rechts um!

Wallenstein.

Verflucht sey dieser Rath und wer ihn gab!

(zu den Kürassieren, welche abmarschieren.)

Halt Kinder, halt — Es ist ein Irrthum — Hört —
Und streng will ich's bestrafen — Hört doch! Bleibt.
2000 Sie hören nicht (zu Illo). Geh nach, bedeute sie,
Bring' sie zurück, es koste was es wolle.

(Illo eilt hinaus.)

Das stürzt uns ins Verderben — Buttler! Buttler!   129
Ihr seyd mein böser Dämon, warum mußtet ihr's
In ihrem Beyseyn melden! — Alles war
2005 Auf gutem Weg — Sie waren halb gewonnen —
Die Rasenden, mit ihrer unbedachten
Dienstfertigkeit! — O grausam spielt das Glück
Mit mir! Der Freunde Eifer ist's, der mich
Zu Grunde richtet, nicht der Haß der Feinde.

Siebzehnter Auftritt.

Vorige. Die Herzogin stürzt ins Zimmer. Ihr folgt Thekla und die
Gräfin. Dann Illo.

Herzogin.

2010 O Albrecht! Was hast du gethan?

Wallenstein.

Nun das noch!

1996: Kürassieren.)] Kürassieren rasch). t. — Rechts um] Links um t. —
Rechts um Marsch! s t. — Marsch!] durchstrichen in s. — 2003: Ihr seyd] Du
bist p. — 2009: Siebzehnter Auftritt.] Fünfter Auftritt. t.

Gräfin.

Verzeih mir, Bruder. Ich vermocht' es nicht,
Sie wissen alles.

Herzogin.

Was hast du gethan!

Gräfin (zu Terzky).

Ist keine Hoffnung mehr? Ist alles denn
Verloren?

Terzky.   130

Alles. Prag ist in des Kaisers Hand,
2015 Die Regimenter haben neu gehuldigt.

Gräfin.

Heimtückischer Octavio! — Und auch
Graf Max ist fort?

Terzky.

Wo sollt' er seyn? Er ist
Mit seinem Vater über zu dem Kaiser.

(Thekla stürzt in die Arme ihrer Mutter, das Gesicht an ihrem Busen verbergend.)

Herzogin (sie in die Arme schließend).

Unglücklich Kind! Unglücklichere Mutter!

Wallenstein.

(bey Seite gehend mit Terzky)

2020 Laß einen Reisewagen schnell bereit seyn
Im Hinterhofe, diese wegzubringen.

(auf die Frauen zeigend.)

Der Scherfenberg kann mit, der ist uns treu,
Nach Eger bringt er sie, wir folgen nach.

(zu Illo, der wieder kommt.)

Du bringst sie nicht zurück?

Illo.

Hörst du den Auflauf?

2025 Das ganze Corps der Pappenheimer ist
Im Anzug. Sie verlangen ihren Oberst,
Den Max zurück, er sey hier auf dem Schloß,
Behaupten sie, du haltest ihn mit Zwang,   131

Und wenn du ihn nicht losgebst, werde man
2030 Ihn mit dem Schwerte zu befreyen wissen.
(Alle stehn erstaunt.)

Terzky.

Was soll man daraus machen?

Wallenstein.

Sagt ich's nicht?

O mein wahrsagend Herz! Er ist noch hier.
Er hat mich nicht verrathen, hat es nicht
Vermocht — Ich habe nie daran gezweifelt.

Gräfin.

2035 Ist er noch hier, o dann ist alles gut,
Dann weiß ich, was ihn ewig halten soll!
(Thekla umarmend.)

Terzky.

Es kann nicht seyn. Bedenke doch! Der Alte
Hat uns verrathen, ist zum Kaiser über,
Wie kann er's wagen hier zu seyn?

Illo (zu Wallenstein).

Den Jagdzug,

2040 Den du ihm kürzlich schenktest, sah ich noch
Vor wenig Stunden übern Markt wegführen.

Gräfin.

O Nichte, dann ist er nicht weit!

Thekla.
(hat den Blick nach der Thüre geheftet und ruft lebhaft)
Da ist er!

132

Achtzehnter Auftritt.

Die Vorigen. Max Piccolomini.

Max.
(mitten in den Saal tretend)

Ja! Ja! Da ist er! Ich vermag's nicht länger,
Mit leisem Tritt um dieses Haus zu schleichen,

<hr>

2037: der Alte] sein Vater 1 (Correctur von Schiller). — 2042 a: Achtzehnter
Auftritt.] Sechster Auftritt. t. — 2043: Ja! Ja! Da ist er!] Ja! Da ist er! C t.

2045 Den günst'gen Augenblick verstohlen zu
Erlauren — Dieses Harren, diese Angst
Geht über meine Kräfte!

(Auf Thekla zugehend, welche sich ihrer Mutter in die Arme geworfen)

O sieh mich an! Sieh nicht weg, holder Engel,
Bekenn' es frey vor Allen. Fürchte niemand.
2050 Es höre, wer es will, daß wir uns lieben.
Wozu es noch verbergen? Das Geheimniß
Ist für die Glücklichen, das Unglück braucht,
Das Hoffnungslose, keinen Schleyer mehr,
Frey, unter tausend Sonnen kann es handeln.

(Er bemerkt die Gräfin, welche mit frohlockendem Gesicht auf Thekla blickt)

2055 Nein, Base Terzky! Seht mich nicht erwartend,
Nicht hoffend an! Ich komme nicht, zu bleiben.
Abschied zu nehmen komm' ich — Es ist aus.
Ich muß, muß dich verlassen, Thekla — muß!
Doch deinen Haß kann ich nicht mit mir nehmen.
2060 Nur einen Blick des Mitleids gönne mir,.
Sag', daß du mich nicht hassest. Sag' mir's, Thekla.

(Indem er ihre Hand faßt, heftig bewegt.)

O Gott! — Gott! Ich kann nicht von dieser Stelle.
Ich kann es nicht — kann diese Hand nicht lassen.
Sag' Thekla, daß du Mitleid mit mir hast.
2065 Dich selber überzeugst, ich kann nicht anders.

(Thekla, seinen Blick vermeidend, zeigt mit der Hand auf ihren Vater, er wendet sich nach dem Herzog um, den er jetzt erst gewahr wird.)

Du hier? — Nicht du bist's, den ich hier gesucht.
Dich sollten meine Augen nicht mehr schauen.
Ich hab' es nur mit ihr allein. Hier will ich,
Von diesem Herzen freygesprochen seyn,
2070 An allem andern ist nichts mehr gelegen.

Wallenstein.

Denkst du, ich soll der Thor seyn und dich ziehen lassen,
Und eine Großmuthsscene mit dir spielen?

2046: Erlauren] Erlauern K M. — 2053: keinen] keine t. — 2059—2060: Doch — nehmen. | Nur — mir,] Nur — mir, | Doch — nehmen. C D F K. — 207: allem] allen F K.

Dein Vater ist zum Schelm an mir geworden,
Du bist mir nichts mehr als sein Sohn, sollst nicht
2075 Umsonst in meine Macht gegeben seyn.
Denk' nicht, daß ich die alte Freundschaft ehren werde,
Die er so ruchlos hat verletzt. Die Zeiten
Der Liebe sind vorbey, der zarten Schonung,
Und Haß und Rache kommen an die Reihe.
2080 Ich kann auch Unmensch seyn, wie er.

Max.

Du wirst mit mir verfahren, wie du Macht hast.
Wohl aber weißt du, daß ich deinem Zorn
Nicht trotze, noch ihn fürchte. Was mich hier
Zurück hält, weißt du!

(Thekla bey der Hand fassend.)

2085 Sieh! Alles — alles wollt' ich dir verdanken,
Das Loos des Seligen wollt' ich empfangen
Aus deiner väterlichen Hand. Du hast's
Zerstört, doch daran liegt dir nichts. Gleichgültig
Trittst du das Glück der deinen in den Staub,
2090 Der Gott, dem du dienst, ist kein Gott der Gnade.
Wie das gemüthlos blinde Element,
Das Furchtbare, mit dem kein Bund zu schließen,
Folgst du des Herzens wildem Trieb allein.
Weh denen, die auf dich vertrau'n, an dich
2095 Die sich're Hütte ihres Glückes lehnen,
Gelockt von deiner gastlichen Gestalt!
Schnell, unverhofft, bey nächtlich stiller Weile
Gährts in dem tück'schen Feuerschlunde, ladet
Sich aus mit tobender Gewalt, und weg
2100 Treibt über alle Pflanzungen der Menschen
Der wilde Strom in grausender Zerstörung.

Wallenstein.

Du schilderst deines Vaters Herz. Wie du's

2080: Ich kann — wie er.] fehlt in J K. — 2080a: Max.] Max (ruhig). t t
— 2082: aber] fehlt in t. — 2084: Zurück hält] Zurückhält M. — 2101: grausender]
grausamer J K.

Beschreibst, so ist's in seinem Eingeweide,
In dieser schwarzen Heuchlers Brust gestaltet.

2105 O mich hat Höllenkunst getäuscht. Mir sandte
Der Abgrund den verstecktesten der Geister,
Den Lügekundigsten herauf, und stellt' ihn
Als Freund an meine Seite. Wer vermag
Der Hölle Macht zu widerstehn! Ich zog

2110 Den Basilisken auf an meinem Busen,
Mit meinem Herzblut nährt' ich ihn, er sog
Sich schwelgend voll an meiner Liebe Brüsten,
Ich hatte nimmer Arges gegen ihn,
Weit offen ließ ich des Gedankens Thore,

2115 Und warf die Schlüssel weiser Vorsicht weg —
Am Sternenhimmel suchten meine Augen,
Im weiten Weltenraum den Feind, den ich
Im Herzen meines Herzens eingeschlossen.
— Wär' ich dem Ferdinand gewesen, was

2120 Octavio mir war — Ich hätt' ihm nie
Krieg angekündigt — nie hätt' ich's vermocht.
Er war mein strenger Herr nur, nicht mein Freund,
Nicht meiner Treu vertraute sich der Kaiser.
Krieg war schon zwischen mir und ihm, als er

2125 Den Feldherrnstab in meine Hände legte,
Denn Krieg ist ewig zwischen List und Argwohn,
Nur zwischen Glauben und Vertraun ist Friede.
Wer das Vertraun vergiftet, o der mordet
Das werdende Geschlecht im Leib der Mutter!

Max.

2130 Ich will den Vater nicht vertheidigen.
Weh mir, daß ich's nicht kann!
Unglücklich schwere Thaten sind geschehn,
Und eine Frevelhandlung faßt die andre
In enggeschloßner Kette grausend an.

2135 Doch wie geriethen wir, die nichts verschuldet,

2104: dieser] seiner t. — Heuchlers Brust] Heuchlers-Brust F K, Heuchlersbrust
u M. — 2107: stellt'] stellte t u. — 2122: Er] Es t.

In diesen Kreis des Unglücks und Verbrechens?
Wem brachen wir die Treue? Warum muß
Der Väter Doppelschuld und Frevelthat
Uns gräßlich wie ein Schlangenpaar umwinden?
2140 Warum der Väter unversöhnter Haß
Auch uns, die Liebenden, zerreissend scheiden?

(Er umschlingt Thekla mit heftigem Schmerz)

Wallenstein.

(hat den Blick schweigend auf ihn geheftet und nähert sich jetzt)

Max, bleibe bey mir. — Geh nicht von mir, Max!
Sieh, als man dich im Prag'schen Winterlager
Ins Zelt mir brachte, einen zarten Knaben,
2145 Des deutschen Winters ungewohnt, die Hand
War dir erstarrt an der gewichtigen Fahne,
Du wolltest männlich sie nicht lassen, damals nahm ich
Dich auf, bedeckte dich mit meinem Mantel,
Ich selbst war deine Wärterin, nicht schäm ich   137
2150 Der kleinen Dienste mich, ich pflegte deiner
Mit weiblich sorgender Geschäftigkeit,
Bis du von mir erwärmt, an meinem Herzen,
Das junge Leben wieder freudig fühltest.
Wann hab' ich seitdem meinen Sinn verändert?
2155 Ich habe viele Tausend reich gemacht,
Mit Ländereyen sie beschenkt, belohnt
Mit Ehrenstellen — Dich hab' ich geliebt,
Mein Herz, mich selber hab' ich dir gegeben.
Sie alle waren Fremdlinge, du warst
2160 Das Kind des Hauses — Max! du kannst mich nicht verlassen!
Es kann nicht seyn, ich mag's und will's nicht glauben,
Daß mich der Max verlassen kann.

Max.

O Gott!

2141a: (Er umschlingt — Schmerz)] fehlt in k t. — (hat den Blick — jetzt)]
tritt zu ihm, (sanft.) t. — 2143: Prag'schen] Pragischen t. — 2149: schäm' ich]
schäm' ich mich t. — 2150: Dienste mich] niegeübten Dienste k u, nie geübten
Dienste t. — 2157: hab'] habe t. — 2158: gegeben] ergeben C D F K.

Wallenstein.

Ich habe dich gehalten und getragen
Von Kindesbeinen an — Was that dein Vater
2165 Für dich, das ich nicht reichlich auch gethan?
Ein Liebesnetz hab' ich um dich gesponnen,
Zerreiß es, wenn du kannst — Du bist an mich
Geknüpft mit jedem zarten Seelenbande,
Mit jeder heil'gen Fessel der Natur,
2170 Die Menschen an einander ketten kann.
Geh' hin, verlaß mich, diene deinem Kaiser,
Laß dich mit einem goldnen Gnadenkettlein
Mit seinem Widderfell dafür belohnen,
Daß dir der Freund, der Vater deiner Jugend,
2175 Daß dir das heiligste Gefühl nichts galt.

Max (in heftigem Kampf).

O Gott! Wie kann ich anders? Muß ich nicht?
Mein Eid — die Pflicht —

Wallenstein.

Pflicht, gegen wen? Wer bist du?
Wenn ich am Kaiser unrecht handle, ist's
Mein Unrecht, nicht das deinige. Gehörst
2180 Du dir? Bist du bein eigener Gebieter,
Stehst frey da in der Welt wie ich, daß du
Der Thäter deiner Thaten könntest seyn?
Auf mich bist du gepflanzt, ich bin dein Kaiser,
Mir angehören, mir gehorchen, das
2185 Ist deine Ehre, dein Naturgesetz.
Und wenn der Stern, auf dem du lebst und wohnst,
Aus seinem Gleise tritt, sich brennend wirft
Auf eine nächste Welt und sie entzündet,
Du kannst nicht wählen, ob du folgen willst,

2171-2175: Geh' hin — nichts galt] ausgestrichen in t. — 2175 a: (in heftigem
(heftigen A)] (im heftigsten t u. — 2177: die Pflicht —] die Pflicht — die Ehre —
t u. — Pflicht — gegen bist du?]
Deine Pflicht!
Pflicht gegen wen? Wer bist du? Was hast du für Pflichten? t t u.
— 2183: Auf mich — dein Kaiser] ausgestrichen in t.

2190 Fort reißt er dich in seines Schwunges Kraft,
     Samt seinem Ring und allen seinen Monden.
     Mit leichter Schuld geh'st du in diesen Streit,
     Dich wird die Welt nicht tadeln, sie wird's loben,
     Daß dir der Freund das meiste hat gegolten.

Neunzehnter Auftritt.   139

Vorige. Neumann.

Wallenstein.

2195 Was giebts?

Neumann.

Die Pappenheimischen sind abgesessen
Und rücken an zu Fuß, sie sind entschlossen,
Den Degen in der Hand das Haus zu stürmen,
Den Grafen wollen sie befreyn.

Wallenstein (zu Terzky).

Man soll

2200 Die Ketten vorziehn, das Geschütz aufpflanzen.
     Mit Kettenkugeln will ich sie empfangen.

(Terzky geht.)

Mir vorzuschreiben mit dem Schwert! Geh' Neumann,
Sie sollen sich zurückziehn, augenblicks,
Ist mein Befehl, und in der Ordnung schweigend warten,
2205 Was mir gefallen wird zu thun.

(Neumann geht ab. Illo ist ans Fenster getreten.)

Gräfin.

Entlaß ihn!

Ich bitte dich, entlaß ihn!

2194: gegolten.] gegolten.
            Gerechtigkeit ist eines Herrschers Tugend,
            Ein treues Herz steht dem Beherrschten an;
            Nicht Jedem ziemt's, auf seiner schmalen Bahn
            Den hohen, fernen Arctur zu befragen,
            Du folgst am sichersten der nächsten Pflicht:
            Nur der Pilot befragt den Himmelswagen. (steht nach dem t) npq.
(Bei q fehlen die beiden letzten Verse.) t u. — 2194 a: Neunzehnter Auftritt.]
Siebenter Auftritt. t.

Illo (am Fenster).

Tod und Teufel!

Wallenstein.   140

Was ist's?

Illo.

Auf's Rathhaus steigen sie, das Dach
Wird abgedeckt, sie richten die Kanonen
Aufs Haus —

Max.

Die Rasenden!

Illo.

Sie machen Anstalt,

2210 Uns zu beschießen —

Herzogin und Gräfin.

Gott im Himmel!

Max (zu Wallenstein).

Laß mich

Hinunter, sie bedeuten —

Wallenstein.

Keinen Schritt!

Max.

(auf Thekla und die Herzogin zeigend)

Ihr Leben aber! Deins!

Wallenstein.

Was bringst du, Terzky?

Zwanzigster Auftritt.   141

Vorige. Terzky (kommt zurück).

Terzky.

Botschaft von unsern treuen Regimentern.
Ihr Muth sey länger nicht zu bändigen,
2215 Sie flehen um Erlaubniß anzugreifen,
Vom Prager — und vom Mühlthor sind sie Herr,

2189a: Zwanzigster Auftritt.] Achter Auftritt. t. — 2216: Mühlthor]
Mühl-Thor M.

323

Und wenn du nur die Losung wolltest geben,
So könnten sie den Feind im Rücken fassen,
Ihn in die Stadt einkeilen, in der Enge
2220 Der Straßen leicht ihn überwältigen.

Illo.

O komm! Laß ihren Eifer nicht erkalten.
Die Buttlerischen halten treu zu uns,
Wir sind die größre Zahl und werfen sie,
Und enden hier in Pilsen die Empörung.

Wallenstein.

2225 Soll diese Stadt zum Schlachtgefilde werden,
Und brüderliche Zwietracht, feueraugig,
Durch ihre Straßen losgelassen toben?
Dem tauben Grimm, der keinen Führer hört,
Soll die Entscheidung übergeben seyn?
2230 Hier ist nicht Raum zum Schlagen, nur zum Würgen,
Die losgebundnen Furien der Wuth
Ruft keines Herrschers Stimme mehr zurück.
Wohl, es mag seyn! Ich hab' es lang bedacht,
So mag sich's rasch und blutig denn entladen.

(zu Max gewendet)

2235 Wie ist's? Willst du den Gang mit mir versuchen?
Freiheit zu gehen hast du. Stelle dich
Mir gegenüber. Führe sie zum Kampf.
Den Krieg verstehst du, hast bey mir etwas
Gelernt, ich darf des Gegners mich nicht schämen,
2240 Und keinen schönern Tag erlebst du, mir
Die Schule zu bezahlen.

Gräfin.

Ist es dahin
Gekommen? Vetter! Vetter! könnt ihr's tragen?

Max.

Die Regimenter, die mir anvertraut sind,
Dem Kaiser treu hinwegzuführen, hab' ich

112

7237: zum Kampf.] zum Kampf.
Laß zwischen uns den trotz'gen Mars entscheiden. q k t.

2245 Gelobt, dies will ich halten oder sterben.
Mehr fodert keine Pflicht von mir. Ich fechte
Nicht gegen dich, wenn ich's vermeiden kann,
Denn auch dein feindlich Haupt ist mir noch heilig.
   (Es geschehen zwey Schüsse. Illo und Terzky eilen ans Fenster)
                    Wallenstein.
Was ist das?

                    Terzky.
2250 Er stürzt.

                    Wallenstein.   •   143
      Stürzt! Wer?

                    Illo.
         Die Tiefenbacher thaten
Den Schuß.

                    Wallenstein.
         Auf wen?

                    Illo.
         Auf diesen Neumann, den
Du schicktest —

            Wallenstein (auffahrend).
         Tod und Teufel! So will ich —

                                    (will gehen)

                    Terzky.
Dich ihrer blinden Wuth entgegen stellen?

               Herzogin und Gräfin.
Um Gotteswillen nicht!

                    Illo.
         Jetzt nicht, mein Feldherr.

                    Gräfin.
2255 O halt ihn! halt ihn!

                    Wallenstein.
      Laßt mich!

                    Max.   144
         Thu' es nicht,

2253: entgegen stellen] entgegenstellen W.

Jetzt nicht.　Die blutig rasche That hat sie
In Wuth gesetzt, erwarte ihre Reue —

Wallenstein.

Hinweg! Zu lange schon hab' ich gezaubert.
Das konnten sie sich freventlich erkühnen,
2260 Weil sie mein Angesicht nicht sahn — Sie sollen
Mein Antlitz sehen, meine Stimme hören —
Sind es nicht meine Truppen? Bin ich nicht
Ihr Feldherr und gefürchteter Gebieter?
Laß sehn, ob sie das Antlitz nicht mehr kennen,
2265 Das ihre Sonne war in dunkler Schlacht.
Es braucht der Waffen nicht.　Ich zeige mich
Vom Altan dem Rebellenheer und schnell
Bezähmt, gebt acht, kehrt der empörte Sinn
In's alte Bette des Gehorsams wieder.

(Er geht.　Ihm folgen Illo, Terzky und Buttler)

Ein und zwanzigster Auftritt.

Gräfin.　Herzogin.　Max und Thekla.

Gräfin (zur Herzogin).

2270 Wenn sie ihn sehn — Es ist noch Hoffnung, Schwester.

Herzogin.

Hoffnung! Ich habe keine.

Max.　145

(der während des letzten Auftritts in einem sichtbaren Kampf von ferne gestanden,
tritt näher)

Das ertrag' ich nicht.

Ich kam hieher mit fest entschiedner Seele,
Ich glaubte recht und tadellos zu thun,
Und muß hier stehen, wie ein Hassenswerther,
2275 Ein roh unmenschlicher, vom Fluch belastet,
Vom Abscheu aller, die mir theuer sind,

2257: erwarte ihre Reue] gieb ihnen Zeit sich zu — t. — 2262: es] sie t. —
2269a: Ein und zwanzigster Auftritt.] Neunter Auftritt. t. — 2271a:
sichtbaren] sichtbarn K. — von ferne fehlt in t.

Unwürdig schwer bedrängt die Lieben sehn,
Die ich mit einem Wort beglücken kann —
Das Herz in mir empört sich, es erheben
2280 Zwey Stimmen streitend sich in meiner Brust,
In mir ist Nacht, ich weiß das rechte nicht zu wählen.
O wohl, wohl hast du wahr geredet, Vater,
Zu viel vertraut' ich auf das eigne Herz,
Ich stehe wankend, weiß nicht was ich soll.

Gräfin.

2285 Sie wissens nicht? Ihr Herz sagts ihnen nicht?
So will ich's ihnen sagen!
Ihr Vater hat den schreyenden Verrath
An uns begangen, an des Fürsten Haupt
Gefrevelt, uns in Schmach gestürzt, daraus
2290 Ergiebt sich klar, was Sie, sein Sohn, thun sollen,
Gutmachen, was der Schändliche verbrochen,
Ein Beyspiel aufzustellen frommer Treu,
Daß nicht der Name Piccolomini
Ein Schandlied sey, ein ew'ger Fluch im Haus
2295 Der Wallensteiner.

Max.

Wo ist eine Stimme
Der Wahrheit, der ich folgen darf? Uns alle
Bewegt der Wunsch, die Leidenschaft. Daß jetzt
Ein Engel mir vom Himmel niederstiege,
Das Rechte mir, das unverfälschte, schöpfte
2300 Am reinen Lichtquell, mit der reinen Hand!
(Indem seine Augen auf Thekla fallen)
Wie? Such' ich diesen Engel noch? Erwart' ich
Noch einen andern?
(Er nähert sich ihr, den Arm um sie schlagend)
Hier, auf dieses Herz,
Das unfehlbare, heilig reine will

146

2298: uns in Schmach gestürzt) uns gestürzt ins Unglück ! t. — 2302: andern?]
andern? Hier — ! t. — 2302—2303: Hier — reine] Auf dieses Herz, das heilig
reine !, Auf dieses Herz, das Unfehlbare t.

Ich's legen, deine Liebe will ich fragen,
2305 Die nur den Glücklichen beglücken kann,
Vom unglückselig schuldigen sich wendet.

Kannst du mich dann noch lieben, wenn ich bleibe?
Erkläre, daß du's kannst und ich bin euer.

                 Gräfin (mit Bedeutung).

Bedenkt —

               Max (unterbricht sie).

       Bedenke nichts. Sag wie du's fühlst.

              Gräfin.   147

2310 An euren Vater denkt —

               Max (unterbricht sie).

         Nicht Frieblands Tochter,
Ich frage dich, dich, die Geliebte frag' ich!
Es gilt nicht eine Krone zu gewinnen,
Das möchtest du mit klugem Geist bedenken.
Die Ruhe deines Freundes gilts, das Glück
2315 Von einem Tausend tapfrer Heldenherzen,
Die seine That zum Muster nehmen werden.
Soll ich dem Kaiser Eid und Pflicht abschwören?
Soll ich ins Lager des Octavio
Die Vatermörderische Kugel senden?
2820 Denn wenn die Kugel los ist aus dem Lauf,
Ist sie kein todtes Werkzeug mehr, sie lebt,
Ein Geist fährt in sie, die Erinnyen,
Ergreifen sie, des Frevels Rächerinnen,
Und führen tückisch sie den ärgsten Weg.

              Thekla.

2325 O Max —

              Max (unterbricht sie).
      Nein, übereile dich auch nicht.
Ich kenne dich. Dem edeln Herzen könnte
Die schwerste Pflicht die nächste scheinen. Nicht
Das große, nur das menschliche geschehe.

2309: Bedenkt —] Nichte, bedenkt! t. — 2311: frag' ich!] frag' ich!
Den unfehlbaren Gott in Deinem Herzen. t t.

Denk, was der Fürst von je an mir gethan,   148
2330 Denk auch, wie's ihm mein Vater hat vergolten.
O auch die schönen, freyen Regungen
Der Gastlichkeit, der frommen Freundestreue
Sind eine heilige Religion dem Herzen,
Schwer rächen sie die Schauder der Natur
2335 An dem Barbaren, der sie gräßlich schändet.
Leg' alles, alles in die Wage, sprich
Und laß dein Herz entscheiden.

Thekla.

O das deine
Hat längst entschieden. Folge deinem ersten
Gefühl —

Gräfin.

Unglückliche!

Thekla.

Wie könnte das,
2340 Das rechte seyn, was dieses zarte Herz
Nicht gleich zuerst ergriffen und gefunden?
Geh' und erfülle deine Pflicht. Ich würde
Dich immer lieben. Was du auch erwählt,
Du würdest edel stets und deiner würdig
2345 Gehandelt haben — aber Reue soll
Nicht deiner Seele schönen Frieden stören.

Max.

So muß ich dich verlassen, von dir scheiden!

Thekla.   149

Wie du dir selbst getreu bleibst, bist du's mir.
Uns trennt das Schicksal, unsre Herzen bleiben einig.
2350 Ein blut'ger Haß entzweyt auf ew'ge Tage
Die Häuser Friedland, Piccolomini,
Doch wir gehören nicht zu unserm Hause.
— Fort! Eile! Eile, deine gute Sache
Von unsrer unglückseligen zu trennen.

2337: deine] Deinige l. — 2340: Wie] wenn p.

2355 Auf unserm Haupte liegt der Fluch des Himmels,
Es ist dem Untergang geweiht. Auch mich
Wird meines Vaters Schuld mit ins Verderben
Hinabziehn. Traure nicht um mich, mein Schicksal
Wird bald entschieden seyn. —

(Max faßt sie in die Arme, heftig bewegt. Man hört hinter der Scene ein lautes, wildes, langverhallendes Geschrey: Vivat Ferdinandus, von kriegrischen Instrumenten begleitet. Max und Thekla halten einander unbeweglich in den Armen.)

Zwey und zwanzigster Auftritt.

Vorige. Terzky.

Gräfin (ihm entgegen).

2360 Was war das? Was bedeutete das Rufen?

Terzky.

Es ist vorbey und alles ist verloren.

Gräfin.

Wie, und sie gaben nichts auf seinen Anblick?

Terzky.

150

Nichts. Alles war umsonst.

Herzogin.
Sie riefen Vivat.

Terzky.

Dem Kaiser.

Gräfin.
O die Pflichtvergessenen!

Terzky.

2365 Man ließ ihn nicht einmal zum Worte kommen.
Als er zu reden anfing, fielen sie
Mit kriegerischem Spiel betäubend ein.
— Hier kommt er.

2359a: kriegrischen] kriegerischen C D F K M. — einander] sich t. — Zwey und zwanzigster Auftritt.] Zehnter Auftritt. t. — 2364: die Pflichtvergessenen!] dann ist es aus! t.

Drey und zwanzigster Auftritt.

Vorige. Wallenstein begleitet von Illo und Buttler. Darauf
Küraffiere.

Wallenstein (im Kommen).

Terzky!

Terzky.

Mein Fürst?

Wallenstein.

Laß unfre Regimenter
2370 Sich fertig halten, heut noch aufzubrechen,
Denn wir verlaffen Pilfen noch vor Abend.

(Terzky geht ab)

Buttler —

Buttler.   151

Mein General!

Wallenstein.

Der Kommandant zu Eger
Ist euer Freund und Landsmann. Schreibt ihm gleich
Durch einen Eilenden, er foll bereit feyn,
2375 Uns morgen in die Beftung einzunehmen —
Ihr folgt uns felbft mit eurem Regiment.

Buttler.

Es foll geschehn, mein Feldherr.

Wallenstein.

(tritt zwischen Max und Thekla, welche sich während dieser Zeit fest umschlungen
gehalten)

Scheidet!

Max.

Gott!

(Küraffiere mit gezogenem Gewehr treten in den Saal und fammeln fich im Hintergrunde. Zugleich hört man unten einige muthige Paffagen aus dem Pappenheimer
Marsch, welche dem Max zu rufen scheinen.)

2369 a: Drey und zwanzigfter Auftritt.] Eilfter Auftritt. t. —
2371: zu Eger] von Eger t.

Wallenstein (zu den Kürassieren).

Hier ist er. Er ist frey. Ich halt ihn nicht mehr.

(Er steht abgewendet und so, daß Max ihm nicht beykommen, noch sich dem Fräulein
nähern kann.)

Max.

Du hassest mich, treibst mich im Zorn von dir.

2380 Zerreissen soll das Band der alten Liebe,
Nicht sanft sich lösen, und du willst den Riß,   152
Den schmerzlichen, mir schmerzlicher noch machen!
Du weißt, ich habe ohne dich zu leben
Noch nicht gelernt — in eine Wüste geh' ich

2385 Hinaus, und alles was mir werth ist, alles
Bleibt hier zurück — O wende deine Augen
Nicht von mir weg! Noch einmal zeige mir
Dein ewig theures und verehrtes Antlitz.
Verstoß mich nicht —

(Er will seine Hand fassen. Wallenstein zieht sie zurück. Er wendet sich an die
Gräfin)

Ist hier kein andres Auge,

2390 Das Mitleid für mich hätte — Baase Terzky —

(sie wendet sich von ihm; er kehrt sich zur Herzogin)

Ehrwürdg'e Mutter —

Herzogin.

Gehn sie Graf, wohin
Die Pflicht sie ruft — So können sie uns einst
Ein treuer Freund, ein guter Engel werden
Am Thron des Kaisers.

Max.

Hoffnung geben Sie mir,

2395 Sie wollen mich nicht ganz verzweifeln lassen.
O täuschen Sie mich nicht mit leerem Blendwerk!
Mein Unglück ist gewiß, und, Dank dem Himmel!
Der mir ein Mittel eingiebt, es zu enden.

' (die Kriegsmusik beginnt wieder. Der Saal füllt sich mehr und mehr mit Be- 153
waffneten an. Er sieht Buttlern dastehn.)

Ihr auch hier, Oberst Buttler — Und ihr wollt mir

2400 Nicht folgen? — Wohl! Bleibt eurem neuen Herrn
Getreuer als dem alten. Kommt! Versprecht mir,
Die Hand gebt mir darauf, daß ihr sein Leben
Beschützen, unverletzlich wollt bewahren.

(Buttler verweigert seine Hand)

Des Kaisers Acht hängt über ihm, und giebt
2405 Ein fürstlich Haupt jedwedem Mordknecht preiß,
Der sich den Lohn der Blutthat will verdienen;
Jetzt thät ihm eines Freundes fromme Sorge,
Der Liebe treues Auge noth — und die
Ich scheidend um ihn seh' —

(Zweydeutige Blicke auf Illo und Buttler werfend)

Illo.
Sucht die Verräther

2410 In eures Vaters, in des Gallas Lager.
Hier ist nur Einer noch. Geht und befreyt uns
Von seinem hassenswürd'gen Anblick. Geht.

(Max versucht es noch einmal sich der Thekla zu nähern. Wallenstein verhindert
es. Er steht unschlüssig, schmerzvoll; indeß füllt sich der Saal immer mehr und
mehr und die Hörner ertönen unten immer aufforbernder und in immer kürzeren
Pausen.)

Max.

Blas't! Blas't! — O wären es die schwed'schen Hörner,
Und gings von hier gerad' ins Feld des Todes,
2415 Und alle Schwerter, alle, die ich hier
Entblößt muß sehn, durchdrängen meinen Busen!
Was wollt ihr? Kommt ihr, mich von hier hinweg
Zu reißen — o treibt mich nicht zur Verzweiflung!
Thut's nicht! Ihr könntet es bereun!

(Der Saal ist ganz mit Bewaffneten erfüllt)

2420 Noch mehr — Es hängt Gewicht sich an Gewicht
Und ihre Masse zieht mich schwer hinab. —
Bedenket was ihr thut. Es ist nicht wohlgethan,

154

2403 a: (Buttler — Hand) fehlt in t. — 2405: preiß] preis K M. — 2409: seh']
sehe t. — 2412 a: unten] fehlt in t. — 2416: durchdrängen meinen] stäken mir
im t t.

Zum Führer den Verzweifelnden zu wählen.

Ihr reißt mich weg von meinem Glück, wohlan

2425 Der Rachegöttin weih' ich eure Seelen!

Ihr habt gewählt zum eigenen Verderben,

Wer mit mir geht, der sey bereit zu sterben!

(Indem er sich nach dem Hintergrund wendet, entsteht eine rasche Bewegung unter
den Küraſſieren, ſie umgeben und begleiten ihn in wildem Tumult. Wallenſtein
bleibt unbeweglich, Thekla ſinkt in ihrer Mutter Arme. Der Vorhang fällt.)

———

2424: reißt] ruft p. — 2427 a: fällt.)] fällt. Die Muſik wird rauſchend und geht
in einen völligen Marſch über, indem auch das Orcheſter einfällt, und durch den
Zwiſchenakt fortſetzt.) I t.

Vierter Aufzug.

(In des Bürgermeisters Hause zu Eger.)

Erster Auftritt.

Buttler (der eben anlangt).

Er ist herein. Ihn führte sein Verhängniß.
Der Rechen ist gefallen hinter ihm,
2430 Und wie die Brücke, die ihn trug, beweglich
Sich niederließ und schwebend wieder hob,
Ist jeder Rettungsweg ihm abgeschnitten.
Bis hieher Friedland und nicht weiter! sagt
Die Schicksalsgöttin. Aus der böhmischen Erde
2435 Erhub sich dein bewundert Meteor,
Weit durch den Himmel einen Glanzweg ziehend,
Und hier an Böhmens Grenze muß es sinken!
— Du hast die alten Fahnen abgeschworen,
Verblendeter, und traust dem alten Glück!
2440 Den Krieg zu tragen in des Kaisers Länder,
Den heil'gen Heerd der Laren umzustürzen,
Bewaffnest du die frevelhafte Hand.

2427 a: Vierter Aufzug.] Dritter Aufzug. r t. — 2430: Brücke] Aufzug-
brücke r t. — 2434—2444: Aus der — nicht verderbe.] Muthvoll segelst Du
Hinein ins neue Weltmeer deiner Hoffnung,
Doch in ein trüglich Schiff bist du gestiegen.
Der Feuerzunder liegt im Raume schon ·
Bereit, und die Minute ist berechnet,
Wo die verschloßne Miene flammend springt. t.
2435: erhub] erhob r.

Nimm dich in Acht! dich treibt der böse Geist
Der Rache — daß dich Rache nicht verderbe!

Zweyter Auftritt.

Buttler und Gordon.

Gordon.

2445 Seyd ihr's? O wie verlangt mich, euch zu hören.
Der Herzog ein Verräther! O mein Gott!
Und flüchtig! Und sein fürstlich Haupt geächtet!
Ich bitt' euch, General, sagt mir ausführlich
Wie alles dies zu Pilsen sich begeben?

Buttler.

2450 Ihr habt den Brief erhalten, den ich euch
Durch einen Eilenden vorausgesendet?

Gordon.

Und habe treu gethan, wie ihr mich hießt,
Die Vestung unbedenklich ihm geöffnet,
Denn mir befiehlt ein kaiserlicher Brief,
2455 Nach eurer Ordre blindlings mich zu fügen.
Jedoch verzeiht! als ich den Fürsten selbst
Nun sah, da fing ich wieder an zu zweifeln.
Denn wahrlich! nicht als ein Geächteter
Trat Herzog Friedland ein in diese Stadt.
2460 Von seiner Stirne leuchtete wie sonst
Des Herrschers Majestät, Gehorsam fodernd,
Und ruhig, wie in Tagen guter Ordnung,
Nahm er des Amtes Rechenschaft mir ab.
Leutselig macht das Misgeschick, die Schuld,
2465 Und schmeichelnd zum geringern Manne pflegt
Gefallner Stolz herunter sich zu beugen;
Doch sparsam und mit Würde wog der Fürst
Mir jedes Wort des Beyfalls, wie der Herr
Den Diener lobt, der seine Pflicht gethan.

2452: hießt] heißt K. — 2458: wahrlich] wartich A.

Buttler.

2470 Wie ich euch schrieb, so ist's genau geschehn.
Es hat der Fürst dem Feinde die Armee
Verkauft, ihm Prag und Eger öffnen wollen.
Verlassen haben ihn auf dies Gerücht
Die Regimenter alle, bis auf fünfe,
2475 Die Terzkyschen, die ihm hieher gefolgt.
Die Acht ist ausgesprochen über ihn,
Und ihn zu liefern, lebend oder todt,
Ist jeder treue Diener aufgefodert.

Gordon.

Verräther an dem Kaiser — solch ein Herr!
2480 So hochbegabt! O was ist Menschengröße!
Ich sagt' es oft: das kann nicht glücklich enden,
Zum Fallstrick ward ihm seine Größ' und Macht
Und diese dunkelschwankende Gewalt.
Denn um sich greift der Mensch, nicht darf man ihn
2485 Der eignen Mäßigung vertraun. Ihn hält
In Schranken nur das deutliche Gesetz,
Und der Gebräuche tiefgetretne Spur.
Doch unnatürlich war und neuer Art
Die Kriegsgewalt in dieses Mannes Händen;
2490 Dem Kaiser selber stellte sie ihn gleich,
Der stolze Geist verlernte sich zu beugen.
O schad' um solchen Mann! denn keiner möchte
Da feste stehen, meyn' ich, wo er fiel.

Buttler.

Spart eure Klagen, bis er Mitleid braucht,
2495 Denn jetzt noch ist der Mächtige zu fürchten.
Die Schweden sind im Anmarsch gegen Eger,
Und schnell, wenn wir's nicht rasch entschlossen hindern,

158

2477: todt] tod A. — 2493: er fiel.] er fiel.
    Wir, in des Looses Mittelmäßigkeit,
    Erfuhren[1] nie, noch können wir ermessen,
    Was sich auf solcher Höhe der Gefahr,
    In solches Mannes Herzen mag erzeugen. r k ([1] erfahren) t.

Wird die Vereinigung geschehn. Das darf nicht seyn!
Es darf der Fürst nicht freyen Fußes mehr
2500 Aus diesem Platz, denn Ehr' und Leben hab' ich
Verpfändet, ihn gefangen hier zu nehmen,
Und euer Beystand ist's auf den ich rechne.

Gordon.

O hätt' ich nimmer diesen Tag gesehn!
Aus seiner Hand empfing ich diese Würde,
2505 Er selber hat dies Schloß mir anvertraut,
Das ich in seinen Kerker soll verwandeln.
Wir Subalternen haben keinen Willen,
Der freye Mann, der mächtige allein
Gehorcht dem schönen menschlichen Gefühl.
2510 Wir aber sind nur Schergen des Gesetzes,   159
Des grausamen, Gehorsam heißt die Tugend,
Um die der Niedre sich bewerben darf.

Buttler.

Laßt euch das enggebundene Vermögen
Nicht leid thun. Wo viel Freiheit, ist viel Irrthum,
2515 Doch sicher ist der schmale Weg der Pflicht.

Gordon.

So hat ihn alles denn verlassen, sagt ihr?
Er hat das Glück von Tausenden gegründet,
Denn königlich war sein Gemüth und stets
Zum Geben war die volle Hand geöffnet —
(Mit einem Seitenblick auf Buttlern)
2520 Vom Staube hat er manchen aufgelesen,
Zu hoher Ehr' und Würden ihn erhöht,
Und hat sich keinen Freund damit, nicht Einen
Erkauft, der in der Noth ihm Farbe hielt!

Buttler.

Hier lebt ihm einer, den er kaum gehofft.

Gordon.

2525 Ich hab' mich keiner Gunst von ihm erfreut.

2524: Hier] Hier seh ich t t.

Fast zweifl' ich, ob er je in seiner Größe
Sich eines Jugendfreunds erinnert hat —
Denn fern von ihm hielt mich der Dienst, sein Auge
Verlor mich in den Mauren dieser Burg,
2530 Wo ich, von seiner Gnade nicht erreicht,   160
Das freye Herz im stillen mir bewahrte.
Denn als er mich in dieses Schloß gesetzt,
War's ihm noch Ernst um seine Pflicht, nicht sein
Vertrauen täusch' ich, wenn ich treu bewahre,
2535 Was meiner Treue übergeben ward.

Buttler.

So sagt, wollt ihr die Acht an ihm vollziehn,
Mir eure Hilfe leih'n, ihn zu verhaften?

Gordon.

(Nach einem nachdenklichen Stillschweigen, kummervoll)

Ist es an dem — verhält sich's, wie ihr sprecht —
Hat er den Kaiser seinen Herrn verrathen,
2540 Das Heer verkauft, die Festungen des Landes
Dem Reichsfeind öffnen wollen — Ja, dann ist
Nicht Rettung mehr für ihn — Doch es ist hart,
Daß unter allen eben mich das Loos
Zum Werkzeug seines Sturzes muß erwählen.
2545 Denn Pagen waren wir am Hof zu Burgau
Zu gleicher Zeit, ich aber war der ältre.

Buttler.

Ich weiß davon.

Gordon.

Wohl dreißig Jahre sind's. Da strebte schon
Der kühne Muth im zwanzigjähr'gen Jüngling.
2550 Ernst über seine Jahre war sein Sinn,   161
Auf große Dinge männlich nur gerichtet,

2529: Mauren] Mauern A M. — 2533: Pflicht, nicht] Pflicht. Nicht r. —
2542: für ihn —] für ihn — (in ein wehmüthiges Schweigen verloren.) f. —
Doch ist es hart,] fehlt in r. — 2543: Daß unter allen] Doch ist es hart, daß
r f t. — 2551: männlich] nämlich r.

Durch unsre Mitte ging er stillen Geists,
Sich selber die Gesellschaft, nicht die Lust,
Die kindische, der Knaben zog ihn an,
2555 Doch oft ergriff's ihn plötzlich wundersam,
Und der geheimnißvollen Brust entfuhr,
Sinnvoll und leuchtend, ein Gedankenstrahl,
Daß wir uns staunend ansahn, nicht recht wissend,
Ob Wahnsinn, ob ein Gott aus ihm gesprochen.

Buttler.

2560 Dort war's, wo er zwey Stock hoch niederstürzte,
Als er im Fensterbogen eingeschlummert,
Und unbeschädigt stand er wieder auf.
Von diesem Tag an, sagt man, ließen sich
Anwandlungen des Wahnsinns bey ihm spüren.

Gordon.

2565 Tiefsinn'ger wurd' er, das ist wahr, er wurde
Katholisch. Wunderbar hatt' ihn das Wunder
Der Rettung umgekehrt. Er hielt sich nun
Für ein begünstigt und befreytes Wesen,
Und keck wie einer, der nicht straucheln kann,
2570 Lief er auf schwankem Seil des Lebens hin.
Nachher führt' uns das Schicksal auseinander,
Weit, weit, er ging der Größe kühnen Weg,
Mit schnellem Schritt, ich sah ihn schwindelnd gehn,
Ward Graf und Fürst und Herzog und Diktator,
2575 Und jetzt ist alles ihm zu klein, er streckt
Die Hände nach der Königskrone aus,
Und stürzt in unermeßliches Verderben.

Buttler.

Brecht ab. Er kommt.

162

2553: Gesellschaft, nicht] Gesellschaft. Nicht r. — 2558: wissend] wußten u. —
2560: Dort] Da u. — 2565: Tiefsinn'ger] Tiefsinniger t. — wurde] machte sich
r t t. — 2570: schwankem] schwanken p. — 2572: kühnen Weg] kühne Wege p. —
2578: kommt] kömmt r.

Dritter Auftritt.

Wallenstein im Gespräch mit dem Bürgermeister von Eger. Die Vorigen.

Wallenstein.

Ihr war't sonst eine freye Stadt? Ich seh',
2580 Ihr führt den halben Adler in dem Wappen.
Warum den halben nur?

Bürgermeister.

Wir waren reichsfrey,
Doch seit zweyhundert Jahren ist die Stadt
Der böhm'schen Kron' verpfändet. Daher rührt's,
Daß wir nur noch den halben Adler führen.
2585 Der untre Theil ist cancellirt, bis etwa
Das Reich uns wieder einlößt.

Wallenstein.

Ihr verdientet
Die Freiheit. Haltet euch nur brav. Gebt keinem
Aufwieglervolk Gehör. Wie hoch seyd ihr
Besteuert?

Bürgermeister (zuckt die Achseln).

Daß wir's kaum erschwingen können.
2590 Die Garnison lebt auch auf unsre Kosten.

Wallenstein.

Ihr sollt erleichtert werden. Sagt mir an,
Es sind noch Protestanten in der Stadt?
(Bürgermeister stutzt)
Ja, Ja. Ich weiß es. Es verbergen sich noch viele
In diesen Mauren — ja! gesteht's nur frey —
2595 Ihr selbst — Nicht wahr?
(figirt ihn mit den Augen. Bürgermeister erschrickt)
Seyd ohne Furcht. Ich hasse
Die Jesuiten — Läg's an mir, sie wären längst
Aus Reiches Grenzen — Meßbuch oder Bibel!

2581: nur] fehlt in l t. — 2595: Nicht wahr?] fehlt in l t. — 2596: Jesuiten] Jesuiter l.

Mir ist's all eins — Ich hab's der Welt bewiesen —
In Glogau hab' ich selber eine Kirch
2600 Den Evangelischen erbauen lassen.
— Hört, Bürgermeister — Wie ist euer Name?

Bürgermeister.

Pachhälbel, mein erlauchter Fürst.

Wallenstein.

Hört — aber sagt's nicht weiter, was ich euch
Jetzt im Vertraun eröffne.

(Ihm die Hand auf die Achsel legend, mit einer gewissen Feyerlichkeit.) 164

Die Erfüllung
2605 Der Zeiten ist gekommen, Bürgermeister.
Die Hohen werden fallen und die Niedrigen
Erheben sich — Behaltet's aber bey Euch!
Die spanische Doppelherrschaft neiget sich
Zu ihrem Ende, eine neue Ordnung
2610 Der Dinge führt sich ein — Ihr saht doch jüngst
Am Himmel die drey Monde?

Bürgermeister.

Mit Entsetzen.

Wallenstein.

Davon sich zwey in blut'ge Dolchgestalt
Verzogen und verwandelten. Nur einer,
Der mittlere blieb stehn in seiner Klarheit.

Bürgermeister.

2615 Wir zogens auf den Türken.

Wallenstein.

Türken! Was?
Zwey Reiche werden blutig untergehen,
Im Osten und im Westen, sag' ich euch,
Und nur der lutherische Glaub' wird bleiben.

(Er bemerkt die zwey andern.)

Ein starkes Schießen war ja diesen Abend

2599: Kirch] Kirche R. — 2601o: Bürgermeister] Bürgermeiner (Druckfehler in
A). — 2610–2611: Ihr saht — Monde?] Ihr habt doch die drei Monde
Am Himmel auch gesehen? t.

2620 Zur linken Hand, als wir den Weg hieher   165
Gemacht. Vernahm man's auch hier in der Vestung?

Gordon.

Wohl hörten wir's, mein General. Es brachte
Der Wind den Schall gerad von Süden her.

Buttler.

Von Neustadt oder Weiden schien's zu kommen.

Wallenstein.

2625 Das ist der Weg, auf dem die Schweden nahn.
Wie stark ist die Besatzung?

Gordon.

Hundert achtzig

Dienstfähige Mann, der Rest sind Invaliden.

Wallenstein.

Und wieviel stehn im Jochimsthal?

Gordon.

Zweyhundert

Arkebusierer hab' ich hingeschickt,
2630 Den Posten zu verstärken gegen die Schweden.

Wallenstein.

Ich lobe eure Vorsicht. An den Werken
Wird auch gebaut. Ich sah's bey der Hereinfahrt.

Gordon.

Weil uns der Rheingraf jetzt so nah bedrängt,
Ließ ich noch zwey Pasteyen schnell errichten.

Wallenstein.   166

2635 Ihr seyd genau in eures Kaisers Dienst.
Ich bin mit euch zufrieden, Oberstleutnant.

(zu Buttlern)

Der Posten in dem Jochimsthal soll abziehn,
Samt allen, die dem Feind entgegen stehn.

(zu Gordon)

In euren treuen Händen, Kommendant,
2640 Laß ich mein Weib, mein Kind und meine Schwester,

2628: wieviel] wie viel M. — 2634: Pasteyen] Basteyen A, Basteien M.

Denn hier ist meines Bleibens nicht, nur Briefe
Erwart' ich, mit dem frühesten die Vestung
Sammt allen Regimentern zu verlassen.

Vierter Auftritt.

Vorige. Graf Terzky.

Terzky.

Willkommne Botschaft! Frohe Zeitungen!

Wallenstein.

2645 Was bringst du?

Terzky.

Eine Schlacht ist vorgefallen
Bey Neustadt und die Schweden blieben Sieger.

Wallenstein.

Was sagst du? Woher kommt dir diese Nachricht?

Terzky.   167

Ein Landmann bracht' es mit von Tirschenreit,
Nach Sonnenuntergang hab's angefangen,
2650 Ein kaiserlicher Trupp von Tachau her
Sey eingebrochen in das schweb'sche Lager,
Zwey Stunden hab' das Schießen angehalten,
Und tausend Kaiserliche sey'n geblieben,
Ihr Oberst mit, mehr wußt' er nicht zu sagen.

Wallenstein.

2655 Wie käme kaiserliches Volk nach Neustadt?
Der Altringer, er müßte Flügel haben,
Stand gestern vierzehn Meilen noch von da,
Des Gallas Völker sammeln sich zu Frau'nberg
Und sind noch nicht beysammen. Hätte sich
2660 Der Suys etwa so weit vorgewagt?
Es kann nicht seyn.

(Jllo erscheint)

2642: Vestung] M schreibt stets Festung, k meistens. — 2647: Was sagst du?]
fehlt in k t. — 2648: Tischenreit] M schreibt Tirschenreut. — 2649: Nach) Vor k t.
— 2651: schwedsche] schwedische t. — 2658: Frau'nberg] Frauenberg t. — 2661: Es
kann nicht seyn] fehlt in t.

Terzky.

Wir werden's alsbald hören,
Denn hier kommt Illo, fröhlich und voll Eile.

Fünfter Auftritt.

Illo. Die Vorigen.

Illo (zu Wallenstein).

Ein Reitender ist da und will dich sprechen.

Terzky.

Hat's mit dem Siege sich bestätigt? Sprich!

Wallenstein.

2665 Was bringt er? Woher kommt er?

Illo.

Von dem Rheingraf,

Und was er bringt, will ich voraus dir melden.
Die Schweden stehn fünf Meilen nur von hier,
Bey Neustadt hab' der Piccolomini
Sich mit der Reiterey auf sie geworfen,
2670 Ein fürchterliches Morden sey geschehn,
Doch endlich hab' die Menge überwältigt,
Die Pappenheimer alle, auch der Max,
Der sie geführt — sey'n auf dem Platz geblieben.

Wallenstein.

Wo ist der Bote? Bringt mich zu ihm.
(Will abgehen. Indem stürzt Fräulein Neubrunn ins Zimmer, ihr folgen einige
Bediente, die durch den Saal rennen.)

Neubrunn.

Hilfe! Hilfe!

Illo und Terzky.

2675 Was giebts?

2662a: Illo. Die Vorigen.] Die Vorigen. Illo. CDFKM. —
2665a: Wallenstein.] Wallenstein (zugleich). ſt. — 2668: Piccolomini] Piccolomini, der Max ſt. — 2672: Max] Max (Wallenstein ſchrickt zusammen und wird
bleich.) ſt. — 2673: sey'n] sehen t. — 2673a: Wallenstein.] Wallenstein (nach
einer Pause mit leiser Stimme). t. — 2674: abgehen] gehen t. — Terzky] Terzky
(zugleich). ſt. — 2675: Terzky.] Terzky (schnell, zugleich). ſt.

Neubrunn.

Das Fräulein! —

Wallenstein und Terzky.   169

Weiß sie's?

Neubrunn.

Sie will sterben.

(eilt fort)

(Wallenstein mit Terzky und Illo ihr nach.)

Sechster Auftritt.

Buttler und Gordon.

Gordon (erstaunt).

Erklärt mir. Was bedeutete der Auftritt?

Buttler.

Sie hat den Mann verloren, den sie liebte,
Der Piccolomini war's, der umgekommen.

Gordon.

Unglücklich Fräulein!

Buttler.

2680 Ihr habt gehört, was dieser Illo brachte,
Daß sich die Schweden siegend nahn.

Gordon.

Wohl hört ich's.

Buttler.

Zwölf Regimenter sind sie stark, und fünf
Stehn in der Näh, den Herzog zu beschützen.
Wir haben nur mein einzig Regiment,   170
2685 Und nicht zweyhundert stark ist die Besatzung.

Gordon.

So ist's.

Buttler.

Nicht möglich ist's, mit so geringer Mannschaft
Solch einen Staatsgefangnen zu bewahren.

2675: Neubrunn.] Neubrunn (zugleich). tt. — 2675a: ihr nach.)] gehen
ab.) t. — 2681a: Gordon] Gorden (Druckfehler in A).

Gordon.

Das seh' ich ein.

Buttler.

2690 Die Menge hätte bald das kleine Häuflein
Entwaffnet, ihn befreyt.

Gordon.

Das ist zu fürchten.

Buttler (nach einer Pause).

Wißt! Ich bin Bürge worden für den Ausgang,
Mit meinem Haupte haft ich für das seine.
Wort muß ich halten, führ's wohin es will,
2695 Und ist der Lebende nicht zu bewahren,
So ist — der Todte uns gewiß.

Gordon.

Versteh' ich Euch? Gerechter Gott! Ihr könntet —

Buttler.

Er darf nicht leben.

Gordon.

Ihr vermöchtet's?

Buttler.

Ihr oder ich. Er sah den letzten Morgen.

Gordon.

2700 Ermorden wollt ihr ihn?

Buttler.

Das ist mein Vorsatz.

Gordon.

Der eurer Treu vertraut!

Buttler.

Sein böses Schicksal!

Gordon.

Des Feldherrn heilige Person!

Buttler.

Das war er!

Gordon.

O was er war, löscht kein Verbrechen aus!
Ohn Urthel?

2704: Urthel] Urtheil A.

171

Buttler.

Die Vollstreckung ist statt Urthels.

Gordon.

2705 Das wäre Mord und nicht Gerechtigkeit,

Denn hören muß sie auch den Schuldigsten.

Buttler.   172

Klar ist die Schuld, der Kaiser hat gerichtet,

Und seinen Willen nur vollstrecken wir.

Gordon.

Den blut'gen Spruch muß man nicht rasch vollziehn,

2710 Ein Wort nimmt sich, ein Leben nie zurück.

Buttler.

Der hurt'ge Dienst gefällt den Königen.

Gordon.

Zu Henkers Dienst drängt sich kein edler Mann.

Buttler.

Kein muthiger erbleicht vor kühner That.

Gordon.

Das Leben wagt der Muth, nicht das Gewissen.

Buttler.

2715 Was? Soll er frey ausgehn, des Krieges Flamme,

Die unauslöschliche, aufs neu entzünden?

Gordon.

Nehmt ihn gefangen, tödtet ihn nur nicht,

Greift blutig nicht dem Gnadenengel vor.

Buttler.

Wär' die Armee des Kaisers nicht geschlagen,

2720 Möcht' ich lebendig ihn erhalten haben.

Gordon.   173

O warum schloß ich ihm die Vestung auf!

Buttler.

Der Ort nicht, sein Verhängniß tödtet ihn.

Gordon.

Auf diesen Wällen wär' ich ritterlich,

Des Kaisers Schloß vertheidigend, gesunken.

2704: Urthels] Urtheils K.

Buttler.

2725 Und tausend brave Männer kamen um!

Gordon.

In ihrer Pflicht — das schmückt und ehrt den Mann;
Doch schwarzen Mord verfluchte die Natur.

Buttler (eine Schrift hervorlangend).

Hier ist das Manifest, das uns befiehlt,
Uns seiner zu bemächtigen. Es ist an euch
2730 Gerichtet, wie an mich. Wollt ihr die Folgen tragen,
Wenn er zum Feind entrinnt durch unsre Schuld?

Gordon.

Ich, der Ohnmächtige, o Gott!

Buttler.

Nehmt ihr's auf euch. Steht für die Folgen ein!
Mag werden draus was will! Ich leg's auf euch.

Gordon.

2735 O Gott im Himmel!

Buttler.   174

Wißt ihr andern Rath
Des Kaisers Meynung zu vollziehen? Sprecht!
Denn stürzen, nicht vernichten will ich ihn.

Gordon.

O Gott! Was seyn muß seh' ich klar wie ihr,
Doch anders schlägt das Herz in meiner Brust.

Buttler.

2740 Auch dieser Jllo, dieser Terzky dürfen
Nicht leben, wenn der Herzog fällt.

Gordon.

O nicht um diese thut mirs leid. Sie trieb
Ihr schlechtes Herz, nicht die Gewalt der Sterne.
Sie waren's, die in seine ruh'ge Brust
2745 Den Saamen böser Leidenschaft gestreut,

2725: kamen] kämen B C D F R. — 2740: Auch] Von härterm Stoff ist meins,
gestählt hat mich | In rauher Schule die Nothwendigkeit. | Auch 1 t R. —
2744: seine ruh'ge] seiner ruhigen s. — 2744—2747: Sie waren's — genährt] in s
von Schiller dem Drucke entsprechend corrigirt. — 2745: Saamen] Aufruhr s. —
gestreut] entzündet s.

Die mit fluchwürdiger Geschäftigkeit
Die Unglücksfrucht in ihm genährt — Mag sie
Des bösen Dienstes böser Lohn ereilen!

Buttler.

Auch sollen sie im Tod ihm gleich voran.
2750 Verabredt ist schon alles. Diesen Abend
Bey eines Gastmahls Freuden wollten wir
Sie lebend greifen, und im Schloß bewahren.
Viel kürzer ist es so. Ich geh' sogleich,
Die nöthigen Befehle zu ertheilen.

Siebenter Auftritt.

Vorige. Illo und Terzky.

Terzky.

2755 Nun soll's bald anders werden! Morgen ziehn
Die Schweden ein, zwölftausend tapfre Krieger.
Dann grad auf Wien. He! Lustig Alter! Kein
So herb Gesicht zu solcher Freudenbotschaft.

Illo.

Jetzt ist's an uns, Gesetze vorzuschreiben,
2760 Und Rach' zu nehmen an den schlechten Menschen,
Den Schändlichen, die uns verlassen. Einer
Hat's schon gebüßt, der Piccolomini,
Gings allen so, die's übel mit uns meynen!
Wie schwer trift dieser Schlag das alte Haupt!
2765 Der hat sein ganzes Leben lang sich ab-
Gequält, sein altes Grafenhaus zu fürsten,
Und jetzt begräbt er seinen einz'gen Sohn!

Buttler.

Schad' ist's doch um den heldenmüth'gen Jüngling,
Dem Herzog selbst gings nah, man sah es wohl.

Illo.

2770 Hört alter Freund! Das ist es, was mir nie
Am Herrn gefiel, es war mein ew'ger Zank,

2771: ew'ger] ewiger t.

350

Er hat die Welschen immer vorgezogen.
Auch jetzo noch, ich schwör's bey meiner Seele,
Säh' er uns alle lieber zehnmal todt,
2775 Könnt' er den Freund damit ins Leben rufen.

Terzky.

Still! Still! Nicht weiter! Laß die Todten ruhn!
Heut gilt es, wer den andern niedertrinkt,
Denn euer Regiment will uns bewirthen.
Wir wollen eine lust'ge Faßnacht halten,
2780 Die Nacht sey einmal Tag, bey vollen Gläsern
Erwarten wir die schweb'sche Avantgarde.

Illo.

Ja, laßt uns heut noch guter Dinge seyn,
Denn heiße Tage stehen uns bevor.
Nicht ruh'n soll dieser Degen, bis er sich
2785 In Oesterreich'schem Blute satt gebadet.

Gordon.

Pfui, welche Red' ist das Herr Feldmarschall,
Warum so wüthen gegen euren Kaiser —

Buttler.

Hofft nicht zu viel von diesem ersten Sieg.
Bedenkt, wie schnell des Glückes Rad sich dreht,
2790 Denn immer noch sehr mächtig ist der Kaiser.

Illo.

Der Kaiser hat Soldaten, keinen Feldherrn,
Denn dieser König Ferdinand von Ungarn
Versteht den Krieg nicht — Gallas? Hat kein Glück,
Und war von jeher nur ein Heerverderber.
2795 Und diese Schlange, der Octavio,
Kann in die Fersen heimlich wohl verwunden,
Doch nicht in offner Schlacht dem Friedland stehn.

Terzky.

Nicht fehlen kanns uns, glaubt mir's nur. Das Glück

2779: Faßnacht] Fastnacht B D J K. — 2780: vollen] allen D J.

Verläßt den Herzog nicht, bekannt ist's ja,
2800 Nur unterm Wallenstein kann Oestreich siegen.

                    Illo.

Der Fürst wird ehestens ein großes Heer
Beysammen haben, alles drängt sich, strömt
Herbey zum alten Ruhme seiner Fahnen.
Die alten Tage seh' ich wiederkehren,
2805 Der Große wird er wieder, der er war.
Wie werden sich die Thoren dann ins Aug'
Geschlagen haben,. die ihn jetzt verließen!
Denn Länder schenken wird er seinen Freunden
Und treue Dienste kaiserlich belohnen.
2810 Wir aber sind in seiner Gunst die nächsten.

                    (zu Gordon)

Auch eurer wird er dann gedenken, wird euch
Aus diesem Neste ziehen, eure Treu
In einem höhern Posten glänzen lassen.

                    Gordon.

Ich bin vergnügt, verlange höher nicht
2815 Hinauf, wo große Höh, ist große Tiefe.

                    Illo.   178

Ihr habt hier weiter nichts mehr zu bestellen,
Denn morgen ziehn die Schweden in die Vestung.
Kommt Terzky. Es wird Zeit zum Abendessen.
Was meynt Ihr? Lassen wir die Stadt erleuchten,
2820 Dem Schwedischen zur Ehr', und wer's nicht thut,
Der ist ein Spanischer und ein Verräther.

                    Terzky.

Laßt das. Es wird dem Herzog nicht gefallen.

                    Illo.

Was? Wir sind Meister hier, und keiner soll sich
Für kaiserlich bekennen, wo wir herrschen.
2825 — Gut' Nacht, Gordon. Laßt euch zum letztenmal
Den Platz empfohlen seyn, schickt Runden aus,
Zur Sicherheit kann man das Wort noch ändern.

      2800: unterm] unter t.

Schlag Zehn bringt ihr dem Herzog selbst die Schlüssel,
Dann seyd ihr eures Schließeramtes quitt,
2830 Denn morgen ziehn die Schweden in die Vestung.

Terzky (im Abgehen zu Buttler).

Ihr kommt doch auch aufs Schloß?

Buttler.

Zu rechter Zeit.

(Jene gehen ab.)

Achter Auftritt.

Buttler und Gordon.

Gordon (ihnen nachsehend).

Die Unglückseligen! Wie ahnungslos
Sie in das ausgespannte Mordnetz stürzen,
In ihrer blinden Siegestrunkenheit! —
2835 Ich kann sie nicht beklagen. Dieser Illo,
Der übermüthig freche Bösewicht,
Der sich in seines Kaisers Blut will baden!

Buttler.

Thut, wie er euch befohlen. Schickt Patrouillen
Herum, sorgt für die Sicherheit der Vestung;
2840 Sind jene oben, schließ ich gleich die Burg,
Daß in der Stadt nichts von der That verlaute!

Gordon (ängstlich).

O eilt nicht so! Erst sagt mir —

Buttler.

Ihr vernahmt's,

Der nächste Morgen schon gehört den Schweden.
Die Nacht nur ist noch unser, sie sind schnell,
2845 Noch schneller wollen wir seyn — Lebet wohl.

Gordon.

Ach eure Blicke sagen mir nichts Gutes.
Versprechet mir —

Buttler.

Der Sonne Licht ist unter,

Herabsteigt ein verhängnißvoller Abend —
Sie macht ihr Dünkel sicher.   Wehrlos giebt sie
2650 Ihr böser Stern in unsre Hand, und mitten
In ihrem trunknen Glückeswahne soll
Der scharfe Stahl ihr Leben rasch zerschneiden.
Ein großer Rechenkünstler war der Fürst
Von jeher, alles wußt' er zu berechnen,
2855 Die Menschen wußt' er, gleich des Bretspiels Steinen,
Nach seinem Zweck zu setzen und zu schieben,
Nicht Anstand nahm er, andrer Ehr und Würde
Und guten Ruf zu würfeln und zu spielen.
Gerechnet hat er fort und fort und endlich
2860 Wird doch der Kalkul irrig seyn, er wird
Sein Leben selbst hinein gerechnet haben,
Wie jener dort in seinem Zirkel fallen.

Gordon.

O seiner Fehler nicht gedenket jetzt!
An seine Größe denkt, an seine Milde,
2865 An seines Herzens liebenswerthe Züge,
An alle Edelthaten seines Lebens,
Und laßt sie in das aufgehobne Schwert
Als Engel bittend, gnadestehend fallen.

Buttler.   181

Es ist zu spät.   Nicht Mitleid darf ich fühlen,
2870 Ich darf nur blutige Gedanken haben.

(Gordons Hand fassend)

Gordon! Nicht meines Hasses Trieb — Ich liebe
Den Herzog nicht, und hab' dazu nicht Ursach —
Doch nicht mein Haß macht mich zu seinem Mörder.
Sein böses Schicksal ist's.   Das Unglück treibt mich,
2875 Die feindliche Zusammenkunft der Dinge.
Es denkt der Mensch die freye That zu thun,
Umsonst! Er ist das Spielwerk nur der blinden
Gewalt, die aus der eignen Wahl ihm schnell
Die furchtbare Nothwendigkeit erschafft.

2860: Calcul M. — 2861: hinein gerechnet] hineingerechnet M.

2880 Was hälf's ihm auch, wenn mir für ihn im Herzen
Was redete — Ich muß ihn dennoch tödten.

Gordon.

O wenn das Herz euch warnt, folgt seinem Triebe!
Das Herz ist Gottes Stimme, Menschenwerk
Ist aller Klugheit künstliche Berechnung.

2885 Was kann aus blut'ger That euch glückliches
Gedeihen? O aus Blut entspringt nichts Gutes!
Soll sie die Staffel euch zur Größe bauen?
O glaubt das nicht — Es kann der Mord bisweilen
Den Königen, der Mörder nie gefallen.

Buttler.

182

2890 Ihr wißt nicht. Fragt nicht. Warum mußten auch
Die Schweden siegen und so eilend nahn!
Gern überließ ich ihn des Kaisers Gnade,
Sein Blut nicht will ich. Nein, er möchte leben.
Doch meines Wortes Ehre muß ich lösen,

2895 Und sterben muß er, oder — Hört und wißt!
Ich bin entehrt, wenn uns der Fürst entkommt.

Gordon.

O solchen Mann zu retten —

Buttler (schnell).

Was?

Gordon.

Ist eines Opfers werth — Seyd edelmüthig!
Das Herz und nicht die Meynung ehrt den Mann.

Buttler (kalt und stolz).

2900 Er ist ein großer Herr, der Fürst — Ich aber
Bin nur ein kleines Haupt, das wollt ihr sagen.
Was liegt der Welt dran, meynt ihr, ob der niedrig
Gebohrene sich ehret oder schändet,
Wenn nur der Fürstliche gerettet wird.

2905 — Ein jeder giebt den Werth sich selbst. Wie hoch ich
Mich selbst anschlagen will, das steht bey mir.

2848—2849: Es kann — nie gefallen.] fehlt in t t. — 2895: oder] oder
(heftig ihn bei der Hand fassend.) t t.

So hoch gestellt ist keiner auf der Erde,

Daß ich mich selber neben ihm verachte.　　　　183

Den Menschen macht sein Wille groß und klein,

2910 Und weil ich meinem treu bin, muß er sterben.

　　　　　　Gordon.

O einen Felsen streb' ich zu bewegen!

Ihr seyd von Menschen menschlich nicht gezeugt,

Nicht hindern kann ich euch, ihn aber rette

Ein Gott aus eurer fürchterlichen Hand.

　　　　　　　　　(Sie gehen ab.)

2912: gezeugt] erzeugt t. — 2913: Hand.] Hand.

　　　　　　Buttler.

a Ich habe mir den reinen Ruf gespart

b Mein Lebenlang. Die Arglist dieses Herzogs

c Betrügt mich um des Lebens höchsten Schatz,

d Daß ich vor diesem Schwächling Gordon muß erröthen.

e Dem gilt die Treue über alles, nichts

　Hat er sich vorzuwerfen. Selbst dem weichlichen

　Gefühl entgegen unterwirft er sich

　Der harten Pflicht. Mich hat die Leidenschaft

　Im schwachen Augenblick davon gewendet.

k Ich stehe neben ihm, der schlecht're Mann;

　Und kennt die Welt auch meinen Treubruch nicht,

　Ein Wisser doch bezeugt ihn — jener hochgesinnte

　Octavio! Es lebt ein Mensch auf Erden,

　Der das Geheimniß hat, mich zu entehren —

p Nein, diesen Schandfleck tilgt nur Blut!

　Du Friedland, oder ich — In meine Hände

　Giebt dich das Glück — Ich bin mir selbst der nächste.

s Nicht Großmuth ist der Geist der Welt.

　Krieg führt der Mensch, er liegt zu Feld,

u Muß um des Daseyns schmalen Boden fechten;

　Glatt ist der Grund, und auf ihn drückt die Last

w Der Welt mit allen Mächten!

　Und wenn er nicht den Rettungsast

　Mit schnellem Aug' erspäht und faßt,

　Nicht in den Boden greift mit festem Fuß.

a Erhebt ihn der gewalt'ge Fluß,

β Und hingerafft im Strudel seiner Wogen,

γ Wird er verschlungen und hinabgezogen. — f m u p q s (u v. B. s an) t u.

b: Lebenlang] Lebenlang n q, Leben lang p f t. — c: Betrügt mich um] Raubt

mir n f. — Schatz] Schatz, daß ich n p f. — d: Daß ich] fehlt in n p f. —

Schwächling) fehlt in f (auch corr.). — e: Dem] ihm n. — gilt] geht f n p f. —

Neunter Auftritt.

(Ein Zimmer bey der Herzogin.)

Thekla (in einem Sessel, bleich, mit geschlossnen Augen). **Herzogin** und **Fräulein von Neubrunn** (um sie beschäftigt). **Wallenstein** und die **Gräfin** (im Gespräch).

Wallenstein.

2915 Wie wußte sie es denn so schnell?

Gräfin.

Sie scheint

Unglück geahnt zu haben. Das Gerücht
Von einer Schlacht erschreckte sie, worinn
Der kaiserliche Oberst sey gefallen.
Ich sah es gleich. Sie flog dem schwedischen
2920 Kourier entgegen und entriß ihm schnell
Durch Fragen das unglückliche Geheimniß.
Zu spät vermißten wir sie, eilten nach,
Ohnmächtig lag sie schon in seinen Armen.

Wallenstein.

So unbereitet mußte dieser Schlag
2925 Sie treffen! Armes Kind! — Wie ist's? Erholt sie sich?
(Indem er sich zur Herzogin wendet.)

Herzogin.

Sie schlägt die Augen auf.

Gräfin.
Sie lebt!

Thekla (sich umschauend).
Wo bin ich?

184

f: dem weichlichen] des Herzens f. (auch corr.). — h: harten] herben n. — i: Im schwachen] In schwachem p!t. — k: schlecht're] schlechtere u. — q: Hände] Hand n. — v: die Last] fehlt in n. — w: Der Welt] Die Last der Welt n. — allen] allen ihren f. — α: Erhebt] Ergreift n. — γ: verschlungen und hinabgezogen.] hinabgewälzt und fortgezogen. n. — hinabgezogen.] hinabgezogen. (Er geht ab.) I t. — 2914a—3201a: Neunter Auftritt — fällt der Vorhang.)] fehlt an dieser Stelle in s. — 2914a: Neunter Auftritt.] Dritter Auftritt. (Act IV.) t. — Ein Zimmer — im Gespräch.)] (Die Scene ist ein Zimmer bei der Herzogin, gothisch und düster.) t. — geschlossnen] geschlossenen J&M. — 2917: worinn] K M schreiben worin.

Wallenstein.

(tritt zu ihr, sie mit seinen Armen aufrichtend)

Komm zu dir, Thekla. Sey mein starkes Mädchen!
Sieh deiner Mutter liebende Gestalt
Und deines Vaters Arme, die dich halten.

Thekla (richtet sich auf).

2930 Wo ist er? Ist er nicht mehr hier?

Herzogin.

Wer, meine Tochter?

Thekla.

Der dieses Unglückswort aussprach —

Herzogin.   185

O denke nicht daran, mein Kind! Hinweg
Von diesem Bilde wende die Gedanken.

Wallenstein.

Laßt ihren Kummer reden! Laßt sie klagen!
2935 Mischt eure Thränen mit den ihrigen.
Denn einen großen Schmerz hat sie erfahren;
Doch wird sie's überstehn, denn meine Thekla
Hat ihres Vaters unbezwungnes Herz.

Thekla.

Ich bin nicht krank. Ich habe Kraft zu stehn.
2940 Was meint die Mutter? Hab' ich sie erschreckt?
Es ist vorüber, ich besinne mich wieder.

(Sie ist aufgestanden, und sucht mit den Augen im Zimmer.)

Wo ist er? Man verberge mir ihn nicht.
Ich habe Stärke gnug, ich will ihn hören.

Herzogin.

Nein Thekla! Dieser Unglücksbote soll
2945 Nie wieder unter deine Augen treten.

Thekla.

Mein Vater —

Wallenstein.

Liebes Kind?

2939: stehn] stehen t. — 2940: Was weint die] Warum weint meine t. —
2946: Liebes Kind!] Liebe Tochter! ſ t.

Thekla.

Ich bin nicht schwach,
Ich werde mich auch bald noch mehr erholen.
Gewähren Sie mir eine Bitte.

Wallenstein.

Sprich!

Thekla.

Erlauben Sie, daß dieser fremde Mann
2950 Gerufen werde! daß ich ihn allein
Vernehme und befrage.

Herzogin.

Nimmermehr!

Gräfin.

Nein! Das ist nicht zu rathen! Gieb's nicht zu.

Wallenstein.

Warum willst du ihn sprechen, meine Tochter?

Thekla.

Ich bin gefaßter, wenn ich alles weiß.
2955 Ich will nicht hintergangen seyn. Die Mutter
Will mich nur schonen. Ich will nicht geschont seyn.
Das Schrecklichste ist ja gesagt, ich kann
Nichts schrecklichers mehr hören.

Gräfin und Herzogin (zu Wallenstein).

Thu es nicht!

Thekla.

Ich wurde überrascht von meinem Schrecken,
2960 Mein Herz verrieth mich bey dem fremden Mann,
Er war ein Zeuge meiner Schwachheit, ja,
Ich sank in seine Arme — das beschämt mich.
Herstellen muß ich mich in seiner Achtung,
Und sprechen muß ich ihn, nothwendig, daß
2965 Der fremde Mann nicht ungleich von mir denke.

Wallenstein.

Ich finde, sie hat recht — und bin geneigt,
Ihr diese Bitte zu gewähren. Ruft ihn.

(Fräulein Neubrunn geht hinaus.)

Herzogin.

Ich, deine Mutter, aber will dabey seyn.

Thekla.

Am liebsten spräch ich ihn allein. Ich werde
2970 Alsdann um so gefaßter mich betragen.

Wallenstein (zur Herzogin).

Laß es geschehn. Laß sie's mit ihm allein
Ausmachen. Es giebt Schmerzen, wo der Mensch
Sich selbst nur helfen kann, ein starkes Herz
Will sich auf seine Stärke nur verlassen.
2975 In ihrer, nicht an fremder Brust muß sie
Kraft schöpfen, diesen Schlag zu überstehn.
Es ist mein starkes Mädchen, nicht als Weib,   188
Als Heldin will ich sie behandelt sehn.

(Er will gehen.)

Gräfin (hält ihn).

Wo gehst du hin? Ich hörte Terzky sagen,
2980 Du denkest morgen früh von hier zu gehn,
Uns aber hier zu lassen.

Wallenstein.

Ja, ihr bleibt
Dem Schutze wackrer Männer übergeben.

Gräfin.

O nimm uns mit dir, Bruder! Laß uns nicht
In dieser düstern Einsamkeit dem Ausgang
2985 Mit sorgendem Gemüth entgegen harren.
Das gegenwärt'ge Unglück trägt sich leicht,
Doch grauenvoll vergrößert es der Zweifel
Und der Erwartung Qual dem weit Entfernten.

Wallenstein.

Wer spricht von Unglück? Beßre deine Rede.
2990 Ich hab ganz andre Hoffnungen.

2971—2972: Laß es — Ausmachen.]
      Laß ihr den Willen, Mutter. Laßt [1] sie's mit ihm
      Allein ausmachen. E t. ([1] Laß.)
2975: In ihrer — Brust] In ihrer Brust, nicht [1] in der Mutter Armen E L ([1] an.)

Gräfin.

So nimm uns mit. O laß uns nicht zurück
In diesem Ort der traurigen Bedeutung,
Denn schwer ist mir das Herz in diesen Mauren,
Und wie ein Todtenkeller haucht mich's an,   189
2995 Ich kann nicht sagen, wie der Ort mir widert.
O führ uns weg! Komm Schwester, bitt' ihn auch,
Daß er uns fortnimmt! Hilf mir, liebe Nichte.

Wallenstein.

Des Ortes böse Zeichen will ich ändern,
Er sey's, der mir mein Theuerstes bewahrte.

Neubrunn (kommt zurück).

3000 Der schwed'sche Herr!

Wallenstein.

Laßt sie mit ihm allein.
                                                    (ab)

Herzogin (zu Thekla).

Sieh, wie du dich entfärbtest! Kind, du kannst ihn
Unmöglich sprechen. Folge deiner Mutter.

Thekla.

Die Neubrunn mag denn in der Nähe bleiben.

(Herzogin und Gräfin gehen ab.)

Zehnter Auftritt.

Thekla. Der schwedische Hauptmann. Fräulein Neubrunn.

Hauptmann (naht sich ehrerbietig).

Prinzessin — ich — muß um Verzeihung bitten,
3005 Mein unbesonnen rasches Wort — Wie konnt ich —

Thekla (mit edelm Anstand).   190

Sie haben mich in meinem Schmerz gesehn,
Ein unglücksvoller Zufall machte Sie
Aus einem Fremdling schnell mir zum Vertrauten.

2993: Mauren] Mauern K M. — 3000 a: (zu Thekla)] (zu Thekla, welche schnell
zusammenfuhr.) I t. — 3001: entfärbtest] entfärbt hast t. — 3003 a: Zehnter Auftritt.] Vierter Auftritt. (Act IV.) t. — 3006 a: edelm] edlem M.

Hauptmann.

Ich fürchte, daß Sie meinen Anblick hassen,
3010 Denn meine Zunge sprach ein traurig Wort.

Thekla.

Die Schuld ist mein. Ich selbst entriß es Ihnen,
Sie waren nur die Stimme meines Schicksals.
Mein Schrecken unterbrach den angefang'nen
Bericht. Ich bitte drum, daß Sie ihn enden.

Hauptmann (bedenklich).

3015 Prinzessin, es wird Ihren Schmerz erneuern.

Thekla.

Ich bin darauf gefaßt — Ich will gefaßt seyn.
Wie fing das Treffen an? Vollenden Sie.

Hauptmann.

Wir standen, keines Ueberfalls gewärtig,
Bey Neustadt schwach verschanzt in unserm Lager,
3020 Als gegen Abend eine Wolke Staubes
Aufstieg vom Wald her, unser Vortrab fliehend
Ins Lager stürzte, rief: der Feind sey da.
Wir hatten eben nur noch Zeit, uns schnell
Aufs Pferd zu werfen, da durchbrachen schon,
3025 In vollem Rosseslauf daher gesprengt,
Die Pappenheimer den Verhack, schnell war
Der Graben auch, der sich ums Lager zog,
Von diesen stürm'schen Schaaren überflogen.
Doch unbesonnen hatte sie der Muth
3030 Vorausgeführt den andern, weit dahinten
War noch das Fußvolk, nur die Pappenheimer waren
Dem kühnen Führer kühn gefolgt —

(Thekla macht eine Bewegung. Der Hauptmann hält einen Augenblick inne, bis
sie ihm einen Wink giebt, fortzufahren.)

Von vorn und von den Flanken faßten wir
Sie jetzo mit der ganzen Reiterey,
3035 Und drängten sie zurück zum Graben, wo
Das Fußvolk, schnell geordnet, einen Rechen

3032: fortzufahren.)] fortzufahren.) | Hauptmann. A.

191

Von Piken ihnen starr entgegenstreckte.
Nicht vorwärts konnten sie, auch nicht zurück,
Gekeilt in drangvoll fürchterliche Enge.
3040 Da rief der Rheingraf ihrem Führer zu,
In guter Schlacht sich ehrlich zu ergeben,
Doch Oberst Piccolomini —

(Thekla schwindelnd, faßt einen Sessel.)

Ihn machte
Der Helmbusch kenntlich und das lange Haar,
Vom raschen Ritte war's ihm losgegangen —
3045 Zum Graben winkt er, sprengt, der erste, selbst   192
Sein edles Roß darüber weg, ihm stürzt
Das Regiment nach — doch — schon war's geschehn!
Sein Pferd, von einer Partisan durchstoßen, bäumt
Sich wüthend, schleudert weit den Reiter ab,
3050 Und hoch weg über ihn geht die Gewalt
Der Rosse, keinem Zügel mehr gehorchend.

(Thekla, welche die letzten Reden mit allen Zeichen wachsender Angst begleitet,
verfällt in ein heftiges Zittern, sie will sinken, Fräulein Neubrunn eilt hinzu und
empfängt sie in ihren Armen.)

Neubrunn.

Mein theures Fräulein —

Hauptmann (gerührt).

Ich entferne mich.

Thekla.

Es ist vorüber — Bringen Sie's zu Ende.

Hauptmann.

Da ergriff, als sie den Führer fallen sahn,
3055 Die Truppen grimmig wüthende Verzweiflung.
Der eignen Rettung denkt jetzt keiner mehr,
Gleich wilden Tigern fechten sie, es reizt
Ihr starrer Widerstand die unsrigen,
Und eher nicht erfolgt des Kampfes Ende,
3060 Als bis der letzte Mann gefallen ist.

3046: stürzt] stürzte t. — 3047: geschehn] geschehen t. — 3048: Sein Pferd] fehlt
in t. — durchstoßen] durchstochen t s t. — bäumt] wüthend stuht t st (t steigt t).
3049: Sich wüthend] Sein Pferd und t s t. — 3053: (gerührt)] fehlt in t.

Thekla (mit zitternder Stimme).   193

Und wo — wo ist — Sie sagten mir nicht alles.

Hauptmann (nach einer Pause).

Heut früh bestatteten wir ihn. Ihn trugen
Zwölf Jünglinge der edelsten Geschlechter,
Das ganze Heer begleitete die Bahre.
3065 Ein Lorbeer schmückte seinen Sarg, drauf legte
Der Rheingraf selbst den eignen Siegerbegen.
Auch Thränen fehlten seinem Schicksal nicht,
Denn viele sind bey uns, die seine Großmuth
Und seiner Sitten Freundlichkeit erfahren,
3070 Und alle rührte sein Geschick. Gern hätte
Der Rheingraf ihn gerettet, doch er selbst
Vereitelt' es, man sagt, er wollte sterben.

Neubrunn.

(gerührt zu Thekla, welche ihr Angesicht verhüllt hat)

Mein theures Fräulein — Fräulein, sehn Sie auf!
O warum mußten Sie darauf bestehn!

Thekla.

3075 — Wo ist sein Grab?

Hauptmann.

In einer Klosterkirche
Bey Neustadt ist er beygesetzt, bis man
Von seinem Vater Nachricht eingezogen.

Thekla.

Wie heißt das Kloster?

Hauptmann.   194

Sankt Kathrinenstift.

Thekla.

Ist's weit bis dahin?

Hauptmann.

Sieben Meilen zählt man.

Thekla.

3080 Wie geht der Weg?

Hauptmann.

Man kommt bey Tirschenreit
Und Falkenberg durch unsre ersten Posten.

Thekla.

Wer kommandirt sie?

Hauptmann.

Oberst Seckendorf.

Thekla.

(tritt an den Tisch und nimmt aus dem Schmuckkästchen einen Ring)

Sie haben mich in meinem Schmerz gesehn,

Und mir ein menschlich Herz gezeigt — Empfangen Sie

(indem sie ihm den Ring giebt)

3085 Ein Angedenken dieser Stunde — Gehn Sie.

Hauptmann (bestürzt).

Prinzessin —

(Thekla winkt ihm schweigend zu gehen und verläßt ihn. Hauptmann zaudert und
will reden. Fräulein Neubrunn wiederholt den Wink. Er geht ab.)

Eilfter Auftritt.   195

Thekla. Neubrunn.

Thekla (fällt der Neubrunn um den Hals).

Jetzt, gute Neubrunn, zeige mir die Liebe,

Die du mir stets gelobt, beweise dich

Als meine treue Freundin und Gefährtin!

— Wir müssen fort, noch diese Nacht.

Neubrunn.

Fort, und wohin?

Thekla.

3090 Wohin? Es ist nur Ein Ort in der Welt!

Wo er bestattet liegt, zu seinem Sarge.

Neubrunn.

Was können Sie dort wollen, theures Fräulein?

Thekla.

Was dort, Unglückliche! So würdest du

Nicht fragen, wenn du je geliebt. Dort, dort

3095 Ist alles, was noch übrig ist von ihm,

Der einz'ge Fleck ist mir die ganze Erde.
— O halte mich nicht auf! Komm und mach' Anstalt.
Laß uns auf Mittel denken, zu entfliehen.

Neubrunn.

Bedachten Sie auch Ihres Vaters Zorn?

Thekla.

3100 Ich fürchte keines Menschen Zürnen mehr.

Neubrunn.

Den Hohn der Welt! des Tadels arge Zunge!

Thekla.

Ich suche einen auf, der nicht mehr ist,
Will ich denn in die Arme — o mein Gott!
Ich will ja in die Gruft nur des Geliebten.

Neubrunn.

3105 Und wir allein, zwey hilflos schwache Weiber?

Thekla.

Wir waffnen uns, mein Arm soll dich beschützen.

Neubrunn.

Bey dunkler Nachtzeit? ·

Thekla.

　　　　Nacht wird uns verbergen.

Neubrunn.

In dieser rauhen Sturmnacht?

Thekla.

　　　　Ward ihm sanft
Gebettet, unter den Hufen seiner Rosse?

Neubrunn.

3110 O Gott! — Und dann die vielen Feindesposten!
Man wird uns nicht durchlassen.

3096: Erde.] Erde.
　　　　Neubrunn.
　　In diesem Ort des Todes, wo —
　　　　Thekla.
　　　　　　Es ist
　　Der einz'ge, wo noch Leben für mich wohnt. ll.
3101: Den Hohn — Zunge!] Das Urtheil
　　Der Welt! Die arge Zunge der Verläumdung! ll.
3104: ja] nur ll.

Thekla.

Es sind Menschen,

Frey geht das Unglück durch die ganze Erde!

Neubrunn.

Die weite Reise —

Thekla.

Zählt der Pilger Meilen,

Wenn er zum fernen Gnadenbilde wallt?

Neubrunn.

3115 Die Möglichkeit aus dieser Stadt zu kommen?

Thekla.

Gold öffnet uns die Thore. Geh' nur, geh'!

Neubrunn.

Wenn man uns kennt?

Thekla.

In einer Flüchtigen,

Verzweifelnden sucht niemand Friedlands Tochter.

Neubrunn.

Wo finden wir die Pferde zu der Flucht?

Thekla.

3120 Mein Kavalier verschafft sie. Geh' und ruf ihn.

Neubrunn.

Wagt er das ohne Wissen seines Herrn?

Thekla.

Er wird es thun. O geh' nur! Zaudre nicht.

Neubrunn.

Ach? Und was wird aus Ihrer Mutter werden,

Wenn Sie verschwunden sind?

Thekla.

(sich besinnend und schmerzvoll vor sich hinschauend)

O meine Mutter!

Neubrunn.

3125 So viel schon leidet sie, die gute Mutter,

Soll sie auch dieser letzte Schlag noch treffen?

Thekla.

Ich kann's ihr nicht ersparen! — Geh' nur, geh.

Neubrunn.

Bedenken Sie doch ja wohl, was Sie thun.

Thekla.

Bedacht ist schon, was zu bedenken ist.

Neubrunn.

3130 Und sind wir dort, was soll mit Ihnen werden?

Thekla.

Dort wird's ein Gott mir in die Seele geben.

Neubrunn.

Ihr Herz ist jetzt voll Unruh, theures Fräulein,
Das ist der Weg nicht, der zur Ruhe führt.

Thekla.

Zur tiefen Ruh, wie Er sie auch gefunden.
3135 — O eile, geh! Mach keine Worte mehr!
Es zieht mich fort, ich weiß nicht, wie ich's nenne,
Unwiderstehlich fort zu seinem Grabe!
Dort wird mir leichter werden, augenblicklich!
Das herzerstickende Band des Schmerzens wird
3140 Sich lösen — Meine Thränen werden fließen.
O geh', wir könnten längst schon auf dem Weg seyn.
Nicht Ruhe find' ich, bis ich diesen Mauren
Entrunnen bin — sie stürzen auf mich ein —
Fortstoßend treibt mich eine dunkle Macht
3145 Von dannen — Was ist das für ein Gefühl!
Es füllen sich mir alle Räume dieses Hauses
Mit bleichen, hohlen Geisterbildern an —
Ich habe keinen Platz mehr — Immer neue!
Es drängt mich das entsetzliche Gewimmel
3150 Aus diesen Wänden fort, die lebende!

Neubrunn.

Sie setzen mich in Angst und Schrecken, Fräulein,

3126a: Thekla.] Thekla (nachdem sie kämpfend mit sich selbst auf und abge-
gangen). t. — 3154: auch] hat p. — 3143: entrunnen] entronnen B C D F K M.

Daß ich nun selber nicht zu bleiben wage.

Ich geh' und rufe gleich den Rosenberg.   (geht ab)

Zwölfter Auftritt.   200

Thekla.

Sein Geist ist's, der mich ruft. Es ist die Schaar
3155 Der Treuen, die sich rächend ihm geopfert.

Unedler Säumniß klagen sie mich an.

Sie wollten auch im Tod nicht von ihm lassen,

Der ihres Lebens Führer war — Das thaten

Die rohen Herzen, und ich sollte leben!

3160 — Nein! Auch für mich ward jener Lorbeerkranz,

Der deine Todtenbahre schmückt, gewunden.

Was ist das Leben ohne Liebesglanz?

Ich werf' es hin, da sein Gehalt verschwunden.

Ja, da ich dich den Liebenden gefunden,

3165 Da war das Leben etwas. Glänzend lag

Vor mir der neue goldne Tag!

Mir träumte von zwey himmelschönen Stunden.

Du standest an dem Eingang in die Welt,

Die ich betrat mit klösterlichem Zagen,

3170 Sie war von tausend Sonnen aufgehellt,

Ein guter Engel schienst du hingestellt,

Mich aus der Kindheit fabelhaften Tagen

Schnell auf des Lebens Gipfel hinzutragen.

Mein erst Empfinden war des Himmels Glück,

3175 In dein Herz fiel mein erster Blick!

(Sie sinkt hier in Nachdenken und fährt dann mit Zeichen des Grauens auf)

— Da kommt das Schicksal — Roh und kalt   201

Faßt es des Freundes zärtliche Gestalt

Und wirft ihn unter den Hufschlag seiner Pferde —

— Das ist das Loos des Schönen auf der Erde!

3155a: Zwölfter Auftritt.] Sechster Auftritt. (Act IV.) — 3158: Das]
dies u. — 3170: Sie war — aufgehellt] fehlt in p f u. — 3176: Roh] Raub u. —
3179: unter den] untern f u. — 3179: Das ist] Dies ist u. — Erde.] Erde. (Sie
geht ab.) t.

Dreyzehnter Auftritt.

Thekla. Fräulein Neubrunn mit dem Stallmeister.

Neubrunn.

3180 Hier ist er, Fräulein, und er will es thun.

Thekla.

Willst du uns Pferde schaffen, Rosenberg?

Stallmeister.

Ich will sie schaffen.

Thekla.

Willst du uns begleiten?

Stallmeister.

Mein Fräulein bis ans End' der Welt.

Thekla.

Du kannst

Zum Herzog aber nicht zurück mehr kehren.

Stallmeister.

3185 Ich bleib' bey Ihnen.

Thekla.

Ich will dich belohnen

Und einem andern Herrn empfehlen. Kannst du
Uns aus der Vestung bringen unentdeckt?

Stallmeister.   202

Ich kann's.

Thekla.

Wann kann ich gehn?

Stallmeister.

In dieser Stunde.

— Wo geht die Reise hin?

Thekla.

Nach — sag's ihm, Neubrunn!

Neubrunn.

3190 Nach Neustadt.

3179a: Dreyzehnter Auftritt.] Siebenter Auftritt. Et. (Der ganze
Auftritt durchstrichen in C.)

Stallmeister.

Wohl, ich geh' es zu besorgen.

(ab)

Neubrunn.

Ach, da kommt ihre Mutter, Fräulein.

Thekla.

Gott!

Vierzehnter Auftritt.

Thekla. Neubrunn. Die Herzogin.

Herzogin.

Er ist hinweg, ich finde dich gefaßter.

Thekla.

Ich bin es, Mutter — Lassen Sie mich jetzt
Bald schlafen gehen und die Neubrunn um mich seyn.
3195 Ich brauche Ruh.

Herzogin.

Du sollst sie haben, Thekla.

Ich geh' getröstet weg, da ich den Vater
Beruhigen kann.

Thekla.

Gut' Nacht denn, liebe Mutter.

(sie fällt ihr um den Hals und umarmt sie in großer Bewegung)

Herzogin.

Du bist noch nicht ganz ruhig, meine Tochter.
Du zitterst ja so heftig und dein Herz
3200 Klopft hörbar an dem meinen.

Thekla.

Schlaf wird es

Besänftigen — Gut' Nacht, geliebte Mutter!

(indem sie aus den Armen der Mutter sich losmacht, fällt der Vorhang.)

3181a: Vierzehnter Auftritt.] Achter Auftritt. ſt. (Der ganze Auftritt
durchstrichen in ſt.) — 3200: meinen] meinigen ſ.

Fünfter Aufzug.

Buttlers Zimmer.

Erster Austritt.

Buttler. Major Geraldin.

Buttler.

Zwölf rüstige Dragoner sucht ihr aus,
Bewaffnet sie mit Piken, denn kein Schuß
Darf fallen — An dem Eßsaal nebenbey
3205 Versteckt ihr sie, und wenn der Nachtisch auf-
Gesetzt, bringt ihr herein und ruft: Wer ist
Gut kaiserlich? — Ich will den Tisch umstürzen —
Dann werft ihr euch auf Beide, stoßt sie nieder.
Das Schloß wird wohl verriegelt und bewacht,
3210 Daß kein Gerücht davon zum Fürsten bringe.
Geht jetzt — Habt ihr nach Hauptmann Deveroux
Und Macdonald geschickt?

Geraldin.

Gleich sind sie hier.

(geht ab)

Buttler.

Kein Aufschub ist zu wagen. Auch die Bürger
Erklären sich für ihn, ich weiß nicht, welch
3215 Ein Schwindelgeist die ganze Stadt ergriffen.
Sie sehn im Herzog einen Friedensfürsten
Und einen Stifter neuer goldner Zeit.

3200: Fünfter Aufzug.] Vierter Aufzug. tt.

Der Rath hat Waffen ausgetheilt, schon haben
Sich ihrer hundert angeboten, Wache
3220 Bey ihm zu thun. Drum gilt es, schnell zu seyn,
Denn Feinde drohn von außen und von innen.

Zweyter Auftritt.

Buttler. Hauptmann Deveroux und Macdonald.

Macdonald.

Da sind wir, General.

Deveroux.
Was ist die Losung?

Buttler.

Es lebe der Kaiser!

Bride (treten zurück).
Wie?

Buttler.

Haus Oestreich lebe!

Deveroux.

Ist's nicht der Friedland, dem wir Treu geschworen?

Macdonald.
3225 Sind wir nicht hergeführt, ihn zu beschützen?

Buttler.   206

Wir einen Reichsfeind und Verräther schützen?

Deveroux.

Nun ja, du nahmst uns ja für ihn in Pflicht.

Macdonald.

Und bist ihm ja hieher gefolgt nach Eger.

Buttler.

Ich that's, ihn desto sicher zu verderben.

Deveroux.

3230 Ja so!

3220: seyen,] sein, denn Feinde t. — 3221: Denn Feinde drohn] Umgeben
uns t. — 3221a: Buttler.] Buttler (nach einer Pause, bedeutend.) t. — 3226:
Verräther] Verräher (Druckfehler in A). — 3230: Ja — anders.] Ja so! Das ist
was anders. t.

Macdonald.

Das ist was anders.

Buttler (zu Deverour).

Elender!
So leicht entweichst du von der Pflicht und Fahne?

Deverour.

Zum Teufel, Herr! Ich folgte deinem Beyspiel,
Kann der ein Schelm seyn, dacht' ich, kannst du's auch.

Macdonald.

Wir denken nicht nach. Das ist deine Sache!
3235 Du bist der General und kommandirst,
Wir folgen dir, und wenn's zur Hölle ginge.

Buttler (besänftigt).

· Nun gut! Wir kennen einander.

Macdonald.   207

Ja, das denk' ich.

Deverour.

Wir sind Soldaten der Fortuna, wer
Das meiste bietet, hat uns.

Macdonald.

Ja, so ist's.

Buttler.

3240 Jetzt sollt ihr ehrliche Soldaten bleiben.

Deverour.

Das sind wir gerne.

Buttler.

Und Fortüne machen.

Macdonald.

Das ist noch besser.

Buttler.

Höret an.

Beyde.

Wir hören.

3232: Beyspiel.] Beyspiel, dachte 1. — 3233: Kann der — du's auch.] Wenn du
ein Schelm seyn könntest, ging's mir auch an. 1t. — 3242: Höret] Hört t.

Buttler.

Es ist des Kaisers Will' und Ordonanz,
Den Friedland, lebend oder todt, zu fahen.

Deverour.

3245 So steht's im Brief.

Macdonald.   208

Ja, lebend oder todt!

Buttler.

Und stattliche Belohnung wartet dessen,
An Geld und Gütern, der die That vollführt.

Deverour.

Es klingt ganz gut. Das Wort klingt immer gut
Von dorten her. Ja, Ja! Wir wissen schon!
3250 So eine guldne Gnadenkett' etwa,
Ein krummes Roß, ein Pergament und so was.
— Der Fürst zahlt besser.

Macdonald.

Ja, der ist splendid.

Buttler.

Mit dem ist's aus. Sein Glücksstern ist gefallen.

Macdonald.

Ist das gewiß?

Buttler.

Ich sag's euch.

Deverour.

Ist's vorbey

3255 Mit seinem Glück?

Buttler.

Vorbey auf immerdar.

Er ist so arm wie wir.

Macdonald.   209

So arm wie wir?

Deverour.

Ja Macdonald, da muß man ihn verlassen!

3245: Ordonanz] Ordonnanz K M. — 3247: der die That vollführt.] der die
Hände dazu bietet. 1t.

Buttler.

Verlassen ist er schon von Zwanzigtausend.
Wir müssen mehr thun, Landsmann. Kurz und gut!
3260 — Wir müssen ihn tödten.

(Beide fahren zurück.)

Beyde.

Tödten?

Buttler.

Tödten sag' ich.

— Und dazu hab' ich euch erlesen.

Beyde.

Uns?

Buttler.

Euch, Hauptmann Deverour und Macdonald.

Deverour (nach einer Pause).

Wählt einen andern.

Macdonald.

Ja, wählt einen andern.

Buttler (zu Deverour).

Erschreckt's dich, feige Memme? Wie? Du hast
3265 Schon deine dreyßig Seelen auf dir liegen —

210

Deverour.

Hand an den Feldherrn legen — das bedenk!

Macdonald.

Dem wir das Jurament geleistet haben!

Buttler.

Das Jurament ist null mit seiner Treu.

Deverour.

Hör', General! Das dünkt mir doch zu gräßlich.

Macdonald.

3270 Ja, das ist wahr! Man hat auch ein Gewissen.

Deverour.

Wenn's nur der Chef nicht wär, der uns so lang
Gekommandirt hat und Respect gefodert.

3260: Tödten sag' ich] Tödten sag' ich. (sie scharf fixierend.) t. — 3269a—3270:
Macdonald. Ja — Gewissen.] fehlt in t.

Buttler.

Ist das der Anstoß?

Devereux.

Ja! Hör'! Wen du sonst willst!
Dem eignen Sohn, wenn's Kaisers Dienst verlangt,
3275 Will ich das Schwert ins Eingeweide bohren —
Doch sieh, wir sind Soldaten, und den Feldherrn
Ermorden, das ist eine Sünd' und Frevel,
Davon kein Beichtmönch absolviren kann.

Buttler.

Ich bin dein Papst und absolvire dich.
3280 Entschließt euch schnell.

Devereux (steht bedenklich).   211

Es geht nicht.

Macdonald.

Nein, es geht nicht.

Buttler.

Nun denn, so geht — und — schickt mir Pestalutzen.

Devereux (stutzt).

Den Pestalutz — Hum!

Macdonald.

Was willst du mit diesem?

Buttler.

Wenn ihr's verschmäht, es finden sich genug —

Devereux.

Nein, wenn er fallen muß, so können wir
3285 Den Preis so gut verdienen, als ein andrer.
— Was denkst du, Bruder Macdonald?

Macdonald.

Ja, wenn
Er fallen muß und soll und 's ist nicht anders,
So mag ich's diesem Pestalutz nicht gönnen.

Devereux (nach einigem Besinnen).

Wann soll er fallen?

3274: Sohn] Vater k k. — Kaisers Dienst.] die Pflicht k („Kaisers Dienst“ ist
nachcorrigirt). — der Dienst t. — 3276: 's ist] es ist t.

Buttler.

Heut, in dieser Nacht,
3290 Denn morgen stehn die Schweden vor den Thoren.

Deverour.   212

Stehst du mir für die Folgen, General?

Buttler.

Ich steh' für alles.

Deverour.

Ist's des Kaisers Will'?
Sein netter, runder Will'? Man hat Exempel,
Daß man den Mord liebt und den Mörder straft.

Buttler.

3295 Das Manifest sagt: lebend oder todt.
Und lebend ist's nicht möglich, seht ihr selbst —

Deverour.

Todt also! Todt — Wie aber kommt man an ihn?
Die Stadt ist angefüllt mit Terzkyschen.

Macdonald.

Und dann ist noch der Terzky und der Illo —

Buttler.

3300 Mit diesen beiden fängt man an, versteht sich.

Deverour.

Was? Sollen die auch fallen?

Buttler.

Die zuerst.

Macdonald.

Hör' Deverour — das wird ein blut'ger Abend.

Deverour.   213

Hast du schon deinen Mann dazu? Trag's mir auf.

Buttler.

Dem Major Geraldin ist's übergeben.
3305 Es ist heut Faßnacht und ein Essen wird
Gegeben auf dem Schloß, dort wird man sie

3298: Terzkyschen.] seinen Truppen. 1. — 3299: Terzky] Terschky 1. — 3301:
Was?] Wie? 1 1. — 3302: Deverour.] Deverour (eifrig). 1. — 3305: Faßnacht K.

Bey Tafel überfallen, niederstoßen —
Der Pestaluz, der Leßley sind dabey —

Deverour.

Hör' General! Dir kann es nichts verschlagen.
3310 Hör' — laß mich tauschen mit dem Geraldin.

Buttler.

Die kleinere Gefahr ist bey dem Herzog.

Deverour.

Gefahr! Was, Teufel! denkst du von mir, Herr?
Des Herzogs Aug, nicht seinen Degen fürcht' ich.

Buttler.

Was kann sein Aug dir schaden?

Deverour.

Alle Teufel!

3315 Du kennst mich, daß ich keine Memme bin.
Doch sieh, es sind noch nicht acht Tag, daß mir
Der Herzog zwanzig Goldstück' reichen lassen,
Zu diesem warmen Rock, den ich hier anhab' —
Und wenn er mich nun mit der Pike sieht
3320 Dastehn, mir auf den Rock sieht — sieh — so — so —
Der Teufel hohl mich! ich bin keine Memme.

Buttler.

Der Herzog gab dir diesen warmen Rock,
Und du, ein armer Wicht, bedenkst dich, ihm
Dafür den Degen durch den Leib zu rennen.
3325 Und einen Rock, der noch viel wärmer hält,
Hing ihm der Kaiser um, den Fürstenmantel.
Wie dankt er's ihm? Mit Aufruhr und Verrath.

Deverour.

Das ist auch wahr. Den Danker hohl der Teufel!
Ich — bring' ihn um.

Buttler.

Und willst du dein Gewissen

3308: dabey —] dabey —
       So bald die That geschehn ist — tt. —
3309: nichts verschlagen] gleich viel seyn s (Correctur von Schiller).

Schiller, sämmtl. Schriften. Hist.-krit. Ausg. XII.   24

3330 Beruhigen, darfst du den Rock nur ausziehn,
So kannst du's frisch und wohlgemuth vollbringen.

Macdonald.

Ja! da ist aber noch was zu bedenken —

Buttler.

Was giebt's noch zu bedenken, Macdonald?

Macdonald.

Was hilft uns Wehr und Waffe wider den?
3335 Er ist nicht zu verwunden, er ist fest.

Buttler (fährt auf).   215

Was wird er —

Macdonald.

Gegen Schuß und Hieb! Er ist
Gefroren, mit der Teufelskunst behaftet,
Sein Leib ist undurchdringlich, sag ich dir.

Deveroux.

Ja, ja! In Ingolstadt war auch so einer,
3340 Dem war die Haut so fest wie Stahl, man mußt' ihn
Zuletzt mit Flintenkolben niederschlagen.

Macdonald.

Hört, was ich thun will!

Deveroux.

Sprich.

Macdonald.

Ich kenne hier
Im Kloster einen Bruder Dominikaner
Aus unsrer Landsmannschaft, der soll mir Schwert
3345 Und Pike tauchen in geweihtes Wasser,
Und einen kräft'gen Segen drüber sprechen,
Das ist bewährt, hilft gegen jeden Bann.

3331: vollbringen.] vollbringen.

Deveroux.

Da hast du wieder recht. Das fiel mir nicht ein.
Ich will den Rock ausziehn, so ist's gethan. 1. —

3336: Schuß] Schuß und Stich 1 t. — 3336—3337: Er ist — behaftet,] fehlte ursprünglich in 1. — 3339: In Ingolstadt] Im Baierland 1 (später corr. wie Druck).

Buttler.

Das thue, Macdonald. Jetzt aber geht.
Wählt aus dem Regimente zwanzig, dreißig
3350 Handfeste Kerls, laßt sie dem Kaiser schwören —
Wenn's eilf geschlagen — wenn die ersten Runden
Passirt sind, führt ihr sie in aller Stille
Dem Hause zu — Ich werde selbst nicht weit seyn.

Deveroux.

Wie kommen wir durch die Hartschiers und Garden,
3355 Die in dem innern Hofraum Wache stehn?

Buttler.

Ich hab' des Orts Gelegenheit erkundigt.
Durch eine hintre Pforte führ' ich euch,
Die nur durch Einen Mann vertheidigt wird.
Mir giebt mein Rang und Amt zu jeder Stunde
3360 Einlaß beym Herzog. Ich will euch vorangehn,
Und schnell mit einem Dolchstoß in die Kehle
Durchbohr' ich den Hartschier und mach' euch Bahn.

Deveroux.

Und sind wir oben, wie erreichen wir
Das Schlafgemach des Fürsten, ohne daß
3365 Das Hofgesind' erwacht und Lärmen ruft?
Denn er ist hier mit großem Comitat.

Buttler.

Die Dienerschaft ist auf dem rechten Flügel,
Er haßt Geräusch, wohnt auf dem linken ganz allein.

Deveroux.

Wär's nur vorüber, Macdonald — Mir ist
3370 Seltsam dabey zu Muthe, weiß der Teufel.

Macdonald.

Mir auch. Es ist ein gar zu großes Haupt.
Man wird uns für zwey Bösewichter halten.

216

217

Buttler.

In Glanz und Ehr' und Ueberfluß könnt ihr
Der Menschen Urtheil und Gered' verlachen.

Deveroux.

3375 Wenn's mit der Ehr' nur auch so recht gewiß ist.

Buttler.

Seyd unbesorgt. Ihr rettet Kron' und Reich
Dem Ferdinand. Der Lohn kann nicht gering seyn.

Deveroux.

So ist's sein Zweck, den Kaiser zu entthronen?

Buttler.

Das ist er! Kron und Leben ihm zu rauben!

Deveroux.

3380 So müßt' er fallen durch des Henkers Hand,
Wenn wir nach Wien lebendig ihn geliefert?

Buttler.

Dieß Schicksal könnt er nimmermehr vermeiden.

Deveroux.

Komm, Macdonald! Er soll als Feldherr enden,
Und ehrlich fallen von Soldatenhänden.

(sie gehen ab.)

Dritter Auftritt. 21b

Ein Saal, aus dem man in eine Gallerie gelangt, die sich weit
nach hinten verliert.

Wallenstein (sitzt an einem Tisch). **Der schwedische Hauptmann** (steht
vor ihm). Bald darauf **Gräfin Terzky.**

Wallenstein.

3385 Empfehlt mich eurem Herrn. Ich nehme Theil
An seinem guten Glück, und wenn ihr mich
So viele Freude nicht bezeigen seht,

3383: als Feldherr enden] nicht lange leiden! lt. — 3384: Und — Soldaten-
händen] fehlt in t. — 3384a: ab)] ab) Buttler durch die eine, die Hauptleute
durch eine andere Thür.) lt (dann folgen in lt Scene 9—14 des vierten Actes). —
3384a: Dritter Auftritt. | Ein] Fünfter Aufzug. | Die Scene ist ein t.
— verliert.] verliert. Erster Auftritt. t. — 3387: bezeigen] bezeugen B C D F K M.

Als diese Siegespost verdienen mag,
So glaubt, es ist nicht Mangel guten Willens,
3390 Denn unser Glück ist nunmehr eins. Lebt wohl!
Nehmt meinen Dank für eure Müh. Die Vestung
Soll sich euch aufthun morgen, wenn ihr kommt.

(Schwedischer Hauptmann geht ab. Wallenstein sitzt in tiefen Gedanken, starr vor
sich hinsehend, den Kopf in die Hand gesenkt. Gräfin Terzky tritt herein, und
steht eine Zeitlang vor ihm unbemerkt, endlich macht er eine rasche Bewegung,
erblickt sie und faßt sich schnell)

Kommst du von ihr? Erholt sie sich? Was macht sie?

Gräfin.

Sie soll gefaßter seyn nach dem Gespräch,
3395 Sagt mir die Schwester — Jetzt ist sie zu Bette.

Wallenstein.

Ihr Schmerz wird sanfter werden. Sie wird weinen.

Gräfin.

Auch dich, mein Bruder, find ich nicht wie sonst.
Nach einem Sieg erwartet' ich dich heitrer.
O bleibe stark! Erhalte du uns aufrecht,
3400 Denn du bist unser Licht und unsre Sonne.

Wallenstein.

Sey ruhig. Mir ist nichts — Wo ist dein Mann?

Gräfin.

Zu einem Gastmahl sind sie, er und Illo.

Wallenstein.

(steht auf und macht einige Schritte durch den Saal)

Es ist schon finstre Nacht — Geh' auf dein Zimmer.

Gräfin.

Heiß mich nicht gehn, o laß mich um dich bleiben.

Wallenstein (ist ans Fenster getreten).

3405 Am Himmel ist geschäftige Bewegung,
Des Thurmes Fahne jagt der Wind, schnell geht
Der Wolken Zug, die Mondessichel wankt,
Und durch die Nacht zuckt ungewisse Helle.

3392: wenn] wann C D F K.

— Kein Sternbild ist zu sehn! Der matte Schein dort,
3410 Der einzelne, ist aus der Kaſſiopeja,
Und dahin steht der Jupiter — Doch jetzt
Deckt ihn die Schwärze des Gewitterhimmels!
(Er verſinkt in Tiefſinn und ſieht ſtarr hinaus)

Gräfin.　　　　　　　　　　220
(die ihm traurig zuſieht, faßt ihn bey der Hand)
Was ſinnſt du?

Wallenstein.
Mir däucht, wenn ich ihn ſähe, wär' mir wohl.
3415 Es ist der Stern der meinem Leben strahlt,
Und wunderbar oft stärkte mich sein Anblick.
　　　　　　　　　　　　　　(Pauſe)

Gräfin.
Du wirst ihn wieder sehn.

Wallenstein.
(ist wieder in eine tiefe Zerſtreuung gefallen, er ermuntert ſich, und wendet ſich
ſchnell zur Gräfin)
Ihn wiedersehn? — O niemals wieder!

Gräfin.
　　　　　　Wie?

Wallenstein.
Er ist dahin — ist Staub!

Gräfin.
　　　　Wen meynst du denn?

Wallenstein.
3420 Er ist der glückliche. Er hat vollendet.
Für ihn ist keine Zukunft mehr, ihm spinnt,
Das Schickſal keine Tücke mehr — sein Leben
Liegt faltenlos und leuchtend ausgebreitet,
Kein dunkler Flecken blieb darinn zurück,
3425 Und unglückbringend pocht ihm keine Stunde.　　221
Weg ist er über Wunsch und Furcht, gehört
Nicht mehr den trüglich wankenden Planeten —
O ihm ist wohl! Wer aber weiß, was uns
Die nächſte Stunde schwarz verschleiert bringt!

Gräfin.

3430 Du sprichst von Piccolomini.   Wie starb er?
Der Bote ging just von dir, als ich kam.

(Wallenstein bedeutet sie mit der Hand zu schweigen.)

O wende deine Blicke nicht zurück!
Vorwärts in hell're Tage laß uns schauen.
Freu' dich des Siegs, vergiß was er dir kostet.
3435 Nicht heute erst ward dir der Freund geraubt,
Als er sich von dir schied, da starb er dir.

Wallenstein.

Verschmerzen werd' ich diesen Schlag, das weiß ich,
Denn was verschmerzte nicht der Mensch! Vom Höchsten
Wie vom Gemeinsten lernt er sich entwöhnen,
3440 Denn ihn besiegen die gewalt'gen Stunden.
Doch fühl' ich's wohl, was ich in ihm verlor.
Die Blume ist hinweg aus meinem Leben,
Und kalt und farblos seh' ich's vor mir liegen.
Denn er stand neben mir, wie meine Jugend,
3445 Er machte mir das Wirkliche zum Traum,
Um die gemeine Deutlichkeit der Dinge
Den goldnen Duft der Morgenröthe webend —
Im Feuer seines liebenden Gefühls
Erhoben sich, mir selber zum Erstaunen,
3450 Des Lebens flach alltägliche Gestalten.
— Was ich mir ferner auch erstreben mag,
Das Schöne ist doch weg, das kommt nicht wieder,
Denn über alles Glück geht doch der Freund,
Der's fühlend erst erschafft, der's theilend mehrt.

Gräfin.

3455 Verzag' nicht an der eignen Kraft.   Dein Herz
Ist reich genug, sich selber zu beleben.
Du liebst und preisest Tugenden an ihm,
Die du in ihm gepflanzt, in ihm entfaltet.

Wallenstein (an die Thüre gehend).

Wer stört uns noch in später Nacht? — Es ist

3440: gewalt'gen] gewaltigen f.

3460 Der Kommendant.   Er bringt die Vestungsschlüssel.
Verlaß uns, Schwester, Mitternacht ist da.

Gräfin.

O mir wird heut so schwer von dir zu gehn,
Und bange Furcht bewegt mich.

Wallenstein.

Furcht! Wovor?

Gräfin.

Du möchtest schnell wegreisen diese Nacht,
3465 Und beym Erwachen fänden wir dich nimmer.

Wallenstein.

Einbildungen!

Gräfin.

O meine Seele wird

Schon lang von trüben Ahnungen geängstigt,
Und wenn ich wachend sie bekämpst, sie fallen
Mein banges Herz in düstern Träumen an.

3470 — Ich sah dich gestern Nacht mit deiner ersten
Gemahlin, reich geputzt, zu Tische sitzen —

Wallenstein.

Das ist ein Traum erwünschter Vorbedeutung,
Denn jene Heirath stiftete mein Glück.

Gräfin.

Und heute träumte mir, ich suchte dich
3475 In deinem Zimmer auf — Wie ich hineintrat,
So war's dein Zimmer nicht mehr, die Karthause
Zu Gitschin war's, die du gestiftet hast,
Und wo du willst, daß man dich hin begrabe.

Wallenstein.

Dein Geist ist nun einmal damit beschäftigt.

Gräfin.

3480 Wie? Glaubst du nicht, daß eine Warnungsstimme
In Träumen vorbedeutend zu uns spricht?

3467: trüben] düstern t. — 3478: hin begrabe] hinbegrabe M.

Wallenstein.   224

Dergleichen Stimmen giebt's — Es ist kein Zweifel!
Doch Warnungsstimmen möcht ich sie nicht nennen,
Die nur das Unvermeidliche verkünden.
3485 Wie sich der Sonne Scheinbild in dem Dunstkreis
Mahlt, eh' sie kommt, so schreiten auch den großen
Geschicken ihre Geister schon voran,
Und in dem Heute wandelt schon das Morgen.
Es machte mir stets eigene Gedanken,
3490 Was man vom Tod des vierten Heinrichs ließt.
Der König fühlte das Gespenst des Messers
Lang vorher in der Brust, eh' sich der Mörder
Ravaillac damit waffnete. Ihn floh
Die Ruh, es jagt ihn auf in seinem Louvre,
3495 Ins Freye trieb es ihn, wie Leichenfeyer
Klang ihm der Gattin Krönungsfest, er hörte
Im ahnungsvollen Ohr der Füße Tritt,
Die durch die Gassen von Paris ihn suchten —

Gräfin.

Sagt dir die inn're Ahnungsstimme nichts?

Wallenstein.

3500 Nichts. Sey ganz ruhig!

Gräfin (in düstres Nachsinnen verloren).

Und ein andermal,
Als ich dir eilend nachging, liefst du vor mir
Durch einen langen Gang, durch weite Säle,   225
Es wollte gar nicht enden — Thüren schlugen
Zusammen, krachend — keuchend folgt' ich, konnte
3505 Dich nicht erreichen — plötzlich fühlt' ich mich
Von hinten angefaßt mit kalter Hand,

3483: Doch Warnungsstimmen — nennen,]
      Doch möcht ich sie nicht Warnungsstimmen nennen, l t. —
3484: Die — verkünden.]
      Sie, die nur Unvermeidliches verkünden. t.
3502: weite] viele l.

Du warst's, und küßtest mich, und über uns
Schien eine rothe Decke sich zu legen —

Wallenstein.

Das ist der rothe Teppich meines Zimmers.

Gräfin (ihn betrachtend).

3510 Wenn's dahin sollte kommen — Wenn ich dich,
Der jetzt in Lebensfülle vor mir steht —

(Sie sinkt ihm weinend an die Brust.)

Wallenstein.

Des Kaisers Achtsbrief ängstigt dich. Buchstaben
Verwunden nicht, er findet keine Hände.

Gräfin.

Fänd' er sie aber, dann ist mein Entschluß
3515 Gefaßt — ich führe bey mir, was mich tröstet.   (geht ab)

Vierter Auftritt.

Wallenstein. Gordon. Dann der Kammerdiener.

Wallenstein.

Ist's ruhig in der Stadt?

Gordon.   226
Die Stadt ist ruhig.

Wallenstein.

Ich höre rauschende Musik, das Schloß ist
Von Lichtern hell. Wer sind die Fröhlichen?

Gordon.

Dem Grafen Terzky und dem Feldmarschall
3520 Wird ein Bankett gegeben auf dem Schloß.

Wallenstein (vor sich).

Es ist des Sieges wegen — Dies Geschlecht
Kann sich nicht anders freuen, als bey Tisch.

(Klingelt. Kammerdiener tritt ein.)

Entkleide mich, ich will mich schlafen legen.

(Er nimmt die Schlüssel zu sich.)

3512: Achtsbrief] Achtbrief J R. — 3515a: Vierter Auftritt.] Zweiter
Auftritt. 1 t.

So sind wir denn vor jedem Feind bewahrt,
3525 Und mit den sichern Freunden eingeschlossen,
Denn alles müßt' mich trügen, oder ein
Gesicht wie dies (auf Gordon schauend), ist keines Heuchlers Larve.
(Kammerdiener hat ihm den Mantel, Ringkragen und die Feldbinde abgenommen.)
Gieb Acht! was fällt da?

Kammerdiener.

Die goldne Kette ist entzwey gesprungen.

Wallenstein.

3530 Nun, sie hat lang genug gehalten. Gieb.
(Indem er die Kette betrachtet)
Das war des Kaisers erste Gunst. Er hing sie
Als Erzherzog mir um, im Krieg von Friaul.
Und aus Gewohnheit trug ich sie bis heut.
— Aus Aberglauben, wenn ihr wollt. Sie sollte
3535 Ein Talisman mir seyn, so lang ich sie
An meinem Halse glaubig würde tragen,
Das flücht'ge Glück, deß erste Gunst sie war,
Mir auf Zeitlebens binden — Nun es sey!
Mir muß fortan ein neues Glück beginnen,
3540 Denn dieses Bannes Kraft ist aus.
(Kammerdiener entfernt sich mit den Kleidern. Wallenstein steht auf, macht einen
Gang durch den Saal und bleibt zuletzt nachdenkend vor Gordon stehen)
Wie doch die alte Zeit mir näher kommt.
Ich seh' mich wieder an dem Hof zu Burgau,
Wo wir zusammen Edelknaben waren.
Wir hatten öfters Streit, du meyntest's gut,
3545 Und pflegtest gern den Sittenprediger
Zu machen, schaltest mich, daß ich nach hohen Dingen
Unmäßig strebte, kühnen Träumen glaubend,
Und priesest mir den goldnen Mittelweg.
— Ey, deine Weisheit hat sich schlecht bewährt,
3550 Sie hat dich früh zum abgelebten Manne
Gemacht, und würde dich, wenn ich mit meinen
Großmüth'gern Sternen nicht dazwischen träte,
Im schlechten Winkel still verlöschen lassen.

Gordon.

Mein Fürst! Mit leichtem Muthe knüpft der arme Fischer
3555 Den kleinen Nachen an im sichern Port,   -
Sieht er im Sturm das große Meerschiff stranden.

Wallenstein.

So bist du schon im Hafen alter Mann?
Ich nicht. Es treibt der ungeschwächte Muth
Noch frisch und herrlich auf der Lebenswoge,
3560 Die Hoffnung nenn' ich meine Göttin noch,
Ein Jüngling ist der Geist, und seh' ich mich
Dir gegenüber, ja, so möcht' ich rühmend sagen,
Daß über meinem braunen Scheitelhaar
Die schnellen Jahre machtlos hingegangen.

(Er geht mit großen Schritten durchs Zimmer, und bleibt auf der entgegengesetzten
Seite, Gordon gegenüber, stehen.)

3565 Wer nennt das Glück noch falsch? Mir war es treu,
Hob aus der Menschen Reihen mich heraus
Mit Liebe, durch des Lebens Stufen mich
Mit kraftvoll leichten Götterarmen tragend.
Nichts ist gemein in meines Schicksals Wegen,
3570 Noch in den Furchen meiner Hand. Wer möchte
Mein Leben mir nach Menschenweise deuten?
Zwar jetzo schien ich tief herabgestürzt,
Doch werd' ich wieder steigen, hohe Flut
Wird bald auf diese Ebbe schwellend folgen —   229

Gordon.

3575 Und doch erinn'r ich an den alten Spruch:
Man soll den Tag nicht vor dem Abend loben.
Nicht Hoffnung möcht' ich schöpfen aus dem langen Glück,
Dem Unglück ist die Hoffnung zugesendet.
Furcht soll das Haupt des Glücklichen umschweben,
3580 Denn ewig wanket des Geschickes Wage.

3572: schien] schein K M. — 3574: schwellend folgen —] schwellend folgen —
Und meines Glückes Quell, der itzt [1]
Von einem bösen Stern gebunden stockt,
Wird freudig bald aus allen Röhren springen. q. t t: (1jetzt).
3580: wanket des Geschickes Wage.] wankt die Wage des Geschicks. t t.

Wallenstein (lächelnd).

Den alten Gordon hör' ich wieder sprechen.
— Wohl weiß ich, daß die ird'schen Dinge wechseln,
Die bösen Götter fodern ihren Zoll,
Das wußten schon die alten Heydenvölker,
3585 Drum wählten sie sich selbst freywill'ges Unheil,
Die eifersücht'ge Gottheit zu versöhnen,
Und Menschenopfer bluteten dem Typhon.
　　　　　　　(Nach einer Pause, ernst und stiller)
Auch ich hab' ihm geopfert — Denn mir fiel
Der liebste Freund, und fiel durch meine Schuld.
3590 So kann mich keines Glückes Gunst mehr freuen,
Als dieser Schlag mich hat geschmerzt — Der Neid
Des Schicksals ist gesättigt, es nimmt Leben
Für Leben an, und abgeleitet ist
Auf das geliebte reine Haupt der Blitz,
3595 Der mich zerschmetternd sollte niederschlagen.

Fünfter Auftritt.

Vorige. Seni.

Wallenstein.

Kommt da nicht Seni? Und wie außer sich!
Was führt dich noch so spät hieher, Baptist?

Seni.

Furcht beinetwegen, Hoheit.

Wallenstein.

　　　　Sag, was giebt's?

Seni.

Flieh, Hoheit, eh' der Tag anbricht. Vertraue dich
3600 Den Schwedischen nicht an.

Wallenstein.

　　　　Was fällt dir ein?

3589: meine Schuld.] mein Verbrechen. t. — 3594: das] dieß p, dies t. —
3595: sollte] wollte K. — 3595a: Fünfter Auftritt.] Dritter Auftritt. t.
— 3594a: Seni.] Seni. (mit steigendem Ton.) t. — (bedeutend mit Affect.) t.

Seni (mit steigendem Ton).

Vertrau' dich diesen Schweden nicht.

Wallenstein.

Was ist's denn?

Seni.

Erwarte nicht die Ankunft dieser Schweden!
Von falschen Freunden droht dir nahes Unheil,
Die Zeichen stehen grausenhaft, nah, nahe
3605 Umgeben dich die Netze des Verderbens.

Wallenstein.

Du träumst, Baptist, die Furcht bethöret dich.

Seni.   231

O glaube nicht, daß leere Furcht mich täusche.
Komm, lies es selbst in dem Planetenstand,
Daß Unglück dir von falschen Freunden droht.

Wallenstein.

3610 Von falschen Freunden stammt mein ganzes Unglück,
Die Weisung hätte früher kommen sollen,
Jetzt brauch' ich keine Sterne mehr dazu.

Seni.

O komm und sieh! Glaub deinen eignen Augen.
Ein greulich Zeichen steht im Haus des Lebens,
3615 Ein naher Feind, ein Unhold lauert hinter
Den Strahlen deines Sterns — O laß dich warnen!
Nicht diesen Heyden überliefre dich,
Die Krieg mit unsrer heilgen Kirche führen.

Wallenstein (lächelnd).

Schallt das Orakel daher? — Ja! Ja! Nun
3620 Besinn' ich mich — Dieß schwed'sche Bündniß hat
Dir nie gefallen wollen — Leg dich schlafen
Baptista! Solche Zeichen fürcht' ich nicht.

Gordon.

(der durch diese Reden heftig erschüttert worden, wendet sich zu Wallenstein.)

Mein fürstlicher Gebieter! Darf ich reden?
Oft kommt ein nützlich Wort aus schlechtem Munde.

3601 a: Seni.] Seni. (noch dringender.) ! t. — 3608: dem] der t.

Wallenstein.

3625 Sprich frey!

Gordon.

Mein Fürst! Wenn's doch kein leeres Furchtbild wäre,
Wenn Gottes Vorsehung sich dieses Mundes
Zu Ihrer Rettung wunderbar bediente!

Wallenstein.

Ihr sprecht im Fieber, einer wie der andre.
3630 Wie kann mir Unglück kommen von den Schweden?
Sie suchten meinen Bund, er ist ihr Vortheil.

Gordon.

Wenn dennoch eben dieser Schweden Ankunft —
Gerade die es wär', die das Verderben
Beflügelte auf Ihr so sichres Haupt —

(vor ihm niederstürzend)

3635 O noch ist's Zeit, mein Fürst —

Seni (kniet nieder).

— O hör ihn! hör ihn!

Wallenstein.

Zeit, und wozu? Steht auf — Ich will's, steht auf.

Gordon (steht auf).

Der Rheingraf ist noch fern. Gebieten Sie,
Und diese Vestung soll sich ihm verschließen.
Will er uns dann belagern, er versuch's.
3640 Doch sag' ich dies: Verderben wird er eher

Mit seinem ganzen Volk vor diesen Wällen,
Als unsers Muthes Tapferkeit ermüden.
Erfahren soll er, was ein Heldenhaufe
Vermag, beseelt von einem Heldenführer,
3645 Dem's ernst ist, seinen Fehler gut zu machen.
Das wird den Kaiser rühren und versöhnen,
Denn gern zur Milde wendet sich sein Herz,
Und Friedland, der bereuend wiederkehrt,

3631 a: Gordon.] Gordon. (mit Mühe sich verbergend und mit steigendem
Affect.) f t, und] fehlt in t.

Wird höher stehn in seines Kaisers Gnade,
3650 Als je der niegefallne hat gestanden.

Wallenstein.
(betrachtet ihn mit Befremdung und Erstaunen, und schweigt eine Zeitlang, eine starke innere Bewegung zeigend)

Gordon — des Eifers Wärme führt euch weit,
Es darf der Jugendfreund sich was erlauben.
— Blut ist geflossen, Gordon. Nimmer kann
Der Kaiser mir vergeben. Könnt' er's, ich,
3655 Ich könnte nimmer mir vergeben lassen.
Hätt' ich vorher gewußt, was nun geschehn,
Daß es den liebsten Freund mir würde kosten,
Und hätte mir das Herz, wie jetzt gesprochen —
Kann seyn, ich hätte mich bedacht — kann seyn
3660 Auch nicht — Doch was nun schonen noch? Zu ernsthaft
Hat's angefangen, um in Nichts zu enden.
Hab' es denn seinen Lauf!
(Indem er ans Fenster tritt.)
Sieh, es ist Nacht geworden, auf dem Schloß   234
Ist's auch schon stille — Leuchte Kämmerling.
(Kammerdiener, der unterdessen still eingetreten, und mit sichtbarem Antheil in der Ferne gestanden, tritt hervor, heftig bewegt, und stürzt sich zu des Herzogs Füßen.)
3665 Du auch noch? Doch ich weiß es ja, warum
Du meinen Frieden wünschest mit dem Kaiser.
Der arme Mensch! Er hat im Kärnthnerland
Ein kleines Gut und sorgt, sie nehmen's ihm,
Weil er bey mir ist. Bin ich denn so arm,
3670 Daß ich den Dienern nicht ersetzen kann?
Nun! Ich will niemand zwingen. Wenn du meynst,
Daß mich das Glück geflohen, so verlaß mich.
Heut magst du mich zum letztenmal entkleiden,
Und dann zu deinem Kaiser übergehn —

3656—3657: Was nun — würde kosten.] Daß mir der liebste Freund
Als erstes Todtenopfer würde fallen g l t. —
3663: Nacht] tiefe Nacht t. — 3673: Heut — entkleiden] Heut sollst du mir zum
letztenmale leuchten. p. — 3674: zu deinem] zum t.

3675 Gut' Nacht, Gordon!

Ich denke einen langen Schlaf zu thun,

Denn dieſer letzten Tage Qual war groß,

Sorgt, daß ſie nicht zu zeitig mich erwecken.

(Er geht ab. Kammerdiener leuchtet. Seni folgt. Gordon bleibt in der Dunkelheit ſtehen, dem Herzog mit den Augen folgend, bis er in dem äußerſten Gang
verſchwunden iſt, dann drückt er durch Gebärden ſeinen Schmerz aus, und lehnt
ſich gramvoll an eine Säule.)

Sechster Auftritt. 235

Gordon. Buttler (anfangs hinter der Scene).

Buttler.

Hier ſtehet ſtill, bis ich das Zeichen gebe.

Gordon (fährt auf).

3680 Er iſt's, er bringt die Mörder ſchon.

Buttler.

Die Lichter

Sind aus. In tiefem Schlafe liegt ſchon alles.

Gordon.

Was ſoll ich thun? Verſuch' ich's, ihn zu retten?

Bring' ich das Haus, die Wachen in Bewegung?

Buttler (erſcheint hinten).

Vom Korridor her ſchimmert Licht. Das führt

3685 Zum Schlafgemach des Fürſten.

Gordon.

Aber brech' ich

Nicht meinen Eid dem Kaiſer? Und entkommt er,

Des Feindes Macht verſtärkend, lad' ich nicht

Auf mein Haupt alle fürchterlichen Folgen?

Buttler (etwas näher kommend).

Still! Horch! Wer ſpricht da?

Gordon. 236

Ach, es iſt doch beſſer,

3679a: Sechster Auftritt.] Vierter Auftritt. t. — Buttler.] Buttler.
(ungeſehen.) t t.

Schiller, ſämmtl. Schriften. Hiſt.-krit. Ausg. XII. 25

3690 Ich stell's dem Himmel heim.   Denn was bin ich,
Daß ich so großer That mich unterfinge?
Ich hab' ihn nicht ermordet, wenn er umkommt,
Doch seine Rettung wäre meine That,
Und jede schwere Folge müßt' ich tragen.

Buttler (hinzutretend).

3695 Die Stimme kenn' ich.

Gordon.

Buttler!

Buttler.

Es ist Gordon.

Was sucht ihr hier? Entließ der Herzog Euch
So spät?

Gordon.

Ihr tragt die Hand in einer Binde?

Buttler.

Sie ist verwundet.   Dieser Illo focht
Wie ein Verzweifelter, bis wir ihn endlich
3700 Zu Boden streckten —

Gordon (schauert zusammen).

Sie sind todt!

Buttler.

Es ist geschehn.

— Ist er zu Bett?

Gordon.

Ach Buttler!

Buttler (dringend).

Ist er? Sprecht!

Nicht lange kann die That verborgen bleiben.

Gordon.

Er soll nicht sterben.   Nicht durch euch! Der Himmel
Will euren Arm nicht.   Seht, er ist verwundet.

Buttler.

3705 Nicht meines Armes braucht's.

237

3697: einer] eurer K.

Gordon.

Die Schuldigen

Sind todt; genug ist der Gerechtigkeit
Geschehn! Laßt dieses Opfer sie versöhnen!

(Kammerdiener kommt den Gang her, mit dem Finger auf dem Mund Stillschweigen gebietend.)

Er schläft! O mordet nicht den heil'gen Schlaf!

Buttler.

Nein, er soll wachend sterben.

(will gehen)

Gordon.

Ach, sein Herz ist noch

3710 Den ird'schen Dingen zugewendet, nicht
Gefaßt ist er, vor seinen Gott zu treten.

Buttler.

238

Gott ist barmherzig!

(will gehen)

Gordon (hält ihn).

Nur die Nacht noch gönnt ihm.

Buttler.

Der nächste Augenblick kann uns verrathen.

(will fort)

Gordon (hält ihn).

Nur eine Stunde!

Buttler.

Laßt mich los! Was kann

3715 Die kurze Frist ihm helfen?

Gordon.

O die Zeit ist

Ein wunderthät'ger Gott. In einer Stunde rinnen
Viel tausend Körner Sandes, schnell wie sie
Bewegen sich im Menschen die Gedanken.
Nur eine Stunde! Euer Herz kann sich,

3720 Das seinige sich wenden — Eine Nachricht
Kann kommen — ein beglückendes Ereigniß
Entscheidend, rettend, schnell vom Himmel fallen —
O was vermag nicht eine Stunde!

Buttler.

Ihr erinnert mich,
Wie kostbar die Minuten sind.

(Er stampft auf den Boden.)

Siebenter Auftritt.   239

Macdonald. Deverour mit Hellebardierern treten hervor. Dann
Kammerdiener. Vorige.

Gordon (sich zwischen ihn und jene werfend).

Nein Unmensch!

3725 Erst über meinen Leichnam sollst du hingehn,
Denn nicht will ich das Gräßliche erleben.

Buttler (ihn weg drängend).

Schwachsinn'ger Alter!

(Man hört Trompeten in der Ferne.)

Macdonald und **Deverour.**

Schwedische Trompeten!

Die Schweden stehn vor Eger! Laßt uns eilen!

Gordon.

Gott! Gott!

Buttler.

An euren Posten, Kommendant.

(Gordon stürzt hinaus.)

Kammerdiener (eilt herein).

3730 Wer darf hier lärmen? Still, der Herzog schläft!

Deverour (mit lauter fürchterlicher Stimme).

Freund! Jetzt ist's Zeit zu lärmen!

Kammerdiener (Geschrey erhebend).   240

Hilfe! Mörder!

Buttler.

Nieder mit ihm!

3724a: Siebenter Auftritt.] Fünfter Auftritt. t. — 3727: Deverour.]
Deverour. rufen t. — 3729: Gott!] Gott! (er stürzt hinaus.) t [er] fehlt in t. —
Buttler.] Buttler. (ihn nachrufend.) t t.

Kammerdiener.

(von Deveroux durchbohrt, stürzt am Eingang der Gallerie)

Jesus Maria!

Buttler.

Sprengt die Thüren!

(Sie schreiten über den Leichnam weg, den Gang hin. Man hört in der Ferne
zwey Thüren nach einander stürzen — Dumpfe Stimmen — Waffengetöse —
dann plötzlich tiefe Stille.)

Achter Auftritt.

Gräfin Terzky (mit einem Lichte).

Ihr Schlafgemach ist leer, und sie ist nirgends
Zu finden, auch die Neubrunn wird vermißt,
3735 Die bey ihr wachte — Wäre sie entflohn?
Wo kann sie hingeflohen seyn! Man muß
Nacheilen, alles in Bewegung setzen!
Wie wird der Herzog diese Schreckenspost
Aufnehmen! — Wäre nur mein Mann zurück
3740 Vom Gastmahl! Ob der Herzog wohl noch wach ist?
Mir war's, als hört' ich Stimmen hier und Tritte.
Ich will doch hingehn, an der Thüre lauschen.
Horch! wer ist das? Es eilt die Trepp' herauf.

Neunter Auftritt.   241

Gräfin. Gordon. Dann Buttler.

Gordon (eilfertig, athemlos hereinstürzend).

Es ist ein Irrthum — es sind nicht die Schweden.
3745 Ihr sollt nicht weiter gehen — Buttler — Gott!
Wo ist er?

(indem er die Gräfin bemerkt)

Gräfin, sagen Sie —

3732: Buttler. Sprengt die Thüren!] fehlt in t. — 3732: Achter Auftritt.] Sechster Auftritt. t. — 3737: Nacheilen] Nachsetzen t. — 3743 a:
Neunter Auftritt.] Siebenter Auftritt. t.

Gräfin.

Sie kommen von der Burg? Wo ist mein Mann?

Gordon (entsetzt).

Ihr Mann! — O fragen Sie nicht! Gehen Sie
Hinein — (will fort.)

Gräfin (hält ihn).

Nicht eher, bis Sie mir entdecken —

Gordon (heftig dringend).

3750 An diesem Augenblicke hängt die Welt!
Um Gotteswillen gehen Sie — Indem
Wir sprechen — Gott im Himmel!
　　　　　　(laut schreyend)
　　　　　　　　　Buttler! Buttler!

Gräfin.

Der ist ja auf dem Schloß mit meinem Mann.
　　　　　(Buttler kommt aus der Gallerie)

Gordon (der ihn erblickt).   242

Es war ein Irrthum — Es sind nicht die Schweden —
3755 Die Kaiserlichen sind's, die eingedrungen —
Der Generalleutnant schickt mich her, er wird
Gleich selbst hier seyn — Ihr sollt nicht weiter gehn —

Buttler.

Er kommt zu spät.

Gordon (stürzt an die Mauer).

Gott der Barmherzigkeit!

Gräfin (ahnungsvoll).

Was ist zu spät? Wer wird gleich selbst hier seyn?
3760 Octavio in Eger eingedrungen?
Verrätherey! Verrätherey! Wo ist
Der Herzog?
　　　　　　　　　　　(eilt dem Gange zu.)

3762 a: (eilt) (sie stürzt f. (stürzt f.

Zehnter Auftritt.

**Vorige. Seni. Dann Bürgermeister. Page. Kammerfrau.
Bediente** (rennen schreckensvoll über die Scene).

Seni.
(der mit allen Zeichen des Schreckens aus der Gallerie kommt)
O blutige, entsetzensvolle That!

Gräfin.
Was ist

Geschehen, Seni?

Page (herauskommend).
O erbarmenswürd'ger Anblick!
(Bediente mit Fackeln)

Gräfin.
3765 Was ist's? Um Gotteswillen!

Seni.
Fragt ihr noch?
Drinn liegt der Fürst ermordet, euer Mann ist
Erstochen auf der Burg!
(Gräfin bleibt erstarrt stehen)

Kammerfrau (eilt herein).
Hilf! Hilf der Herzogin!

Bürgermeister (kommt schreckensvoll).
Was für ein Ruf
Des Jammers weckt die Schläfer dieses Hauses?

Gordon.
3770 Verflucht ist euer Haus auf ew'ge Tage!
In eurem Hause liegt der Fürst ermordet.

3762 a: Zehnter Auftritt.] Achter Auftritt. — über die Scene).] über
die Scene). (Dieser Auftritt muß ganz ohne Pausen gesprochen werden.) t. —
3764: Page] Bedienter t. — herauskommend] heraus kommend, zu gleicher Zeit). t.
— 3764 a: (Bediente mit Fackeln)] Andere Bediente eilen hinein mit Fackeln.) t. —
3766—3767: euer Mann ist | Erstochen] euer Mann | Ist erstochen p. — 3767 a:
stehen)] wie eine Bildsäule stehen.) t. — stehen wie eine Bildsäule.) t. — Kammer-
frau] Weibliche Bediente. t. — (eilt herein).] (durch den Saal stürzend.) t.
— 3768: schreckensvoll] schreckenvoll A B.

Bürgermeister.

Das wolle Gott nicht!

(stürzt hinaus)

Erster Bedienter.

Flieht! Flieht! Sie ermorden
Uns alle!

Zwenter Bedienter (Silbergeräth tragend). 244

Da hinaus. Die untern Gänge sind besetzt.

Hinter der Scene (wird gerufen).

Platz! Platz dem Generalleutnant!

(Bey diesen Worten richtet sich die Gräfin aus ihrer Erstarrung auf, faßt sich und
geht schnell ab.)

Hinter der Scene.

3775 Besetzt das Thor! Das Volk zurückgehalten!

Eilfter Auftritt.

Vorige, ohne die Gräfin. Octavio Piccolomini tritt herein mit Gefolge.
Deveroux und Macdonald kommen zugleich aus dem Hintergrunde mit
Hellebardierern. Wallensteins Leichnam wird in einem rothen Teppich hinten
über die Scene getragen.

Octavio (rasch eintretend).

Es darf nicht seyn! Es ist nicht möglich! Buttler!
Gordon! Ich will's nicht glauben. Saget nein.

Gordon.

(ohne zu antworten, weißt mit der Hand nach hinten. Octavio sieht hin und
steht von Entsetzen ergriffen)

Deveroux (zu Buttler).

Hier ist das goldne Vließ, des Fürsten Degen!

Macdonald.

Befehlt ihr, daß man die Kanzley —

Buttler (auf Octavio zeigend). 245

Hier steht er,
3780 Der jetzt allein Befehle hat zu geben.

(Deveroux und Macdonald treten ehrerbietig zurück; alles verliert sich still, daß
nur allein Buttler, Octavio und Gordon auf der Scene bleiben.)

3772: morden] ermorden t. — 3773: Hinter — gerufen).] Stimmen hinter der
Scene t. — 3774: Platz! Platz] Platz! t. — 3775a: Eilfter Auftritt.] Neunter Auftritt. t. — 3777a: sieht hin] sieht sich um t.

Octavio (zu Buttlern gewendet).

War das die Meinung, Buttler, als wir schieden?
Gott der Gerechtigkeit! Ich hebe meine Haud auf!
Ich bin an dieser ungeheuren That
Nicht schuldig.

Buttler.

Eure Hand ist rein. Ihr habt
3785 Die meinige dazu gebracht.

Octavio.

Ruchloser!
So mußtest du des Herrn Befehl misbrauchen,
Und blutig grauenvollen Meuchelmord
Auf deines Kaisers heilgen Nahmen wälzen?

Buttler (gelassen).

Ich hab' des Kaisers Urthel nur vollstreckt.

Octavio.

3790 O Fluch der Könige, der ihren Worten
Das fürchterliche Leben giebt, dem schnell
Vergänglichen Gedanken gleich die That,
Die fest unwiederrufliche, ankettet!
Mußt' es so rasch gehorcht seyn? Konutest du
3795 Dem Gnädigen nicht Zeit zur Gnade gönnen?
Des Menschen Engel ist die Zeit — die rasche
Vollstreckung an das Urtheil anzuheften,
Ziemt nur dem unveränderlichen Gott!

Buttler.

Was scheltet ihr mich? Was ist mein Verbrechen?
3800 Ich habe eine gute That gethan,
Ich hab' das Reich vou einem furchtbarn Feinde
Befreyt, und mache Anspruch auf Belohnung.
Der einz'ge Unterschied ist zwischen eurem
Und meinem Thun: ihr habt den Pfeil geschärft,
3805 Ich hab' ihn abgedrückt. Ihr sätet Blut,
Und steht bestürzt, daß Blut ist aufgegangen.

3789: Urthel] Urtheil t.

403

Ich wußte immer, was ich that, und so
Erschreckt und überrascht mich kein Erfolg.
Habt ihr sonst einen Auftrag mir zu geben?
3810 Denn steh'nden Fußes reis' ich ab nach Wien,
Mein blutend Schwert vor meines Kaisers Thron
Zu legen und den Beyfall mir zu holen,
Den der geschwinde, pünctliche Gehorsam
Von dem gerechten Richter fodern darf.

(geht ab)

Zwölfter Auftritt.

247

Vorige ohne Buttler. Gräfin Terzky (tritt auf, bleich und entstellt. Ihre
Sprache ist schwach und langsam, ohne Leidenschaft.)

Octavio (ihr entgegen).

3815 O Gräfin Terzky, mußt' es dahin kommen?
Das sind die Folgen unglückfel'ger Thaten.

Gräfin.

Es sind die Früchte Ihres Thuns — Der Herzog
Ist todt, mein Mann ist todt, die Herzogin
Ringt mit dem Tode, meine Nichte ist verschwunden.
3820 Dies Haus des Glanzes und der Herrlichkeit
Steht nun verödet, und durch alle Pforten
Stürzt das erschreckte Hofgesinde fort.
Ich bin die letzte drinn, ich schloß es ab,
Und liefre hier die Schlüffel aus.

Octavio (mit tiefem Schmerz).

O Gräfin,

3825 Auch mein Haus ist verödet!

Gräfin.

Wer soll noch

Umkommen? Wer soll noch mißhandelt werden?
Der Fürst ist todt, des Kaisers Rache kann
· Befriedigt seyn. Verschonen Sie die alten Diener!

3814a: Zwölfter Auftritt.] Zehnter Auftritt. t. — ohne] ohne alle t. —
3817: Es] Das p. — 3827: des Kaisers] und ihre t.

Daß den Getreuen ihre Lieb' und Treu　248
3830 Nicht auch zum Frevel angerechnet werde!
Das Schicksal überraschte meinen Bruder
Zu schnell, er konnte nicht mehr an sie denken.

Octavio.

Nichts von Mißhandlung! Nichts von Rache, Gräfin!
Die schwere Schuld ist schwer gebüßt, der Kaiser
3835 Versöhnt, nichts geht vom Vater auf die Tochter
Hinüber, als sein Ruhm und sein Verdienst.
Die Kaiserin ehrt Ihr Unglück, öfnet Ihnen
Theilnehmend ihre mütterlichen Arme.
Drum keine Furcht mehr! Fassen Sie Vertrauen,
3840 Und übergeben Sie sich hoffnungsvoll
Der kaiserlichen Gnade.

Gräfin (mit einem Blick zum Himmel).

Ich vertraue mich
Der Gnade eines größern Herrn — Wo soll
Der fürstliche Leichnam seine Ruhstatt finden?
In der Karthause, die er selbst gestiftet,
3845 Zu Gitschin ruht die Gräfin Wallenstein,
An ihrer Seite, die sein erstes Glück
Gegründet, wünscht' er, dankbar, einst zu schlummern.
O lassen Sie ihn dort begraben seyn!
Auch für die Reste meines Mannes bitt' ich
3850 Um gleiche Gunst. Der Kaiser ist Besitzer　249
Von unsern Schlössern, gönne man uns nur
Ein Grab noch bey den Gräbern unsrer Ahnen.

Octavio.

Sie zittern, Gräfin — Sie verbleichen — Gott!
Und welche Deutung geb' ich Ihren Reden?

Gräfin.

(sammelt ihre letzte Kraft und spricht mit Lebhaftigkeit und Adel)

3855 Sie denken würdiger von mir, als daß Sie glaubten,
Ich überlebte meines Hauses Fall.
Wir fühlten uns nicht zu gering, die Hand

3841: vertraun] überliefre v, übergebe H.

Nach einer Königskrone zu erheben —
Es sollte nicht seyn — Doch wir denken königlich,
3860 Und achten einen freyen, muth'gen Tod
Anständiger als ein entehrtes Leben.
— Ich habe Gift . . . . .

Octavio.
O rettet! helft!

Gräfin.

Es ist zu spät.

In wenig Augenblicken ist mein Schicksal
Erfüllt.

(Sie geht ab.)

Gordon.
O Haus des Mordes und Entsetzens!
(ein Kourier kommt und bringt einen Brief)

250

Gordon (tritt ihm entgegen).
3865 Was giebt's? Das ist das kaiserliche Siegel.
(er hat die Aufschrift gelesen und übergiebt den Brief dem Octavio mit einem
Blick des Vorwurfs)

Dem Fürsten Piccolomini.
(Octavio erschrickt und blickt schmerzvoll zum Himmel. Der Vorhang fällt.)

3860: muth'gen] muthigen t. — 3864—3865: Entsetzens! — Siegel.] Entsetzens!
Offizier.
(kommt und bringt dem Octavio einen Brief.)
Ein Eilbot' bracht' es mit. Er kommt vom Kaiser. t.
3864 a: Kourier] Officier t. — Brief]] Brief mit großem Siegel.) t.. — 3865 a: Vorwurfs)] Vorwurfs und einen Nachdruck auf den Ton legend.) t. — 3966 a: (Octavio
erschrickt] Octavio (schrickt zusammen). t.

II.

Maria Stuart

ein

Trauerspiel

von

Schiller.

———

Tübingen,

in der J. G. Cotta'schen Buchhandlung.

1801.

A: Maria Stuart, 1. Aufl. Tübingen 1801. — B: Maria Stuart, 2. Aufl. Tübingen 1801. — C: Maria Stuart, 3. Aufl. Tübingen 1802. — F: Theater von Schiller. Bd. 4. 1807. — K: Körners Ausgabe. — Bd. 10. 1815. — M: Meyers Ausgabe Bd. 5. 1860.

a: Leipzig-Dresdener Theatermanuscript, W. Vollmers Collation im Besitze der Cotta'schen Buchhandlung. — b: Hamburger Theatermanuscript, J. Meyers Collation im Besitze der Cotta'schen Buchhandlung. — c: Mary Stuart, transl. by J. C. M. Esq. London 1801.

ein Trauerspiel] Trauerspiel in 5 Akten a.

Personen.

Elisabeth, Königin von England.

Maria Stuart, Königin von Schottland, Gefangne in England.

Robert Dudley, Graf von Leicester.

5 Georg Talbot, Graf von Schrewsbury.

Wilhelm Cecil, Baron von Burleigh, Großschatzmeister.

Graf von Kent.

Wilhelm Davison, Staatssecretair.

Amias Paulet, Ritter, Hüter der Maria. *at Fotheringhay*

10 Mortimer, sein Neffe.

Graf Aubespine, französischer Gesandter.

Graf Bellievre, außerordentlicher Botschafter von Frankreich.

Okelly, Mortimers Freund.

Drugeon Drury, zweiter Hüter der Maria.

15 Melvil, ihr Haushofmeister.

Burgoyn, ihr Arzt.

Hanna Kennedy, ihre Amme.

Margaretha Kurl, ihre Kammerfrau.

Scherif der Grafschaft.

20 Offizier der Leibwache.

Französische und Englische Herren.

Trabanten.

Hofdiener der Königin von England.

Diener und Dienerinnen der Königin von Schottland.

3: Maria] Marie a. — Gefangne] Gefangene a. — 5: Schrewsbury] M schreibt überall Shrewsbury. — 6: Burleigh] Burgleigh (Druckfehler in C). — 9: Amias — Maria] Ritter Amias Paulet, Mariens Hüter. a. — 10: Sir Edward Mortimer, c. — 11: Gesandter] Abgesandter a. — 12: Botschafter von Frankreich.] französischer Botschafter. a. — 14: Drugeon] Drue c. — Maria] Marie a. — 15: Sir Andrew Melvil, c. — ihr] Mariens a. — 16: Burgoyn: ihr Arzt a] fehlt in ABCFK M. — 22: Trabanten] Ein Edelknabe a. — 23: Hofdiener — England] fehlt in a. — 24: der Königin von Schottland] Mariens a.

Erster Aufzug.

Im Schloß zu Fotheringhay.

(Ein Zimmer.)

Erster Auftritt.

Hanna Kennedy, Amme der Königin von Schottland in heftigem Streit mit **Paulet**, der im Begriff ist, einen Schrank zu öffnen. **Drugeon Drury**, sein Gehülfe, mit Brecheisen.

Kennedy.

Was macht ihr, Sir? Welch neue Dreistigkeit!
Zurück von diesem Schrank!

Paulet.

      Wo kam der Schmuck her?
Vom obern Stock ward er herabgeworfen,
Der Gärtner hat bestochen werden sollen.
5 Mit diesem Schmuck — Fluch über Weiberlist!
Trotz meiner Aufsicht, meinem scharfen Suchen
Noch Kostbarkeiten, noch geheime Schätze!
        (Sich über den Schrank machend)
Wo das gesteckt hat, liegt noch mehr!

Kennedy.

      Zurück, Verwegner!
Hier liegen die Geheimnisse der Lady.

Im Schloß] Zimmer im Schlosse a. — Ein Zimmer.] fehlt in a. — Erster Auftritt.] c hat nur die Eintheilung in Acte, nicht in Auftritte. — Hanna] fehlt in a. — Amme — Schottland] fehlt in a. — in heftigem] im heftigen a. — öffnen] öfnen. — Drugeon] fehlt in a. — sein Gehülfe] fehlt in a.

Paulet.

10 Die eben such' ich. (Schriften hervorziehend)

Kennedy.

Unbedeutende
Papiere, bloße Uebungen der Feder,
Des Kerkers traur'ge Weile zu verkürzen.

Paulet.

In müß'ger Weile schafft der böse Geist.

Kennedy.

Es sind französische Schriften.

Paulet.

Desto schlimmer!

15 Die Sprache redet Englands Feind.

Kennedy.

Concepte
Von Briefen an die Königin von England.

Paulet.

Die überliefr' ich — Sieh! Was schimmert hier?
(er hat einen geheimen Ressort geöffnet und zieht aus einem verborgnen Fach Ge-
schmeide hervor)

Ein königliches Stirnband, reich an Steinen,　　　　7
Durchzogen mit den Lilien von Frankreich!
(er giebt es seinem Begleiter)

20 Verwahrt's, Drury. Legt's zu dem übrigen!

(Drury geht ab.)

Kennedy.

O schimpfliche Gewalt, die wir erleiden!

11: Uebungen] Uibungen A B. — 13 a—15: Kennedy. Es sind — Englands
Feind.] fehlt in a b. — 17: er hat — geöffnet und] fehlt in a b. — verborgnen]
verborgenen M. — 19 a: (er giebt — Begleiter)] fehlt in a b. — giebt] K M
schreiben überall gibt ꝛc. — 20: dem übrigen] den übrigen a B C. — 20 a: Drury
geht ab.] Drury ab. a b. — goes.

　　　And ye have found the means to hide from us
　　　Such costly things, and screen them, till this moment,
　　　From our inquiring eyes? ꝛc. —

21: erleiden!] erleiden! (bittend) a.

Paulet.

So lang sie noch besitzt, kann sie noch schaden,
Denn alles wird Gewehr in ihrer Hand.

Kennedy.

Seid gütig, Sir. Nehmt nicht den letzten Schmuck
25 Aus unserm Leben weg! Die Jammervolle
Erfreut der Anblick alter Herrlichkeit,
Denn alles andre habt ihr uns entrissen.

Paulet.

Es liegt in guter Hand. Gewissenhaft
Wird es zu seiner Zeit zurück gegeben!

Kennedy.

30 Wer sieht es diesen kahlen Wänden an,
Daß eine Königin hier wohnt? Wo ist
Die Himmeldecke über ihrem Sitz?
Muß sie den zärtlich weichgewöhnten Fuß
Nicht auf gemeinen rauhen Boden setzen?
35 Mit grobem Zinn, die schlechtste Edelfrau
Würd' es verschmähn, bedient man ihre Tafel.

Paulet.

So speißte sie zu Sterlyn ihren Gatten,
Da sie aus Gold mit ihrem Buhlen trank.

Kennedy.

Sogar des Spiegels kleine Nothdurft mangelt.

Paulet.

40 So lang sie noch ihr eitles Bild beschaut,
Hört sie nicht auf, zu hoffen und zu wagen.

21a—23a: Paulet. So lang — ihrer Hand. Kennedy.] fehlt in a b. —
22: So lang] M schreibt Solang. — 23a: Kennedy.] Ken. (supplicating.) c. —
24: Seid] A und die folgenden Drucke schreiben bisweilen auch seyd, sey, F K
regelmäßig; M dagegen auch sein. — letzten] letzten C. — 29-29: Es liegt — zurück gegeben!]

    So lang sie noch besitzt, kann sie noch schaden,
    Denn alles wird Gewehr in ihrer Hand. a b. —

35-38a: Mit grobem — trank. Kennedy.] fehlt in a b. — 36: verschmähn] ver-
schmähen B C. — 37: speißte] speißte K M. — Sterlyn] Sterlen B. — 40: beschaut]
beschauet F K. — 41: To hope, and crown her hopes with deeds of treason. c.

Kennedy.

An Büchern fehlts, den Geist zu unterhalten.

Paulet.

Die Bibel ließ man ihr, das Herz zu bessern.

Kennedy.

Selbst ihre Laute ward ihr weggenommen.

Paulet.

45 Weil sie verbuhlte Lieder drauf gespielt.

Kennedy.

Ist das ein Schicksal für die weicherzogne,
Die in der Wiege Königin schon war,
Am üpp'gen Hof der Medizäerin
In jeder Freuden Fülle aufgewachsen.
50 Es sey genug, daß man die Macht ihr nahm,
Muß man die armen Flitter ihr mißgönnen?
In großes Unglück lehrt ein edles Herz
Sich endlich finden, aber wehe thuts,
Des Lebens kleine Zierden zu entbehren.

Paulet.

55 Sie wenden nur das Herz dem eiteln zu,
Das in sich gehen und bereuen soll.
Ein üppig lastervolles Leben büßt sich
In Mangel und Erniedrigung allein.

Kennedy.

Wenn ihre zarte Jugend sich vergieng,
60 Mag sie's mit Gott abthun und ihrem Herzen,
In England ist kein Richter über sie.

Paulet.

Sie wird gerichtet, wo sie frevelte.

Kennedy.

Zum Freveln fesseln sie zu enge Bande.

Paulet.

Doch wußte sie aus diesen engen Banden

44: ward] war C. — 48: Am — Medizäerin] fehlt in a b. — Medizäerin]
Medicäerin M. — 51: mißgönnen] mißgönnen A B C F. — 52: lehrt] lernt ab. —
may learn c. — 59: vergieng] verging K M. — 55: Eiteln C K M, to vanity c.

65 Den Arm zu strecken in die Welt, die Fackel
Des Bürgerkrieges in das Reich zu schleudern,
Und gegen unsre Königin, die Gott
Erhalte! Meuchelrotten zu bewaffnen.
Erregte sie aus diesen Mauern nicht

10

70 Den Bößwicht Parry und den Babington
Zu der verfluchten That des Königsmords?
Hielt dieses Eisengitter sie zurück,
Das edle Herz des Norfolk zu umstricken?
Für sie geopfert fiel das beste Haupt

75 Auf dieser Insel unterm Henkerbeil —
Und schreckte dieses jammervolle Beispiel
Die Rasenden zurück, die sich wetteifernd
Um ihrentwillen in den Abgrund stürzen?
Die Blutgerüste füllen sich für sie

80 Mit immer neuen Todesopfern an,
Und das wird nimmer enden, bis sie selbst,
Die Schuldigste, darauf geopfert ist.
— O Fluch dem Tag, da dieses Landes Küste
Gastfreundlich diese Helena empfing.

Kennedy.

85 Gastfreundlich hätte England sie empfangen?
Die Unglückselige, die seit dem Tag,
Da sie den Fuß gesetzt in dieses Land,
Als eine Hilfeflehende, Vertriebne,
Bei der Verwandten Schutz zu suchen kam,

90 Sich wider Völkerrecht und Königswürde
Gefangen sieht, in enger Kerkerhaft
Der Jugend schöne Jahre muß vertrauern. —
Die jetzt, nachdem sie alles hat erfahren,
Was das Gefängniß bittres hat, gemeinen

11

95 Verbrechern gleich, vor des Gerichtes Schranken

66: schleudern] schleidern C. — 67: Königin] Königinn F R, die überall · inn schreiben. — 70: Bößwicht] Böß'wicht R, Bösewicht M. — 75: Henkerbeil —] upon de block? — The noble house of Howard fell with him. — c. — 84: empfing] empfieng C. — 88: Schutz] Schuz B C.

Gefobert wird und schimpflich angeklagt
Auf Leib und Leben — eine Königin!

                    Paulet.

Sie kam ins Land als eine Mörderin,
Verjagt von ihrem Volk, des Throns entsetzt,
100 Den sie mit schwerer Greuelthat geschändet.
Verschworen kam sie gegen Englands Glück,
Der spanischen Maria blut'ge Zeiten
Zurück zu bringen, Engelland katholisch
Zu machen, an den Franzmann zu verrathen.
105 Warum verschmähte sie's, den Edimburger
Vertrag zu unterschreiben, ihren Anspruch
An England aufzugeben, und den Weg
Aus diesem Kerker schnell sich aufzuthun
Mit einem Federstrich? Sie wollte lieber
110 Gefangen bleiben, sich mißhandelt sehn,
Als dieses Titels leerem Prunk entsagen.
Weswegen that sie das? Weil sie den Ränken
Vertraut, den bösen Künsten der Verschwörung,
Und Unheilspinnend diese ganze Insel
115 Aus ihrem Kerker zu erobern hofft.

                    Kennedy.   12

Ihr spottet, Sir — Zur Härte fügt ihr noch
Den bittern Hohn! Sie hegte solche Träume,
Die hier lebendig eingemauert lebt,
Zu der kein Schall des Trostes, keine Stimme
120 Der Freundschaft aus der lieben Heimat bringt,
Die längst kein Menschenangesicht mehr schaute,
Als ihrer Kerkermeister finstre Stirn,
Die erst seit kurzem einen neuen Wächter

96: Gefobert] K M schreiben regelmäßig fordern, gefordert ꝛc. — 97 a–115:
Paulet. Sie kam — ränkevolle Königin. Kennedy] fehlt in a b. — 112: Wes-
wegen] Weßwegen M. — 120: Heimat] Heimath C J & M. — 122–125: Stirn,]
brows, and sees herself | Condemn'd anew to a still harder durance, | And
that fresh bars are multiplied around her! c. — 123–124: Die erst — Unver-
wandten] fehlt in c.

Erhielt in eurem rauhen Anverwandten,
125 Von neuen Stäben sich umgittert sieht —

Paulet.

Kein Eisengitter schützt vor ihrer List.
Weiß ich, ob diese Stäbe nicht durchfeilt,
Nicht dieses Zimmers Boden, diese Wände,
Von außen fest, nicht hohl von innen sind,
130 Und den Verrath einlassen, wenn ich schlafe?
Fluchvolles Amt, das mir geworden ist,
Die Unheilbrütend listige zu hüten.
Vom Schlummer jagt die Furcht mich auf, ich gehe
Nachts um, wie ein gequälter Geist, erprobe
135 Des Schlosses Riegel und der Wächter Treu,
Und sehe zitternd jeden Morgen kommen,
Der meine Furcht wahr machen kann.   Doch wohl mir!
Wohl! Es ist Hoffnung, daß es bald nun endet.
Denn lieber möcht ich der Verdammten Schaar
140 Wachstehend an der Höllenpforte hüten,
Als diese ränkevolle Königin.

Kennedy.

Da kommt sie selbst!

Paulet.

Den Christus in der Hand,
Die Hoffart und die Weltlust in dem Herzen.

Zweiter Auftritt.

Maria im Schleier, ein Krucifix in der Hand. **Die Vorigen.**

Kennedy (ihr entgegen eilend).

O Königin! Man tritt uns ganz mit Füßen,
145 Der Tyranney, der Härte wird kein Ziel,
Und jeder neue Tag häuft neue Leiden
Und Schmach auf dein gekröntes Haupt.

130: wenn] wann C. — 141: ränkevolle] ränkenvolle BC. — Königin] Königinn
JK, die überall -inn schreiben. — 143: Weltlust] Wollust a. — 143a: Maria]
a schreibt häufig Marie, aber nicht durchgängig. — Die Vorigen] Vorige a. —
145: Tyranney] M schreibt überall Tyrannei, 2c.

Maria.

                                   Faß dich!
Sag an, was neu geschehen ist?

Kennedy.

                                  Sieh her!
Dein Pult ist aufgebrochen, deine Schriften,
150 Dein einz'ger Schatz, den wir mit Müh' gerettet,
Der letzte Rest von deinem Brautgeschmeide
Aus Frankreich ist in seiner Hand. Du hast nun   14
Nichts Königliches mehr, bist ganz beraubt.

Maria.

Beruhige dich, Hanna. Diese Flitter machen
155 Die Königin nicht aus. Man kann uns niedrig
Behandeln, nicht erniedrigen. Ich habe
In England mich an viel gewöhnen lernen,
Ich kann auch das verschmerzen. Sir, ihr habt euch
Gewaltsam zugeeignet, was ich euch
160 Noch heut zu übergeben willens war.
Bei diesen Schriften findet sich ein Brief,
Bestimmt für meine königliche Schwester
Von England — Gebt mir euer Wort, daß ihr
Ihn redlich an sie selbst wollt übergeben,
165 Und nicht in Burleighs ungetreue Hand.

Paulet.

Ich werde mich bedenken, was zu thun ist.

Maria.

Ihr sollt den Inhalt wissen, Sir. Ich bitte
In diesem Brief um eine große Gunst —
— Um eine Unterredung mit ihr selbst,
170 Die ich mit Augen nie gesehn — Man hat mich
Vor ein Gericht von Männern vorgefodert,
Die ich als meines Gleichen nicht erkennen,
Zu denen ich kein Herz mir fassen kann.
Elisabeth ist meines Stammes, meines   15

175 Geſchlechts und Ranges — Ihr allein, der Schweſter,
Der Königin, der Frau kann ich mich öffnen.

Paulet.

Sehr oft, Milady, habt ihr euer Schickſal
Und eure Ehre Männern anvertraut,
Die eurer Achtung minder würdig waren.

Maria.

180 Ich bitte noch um eine zweite Gunſt,
Unmenſchlichkeit allein kann mir ſie weigern.
Schon lange Zeit entbehr' ich im Gefängniß
Der Kirche Troſt, der Sakramente Wohlthat,
Und die mir Kron' und Freiheit hat geraubt,
185 Die meinem Leben ſelber droht, wird mir
Die Himmelsthüre nicht verſchließen wollen.

Paulet.

Auf euren Wunſch wird der Dechant des Orts —

Maria (unterbricht ihn lebhaft).

Ich will nichts vom Dechanten. Einen Prieſter
Von meiner eignen Kirche fodre ich.
190 — Auch Schreiber und Notarien verlang' ich,
Um meinen letzten Willen aufzuſetzen.
Der Gram, das lange Kerkerelend nagt
An meinem Leben. Meine Tage ſind
Gezählt, befürcht' ich, und ich achte mich
195 Gleich einer Sterbenden.

16

176: öffnen] öfnen a. — 177: Milady) M ſchreibt überall Mylady. — 180: zweite]
F R ſchreiben zweyte. — 187: des Orts] of Peterborough c. — 189: fodre ich].
priest.

Paul.

That is against the publish'd laws of England. —

Mary.

The laws of England are no rule for me. —
I am not England's subject; I have ne'er
Consented to its laws, and will not bow
Before their cruel and despotic sway. —
If you will, to th'unexampled rigour
Which I have suffer'd add this new oppression,
I must submit to what your power ordains;
Yet I will raise my voice in loud complaints: —

Paulet.

Da thut ihr wohl,
Das sind Betrachtungen, die euch geziemen.

Maria.

Und weiß ich, ob nicht eine schnelle Hand
Des Kummers langsames Geschäft beschleunigt?
Ich will mein Testament aufsetzen, will
200 Verfügung treffen über das, was mein ist.

Paulet.

Die Freiheit habt ihr. Englands Königin
Will sich mit eurem Raube nicht bereichern.

Maria.

Man hat von meinen treuen Kammerfrauen,
Von meinen Dienern mich getrennt — Wo sind sie?
205 Was ist ihr Schicksal? Ihrer Dienste kann ich
Entrathen, doch beruhigt will ich seyn,
Daß die Getreu'n nicht leiden und entbehren.

Paulet.

Für eure Diener ist gesorgt. 　　　　　　(Er will gehen.)

Maria.

Ihr geht, Sir? Ihr verlaßt mich abermals,
210 Und ohne mein geängstigt fürchtend Herz
Der Qual der Ungewißheit zu entladen. 　　　　　17
Ich bin, Dank eurer Späher Wachsamkeit,

196 a—202: Maria. Und weiß — nicht bereichern.] fehlt in a b. — 207: Ge-
treu'n] Getreuen b, Getreun M. — 209: Für eure — gesorgt.]
Your servants you again shall see; again
Shall see whatever has been taken from you:
All, when the hour is come, shall be restored. c.
208 a: (er will gehen.)]

　　　　　　　Marie.

Warum entbehr' ich die unschuldige Gesellschaft
Der Schwestern Douglas, meiner lieben Baasen?
Der holden Kinder Anblick würde mich
In meinem Kummer trösten und erheitern.

　　　　　　　Paulet.

Ihr sollt die Ladys wiedersehen, Alles,
Was euch geraubt ist, wiedersehen, Alles
Zurück empfangen, wann die Stunde kömmt. 　　(Will gehen.) a.

Von aller Welt geschieden, keine Kunde
Gelangt zu mir durch diese Kerkermauern,
215 Mein Schicksal liegt in meiner Feinde Hand.
Ein peinlich langer Monat ist vorüber,
Seitdem die vierzig Kommissarien
In diesem Schloß mich überfallen, Schranken
Errichtet, schnell, mit unanständiger Eile,
220 Mich unbereitet, ohne Anwalds Hülfe,   X
Vor ein noch nie erhört Gericht gestellt,
Auf schlaugefaßte schwere Klagepunkte
Mich, die betäubte, überraschte, flugs
Aus dem Gedächtniß Rede stehen lassen —
225 Wie Geister kamen sie und schwanden wieder.
Seit diesem Tage schweigt mir jeder Mund,
Ich such' umsonst in eurem Blick zu lesen,
Ob meine Unschuld, meiner Freunde Eifer,
Ob meiner Feinde böser Rath gesiegt.
230 Brecht endlich euer Schweigen — laßt mich wissen,
Was ich zu fürchten, was zu hoffen habe.

Paulet (nach einer Pause).

Schließt eure Rechnung mit dem Himmel ab.

Maria.

Ich hoff' auf seine Gnade, Sir — und hoffe
Auf strenges Recht von meinen irb'schen Richtern.

Paulet.   18

235 Recht soll euch werden. Zweifelt nicht daran.

Maria.

Ist mein Prozeß entschieden, Sir?

Paulet.

Ich weiß nicht.

Maria.

Bin ich verurtheilt?

220: Anwalds] Anwalts M. — Hülfe] A schreibt bisweilen Hilfe; ebenso B C;
M überall. — 223: Betäubte] alle späteren Ausgaben schreiben substantivisch ge-
brauchte Adjectiva rc. meistens groß. — 231a: (nach einer Pause)] fehlt in c.

Paulet.

Ich weiß nichts, Milady.

Maria.

Man liebt hier rasch zu Werk zu gehn. Soll mich
Der Mörder überfallen wie die Richter?

Paulet.

240 Denkt immerhin, es sey so, und er wird euch
In beßrer Fassung dann als diese finden.

Maria.

Nichts soll mich in Erstaunen setzen, Sir,
Was ein Gerichtshof in Westminsterhall,
Den Burleighs Haß und Hattons Eifer lenkt,
245 Zu urtheln sich erdreiste — Weiß ich doch,
Was Englands Königin wagen darf zu thun.

Paulet.

Englands Beherrscher brauchen nichts zu scheuen,
Als ihr Gewissen und ihr Parlament.
Was die Gerechtigkeit gesprochen, furchtlos,   19
250 Vor aller Welt wird es die Macht vollziehn.

Dritter Auftritt.

Die Vorigen. Mortimer, Paulets Neffe, tritt herein und ohne der Königin
einige Aufmerksamkeit zu bezeugen, zu Paulet.

Mortimer.

Man sucht euch, Oheim.

(Er entfernt sich auf eben die Weise. Die Königin bemerkt es mit Unwillen und
wendet sich zu Paulet, der ihm folgen will.)

237: Mylady] Lady.   Mary.
Sir, a good work fears not the light of day.
       Paul.
The day will shine upon it, doubt it not. c. —
241: beßrer] beßrer K M (behalten überhaupt ſ und ſſ vor Consonanten bei). —
241a: Maria.] Mary. (after a pause) c. — 241a—250: Maria. Nichts soll —
vollziehn.) fehlt in a b. — 244: Den Burleighs — lenkt] Inspired by Welsing-
ham's and Burleigh's hatred, c. — Hattons] Hattens (Druckfehler in K). —
245: erdreiste] erdreuste B C F. — 250a: Dritter Auftritt.] fehlt in a b. —
Die Vorigen.] fehlt in a. — Paulets Neffe] fehlt in a. — herein] ein a. — der
Königin] Marien a. — einige] einiger a. — bezeugen] würdigen a. — 251a: er
entfernt] entfernt a. — eben die] eben diese a. — Die Königin] Marie a.

Maria.

Sir, noch eine Bitte.
Wenn ihr mir was zu sagen habt — Von euch
Ertrag ich viel, ich ehre euer Alter.
Den Uebermuth des Jünglings trag' ich nicht,
255 Spart mir den Anblick seiner rohen Sitten.

Paulet.

Was ihn euch widrig macht, macht mir ihn werth.
Wohl ist es keiner von den weichen Thoren,
Die eine falsche Weiberthräne schmelzt —
Er ist gereist, kommt aus Paris und Rheims
260 Und bringt sein treu altenglisch Herz zurück,
Lady, an dem ist eure Kunst verloren!

(geht ab.)

Vierter Auftritt.   20

Maria. Kennedy.

Kennedy.

Darf euch der Rohe das ins Antlitz sagen!
O es ist hart!

Maria (in Nachdenken verloren).

Wir haben in den Tagen unsers Glanzes
265 Dem Schmeichler ein zu willig Ohr geliehn,   (· · ·
Gerecht ist's, gute Kennedy, daß wir
Des Vorwurfs ernste Stimme nun vernehmen.

Kennedy.

Wie? so gebeugt, so muthlos, theure Lady?
Wart ihr doch sonst so froh, ihr pflegtet mich zu trösten,
270 Und eher mußt ich euren Flattersinn,
Als eure Schwermut schelten.

Maria.

Ich erkenn' ihn.
Es ist der blut'ge Schatten König Darnleys,   ✗

259: Paris und Rheims] Rome and Paris c. — 261a: Vierter Auftritt.]
Dritter Auftritt. a. — 263: O es ist hart!] O 'tis hard — 'tis past
endurance. c. — 272: Darnleys] Stuarts a b.

Der zürnend aus dem Gruftgewölbe steigt,
Und er wird nimmer Friede mit mir machen,
275 Bis meines Unglücks Maaß erfüllet ist.

Kennedy.

Was für Gedanken —

Maria.   21

Du vergissest, Hanna —

Ich aber habe ein getreu Gedächtniß —
Der Jahrstag dieser unglückseligen That
Ist heute abermals zurückgekehrt,
280 Er ist's, den ich mit Buß und Fasten feyre.

Kennedy.

Schickt endlich diesen bösen Geist zur Ruh'.
Ihr habt die That mit Jahrelanger Reu',
Mit schweren Leidensproben abgebüßt.
Die Kirche, die den Löseschlüssel hat
285 Für jede Schuld, der Himmel hat vergeben.

Maria.

Frischblutend steigt die längst vergebne Schuld
Aus ihrem leichtbedeckten Grab empor!
Des Gatten Rachesoberndes Gespenst
Schickt keines Messedieners Glocke, kein
290 Hochwürdiges in Priesters Hand zur Gruft.

Kennedy.

Nicht ihr habt ihn gemordet! Andre thatens!

Maria.

Ich wußte drum. Ich ließ die That geschehn,
Und lockt' ihn schmeichelnd in das Todesnetz.

Kennedy.   22

Die Jugend mildert eure Schuld. Ihr wart
295 So zarten Alters noch.

275: Maaß] K M schreiben überall Maß. — 275a—290: Kennedy. Was für — Fasten feyre.] fehlt in a b. — 280: feyre] M schreibt feiere, feirn, :c. — 288: Rachesoberndes] K M schreiben Composita aus Substantiven mit nachfolgendem Adjectiv als Particip überall klein; die früheren Ausgaben meistens. — 293a—322: Kennedy. Die Jugend — mich tröstest.] fehlt in a b.

Maria.

So zart, und lud
Die schwere Schuld auf mein so junges Leben.

Kennedy.

Ihr wart durch blutige Beleidigung
Gereizt und durch des Mannes Uebermuth,
Den eure Liebe aus der Dunkelheit
300 Wie eine Götterhand hervorgezogen,
Den ihr durch euer Brautgemach zum Throne
Geführt, mit eurer blühenden Person
Beglückt und eurer angestammten Krone.
Konnt er vergessen, daß sein prangend Loos
305 Der Liebe großmuthsvolle Schöpfung war?
Und doch vergaß er's, der Unwürdige!
Beleidigte mit niedrigem Verdacht,
Mit rohen Sitten eure Zärtlichkeit,
Und widerwärtig wurd' er euren Augen.
310 Der Zauber schwand, der euren Blick getäuscht,
Ihr floht erzürnt des Schändlichen Umarmung
Und gabt ihn der Verachtung preiß — Und er —
Versucht er's, eure Gunst zurück zu rufen?
Bat er um Gnade? Warf er sich bereuend
315 Zu euren Füßen, Besserung versprechend?
Trotz bot euch der Abscheuliche — Der euer
Geschöpf war, euren König wollt er spielen,
Vor euren Augen ließ er euch den Liebling
Den schönen Sänger Rizio durchbohren —
320 Ihr rächtet blutig nur die blut'ge That.

Maria.

Und blutig wird sie auch an mir sich rächen,
Du sprichst mein Urtheil aus, da du mich tröstest.

303: Krone.] distinguish'd: —
　　Your work was his existence, and your grace
　　Bedew'd him like the gentle rains of heav'n. c. —
305: großmuthsvolle] großmuthvolle K. — 312: preiß] preis KM. — 313: Did he,
as 'twere his duty so to do, c. — 317: spielen,] king | and strove, through
fear, to force your inclination. c. — 319: Rizio] Rizzio c (S. 145: Rizzio K).

Kennedy.

Da ihr die That geschehn ließt, wart ihr nicht
Ihr selbst, gehörtet euch nicht selbst. Ergriffen
325 Hatt' euch der Wahnsinn blinder Liebesglut,
Euch unterjocht dem furchtbaren Verführer
Dem unglückselgen Bothwell — Ueber euch
Mit übermüthgem Männerwillen herrschte
Der Schreckliche, der euch durch Zaubertränke,
330 Durch Höllenkünste das Gemüth verwirrend,
Erhitzte —

Maria.

Seine Künste waren keine andre,
Als seine Männerkraft und meine Schwachheit.

Kennedy.

Nein, sag' ich. Alle Geister der Verdammniß
Mußt' er zu Hülfe rufen, der dieß Band
335 Um eure hellen Sinne wob. Ihr hattet
Kein Ohr mehr für der Freundin Warnungsstimme,
Kein Aug' für das, was wohlanständig war.
Verlassen hatte euch die zarte Scheu
Der Menschen, eure Wangen, sonst der Sitz
340 Schaamhaft erröthender Bescheidenheit,
Sie glühten nur vom Feuer des Verlangens.
Ihr warst den Schleier des Geheimnisses
Von euch, des Mannes keckes Laster hatte
Auch eure Blödigkeit besiegt, ihr stelltet
345 Mit dreister Stirne eure Schmach zur Schau.
Ihr ließt das königliche Schwerdt von Schottland
Durch ihn, den Mörder, dem des Volkes Flüche
Nachschallten, durch die Gassen Edimburgs
Vor euch hertragen im Triumph, umringtet
350 Mit Waffen euer Parlament, und hier,

327: unglückselgen] unglückseeligen C. — 330: Höllenkünste] Höllenkünste (Druckfehler in C). — 340: Schaamhaft] B C & M schreiben Schamhaft. — 345: dreister] dreuster B C. — Stirne] Miene a. — 349: Triumph] Triumpf B, Triumph C.

Im eignen Tempel der Gerechtigkeit,
Zwangt ihr mit frechem Possenspiel die Richter,
Den Schuldigen des Mordes loszusprechen —
Ihr giengt noch weiter — Gott!

Maria.

Vollende nur!
355 Und reich' ihm meine Hand vor dem Altare!

Kennedy.

O laßt ein ewig Schweigen diese That
Bedecken! Sie ist schauderhaft, empörend,
Ist einer ganz Verlornen werth — Doch ihr seid keine
Verlorene — ich kenn' euch ja, ich bin's,
360 Die eure Kindheit auferzogen. Weich
Ist euer Herz gebildet, offen ist's
Der Schaam — der Leichtsinn nur ist euer Laster.
Ich wiederhohl' es, es giebt böse Geister,
Die in des Menschen unverwahrter Brust
365 Sich augenblicklich ihren Wohnplatz nehmen,
Die schnell in uns das Schreckliche begehn
Und zu der Höll' entfliehend das Entsetzen
In dem befleckten Busen hinterlassen.
Seit dieser That, die euer Leben schwärzt,
370 Habt ihr nichts lasterhaftes mehr begangen,
Ich bin ein Zeuge eurer Besserung.
Drum fasset Muth! Macht Friede mit euch selbst!
Was ihr auch zu bereuen habt, in England
Seid ihr nicht schuldig, nicht Elisabeth,
375 Nicht Englands Parlament ist euer Richter.
Macht ist's, die euch hier unterdrückt, vor diesen
Anmaßlichen Gerichtshof dürft ihr euch
Hinstellen mit dem ganzen Muth der Unschuld.

358: einer ganz] ganz einer a. — 359: Verlorene] Verlorne A B C F. —
362: Schaam] k M schreiben überall Scham. — 363: wiederhol'] F K schreiben
wiederhohlen, ꝛc. — 376—378: Macht ist's — der Unschuld.] Vierter Auftritt.
Vorige. Mortimer (scheu eintretend). a.

Maria.

Wer kommt?

(Mortimer zeigt sich an der Thüre)

Kennedy.

Es ist der Neffe. Geht hinein.

Fünfter Auftritt.

Die Vorigen. Mortimer scheu hereintretend.

Mortimer (zur Amme).

380 Entfernt euch, haltet Wache vor der Thür,
Ich habe mit der Königin zu reden.

Maria (mit Ansehn).

Hanna, du bleibst.

Mortimer.

Habt keine Furcht, Milady. Lernt mich kennen.

(Er überreicht ihr eine Charte.)

Maria.

(sieht sie an und fährt bestürzt zurück)

Ha! Was ist das?

Mortimer (zur Amme).

Geht, Dame Kennedy,

385 Sorgt, daß mein Oheim uns nicht überfalle!

Maria.

(zur Amme, welche zaudert und die Königin fragend ansieht)

Geh! Geh! Thu was er sagt.

(Die Amme entfernt sich mit Zeichen der Verwunderung.)

Sechster Auftritt.

Mortimer. Maria.

Maria.

Von meinem Oheim,

Dem Kardinal von Lothringen aus Frankreich! (liest)

379: kommt] kömmt a. (Mortimer — Thüre) fehlt in a. — 379a: Fünfter
Auftritt. — hereintretend.)] fehlt in a. — Amme.)] Kennedy ab. — 383a: Er
überreicht] Reicht a. — Charte] Karte a M. — 384: (zur Amme)] fehlt in a. —
385: überfalle!) überfalle! | (Kennedy zaudert und sieht Marien fragend an) a. —
385a: (zur Amme — ansieht) fehlt in a. — 386a: Die Amme] Kennedy ab. —
Sechster Auftritt.] Fünfter Auftritt. a.

1. Aufzug. 6. Auftritt. V. 379—409. **417**

27

„Traut dem Sir Mortimer, der euch dieß bringt,
„Denn keinen treuern Freund habt ihr in England."
(Mortimern mit Erstaunen ansehend)

390 Ist's möglich? Ist's kein Blendwerk, das mich täuscht?
So nahe find' ich einen Freund und wähnte mich
Verlassen schon von aller Welt — find ihn
In euch, dem Neffen meines Kerkermeisters,
In dem ich meinen schlimmsten Feind —
Mortimer (sich ihr zu Füßen werfend).
Verzeihung

395 Für diese verhaßte Larve, Königin,
Die mir zu tragen Kampf genug gekostet,
Doch der ich's danke, daß ich mich euch nahen,
Euch Hülfe und Errettung bringen kann.
Maria.

Steht auf — Ihr überrascht mich, Sir — Ich kann
400 So schnell nicht aus der Tiefe meines Elends
Zur Hoffnung übergehen — Redet, Sir —
Macht mir dieß Glück begreiflich, daß ich's glaube.
Mortimer (steht auf).

Die Zeit verrinnt. Bald wird mein Oheim hier seyn,
Und ein verhaßter Mensch begleitet ihn.
405 Eh euch ihr Schreckensauftrag überrascht,
Hört an, wie euch der Himmel Rettung schickt.
Maria.

28

Er schickt sie durch ein Wunder seiner Allmacht!
Mortimer.

Erlaubt, daß ich von mir beginne.
Maria.
Redet, Sir!
Mortimer.

Ich zählte zwanzig Jahre, Königin,

390: dieß] K M schreiben überall dies. — 395: diese] die a b. — 397: mich euch] euch mich a. — 398: Hülfe] A und die späteren Drucke schreiben bisweilen Hilfe, während F K und meistens auch M Hülfe haben. — 401: Hoffnung] Hofnung B C. — 402 a: (steht auf)] fehlt in c.

410 In strengen Pflichten war ich aufgewachsen,
    In finsterm Haß des Pabstthums aufgesäugt,
    Als mich die unbezwingliche Begierde
    Hinaus trieb auf das feste Land. Ich ließ
    Der Puritaner dumpfe Predigtstuben,
415 Die Heimat hinter mir, in schnellem Lauf
    Durchzog ich Frankreich, das gepriesene
    Italien mit heißem Wunsche suchend.

       Es war die Zeit des großen Kirchenfests,
    Von Pilgerschaaren wimmelten die Wege,
420 Bekränzt war jedes Gottesbild, es war,
    Als ob die Menschheit auf der Wandrung wäre,
    Wallfahrend nach dem Himmelreich — Mich selbst
    Ergriff der Strom der glaubenvollen Menge
    Und riß mich in das Weichbild Roms —

425   Wie ward mir, Königin!
    Als mir der Säulen Pracht und Siegesbogen
    Entgegenstieg, des Kolosseums Herrlichkeit
    Den Staunenden umfing, ein hoher Bildnergeist
    In seine heitre Wunderwelt mich schloß!

430 Ich hatte nie der Künste Macht gefühlt,
    Es haßt die Kirche, die mich auferzog,
    Der Sinne Reiz, kein Abbild duldet sie,
    Allein das Körperlose Wort verehrend.
    Wie wurde mir, als ich ins Innre nun

435 Der Kirchen trat, und die Musik der Himmel
    Herunterstieg, und der Gestalten Fülle
    Verschwenderisch aus Wand und Decke quoll,
    Das Herrlichste und Höchste, gegenwärtig,
    Vor den entzückten Sinnen sich bewegte,

440 Als ich sie selbst nun sah, die Göttlichen,
    Den Gruß des Engels, die Geburt des Herrn,
    Die heilge Mutter, die herabgestiegne

411: In finsterm] Im finstern a. — Pabstthums F R M. — 415: Heimat] R
schreibt überall Heimath ꝛc. — 419: Pilgerschaaren] Pilgerscharen R. — 422: Wall-
fahrend] Wallfahrtend a. — 428: umfing] umfieng C. — 442: heilge] heilige R.

Dreifaltigkeit, die leuchtende Verklärung —
Als ich den Pabst drauf sah in seiner Pracht
445 Das Hochamt halten und die Völker segnen.
O was ist Goldes, was Juweelen Schein,
Womit der Erde Könige sich schmücken!
Nur Er ist mit dem Göttlichen umgeben.
Ein wahrhaft Reich der Himmel ist sein Haus,
450 Denn nicht von dieser Welt sind diese Formen.

Maria.

O schonet mein! Nicht weiter! Höret auf,
Den frischen Lebensteppich vor mir aus
Zu breiten — Ich bin elend und gefangen.

Mortimer.

Auch ich war's, Königin! und mein Gefängniß
455 Sprang auf und frei auf einmal fühlte sich
Der Geist, des Lebens schönen Tag begrüßend.
Haß schwur ich nun dem engen dumpfen Buch,
Mit frischem Kranz die Schläfe mir zu schmücken,
Mich fröhlich an die Fröhlichen zu schließen.
460 Viel edle Schotten drängten sich an mich
Und der Franzosen muntre Landsmannschaften.
Sie brachten mich zu curem edeln Oheim,
Dem Kardinal von Guise — Welch ein Mann!
Wie sicher, klar und männlich groß! — Wie ganz
465 Gebohren, um die Geister zu regieren!
Das Muster eines königlichen Priesters,
Ein Fürst der Kirche, wie ich keinen sah!

Maria.

Ihr habt sein theures Angesicht gesehn,
Des vielgeliebten, des erhabnen Mannes,
470 Der meiner zarten Jugend Führer war.

444—450: Als ich — diese Formen] fehlt in a b. — 444: Pabst] Papst F R M. —
446: Goldes] Goldes - M. — Juweelen] Juwelen F R; Juwelen - M. — 457: Haß
— Buch,] I learn'd to burst | Each narrow prejudice of education, c. —
460: Scots, who saw my zeal, c. — 462: The Cardinal Archbishop. c. —
463—467: Welch ein Mann! — keinen sah!] fehlt in a b. — 465: Gebohren] Geboren R M.

O redet mir von ihm. Denkt er noch mein?
Liebt ihn das Glück, blüht ihm das Leben noch,
Steht er noch herrlich da, ein Fels der Kirche?

Mortimer.   31

Der Treffliche ließ selber sich herab,
475 Die hohen Glaubenslehren mir zu deuten,
Und meines Herzens Zweifel zu zerstreun.
Er zeigte mir, daß grübelnde Vernunft
Den Menschen ewig in der Irre leitet,
Daß seine Augen sehen müssen, was
480 Das Herz soll glauben, daß ein sichtbar Haupt
Der Kirche Noth thut, daß der Geist der Wahrheit
Geruht hat auf den Sitzungen der Väter.
Die Wahnbegriffe meiner kind'schen Seele,
Wie schwanden sie vor seinem siegenden
485 Verstand und vor der Suada seines Mundes!
Ich kehrte in der Kirche Schooß zurück,
Schwur meinen Irrthum ab in seine Hände.

Maria.

So seid ihr einer jener Tausende,
Die er mit seiner Rede Himmelskraft
490 Wie der erhabne Prediger des Berges
Ergriffen und zum ew'gen Heil geführt!

Mortimer.

Als ihn des Amtes Pflichten bald darauf
Nach Frankreich riefen, sandt' er mich nach Rheims,
Wo die Gesellschaft Jesu, fromm geschäftig,
495 Für Englands Kirche Priester auserzieht.

471—473: Denkt er — der Kirche] fehlt in a b. — 474: Treffliche] Trefliche C J. —
Was für ein Mann!
Wie sicher, klar, und männlich groß! wie ganz
Geboren, um die Geister zu regieren!
Ein Fürst der Kirche, wie ich keinen sah!
Der Herrliche a.
475: deuten,] deuten. — 476: Und meines — zerstreun.] fehlt in a. — 481:
Sitzungen] Satzungen K. — 485: Suada] Snade a. — 486: Schooß] K schreibt
überall Schoß.

Den edeln Schotten Morgan fand ich hier,
Auch euren treuen Leßley, den gelehrten
Bischof von Roße, die auf Frankreichs Boden
Freudlose Tage der Verbannung leben —
500 Eng schloß ich mich an diese Würdigen,
Und stärkte mich im Glauben — Eines Tags,
Als ich mich umsah in des Bischofs Wohnung,
Fiel mir ein weiblich Bildniß in die Augen,
Von rührend wundersamem Reiz, gewaltig
505 Ergriff es mich in meiner tiefsten Seele,
Und des Gefühls nicht mächtig stand ich da.
Da sagte mir der Bischof: Wohl mit Recht
Mögt ihr gerührt bei diesem Bilde weilen.
Die schönste aller Frauen, welche leben,
510 Ist auch die jammernswürdigste von allen,
Um unsers Glaubens willen duldet sie
Und euer Vaterland ist's, wo sie leidet.

Maria.

Der Redliche! Nein, ich verlor nicht alles,
Da solcher Freund im Unglück mir geblieben.

Mortimer.

515 Drauf fing er an, mit herzerschütternder
Beredsamkeit mir euer Märtyrthum
Und eurer Feinde Blutgier abzuschildern.
Auch euern Stammbaum wieß er mir, er zeigte
Mir eure Abkunft von dem hohen Hause
520 Der Tudor, überzeugte mich, daß euch
Allein gebührt, in Engelland zu herrschen,
Nicht dieser Afterkönigin, gezeugt
In ehebrecherischem Bett, die Heinrich,

50⁴: bei] F K schreiben überall bey. — 51²: leidet.] sufferings! | Mary is in
great agitation; he pauses. c. — 51²a: Maria.] (Marie verhüllt sich ihr Gesicht.) a.
— 513—514a: Der Redliche — geblieben. Mortimer.] fehlt in a; in b von
späterer Hand nachgetragen. — 51⁸: wieß] wies C K M. — 521—523: gezeugt | In
ehebrecherischem Bett,] fehlt in a.

Ihr Vater, selbst verwarf als Bastardtochter.

525 Nicht seinem einz'gen Zeugniß wollt ich traun,
Ich hohlte Rath bei allen Rechtsgelehrten,
Viel alte Wappenbücher schlug ich nach,
Und alle Kundige, die ich befragte,
Bestätigten mir eures Anspruchs Kraft.

530 Ich weiß nunmehr, daß euer gutes Recht
An England euer ganzes Unrecht ist,
Daß euch dieß Reich als Eigenthum gehört,
Worin ihr schuldlos als Gefangne schmachtet.

Maria.

O dieses unglücksvolle Recht! Es ist
535 Die einz'ge Quelle aller meiner Leiden.

Mortimer.

Um diese Zeit kam mir die Kunde zu,
Daß ihr aus Talbots Schloß hinweggeführt,
Und meinem Oheim übergeben worden —
Des Himmels wundervolle Rettungshand

540 Glaubt ich in dieser Fügung zu erkennen,
Ein lauter Ruf des Schicksals war sie mir,   34
Das meinen Arm gewählt, euch zu befreien.
Die Freunde stimmen freudig bei, es giebt
Der Kardinal mir seinen Rath und Segen,

545 Und lehrt mich der Verstellung schwere Kunst.
Schnell ward der Plan entworfen, und ich trete
Den Rückweg an ins Vaterland, wo ich,
Ihr wißt's, vor zehen Tagen bin gelandet.

(Er hält inne.)

524: Bastardtochter] a bastard.
　　　　He from my eyes remov'd delusion's mist,
　　　　And taught me to lament you as a victim,
　　　　To honour you as my true Queen, whom I,
　　　　Deceiv'd, like thousands of my noble fellows,
　　　　Had ever hated as my country's foe. c. —
526: holte] hohlte F R, die meistens hohlen schreiben. — 527: Viel alte] Und alle
a. — 530—533: Ich weiß — schmachtet.] fehlte in b; ist von späterer Hand nach-
getragen. — 548a: (er hält inne)] (Pause) a.

Ich sah euch, Königin — Euch selbst!
550 Nicht euer Bild! — O welchen Schatz bewahrt
Dieß Schloß! Kein Kerker! Eine Götterhalle,
Glanzvoller als der königliche Hof
Von England — O des glücklichen, dem es
Vergönnt ist, eine Luft mit euch zu athmen!
555   Wohl hat sie Recht, die euch so tief verbirgt!
Aufstehen würde Englands ganze Jugend,
Kein Schwerdt in seiner Scheide müßig bleiben,
Und die Empörung mit gigantischem Haupt
Durch diese Friedensinsel schreiten, sähe
560 Der Britte seine Königin!

Maria.
Wohl ihr!
Säh jeder Britte sie mit euren Augen!

Mortimer.
Wär er, wie ich, ein Zeuge eurer Leiden,
Der Sanftmuth Zeuge und der edlen Fassung,
Womit ihr das Unwürdige erduldet.
565 Denn· geht ihr nicht aus allen Leidensproben
Als eine Königin hervor? Raubt euch
Des Kerkers Schmach von eurem Schönheitsglanze?
Euch mangelt alles, was das Leben schmückt,
Und doch umfließt euch ewig Licht und Leben.
570 Nie setz' ich meinen Fuß auf diese Schwelle,
Daß nicht mein Herz zerrissen wird von Qualen,
Nicht von der Luft entzückt, euch anzuschauen! —
Doch furchtbar naht sich die Entscheidung, wachsend
Mit jeder Stunde bringet die Gefahr,
575 Ich darf nicht länger säumen — Euch nicht länger
Das Schreckliche verbergen —

Maria.
Ist mein Urtheïl
Gefällt? Entdeckt mir's frei. Ich kann es hören.

557: Schwerdt] Schwert K M. — müßig] müssig K. — 557: Schönheitsglanze]
Schönheitsglanze K. — 569: Licht] Glück a.

Mortimer.

Es ist gefällt. Die zwei und vierzig Richter haben
Ihr Schuldig ausgesprochen über euch. Das Haus
580 Der Lords und der Gemeinen, die Stadt London
Bestehen heftig dringend auf des Urtheils
Vollstreckung, nur die Königin säumt noch,
— Aus arger List, daß man sie nöthige,
Nicht aus Gefühl der Menschlichkeit und Schonung.

Maria (mit Fassung).

585 Sir Mortimer, ihr überrascht mich nicht,
Erschreckt mich nicht. Auf solche Botschaft war ich
Schon längst gefaßt. Ich kenne meine Richter.
Nach den Mißhandlungen, die ich erlitten,
Begreif' ich wohl, daß man die Freiheit mir
590 Nicht schenken kann — Ich weiß, wo man hinaus will.
In ew'gem Kerker will man mich bewahren,
Und meine Rache, meinen Rechtsanspruch
Mit mir verscharren in Gefängnißnacht.

Mortimer.

Nein, Königin — o nein! nein! Dabei steht man
595 Nicht still. Die Tyranney begnügt sich nicht,
Ihr Werk nur halb zu thun. So lang ihr lebt,
Lebt auch die Furcht der Königin von England.
Euch kann kein Kerker tief genug begraben,
Nur euer Tod versichert ihren Thron.

Maria.

600 Sie könnt' es wagen, mein gekröntes Haupt
Schmachvoll auf einen Henkerblock zu legen?

Mortimer.

Sie wird es wagen. Zweifelt nicht daran.

Maria.

Sie könnte so die eigne Majestät

591: In ew'gem] Im ew'gen a. — 603—604: Sie könnte — wälzen?] fehlt
hier in a (vgl. 609).

Und aller Könige im Staube wälzen?

605 Und fürchtet sie die Rache Frankreichs nicht?

Mortimer.

Sie schließt mit Frankreich einen ew'gen Frieden,
Dem Duc von Anjou schenkt sie Thron und Hand.

Maria.

Wird sich der König Spaniens nicht waffnen?

Mortimer.

Nicht eine Welt in Waffen fürchtet sie,
610 So lang sie Frieden hat mit ihrem Volke.

Maria.

Den Britten wollte sie dieß Schauspiel geben?

Mortimer.

Dieß Land, Milady, hat in letzten Zeiten
Der königlichen Frauen mehr vom Thron
Herab aufs Blutgerüste steigen sehn.
815 Die eigne Mutter der Elisabeth
Gieng diesen Weg, und Catharina Howard,
Auch Lady Gray war ein gekröntes Haupt.

Maria (nach einer Pause).

Nein, Mortimer! Euch blendet eitle Furcht.
Es ist die Sorge eures treuen Herzens,
620 Die euch vergebne Schreckniffe erschafft.
Nicht das Schaffot ist's, das ich fürchte, Sir.
Es giebt noch andre Mittel, stillere,
Wodurch sich die Beherrscherin von England
Vor meinem Anspruch Ruhe schaffen kann.
625 Eh sich ein Henker für mich findet, wird

604: wälzen?] majesty?

Mortimer.
She thinks on nothing now but present danger,
Nor looks to that which is so far remov'd.

Mary. c. —

605: Und] Was? a b. — 609—611: Wird sich — Schauspiel geben?]
Sie könnte so die eigne Majestät
Und aller Könige im Staube wälzen? a. —

616: Gieng] Ging K M. — 619: eures] eines a.

Noch eher sich ein Mörder dingen lassen.
— Das ist's, wovor ich zittre, Sir! und nie
Setz ich des Bechers Rand an meine Lippen,
Daß nicht ein Schauder mich ergreift, er könnte
630 Kredenzt seyn von der Liebe meiner Schwester.

Mortimer.

Nicht offenbar noch heimlich soll's dem Mord
Gelingen, euer Leben anzutasten.
Seid ohne Furcht! Bereitet ist schon alles,
Zwölf edle Jünglinge des Landes sind
635 In meinem Bündniß, haben heute früh
Das Sakrament darauf empfangen, euch
Mit starkem Arm aus diesem Schloß zu führen.
Graf Aubespine, der Abgesandte Frankreichs,
Weiß um den Bund, er bietet selbst die Hände,
640 Und sein Pallast ist's, wo wir uns versammeln.

Maria.

Ihr macht mich zittern, Sir — doch nicht für Freude.
Mir fliegt ein böses Ahnen durch das Herz.
Was unternehmt ihr? Wißt ihr's? Schrecken euch
Nicht Babingtons, nicht Tichburns blut'ge Häupter,
645 Auf Londons Brücke warnend aufgesteckt,
Nicht das Verderben der unzähligen,
Die ihren Tod in gleichem Wagstück fanden,
Und meine Ketten schwerer nur gemacht?
Unglücklicher, verführter Jüngling — flieht!
650 Flieht, wenn's noch Zeit ist — wenn der Späher Burleigh
Nicht jetzt schon Kundschaft hat von euch, nicht schon
In eure Mitte den Verräther mischte.
Flieht aus dem Reiche schnell! Marien Stuart
Hat noch kein Glücklicher beschützt.

Mortimer.

Mich schrecken

640: Pallast] k M schreiben Palast. — 641: für] vor a k M. — 642: Ahnen]
Ahnden a A. — 644: Tichburns] k schreibt Tischburns. — 651: jetzt] C schreibt
häufig jezt.

655 Nicht Babingtons, nicht Tichburns blut'ge Häupter,
Auf Londons Brücke warnend aufgesteckt,
Nicht das Verderben der unzähl'gen andern,
Die ihren Tod in gleichem Wagstück fanden,
Sie fanden auch darin den ew'gen Ruhm,
660 Und Glück schon ist's, für eure Rettung sterben.

Maria.

Umsonst! Mich rettet nicht Gewalt, nicht List.
Der Feind ist wachsam und die Macht ist sein.
Nicht Paulet nur und seiner Wächter Schaar,
Ganz England hütet meines Kerkers Thore.
665 Der freie Wille der Elisabeth allein
Kann sie mir aufthun.

Mortimer.

O das hoffet nie!

Maria.

Ein einz'ger Mann lebt, der sie öffnen kann.

Mortimer.

O nennt mir diesen Mann —

Maria.

Graf Lester.

Mortimer (tritt erstaunt zurück).

Lester!

Graf Lester! — Euer blutigster Verfolger,
670 Der Günstling der Elisabeth — Von diesem —

Maria.

Bin ich zu retten, ist's allein durch ihn.
— Geht zu ihm. Oeffnet euch ihm frei.
Und zur Gewähr, daß ich's bin, die euch sendet,
Bringt ihm dieß Schreiben. Es enthält mein Bildniß.
(Sie zieht ein Papier aus dem Busen, Mortimer tritt zurück und zögert, es anzunehmen.)

661—667: nicht List — öffnen kann.] nur List
Kann meines Kerkers Thore mir eröffnen.
Ein einz'ger Mann lebt, der sie öffnen kann. a b.
663: Schaar] K schreibt Schar. — 665: freie] freye F K, die überhaupt frei, Frey-
heit ꝛc. schreiben. — 671: ist's] bin's a (in b aus ist's corrigirt). — 672: Oeffnet]
Oefnet C F. — 674 a: Sie zieht] Zieht a.

675 Nehmt hin. Ich trag' es lange schon bei mir,
Weil eures Oheims strenge Wachsamkeit
Mir jeden Weg zu ihm gehemmt — Euch sandte
Mein guter Engel —

Mortimer. 41

Königin — dieß Räthsel —

Erklärt es mir —

Maria.

Graf Lester wird's euch lösen.

680 Vertraut ihm, er wird euch vertraun — Wer kommt?

Kennedy (eilfertig eintretend).

Sir Paulet naht mit einem Herrn vom Hofe.

Mortimer.

Es ist Lord Burleigh. Faßt euch, Königin!
Hört es mit Gleichmut an, was er euch bringt.

(Er entfernt sich durch eine Seitenthür, Kennedy folgt ihm.)

Siebenter Auftritt.

Maria. Lord Burleigh, Großschatzmeister von England, und Ritter Paulet.

Paulet.

Ihr wünschtet heut Gewißheit eures Schicksals,
685 Gewißheit bringt euch Seine Herrlichkeit,
Milord von Burleigh. Tragt sie mit Ergebung.

Maria.

Mit Würde, hoff' ich, die der Unschuld ziemt.

Burleigh.

Ich komme als Gesandter des Gerichts.

Maria. 42

Lord Burleigh leiht dienstfertig dem Gerichte,
690 Dem er den Geist geliehn, nun auch den Mund.

673: Engel —] angel. | he takes it. c. — 680: kommt] kömmt a. — 680 a:
(eilfertig) eilig a. — 681: Hofe] Hof a. — 683: Er entfernt] Entfernt a. —
Siebenter] Sechster a. — Lord Burleigh] Burleigh a. — Großschatzmeister —
und Ritter] fehlt in a. — Paulet.] 'Paul. (to Mary.) c. — 686: Milord] a
schreibt bisweilen Mylord, M stets. — 687: innocence, and my exalted station.
c. — 689: Burgleih C.

Paulet.

Ihr sprecht, als wüßtet ihr bereits das Urtheil.

Maria.

Da es Lord Burleigh bringt, so weiß ich es.
— Zur Sache, Sir.

Burleigh.

Ihr habt euch dem Gericht
Der zwey und vierzig unterworfen, Lady —

Maria.

695 Verzeiht, Milord, daß ich euch gleich zu Anfang
Ins Wort muß fallen — Unterworfen hätt' ich mich
Dem Richterspruch der zwey und vierzig, sagt ihr?
Ich habe keineswegs mich unterworfen.
Nie konnt' ich das — ich konnte meinem Rang,
700 Der Würde meines Volks und meines Sohnes
Und aller Fürsten nicht so viel vergeben.
Verordnet ist im englischen Gesetz,
Daß jeder Angeklagte durch Geschworne
Von seines Gleichen soll gerichtet werden.
705 Wer in der Kommittee ist meines Gleichen?
Nur Könige sind meine Peers.

Burleigh.

Ihr hörtet
Die Klagartikel an, ließt euch darüber
Vernehmen vor Gerichte —

Maria.

Ja, ich habe mich
Durch Hattons arge List verleiten lassen,

X

692: weiß ich es.] know it.

Paul.

It would become you better, Lady Stuart,
To listen less to hatred.

Mary.

I but name
My enemy. I said not that I hate him. c. —
697: Richterspruch] Richterstuhl a. — 699: Nie] Wie C F K. — 700: Der
Würde — Sohnes] fehlt in a b. — 701: vergeben.] honour. | The very laws
of England say I could not. c. — 709: Hattons] Hottons (Druckfehler in K.)

710 Bloß meiner Ehre wegen, und im Glauben
An meiner Gründe siegende Gewalt,
Ein Ohr zu leihen jenen Klagepunkten
Und ihren Ungrund darzuthun — Das that ich
Aus Achtung für die würdigen Personen
715 Der Lords, nicht für ihr Amt, das ich verwerfe.

　　　　　　　　Burleigh.

Ob ihr sie anerkennt, ob nicht, Milady,
Das ist nur eine leere Förmlichkeit,
Die des Gerichtes Lauf nicht hemmen kann.
Ihr athmet Englands Luft, genießt den Schutz,
720 Die Wohlthat des Gesetzes, und so seid ihr
Auch seiner Herrschaft Unterthan!

　　　　　　　　Maria.

　　　　　　　　　Ich athme
　Die Luft in einem englischen Gefängniß.
Heißt das in England leben, der Gesetze
Wohlthat genießen? Kenn' ich sie doch kaum.
725 Nie hab' ich eingewilligt, sie zu halten.
Ich bin nicht dieses Reiches Bürgerin,
Bin eine freie Königin des Auslands.

　　　　　　　　Burleigh.

Und denkt ihr, daß der königliche Name
Zum Freibrief dienen könne, blut'ge Zwietracht
730 In fremdem Lande straflos auszusäen?
Wie stünd' es um die Sicherheit der Staaten,
Wenn das gerechte Schwerdt der Themis nicht
Die schuld'ge Stirn des königlichen Gastes
Erreichen könnte, wie des Bettlers Haupt?

　　　　　　　　Maria.

735 Ich will mich nicht der Rechenschaft entziehn,
Die Richter sind es nur, die ich verwerfe.

　　　　　　　　Burleigh.

Die Richter! Wie Milady? Sind es etwa

719—730: Ihr athmet — auszusäen?] fehlt in a b. — 721: unterthan! R M. —
723: Gesetze] Gesetze C. — 732: Schwerdt] Schwerd C.

Vom Pöbel aufgegriffene Verworfne,
Schaamlose Zungendrescher, denen Recht
740 Und Wahrheit feil ist, die sich zum Organ
Der Unterdrückung willig dingen lassen?
Sind's nicht die ersten Männer dieses Landes,
Selbstständig gnug, um wahrhaft seyn zu dürfen,
Um über Fürstenfurcht und niedrige
745 Bestechung weit erhaben sich zu sehn?
Sind's nicht dieselben, die ein edles Volk
Frei und gerecht regieren, deren Namen
Man nur zu nennen braucht, um jeden Zweifel,
Um jeden Argwohn schleunig stumm zu machen?
750 An ihrer Spitze steht der Völkerhirte,
Der fromme Primas von Kanterbury,
Der weise Talbot, der des Siegels wahret,
Und Howard, der des Reiches Flotten führt.
Sagt! Konnte die Beherrscherin von England
755 Mehr thun, als aus der ganzen Monarchie
Die edelsten auslesen und zu Richtern
In diesem königlichen Streit bestellen?
Und wär's zu denken, daß Partheienhaß
Den einzelnen bestäche — Können vierzig
760 Erles'ne Männer sich in einem Spruche
Der Leidenschaft vereinigen?

       Maria (nach einigem Stillschweigen).

Ich höre staunend die Gewalt des Mundes,
Der mir von je so unheilbringend war —
Wie werd' ich mich, ein ungelehrtes Weib,
765 Mit so kunstfert'gem Redner messen können! —
Wohl! wären diese Lords, wie ihr sie schildert,
Verstummen müßt' ich, hoffnungslos verloren

45

742: Sind's] Sind es a. — 750—753: An ihrer Spitze — Flotten führt.] fehlt
in a b. — 752: Talbot,] Bromley, c. — 758—761: Und wär's — vereinigen?] fehlt
in b. — Partheienhaß] Partheyenhaß J, Parteyenhaß K, Parteienhaß M. —
761a: Schweigen a. — 762—798: Ich höre — Gerechtigkeit erscheine.] fehlt in b. —
763: Der] Die a. — 766—798: Wohl! Wären — Gerechtigkeit erscheine.] fehlt in a.

Wär meine Sache, sprächen sie mich schuldig.
Doch diese Namen, die ihr preisend nennt,
770 Die mich durch ihr Gewicht zermalmen sollen,
Milord, ganz andere Rollen seh' ich sie   46
In den Geschichten dieses Landes spielen.
Ich sehe diesen hohen Adel Englands,
Des Reiches majestätischen Senat,
775 Gleich Sklaven des Serails den Sultanslaunen
Heinrichs des Achten, meines Großohms, schmeicheln —
Ich sehe dieses edle Oberhaus,
Gleich feil mit den erkäuflichen Gemeinen,
Gesetze prägen und verrufen, Ehen
780 Auflösen, binden, wie der Mächtige
Gebietet, Englands Fürstentöchter heute
Enterben, mit dem Bastardnamen schänden,
Und morgen sie zu Königinnen krönen.
Ich sehe diese würd'gen Peers mit schnell
785 Vertauschter Ueberzeugung unter vier
Regierungen den Glauben viermal ändern —

Burleigh.

Ihr nennt euch fremd in Englands Reichsgesetzen,
In Englands Unglück seid ihr sehr bewandert.

Maria.

Und das sind meine Richter! — Lord Schatzmeister!
790 Ich will gerecht seyn gegen euch! Seid ihr's
Auch gegen mich — Man sagt, ihr meint es gut
Mit diesem Staat, mit eurer Königin,
Seid unbestechlich, wachsam, unermüdet —
Ich will es glauben. Nicht der eigne Nutzen   47
795 Regiert euch, euch regiert allein der Vortheil
Des Souverains, des Landes. Eben darum

771: andere] andre M. — 786: ändern —] faith; renounce the Pope
With Henry, yet retain the old belief;
Reform themselves with Edward; hear the mass
Again with Mary; with Elizabeth,
Who governs now, reform themselves again. c. —
789: Richter!] judges? | as Lord Burleigh seems to wish to speak. c.

Mißtraut euch, edler Lord, daß nicht der Nutzen
Des Staats euch als Gerechtigkeit erscheine.
Nicht zweifl' ich dran, es sitzen neben euch
800 Noch edle Männer unter meinen Richtern.
Doch sie sind Protestanten, Eiferer
Für Englands Wohl, und sprechen über mich,
Die Königin von Schottland, die Papistin!
Es kann der Britte gegen den Schotten nicht
805 Gerecht seyn, ist ein uralt Wort — Drum ist
Herkömmlich seit der Väter grauen Zeit,
Daß vor Gericht kein Britte gegen den Schotten,
Kein Schotte gegen jenen zeugen darf.
Die Noth gab dieses seltsame Gesetz,
810 Ein tiefer Sinn wohnt in den alten Bräuchen,
Man muß sie ehren, Milord — die Natur
Warf diese beiden feur'gen Völkerschaften
Auf dieses Bret im Ocean, ungleich
Vertheilte sie's, und hieß sie darum kämpfen.
815 Der Tweede schmales Bette trennt allein
Die heft'gen Geister, oft vermischte sich
Das Blut der Kämpfenden in ihren Wellen.
Die Hand am Schwerdte, schauen sie sich drohend
Von beiden Ufern an, seit tausend Jahren.
820 Kein Feind bedränget Engelland, dem nicht
Der Schotte sich zum Helfer zugesellte,
Kein Bürgerkrieg entzündet Schottlands Städte,
Zu dem der Britte nicht den Zunder trug.
Und nicht erlöschen wird der Haß, bis endlich
825 Ein Parlament sie brüderlich vereint,
Ein Scepter waltet durch die ganze Insel.

797: Mißtraut] Mißtraut K M. — 806: Väter] Völker b (später corrigirt in
Väter). — grauen] grauer M. — 810: wohnt] liegt a. — 811: Man muß —
Milord —] Milord, man muß sie ehren. a b. — 819: rival motions.
　　　Most vigilant and true confederates,
　　　With ev'ry enemy of the neighbour state. c. —
820: Engelland] Englond a.

Burleigh.

Und eine Stuart sollte dieses Glück
Dem Reich gewähren?

Maria.

Warum soll ich's läugnen?
Ja ich gesteh's, daß ich die Hoffnung nährte,
830 Zwei edle Nationen unterm Schatten
Des Oelbaums frei und fröhlich zu vereinen.
Nicht ihres Völkerhasses Opfer glaubt' ich
Zu werden; ihre lange Eifersucht,
Der alten Zwietracht unglückselge Glut
835 Hofft' ich auf ew'ge Tage zu ersticken.
Und wie mein Ahnherr Richmond die zwei Rosen
Zusammenband nach blut'gem Streit, die Kronen
Schottland und England friedlich zu vermählen.

Burleigh.

Auf schlimmem Weg verfolgtet ihr dieß Ziel,
840 Da ihr das Reich entzünden, durch die Flammen
Des Bürgerkriegs zum Throne steigen wolltet.

Maria.

Das wollt' ich nicht — beim großen Gott des Himmels!
Wann hätt' ich das gewollt? Wo sind die Proben?

Burleigh.

Nicht Streitens wegen kam ich her. Die Sache
845 Ist keinem Wortgefecht mehr unterworfen.
Es ist erkannt durch vierzig Stimmen gegen zwey,
Daß ihr die Akte vom vergangnen Jahr
Gebrochen, dem Gesetz verfallen seid.

824: ich'ß] ich es a b. — 829: nährte.] nährte, | Als das beglückte Werkzeug
mich gedacht, a b (c). — 831: Oelbaums] Oehlbaums F K. — fröhlich] frölich A. —
834: Glut] Gluth M. — 836—838: Und wie — zu vermählen.] fehlt in a b. —
847—866: die Akte — stürzet ihr hinein.]
                        des Hochverraths für überwiesen
                        Zu achten und des Todes schuldig seid. a b. —
848: Gesetz] C schreibt meistens Gesetz; hier auch F K, F sonst bisweilen. — ver-
fallen seid.] Its penalty. | *producing the verdict.*

Es ist verordnet im vergangnen Jahr:
850 „Wenn sich Tumult im Königreich erhübe,
„Im Namen und zum Nutzen irgend einer
„Person, die Rechte vorgiebt an die Krone,
„Daß man gerichtlich gegen sie verfahre,
„Bis in den Tod die Schuldige verfolge" —
855 Und da bewiesen ist —

Maria.

Milord von Burleigh!
Ich zweifle nicht, daß ein Gesetz, ausdrücklich
Auf mich gemacht, verfaßt, mich zu verderben,
Sich gegen mich wird brauchen laſſen — Wehe
Dem armen Opfer, wenn derſelbe Mund,
860 Der das Gesetz gab, auch das Urtheil ſpricht!
Könnt ihr es läugnen, Lord, daß jene Akte
Zu meinem Untergang erſonnen iſt?

Burleigh.

Zu eurer Warnung ſollte ſie gereichen,
Zum Fallſtrick habt ihr ſelber ſie gemacht.
865 Den Abgrund ſaht ihr, der vor euch ſich aufthat,
Und treugewarnet ſtürztet ihr hinein.
Ihr wart mit Babington, dem Hochverräther,
Und ſeinen Mordgeſellen einverſtanden,
Ihr hattet Wiſſenſchaft von allem, lenktet
870 Aus eurem Kerker planvoll die Verſchwörung.

Maria.

Wann hätt' ich das gethan? Man zeige mir
Die Dokumente auf.

Burleigh.

Die hat man euch
Schon neulich vor Gerichte vorgewieſen.

Mary.
Upon this statute, then,
My Lord, is built the verdict of my judges?
Bur. (reading.) Last year . . c.

866: treugewarnet] treu gewarnet M. — 867: wart] waret b.

Maria.

Die Copien, von fremder Hand geschrieben!
875 Man bringe die Beweise mir herbey,
Daß ich sie selbst diktirt, daß ich sie so
Diktirt, gerade so, wie man gelesen.

Burleigh.

Daß es dieselben sind, die er empfangen,
Hat Babington vor seinem Tod bekannt.

Maria.   51

880 Und warum stellte man ihn mir nicht lebend
Vor Augen? Warum eilte man so sehr,
Ihn aus der Welt zu fördern, eh' man ihn
Mir, Stirne gegen Stirne, vorgeführt?

Burleigh.

Auch eure Schreiber, Kurl und Nau, erhärten
885 Mit einem Eid, daß es die Briefe seien,
Die sie aus eurem Munde niederschrieben.

Maria.

Und auf das Zeugniß meiner Hausbedienten
Verdammt man mich? Auf Treu und Glauben derer,
Die mich verrathen, ihre Königin,
890 Die in demselben Augenblick die Treu
Mir brachen, da sie gegen mich gezeugt?

Burleigh.

Ihr selbst erklärtet sonst den Schotten Kurl
Für einen Mann von Tugend und Gewissen.

Maria.

So kannt' ich ihn — doch eines Mannes Tugend
895 Erprobt allein die Stunde der Gefahr.

876: diktirt] fehlt in C. — 890—891: Die in — mich gezeugt.] fehlt in a b. —
893: Gefahr.] a man,
     He ever was an honest man, but weak
     In understanding; and his subtle comrade,
     Whose faith, observe, I never answer'd for,
     Might easily seduce him to write down
     More than he should; c.

Die Folter konnt' ihn ängstigen, daß er
Aussagte und gestand, was er nicht wußte!
Durch falsches Zeugniß glaubt' er sich zu retten,
Und mir, der Königin, nicht viel zu schaden.

Burleigh.

52

900 Mit einem freien Eid hat er's beschworen.

Maria.

Vor meinem Angesichte nicht! — Wie, Sir?
Das sind zwei Zeugen, die noch beide leben!
Man stelle sie mir gegenüber, lasse sie
Ihr Zeugniß mir in's Antlitz wiederholen!
905 Warum mir eine Gunst, ein Recht verweigern,
Das man dem Mörder nicht versagt? Ich weiß
Aus Talbots Munde, meines vor'gen Hüters,
Daß unter dieser nämlichen Regierung
Ein Reichsschluß durchgegangen, der befiehlt,
910 Den Kläger dem Beklagten vorzustellen.
Wie? Oder hab' ich falsch gehört? — Sir Paulet!
Ich hab' euch stets als Biedermann erfunden,
Beweist es jetzo. Sagt mir auf Gewissen,
Ist's nicht so? Giebt's kein solch Gesetz in England?

Paulet.

915 So ist's, Milady. Das ist bei uns Rechtens.
Was wahr ist, muß ich sagen.

Maria.

Nun, Milord!
Wenn man mich denn so streng nach englischem Recht
Behandelt, wo dieß Recht mich unterdrückt,
Warum dasselbe Landesrecht umgehen,
920 Wenn es mir Wohlthat werden kann? — Antwortet!
Warum ward Babington mir nicht vor Augen
Gestellt, wie das Gesetz befiehlt? Warum
Nicht meine Schreiber, die noch beide leben?

53

907: vor'gen] vorigen b.

Burleigh.

Ereifert euch nicht, Lady. Euer Einverständniß
925 Mit Babington ist's nicht allein —

Maria.

Es ist's
Allein, was mich dem Schwerdte des Gesetzes
Blosstellt, wovon ich mich zu rein'gen habe.
Milord! Bleibt bei der Sache. Beugt nicht aus.

Burleigh.

Es ist bewiesen, daß ihr mit Mendoza,
930 Dem spanischen Botschafter, unterhandelt —

Maria (lebhaft).

Bleibt bei der Sache, Lord!

Burleigh.

Daß ihr Anschläge
Geschmiedet, die Religion des Landes
Zu stürzen, alle Könige Europens
Zum Krieg mit England aufgeregt —

Maria.

Und wenn ich's
935 Gethan? Ich hab' es nicht gethan — Jedoch
Gesetzt, ich that's! — Milord, man hält mich hier 　　　　　54
Gefangen wider alle Völkerrechte.
Nicht mit dem Schwerdte kam ich in dieß Land,
Ich kam herein, als ein Bittende,
940 Das heil'ge Gastrecht fodernd, in den Arm
Der blutsverwandten Königin mich werfend —
Und so ergriff mich die Gewalt, bereitete
Mir Ketten, wo ich Schutz gehofft — Sagt an!
Ist mein Gewissen gegen diesen Staat
945 Gebunden? Hab' ich Pflichten gegen England?

928: Milord! — Sache.] Bleibt bei der Sache, Milord! a. — 930: Dem spanischen — unterhandelt —} fehlt in a b. — 930a: (lebhaft) fehlt in c. — 933: zu
stürzen,] the realm; that you have call'd | Into this kingdom foreign
powr's, c.

Ein heilig Zwangsrecht üb' ich aus, da ich
Aus diesen Banden strebe, Macht mit Macht
Abwende, alle Staaten dieses Welttheils
Zu meinem Schutz aufrühre und bewege.
950 Was irgend nur in einem guten Krieg
Recht ist und ritterlich, das darf ich üben.
Den Mord allein, die heimlich blut'ge That,
Verbietet mir mein Stolz und mein Gewissen,
Mord würde mich beflecken und entehren.
955 Entehren sag' ich — Keinesweges mich
Verdammen, einem Rechtsspruch unterwerfen.
Denn nicht vom Rechte, von Gewalt allein
Ist zwischen mir und Engelland die Rede.

        Burleigh (bedeutend).
Nicht auf der Stärke schrecklich Recht beruft euch
960 Milady! Es ist der Gefangenen nicht günstig.

        Maria.   55
Ich bin die Schwache, sie die Mächt'ge — Wohl,
Sie brauche die Gewalt, sie tödte mich,
Sie bringe ihrer Sicherheit das Opfer.
Doch sie gestehe dann, daß sie die Macht
965 Allein, nicht die Gerechtigkeit geübt.
Nicht vom Gesetze borge sie das Schwerdt,
Sich der verhaßten Feindin zu entladen,
Und kleide nicht in heiliges Gewand
Der rohen Stärke blutiges Erkühnen.
970 Solch Gaukelspiel betrüge nicht die Welt!
Ermorden lassen kann sie mich, nicht richten!
Sie geb' es auf, mit des Verbrechens Früchten
Den heil'gen Schein der Tugend zu vereinen,
Und was sie ist, das wage sie zu scheinen!

                       (Sie geht ab.)

946: Zwangsrecht] Zwangrecht a. — 949: aufrühre] aufwiegle a. — 952: tödte]
töde A B. — 970: Welt!] world! — | returning the verdict. c. — 974a: (Sie
geht ab.)] (ab.) a.

Achter Auftritt.

Burleigh. Paulet.

Burleigh.

975 Sie trotzt uns — wird uns trotzen, Ritter Paulet,
Bis an die Stufen des Schaffots — Dieß stolze Herz
Ist nicht zu brechen — Ueberraschte sie
Der Urthelspruch? Saht ihr sie eine Thräne
Vergießen? Ihre Farbe nur verändern?
980 Nicht unser Mitleid ruft' sie an. Wohl kennt sie
Den Zweifelmuth der Königin von England,
Und unsre Furcht ist's, was sie muthig macht.

Paulet.

Lord Großschatzmeister! Dieser eitle Trotz wird schnell
Verschwinden, wenn man ihm den Vorwand raubt.
985 Es sind Unziemlichkeiten vorgegangen
In diesem Rechtsstreit, wenn ich's sagen darf.
Man hätte diesen Babington und Tichburn
Ihr in Person vorführen, ihre Schreiber
Ihr gegenüber stellen sollen.

Burleigh (schnell).
Nein!

990 Nein, Ritter Paulet! Das war nicht zu wagen.
Zu groß ist ihre Macht auf die Gemüther
Und ihrer Thränen weibliche Gewalt.
Ihr Schreiber Kurl, ständ' er ihr gegenüber,
Käm' es dazu, das Wort nun auszusprechen,
995 An dem ihr Leben hängt — er würde zaghaft
Zurückziehn, sein Geständniß widerrufen —

Paulet.

So werden Englands Feinde alle Welt
Erfüllen mit gehäßigen Gerüchten,

974a: Achter] Siebenter. a. — 975: trotzt] trozt C. — 980: ruft'] ruft
R M. — 987: Tichburn] Ballard c. — 989: (schnell).] fehlt in c. — 996: wider-
rufen] wiederrufen A.

Und des Prozesses festliches Gepräng
1000 Wird als ein kühner Frevel nur erscheinen.

Burleigh.

Dieß ist der Kummer unsrer Königin —
Daß diese Stifterin des Unheils doch
Gestorben wäre, ehe sie den Fuß
Auf Englands Boden setzte!

Paulet.

Dazu sag' ich Amen.

Burleigh.

1005 Daß Krankheit sie im Kerker aufgerieben!

Paulet.

Viel Unglück hätt' es diesem Land erspart.

Burleigh.

Doch hätt' auch gleich ein Zufall der Natur
Sie hingerafft — Wir hießen doch die Mörder.

Paulet.

Wohl wahr. Man kann den Menschen nicht verwehren,
1010 Zu denken, was sie wollen.

Burleigh.

Zu beweisen wär's
Doch nicht, und würde weniger Geräusch erregen —

Paulet.

Mag es Geräusch erregen! Nicht der laute,
Nur der gerechte Tadel kann verletzen.

Burleigh.

O! auch die heilige Gerechtigkeit
1015 Entflieht dem Tadel nicht. Die Meinung hält es
Mit dem Unglücklichen, es wird der Neid
Stets den obsiegend glücklichen verfolgen.
Das Richterschwerdt, womit der Mann sich ziert,
Verhaßt ist's in der Frauen Hand. Die Welt
1020 Glaubt nicht an die Gerechtigkeit des Weibes,
Sobald ein Weib das Opfer wird. Umsonst,

1001—1077: Dieß ist — Dieß, eben] fehlt in a b. — 1001: Königin —] Queen,
That she can never 'scape the blame. O God! c.

Daß wir, die Richter, nach Gewissen sprachen!

Sie hat der Gnade königliches Recht.

Sie muß es brauchen, unerträglich ist's,

1025 Wenn sie den strengen Lauf läßt dem Gesetze!

					Paulet.

Und also —

					Burleigh (rasch einfallend).

			Also soll sie leben? Nein!

Sie darf nicht leben! Nimmermehr! Dieß, eben

Dieß ist's, was unsre Königin beängstigt —

Warum der Schlaf ihr Lager flieht — Ich lese

1030 In ihren Augen ihrer Seele Kampf,

Ihr Mund wagt ihre Wünsche nicht zu sprechen,

Doch vielbedeutend fragt ihr stummer Blick:

Ist unter allen meinen Dienern keiner,

Der die verhaßte Wahl mir spart, in ew'ger Furcht

1085 Auf meinem Thron zu zittern, oder grausam			55

Die Königin, die eigne Blutsverwandte

Dem Beil zu unterwerfen?

					Paulet.

Das ist nun die Nothwendigkeit, steht nicht zu ändern.

					Burleigh.

Wohl stünd's zu ändern, meint die Königin,

1040 Wenn sie nur aufmerksam're Diener hätte.

					Paulet.

Aufmerksame?

					Burleigh.

			Die einen stummen Auftrag

Zu deuten wissen.

					Paulet.

			Einen stummen Auftrag!

					Burleigh.

Die, wenn man ihnen eine gift'ge Schlange

1028: (rasch einfallend)] fehlt in c. — 1029: Dieß] Das a. — 1089: stünd's]
stünd's a. — 1041: Aufmerksame] Aufmerksamre a K. How more attentive? c. —
1042a—1048: Burleigh. Die, wenn — bewachen, Sir] fehlt in a b.

Zu hüten gab, den anvertrauten Feind
1045 Nicht wie ein heilig theures Kleinod hüten.

Paulet (bedeutungsvoll).

Ein hohes Kleinod ist der gute Name,
Der unbescholtne Ruf der Königin,
Den kann man nicht zu wohl bewachen, Sir!

Burleigh.

Als man die Lady von dem Schrewsbury
1050 Wegnahm und Ritter Paulets Hut vertraute,
Da war die Meinung —

Paulet.

Ich will hoffen, Sir,

Die Meinung war, daß man den schwersten Austrag
Den reinsten Händen übergeben wollte.
Bei Gott! Ich hätte dieses Schergenamt
1055 Nicht übernommen, dächt' ich nicht, daß es
Den besten Mann in England foderte.
Laßt mich nicht denken, daß ich's etwas anderm
Als meinem reinen Rufe schuldig bin.

Burleigh.

Man breitet aus, sie schwinde, läßt sie kränker
1060 Und kränker werden, endlich still verscheiden,
So stirbt sie in der Menschen Angedenken —
Und euer Ruf bleibt rein.

Paulet.

Nicht mein Gewissen.

Burleigh.

Wenn ihr die eigne Hand nicht leihen wollt,
So werdet ihr der fremden doch nicht wehren —

Paulet (unterbricht ihn).

1065 Kein Mörder soll sich ihrer Schwelle nahn,
So lang die Götter meines Dachs sie schützen.
Ihr Leben ist mir heilig, heil'ger nicht

1044 a: would keep the treach'rous charge, c. — 1051: Paulet (mit Nachdruck) a b. — 1056: foderte] B C schreiben meist forderte, K M durchgängig. —
1064 a: (unterbricht ihn).] (unterbricht ihn mit Nachdruck). a b, fehlt in c.

Ist mir das Haupt der Königin von England.
Ihr seid die Richter! Richtet! Brecht den Stab!
1070 Und wenn es Zeit ist, laßt den Zimmerer
Mit Axt und Säge kommen, das Gerüst
Aufschlagen — für den Scherif und den Henker
Soll meines Schlosses Pforte offen seyn.
Jetzt ist sie zur Bewahrung mir vertraut,
1075 Und seid gewiß, ich werde sie bewahren,
Daß sie nichts Böses thun soll, noch erfahren!

                                              (gehen ab.)

1072: Scherif] M schreibt Sherif. — 1075—76:
And, be assur'd, I will fulfill my trust.
She shall nor do, nor suffer what's unjust. c.

Zweiter Aufzug.

Der Pallaſt zu Weſtminſter.

Erſter Auftritt.

Der Graf von Kent und Sir William Daviſon (begegnen einander).

Daviſon.

Seid ihr's, Milord von Kent? Schon vom Turnierplatz
Zurück, und iſt die Feſtlichkeit zu Ende?

Kent.

Wie? Wohntet ihr dem Ritterſpiel nicht bei?

Daviſon.

1080 Mich hielt mein Amt.

Kent.

      Ihr habt das ſchönſte Schauspiel
Verloren, Sir, das der Geſchmack erſonnen,
Und edler Anſtand ausgeführt — denn wißt!
Es wurde vorgeſtellt die keuſche Veſtung
Der Schönheit, wie ſie vom Verlangen
1085 Berennt wird — Der Lord Marſchall, Oberrichter
Der Seneſchal nebſt zehen andern Rittern
Der Königin vertheidigten die Veſtung,
Und Frankreichs Kavaliere griffen an.
Voraus erſchien ein Herold, der das Schloß
1090 Auffoderte in einem Madrigale,

1076a: Der Pallaſt] Pallaſt a, Der Palaſt M, Scene — London: a hall in the
palace of W. c. — 1076a—1115: Erſter Auftritt. — Die Königin kommt!] fehlt
in a b. — 1080 u. 1087 ff.: Veſtung] Feſtung x M. — 1086: Seneſchal] Seneſchall M.

Und von dem Wall antwortete der Kanzler.

Drauf spielte das Geschütz, und Blumensträuße,

Wohlriechend köstliche Essenzen wurden

Aus niedlichen Feldstücken abgefeuert.

1095 Umsonst! die Stürme wurden abgeschlagen,

Und das Verlangen mußte sich zurückziehn.

Davison.

Ein Zeichen böser Vorbedeutung, Graf,

Für die Französische Brautwerbung.

Kent.

Nun, nun, das war ein Scherz — Im Ernste denk' ich,

1100 Wird sich die Vestung endlich doch ergeben.

Davison.

Glaubt ihr? Ich glaub' es nimmermehr.

Kent.

Die schwierigsten Artikel sind bereits

Berichtigt und von Frankreich zugestanden.

Monsieur begnügt sich, in verschlossener

1105 Kapelle seinen Gottesdienst zu halten,

Und öffentlich die Reichsreligion

Zu ehren und zu schützen — Hättet ihr den Jubel

Des Volks gesehn, als diese Zeitung sich verbreitet!

Denn dieses war des Landes ew'ge Furcht,

1110 Sie möchte sterben ohne Leibeserben,

Und England wieder Pabstes Fesseln tragen,

Wenn ihr die Stuart auf dem Throne folgte.

Davison.

Der Furcht kann es entledigt seyn — Sie geht

Ins Brautgemach, die Stuart geht zum Tode.

Kent.

1115 Die Königin kommt!

1108: verbreitet!] announc'd,
    Through London's streets, in joyful shouts resounded! c.

Zweiter Auftritt.

Die Vorigen. Elisabeth, von Leicester geführt. Graf Aubespine, Bellievre, Graf Schrewsbury, Lord Burleigh mit noch andern Französischen und Englischen Herren treten auf.

Elisabeth (zu Aubespine).

Graf! Ich beklage diese edeln Herrn,
Die ihr galanter Eifer über Meer
Hieher geführt, daß sie die Herrlichkeit
Des Hofs von S. Germain bei mir vermissen.
1120 Ich kann so prächt'ge Götterfeste nicht
Erfinden, als die königliche Mutter
Von Frankreich — Ein gesittet fröhlich Volk,
Das sich, so oft ich öffentlich mich zeige,
Mit Segnungen um meine Sänfte drängt,
1125 Dieß ist das Schauspiel, das ich fremden Augen
Mit ein'gem Stolze zeigen kann. Der Glanz
Der Edelfräulein, die im Schönheitsgarten
Der Katharina blühn, verbärge nur
Mich selber und mein schimmerlos Verdienst.

Aubespine.

1130 Nur Eine Dame zeigt Westminsterhof
Dem überraschten Fremden — aber alles,
Was an dem reizenden Geschlecht entzückt,
Stellt sich versammelt dar in dieser einen.

Bellievre.

Erhabne Majestät von Engelland,
1135 Vergönne, daß wir unsern Urlaub nehmen,
Und Monsieur, unsern königlichen Herrn,
Mit der ersehnten Freudenpost beglücken.
Ihn hat des Herzens heiße Ungeduld
Nicht in Paris gelassen, er erwartet

1115a: Zweiter Auftritt.] Erster Auftritt. a. — Die Vorigen.] fehlt in a. — Leicester] Leicestern a. — 1115a—1133: Elisabeth (zu Aubespine). Graf! — dieser einen.] fehlt in a. — 1121: furnish, as the royal court | Of France: c. — 1127: Schönheitsgarten] Schönheitgarten K. — 1134: Engelland] England b.

1140 Zu Amiens die Boten seines Glücks,
Und bis nach Kalais reichen seine Posten,
Das Jawort, das dein königlicher Mund
Aussprechen wird, mit Flügelschnelligkeit ·
Zu seinem trunknen Ohre hinzutragen.

Elisabeth.

1145 Graf Bellievre, dringt nicht weiter in mich.
Nicht Zeit ist's jetzt, ich wiederhohl es euch,
Die freud'ge Hochzeitfackel anzuzünden.
Schwarz hängt der Himmel über diesem Land,
Und besser ziemte mir der Trauerflor,
1150 Als das Gepränge bräutlicher Gewänder.
Denn nahe droht ein jammervoller Schlag,
Mein Herz zu treffen und mein eignes Haus.

Bellievre.

Nur dein Versprechen gieb uns, Königin,
In frohern Tagen folge die Erfüllung.

Elisabeth.

1155 Die Könige sind nur Sklaven ihres Standes,
Dem eignen Herzen dürfen sie nicht folgen.
Mein Wunsch war's immer, unvermählt zu sterben,
Und meinen Ruhm hätt' ich darein gesetzt,
Daß man dereinst auf meinem Grabstein läse:
1160 Hier ruht die jungfräuliche Königin.
Doch meine Unterthanen wollens nicht,
Sie denken jetzt schon fleißig an die Zeit,
Wo ich dahin sein werde — Nicht genug,
Daß jetzt der Segen dieses Land beglückt,
1165 Auch ihrem künftgen Wohl soll ich mich opfern,
Auch meine jungfräuliche Freiheit soll ich,
Mein höchstes Gut, hingeben für mein Volk,
Und der Gebieter wird mir aufgedrungen.

1153: Königin,] Queen;
      Set us not shape our course in desperation
      Homewards: let better days . . c.
1155: Könige] Königin (Druckfehler in C). — 1157: war's] war a.

Es zeigt mir dadurch an, daß ich ihm nur
1170 Ein Weib bin, und ich meinte doch, regiert
Zu haben, wie ein Mann, und wie ein König.
Wohl weiß ich, daß man Gott nicht dient, wenn man
Die Ordnung der Natur verläßt, und Lob
Verdienen sie, die vor mir hier gewaltet,
1175 Daß sie die Klöster aufgethan, und tausend
Schlachtopfer einer falschverstandnen Andacht
Den Pflichten der Natur zurückgegeben.
Doch eine Königin, die ihre Tage
Nicht ungenützt in müßiger Beschauung
1180 Verbringt, die unverdrossen, unermüdet,
Die schwerste aller Pflichten übt, die sollte
Von dem Naturzweck ausgenommen seyn,
Der Eine Hälfte des Geschlechts der Menschen
Der andern unterwürfig macht —

Aubespine.

1185 Jedwede Tugend, Königin, hast du
Auf deinem Thron verherrlicht, nichts ist übrig,
Als dem Geschlechte, dessen Ruhm du bist,
Auch noch in seinen eigensten Verdiensten
Als Muster vorzuleuchten. Freilich lebt
1190 Kein Mann auf Erden, der es würdig ist,
Daß du die Freiheit ihm zum Opfer brächtest.
Doch wenn Geburt, wenn Hoheit, Heldentugend
Und Männerschönheit einen Sterblichen
Der Ehre würdig machen, so —

Elisabeth.

Kein Zweifel,
1195 Herr Abgesandter, daß ein Ehebündniß
Mit einem königlichen Sohne Frankreichs
Mich ehrt. Ja, ich gesteh es unverhohlen,
Wenn es seyn muß — wenn ichs nicht ändern kann,
Dem Dringen meines Volkes nachzugeben —

1172—1184: Wohl weiß ich — unterwürfig macht — fehlt in a b. — 1184: Der
andern] Den andern J. — 1195: Ehebündniß] Bündniß a.

Schiller, sämmtl. Schriften. Hist.-krit. Ausg. XII.   29

1200 Und es wird ſtärker ſeyn als ich, befürcht' ich —
So kenn' ich in Europa keinen Fürſten,
Dem ich mein höchſtes Kleinod, meine Freiheit,
Mit minderm Widerwillen opfern würde.
Laßt dieß Geſtändniß euch Genüge thun.

Bellievre.

1205 Es iſt die ſchönſte Hoffnung, doch es iſt
Nur eine Hoffnung, und mein Herr wünſcht mehr —

Eliſabeth.

Was wünſcht er?
(Sie zieht einen Ring vom Finger und betrachtet ihn nachdenkend)
Hat die Königin doch nichts
Voraus vor dem gemeinen Bürgerweibe!
Das gleiche Zeichen weißt auf gleiche Pflicht,

1210 Auf gleiche Dienſtbarkeit — Der Ring macht Ehen,
Und Ringe ſind's, die eine Kette machen.
— Bringt ſeiner Hoheit dieß Geſchenk. Es iſt
Noch keine Kette, bindet mich noch nicht,
Doch kann ein Reif draus werden, der mich bindet.

Bellievre.

(kniet nieder, den Ring empfangend)

1215 In ſeinem Namen, große Königin,
Empfang' ich knieend dieß Geſchenk, und drücke
Den Kuß der Huldigung auf meiner Fürſtin Hand!

Eliſabeth.

(zum Grafen Lelceſter, den ſie während der letzten Rede unverwandt betrachtet hat)
Erlaubt, Milord!
(Sie nimmt ihm das blaue Band ab, und hängt es dem Bellievre um.)
Bekleidet Seine Hoheit
Mit dieſem Schmuck, wie ich euch hier damit

1220 Bekleide und in meines Ordens Pflichten nehme.
Hony ſoit qui mal y penſe! — Es ſchwinde
Der Argwohn zwiſchen beiden Nationen,

1207: Sie zieht] Zieht a. — 2209: weißt KM. — 1217 a: Grafen] fehlt in a. —
betrachtet hat]' betrachtete a. — 1218: Sie nimmt] Nimmt a. — dem Bellievre]
Bellievre a. — 1221: Hony] Honi c, Honni M.

Und ein vertraulich Band umſchlinge fortan
Die Kronen Frankreich und Brittannien!

Aubeſpine.

1225 Erhabne Königin, dieß iſt ein Tag
Der Freude! Möcht' er's allen ſeyn und möchte
Kein Leidender auf dieſer Inſel trauern!
Die Gnade glänzt auf deinem Angeſicht,
O! daß ein Schimmer ihres heitern Lichts
1230 Auf eine unglücksvolle Fürſtin fiele,
Die Frankreich und Brittannien gleich nahe
Angeht —

Eliſabeth.

Nicht weiter, Graf! Vermengen wir
Nicht zwey ganz unvereinbare Geſchäfte.
Wenn Frankreich ernſtlich meinen Bund verlangt,
1235 Muß es auch meine Sorgen mit mir theilen
Und meiner Feinde Freund nicht ſeyn —

Aubeſpine.

Unwürdig
In deinen eignen Augen würd' es handeln,
Wenn es die Unglückſelige, die Glaubens-
Verwandte, und die Wittwe ſeines Königs
1240 In dieſem Bund vergäße — Schon die Ehre,
Die Menſchlichkeit verlangt —

Eliſabeth.

In dieſem Sinn
Weiß ich ſein Fürwort nach Gebühr zu ſchätzen.
Frankreich erfüllt die Freundespflicht, mir wird
Verſtattet ſeyn, als Königin zu handeln.
(Sie neigt ſich gegen die franzöſiſchen Herrn, welche ſich mit den übrigen Lords
ehrfurchtsvoll entfernen.)

1224: Brittannien] B C F K M ſchreiben überall Britannien. — 1236—1244:
Aubeſpine. Unwürdig — zu handeln.] fehlt in a. — 1238—1239: Die Glaubens-
Verwandte und] unüberſetzt in c. — 1214 a: Sie neigt] Neigt a. — entfernen.] ent-
fernen. Eliſabeth ſetzt ſich dann. a c.

Dritter Auftritt. 71

Elisabeth. Leicester. Burleigh. Talbot.

(Die Königin setzt sich)

Burleigh.

1245 Ruhmvolle Königin! Du krönest heut
　　Die heißen Wünsche deines Volks. Nun erst
　　Erfreun wir uns der segenvollen Tage,
　　Die du uns schenkst, da wir nicht zitternd mehr
　　In eine stürmevolle Zukunft schauen.

1250 Nur eine Sorge kümmert noch dieß Land,
　　Ein Opfer ist's, das alle Stimmen fodern.
　　Gewähr auch dieses, und der heut'ge Tag
　　Hat Englands Wohl auf immerdar gegründet.

Elisabeth.

Was wünscht mein Volk noch? Sprecht, Milord.

Burleigh.

Es fordert

1255 Das Haupt der Stuart — Wenn du deinem Volk
　　Der Freiheit köstliches Geschenk, das theuer
　　Erworbne Licht der Wahrheit willst versichern,
　　So muß sie nicht mehr seyn — Wenn wir nicht ewig
　　Für dein kostbares Leben zittern sollen,

1260 So muß die Feindin untergehn! — Du weißt es,
　　Nicht alle deine Britten denken gleich,
　　Noch viele heimliche Verehrer zählt 72
　　Der röm'sche Götzendienst auf dieser Insel.
　　Die alle nähren feindliche Gedanken,

1265 Nach dieser Stuart steht ihr Herz, sie sind
　　Im Bunde mit den lothringischen Brüdern,
　　Den unversöhnten Feinden deines Namens.
　　Dir ist von dieser wüthenden Parthey

1244a: Dritter Auftritt.] Zweiter Auftritt. a. — Talbot] ab haben in
der ganzen Scene Shrewsbury. — 1247: segenvollen] segenvolle A B.

Der grimmige Vertilgungskrieg geschworen,
1270 Den man mit falschen Höllenwaffen führt.
　Zu Rheims, dem Bischofssitz des Kardinals,
　Dort ist das Rüsthaus, wo sie Blitze schmieden,
　Dort wird der Königsmord gelehrt — Von dort
　Geschäftig senden sie nach deiner Insel
1275 Die Missionen aus, entschloßne Schwärmer,
　In allerley Gewand vermummt — Von dort
　Ist schon der dritte Mörder ausgegangen,
　Und unerschöpflich, ewig neu erzeugen
　Verborgne Feinde sich aus diesem Schlunde.
1280 — Und in dem Schloß zu Fotheringhay sitzt
　Die Ate dieses ew'gen Kriegs, die mit
　Der Liebesfackel dieses Reich entzündet.
　Für sie, die schmeichelnd jedem Hoffnung giebt,
　Weiht sich die Jugend dem gewissen Tod —
1285 Sie zu befreien, ist die Loosung, sie
　Auf deinen Thron zu setzen, ist der Zweck.
　Denn dieß Geschlecht der Lothringer erkennt
　Dein heilig Recht nicht an, du heißest ihnen
　Nur eine Räuberin des Throns, gekrönt
1290 Vom Glück! Sie warens, die die Thörichte
　Verführt, sich Englands Königin zu schreiben.
　Kein Friede ist mit ihr und ihrem Stamm!
　Du mußt den Streich erleiden oder führen.
　Ihr Leben ist dein Tod! Ihr Tod dein Leben!

Elisabeth.

1295 Milord! Ein traurig Amt verwaltet ihr.
　Ich kenne eures Eifers reinen Trieb,
　Weiß, daß gediegne Weisheit aus euch redet,
　Doch diese Weisheit, welche Blut befiehlt,

1269: Vertilgungskrieg] Vertilgungkrieg K. — 1281: Ate] Ursach a (in b Ate zu Ursach corrigirt). — 1283—1284: Für sie — gewissen Tod] — fehlt in a b. — 1292: Stamm] house;
　　　Their hatred is too bloody, their offences
　　　Too heavy; thou must . . t.

Ich hasse sie in meiner tiefsten Seele.
1300 Sinnt einen mildern Rath aus — Edler Lord
Von Schrewsbury! Sagt ihr uns eure Meinung.

Talbot.

Du gabst dem Eifer ein gebührend Lob,
Der Burleighs treue Brust beseelt — Auch mir,
Strömt es mir gleich nicht so beredt vom Munde,
1305 Schlägt in der Brust kein minder treues Herz.
Mögst du noch lange leben, Königin,
Die Freude deines Volks zu seyn, das Glück
Des Friedens diesem Reiche zu verlängern.
So schöne Tage hat dieß Eiland nie
1310 Gesehn, seit eigne Fürsten es regieren.
Mög' es sein Glück mit seinem Ruhme nicht
Erkaufen! Möge Talbots Auge wenigstens
Geschlossen seyn, wenn dieß geschieht!

74

1301: Meinung.] opinion.

Talbot.
Desire you but to know, most gracious Queen,
What is for your advantage, then I have
Nought to add to what my Lord High Treas'rer
Has urg'd; for your welfare, let the sentence
Be then confirm'd, — this is prov'd already.
There is no surer method to avert
The danger from your head, and from the state.
If you 'll not be advis'd concerning this,
You can dismiss your council. . We are plac'd
Here as your counsellors, but to consult
The welfare of this land, and with our knowledge,
With our experience, are we bound to serve you!
But, what is good and just: for this, my Queen
You have no need of counsellors, your conscience
Knows it full well, and it is written there.
Nay it were overstepping our commission
If we attempted to instruct you in it.

Elizabeth.
Yet speak, my worthy Lord of Shrewsbury,
'Tis not our frail understanding alone
Our heart too feels it wants some sage advice. c. —

1313: dieß] das a b.

Elisabeth.

Verhüte Gott, daß wir den Ruhm befleckten!

Talbot.

1315 Nun dann, so wirst du auf ein ander Mittel sinnen,
Dieß Reich zu retten — denn die Hinrichtung
Der Stuart ist ein ungerechtes Mittel.
Du kannst das Urtheil über die nicht sprechen,
Die dir nicht unterthänig ist.

Elisabeth.

So irrt

1320 Mein Staatsrath und mein Parlament, im Irrthum
Sind alle Richterhöfe dieses Landes,
Die mir dieß Recht einstimmig zuerkannt —

Talbot.

Nicht Stimmenmehrheit ist des Rechtes Probe,
England ist nicht die Welt, dein Parlament
1325 Nicht der Verein der menschlichen Geschlechter.
Dieß heut'ge England ist das künft'ge nicht,
Wie's das vergangne nicht mehr ist — Wie sich
Die Neigung anders wendet, also steigt
Und fällt des Urtheils wandelbare Woge.
1330 Sag nicht, du müssest der Nothwendigkeit
Gehorchen und dem Dringen deines Volks.
Sobald du willst, in jedem Augenblick
Kannst du erproben, daß dein Wille frei ist.
Versuch's! Erkläre, daß du Blut verabscheust, ·
1335 Der Schwester Leben willst gerettet sehn,
Zeig denen, die dir anders rathen wollen,
Die Wahrheit deines königlichen Zorns,
Schnell wirst du die Nothwendigkeit verschwinden
Und Recht in Unrecht sich verwandeln sehn.
1340 Du selbst mußt richten, du allein. Du kannst dich
Auf dieses unstet schwanke Rohr nicht lehnen.

_O ·_

75

1314: befleckten] beflecken a R. — 1316: Dieß] Dein a. — 1319: irrt] irret a,
irrt B C. — 1322 a: Talbot.] Tal. (after a pause.) c. — 1341: dieses] dies a.
— unstet] unstät C.

Der eignen Milde folge du getroſt.
Nicht Strenge legte Gott in's weiche Herz
Des Weibes — Und die Stifter dieſes Reichs,
1345 Die auch dem Weib die Herrſcherzügel gaben,
Sie zeigten an, daß Strenge nicht die Tugend
Der Könige ſoll ſeyn in dieſem Lande.

Eliſabeth.

Ein warmer Anwald iſt Graf Schrewsbury
Für meine Feindin und des Reichs. Ich ziehe
1350 Die Räthe vor, die meine Wohlfahrt lieben.

Talbot.

Man gönnt ihr keinen Anwald, niemand wagt's,
Zu ihrem Vortheil ſprechend, deinem Zorn
Sich bloß zu ſtellen — So vergönne mir,
Dem alten Manne, den am Grabesrand
1355 Kein irdiſch Hoffen mehr verführen kann,
Daß ich die Aufgegebene beſchütze.
Man ſoll nicht ſagen, daß in deinem Staatsrath
Die Leidenſchaft, die Selbſtſucht eine Stimme
Gehabt, nur die Barmherzigkeit geſchwiegen.
1360 Verbündet hat ſich Alles wider ſie,
Du ſelber haſt ihr Antlitz nie geſehn,
Nichts ſpricht in deinem Herzen für die Fremde.
— Nicht ihrer Schuld red' ich das Wort. Man ſagt,
Sie habe den Gemahl ermorden laſſen,
1365 Wahr iſt's, daß ſie den Mörder ehlichte.
Ein ſchwer Verbrechen! — Aber es geſchah
In einer finſter unglücksvollen Zeit,
Im Angſtgedränge bürgerlichen Kriegs,
Wo ſie, die Schwache, ſich umrungen ſah
1370 Von heftigdringenden Vaſallen, ſich
Dem Muthvollſtärkſten in die Arme warf —

1348 ff.: Her advocates have an invidious task! c. — Anwalt M. — 1354: Grabes.
rand] Grabesnacht (Schreibfehler in a). — 1356: Aufgegebne BCF. — to exer-
cice | The pious duty of humanity. c. — 1367: finſter] finſtern C.

Wer weiß, durch welcher Künste Macht besiegt?
Denn ein gebrechlich Wesen ist das Weib.

Elisabeth.

Das Weib ist nicht schwach. Es giebt starke Seelen
1375 In dem Geschlecht — Ich will in meinem Beiseyn
Nichts von der Schwäche des Geschlechtes hören.

Talbot. 77

Dir war das Unglück eine strenge Schule.
Nicht seine Freudenseite kehrte dir
Das Leben zu. Du sahest keinen Thron
1380 Von ferne, nur das Grab zu deinen Füßen.
Zu Woodstock war's und in des Towers Nacht,
Wo dich der gnäd'ge Vater dieses Landes
Zur ersten Pflicht durch Trübsal auferzog.
Dort suchte dich der Schmeichler nicht. Früh lernte,
1385 Vom eiteln Weltgeräusche nicht zerstreut,
Dein Geist sich sammeln, denkend in sich gehn,
Und dieses Lebens wahre Güter schätzen.
— Die Arme rettete kein Gott. Ein zartes Kind
Ward sie verpflanzt nach Frankreich, an den Hof
1390 Des Leichtsinns, der gedankenlosen Freude.
Dort in der Feste ew'ger Trunkenheit
Vernahm sie nie der Wahrheit ernste Stimme.
Geblendet ward sie von der Laster Glanz,
Und fortgeführt vom Strome des Verderbens.
1395 Ihr ward der Schönheit eitles Gut zu Theil,
Sie überstrahlte blühend alle Weiber,
Und durch Gestalt nicht minder als Geburt — —

Elisabeth.

Kommt zu euch selbst, Milord von Schrewsbury!
Denkt, daß wir hier im ernsten Rathe sitzen.
1400 Das müssen Reize sondergleichen seyn, 78
Die einen Greis in solches Feuer setzen.

1383: ersten] ernsten a. — Taught thee to know thy duty, from misfortune.
c. — 1399: ernste F. — 1400: Reize]] Reitze B C.

— Milord von Lefter! Ihr allein schweigt still?
Was ihn beredt macht, bindet's euch die Zunge?

Leicester.

Ich schweige für Erstaunen, Königin,
1405 Daß man dein Ohr mit Schrecknissen erfüllt,
Daß diese Mährchen, die in Londons Gassen
Den gläub'gen Pöbel ängsten, bis herauf
In deines Staatsraths heitre Mitte steigen,
Und weise Männer ernst beschäftigen.
1410 Verwunderung ergreift mich, ich gesteh's,
Daß diese Länderlose Königin
Von Schottland, die den eignen kleinen Thron
Nicht zu behaupten wußte, ihrer eignen
Vasallen Spott, der Auswurf ihres Landes,
1415 Dein Schrecken wird auf einmal im Gefängniß!
— Was, beim Allmächt'gen, machte sie dir furchtbar?
Daß sie dieß Reich in Anspruch nimmt, daß dich
Die Guisen nicht als Königin erkennen?
Kann dieser Guisen Widerspruch das Recht
1420 Entkräften, das Geburt dir gab, der Schluß
Der Parlamente dir bestätigte?
Ist sie durch Heinrichs letzten Willen nicht
Stillschweigend abgewiesen, und wird England
So glücklich im Genuß des neuen Lichts,
1425 Sich der Papistin in die Arme werfen?
Von dir, der angebeteten Monarchin,
Zu Darnleys Mörderin hinüberlaufen?
Was wollen diese ungestümen Menschen,

79

1403: bindet's] bindet a. — 1404: für] vor a (b corrigirt) & M. — 1406—1410: Daß
diese Mährchen — ich gesteh's,] fehlt in a b. — 1414: Landes] country's refuse,
Who, in her fairest days of freedom, was
But thy despised puppet, should become . . c. —
1416—1437: Was, beim — so geurtheilt.] fehlt in a b. — 1418: erkennen?] as
Queen? Did then
Thy people's loyal fealty await
These Guise's approbation? cam these Guises . . c.

Die dich noch lebend mit der Erbin quälen!
1430 Dich nicht geschwind genug vermählen können,
Um Staat und Kirche von Gefahr zu retten?
Stehst du nicht blühend da in Jugendkraft,
Welkt jene nicht mit jedem Tag zum Grabe?
Bei Gott! Du wirst, ich hoff's, noch viele Jahre
1435 Auf ihrem Grabe wandeln, ohne daß
Du selber sie hinabzustürzen brauchtest —

Burleigh.

Lord Lester hat nicht immer so geurtheilt.

Leicester.

Wahr ist's, ich habe selber meine Stimme
Zu ihrem Tod gegeben im Gericht.
1440 — Im Staatsrath sprech' ich anders. Hier ist nicht
Die Rede von dem Recht, nur von dem Vortheil.
Ist's jetzt die Zeit, von ihr Gefahr zu fürchten,
Da Frankreich sie verläßt, ihr einz'ger Schutz,
Da du den Königssohn mit deiner Hand
1445 Beglücken willst, die Hoffnung eines neuen
Regentenstammes diesem Lande blüht?
Wozu sie also tödten? Sie ist todt!
Verachtung ist der wahre Tod. Verhüte,
Daß nicht das Mitleid sie ins Leben rufe!
1450 Drum ist mein Rath: Man lasse die Sentenz,
Die ihr das Haupt abspricht, in voller Kraft
Bestehn! Sie lebe — aber unterm Beile
Des Henkers lebe sie, und schnell, wie sich
Ein Arm für sie bewaffnet, fall' es nieder.

Elisabeth (steht auf).

1455 Milords, ich hab' nun eure Meinungen .
Gehört, und sag' euch Dank für euren Eifer.
Mit Gottes Beistand, der die Könige

1442: jetzt] A schreibt bisweilen, B C meistens jetzt. — 1444: Hand] Huld a. —
1445: neuen] neuen herrlichen a b.

Erleuchtet, will ich eure Gründe prüfen,
Und wählen, was das Bessere mir dünkt.

Vierter Auftritt.

Die Vorigen. Ritter Paulet mit Mortimern.

Elisabeth.

1160 Da kommt Amias Paulet. Edler Sir,
Was bringt ihr uns?

Paulet.

Glorwürd'ge Majestät!
Mein Neffe, der ohnlängst von weiten Reisen
Zurückgekehrt, wirft sich zu deinen Füßen
Und leistet dir sein jugendlich Gelübde.
1465 Empfange du es gnadenvoll und laß
Ihn wachsen in der Sonne deiner Gunst.

Mortimer. (läßt sich auf ein Knie nieder).

Lang lebe meine königliche Frau,
Und Glück und Ruhm bekröne ihre Stirne!

Elisabeth.

Steht auf. Seid mir willkommen, Sir, in England.
1470 Ihr habt den großen Weg gemacht, habt Frankreich
Bereist und Rom und euch zu Rheims verweilt.
Sagt mir denn an, was spinnen unsre Feinde?

81

1459: dünkt] best. *(to Burleigh.)*
     My Lord
     High Treasurer, your honest fears, I know it,
     Are but the offspring of your faithful care;
     But yet, my Lord of Leicester has said well; —
     There is no need of haste; our enemy
     Hath lost already her most dangerous sting, —
     The mighty arm of France: the fear that she
     Might quickly be the victim of their zeal
     Will curb the blind impatience of her friends. c. —
1459a: Vierter Auftritt.] Dritter Auftritt. a. — Die Vorigen.] Vorige a.
— Ritter] fehlt in a. — mit] fehlt in a. — Mortimern] Mortimer a F K M. —
1460: kommt] kömmt a.

Mortimer.

Ein Gott verwirre sie und wende rückwärts
Auf ihrer eignen Schützen Brust die Pfeile,
1475 Die gegen meine Königin gesandt sind.

Elisabeth.

Saht ihr den Morgan und den ränkespinnenden
Bischof von Roße?

Mortimer.

Alle Schottische
Verbannte lernt' ich kennen, die zu Rheims
Anschläge schmieden gegen diese Insel.
1480 In ihr Vertrauen stahl ich mich, ob ich
Etwa von ihren Ränken was entdeckte.

Paulet.

Geheime Briefe hat man ihm vertraut,
In Ziffern, für die Königin von Schottland,
Die er mit treuer Hand uns überliefert.

Elisabeth.

1485 Sagt, was sind ihre neuesten Entwürfe?

Mortimer.

Es traf sie alle wie ein Donnerstreich,
Daß Frankreich sie verläßt, den festen Bund
Mit England schließt, jetzt richten sie die Hoffnung
Auf Spanien.

Elisabeth.

So schreibt mir Walsingham.

Mortimer.

1490 Auch eine Bulle, die Papst Sixtus jüngst
Vom Vatikane gegen dich geschleudert,
Kam eben an zu Rheims, als ich's verließ,
Das nächste Schiff bringt sie nach dieser Insel.

Leicester.

Vor solchen Waffen zittert England nicht mehr.

1475: gesandt] gerichtet a. — 1483: Ziffern] Chiffern a b. — 1491: Vom]
Von A C F.

Burleigh.

1495 Sie werden furchtbar in des Schwärmers Hand.

Elisabeth (Mortimern forschend ansehend).

Man gab euch Schuld, daß ihr zu Rheims die Schulen
Besucht und euren Glauben abgeschworen?

Mortimer.

Die Miene gab ich mir, ich läug'n es nicht,
So weit gieng die Begierde, dir zu dienen!

Elisabeth.

(zu Paulet, der ihr Papiere überreicht).

1500 Was zieht ihr da hervor?

Paulet.

Es ist ein Schreiben,
Das dir die Königin von Schottland sendet.

Burleigh (hastig darnach greifend).

Gebt mir den Brief.

Paulet (giebt das Papier der Königin).

Verzeiht, Lord Großschatzmeister!
In meiner Königin selbsteigne Hand
Befahl sie mir, den Brief zu übergeben.

1505 Sie sagt mir stets, ich sey ihr Feind. Ich bin
Nur ihrer Laster Feind, was sich verträgt
Mit meiner Pflicht, mag ich ihr gern erweisen.

(Die Königin hat den Brief genommen. Während sie ihn liest, sprechen Mortimer
und Leicester einige Worte heimlich mit einander.)

Burleigh (zu Paulet).

Was kann der Brief enthalten? Eitle Klagen,
Mit denen man das mitleidsvolle Herz
1510 Der Königin verschonen soll.

Paulet.

Was er
Enthält, hat sie mir nicht verhehlt. Sie bittet
Um die Vergünstigung, das Angesicht
Der Königin zu sehen.

1499 a: Papiere] einen Brief a. — Papier J R. 1502: das Papier] es a.

Burleigh (schnell).

Nimmermehr!

Talbot.

Warum nicht? Sie ersteht nichts ungerechtes.

Burleigh.

1515 Die Gunst des königlichen Angesichts
Hat sie verwirkt, die Mordanstifterin,
Die nach dem Blut der Königin gedürstet.
Wer's treu mit seiner Fürstin meint, der kann
Den falsch verrätherischen Rath nicht geben.

Talbot.

1520 Wenn die Monarchin sie beglücken will,
Wollt ihr der Gnade sanfte Regung hindern?

Burleigh.

Sie ist verurtheilt! Unterm Beile liegt
Ihr Haupt. Unwürdig ist's der Majestät,
Das Haupt zu sehen, das dem Tod geweiht ist.

1525 Das Urtheil kann nicht mehr vollzogen werden,
Wenn sich die Königin ihr genahet hat,
Denn Gnade bringt die königliche Nähe —

Elisabeth.

(nachdem sie den Brief gelesen, ihre Thränen trocknend)

Was ist der Mensch! Was ist das Glück der Erde!
Wie weit ist diese Königin gebracht,
1530 Die mit so stolzen Hoffnungen begann,
Die auf den ältsten Thron der Christenheit
Berufen worden, die in ihrem Sinn
Drei Kronen schon aufs Haupt zu setzen meinte!
Welch andre Sprache führt sie jetzt als damals,
1535 Da sie das Wappen Englands angenommen,
Und von den Schmeichlern ihres Hofs sich Königin
Der zwei brittann'schen Inseln nennen ließ!
— Verzeiht Milords, es schneidet mir ins Herz,
Wehmuth ergreift mich und die Seele blutet,

1527: Nähe] presence,
      As sickness flies the health-dispensing hand. c.

1540 Daß Irdisches nicht fester steht, das Schicksal
Der Menschheit, das entsetzliche, so nahe
An meinem eignen Haupt vorüberzieht.

Talbot.

O Königin! Dein Herz hat Gott gerührt,
Gehorche dieser himmlischen Bewegung!

1545 Schwer büßte sie fürwahr die schwere Schuld,
Und Zeit ist's, daß die harte Prüfung ende!
Reich' ihr die Hand, der tiefgefallenen,
Wie eines Engels Lichterscheinung steige
In ihres Kerkers Gräbernacht hinab —

Burleigh.

1550 Sei standhaft, große Königin. Laß nicht
Ein lobenswürdig menschliches Gefühl
Dich irre führen. Raube dir nicht selbst
Die Freiheit, das Nothwendige zu thun.
Du kannst sie nicht begnadigen, nicht retten,

1555 So lade nicht auf dich verhaßten Tadel,
Daß du mit grausam höhnendem Triumph
Am Anblick deines Opfers dich geweidet.

Leicester.

Laßt uns in unsern Schranken bleiben, Lords.
Die Königin ist weise, sie bedarf

1560 Nicht unsers Raths, das würdigste zu wählen.
Die Unterredung beider Königinnen
Hat nichts gemein mit des Gerichtes Gang.
Englands Gesetz, nicht der Monarchin Wille,
Verurtheilt die Maria. Würdig ist's

1565 Der großen Seele der Elisabeth,
Daß sie des Herzens schönem Triebe folge,
Wenn das Gesetz den strengen Lauf behält.

Elisabeth.

Geht, meine Lords. Wir werden Mittel finden,
Was Gnade fodert, was Nothwendigkeit

1746: Und Zeit — ende!] fehlt in J R.

.

1570 Uns auferlegt, geziemend zu vereinen.   87

Jetzt — tretet ab!

(Die Lords gehen. An der Thüre ruft sie den Mortimer zurück.)

Sir Mortimer! Ein Wort!

Fünfter Auftritt.

Elisabeth. Mortimer.

Elisabeth.

(nachdem sie ihn einige Augenblicke forschend mit den Augen gemessen)

Ihr zeigtet einen lecken Muth und seltne
Beherrschung eurer selbst für eure Jahre.
Wer schon so früh der Täuschung schwere Kunst
1575 Ausübte, der ist mündig vor der Zeit,
Und er verkürzt sich seine Prüfungsjahre.
— Auf eine große Bahn ruft euch das Schicksal,
Ich prophezeih' es euch, und mein Orakel
Kann ich, zu eurem Glücke! selbst vollziehn.

Mortimer.

1580 Erhabene Gebieterin, was ich
Vermag und bin, ist deinem Dienst gewidmet.

Elisabeth.

Ihr habt die Feinde Englands kennen lernen.
Ihr Haß ist unversöhnlich gegen mich,
Und unerschöpflich ihre Blutentwürfe.   88
1585 Bis diesen Tag zwar schützte mich die Allmacht,
Doch ewig wankt die Kron' auf meinem Haupt,
So lang sie lebt, die ihrem Schwärmereifer
Den Vorwand leiht und ihre Hoffnung nährt.

Mortimer.

Sie lebt nicht mehr, sobald du es gebietest.

1571: Sir Edward Mortimer c. — Ein Wort!] fehlt in a b und c. —
1571a: Fünfter Auftritt.] Vierter Auftritt. a. — forschend] schweigend a b.
— 1575: mündig] wikdig J R. — 1587: So lang] Solang M.

Elisabeth.

1590 Ach Sir! Ich glaubte mich am Ziele schon
　　Zu sehn, und bin nicht weiter als am Anfang.
　　Ich wollte die Gesetze handeln lassen,
　　Die eigne Hand vom Blute rein behalten.
　　Das Urtheil ist gesprochen. Was gewinn' ich?
1595 Es muß vollzogen werden, Mortimer!
　　Und ich muß die Vollziehung anbefehlen.
　　Mich immer trifft der Haß der That. Ich muß
　　Sie eingestehn, und kann den Schein nicht retten.
　　Das ist das schlimmste!

Mortimer.

　　　　　　Was bekümmert dich
1600 Der böse Schein, bei der gerechten Sache?

Elisabeth.

　　Ihr kennt die Welt nicht, Ritter. Was man scheint,
　　Hat jedermann zum Richter, was man ist, hat keinen.
　　Von meinem Rechte überzeug' ich niemand,
　　So muß ich Sorge tragen, daß mein Antheil
1605 An ihrem Tod in ew'gem Zweifel bleibe.
　　Bei solchen Thaten doppelter Gestalt
　　Giebts keinen Schutz als in der Dunkelheit.
　　Der schlimmste Schritt ist, den man eingesteht,
　　Was man nicht aufgiebt, hat man nie verloren.

Mortimer (ausforschend).

1610 Dann wäre wohl das Beste —

Elisabeth (schnell).

　　　　　　　　　Freilich wär's
　　Das Beste — O mein guter Engel spricht
　　Aus euch. Fahrt fort, vollendet, werther Sir!
　　Euch ist es ernst, ihr bringet auf den Grund,
　　Seid ein ganz andrer Mann als euer Oheim —

*

Mortimer (betroffen).

1615 Entdecktest du dem Ritter deinen Wunsch?

Elisabeth.

Mich reuet, daß ich's that.

Mortimer.

Entschuldige

Den alten Mann. Die Jahre machen ihn
Bedenklich. Solche Wagestücke sodern
Den kecken Muth der Jugend —

Elisabeth (schnell).

Darf ich euch —

Mortimer.

1620 Die Hand will ich dir leihen, rette du
Den Namen, wie du kannst —

Elisabeth.

Ja, Sir! Wenn ihr
Mich eines Morgens mit der Botschaft weltet:
Maria Stuart, deine blut'ge Feindin,
Ist heute Nacht verschieden!

Mortimer.

Zählt auf mich.

Elisabeth.

1625 Wann wird mein Haupt sich ruhig schlafen legen?

Mortimer.

Der nächste Neumond ende deine Furcht.

Elisabeth.

— Gehabt euch wohl, Sir! Laßt es euch nicht leid thun,
Daß meine Dankbarkeit den Flor der Nacht
Entlehnen muß — Das Schweigen ist der Gott
1630 Der Glücklichen — die engsten Bande sind's,
Die zärtesten, die das Geheimniß stiftet!

(Sie geht ab.)

1619 a: (schnell)] fehlt in c. — 1624: Zählt] Zähl a (corrigirt). — 1627: Gehabt
euch wohl] And be the self-same happy day the dawn | Of your preferment
— so god-speed you, Sir: c. — 1631 a: (Sie geht ab.)] (ab.) a.

Sechster Auftritt.

Mortimer allein.

Geh', falsche, gleißnerische Königin!
Wie du die Welt, so täusch' ich dich. Recht ist's,
Dich zu verrathen, eine gute That!
1635 Seh' ich aus wie ein Mörder? Lasest du
Ruchlose Fertigkeit auf meiner Stirn?
Trau nur auf meinen Arm und halte deinen
Zurück, gieb dir den frommen Heuchelschein
Der Gnade vor der Welt, indessen du
1640 Geheim auf meine Mörderhilfe hoffst,
So werden wir zur Rettung Frist gewinnen!

Erhöhen willst du mich — zeigst mir von ferne
Bedeutend einen kostbarn Preiß — Und wärst
Du selbst der Preiß und deine Frauengunst!
1645 Wer bist du Aermste, und was kannst du geben?
Mich locket nicht des eiteln Ruhmes Geiz!
Bei ihr nur ist des Lebens Reiz —
Um sie, in ew'gem Freudenchore, schweben
Der Anmuth Götter und der Jugendlust,
1650 Das Glück der Himmel ist an ihrer Brust,
Du hast nur todte Güter zu vergeben!
Das Eine höchste, was das Leben schmückt,
Wenn sich ein Herz, entzückend und entzückt,
Dem Herzen schenkt in süßem Selbstvergessen,
1655 Die Frauenkrone hast du nie besessen,
Nie hast du liebend einen Mann beglückt!
— Ich muß den Lord erwarten, ihren Brief
Ihm übergeben. Ein verhaßter Auftrag!
Ich habe zu dem Höflinge kein Herz,

                                                       92

1631 a: Sechster Auftritt.] Fünfter Auftritt. a. — allein] fehlt
in a. — 1643: Preiß] K M schreiben Preis. — 1650: der Himmel] des
Himmels a.

1660 Ich selber kann sie retten, ich allein,

Gefahr und Ruhm und auch der Preiß sei mein!

(Indem er gehen will, begegnet ihm Paulet.)

Siebenter Auftritt.

Mortimer. Paulet.

Paulet.

Was sagte dir die Königin?

Mortimer.

Nichts, Sir.

Nichts — von Bedeutung.

Paulet (fixirt ihn mit ernstem Blick).

Höre, Mortimer!

Es ist ein schlüpfrig glatter Grund, auf den

1665 Du dich begeben. Lockend ist die Gunst

Der Könige, nach Ehre geizt die Jugend.

— Laß dich den Ehrgeiz nicht verführen!

Mortimer.

Wart ihr's nicht selbst, der an den Hof mich brachte?

Paulet.

Ich wünschte, daß ich's nicht gethan. Am Hofe

1670 Ward unsers Hauses Ehre nicht gesammelt.

Steh fest, mein Neffe. Kaufe nicht zu theuer!

Verletze dein Gewissen nicht!

Mortimer.

Was fällt euch ein? Was für Besorgnisse!

Paulet.

Wie groß dich auch die Königin zu machen

1675 Verspricht — Trau' ihrer Schmeichelrede nicht.

1661a: (Indem — Paulet.)] (will gehen.) a. — Siebenter] Sechster a. —
Paulet.] Paulet (begegnet ihm) hernach Leicester. a. — 1675: Schmeichelrede
nicht.] alluring words.
The spirit of the world 's a lying spirit,
And vice is a deceitful, treach'rous friend. c.

Verläugnen wird sie dich, wenn du gehorcht,
Und ihren eignen Namen rein zu waschen,
Die Blutthat rächen, die sie selbst befahl.

          Mortimer.
Die Blutthat sagt ihr —

          Paulet.
          Weg, mit der Verstellung!
1680 Ich weiß, was dir die Königin angesonnen,
Sie hofft, daß deine ruhmbegier'ge Jugend
Willfähr'ger seyn wird, als mein starres Alter.
Hast du ihr zugesagt? Hast du?

          Mortimer.
          Mein Oheim!

          Paulet.
Wenn du's gethan hast, so verfluch ich dich,
1685 Und dich verwerfe —

          Leicester (kommt).
          Werther Sir, erlaubt
Ein Wort mit eurem Neffen. Die Monarchin
Ist gnadenvoll gesinnt für ihn, sie will,
Daß man ihm die Person der Lady Stuart
Uneingeschränkt vertraue — Sie verläßt sich
1690 Auf seine Redlichkeit —

          Paulet.
          Verläßt sich — Gut!

          Leicester.
Was sagt ihr, Sir?

          Paulet.
          Die Königin verläßt sich
Auf ihn, und ich, Milord, verlasse mich
Auf mich und meine beiden offnen Augen.

                              (Er geht ab.)

1693 a: (Er geht ab.)] (ab.) a.   •

Achter Auftritt.

Leicester. Mortimer.

Leicester (verwundert).

Was wandelte den Ritter an?

Mortimer.

1695 Ich weiß es nicht — Das unerwartete
Vertrauen, das die Königin mir schenkt —

Leicester (ihn forschend ansehend).

Verdient ihr, Ritter, daß man euch vertraut?

Mortimer (ebenso).

Die Frage thu' ich euch, Milord von Lester.

Leicester.

Ihr hattet mir was in geheim zu sagen.

Mortimer.

1700 Versichert mir erst, daß ich's wagen darf.

Leicester.

Wer giebt mir die Versicherung für euch?
— Laßt euch mein Mißtraun nicht beleidigen!
Ich seh' euch zweierley Gesichter zeigen
An diesem Hofe — Eins darunter ist
1705 Nothwendig falsch, doch welches ist das wahre?

Mortimer.

Es geht mir eben so mit euch, Graf Lester.

Leicester.

Wer soll nun des Vertrauens Anfang machen?

Mortimer.

Wer das geringere zu wagen hat.

Leicester.

Nun! Der seid ihr!

Mortimer.

Ihr seid es! Euer Zeugniß,

1693 a: Achter] Siebenter a. — 1695: Ich weiß es nicht] Ich weiß nicht
was ihn verdrießt a. — Ich weiß (es) nicht | Was ihn verdrießt — b. — 1699:
in geheim] ingeheim KM. — 1706: Graf Lester] fehlt in a b c.

1710 Des vielbebeutenben, gewalt'gen Lords,
     Kann mich zu Boden schlagen, meins vermag
     Nichts gegen euren Rang und eure Gunst.

                    Leicester.

     Ihr irrt euch, Sir. In allem andern bin ich
     Hier mächtig, nur in biesem zarten Punkt,
1715 Den ich jetzt eurer Treu Preiß geben soll,
     Bin ich der schwächste Mann an biesem Hof,
     Und ein verächtlich Zeugniß kann mich stürzen.

                    Mortimer.

     Wenn sich der allvermögende Lord Lester
     So tief zu mir herunterläßt, ein solch
1720 Bekenntniß mir zu thun, so barf ich wohl
     Ein wenig höher denken von mir selbst,
     Und ihm in Großmuth ein Exempel geben.

                    Leicester.

     Geht mir voran im Zutraun, ich will folgen.

                    Mortimer.
             (ben Brief schnell hervorziehend)
     Dieß sendet euch die Königin von Schottland.

                    Leicester.   97
             (schrickt zusammen und greift hastig barnach)
1725 Sprecht leise, Sir — Was seh' ich! Ach! Es ist
     Ihr Bild!
             (küßt es und betrachtet es mit stummem Entzücken.)

                    Mortimer.
             (der ihn während des Lesens scharf beobachtet)
     Milord, nun glaub' ich euch!

                    Leicester.
             (nachdem er den Brief schnell burchlaufen)
     Sir Mortimer! Ihr wißt des Briefes Innhalt?

                    Mortimer.

     Nichts weiß ich.

     _____

     1715: Preiß geben] preisgeben M. — 1726: Entzücken.)] Entzücken. Pause.) ac.
     — (der ihn — beobachtet) fehlt in a. — 1727: Innhalt] Inhalt K M.

Leicester.

Nun! Sie hat euch ohne Zweifel

Vertraut —

Mortimer.

Sie hat mir nichts vertraut. Ihr würdet
1730 Dieß Räthsel mir erklären, sagte sie.
Ein Räthsel ist es mir, daß Graf von Lester,
Der Günstling der Elisabeth, Mariens
Erklärter Feind und ihrer Richter einer,
Der Mann seyn soll, von dem die Königin
1735 In ihrem Unglück Rettung hofft — Und dennoch
Muß dem so seyn, denn eure Augen sprechen
Zu deutlich aus, was ihr für sie empfindet.

Leicester.

Entdeckt mir selbst erst, wie es kommt, daß ihr
Den feur'gen Antheil nehmt an ihrem Schicksal,
1740 Und was euch ihr Vertraun erwarb.

Mortimer.

Milord,

Das kann ich euch mit wenigem erklären.
Ich habe meinen Glauben abgeschworen
Zu Rom, und steh' im Bündniß mit den Guisen.
Ein Brief des Erzbischofs zu Rheims hat mich
1745 Beglaubigt bei der Königin von Schottland.

Leicester.

Ich weiß von eurer Glaubensänderung,
Sie ist's, die mein Vertrauen zu euch weckte.
Gebt mir die Hand. Verzeiht mir meinen Zweifel.
Ich kann der Vorsicht nicht zu viel gebrauchen,
1750 Denn Walsingham und Burleigh hassen mich,
Ich weiß, daß sie mir lauernd Netze stellen.
Ihr konntet ihr Geschöpf und Werkzeug seyn,
Mich in das Garn zu ziehn —

1734: soll seyn a. — 1737: sie] the hapless lady. — c. — 1739: erst] es R. —
1740: Bertraun] Vertrauen C F R. — 1743: In Rom a. — 1747: weckte.] towards
you. | Each remnant of distrust be henceforth banish'd; c. — 1748: meinen
Zweifel] what is pass'd. c. — 1751: lauernd a M.

Mortimer.

           Wie kleine Schritte

Geht ein so großer Lord an diesem Hof!

1755 Graf! ich beklag' euch.

Leicester.   99

          Freudig werf' ich mich

An die vertraute Freundesbrust, wo ich

Des langen Zwangs mich endlich kann entladen.

Ihr seid verwundert, Sir, daß ich so schnell

Das Herz geändert gegen die Maria.

1760 Zwar in der That haßt' ich sie nie — der Zwang

Der Zeiten machte mich zu ihrem Gegner.

Sie war mir zugedacht seit langen Jahren,

Ihr wißt's, eh sie die Hand dem Darnley gab,

Als noch der Glanz der Hoheit sie umlachte.

1765 Kalt stieß ich damals dieses Glück von mir,

Jetzt im Gefängniß, an des Todes Pforten

Such' ich sie auf, und mit Gefahr des Lebens.

Mortimer.

Das heißt großmüthig handeln!

Leicester.

          — Die Gestalt

Der Dinge, Sir, hat sich indeß verändert.

1770 Mein Ehrgeiz war es, der mich gegen Jugend

Und Schönheit fühllos machte. Damals hielt ich

Mariens Hand für mich zu klein, ich hoffte

Auf den Besitz der Königin von England.

Mortimer.

 . Es ist bekannt, daß sie euch allen Männern

1775 Vorzog —

Leicester.   100

      So schien es, edler Sir — Und nun, nach zehn

Verlornen Jahren unverdroßnen Werbens,

Verhaßten Zwangs — O Sir, mein Herz geht auf!

<hr>

     1758: schnell] plötzlich a. — 1759: Maria] captive Queen. c. — 1768: Das heißt
— handeln!] Das scheint großmüthig Milord! a b (und c).

Ich muß des langen Unmuths mich entladen —
Man preißt mich glücklich — wüßte man, was es
1780 Für Ketten sind, um die man mich beneidet —
Nachdem ich zehen bittre Jahre lang
Dem Götzen ihrer Eitelkeit geopfert,
Mich jedem Wechsel ihrer Sultanslaunen
Mit Sklavendemuth unterwarf, das Spielzeug
1785 Des kleinen grillenhaften Eigensinns,
Geliebkost jetzt von ihrer Zärtlichkeit,
Und jetzt mit sprödem Stolz zurückgestoßen,
Von ihrer Gunst und Strenge gleich gepeinigt,
Wie ein Gefangener vom Argusblick
1790 Der Eifersucht gehütet, ins Verhör
Genommen wie ein Knabe, wie ein Diener
Gescholten — O die Sprache hat kein Wort
Für diese Hölle!

Mortimer.

Ich beklag' euch, Graf.

Leicester.

Täuscht mich am Ziel der Preiß! Ein andrer kommt,
1795 Die Frucht des theuren Werbens mir zu rauben.
An einen jungen blühenden Gemahl
Verlier ich meine lang besessnen Rechte,
Heruntersteigen soll ich von der Bühne,
Wo ich so lange als der Erste glänzte.
1800 Nicht ihre Hand allein, auch ihre Gunst
Droht mir der neue Ankömmling zu rauben.
Sie ist ein Weib, und er ist liebenswerth.

Mortimer.

Er ist Kathrinens Sohn. In guter Schule
Hat er des Schmeichelns Künste ausgelernt.

Leicester.

1805 So stürzen meine Hoffnungen — ich suche
In diesem Schiffbruch meines Glücks ein Bret

101

1794: Preiß] K M schreiben überall Preis. — 1800—1804 a: Nicht ihre — ausgelernt. Leicester.] fehlt in a. — 1804: Schmeichelns] Schmeichlers C.

Zu fassen — und mein Auge wendet sich
Der ersten schönen Hoffnung wieder zu.
Mariens Bild, in ihrer Reize Glanz,
1810 Stand neu vor mir, Schönheit und Jugend traten
In ihre vollen Rechte wieder ein,
Nicht kalter Ehrgeiz mehr, das Herz verglich,
Und ich empfand, welch Kleinod ich verloren.
Mit Schrecken seh' ich sie in tiefes Elend
1815 Herabgestürzt, gestürzt durch mein Verschulden.
Da wird in mir die Hoffnung wach, ob ich
Sie jetzt noch retten könnte und besitzen.
Durch eine treue Hand gelingt es mir,
Ihr mein verändert Herz zu offenbaren,
1820 Und dieser Brief, den ihr mir überbracht,
Versichert mir, daß sie verzeiht, sich mir
Zum Preiße schenken will, wenn ich sie rette.

Mortimer.

Ihr thatet aber nichts zu ihrer Rettung!
Ihr ließt geschehn, daß sie verurtheilt wurde,
1825 Gabt eure Stimme selbst zu ihrem Tod!
Ein Wunder muß geschehn — Der Wahrheit Licht
Muß mich, den Neffen ihres Hüters, rühren,
Im Vatikan zu Rom muß ihr der Himmel
Den unverhofften Retter zubereiten,
1830 Sonst fand sie nicht einmal den Weg zu euch!

Leicester.

Ach, Sir, es hat mir Qualen gnug gekostet!
Um selbe Zeit ward sie von Talbots Schloß
Nach Fotheringhay weg geführt, der strengen
Gewahrsam eures Oheims anvertraut.
1835 Gehemmt ward jeder Weg zu ihr, ich mußte
Fortfahren vor der Welt, sie zu verfolgen.

1810: vor] von (Druckfehler in C). — 1814: seh'] sah a, beheld c. — 1815: Herab-
gestürzt] Hinabgestürzt a. — 1816: wird] ward a, wak'd c. — 1818] gelingt] gelang
a b. — 1819: verändert] geändert a. — 1821: Versichert mir] Versichert mich a —
1833: weg geführt] weggeführt M. — 1835: Gehemmt] Versperrt a (corr.) was shut c.

Doch denket nicht, daß ich sie leidend hätte
Zum Tode gehen lassen! Nein, ich hoffte,
Und hoffe noch, das Aeußerste zu hindern,
1840 Bis sich ein Mittel zeigt, sie zu befreyn.

Mortimer.

103

Das ist gefunden — Lester, euer edles
Vertraun verdient Erwiederung. Ich will sie
Befreien, darum bin ich hier, die Anstalt
Ist schon getroffen, euer mächt'ger Beistand
1845 Versichert uns den glücklichen Erfolg.

Leicester.

Was sagt ihr? Ihr erschreckt mich. Wie? Ihr wolltet —

Mortimer.

Gewaltsam aufthun will ich ihren Kerker,
Ich hab' Gefährten, alles ist bereit —

Leicester.

Ihr habt Mitwisser und Vertraute! Weh mir!
1850 In welches Wagniß reißt ihr mich hinein!
Und diese wissen auch um mein Geheimniß?

Mortimer.

Sorgt nicht. Der Plan ward ohne euch entworfen,
Ohn' euch wär' er vollstreckt, bestünde sie
Nicht drauf, euch ihre Rettung zu verdanken.

Leicester.

1855 So könnt ihr mich für ganz gewiß versichern,
Daß in dem Bund mein Name nicht genannt ist?

Mortimer.

Verlaßt euch drauf! Wie? So bedenklich, Graf,
Bei einer Botschaft, die euch Hülfe bringt!
Ihr wollt die Stuart retten und besitzen,

104

1860 Ihr findet Freunde, plötzlich, unerwartet,
Vom Himmel fallen euch die nächsten Mittel —
Doch zeigt ihr mehr Verlegenheit als Freude?

1860: Ihr findet — unerwartet,] fehlt in a b.

Leicester.

Es ist nichts mit Gewalt. Das Wagestück
Ist zu gefährlich.

Mortimer.

Auch das Säumen ist's!

Leicester.

1865 Ich sag' euch, Ritter, es ist nicht zu wagen.

Mortimer (bitter).

Nein, nicht für euch, der sie besitzen will!
Wir wollen sie bloß retten, und sind nicht so
Bedenklich —

Leicester.

Junger Mann, ihr seid zu rasch
In so gefährlich dornenvoller Sache.

Mortimer.

1870 Ihr — sehr bedacht in solchem Fall der Ehre.

Leicester.

Ich seh' die Netze, die uns rings umgeben.

Mortimer.

Ich fühle Muth, sie alle zu durchreißen.

Leicester.

Tollkühnheit, Raserey ist dieser Muth.

Mortimer.

Nicht Tapferkeit ist diese Klugheit, Lord.

Leicester.

1875 Euch lüstet's wohl, wie Babington zu enden?

Mortimer.

Euch nicht, des Norfolks Großmuth nachzuahmen.

Leicester.

Norfolk hat seine Braut nicht heimgeführt.

Mortimer.

Er hat bewiesen, daß er's würdig war.

Leicester.

Wenn wir verderben, reißen wir sie nach.

105

1874 a—1879: Leicester. Euch lüstet's — würdig war.] fehlt in a b.

Mortimer.

1880 Wenn wir uns schonen, wird sie nicht gerettet.

Leicester.

Ihr überlegt nicht, hört nicht, werdet alles
Mit heftig blindem Ungestüm zerstören,
Was auf so guten Weg geleitet war.

Mortimer.

Wohl auf den guten Weg, den ihr gebahnt?
1885 Was habt ihr denn gethan, um sie zu retten?
— Und wie? Wenn ich nun Bube gnug gewesen,
Sie zu ermorden, wie die Königin
Mir anbefahl, wie sie zu dieser Stunde
Von mir erwartet — Nennt mir doch die Anstalt,
1890 Die Ihr gemacht, ihr Leben zu erhalten.

Leicester (erstaunt).

Gab euch die Königin diesen Blutbefehl?

Mortimer.

Sie irrte sich in mir, wie sich Maria
In euch.

Leicester.

Und ihr habt zugesagt? Habt ihr?

Mortimer.

Damit sie andre Hände nicht erkaufe,
1895 Bot ich die meinen an.

Leicester.

Ihr thatet wohl.

Dieß kann uns Raum verschaffen. Sie verläßt sich
Auf euren blut'gen Dienst, das Todesurtheil
Bleibt unvollstreckt, und wir gewinnen Zeit —

Mortimer (ungeduldig).

Nein, wir verlieren Zeit!

Leicester.

Sie zählt auf euch,
1900 So minder wird sie Anstand nehmen, sich

1894 a: ungeduldig] ungeduldig C. — 1899: Zeit!] sie a b (spätere Correctur in
b: Zeit!)

106

Den Schein der Gnade vor der Welt zu geben.
Vielleicht, daß ich durch List sie überrede,
Das Angesicht der Gegnerin zu sehn,
Und dieser Schritt muß ihr die Hände binden.
1905 Burleigh hat Recht. Das Urtheil kann nicht mehr
Vollzogen werden, wenn sie sie gesehn.
    — Ja, ich versuch' es, alles biet' ich auf —

Mortimer.

Und was erreicht ihr dadurch? Wenn sie sich
In mir getäuscht sieht, wenn Maria fortfährt,
1910 Zu leben — Ist nicht alles wie zuvor?
Frei wird sie niemals! Auch das mildeste,
Was kommen kann, ist ewiges Gefängniß.
Mit einer kühnen That müßt ihr doch enden,
Warum wollt ihr nicht gleich damit beginnen?
1915 In euren Händen ist die Macht, ihr bringt
Ein Heer zusammen, wenn ihr nur den Adel
Auf euren vielen Schlössern waffnen wollt!
Maria hat noch viel verborgne Freunde,
Der Howard und der Percy edle Häuser,
1920 Ob ihre Häupter gleich gestürzt, sind noch
An Helden reich, sie harren nur darauf,
Daß ein gewalt'ger Lord das Beispiel gebe!
Weg mit Verstellung! Handelt öffentlich!
Vertheidigt als ein Ritter die Geliebte,
1925 Kämpft einen edeln Kampf um sie. Ihr seid
Herr der Person der Königin von England,
Sobald ihr wollt. Lockt sie auf eure Schlösser,
Sie ist euch oft dahin gefolgt. Dort zeigt ihr
Den Mann! Sprecht als Gebieter! Haltet sie
1930 Verwahrt, bis sie die Stuart frei gegeben!

Leicester.

Ich staune, ich entsetze mich — Wohin
Reißt euch der Schwindel? — Kennt ihr diesen Boden?
Wißt ihr, wie's steht an diesem Hof, wie eng

1933: know you | The deeps and shallows of this court! c.

1935 Dieß Frauenreich die Geister hat gebunden?
Sucht nach dem Heldengeist, der ehmals wohl
In diesem Land sich regte — Unterworfen
Ist alles, unterm Schlüssel eines Weibes,
Und jedes Muthes Federn abgespannt.
1900 Folgt meiner Leitung. Wagt nichts unbedachtsam.
— Ich höre kommen, geht.

Mortimer.

Maria hofft!
Kehr ich mit leerem Trost zu ihr zurück?

Leicester.

Bringt ihr die Schwüre meiner ew'gen Liebe!

Mortimer.

Bringt ihr sie selbst! Zum Werkzeug ihrer Rettung
Bot ich mich an, nicht euch zum Liebesboten!　　　(Er geht ab.)

Neunter Auftritt.　　109

Elisabeth. Leicester.

Elisabeth.

1945 Wer gieng da von euch weg? Ich hörte sprechen.

Leicester.

(sich auf ihre Rede schnell und erschrocken umwendend)

Es war Sir Mortimer.

Elisabeth.

Was ist euch, Lord?
So ganz betreten?

Leicester (faßt sich).

— Ueber deinen Anblick!
Ich habe dich so reizend nie gesehn,
Geblendet steh ich da von deiner Schönheit.
1950 — Ach!

Elisabeth.

Warum seufzt ihr?

1944 a: Neunter Auftritt.] Achter Auftritt. a. — 1946: Es war Sir
Mortimer] Der junge Paulet war's. a. — Der junge Mortimer war's t (später
dem Drucke gemäß corrigirt).

Schiller, sämmtl. Schriften. Hist.-krit. Ausg. XII.

Leicester.

Hab' ich keinen Grund
Zu seufzen? Da ich deinen Reiz betrachte,
Erneut sich mir der namenlose Schmerz
Des drohenden Verlustes.

Elisabeth.

Was verliert ihr?

Leicester.   110

Dein Herz, dein liebenswürdig Selbst verlier ich.
1955 Bald wirst du in den jugendlichen Armen
Des feurigen Gemahls dich glücklich fühlen,
Und ungetheilt wird er dein Herz besitzen.
Er ist von königlichem Blut, das bin
Ich nicht, doch Trotz sey aller Welt geboten,
1960 Ob einer lebt auf diesem Erdenrund,
Der mehr Anbetung für dich fühlt, als ich.
Der Düc von Anjou hat dich nie gesehn,
Nur deinen Ruhm und Schimmer kann er lieben.
Ich liebe Dich. Wärst du die ärmste Hirtin,
1965 Ich als der größte Fürst der Welt geboren,
Zu deinem Stand würd' ich herunter steigen,
Mein Diadem zu deinen Füßen legen.

Elisabeth.

Beklag' mich, Dudley, schilt mich nicht — Ich darf ja
Mein Herz nicht fragen. Ach! das hätte anders
1970 Gewählt. Und wie beneid' ich andre Weiber,
Die das erhöhen dürfen, was sie lieben.
So glücklich bin ich nicht, daß ich dem Manne,
Der mir vor allen theuer ist, die Krone
Aufsetzen kann! — Der Stuart wards vergönnt,
1975 Die Hand nach ihrer Neigung zu verschenken,
Die hat sich jegliches erlaubt, sie hat
Den vollen Kelch der Freuden ausgetrunken.

1858: Er ist] Es ist C. — 1959: Trotz] trotz B C F L. — 1962—1967: Der Düc
— Füßen legen.] fehlt in a b. — 1970: Und wie] O wie a.

Leicester.

Jetzt trinkt sie auch den bittern Kelch des Leidens.

Elisabeth.

Sie hat der Menschen Urtheil nichts geachtet.
1980 Leicht' wurd es ihr zu leben, nimmer lud sie
Das Joch sich auf, dem ich mich unterwarf.
Hätt' ich doch auch Ansprüche machen können,
Des Lebens mich, der Erde Lust zu freun,
Doch zog ich strenge Königspflichten vor.
1985 Und doch gewann sie aller Männer Gunst,
Weil sie sich nur befliß, ein Weib zu seyn,
Und um sie buhlt die Jugend und das Alter.
So sind die Männer. Lüstlinge sind alle!
Dem Leichtsinn eilen sie, der Freude zu,
1990 Und schätzen nichts, was sie verehren müssen.
Verjüngte sich nicht dieser Talbot selbst,
Als er auf ihren Reiz zu reden kam!

Leicester.

Vergieb es ihm. Er war ihr Wächter einst,
Die List'ge hat mit Schmeicheln ihn bethört.

Elisabeth.

1995 Und ist's denn wirklich wahr, daß sie so schön ist?
So oft mußt' ich die Larve rühmen hören,
Wohl möcht' ich wissen, was zu glauben ist.
Gemählde schmeicheln, Schilderungen lügen,
Nur meinen eignen Augen würd' ich traun.

2000 — Was schaut ihr mich so seltsam an?

Leicester.

Ich stellte

Dich in Gedanken neben die Maria.
— Die Freude wünsch ich mir, ich berg' es nicht,
Wenn es ganz in geheim geschehen könnte,
Der Stuart gegenüber dich zu sehn!
2005 Dann solltest du erst deines ganzen Siegs

1979: nichts] nicht a b. — 1981: unterwarf] willig bog a b c. — 1999: traun.] trauen a. — 2003: in geheim] ingeheim & M, insgeheim a. — 2004: sehn] sehen a.

Genießen! Die Beschämung gönnt' ich ihr,
Daß sie mit eignen Augen — denn der Neid
Hat scharfe Augen — überzeugt sich sähe,
Wie sehr sie auch an Adel der Gestalt
2010 Von dir besiegt wird, der sie so unendlich
In jeder andern würd'gen Tugend weicht.

Elisabeth.

Sie ist die jüngere an Jahren.

Leicester.

Jünger!

Man siehts ihr nicht an. Freilich ihre Leiden!
Sie mag wohl vor der Zeit gealtert haben.
2015 Ja, und was ihre Kränkung bittrer machte,
Das wäre, dich als Braut zu sehn! Sie hat
Des Lebens schöne Hoffnung hinter sich,
Dich sähe sie dem Glück entgegen schreiten!
Und als die Braut des Königssohns von Frankreich,   113
2020 Da sie sich stets so viel gewußt, so stolz
Gethan mit der französischen Vermählung,
Noch jetzt auf Frankreichs mächt'ge Hilfe pocht!

Elisabeth (nachlässig hinwerfend).

Man peinigt mich ja sie zu sehn.

Leicester (lebhaft).

Sie foderts

Als eine Gunst, gewähr es ihr als Strafe!
2025 Du kannst sie auf das Blutgerüste führen,
Es wird sie minder peinigen, als sich
Von deinen Reizen ausgelöscht zu sehn.
Dadurch ermordest du sie, wie sie dich
Ermorden wollte — Wenn sie deine Schönheit
2030 Erblickt, durch Ehrbarkeit bewacht, in Glorie
Gestellt durch einen unbefleckten Tugendruf,
Den sie, leichtsinnig buhlend, von sich warf,

2010: unendlich] sehr a. — 2011 a—2014: Elisabeth. Sie ist — gealtert haben.]
fehlt in a b. — 2023: peinigt] zwingt b (später zu peinigt corrigirt). — (lebhaft.)]
fehlt in c. — 2032: buhlend] bulend A.

Erhoben durch der Krone Glanz, und jetzt
Durch zarte Bräutlichkeit geschmückt — dann hat
2035 Die Stunde der Vernichtung ihr geschlagen.

Ja — wenn ich jetzt die Augen auf dich werfe —
Nie warst du, nie zu einem Sieg der Schönheit
Gerüsteter, als eben jetzt — Mich selbst
Hast du umstrahlt wie eine Lichterscheinung,
2040 Als du vorhin ins Zimmer tratest — Wie?
Wenn du gleich jetzt, jetzt wie du bist, hinträtest   114
Vor sie, du findest keine schön're Stunde —

Elisabeth.

Jetzt — Nein — Nein — Jetzt nicht, Lester — Nein, das muß ich
Erst wohl bedenken — mich mit Burleigh —

Leicester (lebhaft einfallend).

Burleigh!

2045 Der denkt allein auf deinen Staatsvortheil,
Auch deine Weiblichkeit hat ihre Rechte,
Der zarte Punkt gehört vor Dein Gericht,
Nicht vor des Staatsmanns — ja auch Staatskunst will es,
Daß du sie siehst, die öffentliche Meinung
2050 Durch eine That der Großmuth dir gewinnest!
Magst du nachher dich der verhaßten Feindin,
Auf welche Weise dirs gefällt, entladen.

Elisabeth.

Nicht wohlanständig wär mir's, die Verwandte
Im Mangel und in Schmach zu sehn. Man sagt,
2055 Daß sie nicht königlich umgeben sey,
Vorwerfend wär mir ihres Mangels Anblick.

Leicester.

Nicht ihrer Schwelle brauchst du dich zu nahn.
Hör meinen Rath. Der Zufall hat es eben
Nach Wunsch gefügt. Heut ist das große Jagen,
2060 An Fotheringhay führt der Weg vorbei,

2043: Jetzt — Nein — Nein —] Jetzt — Nein — a b c. — 2045: Der denkt]
To him you are but Sov'reign, and as such] Alone he seeks c. — 2051:
Magst] Mag (Druckfehler in F). — 2054: und in] in der a b.

Dort kann die Stuart sich im Park ergehn,
Du kommst ganz wie von ohngefähr dahin,
Es darf nichts als vorher bedacht erscheinen,
Und wenn es dir zuwider, redest du
2065 Sie gar nicht an —

              Elisabeth.
           Begeh' ich eine Thorheit,
So ist es eure, Lester, nicht die meine.
Ich will euch heute keinen Wunsch versagen,
Weil ich von meinen Unterthanen allen
Euch heut am wehesten gethan.
             (Ihn zärtlich ansehend.)
2070 Sey's eine Grille nur von euch. Dadurch
Giebt Neigung sich ja kund, daß sie bewilligt
Aus freier Gunst, was sie auch nicht gebilligt.
      (Leicester stürzt zu ihren Füßen, der Vorhang fällt.)

             .

_____

2062: von] fehlt in bABCFJK. — ohngefähr] ungefähr K. — 2063: nichts]
nicht a b (in a zu nichts nachcorrigirt).

Dritter Aufzug.

Gegend in einem Park. Vorn mit Bäumen besetzt, hinten eine
weite Aussicht.

Erster Auftritt.

Maria tritt in schnellem Lauf hinter Bäumen hervor. Hanna Kennedy
folgt langsam.

Kennedy.

Ihr eilet ja, als wenn ihr Flügel hättet,
So kann ich euch nicht folgen, wartet doch!

Maria.

2075   Laß mich der neuen Freiheit genießen,
    Laß mich ein Kind seyn, sey es mit,
    Und auf dem grünen Teppich der Wiesen
    Prüfen den leichten, geflügelten Schritt.
    Bin ich dem finstern Gefängniß entstiegen,
2080   Hält sie mich nicht mehr, die traurige Gruft?
    Laß mich in vollen, in durstigen Zügen
    Trinken die freie, die himmlische Luft.

Kennedy.

O meine theure Lady! Euer Kerker
Ist nur um ein klein weniges erweitert.
2085 Ihr seht nur nicht die Mauer, die uns einschließt,
Weil sie der Bäume dicht Gesträuch versteckt.

2071a: Hanna Kennedy] Kennedy a.

*

Maria.

O dank, dank biesen freundlich grünen Bäumen,
Die meines Kerkers Mauern mir verstecken!
Ich will mich frei und glücklich träumen,
2090 Warum aus meinem süßen Wahn mich wecken?
Umfängt mich nicht der weite Himmelsschoos?
Die Blicke, frei und fessellos,
Ergehen sich in ungemeßnen Räumen.
Dort, wo die grauen Nebelberge ragen,
2095 Fängt meines Reiches Gränze an,
Und diese Wolken, die nach Mittag jagen,
Sie suchen Frankreichs fernen Ocean.
      Eilende Wolken! Segler der Lüfte!
      Wer mit euch wanderte, mit euch schiffte!
2100   Grüßet mir freundlich mein Jugendland!
      Ich bin gefangen, ich bin in Banden,
      Ach, ich hab' keinen andern Gesandten!
      Frei in Lüften ist eure Bahn,
      Ihr seid nicht dieser Königin unterthan.

Kennedy.   118

2105 Ach, theure Lady! Ihr seid außer euch,
Die langentbehrte Freiheit macht euch schwärmen.

Maria.

      Dort legt ein Fischer den Nachen an!
      Dieses elende Werkzeug könnte mich retten,
      Brächte mich schnell zu befreundeten Städten.
2110   Spärlich nährt es den dürftigen Mann.
      Beladen wollt ich ihn reich mit Schätzen,
      Einen Zug sollt' er thun, wie er keinen gethan,
      Das Glück sollt' er finden in seinen Netzen,
      Nähm' er mich ein in den rettenden Kahn.

2087: dank, dank] Dank, Dank a M. — 2094: ragen] steigen a b c. — 2096:
jagen] treiben a (in b corrigirt zu jagen). — 2109: befreundeten] den be-
frembdeten F.

Kennedy.

2115 Verlorne Wünsche! Seht ihr nicht, daß uns
Von ferne dort die Spähertritte folgen?
Ein finster grausames Verbot scheucht jedes
Mitleidige Geschöpf aus unserm Wege.

Maria.

Nein, gute Hanna. Glaub' mir, nicht umsonst
2120 Ist meines Kerkers Thor geöffnet worden.
Die kleine Gunst ist mir des größern Glücks
Verkünderin. Ich irre nicht. Es ist
Der Liebe thät'ge Hand, der ich sie danke.
Lord Lesters mächt'gen Arm erkenn' ich drinn.
2125 Allmählig will man mein Gefängniß weiten,
Durch kleineres zum größern mich gewöhnen,
Bis ich das Antlitz dessen endlich schaue,
Der mir die Bande löst auf immerdar.

Kennedy.

Ach, ich kann diesen Widerspruch nicht reimen!
2130 Noch gestern kündigt man den Tod euch an,
Und heute wird euch plötzlich solche Freiheit.
Auch denen, hört' ich sagen, wird die Kette
Gelöst, auf die die ew'ge Freiheit wartet.

Maria.

Hörst du das Hifthorn? Hörst du's klingen,
2135 Mächtigen Rufes, durch Feld und Hain?
Ach, auf das muthige Roß mich zu schwingen,
An den fröhlichen Zug mich zu reihn!
Noch mehr! O die bekannte Stimme,
Schmerzlich süßer Erinnerung voll.
2140 Oft vernahm sie mein Ohr mit Freuden
Auf des Hochlands bergigten Haiden,
Wenn die tobende Jagd erscholl.

<hr>

2119: Nein,] Meine a. — 2124: drinn] brin M. — 2129: Ach, — reimen!]
Ach meine theure Königin! ich kann dieß Widersprechende nicht reimen! a b c. —
2133: wartet.] wartet. (Jagdhörner in der Ferne.) a c. — 2137: reihn!] reihn!
(Jagdhörner wiederholen.) a c. — 2141: bergigten] bergigen R.

Zweiter Auftritt.

Paulet. Die Vorigen.

Paulet.

Nun! Hab' ichs endlich recht gemacht, Milady?
Verdien' ich einmal euern Dank?

Maria.   120

            Wie, Ritter?
2145 Seid ihr's, der diese Gunst mir ausgewirkt?
Ihr seid's?

Paulet.

       Warum soll ichs nicht seyn? Ich war
Am Hof, ich überbrachte euer Schreiben —

Maria.

Ihr übergabt es? Wirklich, thatet ihr's?
Und diese Freiheit, die ich jetzt genieße,
2150 Ist eine Frucht des Briefs —

           Paulet (mit Bedeutung).

            Und nicht die einz'ge!
Macht euch auf eine größre noch gefaßt.

Maria.

Auf eine größre, Sir? Was meint ihr damit?

Paulet.

Ihr hörtet doch die Hörner —

       Maria (zurückfahrend, mit Ahnung).

         Ihr erschreckt mich!

Paulet.

Die Königin jagt in dieser Gegend.

Maria.

          Was?

Paulet.   121

2155 In wenig Augenblicken steht sie vor euch.

2150: Frucht des] Wirkung meines a b. — 2153: Ahnung] Ahndung a A. —
2153: Ahnung] Ahndung a A. — 2155: wenig] wenigen B C F R. — euch.] euch.
(Maria zittert und droht hinzusinken.) a.

Kennedy.

(auf Maria zueilend, welche zittert und hinzusinken droht)

Wie wird euch, theure Lady! Ihr verblaßt.

Paulet.

Nun? Iſt's nun nicht recht? War's nicht eure Bitte?
Sie wird euch früher gewährt, als ihr gedacht.
Ihr wart ſonſt immer ſo geſchwinder Zunge,
2160 Jetzt bringet eure Worte an, jetzt iſt
Der Augenblick zu reden!

Maria.

O warum hat man mich nicht vorbereitet!
Jetzt bin ich nicht darauf gefaßt, jetzt nicht.
Was ich mir als die höchſte Gunſt erbeten,
2165 Dünkt mir jetzt ſchrecklich, fürchterlich — Komm Hanna,
Führ' mich ins Haus, daß ich mich faſſe, mich
Erhohle —

Paulet.

Bleibt. Ihr müßt ſie hier erwarten.
Wohl, wohl mag's euch beängſtigen, ich glaubs,
Vor eurem Richter zu erſcheinen.

Dritter Auftritt.

Graf Schrewsbury zu den Vorigen.

Maria.

2170 Es iſt nicht darum! Gott, mir iſt ganz anders
Zu Muth — Ach edler Schrewsbury! Ihr kommt,
Vom Himmel mir ein Engel zugeſendet!
— Ich kann ſie nicht ſehn! Rettet, rettet mich
Von dem verhaßten Anblick —

Schrewsbury.

2175 Kommt zu euch, Königin! Faßt euren Muth
Zuſammen. Das iſt die entſcheidungsvolle Stunde.

2155 a: welche — droht] fehlt in a. — 2158: ihr] ihr's a. — 2159: wart] ward
(Druckfehler in A B C F). — 2169 a: Graf — Vorigen.] Schrewsbury. Vorige. a.
— 2170—2171: Es iſt — Zu Muth —] fehlt in a. — 2174: von] vor K M. —
2176: Das] Dieß a.

Maria.

Ich habe drauf geharret — Jahre lang
Mich drauf bereitet, alles hab' ich mir
Gesagt und ins Gedächtniß eingeschrieben,
2180 Wie ich sie rühren wollte und bewegen!
Vergessen plötzlich, ausgelöscht ist alles,
Nichts lebt in mir in diesem Augenblick,
Als meiner Leiden brennendes Gefühl.
In blut'gen Haß gewendet wider sie
2185 Ist mir das Herz, es fliehen alle guten
Gedanken, und die Schlangenhaare schüttelnd,
Umstehen mich die finstern Höllengeister.

Schrewsbury.

Gebietet eurem wild empörten Blut,
Bezwingt des Herzens Bitterkeit! Es bringt
2190 Nicht gute Frucht, wenn Haß dem Haß begegnet.
Wie sehr auch euer Innres widerstrebe,
Gehorcht der Zeit und dem Gesetz der Stunde!
Sie ist die Mächtige — demüthigt euch!

Maria.

Vor ihr! Ich kann es nimmermehr.

Schrewsbury.
                            Thuts dennoch!

2195 Sprecht ehrerbietig, mit Gelassenheit!
Ruft ihre Großmuth an, trotzt nicht, jetzt nicht
Auf euer Recht, jetzo ist nicht die Stunde.

Maria.

Ach mein Verderben hab' ich mir erfleht,
Und mir zum Fluche wird mein Flehn erhört!
2200 Nie hätten wir uns sehen sollen, niemals!
Daraus kann nimmer, nimmer gutes kommen!
Eh mögen Feu'r und Wasser sich in Liebe
Begegnen und das Lamm den Tiger küssen —
Ich bin zu schwer verletzt — sie hat zu schwer
2205 Beleidigt — Nie ist zwischen uns Versöhnung!

Schrewsbury.

Seht sie nur erst von Angesicht!
Ich sah es ja, wie sie von eurem Brief
Erschüttert war, ihr Auge schwamm in Thränen.
Nein, sie ist nicht gefühllos, hegt ihr selbst
2210 Nur besseres Vertrauen — Darum eben
Bin ich voraus geeilt, damit ich euch
In Fassung setzen und ermahnen möchte.

Maria (seine Hand ergreifend).

Ach Talbot! Ihr wart stets mein Freund — daß ich
In eurer milden Haft geblieben wäre!
2215 Es ward mir hart begegnet, Schrewsbury!

Schrewsbury.

Vergeßt jetzt alles. Darauf denkt allein,
Wie ihr sie unterwürfig wollt empfangen.

Maria.

Ist Burleigh auch mit ihr, mein böser Engel?

Schrewsbury.

Niemand begleitet sie als Graf von Lester.

Maria.

2220 Lord Lester!

Schrewsbury.

Fürchtet nichts von ihm. Nicht Er
Will euren Untergang — Sein Werk ist es,
Daß euch die Königin die Zusammenkunft
Bewilligt.

Maria.

Ach! Ich wußt' es wohl!

Schrewsbury.

Was sagt ihr?

Paulet.

Die Königin kommt!
(Alles weicht auf die Seite, nur Maria bleibt, auf die Kennedy gelehnt.)

124

125

2209: hegt] heget ihr, a b. — 2217a—2217: Maria (seine Hand ergreifend). Ach Talbot! — wollt empfangen.] fehlt in a b c. — 2221: kommt] a schreibt fast durchgängig kömmt. — 2224a: weicht] geht B C. — die Kennedy] Kennedy a.

Vierter Auftritt.

Die Vorigen. Elisabeth. Graf Leicester. Gefolge.

Elisabeth (zu Leicester).

2225 Wie heißt der Landsitz?

Leicester.

Fotheringhayschloß.

Elisabeth (zu Schrewsbury).

Schickt unser Jagdgefolg voraus nach London,
Das Volk drängt allzuheftig in den Straßen,
Wir suchen Schutz in diesem stillen Park.

(Talbot entfernt das Gefolge. Sie fixirt mit den Augen die Maria, indem sie zu
Paulet weiter spricht)

Mein gutes Volk liebt mich zu sehr. Unmäßig,
2230 Abgöttisch sind die Zeichen seiner Freude,
So ehrt man einen Gott, nicht einen Menschen.

Maria.   126

(welche diese Zeit über halb ohnmächtig auf die Amme gelehnt war, erhebt sich jetzt
und ihr Auge begegnet dem gespannten Blick der Elisabeth. Sie schaudert zusammen
und wirft sich wieder an der Amme Brust)

O Gott, aus diesen Zügen spricht kein Herz!

Elisabeth.

Wer ist die Lady?

(Ein allgemeines Schweigen.)

Leicester.

— Du bist zu Fotheringhay, Königin.

Elisabeth.

(stellt sich überrascht und erstaunt, einen finstern Blick auf Leicestern richtend)
2235 Wer hat mir das gethan? Lord Lester!

Leicester.

Es ist geschehen, Königin — Und nun
Der Himmel deinen Schritt hieher gelenkt,
So laß die Großmuth und das Mitleid siegen.

2224 a: Vierter Auftritt.] fehlt in C. — Die Vorigen.] Vorige. a. — Graf]
fehlt in a. — 2227: drängt] bringt B C F K. — 2228: Talbot] Shrewsbury a. —
Sie] Elisabeth a. — mit den Augen] fehlt in a. — Paulet] Leicester a (Correctur).
— 2231 a: die Amme] Kennedy (zweimal) a c. — 2233 a: Ein] fehlt in a. — Schweigen]
verlegenes Schweigen a b c. — 2234: Fotheringhay] Foteringhay (Druckfehler in F).

Schrewsbury.

Laß dich erbitten, königliche Frau,
2240 Dein Aug' auf die Unglückliche zu richten,
Die hier vergeht vor deinem Anblick.

(Maria rafft sich zusammen und will auf die Elisabeth zugehen, steht aber auf
halbem Wege schaudernd still, ihre Gebärden drücken den heftigsten Kampf aus.)

Elisabeth.   127

Wie, Milords?

Wer war es denn, der eine Tiefgebeugte
Mir angekündigt? Eine Stolze find' ich,
Vom Unglück keineswegs geschmeidigt.

Maria.

Sey's!

2245 Ich will mich auch noch diesem unterwerfen.
Fahr hin, ohnmächt'ger Stolz der edeln Seele!
Ich will vergessen, wer ich bin, und was
Ich litt, ich will vor ihr mich niederwerfen,
Die mich in diese Schmach herunterstieß.

(Sie wendet sich gegen die Königin.)

2250 Der Himmel hat für euch entschieden, Schwester!
Gekrönt vom Sieg ist euer glücklich Haupt,
Die Gottheit bet' ich an, die euch erhöhte!

(Sie fällt vor ihr nieder.)

Doch seid auch ihr nun edelmüthig, Schwester!
Laßt mich nicht schmachvoll liegen, eure Hand
2255 Streckt aus, reicht mir die königliche Rechte,
Mich zu erheben von dem tiefen Fall.

Elisabeth (zurücktretend).

Ihr seid an eurem Platz, Lady Maria!
Und dankend preis' ich meines Gottes Gnade,
Der nicht gewollt, daß ich zu euren Füßen
2260 So liegen sollte, wie ihr jetzt zu meinen.

2241 a: auf die] auf a. — 2241: Vom Unglück] Von ihrem Unglück a b. —
2246: edeln] edlen a. 2248: vor ihr mich] mich vor ihr a. — 2249: herunter-
stieß] hinunterstieß a. — 2249 a: Sie] fehlt in a. — Die Königin] Elisabeth a. —
2252 a: Sie fällt] fällt a.

Maria (mit steigendem Affekt).

Denkt an den Wechsel alles Menschlichen!
Es leben Götter, die den Hochmuth rächen!
Verehret, fürchtet sie, die schrecklichen,
Die mich zu euren Füßen niederstürzen —
2265 Um dieser fremden Zeugen willen, ehrt
In mir euch selbst, entweihet, schändet nicht
Das Blut der Tudor, das in meinen Adern
Wie in den euren fließt — O Gott im Himmel!
Steht nicht da, schroff und unzugänglich, wie
2270 Die Felsenklippe, die der Strandende
Vergeblich ringend zu erfassen strebt.
Mein Alles hängt, mein Leben, mein Geschick,
An meiner Worte, meiner Thränen Kraft,
Löst mir das Herz, daß ich das eure rühre!
2275 Wenn ihr mich anschaut mit dem Eisesblick,
Schließt sich das Herz mir schaudernd zu, der Strom
Der Thränen stockt, und kaltes Grausen fesselt
Die Flehensworte mir im Busen an.

Elisabeth (kalt und streng).

Was habt ihr mir zu sagen, Lady Stuart?
2280 Ihr habt mich sprechen wollen. Ich vergesse
Die Königin, die schwer beleidigte,
Die fromme Pflicht der Schwester zu erfüllen,
Und meines Anblicks Trost gewähr ich euch.
Dem Trieb der Großmuth folg' ich, setze mich
2285 Gerechtem Tadel aus, daß ich so weit
Herunter steige — denn ihr wißt,
Daß ihr mich habt ermorden lassen wollen.

Maria.

Womit soll ich den Anfang machen, wie
Die Worte klüglich stellen, daß sie euch
2290 Das Herz ergreifen, aber nicht verletzen!
O Gott, gieb meiner Rede Kraft, und nimm

2289: stellen] setzen a b. — 2290: ergreifen] erweichen a.

Ihr jeden Stachel, der verwunden könnte!
Kann ich doch für mich selbst nicht sprechen, ohne euch
Schwer zu verklagen, und das will ich nicht.

2295 — Ihr habt an mir gehandelt, wie nicht recht ist,
Denn ich bin eine Königin wie ihr,
Und ihr habt als Gefangne mich gehalten,
Ich kam zu euch als eine Bittende,
Und ihr, des Gastrechts heilige Gesetze,
2300 Der Völker heilig Recht in mir verhöhnend,
Schloßt mich in Kerkermauern ein, die Freunde,
Die Diener werden grausam mir entrissen,
Unwürd'gem Mangel werd' ich preiß gegeben,
Man stellt mich vor ein schimpfliches Gericht —
2305 Nichts mehr davon! Ein ewiges Vergessen
Bedecke, was ich grausames erlitt.
— Seht! Ich will alles eine Schickung nennen,
Ihr seid nicht schuldig, ich bin auch nicht schuldig,
Ein böser Geist stieg aus dem Abgrund auf,
2310 Den Haß in unsern Herzen zu entzünden,
Der unsre zarte Jugend schon entzweyt.
Er wuchs mit uns und böse Menschen fachten
Der unglückselgen Flamme Athem zu,
Wahnsinn'ge Eiferer bewaffneten
2315 Mit Schwerdt und Dolch die unberufne Hand —
Das ist das Fluchgeschick der Könige,
Daß sie, entzweyt, die Welt in Haß zerreißen,
Und jeder Zwietracht Furien entfesseln.
— Jetzt ist kein fremder Mund mehr zwischen uns,
(nähert sich ihr zutraulich und mit schmeichelndem Ton)
2320 Wir stehn einander selbst nun gegenüber.
Jetzt Schwester redet! Nennt mir meine Schuld,
Ich will euch völliges Genügen leisten.
Ach, daß ihr damals mir Gehör geschenkt,
Als ich so dringend euer Auge suchte!

130

2302: werben] wurden a c. — 2303: werd'] word a c. — preiß gegeben] preißgegeben M. — 2322: Genügen] Genüge C F R.

Schiller, sämmtl. Schriften. Hist.-krit. Ausg. XII.   32

2325 Es wäre nie so weit gekommen, nicht
     An diesem traur'gen Ort geschähe jetzt
     Die unglückselig traurige Begegnung.

                        Elisabeth.

     Mein guter Stern bewahrte mich davor,
     Die Natter an den Busen mir zu legen.

2330 — Nicht die Geschicke, euer schwarzes Herz
     Klagt an, die wilde Ehrsucht eures Hauses.   131
     Nichts feindliches war zwischen uns geschehn,
     Da kündigte mir euer Ohm, der stolze,
     Herrschwüthge Priester, der die freche Hand
2335 Nach allen Kronen streckt, die Fehde an,
     Bethörte euch, mein Wappen anzunehmen,
     Euch meine Königstitel zuzueignen,
     Auf Tod und Leben in den Kampf mit mir
     Zu gehn — Wen rief er gegen mich nicht auf?
2340 Der Priester Zungen und der Völker Schwerdt,
     Des frommen Wahnsinns fürchterliche Waffen,
     Hier selbst, im Friedenssitze meines Reichs,
     Blies er mir der Empörung Flammen an —
     Doch Gott ist mit mir, und der stolze Priester
2345 Behält das Feld nicht — Meinem Haupte war
     Der Streich gedrohet, und das eure fällt!

                        Maria.

     Ich steh' in Gottes Hand. Ihr werdet euch
     So blutig eurer Macht nicht überheben —

                        Elisabeth.

     Wer soll mich hindern? Euer Oheim gab
2350 Das Beispiel allen Königen der Welt,
     Wie man mit seinen Feinden Frieden macht,
     Die Sankt Barthelemi sey meine Schule!
     Was ist mir Blutsverwandtschaft, Völkerrecht?
     Die Kirche trennet aller Pflichten Band,
2355 Den Treubruch heiligt sie, den Königsmord,   132

2351: Frieden] Friede a. — 2352: Barthelemi] Barthelmi-Nacht. a. — 2353: Bluts-
verwandtschaft] Blutverwandtschaft K.

Ich übe nur, was eure Priester lehren.
Sagt! Welches Pfand gewährte mir für euch,
Wenn ich großmüthig eure Bande löste?
Mit welchem Schloß verwahr' ich eure Treue,
2360 Das nicht Sankt Peters Schlüssel öffnen kann?
Gewalt nur ist die einz'ge Sicherheit,
Kein Bündniß ist mit dem Gezücht der Schlangen.

Maria.

O das ist euer traurig finstrer Argwohn!
Ihr habt mich stets als eine Feindin nur
2365 Und Fremdlingin betrachtet. Hättet ihr
Zu eurer Erbin mich erklärt, wie mir
Gebührt, so hätten Dankbarkeit und Liebe
Euch eine treue Freundin und Verwandte
In mir erhalten.

Elisabeth.

Draußen, Lady Stuart,
2370 Ist eure Freundschaft, euer Haus das Pabstthum,
Der Mönch ist euer Bruder — Euch, zur Erbin
Erklären! Der verrätherische Fallstrick!
Daß ihr bei meinem Leben noch mein Volk
Verführtet, eine listige Armida
2375 Die edle Jugend meines Königreichs
In eurem Buhlerneze schlau verstricktet —
Daß alles sich der neu aufgeh'nden Sonne
Zuwendete, und ich —

Maria.

Regiert in Frieden!
Jedwedem Anspruch auf dieß Reich entsag' ich.
2380 Ach, meines Geistes Schwingen sind gelähmt,
Nicht Größe lockt mich mehr — Ihr habts erreicht,
Ich bin nur noch der Schatten der Maria.
Gebrochen ist in langer Kerkerschmach
Der edle Muth — Ihr habt das äußerste an mir

2369: Lady Stuart] fehlt in a b c.

2385 Gethan, habt mich zerstört in meiner Blüthe!
   — Jetzt macht ein Ende, Schwester. Sprecht es aus,
Das Wort, um deſſentwillen ihr gekommen,
Denn nimmer will ich glauben, daß ihr kamt,
Um euer Opfer grauſam zu verhöhnen.
2390 Sprecht dieſes Wort aus. Sagt mir: „Ihr ſeid frey,
„Maria! Meine Macht habt ihr gefühlt,
„Jetzt lernet meinen Edelmuth verehren.“
Sagts, und ich will mein Leben, meine Freiheit
Als ein Geſchenk aus eurer Hand empfangen.
2395 — Ein Wort macht alles ungeſchehn. Ich warte
Darauf. O laßt michs nicht zu lang erharren!
Weh euch, wenn ihr mit dieſem Wort nicht endet!
Denn wenn ihr jetzt nicht ſegenbringend, herrlich,
Wie eine Gottheit von mir ſcheidet — Schwester!
2400 Nicht um dieß ganze reiche Eiland, nicht
Um alle Länder, die das Meer umfaßt,
Möcht ich vor euch ſo ſtehn, wie ihr vor mir!

Eliſabeth.

Bekennt ihr endlich euch für überwunden?
Iſts aus mit euren Ränken? Iſt kein Mörder
2405 Mehr unterweges? Will kein Abentheurer
Für euch die traur'ge Ritterſchaft mehr wagen?
   — Ja es iſt aus, Lady Maria. Ihr verführt
Mir keinen mehr. Die Welt hat andre Sorgen.
Es lüſtet keinen, euer — vierter Mann
2410 Zu werden, denn ihr tödet eure Freier,
Wie eure Männer!

Maria (auffahrend).
Schwester! Schwester!

O Gott! Gott! Gieb mir Mäßigung!

Eliſabeth.
(ſieht ſie lange mit einem Blick ſtolzer Verachtung an)

Das alſo ſind die Reizungen, Lord Leſter,

2405: Abentheurer] Abenteurer L M. — 2412 a: einem Blick] fehlt in a.

Die ungestraft kein Mann erblickt, daneben
2415 Kein andres Weib sich wagen darf zu stellen!
Fürwahr! Der Ruhm war wohlfeil zu erlangen,
Es kostet nichts, die allgemeine Schönheit
Zu seyn, als die gemeine seyn für alle!

Maria. 135

Das ist zu viel!

Elisabeth [(höhnisch lachend).

Jetzt zeigt ihr euer wahres
2420 Gesicht, bis jetzt war's nur die Larve.

Maria.

(von Zorn glühend, doch mit einer edeln Würde)

Ich habe menschlich, jugendlich gefehlt,
Die Macht verführte mich, ich hab' es nicht
Verheimlicht und verborgen, falschen Schein
Hab' ich verschmäht, mit königlichem Freimuth.
2425 Das ärgste weiß die Welt von mir und ich
Kann sagen, ich bin besser als mein Ruf.
Weh euch, wenn sie von euren Thaten einst
Den Ehrenmantel zieht, womit ihr gleißend
Die wilde Glut verstohlner Lüste deckt.
2430 Nicht Ehrbarkeit habt ihr von eurer Mutter
Geerbt, man weiß, um welcher Tugend willen
Anna von Boulen das Schaffot bestiegen.

Schrewsbury (tritt zwischen beide Königinnen).

O Gott des Himmels! Muß es dahin kommen!
Ist das die Mäßigung, die Unterwerfung,
2435 Lady Maria?

Maria.

Mäßigung! Ich habe
Ertragen, was ein Mensch ertragen kann.
Fahr hin, lammherzige Gelassenheit,
Zum Himmel fliehe, leidende Geduld,
Spreng endlich deine Bande, tritt hervor
136

2420a: von Zorn] vor Zorn a. — 2432a: Königinnen] fehlt in a.

2440 Aus deiner Höhle, langverhaltner Groll —
Und du, der dem gereizten Basilisk
Den Mordblick gab, leg' auf die Zunge mir
Den gift'gen Pfeil —

Schrewsburn.

O sie ist außer sich!
Verzeih der Rasenden, der schwer gereizten!

(Elisabeth, für Zorn sprachlos, schießt wüthende Blicke auf Marien.)

Leicester.

(in der heftigsten Unruhe, sucht die Elisabeth hinweg zu führen)

Höre

2445 Die Wüthende nicht an! Hinweg, hinweg
Von diesem unglücksel'gen Ort!

Maria.

Der Thron von England ist durch einen Bastard
Entweiht, der Britten edelherzig Volk
Durch eine list'ge Gauklerin betrogen.

2450 — Regierte Recht, so läget Ihr vor mir
Im Staube jetzt, denn ich bin euer König.

(Elisabeth geht schnell ab, die Lords folgen ihr in der höchsten Bestürzung.)

Fünfter Auftritt.   137

Maria. Kennedy.

Kennedy.

O was habt ihr gethan! Sie geht in Wuth!
Jetzt ist es aus und alle Hoffnung schwindet.

Maria (noch ganz außer sich).

Sie geht in Wuth! Sie trägt den Tod im Herzen!

(der Kennedy um den Hals fallend)

2455 O wie mir wohl ist, Hanna! Endlich, endlich
Nach Jahren der Erniedrigung, der Leiden,

2442: gab] gabst a b c. — 2444 a: für] vor K M. — für Zorn) vor Wuth a. —
der heftigsten] heftiger a. — sucht die] sucht a. — hinweg] weg a. — 2446 c:
Maria.] Maria (mit steigendem Ton) a c. — 2449: list'ge] fehlt in a c. —
betrogen.] betrogen, an der Alles gefärbt ist, das Gemüth wie die Gestalt. a b c.
[b: an der alles | Gefärbt ist.] — 2451: der höchsten] höchster a.

Ein Augenblick der Rache, des Triumphs!
Wie Bergeslasten fällts von meinem Herzen,
Das Messer stieß ich in der Feindin Brust.

Kennedy.

2460 Unglückliche! Der Wahnsinn reißt euch hin,
Ihr habt die Unversöhnliche verwundet.
Sie führt den Blitz, sie ist die Königin,
Vor ihrem Buhlen habt ihr sie verhöhnt!

Maria.

Vor Lesters Augen hab' ich sie erniedrigt!
2465 Er sah es, er bezeugte meinen Sieg!
Wie ich sie niederschlug von ihrer Höhe,
Er stand dabey, mich stärkte seine Nähe!

Sechster Auftritt.

Mortimer zu den Vorigen.

Kennedy.

O Sir! Welch ein Erfolg —

Mortimer.

Ich hörte alles.

(Giebt der Amme ein Zeichen, sich auf ihren Posten zu begeben, und tritt näher.
Sein ganzes Wesen drückt eine heftige leidenschaftliche Stimmung aus.)

Du hast gesiegt! Du tratst sie in den Staub,
2470 Du warst die Königin, sie der Verbrecher.
Ich bin entzückt von deinem Muth, ich bete
Dich an, wie eine Göttin groß und herrlich,
Erscheinst du mir in diesem Augenblick.

Maria.

Ihr spracht mit Lestern, überbrachtet ihm
2475 Mein Schreiben, mein Geschenk — O redet, Sir!

Mortimer.

(mit glühenden Blicken sie betrachtend)

Wie dich der edle königliche Zorn

2469 a: der Amme] Kennedy a. — und tritt näher] fehlt in a. — 2473 a: Maria.]
Maria. (lebhaft, erwartungsvoll) a b c. — 2475 a: glühenden] glühend gierigen b c.

Umglänzte, beine Reize mir verklärte!
Du bist das schönste Weib auf dieser Erde!

Maria.

Ich bitt' euch, Sir! Stillt meine Ungebuld.
2480 Was spricht Milorb? O sagt, was barf ich hoffen?

Mortimer.

Wer? Er? das ist ein Feiger, Elender!
Hofft nichts von ihm, verachtet ihn, vergeßt ihn!

Maria.

Was sagt ihr?

Mortimer.

Er euch retten und besitzen!
Er euch! Er soll es wagen! Er! Mit mir
2485 Muß er auf Tob und Leben barum kämpfen!

Maria.

Ihr habt ihm meinen Brief nicht übergeben?
— O dann ist's aus!

Mortimer.

Der Feige liebt das Leben.
Wer dich will retten und die Seine nennen,
Der muß ben Tob beherzt umarmen können.

Maria.

2490 Er will nichts für mich thun?

Mortimer.

Nichts mehr von ihm!
Was kann Er thun, und was bebarf man sein?
Ich will dich retten, ich allein!

Maria.

Ach, was vermögt ihr!

Mortimer.

Täuschet euch nicht mehr,
Als ob es noch wie gestern mit euch stünde!
2495 So wie die Königin jetzt von euch gieng,
Wie bieß Gespräch sich wendete, ist alles

2479: Ungebulb] Ungebult R. — 2481: das ist] der ist a.

Verloren, jeder Gnadenweg gesperrt.
Der That bedarfs jetzt, Kühnheit muß entscheiden,
Für Alles werde Alles frisch gewagt,
2500 Frei müßt ihr seyn, noch eh der Morgen tagt.

Maria.

Was sprecht ihr? diese Nacht! Wie ist das möglich?

Mortimer.

Hört, was beschlossen ist. Versammelt hab' ich
In heimlicher Kapelle die Gefährten,
Ein Priester hörte unsre Beichte an,
2505 Ablaß ist uns ertheilt für alle Schulden,
Die wir begiengen, Ablaß im voraus
Für alle, die wir noch begehen werden.
Das letzte Sakrament empfiengen wir,
Und fertig sind wir zu der letzten Reise.

Maria.

2510 O welche fürchterliche Vorbereitung!

Mortimer.

Dieß Schloß ersteigen wir in dieser Nacht,
Der Schlüssel bin ich mächtig. Wir ermorden
Die Hüter, reissen dich aus deiner Kammer
Gewaltsam, sterben muß von unsrer Hand,
2515 Daß niemand überbleibe, der den Raub
Verrathen könne, jede lebende Seele.

Maria.

Und Drury, Paulet, meine Kerkermeister?
O eher werden sie ihr letztes Blut —

Mortimer.

Von meinem Dolche fallen sie zuerst!

Maria.

2520 Was? Euer Oheim, euer zweiter Vater?

Mortimer.

Von meinen Händen stirbt er. Ich ermord' ihn.

Maria.

O blut'ger Frevel!

2515: überbleibe] übrigbleibe a.

Mortimer.

Alle Frevel sind

Vergeben im voraus. Ich kann das Aergste

Begehen, und ich wills.

Maria.

O schrecklich, schrecklich!

Mortimer.

2525 Und müßt' ich auch die Königin durchbohren,

Ich hab' es auf die Hostie geschworen.

Maria.

Nein, Mortimer! Eh' so viel Blut um mich —

Mortimer.

Was ist mir alles Leben gegen dich

Und meine Liebe! Mag der Welten Band

2530 Sich lösen, eine zweite Wasserfluth

Herwogend alles athmende verschlingen!

— Ich achte nichts mehr! Eh' ich dir entsage,

Eh' nahe sich das Ende aller Tage.

Maria (zurücktretend).

Gott! Welche Sprache Sir, und — welche Blicke!

2535 — Sie schrecken, sie verscheuchen mich.

Mortimer

(mit irren Blicken, und im Ausdruck des stillen Wahnsinns)

Das Leben ist

Nur ein Moment, der Tod ist auch nur einer!

— Man schleife mich nach Tyburn, Glied für Glied

Zerreiße man mit glühnder Eisenzange,

(indem er heftig auf sie zugeht, mit ausgebreiteten Armen)

Wenn ich dich, Heißgeliebte, umfange —

Maria (zurücktretend).

2540 Unsinniger, zurück. —

2531: Herwogend] Herwoogend B C. — 2535: verscheuchen] sentsetzen a b. —
2585 a: (mit — Wahnsinns)] fehlt in a. — 2538 a: mit ausgebreiteten Armen] fehlt
in a. — 2539 a: (zurücktretend) fehlt in a c.

143

Mortimer.

An dieser Brust,
Auf diesem Liebe athmenden Munde —

Maria.

Um Gotteswillen, Sir! Laßt mich hinein gehn!

Mortimer.

Der ist ein Rasender, der nicht das Glück
Festhält in unauflöslicher Umarmung,
2545 Wenn es ein Gott in seine Hand gegeben.
Ich will dich retten, kost' es tausend Leben,
Ich rette dich, ich will es, doch, so wahr
Gott lebt! Ich schwör's, ich will dich auch besitzen.

Maria.

O will kein Gott, kein Engel mich beschützen!
2550 Furchtbares Schicksal! Grimmig schleuderst du
Von einem Schreckniß mich dem andern zu.
Bin ich geboren, nur die Wuth zu wecken?
Verschwört sich Haß und Liebe, mich zu schrecken.

Mortimer.

Ja glühend, wie sie hassen, lieb' ich dich!
2555 Sie wollen dich enthaupten, diesen Hals,
Den blendend weißen, mit dem Beil durchschneiden.
O weihe du dem Lebensgott der Freuden,
Was du dem Hasse blutig opfern mußt.
Mit diesen Reizen, die nicht dein mehr sind,

144

2560 Beselige den glücklichen Geliebten.
Die schöne Locke, dieses seidne Haar
Verfallen schon den finstern Todesmächten,
Gebrauchs, den Sklaven ewig zu umflechten!

Maria.

O welche Sprache muß ich hören! Sir!
2565 Mein Unglück sollt euch heilig seyn, mein Leiden,
Wenn es mein königliches Haupt nicht ist.

2541: Liebe athmenden] liebeathmenden K M. — 2542 a: Mortimer] Mortimer (umfaßt sie fester). a b. — 2547: so wahr] sowahr A B. — 2552: Wuth] Gluth a. — 2565: sollt] soll a.

Mortimer.

Die Krone ist von deinem Haupt gefallen,
Du haft nichts mehr von ird'scher Majestät,
Versuch' es, laß dein Herrscherwort erschallen,
2670 Ob dir ein Freund, ein Retter auferfteht.
Nichts blieb dir als die rührende Gestalt,
Der hohen Schönheit göttliche Gewalt,
Die läßt mich alles wagen und vermögen,
Die treibt dem Beil des Henkers mich entgegen —

Maria.

2675 O wer errettet mich von feiner Wuth!

Mortimer.

Verwegner Dienst belohnt fich auch verwegen!
Warum verfprützt der Tapfere fein Blut?
Ift Leben doch des Lebens höchftes Gut!
Ein Rafender, der es umsonst verschleudert!
2580 Erft will ich ruhn an feiner wärmften Bruft —

(Er preßt fie heftig an fich.)

Maria.

O muß ich Hülfe rufen gegen den Mann,
Der mein Erretter —

Mortimer.

Du bift nicht gefühllos,
Nicht kalter Strenge klagt die Welt dich an,
Dich kann die heiße Liebesbitte rühren,
2585 Du haft den Sänger Rizzio beglückt,
Und jener Bothwell durfte dich entführen.

Maria.

Vermessener!

Mortimer.

Er war nur dein Tyrann!
Du zittertest vor ihm, da du ihn liebteft!
Wenn nur der Schrecken dich gewinnen kann,
2590 Beim Gott der Hölle! —

2569: dein] ein a. — 2580: Bruft —] Bruft,
Genießen will ich feine höchfte Luft — a b.
2582: Erretter —] Erretter feyn will! a b c.

Maria.
Laßt mich! Raset ihr?

Mortimer.
Erzittern sollst du auch vor mir!

Kennedy (hereinstürzend).   146
Man naht. Man kommt. Bewaffnet Volk erfüllt
Den ganzen Garten.

Mortimer.
(auffahrend und zum Degen greifend)
Ich beschütze dich.

Maria.
O Hanna! Rette mich aus seinen Händen!
2595 Wo find' ich Aermste einen Zufluchtsort?
Zu welchem Heiligen soll ich mich wenden?
Hier ist Gewalt und drinnen ist der Mord.

(Sie flieht dem Hause zu, Kennedy folgt.)

Siebenter Auftritt.

Mortimer. Paulet und Drury, welche außer sich hereinstürzen. Gefolge
eilt über die Scene.

Paulet.
Verschließt die Pforten. Zieht die Brücken auf!

Mortimer.
Oheim, was ist's?

Paulet.
Wo ist die Mörderin?
2600 Hinab mit ihr ins finsterste Gefängniß!

Mortimer.
Was giebt's? Was ist geschehn?

Paulet.   147
Die Königin!
Verfluchte Hände! Teuflisches Erkühnen!

2597 a; und Drury] Drury a. — welche] stürzen a. — hereinstürzen] herein a.
— eilt über die Scene] fehlt in a.

Mortimer.

Die Königin! Welche Königin?

Paulet.

Von England!

Sie ist ermordet auf der Londner Straßen!

(Eilt ins Haus.)

Achter Auftritt.

Mortimer, gleich darauf Okelly.

Mortimer.

2605 Bin ich im Wahnwitz? Kam nicht eben jemand
Vorbei und rief: Die Königin sey ermordet?
Nein, nein, mir träumte nur. Ein Fieberwahn
Bringt mir als wahr und wirklich vor den Sinn,
Was die Gedanken gräßlich mir erfüllt.
2610 Wer kommt? Es ist Okell'. So schreckenvoll!

Okelly (hereinstürzend).

Flieht, Mortimer! Flieht. Alles ist verloren.

Mortimer.

Was ist verloren?

Okelly.

Fragt nicht lange. Denkt
Auf schnelle Flucht.

Mortimer.

Was giebt's denn?

Okelly.

Sauvage führte
Den Streich, der rasende.

Mortimer.

So ist ist es wahr?

Okelly.

2615 Wahr, wahr! O rettet euch!

2604: Straßen] Straße R. — 2604a: Mortimer.] Mortimer (nach einer Pause).
a b c. — 2613: führte] hat den Streich a, hat b. — 2614: ;Den Streich] Geführt
a. — Den Streich geführt b.

Mortimer.

Sie ist ermordet,

Und auf den Thron von England steigt Maria!

Okelly.

Ermordet! Wer sagt das?

Mortimer.

Ihr selbst!

Okelly.

Sie lebt!

Und ich und ihr, wir alle sind des Todes.

Mortimer.

Sie lebt!

Okelly.   149

Der Stoß ging fehl, der Mantel fing ihn auf,

2620 Und Schrewsbury entwaffnete den Mörder.

Mortimer.

Sie lebt!

Okelly.

Lebt, um uns alle zu verderben!

Kommt, man umzingelt schon den Park.

Mortimer.

Wer hat

Das rasende gethan?

Okelly.

Der Barnabit'

Aus Toulon war's, den ihr in der Kapelle

2625 Tiefsinnig sitzen saht, als uns der Mönch

Das Anathem' ausdeutete, worin

Der Pabst die Königin mit dem Fluch belegt.

Das nächste, kürzeste wollt' er ergreifen,

Mit einem kecken Streich die Kirche Gottes

2630 Befrein, die Martyrkrone sich erwerben, ·

Dem Priester nur vertraut' er seine That,

Und auf dem Londner Weg ward sie vollbracht.

2623: Barnabit'] Mönch a b c. — 2625: Mönch] Priester a b. — 2626: Anathem
ausdeutete] Anathema deutete a b.

Mortimer.

(nach einem langen Stillschweigen)

O dich verfolgt ein grimmig wüthend Schicksal,

Unglückliche! Jetzt — ja jetzt mußt du sterben,   150

2635 Dein Engel selbst bereitet deinen Fall.

Okelly.

Sagt! Wohin wendet ihr die Flucht? Ich gehe,

Mich in des Nordens Wäldern zu verbergen.

Mortimer.

Flieht hin und Gott geleite eure Flucht!

Ich bleibe. Noch versuch' ichs, sie zu retten,

2640 Wo nicht, auf ihrem Sarge mir zu betten.

(Gehen ab zu verschiedenen Seiten.)

2632 a: einem langen] langem a. — 2634: Unglückliche! Jetzt] Unglückliche! a c. —
2640 a: Gehen ab zu] Auf a. — Seiten] Seiten ab. a.

Vierter Aufzug.

Vorzimmer.

Erster Auftritt.

Graf Aubespine. Kent und Leicester.

Aubespine.

Wie steht's um Ihro Majestät? Milords,
Ihr seht mich noch ganz außer mir für Schrecken.
Wie gieng das zu? Wie konnte das in Mitte
Des allertreusten Volks geschehen?

Leicester.

Es geschah
2645 Durch keinen aus dem Volke. Der es that,
War eures Königs Unterthan, ein Franke.

Aubespine.

Ein Rasender gewißlich.

Kent.

Ein Papist,

Graf Aubespine!

Zweiter Auftritt.

Vorige. Burleigh im Gespräch mit Davison.

Burleigh.

Sogleich muß der Befehl
Zur Hinrichtung verfaßt und mit dem Siegel

2640 a: Vorzimmer] Vorzimmer der Königin a. — Kent und] Kent a. —
2642: für] vor C K M.

Schiller, sämmtl. Schriften. Hist.-krit. Ausg. XII.   33

2650 Versehen werden — Wenn er ausgefertigt,
Wird er der Königin zur Unterschrift
Gebracht.   Geht! Keine Zeit ist zu verlieren.

Davison.

Es soll geschehn.   (Geht ab.)

Aubespine (Burleigh entgegen).

Milord, mein treues Herz
Theilt die gerechte Freude dieser Insel.
2655 Lob sey dem Himmel, der den Mörderstreich
Gewehrt von diesem königlichen Haupt!

Burleigh.

Er sey gelobt, der unsrer Feinde Bosheit
Zu Schanden machte!

Aubespine.

Mög' ihn Gott verdammen,
Den Thäter dieser fluchenswerthen That!

Burleigh.

2660 Den Thäter und den schändlichen Erfinder.

Aubespine (zu Kent).   153

Gefällt es Eurer Herrlichkeit, Lordmarschall,
Bei Ihro Majestät mich einzuführen,
Daß ich den Glückwunsch meines Herrn und Königs
Zu ihren Füßen schuldigst niederlege —

Burleigh.

2665 Bemüht euch nicht, Graf Aubespine.

Aubespine (offiziös).

Ich weiß,
Lord Burleigh, was mir obliegt.

Burleigh.

Euch liegt ob,
Die Insel auf das schleunigste zu räumen.

Aubespine (tritt erstaunt zurück).

Was! Wie ist das!

2653: Geht ab] ab a. — 2655: Lob sei — Mörderstreich] Gelobt sei der All-
mächtge, der den Mordstreich a b. — 2660a: zu Kent] fehlt in a c. — 2661: Gefällt — Lordmarschall] Milord, gefällt es euch a b c.

Burleigh.

Der heilige Charakter
Beschützt euch heute noch und morgen nicht mehr.

Aubespine.

2670 Und was ist mein Verbrechen?

Burleigh.

Wenn ich es
Genannt, so ist es nicht mehr zu vergeben.

Aubespine. 154

Ich hoffe, Lord, das Recht der Abgesandten —

Burleigh.

Schützt — Reichsverräther nicht.

Leicester und Kent.

Ha! Was ist das!

Aubespine.

Milord,

Bedenkt ihr wohl —

Burleigh.

Ein Paß von eurer Hand
2675 Geschrieben, fand sich in des Mörders Tasche.

Kent.

Ist's möglich?

Aubespine.

Viele Pässe theil' ich aus,
Ich kann der Menschen Innres nicht erforschen.

Burleigh.

In eurem Hause beichtete der Mörder.

Aubespine.

Mein Haus ist offen.

Burleigh.

Jedem Feinde Englands.

Aubespine. 155

2680 Ich fodre Untersuchung.

Burleigh.

Fürchtet sie!

Aubespine.

In meinem Haupt ist mein Monarch verletzt,
Zerreißen wird er das geschloßne Bündniß.

Burleigh.

Zerrissen schon hat es die Königin,
England wird sich mit Frankreich nicht vermählen.
2685 Milord von Kent! Ihr übernehmet es,
　Den Grafen sicher an das Meer zu bringen.
Das aufgebrachte Volk hat sein Hotel
Gestürmt, wo sich ein ganzes Arsenal
Von Waffen fand, es droht ihn zu zerreißen,
2690 Wie er sich zeigt; verberget ihn, bis sich
Die Wuth gelegt — Ihr haftet für sein Leben!

Aubespine.

Ich gehe, ich verlasse dieses Land,
Wo man der Völker Recht mit Füßen tritt
Und mit Verträgen spielt — doch mein Monarch
2695 Wird blut'ge Rechenschaft —

Burleigh.
Er hohle sie!
(Kent und Aubespine gehen ab.)

Dritter Auftritt. 156

Leicester und Burleigh.

Leicester.

So löst ihr selbst das Bündniß wieder auf,
　Das ihr geschäftig unberufen knüpfet.
Ihr habt um England wenig Dank verdient,
Milord, die Mühe konntet ihr euch sparen.

Burleigh.

2700 Mein Zweck war gut. Gott leitete es anders.
Wohl dem, der sich nichts schlimmeres bewußt ist!

Leicester.

Man kennt Cecils geheimnißreiche Miene,
Wenn er die Jagd auf Staatsverbrechen macht.
— Jetzt, Lord, ist eine gute Zeit für euch. .
2705 Ein ungeheurer Frevel ist geschehn,
Und noch umhüllt Geheimniß seine Thäter.
Jetzt wird ein Inquisitionsgericht
Eröffnet. Wort und Blicke werden abgewogen,
Gedanken selber vor Gericht gestellt.
2710 Da seid Ihr der allwichtge Mann, der Atlas
Des Staats, ganz England liegt auf euren Schultern.

Burleigh.

In euch, Milord, erkenn' ich meinen Meister,
Denn solchen Sieg, als eure Rednerkunst
Erfocht, hat meine nie davon getragen.

Leicester.
157

2715 Was meint ihr damit, Lord?

Burleigh.

Ihr wart es doch, der hinter meinem Rücken
Die Königin nach Fotheringhayschloß
Zu locken wußte?

Leicester.

Hinter eurem Rücken!
Wann scheuten meine Thaten eure Stirn?

Burleigh.

2720 Die Königin hättet Ihr nach Fotheringhay
Geführt? Nicht doch! Ihr habt die Königin
Nicht hingeführt! — Die Königin war es,
Die so gefällig war, Euch hinzuführen.

Leicester.

Was wollt ihr damit sagen, Lord?

Burleigh.

Die edle
2725 Person, die ihr die Königin dort spielen ließt!

2706: umhüllt] umringt a (corrigirt in umhüllt).

Der herrliche Triumph, den ihr der arglos
Vertrauenden bereitet — Güt'ge Fürstin!
So schaamlos frech verspottete man dich,
So schonungslos wardst du dahingegeben!
2730 — Das also ist die Großmuth und die Milde,
Die euch im Staatsrath plötzlich angewandelt!
Darum ist diese Stuart ein so schwacher,　　　　　158
Verachtungswerther Feind, daß es der Müh
Nicht lohnt, mit ihrem Blut sich zu beflecken!
2735 Ein feiner Plan! Fein zugespitzt! Nur schade,
Zu fein geschärfet, daß die Spitze brach!

Leicester.

Nichtswürdiger! Gleich folgt mir! An dem Throne
Der Königin sollt ihr mir Rede stehn.

Burleigh.

Dort trefft ihr mich — Und sehet zu, Milord,
2740 Daß euch dort die Beredtsamkeit nicht fehle!

(Geht ab.)

Vierter Auftritt.

Leicester allein, darauf Mortimer.

Leicester.

Ich bin entdeckt, ich bin durchschaut — Wie kam
Der Unglückselige auf meine Spuren!
Weh mir, wenn er Beweise hat! Erfährt
Die Königin, daß zwischen mir und der Maria
2745 Verständnisse gewesen — Gott! Wie schuldig
Steh ich vor ihr! Wie hinterlistig treulos
Erscheint mein Rath, mein unglückseliges
Bemühn, nach Fotheringhay sie zu führen!
Grausam verspottet sieht sie sich von mir,　　　　　159
2750 An die verhaßte Feindin sich verrathen!
O nimmer, nimmer kann sie das verzeihn!

<hr>

2740: Beredtsamkeit] Beredsamkeit K M. — 2740 a: Geht ab] ab a. — 2740 a:
Vierter] Dritter (Druckfehler in M). — allein, darauf] hernach a.

Vorherbedacht wird alles nun erscheinen,   •
Auch diese bittre Wendung des Gesprächs,
Der Gegnerin Triumph und Hohngelächter,
2755 Ja selbst die Mörderhand, die blutig schrecklich,
Ein unerwartet ungeheures Schicksal,
Dazwischen kam, werd' ich bewaffnet haben!
Nicht Rettung seh' ich, nirgends! Ha! Wer kommt!

Mortimer.
(kommt in der heftigsten Unruhe und blickt scheu umher)

Graf Lester! Seid ihrs? Sind wir ohne Zeugen?

Leicester.

2760 Unglücklicher, hinweg! Was sucht ihr hier?

Mortimer.

Man ist auf unsrer Spur, auf eurer auch,
Nehmt euch in Acht.

Leicester.
Hinweg, hinweg!

Mortimer.
Man weiß,

Daß bei dem Grafen Aubespine geheime
Versammlung war —

Leicester.

2765 Was kümmerts mich!

Mortimer.
Daß sich der Mörder

Dabei befunden —

Leicester.
Das ist eure Sache!

Verwegener! Was unterfangt ihr euch,
In euren blutgen Frevel mich zu flechten?
Vertheidigt eure bösen Händel selbst!

Mortimer.

2770 So hört mich doch nur an.

Leicester (in heftigem Zorn).
Geht in die Hölle!

7758a: der heftigsten] heftigster a. — 7767: Verwegener] Verwegner B.

160

529

Was hängt ihr euch, gleich einem bösen Geist,
An meine Fersen! Fort! Ich kenn' euch nicht,
Ich habe nichts gemein mit Meuchelmördern.

           Mortimer.

Ihr wollt nicht hören. Euch zu warnen komm' ich,
2775 Auch eure Schritte sind verrathen —

           Leicester.

               Ha!

           Mortimer.

Der Großschatzmeister war zu Fotheringhay,
Sogleich nachdem die Unglücksthat geschehn war,
Der Königin Zimmer wurden streng durchsucht,   161
Da fand sich —

           Leicester.

      Was?

           Mortimer.

         Ein angefangner Brief
2780 Der Königin an euch —

           Leicester.

         Die Unglücksel'ge!

           Mortimer.

Worin sie euch auffodert, Wort zu halten,
Euch das Versprechen ihrer Hand erneuert,
Des Bildnisses gedenkt —

           Leicester.

        Tod und Verdammniß!

           Mortimer.

Lord Burleigh hat den Brief.

           Leicester.

         Ich bin verloren!

(Er geht während der folgenden Rede Mortimers verzweiflungsvoll auf und nieder.)

           Mortimer.

2785 Ergreift den Augenblick! Kommt ihm zuvor!

2777: geschehn] geschehen M. — 2778: wurden] wurde a b. — 2782: ihrer] eurer
C. — 2784 a: der — Mortimers] Mortimers folgender Rede a. — auf und
nieder] umher a.

Errettet euch, errettet sie — Schwört euch
Heraus, ersinnt Entschuldigungen, wendet
Das Aergste ab! Ich selbst kann nichts mehr thun.
Zerstreut sind die Gefährten, auseinander
2790 Gesprengt ist unser ganzer Bund. Ich eile
Nach Schottland, neue Freunde dort zu sammeln.
An euch ist's jetzt, versucht, was euer Ansehn,
Was eine kecke Stirn vermag!

Leicester (steht still, plötzlich besonnen).

Das will ich.

(Er geht nach der Thüre, öffnet sie und ruft.)

He da! Trabanten!

(Zu dem Offizier, der mit Bewaffneten hereintritt.)

Diesen Staatsverräther

2795 Nehmt in Verwahrung und bewacht ihn wohl!
Die schändlichste Verschwörung ist entdeckt,
Ich bringe selbst der Königin die Botschaft.

(Er geht ab.)

Mortimer.

(steht anfangs starr für Erstaunen, faßt sich aber bald und sieht Leicestern mit
einem Blick der tiefsten Verachtung nach)

Ha, Schändlicher — Doch ich verdiene das!
Wer hieß mich auch dem Elenden vertrauen?
2800 Weg über meinen Nacken schreitet er,
Mein Fall muß ihm die Rettungsbrücke bauen.
— So rette dich! Verschlossen bleibt mein Mund,
Ich will dich nicht in mein Verderben flechten.
Auch nicht im Tode mag ich deinen Bund,
2805 Das Leben ist das einz'ge Gut des Schlechten.

(Zu dem Offizier der Wache, der hervortritt, um ihn gefangen zu nehmen.)

Was willst du, feiler Sklav der Tyrannei?
Ich spotte deiner, ich bin frei!

(Einen Dolch ziehend.)

2793 a: Er geht — sie] öffnet die Thür, a. — 2794: Zu dem] zum a. — Offizier]
M schreibt überall Officier. — hereintritt] eintritt a. — 2797 a: (Er geht ab.)] ab a. —
für] vor a R M. — Leicestern] ihm a. — einen — tiefsten] tiefster a. — 2799: auch
dem] auf den a. — 2805 a: Zu dem] Zum a. — der Wache] fehlt in a. — hervortritt]
vortritt a. — um ihn] ihn a. — 2807 a: Einen Dolch ziehend] Zieht einen Dolch a.

Offizier.

Er ist bewehrt — Entreißt ihm seinen Dolch!

(Sie dringen auf ihn ein, er erwehrt sich ihrer.)

Mortimer.

Und frei im letzten Augenblicke soll
2810 Mein Herz sich öffnen, meine Zunge lösen!
Fluch und Verderben euch, die ihren Gott
Und ihre wahre Königin verrathen!
Die von der irdischen Maria sich
Treulos, wie von der himmlischen gewendet,
2815 Sich dieser Bastardkönigin verkauft —

Offizier.

Hört ihr die Lästrung! Auf! Ergreifet ihn.

Mortimer.

Geliebte! Nicht erretten konnt' ich dich,
So will ich dir ein männlich Beispiel geben.
Maria, heilge, bitt' für mich!   164
2820 Und nimm mich zu dir in dein himmlisch Leben!

(Er durchsticht sich mit dem Dolch und fällt der Wache in die Arme.)

Fünfter Auftritt.

(Zimmer der Königin.)

Elisabeth, einen Brief in der Hand. **Burleigh.**

Elisabeth.

Mich hinzuführen! Solchen Spott mit mir
Zu treiben! Der Verräther! Im Triumph
Vor seiner Buhlerin mich aufzuführen!
O so ward noch kein Weib betrogen, Burleigh!

Burleigh.

2825 Ich kann es noch nicht fassen, wie es ihm,
Durch welche Macht, durch welche Zauberkünste
Gelang, die Klugheit meiner Königin
So sehr zu überraschen.

2808: Mortimer.] Mortimer (mit steigendem Ton). a. — 2811: euch] über
euch a c. — 2820 a: durchsticht] ersticht a c. — mit dem Dolch] fehlt in a c.

Elisabeth.

O ich sterbe

Für Schaam! Wie mußt' er meiner Schwäche spotten!
2830 Sie glaubt' ich zu erniedrigen und war,
Ich selber, ihres Spottes Ziel!

Burleigh.

Du siehst nun ein, wie treu ich dir gerathen!

Elisabeth. 165

O ich bin schwer dafür gestraft, daß ich
Von eurem weisen Rathe mich entfernt!
2835 Und sollt' ich ihm nicht glauben? In den Schwüren
Der treusten Liebe einen Fallstrick fürchten?
Wem darf ich trau'n, wenn er mich hintergieng?
Er, den ich groß gemacht vor allen Großen,
Der mir der nächste stets am Herzen war,
2840 Dem ich verstattete, an diesem Hof
Sich wie der Herr, der König zu betragen!

Burleigh.

Und zu derselben Zeit verrieth er dich
An diese falsche Königin von Schottland!

Elisabeth.

O sie bezahle mir's mit ihrem Blut!
2845 — Sagt! Ist das Urtheil abgefaßt?

Burleigh.

Es liegt

Bereit, wie du befohlen.

Elisabeth.

Sterben soll sie!

Er soll sie fallen sehn, und nach ihr fallen.
Verstoßen hab' ich ihn aus meinem Herzen,
Fort ist die Liebe, Rache füllt es ganz.
2850 So hoch er stand, so tief und schmählich sey 166
Sein Sturz! Er sey ein Denkmal meiner Strenge,
Wie er ein Beispiel meiner Schwäche war.

2829: Für] vor a K M. — 2831: Spottes Ziel] Zieles Spott a. — 2851: [st]
ab schreiben häufig sey, seyd ic.; J K überall. Denkmal] Denkmahl] C J.

Man führ' ihn nach dem Tower, ich werde Peers
Ernennen, die ihn richten, hingegeben
2855 Sey er der ganzen Strenge des Gesetzes.

Burleigh.

Er wird sich zu dir drängen, sich rechtfertgen —

Elisabeth.

Wie kann er sich rechtfertgen? Ueberführt
Ihn nicht der Brief? O, sein Verbrechen ist
Klar wie der Tag!

Burleigh.

        Doch du bist mild und gnädig,
2860 Sein Anblick, seine mächtge Gegenwart —

Elisabeth.

Ich will ihn nicht sehn. Niemals, niemals wieder!
Habt ihr Befehl gegeben, daß man ihn
Zurück weif't, wenn er kommt?

Burleigh.

        So ist's befohlen!

Page (tritt ein).

Milord von Lester!

Königin.

167

Der Abscheuliche!

2865 Ich will ihn nicht sehn. Sagt ihm, daß ich ihn
Nicht sehen will.

Page.

        Das wag' ich nicht dem Lord
Zu sagen, und er würde mirs nicht glauben.

Königin.

So hab' ich ihn erhöht, daß meine Diener
Vor seinem Ansehn mehr als meinem zittern!

Burleigh (zum Pagen).

2870 Die Königin verbiet' ihm, sich zu nahn!

(Page geht zögernd ab.)

Königin (nach einer Pause).

Wenns dennoch möglich wäre — Wenn er sich
Rechtfertgen könnte! — Sagt mir, könnt es nicht

Ein Fallstrick seyn, den mir Maria legte,
Mich mit dem treusten Freunde zu entzwein?
2875 O, sie ist eine abgefeimte Bübin,
Wenn sie den Brief nur schrieb, mir gift'gen Argwohn
Ins Herz zu streun, ihn, den sie haßt, ins Unglück
Zu stürzen —

Burleigh.

Aber Königin, erwäge —

Sechster Auftritt. 168

Vorige. Leicester.

Leicester.

(reißt die Thür mit Gewalt auf und tritt mit gebieterischem Wesen herein)
Den Unverschämten will ich sehn, der mir
2880 Das Zimmer meiner Königin verbietet.

Elisabeth.

Ha, der Verwegene!

Leicester.

Mich abzuweisen!
Wenn sie für einen Burleigh sichtbar ist,
So ist sie's auch für mich!

Burleigh.

Ihr seid sehr kühn, Milord,
Hier wider die Erlaubniß einzustürmen.

Leicester.

2885 Ihr seid sehr frech, Lord, hier das Wort zu nehmen.
Erlaubniß! Was! Es ist an diesem Hofe
Niemand, durch dessen Mund Graf Lester sich
Erlauben und verbieten lassen kann!
(Indem er sich der Elisabeth demüthig nähert.)
Aus meiner Königin eignem Mund will ich —

Elisabeth (ohne ihn anzusehen).

2890 Aus meinem Angesicht, Nichtswürdiger!

2878a: gebietrischem] gebieterischem M. — herein] ein a. — 2890: Elisabeth.]
Elisabeth (flieht seinen Anblick). a b c. — 2887: dessen Mund — sich] den ich
mir a b c. — 2888a: Indem er sich der] Sich a. — nähert] nähernd a.

Leicester.

Nicht meine gütige Elisabeth,
Den Lord vernehm' ich, meinen Feind, in diesen
Unholden Worten — Ich berufe mich auf meine
Elisabeth — Du liehest ihm dein Ohr,
2895 Das gleiche fodr' ich.

Elisabeth.

Redet, Schändlicher!
Vergrößert euren Frevel! Läugnet ihn!

Leicester.

Laßt diesen Ueberlästigen sich erst
Entfernen — Tretet ab, Milord — Was ich
Mit meiner Königin zu verhandeln habe,
2900 Braucht keinen Zeugen. Geht.

Elisabeth (zu Burleigh).

Bleibt. Ich befehl' es!

Leicester.

Was soll der Dritte zwischen dir und mir!
Mit meiner angebeteten Monarchin
Hab' ich's zu thun — Die Rechte meines Platzes
Behaupt' ich — Es sind heil'ge Rechte!
2905 Und ich bestehe drauf, daß sich der Lord
Entferne!

Elisabeth.

Euch geziemt die stolze Sprache!

Leicester.

Wohl ziemt sie mir, denn ich bin der Beglückte,
Dem deine Gunst den hohen Vorzug gab,
Das hebt mich über ihn und über alle!
2910 Dein Herz verlieh mir diesen stolzen Rang,

2898: Was ich] Ihr habt
        Hier nicht den dritten Mann zu spielen. Was ich a.
2898—2899: Milord] Mylord
        Ihr habt hier nicht den dritten Mann zu spielen,
        Was ich der Königin zu vertrauen habe. b c.
2899: Mit meiner] der a. — verhandeln] vertrauen a. — 2907: Monarchin]
Königin a b c.

Und was die Liebe gab, werd' ich, bei Gott!
Mit meinem Leben zu behaupten wissen.
Er geh' — und zweyer Augenblicke nur
Bedarf's, mich mit dir zu verständigen.

Elisabeth.

2915 Ihr hofft umsonst, mich listig zu beschwatzen.

Leicester.

Beschwatzen konnte dich der Plauderer,
Ich aber will zu deinem Herzen reden!
Und was ich im Vertraun auf deine Gunst
Gewagt, will ich auch nur vor deinem Herzen
2920 Rechtfertigen — Kein anderes Gericht
Erkenn' ich über mir, als deine Neigung!

Elisabeth.

Schaamloser! Eben diese ist's, die euch zuerst
Verdammt — Zeigt ihm den Brief, Milord!

Burleigh.

Hier ist er!

Leicester.
(durchläuft den Brief ohne die Fassung zu verändern)

Das ist der Stuart Hand!

Elisabeth.
Les't und verstummt!

Leicester.
(nachdem er gelesen, ruhig).

2925 Der Schein ist gegen mich, doch darf ich hoffen,
Daß ich nicht nach dem Schein gerichtet werde!

Elisabeth.

Könnt ihr es läugnen, daß ihr mit der Stuart
In heimlichem Verständniß wart, ihr Bildniß
Empfingt, ihr zur Befreiung Hoffnung machtet?

Leicester.

2930 Leicht wäre mirs, wenn ich mich schuldig fühlte,
Das Zeugniß einer Feindin zu verwerfen!

2923 a: verändern] verlieren a c. — 2924 a: ruhig] fehlt in a. — 2928: In heim-
lichem] Im heimlichen a.

Doch frei ist mein Gewissen, ich bekenne,
Daß sie die Wahrheit schreibt!

Elisabeth.
Nun denn

Unglücklicher!

Burleigh.
Sein eigner Mund verdammt ihn.

Elisabeth.

2935 Aus meinen Augen! In den Tower — Verräther!

Leicester.

172

Der bin ich nicht. Ich hab' gefehlt, daß ich
Aus diesem Schritt dir ein Geheimniß machte,
Doch redlich war die Absicht, es geschah,
Die Feindin zu erforschen, zu verderben.

Elisabeth.

2940 Elende Ausflucht —

Burleigh.
Wie, Milord? Ihr glaubt —

Leicester.

Ich habe ein gewagtes Spiel gespielt,
Ich weiß, und nur Graf Lester durfte sich
An diesem Hofe solcher That erkühnen.
Wie ich die Stuart hasse, weiß die Welt.
2945 Der Rang, den ich bekleide, das Vertrauen,
Wodurch die Königin mich ehrt, muß jeden Zweifel
In meine treue Meinung niederschlagen.
Wohl darf der Mann, den deine Gunst vor allen
Auszeichnet, einen eignen kühnen Weg
2950 Einschlagen, seine Pflicht zu thun.

Burleigh.
Warum,

Wenns eine gute Sache war, verschweigt ihr?

Leicester.

Milord! Ihr pflegt zu schwatzen, eh' ihr handelt,
Und seid die Glocke eurer Thaten. Das

Ist Eure Weise, Lord. Die meine ist,
2955 Erst handeln und dann reden!

> **Burleigh.**

Ihr redet jetzo weil ihr müßt.

> **Leicester.**
>
> (ihn stolz und höhnisch mit den Augen messend)
>
> Und ihr

Berühmt euch, eine wundergroße That
Ins Werk gerichtet, eure Königin
Gerettet, die Verrätherei entlarvt
2960 Zu haben — Alles wißt ihr, eurem Scharfblick
Kann nichts entgehen, meint ihr — Armer Prahler!
Trotz eurer Spürkunst war Maria Stuart
Noch heute frei, wenn ich es nicht verhindert.

> **Burleigh.**

Ihr hättet —

> **Leicester.**
>
> Ich, Milord. Die Königin

2965 Vertraute sich dem Mortimer, sie schloß
Ihr Innerstes ihm auf, sie gieng so weit,
Ihm einen blut'gen Auftrag gegen die Maria
Zu geben, da der Oheim sich mit Abscheu
Von einem gleichen Antrag abgewendet —
2970 Sagt! Ist es nicht so?

> (Königin und Burleigh sehen einander betroffen an.)
>
> **Burleigh.**
>
> Wie gelangtet ihr

Dazu? —

> **Leicester.**
>
> Ist's nicht so? — Nun, Milord! Was hattet

Ihr eure tausend Augen, nicht zu sehn,
Daß dieser Mortimer euch hintergieng?
Daß er ein wüthender Papist, ein Werkzeug

2961: Kann nichts] Kanns nicht J K. — 2965—2966: sie schloß — ihm auf,] fehlt
in a b. — 2967: blut'gen] blutigen M.

2975 Der Guiſen, ein Geſchöpf der Stuart war,
Ein keck entſchloßner Schwärmer, der gekommen,
Die Stuart zu befrein, die Königin
Zu morden —

            Eliſabeth. (mit dem äußerſten Erſtaunen)
            Dieſer Mortimer!

            Leiceſter.

                  Er war's, durch den
Maria Unterhandlung mit mir pflog,
2980 Den ich auf dieſem Wege kennen lernte.
Noch heute ſollte ſie aus ihrem Kerker
Geriſſen werden, dieſen Augenblick
Entdeckte mirs ſein eigner Mund, ich ließ ihn
Gefangen nehmen und in der Verzweiflung,
2985 Sein Werk vereitelt, ſich entlarvt zu ſehn,
Gab er ſich ſelbſt den Tod!

            Eliſabeth.   175
           O ich bin unerhört
Betrogen — dieſer Mortimer!

            Burleigh.
            Und jetzt
Geſchah das? Jetzt, nachdem ich euch verlaſſen!

            Leiceſter.
Ich muß um meinetwillen ſehr beklagen,
2990 Daß es dieß Ende mit ihm nahm. Sein Zeugniß,
Wenn er noch lebte, würde mich vollkommen
Gereinigt, aller Schuld entledigt haben.
Drum übergab ich ihn des Richters Hand.
Die ſtrengſte Rechtsform ſollte meine Unſchuld
2995 Vor aller Welt bewähren und beſiegeln.

         , **Burleigh.**
Er tödtete ſich, ſagt ihr. Er ſich ſelber? Oder
Ihr ihn?

2975: dem äußerſten] äußerſtem B C F K. — 2996: tödtete] tödte A B C.

Leicester.

Unwürdiger Verdacht! Man höre
Die Wache ab, der ich ihn übergab!
(Er geht an die Thür und ruft hinaus. Der Offizier der Leibwache tritt herein.)
Erstattet Ihrer Majestät Bericht,
3000 Wie dieser Mortimer umkam!

Offizier. 176

Ich hielt die Wache
Im Vorsaal, als Milord die Thüre schnell
Eröffnete und mir befahl, den Ritter
Als einen Staatsverräther zu verhaften.
Wir sahen ihn hierauf in Wuth gerathen,
3005 Den Dolch ziehn, unter heftiger Verwünschung
Der Königin, und eh wirs hindern konnten,
Ihn in die Brust sich stoßen, daß er todt
Zu Boden stürzte —

Leicester.

Es ist gut. Ihr könnt
Abtreten, Sir! Die Königin weiß genug!

(Offizier geht ab.)

Elisabeth.

3010 O welcher Abgrund von Abscheulichkeiten —

Leicester.

Wer war's nun der dich rettete? War es
Milord von Burleigh? Wußt' er die Gefahr,
Die dich umgab? War er's, der sie von dir
Gewandt? — Dein treuer Lester war dein Engel!

Burleigh.

3015 Graf! Dieser Mortimer starb euch sehr gelegen.

Elisabeth.

Ich weiß nicht, was ich sagen soll. Ich glaub' euch,
Und glaub' euch nicht. Ich denke, ihr seid schuldig, 177

2998 a: Er geht] geht a. — Offizier] Officier von a. — 3006: Der Königin] der
Königin und unsers heilgen Glaubens
Und eh wirs hindern konnten, in die Brust
Sich stoßen, daß er todt zu Boden stürzte. a b c.
3009 a: geht ab] ab a. — 3012: Milord von] Lord a.

Und seid es nicht! O die verhaßte, die
Mir all dieß Weh bereitet!

Leicester.

Sie muß sterben.

3020 Jetzt stimm' ich selbst für ihren Tod. Ich rieth
Dir an, das Urtheil unvollstreckt zu lassen,
Bis sich aufs neu ein Arm für sie erhübe.
Dieß ist geschehn — und ich bestehe drauf,
Daß man das Urtheil ungesäumt vollstrecke.

Burleigh.

3025 Ihr riethet dazu! Ihr!

Leicester.

So sehr es mich

Empört, zu einem Aeußersten zu greifen,
Ich sehe nun und glaube, daß die Wohlfahrt
Der Königin dieß blut'ge Opfer heischt,
Drum trag' ich darauf an, daß der Befehl
3030 Zur Hinrichtung gleich ausgefertigt werde!

Burleigh (zur Königin).

Da es Milord so treu und ernstlich meint,
So trag' ich darauf an, daß die Vollstreckung
Des Richterspruchs ihm übertragen werde.

Leicester.

Mir!

Burleigh.   178

Euch. Nicht besser könnt ihr den Verdacht,
3035 Der jetzt noch auf euch lastet, widerlegen,
Als wenn ihr sie, die ihr geliebt zu haben
Beschuldigt werdet, selbst enthaupten lasset.

Elisabeth.

(Leicestern mit den Augen fixirend)

Milord räth gut. So sey's, und dabei bleib' es.

Leicester.

Mich sollte billig meines Ranges Höh

<hr />

3019: bereitet] bereitete F R. — 3030 a: zur Königin] zu Elisabeth a. — 3037 a:
mit den Augen fixirend] fehlt in a.

3040 Von einem Auftrag dieses traur'gen Inhalts
Befrein, der sich in jedem Sinne besser
Für einen Burleigh ziemen mag als mich.
Wer seiner Königin so nahe steht,
Der sollte nichts unglückliches vollbringen.
3045 Jedoch, um meinen Eifer zu bewähren,
Um meiner Königin genug zu thun,
Begeb' ich mich des Vorrechts meiner Würde
Und übernehme die verhaßte Pflicht.

Elisabeth.

Lord Burleigh theile sie mit euch!

(Zu diesem.)

Tragt Sorge,
3050 Daß der Befehl gleich ausgefertigt werde.

(Burleigh geht, man hört draußen ein Getümmel.)

Siebenter Auftritt.

179

Graf von Kent zu den Vorigen.

Elisabeth.

Was giebt's, Milord von Kent? Was für ein Auflauf
Erregt die Stadt — Was ist es?

Kent.

Königin,
Es ist das Volk, das den Pallast umlagert,
Es fodert heftig dringend dich zu sehn.

Elisabeth.

3055 Was will mein Volk?

Kent.

Der Schrecken geht durch London,
Dein Leben sey bedroht, es gehen Mörder
Umher, vom Papste wider dich gesendet.
Verschworen seien die Katholischen,
Die Stuart aus dem Kerker mit Gewalt

3050a: geht] ab a. — ein Getümmel] Getümmel a. — Graf — Vorigen.]
Elisabeth. Leicester. Kent. a.

3060 Zu reißen und zur Königin auszurufen.
Der Pöbel glaubt's und wüthet. Nur das Haupt
Der Stuart, das noch heute fällt, kann ihn
Beruhigen.

Elisabeth.

Wie? Soll mir Zwang geschehn?

Kent.   180

Sie sind entschlossen, eher nicht zu weichen,
3065 Bis du das Urtheil unterzeichnet hast.

Achter Auftritt.

Burleigh und **Davison** mit einer Schrift. **Die Vorigen.**

Elisabeth.

Was bringt ihr, Davison?

Davison (nähert sich ernsthaft).

Du hast befohlen

O Königin —

Elisabeth.

Was ist's?

(Indem sie die Schrift ergreifen will, schauert sie zusammen und fährt zurück.)

O Gott!

Burleigh.

Gehorche

Der Stimme des Volks, sie ist die Stimme Gottes.

Elisabeth.

(unentschlossen mit sich selbst kämpfend)

O meine Lords! Wer sagt mir, ob ich wirklich
3070 Die Stimme meines ganzen Volks, die Stimme
Der Welt vernehme! Ach wie sehr befürcht' ich,
Wenn ich dem Wunsch der Menge nun gehorcht,
Daß eine ganz verschiedne Stimme sich

161

3064—3065: Sie sind — unterzeichnet hast] They are resolv'd — c. — 3065 a:
Burleigh — Vorigen.] Vorige. Burleigh. Davison mit dem Urtheil.
a. — 3067: [schauert] schaudert a.

Wird hören lassen — ja daß eben die,
3075 Die jetzt gewaltsam zu der That mich treiben,
Mich, wenns vollbracht ist, strenge tadeln werden!

Neunter Auftritt.

Graf Schrewsbury zu den Vorigen.

Schrewsbury. (kommt in großer Bewegung)

Man will dich übereilen, Königin!
O halte fest, sey standhaft!

(Indem er Davison mit der Schrift gewahr wird.)

Oder ist es

Geschehen? Ist es wirklich? Ich erblicke
3080 Ein unglückselig Blatt in dieser Hand.
Das komme meiner Königin jetzt nicht
Vor Augen.

Elisabeth.

Edler Schrewsbury! Man zwingt mich.

Schrewsbury.

Wer kann dich zwingen? Du bist Herrscherin,
Hier gilt es deine Majestät zu zeigen!
3085 Gebiete Schweigen jenen rohen Stimmen,
Die sich erdreisten, deinem Königswillen
Zwang anzuthun, dein Urtheil zu regieren.
Die Furcht, ein blinder Wahn bewegt das Volk,
Du selbst bist außer dir, bist schwer gereizt,
3090 Du bist ein Mensch und jetzt kannst du nicht richten.

Burleigh.

Gerichtet ist schon längst. Hier ist kein Urtheil
Zu fällen, zu vollziehen ist's.

Kent.

(der sich bei Schrewsbury's Eintritt entfernt hat, kommt zurück)

Der Auflauf wächst, das Volk ist länger nicht
Zu bändigen.

182

3075 a: Graf — Vorigen.] Vorige. Shrewsbury (in großer Bewegung).
a. — (kommt — Bewegung)] fehlt in a. — 3078: gewahr wird] erblickt a. —
3080: unglückselig] unglückselges a. — 3085: jenen] diesen a b.

Elisabeth (zu Schrewsbury).

Ihr seht, wie sie mich drängen!

Schrewsbury.

3095 Nur Aufschub fordr' ich. Dieser Federzug
Entscheidet deines Lebens Glück und Frieden.
Du hast es Jahre lang bedacht, soll dich
Der Augenblick im Sturme mit sich führen?
Nur kurzen Aufschub. Sammle dein Gemüth,
3100 Erwarte eine ruhigere Stunde.

Burleigh (heftig).

Erwarte, zögre, säume, bis das Reich
In Flammen steht, bis es der Feindin endlich
Gelingt, den Mordstreich wirklich zu vollführen.
Dreimal hat ihn ein Gott von dir entfernt.
3105 Heut hat er nahe dich berührt, noch einmal
Ein Wunder hoffen, hieße Gott versuchen.

Schrewsbury.

Der Gott, der dich durch seine Wunderhand
Viermal erhielt, der heut dem schwachen Arm
Des Greisen Kraft gab, einen Wüthenden
3110 Zu überwältgen — er verdient Vertrauen!
Ich will die Stimme der Gerechtigkeit
Jetzt nicht erheben, jetzt ist nicht die Zeit,
Du kannst in diesem Sturme sie nicht hören.
Dieß eine nur vernimm! Du zitterst jetzt
3115 Vor dieser lebenden Maria. Nicht
Die Lebende hast du zu fürchten. Zittre vor
Der Todten, der Enthaupteten. Sie wird
Vom Grab' erstehen, eine Zwietrachtsgöttin,
Ein Rachegeist in deinem Reich herumgehn,
3120 Und deines Volkes Herzen von dir wenden.
Jetzt haßt der Britte die gefürchtete,
Er wird sie rächen, wenn sie nicht mehr ist.
Nicht mehr die Feindin seines Glaubens, nur

3103: Mordstreich wirklich] fünften Mordstreich a b c. — 3106: Viermal] thrice
c. — 3109: Greisen] Greises a. — 3114: vernimm] vernimmt (Druckfehler in C).

Die Enkeltochter seiner Könige,
3125 Des Hasses Opfer und der Eifersucht
Wird er in der bejammerten erblicken!
Schnell wirst du die Veränderung erfahren.
Durchziehe London, wenn die blut'ge That
Geschehen, zeige dich dem Volk, das sonst
3130 Sich jubelnd um dich her ergoß, du wirst
Ein andres England sehn, ein andres Volk,
Denn dich umgiebt nicht mehr die herrliche
Gerechtigkeit, die alle Herzen dir
Besiegte! Furcht, die schreckliche Begleitung
3135 Der Tyranney, wird schaudernd vor dir herziehn,
Und jede Straße, wo du gehst, veröden.
Du hast das letzte, äußerste gethan,
Welch Haupt steht fest, wenn dieses heil'ge fiel!

Elisabeth.

Ach Schrewsbury! Ihr habt mir heut das Leben
3140 Gerettet, habt des Mörders Dolch von mir
Gewendet — Warum ließet ihr ihm nicht
Den Lauf? So wäre jeder Streit geendigt,
Und alles Zweifels ledig, rein von Schuld,
Läg' ich in meiner stillen Gruft! Fürwahr!
3145 Ich bin des Lebens und des Herrschens müd'.
Muß eine von uns Königinnen fallen,
Damit die andre lebe — und es ist
Nicht anders, das erkenn' ich — kann denn ich
Nicht die seyn, welche weicht? Mein Volk mag wählen,
3150 Ich geb' ihm seine Majestät zurück.
Gott ist mein Zeuge, daß ich nicht für mich,
Nur für das Beste meines Volks gelebt.
Hofft es von dieser schmeichlerischen Stuart,
Der jüngern Königin, glücklichere Tage,
3155 So steig' ich gern von diesem Thron und kehre
In Woodstocks stille Einsamkeit zurück,
Wo meine anspruchlose Jugend lebte,
Wo ich, vom Tand der Erdengröße fern,

184

185

Die Hoheit in mir selber fand — Bin ich
3160 Zur Herrscherin doch nicht gemacht! Der Herrscher
Muß hart seyn können, und mein Herz ist weich.
Ich habe diese Insel lange glücklich
Regiert, weil ich nur brauchte zu beglücken.
Es kommt die erste schwere Königspflicht,
3165 Und ich empfinde meine Ohnmacht —

Burleigh.

Nun bei Gott!

Wenn ich so ganz unkönigliche Worte
Aus meiner Königin Mund vernehmen muß,
So wärs Verrath an meiner Pflicht, Verrath
Am Vaterlande, länger still zu schweigen.
3170 — Du sagst, du liebst dein Volk, mehr als dich selbst,
Das zeige jetzt! Erwähle nicht den Frieden
Für dich und überlaß das Reich den Stürmen.
— Denk an die Kirche! Soll mit dieser Stuart
Der alte Aberglaube wiederkehren?
3175 Der Mönch aufs neu hier herrschen, der Legat
Aus Rom gezogen kommen, unsre Kirchen
Verschließen, unsre Könige entthronen?
— Die Seelen aller deiner Unterthanen,
Ich fordre sie von dir — Wie du jetzt handelst,
3180 Sind sie gerettet oder sind verloren.
Hier ist nicht Zeit zu weichlichem Erbarmen,
Des Volkes Wohlfahrt ist die höchste Pflicht;
Hat Schrewsbury das Leben dir gerettet,
So will ich England retten — das ist mehr!

Elisabeth.

3185 Man überlasse mich mir selbst! Bei Menschen ist
Nicht Rath noch Trost in dieser großen Sache.
Ich trage sie dem höhern Richter vor.
Was der mich lehrt, das will ich thun — Entfernt euch,

18;

3185: meine] eine a. — Ohnmacht —] Ohnmacht — Geht a c. — 3165 a–3184 a:
Burleigh. Nun bei — mehr! Elisabeth.] fehlt in ab. — 3181: weichlichem]
weiblichem JR.

Milords!

(Zu Davison.)

Ihr Sir! könnt in der Nähe bleiben!

(Die Lords gehen ab. Schrewsbury allein bleibt noch einige Augenblicke vor der Königin stehen mit bedeutungsvollem Blick, dann entfernt er sich langsam, mit einem Ausdruck des tiefsten Schmerzes.)

Zehnter Auftritt.

Elisabeth allein.

3190 O Sklaverei des Volksdiensts! Schmähliche
Knechtschaft — Wie bin ichs müde, diesem Götzen
Zu schmeicheln, den mein Innerstes verachtet!
Wann soll ich frei auf diesem Throne stehn!
Die Meinung muß ich ehren, um das Lob
3195 Der Menge buhlen, einem Pöbel muß ichs
Recht machen, dem der Gaukler nur gefällt.
O der ist noch nicht König, der der Welt
Gefallen muß! Nur der ist's, der bei seinem Thun
Nach keines Menschen Beifall braucht zu fragen.

3200 Warum hab' ich Gerechtigkeit geübt,
Willkühr gehaßt mein Leben lang, daß ich
Für diese erste unvermeidliche
Gewaltthat selbst die Hände mir gefesselt!
Das Muster, das ich selber gab, verdammt mich!
3205 War ich tyrannisch, wie die spanische
Maria war, mein Vorfahr auf dem Thron, ich könnte
Jetzt ohne Tadel Königsblut versprützen!
Doch war's denn meine eigne freie Wahl
Gerecht zu seyn? Die allgewaltige
3210 Nothwendigkeit, die auch das freie Wollen
Der Könige zwingt, gebot mir diese Tugend.

187

3189a: einige Augenblicke] einen Augenblick a. — mit einem] mit a. — 3190:
Sklaverei] Slaverei (Druckfehler in C.). — 3193: Wann] Wenn R. — 3203: Gewaltthat] Gräuelthat a.

Umgeben rings von Feinden, hält mich nur
Die Volksgunst auf dem angefochtnen Thron.
Mich zu vernichten streben alle Mächte
3215 Des festen Landes. Unversöhnlich schleubert
Der röm'sche Papst den Bannfluch auf mein Haupt,   188
Mit falschem Bruderkuß verräth mich Frankreich,
Und offnen, wüthenden Vertilgungskrieg
Bereitet mir der Spanier auf den Meeren.
3220 So steh' ich kämpfend gegen eine Welt,
Ein wehrlos Weib! Mit hohen Tugenden
Muß ich die Blöße meines Rechts bedecken,
Den Flecken meiner fürstlichen Geburt,
Wodurch der eigne Vater mich geschändet.
3225 Umsonst bedeck' ich ihn — Der Gegner Haß
Hat ihn entblößt, und stellt mir diese Stuart,
Ein ewig drohendes Gespenst, entgegen.

Nein, diese Furcht soll endigen!
Ihr Haupt soll fallen. Ich will Frieden haben!
3230 — Sie ist die Furie meines Lebens! Mir
Ein Plagegeist vom Schicksal angeheftet.
Wo ich mir eine Freude, eine Hoffnung
Gepflanzt, da liegt die Höllenschlange mir
Im Wege. Sie entreißt mir den Geliebten,
3235 Den Bräut'gam raubt sie mir! Maria Stuart
Heißt jedes Unglück, das mich niederschlägt!
Ist sie aus den Lebendigen vertilgt,
Frei bin ich, wie die Luft auf den Gebirgen.
                          (Stillschweigen.)
Mit welchem Hohn sie auf mich niedersah,
3240 Als sollte mich der Blick zu Boden blitzen!

3218: Vertilgungskrieg] Vertilgungkrieg K. — 3224: geschändet] disgrac'd me |
In vain with princely virtues would I hide it; c. — 3227: entgegen.] entgegen.
(lebhafte Schritte machend) a c. — 3230: Mir] fehlt in a c. — 3232: Hoffnung] Hoffnung nur a. — 3236: niederschlägt] trifft a b c. — 3239 a: Stillschweigen.] Still-
stehend a c. — Stillschweigend J K.

Ohnmächtige! Ich führe beßre Waffen,

Sie treffen tödlich und du bist nicht mehr!

(mit raschem Schritt nach dem Tische gehend und die Feder ergreifend.)

Ein Bastard bin ich dir? — Unglückliche!

Ich bin es nur, so lang du lebst und athmest.

3245 Der Zweifel meiner fürstlichen Geburt

Er ist getilgt, sobald ich dich vertilge.

Sobald dem Britten keine Wahl mehr bleibt,

Bin ich im echten Ehebett' geboren!

(Sie unterschreibt mit einem raschen, festen Federzug, läßt dann die Feder fallen
und tritt mit einem Ausdruck des Schreckens zurück. Nach einer Pause klingelt sie.)

Eilfter Auftritt.

Elisabeth. Davison.

Elisabeth.

Wo sind die andern Lords?

Davison.

Sie sind gegangen,

3250 Das aufgebrachte Volk zur Ruh zu bringen.

Das Toben war auch augenblicks gestillt,

Sobald der Graf von Schrewsbury sich zeigte.

„Der ist's, das ist er! riefen hundert Stimmen,

„Der rettete die Königin! Hört ihn!

3255 Den bravsten Mann in England." Nun begann

Der edle Talbot und verwies dem Volk

In sanften Worten sein gewaltsames

. Beginnen, sprach so kraftvoll überzeugend,

Daß alles sich besänftigte, und still

3260 Vom Platze schlich.

Elisabeth.

Die wankelmüthge Menge,

Die jeder Wind herumtreibt! Wehe dem,

3242: tödlich] tödlich A B C F. — 3242 a: raschen] raschem großem a. — 3243 a:
Sie unterschreibt] unterschreibt a. — einem raschen, festen] raschem festem a. —
3250: Ruh] Ruhe b.

189

190

Der auf dieß Rohr sich lehnet! — Es ist gut,
Sir Davison. Ihr könnt nun wieder gehn.

(Wie sich jener nach der Thüre gewendet.)

Und dieses Blatt — Nehmt es zurück — Ich leg's
3265 In eure Hände.

Davison
(wirft einen Blick in das Papier und erschrickt.)
Königin! Dein Name!

Du hast entschieden?

Elisabeth.

— Unterschreiben sollt' ich.

Ich hab's gethan. Ein Blatt Papier entscheidet
Noch nicht, ein Name tödtet nicht.

Davison.

Dein Name Königin, unter dieser Schrift
3270 Entscheidet alles, tödtet, ist ein Strahl
Des Donners, der geflügelt trifft — Dieß Blatt
Befiehlt den Kommissarien, dem Scherif,
Nach Fotheringhayschloß sich stehnden Fußes
Zur Königin von Schottland zu verfügen,
3275 Den Tod ihr anzukündigen, und schnell,
Sobald der Morgen tagt, ihn zu vollziehn.
Hier ist kein Aufschub, jene hat gelebt,
Wenn ich dieß Blatt aus meinen Händen gebe.

Elisabeth.

Ja, Sir! Gott legt ein wichtig groß Geschick
3280 In eure schwachen Hände. Fleht ihn an,
Daß er mit seiner Weisheit euch erleuchte.
Ich geh' und überlaß euch eurer Pflicht.

(Sie will gehen.)

Davison (tritt ihr in den Weg).

Nein, meine Königin! Verlaß mich nicht,
Eh' du mir deinen Willen kund gethan.

<hr>

3263 a: (Wie sich — gewendet.)] fehlt in a. — 3282 a: (Sie will gehen.)] fehlt
in a. — (tritt ihr in den Weg.)] fehlt in c.

3285 Bedarf es hier noch einer andern Weisheit,
Als dein Gebot buchstäblich zu befolgen?
— Du legst dieß Blatt in meine Hand, daß ich
Zu schleuniger Vollziehung es befördre?

Elisabeth.

Das werdet ihr nach e u r e r Klugheit —

Davison (schnell und erschrocken einfallend).

Nicht

3290 Nach meiner! Das verhüte Gott! Gehorsam
Ist meine ganze Klugheit. Deinem Diener
Darf hier nichts zu entscheiden übrig bleiben.
Ein klein Versehn wär hier ein Königsmord,
Ein unabsehbar, ungeheures Unglück.
3295 Vergönne mir, in dieser großen Sache
Dein blindes Werkzeug willenlos zu seyn.
In klare Worte fasse deine Meinung,
Was soll mit diesem Blutbefehl geschehn?

Elisabeth.

— Sein Name spricht es aus.

Davison.

3300 So willst du, daß er gleich vollzogen werde?

Elisabeth (zögernd).

Das sag' ich nicht, und zittre, es zu denken.

Davison.

Du willst, daß ich ihn länger noch bewahre?

Elisabeth (schnell).

Auf eure Gefahr! Ihr haftet für die Folgen.

Davison.

Ich? Heil'ger Gott! — Sprich, Königin! Was willst du?

Elisabeth (ungeduldig).

3305 Ich will, daß dieser unglücksel'gen Sache

Nicht mehr gedacht soll werden, daß ich endlich
Will Ruhe davor haben und auf ewig.

Davison.

Es kostet dir ein einzig Wort. O sage,
Bestimme, was mit dieser Schrift soll werden'

Elisabeth.

3310 Ich hab's gesagt, und quält mich nun nicht weiter.

Davison.

Du hättest es gesagt? Du hast mir nichts
Gesagt — O, es gefalle meiner Königin,
Sich zu erinnern.

Elisabeth (stampft auf den Boden).
Unerträglich!

Davison.

Habe Nachsicht

Mit mir! Ich kam seit wenig Monden erst
3315 In dieses Amt! Ich kenne nicht die Sprache
Der Höfe und der Könige — in schlicht
Einfacher Sitte bin ich aufgewachsen.
Drum habe du Geduld mit deinem Knecht!
Laß dich das Wort nicht reun, das mich belehrt,
3320 Mich klar macht über meine Pflicht —
(Er nähert sich ihr in flehender Stellung, sie kehrt ihm den Rücken zu, er steht
in Verzweiflung, dann spricht er mit entschloßnem Ton.)
Nimm dieß Papier zurück! Nimm es zurück!
Es wird mir glühend Feuer in den Händen.
Nicht mich erwähle, dir in diesem furchtbaren

Geschäft zu dienen.

Elisabeth.
Thut, was eures Amts ist.

(Sie geht ab.)

3313: erinnern] erklären a. — 3318: (Geduld) Gedult K. — 3320a: Er nähert —
sie] Elisabeth a. — er steht — entschloßnem Ton] nach kurzem Bedenken ent-
schloffen a. — 3324: Sie geht ab] ab a.

Zwölfter Auftritt.

Davison, gleich darauf Burleigh.

Davison.

3325 Sie geht! Sie läßt mich rathlos, zweifelnd stehn
Mit diesem fürchterlichen Blatt — Was thu' ich?
Soll ichs bewahren? Soll ichs übergeben?

(Zu Burleigh, der hereintritt)

O gut! gut, daß ihr kommt, Milord! Ihr seids,
Der mich in dieses Staatsamt eingeführt!
3330 Befreiet mich davon. Ich übernahm es,
Unkundig seiner Rechenschaft! Laßt mich
Zurückgehn in die Dunkelheit, wo ihr
Mich fandet, ich gehöre nicht auf diesen Platz —

Burleigh.

Was ist euch, Sir? Faßt euch. Wo ist das Urtheil?
3335 Die Königin ließ euch rufen.

Davison.

Sie verließ mich
In heft'gem Zorn. O rathet mir! Helft mir!
Reißt mich aus dieser Höllenangst des Zweifels.
Hier ist das Urtheil — Es ist unterschrieben.

Burleigh (haftig).

Ist es? O gebt! Gebt her!

Davison.

Ich darf nicht.

Burleigh.

Was?

Davison.

3340 Sie hat mir ihren Willen noch nicht deutlich —

Burleigh.

Nicht deutlich! Sie hat unterschrieben. Gebt!

3324 a: gleich darauf] darauf a c. — 3339 a: (haftig)] fehlt in c.
Schiller, sämmtl. Schriften. Hist.-krit.-Ausg. XII. 35

195

Davison.

Ich solls vollziehen laffen — soll es nicht
Vollziehen laffen — Gott! Weiß ich, was ich soll.

Burleigh (heftiger dringend).

Gleich, augenblicks sollt ihrs vollziehen laffen.
3345 Gebt her! Ihr seid verlohren, wenn ihr säumt.

Davison.

Ich bin verloren, wenn ichs übereile.

Burleigh.

Ihr seid ein Thor, ihr seid von Sinnen! Gebt!

(Er entreißt ihm die Schrift, und eilt damit ab.)

Davison (ihm nacheilend).

Was macht ihr? Bleibt! Ihr stürzt mich ins Verderben.

_____

3347a: Er — Schrift] entreißt es ihm a.

Fünfter Aufzug.

196

Die Scene ist das Zimmer des ersten Aufzugs.

Erster Auftritt.

Hanna Kennedy, in tiefe Trauer gekleidet, mit verweinten Augen und einem großen, aber stillen Schmerz, ist beschäftigt, Pakete und Briefe zu versiegeln. Oft unterbricht sie der Jammer in ihrem Geschäft, und man sieht sie dazwischen still beten. **Paulet** und **Drury,** gleichfalls in schwarzen Kleidern, treten ein, ihnen folgen **viele Bediente,** welche goldne und silberne Gefäße, Spiegel, Gemählde und andere Kostbarkeiten tragen, und den Hintergrund des Zimmers damit anfüllen. Paulet überliefert der Amme ein Schmuckkästchen nebst einem Papier, und bedeutet ihr durch Zeichen, daß es ein Verzeichniß der gebrachten Dinge enthalte. Beim Anblick dieser Reichthümer erneuert sich der Schmerz der Amme, sie versinkt in ein tiefes Trauern, indem jene sich still wieder entfernen. **Melvil** tritt ein.

Kennedy.

(schreit auf, sobald sie ihn gewahr wird)

Melvil! Ihr seid es! Euch erblick' ich wieder!

Melvil.

3350 Ja, treue Kennedy, wir sehn uns wieder!

Kennedy.

Nach langer, langer, schmerzenvoller Trennung!

Melvil.

Ein unglückselig schmerzvoll Wiedersehn!

Kennedy.

O Gott! Ihr kommt —

3348 a: Die Scene ist das] fehlt in a. — tiefe] tiefer a. — gekleidet] fehlt in a. — und einem großen] mit großem a. — Paulet — bis entfernen.] fehlt in a. indem jene] during which Drury, Paulet, and the Servants, c.

Melvil.

Den letzten, ewigen
Abschied von meiner Königin zu nehmen.

Kennedy.

3355 Jetzt endlich, jetzt am Morgen ihres Todes,
Wird ihr die langentbehrte Gegenwart
Der Ihrigen vergönnt — O theurer Sir,
Ich will nicht fragen, wie es euch erging,
Euch nicht die Leiden nennen, die wir litten,
3360 Seitdem man euch von unsrer Seite riß,
Ach, dazu wird wohl einst die Stunde kommen!
O Melvil! Melvil! Mußten wirs erleben,
Den Anbruch dieses Tags zu sehn!

Melvil.

Laßt uns
Einander nicht erweichen! Weinen will ich,
3365 So lang noch Leben in mir ist, nie soll
Ein Lächeln diese Wangen mehr erheitern,
Nie will ich dieses nächtliche Gewand
Mehr von mir legen! Ewig will ich trauern,
Doch heute will ich standhaft seyn — Versprecht
3370 Auch ihr mir, euren Schmerz zu mäßigen —
Und wenn die andern alle der Verzweiflung
Sich trostlos überlassen, lasset uns
Mit männlich edler Fassung ihr vorangehn
Und ihr ein Stab seyn auf dem Todesweg!

Kennedy.

3375 Melvil! Ihr seid im Irrthum, wenn ihr glaubt,
Die Königin bedürfe unsers Beistands,
Um standhaft in den Tod zu gehn! Sie selber ists,
Die uns das Beispiel edler Fassung giebt.
Seid ohne Furcht! Maria Stuart wird
3380 Als eine Königin und Heldin sterben.

198

3356: die langentbehrte Gegenwart] der langentbehrte Anblick a b. — 3361: wohl]
schon a b. — 3365: So lang — mir ist] Mein ganzes übriges Leben lang a b c.

Melvil.

Nahm sie die Todespost mit Fassung auf?
Man sagt, daß sie nicht vorbereitet war.

Kennedy.

Das war sie nicht. Ganz andre Schrecken warens,
Die meine Lady ängstigten. Nicht vor dem Tod,
3385 Vor dem Befreier zitterte Maria.

— Freiheit war uns verheißen. Diese Nacht
Versprach uns Mortimer von hier wegzuführen,
Und zwischen Furcht und Hoffnung, zweifelhaft,
Ob sie dem kecken Jüngling ihre Ehre
3390 Und fürstliche Person vertrauen dürfe,
Erwartete die Königin den Morgen.

— Da wird ein Auflauf in dem Schloß, ein Pochen
Schreckt unser Ohr, und vieler Hämmer Schlag,
Wir glauben, die Befreier zu vernehmen,
3395 Die Hoffnung winkt, der süße Trieb des Lebens
Wacht unwillkührlich, allgewaltig auf — .
Da öffnet sich die Thür — Sir Paulet ists,
Der uns verkündigt — daß — die Zimmerer
Zu unsern Füßen das Gerüst aufschlagen!
(Sie wendet sich ab, von heftigem Schmerz ergriffen.)

Melvil.

3400 Gerechter Gott! O sagt mir! Wie ertrug
Maria diesen fürchterlichen Wechsel?

Kennedy
(nach einer Pause, worin sie sich wieder etwas gefaßt hat)

Man löst sich nicht allmählig von dem Leben!
Mit Einem Mal, schnell augenblicklich muß
Der Tausch geschehen zwischen Zeitlichem
3405 Und Ewigem, und Gott gewährte meiner Lady
In diesem Augenblick, der Erde Hoffnung
Zurück zu stoßen mit entschloßner Seele,
Und glaubenvoll den Himmel zu ergreifen.

3399a: Sie wendet] wendet a. — 3401a: worin] in der a. — wieder] fehlt
in a c.

Kein Merkmal bleicher Furcht, kein Wort der Klage
3410 Entehrte meine Königin — Dann erst,
      Als sie Lord Lesters schändlichen Verrath
      Vernahm, das unglückselige Geschick
      Des werthen Jünglings, der sich ihr geopfert,
      Des alten Ritters tiefen Jammer sah,
3415 Dem seine letzte Hoffnung starb durch sie,
      Da flossen ihre Thränen, nicht das eigne Schicksal,
      Der fremde Jammer preßte sie ihr ab.

Melvil.

Wo ist sie jetzt? Könnt ihr mich zu ihr bringen?

Kennedy.

Den Rest der Nacht durchwachte sie mit Beten,
3420 Nahm von den theuern Freunden schriftlich Abschied,
      Und schrieb ihr Testament mit eigner Hand.
      Jetzt pflegt sie einen Augenblick der Ruh,
      Der letzte Schlaf erquickt sie.

Melvil.

Wer ist bei ihr?

Kennedy.

Ihr Leibarzt Burgoyn, und ihre Frauen.

Zweiter Auftritt.

Margaretha Kurl zu den Vorigen.

Kennedy.

3425 Was bringt ihr, Mistreß? Ist die Lady wach?

Kurl (ihre Thränen trocknend).

Schon angekleidet — Sie verlangt nach euch.

Kennedy.

Ich komme.

(Zu Melvil, der sie begleiten will.)

3409: Merkmal) Merkmahl C. — 3424: Ihr Leibarzt — und] Margrethe Kurl
und Reves, ab. — Frauen] Burgoyn: (dann folgen V. 3455—3459.) c. —
3424a: Margaretha — Vorigen] Vorige. Margaretha Kurl. a. —
3425: Lady] Königin a b. — 3427: sie begleiten] ihr folgen a.

Folgt mir nicht, bis ich die Lady
Auf euren Anblick vorbereitet.

(Geht hinein.)

Kurl.

Melvil!

Der alte Haushofmeister!

Melvil.

Ja, der bin ich!

Kurl.

3430 O dieses Haus braucht keines Meisters mehr!
— Melvil! Ihr kommt von London, wißt ihr mir
Von meinem Manne nichts zu sagen?

Melvil.

Er wird auf freien Fuß gesetzt, sagt man,
Sobald —

Kurl.

Sobald die Königin nicht mehr ist!
3435 O der nichtswürdig schändliche Verräther!
Er ist der Mörder dieser theuren Lady,
Sein Zeugniß, sagt man, habe sie verurtheilt.

Melvil. 202

So ists.

Kurl.

O seine Seele sey verflucht
Bis in die Hölle! Er hat falsch gezeugt —

Melvil.

3440 Milady Kurl! Bedenket eure Reden.

Kurl.

Beschwören will ichs vor Gerichtes Schranken,
Ich will es ihm ins Antlitz wiederholen,
Die ganze Welt will ich damit erfüllen.
Sie stirbt unschuldig —

Melvil.

O das gebe Gott!

Dritter Auftritt.

Burgoyn zu den Vorigen. Hernach Hanna Kennedy.

Burgoyn (erblickt Melvil).

3445 O Melvil!

Melvil (ihn umarmend).

Burgoyn!

Burgoyn (zu Margaretha Kurl).

Besorget einen Becher
Mit Wein für unsre Lady. Machet hurtig.

(Kurl geht ab.)

Melvil.

Wie? Ist der Königin nicht wohl?

Burgoyn.

Sie fühlt sich stark, sie täuscht ihr Heldenmuth.
Und keiner Speise glaubt sie zu bedürfen,
3450 Doch ihrer wartet noch ein schwerer Kampf,
Und ihre Feinde sollen sich nicht rühmen,
Daß Furcht des Todes ihre Wangen bleichte,
Wenn die Natur aus Schwachheit unterliegt.

Melvil (zur Amme, die hereintritt).

Will sie mich sehn?

Kennedy.

Gleich wird sie selbst hier seyn.

3455 — Ihr scheint euch mit Verwundrung umzusehn,
Und eure Blicke fragen mich: was soll
Das Prachtgeräth in diesem Ort des Todes?
— O Sir! Wir litten Mangel, da wir lebten,
Erst mit dem Tode kommt der Ueberfluß zurück.

3444 a: Burgoyn — Kennedy.] Vorige. Burgoyn. Ihm folgen zwei
andere Kammerfrauen der Marie. Alle weinend und in Trauer. a. — (erblickt
Melvil)] fehlt in a. — Burgoyn .. O Melvil — Burgoyn!] fehlt an dieser
Stelle in c. — 3445: O Melvil] Melvil a. — (ihn umarmend) fehlt in a. —
Burgoyn!] Burgoyn! (Stumme Umarmung.) a b. — Burgoyn.] Ken. c. —
3445—3461: Burgoyn .... Besorget — Rosamund. Zweite] fehlt in a b. —
3446: Machet hurtig!] fehlt in c. — 3455 a: die] welche F K.

Vierter Auftritt.

Vorige. Zwei andre Kammerfrauen der Maria, gleichfalls in Trauerkleidern. Sie brechen bei Melvils Anblick in laute Thränen aus.

Melvil.

3460 Was für ein Anblick! Welch ein Wiedersehn!
Gertrude! Rosamund!

Zweite Kammerfrau.
204

Sie hat uns von sich
Geschickt! Sie will zum letztenmal allein
Mit Gott sich unterhalten!

(Es kommen noch zwei weibliche Bediente, wie die vorigen in Trauer, die mit stummen Gebärden ihren Jammer ausdrücken.)

Fünfter Auftritt.

Margaretha Kurl zu den Vorigen. Sie trägt einen goldnen Becher mit Wein, und setzt ihn auf den Tisch, indem sie sich bleich und zitternd an einen Stuhl hält.

Melvil.

Was ist euch, Mistreß? Was entsetzt euch so?

Kurl.

3465 O Gott!

Burgoyn.

Was habt ihr?

Kurl.
Was mußt' ich erblicken!

Melvil.

Kommt zu euch! Sagt uns, was es ist.

3459a—3461: Melvil. Was für — Rosamund!)] Burg. O, Melvil! — Mel. O, Burgoyn! (they embrace silently) c. — 3461: Zweite Kammerfrau] First Woman. (to the nurse.) c. — 3463a: (Es kommen — ausdrücken)] fehlt in a. — Fünfter Auftritt.] Vierter Auftritt a. — Margaretha — Stuhl hält] Vorige. Noch zwei weibliche Bediente in Trauer, die ihren Jammer stumm ausdrücken. Ihnen folgt Hanna Kennedy (die sich zitternd und bleich an einen Stuhl hält.) a. — einen Stuhl} einem Stuhl B C J K M. — 3464a: Kurl] a b haben während des ganzen Auftritts Kennedy statt Kurl.

Kurl.

Als ich

Mit diesem Becher Wein die große Treppe
Herauf stieg, die zur untern Halle führt,
Da that die Thür sich auf — ich sah hinein —
3470 Ich sah — o Gott! —

Melvil.

Was saht ihr? Faßet euch!

Kurl.

Schwarz überzogen waren alle Wände,
Ein groß Gerüst, mit schwarzem Tuch beschlagen,
Erhob sich von dem Boden, mitten drauf
Ein schwarzer Block, ein Kissen, und daneben
3475 Ein blankgeschliffnes Beil — Voll Menschen war
Der Saal, die um das Mordgerüst sich drängten,
Und heiße Blutgier in dem Blick, das Opfer
Erwarteten.

Die Kammerfrauen.

O Gott sey unfrer Lady gnädig!

Melvil.

Faßt euch! Sie kommt!

Sechster Auftritt.

Die Vorigen. Maria. Sie ist weiß und festlich gekleidet, am Halse trägt
sie an einer Kette von kleinen Kugeln ein Agnus Dei, ein Rosenkranz hängt am
Gürtel herab, sie hat ein Cruzifix in der Hand, und ein Diadem in den Haaren,
ihr großer schwarzer Schleier ist zurückgeschlagen. Bei ihrem Eintritt weichen die
Anwesenden zu beiden Seiten zurück, und drücken den heftigsten Schmerz aus.
Melvil ist mit einer unwillkührlichen Bewegung auf die Kniee gesunken.

Maria.

(mit ruhiger Hoheit im ganzen Kreise herumsehend)
3480 Was klagt ihr? Warum weint ihr? Freuen solltet

3466—3468: Als ich — Halle führt] Als ich die Treppe
Hinabstieg, die zur untern Halle führt,
Den Ritter Paulet zu der Königin zu rufen, ab.
3470: Faßet euch!] fehlt in a c. — 3473: Die Kammerfrauen] Kammerfrauen. a.
— Die Kammerfrau K. — 3479 a: Sechster Auftritt.] Fünfter Auftritt. a.
— Die Vorigen] Vorige a. — Sie ist weiß] weiß a. — herumsehend] umhersehend) a.

Ihr euch mit mir, daß meiner Leiden Ziel
Nun endlich naht, daß meine Bande fallen,
Mein Kerker aufgeht, und die frohe Seele sich
Auf Engelsflügeln schwingt zur ew'gen Freiheit.
3485 Da, als ich in die Macht der stolzen Feindin
Gegeben war, Unwürdiges erduldend,
Was einer freien großen Königin
Nicht ziemt, da war es Zeit, um mich zu weinen!
— Wohlthätig, heilend, nahet mir der Tod,
3490 Der ernste Freund! Mit seinen schwarzen Flügeln
Bedeckt er meine Schmach — den Menschen adelt,
Den tiefstgesunkenen, das letzte Schicksal.
Die Krone fühl ich wieder auf dem Haupt,
Den würd'gen Stolz in meiner edeln Seele!

(Indem sie einige Schritte weiter vortritt.)

3495 Wie? Melvil hier? — Nicht also, edler Sir!
Steht auf! Ihr seid zu eurer Königin
Triumph, zu ihrem Tode nicht gekommen.
Mir wird ein Glück zu Theil, wie ich es nimmer
Gehoffet, daß mein Nachruhm doch nicht ganz
3500 In meiner Feinde Händen ist, daß doch
Ein Freund mir, ein Bekenner meines Glaubens
Als Zeuge dasteht in der Todesstunde.
— Sagt, edler Ritter! Wie erging es euch,
In diesem feindlichen, unholden Lande,
3505 Seitdem man euch von meiner Seite riß?
Die Sorg' um euch hat oft mein Herz bekümmert.

Melvil.

Mich drückte sonst kein Mangel, als der Schmerz
Um dich, und meine Ohnmacht, dir zu dienen!

Maria.

Wie stehts um Didier, meinen alten Kämmrer?
3510 Doch der getreue schläft wohl lange schon
Den ew'gen Schlaf, denn er war hoch an Jahren.

207

3481: meiner] meiner langen a c. — 3492: tiefstgesunkenen] tiefgesunkensten a. — tiefgesunkenen J R. — 3494: edeln] edlen a. — 3498: Glück] Loos c.

Melvil.

Gott hat ihm diese Gnade nicht erzeigt,
Er lebt, um deine Jugend zu begraben.

Maria.

Daß mir vor meinem Tode noch das Glück
3515 Geworden wäre, ein geliebtes Haupt
Der theuern Blutsverwandten zu umfassen!
Doch ich soll sterben unter Fremdlingen,
Nur eure Thränen soll ich fließen sehn!
— Melvil, die letzten Wünsche für die Meinen
3520 Leg' ich in eure treue Brust — Ich segne
Den allerchristlichsten König, meinen Schwager,
Und Frankreichs ganzes königliches Haus —
Ich segne meinen Oehm, den Kardinal,
Und Heinrich Guise, meinen edlen Vetter.
3525 Ich segne auch den Papst, den heiligen
Statthalter Christi, der mich wieder segnet,
Und den katholschen König, der sich edelmüthig
Zu meinem Retter, meinem Rächer anbot —
Sie alle stehn in meinem Testament,
3530 Sie werden die Geschenke meiner Liebe,
Wie arm sie sind, darum gering nicht achten.

              (Sich zu ihren Dienern wendend.)

Euch hab' ich meinem königlichen Bruder
Von Frankreich anempfohlen, er wird sorgen
Für euch, ein neues Vaterland euch geben.
3535 Und ist euch meine letzte Bitte werth,
Bleibt nicht in England, daß der Britte nicht
Sein stolzes Herz an eurem Unglück weide,
Nicht die im Staube seh', die mir gedient.
Bei diesem Bildniß des Gekreuzigten

3516: Der theuern Blutsverwandten] Vom theuren Blut der Stuart a c. —
theuern] theuren M. — 3518: eure — sehn!] meine Diener sollen um mich weinen.
a b c. — 3529: Testament] Testamente a. — 3533: anempfohlen] empfohlen a. —
3537: Herz] Haupt a. — 3538: gedient] einst angehörten a b.

3540 Gelobet mir, dieß unglückselge Land
Alsbald, wenn ich dahin bin, zu verlassen!

Melvil (berührt das Crucifix).

Ich schwöre dir's, im Namen dieser aller.

Maria.

Was ich, die arme, die beraubte, noch besaß,
Worüber mir vergönnt ist frei zu schalten,
3545 Das hab' ich unter euch vertheilt, man wird,
Ich hoff es, meinen letzten Willen ehren.
Auch was ich auf dem Todeswege trage,
Gehöret euch — Vergönnet mir noch einmal
Der Erde Glanz auf meinem Weg zum Himmel!

(Zu den Fräulein.)

3550 Dir, meine Alix, Gertrud, Rosamund,
Bestimm' ich meine Perlen, meine Kleider,
Denn eure Jugend freut sich noch des Putzes.
Du, Margaretha, hast das nächste Recht
An meine Großmuth, denn ich lasse dich
3555 Zurück als die Unglücklichste von allen.
Daß ich des Gatten Schuld an dir nicht räche,
Wird mein Vermächtniß offenbaren — Dich,
O meine treue Hanna, reizet nicht
Der Werth des Goldes, nicht der Steine Pracht,
3560 Dir ist das höchste Kleinod mein Gedächtniß.
Nimm dieses Tuch! Ich habs mit eigner Hand
Für dich gestickt in meines Kummers Stunden,
Und meine heißen Thränen eingewoben.
Mit diesem Tuch wirst du die Augen mir verbinden,
3565 Wenn es so weit ist — diesen letzten Dienst
Wünsch' ich von meiner Hanna zu empfangen.

Kennedy.

O Melvil! Ich ertrag' es nicht!

209

3542: dieser aller] aller a. — 3549 a: (Zu den Fräulein)] fehlt in a. — 3558: O
meine] Meine a. — 3559: nicht] fehlt in a.

Maria.

Kommt alle!

Kommt und empfangt mein letztes Lebewohl!

*(Sie reicht ihre Hände hin, eins nach dem andern fällt ihr zu Füßen und küßt
die dargebotne Hand unter heftigem Weinen.)*

Leb' wohl, Margretha — Aliz, lebe wohl —

3570 Dank Burgoyn, für eure treuen Dienste —

Dein Mund brennt heiß, Gertrude — Ich bin viel

Gehasset worden, doch auch viel geliebt!

Ein edler Mann beglücke meine Gertrud,

Denn Liebe fodert dieses glühnde Herz —

3575 Bertha! Du hast das beßre Theil erwählt,

Die keusche Braut des Himmels willst du werden!

O eile, dein Gelübde zu vollziehn!

Betrüglich sind die Güter dieser Erden,

Das lern' an deiner Königin! — Nichts weiter!

3580 Lebt wohl! Lebt wohl! Lebt ewig wohl!

(Sie wendet sich schnell von ihnen, alle, bis auf Melvil, entfernen sich.)

Siebenter Auftritt.

Maria. Melvil.

Maria.

Ich habe alles Zeitliche berichtigt,

Und hoffe keines Menschen Schuldnerin

Aus dieser Welt zu scheiden — Eins nur ists,

Melvil, was der beklemmten Seele noch

3585 Verwehrt, sich frei und freudig zu erheben.

Melvil.

Entdecke mirs. Erleichtre deine Brust,

Dem treuen Freund vertraue deine Sorgen.

Maria.

Ich stehe an dem Rand der Ewigkeit,

3568: Lebewohl] Lebwohl (Druckfehler in A F). — 3569: Margretha] Margaretha
b J K M. — 3580 a: sich.] sich auf verschiedenen Seiten. a. — Siebenter Auftritt.] Sechster Auftritt. a. — Maria] Mary. (after the others are all
gone.) c.

Bald soll ich treten vor den höchsten Richter,
3590 Und noch hab' ich ben Heil'gen nicht versöhnt.
Versagt ist mir der Priester meiner Kirche.
Des Sakramentes heil'ge Himmelspeise
Verschmäh' ich aus den Händen falscher Priester.
Im Glauben meiner Kirche will ich sterben,
3595 Denn der allein ists, welcher selig macht.

Melvil.

Beruhige dein Herz. Dem Himmel gilt
Der feurig fromme Wunsch statt des Vollbringens.
Tyrannenmacht kann nur die Hände fesseln,
Des Herzens Andacht hebt sich frei zu Gott,
3600 Das Wort ist todt, der Glaube macht lebendig.

Maria.

Ach Melvil! Nicht allein genug ist sich
Das Herz, ein irdisch Pfand bedarf der Glaube,
Das hohe Himmlische sich zuzueignen.
Drum ward der Gott zum Menschen, und verschloß
3605 Die unsichtbaren himmlischen Geschenke
Geheimnißvoll in einen sichtbarn Leib.
— Die Kirche ists, die heilige, die hohe,
Die zu dem Himmel uns die Leiter baut,
Die allgemeine, die kathol'sche heißt sie,
3610 Denn nur der Glaube aller stärkt den Glauben,
Wo tausende anbeten und verehren,
Da wird die Glut zur Flamme, und beflügelt
Schwingt sich der Geist in alle Himmel auf.
— Ach die Beglückten, die das froh getheilte
3615 Gebet versammelt in dem Haus des Herrn!
Geschmückt ist der Altar, die Kerzen leuchten,
Die Glocke tönt, der Weihrauch ist gestreut,
Der Bischof steht im reinen Meßgewand,
Er faßt den Kelch, er segnet ihn, er kündet
3620 Das hohe Wunder der Verwandlung an,

212

<hr>

3592: Himmelspeise] Himmelsspeise B C F K M. — 3606: einem] einen a.

Und niederstürzt dem gegenwärt'gen Gotte
Das gläubig überzeugte Volk — Ach! Ich
Allein bin ausgeschlossen, nicht zu mir
In meinen Kerker dringt der Himmelsegen.

Melvil.

3625 Er dringt zu dir! Er ist dir nah! Vertraue
Dem Allvermögenden — der dürre Stab
Kann Zweige treiben in des Glaubens Hand!
Und der die Quelle aus dem Felsen schlug,
Kann dir im Kerker den Altar bereiten,   213
3630 Kann diesen Kelch, die irdische Erquickung,
Dir schnell in eine himmlische verwandeln.

    (Er ergreift den Kelch, der auf dem Tische steht.)

Maria.

Melvil! Versteh' ich euch? Ja! Ich versteh euch!
Hier ist kein Priester, keine Kirche, kein
Hochwürdiges — Doch der Erlöser spricht:
3635 Wo zwei versammelt sind in meinem Namen,
Da bin ich gegenwärtig unter ihnen.
Was weiht den Priester ein zum Mund des Herrn?
Das reine Herz, der unbefleckte Wandel.
— So seid ihr mir, auch ungeweiht, ein Priester,
3640 Ein Bote Gottes, der mir Frieden bringt.
— Euch will ich meine letzte Beichte thun,
Und euer Mund soll mir das Heil verkünden.

3622: gläubig] freudig a b. — 3624: Himmelsegen] Himmelssegen a M. —
3625–3631 a: (Er dringt — Tische steht)]

    Er dringt zu dir, er ist dir nah, ihn schließt
    Kein Tempel ein, kein Kerker schließt ihn aus.
    Nicht in der Formel ist der Geist enthalten,
    Den Ewigen begränzt kein irdisch Haus.
    Das sind nur Hüllen, nur die Scheingestalten
    Der unsichtbaren Himmelskraft:
    Es ist der Glaube, der den Gott erschafft. a.

3631 a: (Er ergreift — Tische steht)] in c nach Kelch, V. 2630. — 3641: Euch —
thun,] Euch, euch will ich mein letzt Bekenntniß thun, a.

Melvil.

Wenn dich das Herz so mächtig dazu treibt,
So wisse, Königin, daß dir zum Troste
3645 Gott auch ein Wunder wohl verrichten kann.
Hier sey kein Priester, sagst du, keine Kirche,
Kein Leib des Herrn? — Du irrest dich. Hier ist
Ein Priester, und ein Gott ist hier zugegen.

(Er entblößt bei diesen Worten das Haupt, zugleich zeigt er ihr eine Hostie in
einer goldenen Schale.)

— Ich bin ein Priester, deine letzte Beichte   214
3650 Zu hören, dir auf deinem Todesweg
Den Frieden zu verkündigen, hab' ich
Die sieben Weihn auf meinem Haupt empfangen,

3645—3672: Wenn dich — Gott der Wahrheit?]
   Wenn mich dein Herz dafür erklärt, so bin ich
   Für dich ein Priester, diese Kerzen sind
   Geweiht,[1] und wir stehn an heil'ger Stätte.
   Ein Sakrament ist jegliches Bekenntniß,
   Das du der ewigen Wahrheit thust. Spricht doch
   Im Beichtstuhl selbst der Mensch nur zu dem Menschen,
   Es spricht die Sündige den Sünder frei;
   Und eitel ist des Priesters Lösewort,
   Wenn dich der Gott nicht löst in deinem Busen.
   Doch kann es dich beruhigen, so schwör ich dir,
   Was ich jetzt noch nicht bin, ich will es werden.
   Ich will die Weih'n empfangen, die mir fehlen.
   Dem Himmel widm' ich künftig meine Tage;
   Kein irdisches Geschäft soll diese Hände
   Fortan entweih'n, die dir den Segen gaben
   Und dieses Priesterrecht, das ich voraus
   Mir nehme, wird der Pabst bestätigen.
   Das ist die Wohlthat unsrer heil'gen Kirche,
   Daß sie ein sichtbar Oberhaupt verehrt,
   Dem die Gewalt inwohnet, das Gemeine
   Zu heilgen und den Mangel zu ergänzen;
   Drum wenn der Mangel nicht in deinem Herzen,
   Nicht in dem Priester ist er — diese Handlung
   Hat volle Kraft, sobald du daran glaubst.
      (Marie kniet vor ihm nieder)
   Hast du dein Herz erforscht, schwörst du, gelobst du,
   Wahrheit zu reden vor dem Gott der Wahrheit? a b. — [1] Geweihet b.]

Und diese Hostie überbring ich dir
Vom heil'gen Vater, die er selbst geweihet.

Maria.

3655 O so muß an der Schwelle selbst des Todes
Mir noch ein himmlisch Glück bereitet seyn!
Wie ein Unsterblicher auf goldnen Wolken
Herniederfährt, wie den Apostel einst
Der Engel führte aus des Kerkers Banden,
3660 Ihn hält kein Riegel, keines Hüters Schwerdt,
Er schreitet mächtig durch verschloßne Pforten,
Und im Gefängniß steht er glänzend da,
So überrascht mich hier der Himmelsbote,
Da jeder ird'sche Retter mich getäuscht!

3665 — Und ihr, mein Diener einst, seid jetzt der Diener
Des höchsten Gottes, und sein heil'ger Mund!
Wie eure Kniee sonst vor mir sich beugten,
So lieg ich jetzt im Staub vor euch.

(Sie sinkt vor ihm nieder.)

Melvil.

(indem er das Zeichen des Kreuzes über sie macht)

Im Namen

Des Vaters und des Sohnes und des Geistes!
3670 Maria, Königin! Hast du dein Herz   215
Erforschet, schwörst du, und gelobest du
Wahrheit zu beichten vor dem Gott der Wahrheit?

Maria.

Mein Herz liegt offen da vor dir und ihm.

Melvil.

Sprich, welcher Sünde zeiht dich dein Gewissen,
3675 Seitdem du Gott zum letztenmal versöhnt?

3669: Im Namen] Hear, | Mary Queen of Scotland: — In the name c. —
3673: und ihm.] open.

Melvil.
What calls thee to the presence of the Highest!
Mary.
I humbly do acknowledge to have err'd
Most grievously, I tremble to approach,
Sullied with sin, the God of purity. c.

Maria.

Von neid'schem Hasse war mein Herz erfüllt,
Und Rachgedanken tobten in dem Busen.
Vergebung hofft ich Sünderin von Gott
Und konnte nicht der Gegnerin vergeben.

Melvil.

3680 Bereuest du die Schuld, und ists dein ernster
Entschluß, versöhnt aus dieser Welt zu scheiden?

Maria.

So wahr ich hoffe, daß mir Gott vergebe.

Melvil.

Welch andrer Sünde klagt das Herz dich an?

Maria.

Ach, nicht durch Haß allein, durch sünd'ge Liebe
3685 Noch mehr hab' ich das höchste Gut beleidigt.
Das eitle Herz ward zu dem Mann gezogen,
Der treulos mich verlassen und betrogen!

Melvil.

Bereuest du die Schuld, und hat dein Herz
Vom eiteln Abgott sich zu Gott gewendet?

Maria.

3690 Es war der schwerste Kampf, den ich bestand,
Zerrissen ist das letzte ird'sche Band.

Melvil.

Welch andrer Schuld verklagt dich dein Gewissen?

Maria.

Ach, eine frühe Blutschuld, längst gebeichtet,
Sie kehrt zurück mit neuer Schreckenskraft,
3695 Im Augenblick der letzten Rechenschaft,
Und wälzt sich schwarz mir vor des Himmels Pforten.
Den König, meinen Gatten, ließ ich morden,
Und dem Verführer schenkt' ich Herz und Hand!

216

3682: , daß — vergebe.] auf des Himmels Freuden. a b c. — 3693: frühe] freye
L. — gebeichtet] erlassen a b.

Streng büßt' ich's ab mit allen Kirchenstrafen,
3700 Doch in der Seele will der Wurm nicht schlafen.

Melvil.

Verklagt das Herz dich keiner andern Sünde,
Die du noch nicht gebeichtet und gebüßt?

Maria.

Jetzt weißt du alles, was mein Herz belastet.

Melvil.

217

Denk an die Nähe des Allwissenden!
3705 Der Strafen denke, die die heilge Kirche
Der mangelhaften Beichte droht! Das ist
Die Sünde zu dem ew'gen Tod, denn das
Ist wider seinen heil'gen Geist gefrevelt.

Maria.

So schenke mir die ew'ge Gnade Sieg
3710 Im letzten Kampf, als ich dir wissend nichts verschwieg.

Melvil.

Wie? deinem Gott verhehlst du das Verbrechen,
Um dessentwillen dich die Menschen strafen?
Du sagst mir nichts von deinem blutgen Antheil
An Babingtons und Parrys Hochverrath?
3715 Den zeitlichen Tod stirbst du für diese That,
Willst du auch noch den ew'gen dafür sterben?

Maria.

Ich bin bereit zur Ewigkeit zu gehn,
Noch eh sich der Minutenzeiger wendet,
Werd' ich vor meines Richters Throne stehn,
3720 Doch wiederhohl' ich's, meine Beichte ist vollendet.

Melvil.

Erwäg' es wohl. Das Herz ist ein Betrüger.
Du hast vielleicht mit list'gem Doppelsinn

<hr>

3702: gebeichtet und gebüßt?] bekannt und abgebüßt? a b. — 3705—3706: die die
heilge — Beichte droht!] den Meineid treffen, Der den Wahrhaftigen betrügt! a. —
3714: Hochverrath] Königsmord a b. — 3720: meine Beichte] mein Bekenntniß a b.

Das Wort vermieden, das dich schuldig macht,
Obgleich der Wille das Verbrechen theilte.
3725 Doch wisse, keine Gaukelkunst berückt
Das Flammenauge, das ins Innre blickt!

Maria.

Ich habe alle Fürsten aufgeboten,
Mich aus unwürd'gen Banden zu befrein,
Doch nie hab' ich durch Vorsatz oder That
3730 Das Leben meiner Feindin angetastet!

Melvil.

So hätten deine Schreiber falsch gezeugt?

Maria.

Wie ich gesagt, so ist's. Was jene zeugten,
Das richte Gott!

Melvil.

So steigst du, überzeugt
Von deiner Unschuld, auf das Blutgerüste?

Maria.

3735 Gott würdigt mich, durch diesen unverdienten Tod
Die frühe schwere Blutschuld abzubüßen.

Melvil. (macht den Segen über sie)

So gehe hin, und sterbend büße sie!
Sink' ein ergebnes Opfer am Altare,
Blut kann versöhnen, was das Blut verbrach,

3736 a: (macht — über sie)] fehlt in a b. — 3738—3757: Sink — vereinen.]
Du fehltest nur aus weiblichem Gebrechen.
Blut kann versöhnen, was das Blut verbrach,
Dem sel'gen Geiste folgen nicht die Schwächen
Der Sterblichkeit in die Verklärung nach.
Sinke als ein [1] ergebnes Opfer am Altar!
Gib hin dem Staube, was vergänglich war,
Die irrd'sche Schönheit und die irrd'sche Krone!
Und als ein schöner Engel schwinge dich
In seines Lichtes Freuden [2] Zone,
Wo keine Schuld mehr seyn wird und kein Weinen,
Gereinigt in den Schooß des ewig Reinen! a b.

[1 Sink ein b. — 2 Freudenreiche b. (Correctur in a.)]

3740 Du fehltest nur aus weiblichem Gebrechen,   219

Dem sel'gen Geiste folgen nicht die Schwächen

Der Sterblichkeit in die Verklärung nach.

Ich aber künde dir, kraft der Gewalt,

Die mir verliehen ist, zu lösen und zu binden,

3745 Erlassung an von allen deinen Sünden!

Wie du geglaubet, so geschehe dir!

(Er reicht ihr die Hostie.)

Nimm hin den Leib, er ist für dich geopfert!

(Er ergreift den Kelch, der auf dem Tische steht, consekrirt ihn mit stillem Gebet,
dann reicht er ihr denselben. Sie zögert, ihn anzunehmen, und weist ihn mit der
Hand zurück.)

Nimm hin das Blut, es ist für dich vergossen!

Nimm hin! Der Papst erzeigt dir diese Gunst!

3750 Im Tode noch sollst du das höchste Recht

Der Könige, das priesterliche üben!

(Sie empfängt den Kelch.)

Und wie du jetzt dich in dem ird'schen Leib

Geheimnißvoll mit deinem Gott verbunden,

So wirst du dort in seinem Freudenreich,

3755 Wo keine Schuld mehr sein wird, und kein Weinen,

Ein schön verklärter Engel, dich

Auf ewig mit dem Göttlichen vereinen.

(Er setzt den Kelch nieder. Auf ein Geräusch, das gehört wird, bedeckt er sich das
Haupt, und geht an die Thüre, Maria bleibt in stiller Andacht auf den Knien liegen.)

Melvil (zurückkommend).   220

Dir bleibt ein harter Kampf noch zu bestehn.

Fühlst du dich stark genug, um jede Regung

3760 Der Bitterkeit, des Hasses zu besiegen?

Maria.

Ich fürchte keinen Rückfall. Meinen Haß

Und meine Liebe hab' ich Gott geopfert.

Melvil.

Nun so bereite dich, die Lords von Lester

Und Burleigh zu empfangen. Sie sind da.

3657a: Er setzt — Haupt und] fehlt in a.

Achter Auftritt.

Die Vorigen. Burleigh. Leicester und Paulet. Leicester bleibt ganz in der Entfernung stehen, ohne die Augen aufzuschlagen. Burleigh, der seine Fassung beobachtet, tritt zwischen ihn und die Königin.

Burleigh.

3765 Ich komme, Lady Stuart, eure letzten
Befehle zu empfangen.

Maria.

Dank, Milord!

Burleigh.

Es ist der Wille meiner Königin,
Daß euch nichts billiges verweigert werde.

Maria.

221

Mein Testament nennt meine letzten Wünsche.
3770 Ich habs in Ritter Paulets Hand gelegt,
Und bitte, daß es treu vollzogen werde.

Paulet.

Verlaßt euch drauf.

Maria.

Ich bitte, meine Diener ungekränkt
Nach Schottland zu entlassen, oder Frankreich,
3775 Wohin sie selber wünschen und begehren.

Burleigh.

Es sey, wie ihr es wünscht.

Maria.

Und weil mein Leichnam
Nicht in geweihter Erde ruhen soll,
So dulde man, daß dieser treue Diener
Mein Herz nach Frankreich bringe zu den Meinen.
3780 — Ach! Es war immer dort!

Burleigh.

Es soll geschehn!

Habt ihr noch sonst —

3764a: Achter Auftritt.] Siebenter Auftritt. a. — Die Vorigen]
Vorige a. — Leicester und] Leicester a. — die Königin.] Marien. a. —
3776: sei, wie — wünsch] soll geschehn. abc. — 3790: Es soll geschehn!] Es sei,
wie ihr es wünschet. ac.

Maria.

Der Königin von England
Bringt meinen schwesterlichen Gruß — Sagt ihr,
Daß ich ihr meinen Tod von ganzem Herzen
Vergebe, meine Heftigkeit von gestern

3785 Ihr reuevoll abbitte — Gott erhalte sie,
Und schenk' ihr eine glückliche Regierung!

Burleigh.

Sprecht! Habt ihr noch nicht bessern Rath erwählt?
Verschmäht ihr noch den Beistand des Dechanten?

Maria.

Ich bin mit meinem Gott versöhnt — Sir Paulet!

3790 Ich hab' euch schuldlos vieles Weh bereitet,
Des Alters Stütze euch geraubt — O laßt
Mich hoffen, daß ihr meiner nicht mit Haß
Gedenket —

Paulet (giebt ihr die Hand).

Gott sey mit euch! Gehet hin im Frieden!

Neunter Auftritt.

Die Vorigen. Hanna Kennedy und die andern Frauen der Königin
dringen herein mit Zeichen des Entsetzens, ihnen folgt der Scherif, einen weißen
Stab in der Hand, hinter demselben sieht man durch die offen bleibende Thüre
gewaffnete Männer.

Maria.

Was ist dir, Hanna? — Ja, nun ist es Zeit!
3795 Hier kommt der Scherif, uns zum Tod zu führen.
Es muß geschieden seyn. Lebt wohl! lebt wohl!
(Ihre Frauen hängen sich an sie mit heftigem Schmerz; zu Melvil.)

3789: Sir Paulet!] My worthy Sir, (to Paulet c. — 3793a: Neunter Auf-
tritt.] Achter Auftritt. a. — Die Vorigen] Borige a. — Hanna Kennedy]
Kennedy a. — einen] mit einem a. — gewaffnete] bewaffnete a. — 3794: Lebt
wohl!] fehlt in a c. — 3796a: (Ihre Frauen — zu Melvil.)] Kennedy und Kurl.
Wir lassen
Dich nicht! Wir trennen uns nicht von dir!
Marie. abc.

Ihr, werther Sir, und meine treue Hanna,
Sollt mich auf diesem letzten Gang begleiten.
Milord versagt mir diese Wohlthat nicht!

Burleigh.

3800 Ich habe dazu keine Vollmacht.

Maria.
Wie?

Die kleine Bitte könntet ihr mir weigern?
Habt Achtung gegen mein Geschlecht! Wer soll
Den letzten Dienst mir leisten! Nimmermehr
Kann es der Wille meiner Schwester seyn,
3805 Daß mein Geschlecht in mir beleidigt werde,
Der Männer rohe Hände mich berühren!

Burleigh.

Es darf kein Weib die Stufen des Gerüstes
Mit euch besteigen — Ihr Geschrei und Jammern —

Maria.

Sie soll nicht jammern! Ich verbürge mich
3810 Für die gefaßte Seele meiner Hanna!
Seid gütig, Lord. O trennt mich nicht im Sterben
Von meiner treuen Pflegerin und Amme!
Sie trug auf ihren Armen mich ins Leben,
Sie leite mich mit sanfter Hand zum Tod.

Paulet (zu Burleigh).

3815 Laßt es geschehn.

Burleigh.

Es sey.

Maria.
Nun hab' ich nichts mehr

Auf dieser Welt —

(Sie nimmt das Crucifix, und küßt es.)

Mein Heiland! Mein Erlöser!

Wie du am Kreuz die Arme ausgespannt,
So breite sie jetzt aus, mich zu empfangen.

(Sie wendet sich zu gehen, in diesem Augenblick begegnet ihr Auge dem Grafen
Leicester, der bei ihrem Aufbruch unwillkührlich aufgefahren, und nach ihr hinge=
sehen — Bei diesem Anblick zittert Maria, die Knie versagen ihr, sie ist im
Begriff hinzusinken, da ergreift sie Graf Leicester, und empfängt sie in seinen
Armen. Sie sieht ihn eine Zeitlang ernst und schweigend an, er kann ihren Blick
nicht aushalten, endlich spricht sie.)

Ihr haltet Wort, Graf Lester — Ihr verspracht

3820 Mir euren Arm, aus diesem Kerker mich

Zu führen, und ihr leihet mir ihn jetzt!

(Er steht wie vernichtet. Sie fährt mit sanfter Stimme fort.)

Ja, Lester, und nicht bloß

Die Freiheit wollt ich eurer Hand verdanken.

Ihr solltet mir die Freiheit theuer machen,   225

3825 An eurer Hand, beglückt durch eure Liebe,

Wollt' ich des neuen Lebens mich erfreun.

Jetzt, da ich auf dem Weg bin, von der Welt

Zu scheiden, und ein sel'ger Geist zu werden,

Den keine irb'sche Neigung mehr versucht,

3830 Jetzt, Lester, darf ich ohne Schaamerröthen

Euch die besiegte Schwachheit eingestehn —

Lebt wohl, und wenn ihr könnt, so lebt beglückt!

Ihr durftet werben um zwei Königinnen,

Ein zärtlich liebend Herz habt ihr verschmäht,

3835 Verrathen, um ein stolzes zu gewinnen,

Kniet zu den Füßen der Elisabeth!

3818a: sich] sich um a. — dem Grafen Leicester] Leicestern a. — hinzusinken] zu
sinken a. — Graf Leicester] Leicester a. — 3821: jetzt!] jetzt!
Gekommen ist der lang ersehnte¹ Tag,
Und in Erfüllung geht², was ich mir
In süßen Träumen gaukelnd vorgebildet.
Mylord von Lester, der erwartete,
Der heiß ersehnte Freund, er ist erschienen
Zu Fotheringhayschloß, ich seh ihn mitten
In meinem Kerker stehen; Alles ist
Bereit zum Aufbruch, alle Pforten offen;
Ich schreite endlich über diese Schwelle
An seiner Hand und hinter mir auf ewig
Bleibt dieses traurige Gefängniß. — Alles
Erfüllet sich Mylord und Eure Ehre
Habt Ihr gelößt. abc. [¹ ersehnte. — ² gehet b.]

Mög' euer Lohn nicht eure Strafe werden!

Lebt wohl! — Jetzt hab' ich nichts mehr auf der Erden!

(Sie geht ab, der Scherif voraus, Melvil und die Amme ihr zur Seite, Burleigh
und Paulet folgen; die übrigen sehen ihr jammernd nach, bis sie verschwunden
ist, dann entfernen sie sich durch die zwei andern Thüren.)

Zehnter Auftritt.

Leicester allein zurückbleibend.

Ich lebe noch! Ich trag es, noch zu leben!
3840 Stürzt dieses Dach nicht sein Gewicht auf mich!
Thut sich kein Schlund auf, das elendeste
Der Wesen zu verschlingen! Was hab' ich
Verloren! Welche Perle warf ich hin!
Welch Glück der Himmel hab' ich weggeschleudert!
3845 — Sie geht dahin, ein schon verklärter Geist,
Und mir bleibt die Verzweiflung der Verdammten.
— Wo ist mein Vorsatz hin, mit dem ich kam,
Des Herzens Stimme fühllos zu erstiden?
Ihr fallend Haupt zu sehn mit unbewegten Bliden?
3850 Weckt mir ihr Anblick die erstorbne Schaam?
Muß sie im Tod mit Liebesbanden mich umstriden?
— Verworfener, dir steht es nicht mehr an,
In zartem Mitleid weibisch hinzuschmelzen,
Der Liebe Glück liegt nicht auf deiner Bahn,
3855 Mit einem eh'rnen Harnisch angethan
Sey deine Brust, die Stirne sey ein Felsen!
Willst du den Preiß der Schandthat nicht verlieren,
Dreist mußt du sie behaupten und vollführen!
Verstumme Mitleid, Augen, werdet Stein!
3860 Ich seh sie fallen, ich will Zeuge seyn.

(Er geht mit entschloßnem Schritt der Thüre zu, durch welche Maria gegangen,
bleibt aber auf der Mitte des Weges stehen.)

3838 a: bis sie — dann] fehlt in a. — sie sich] sich dann a. — die zwei andern]
die beiden andern a, zwei andere B C. — Zehnter Auftritt.] Neunter
Auftritt. a. — 3839: trag] mag a. — 3860 a: Er geht] Geht a. — der Mitte des
Weges] halben Wege a c.

Umsonst! Umsonst! Mich faßt der Hölle Grauen,

Ich kann, ich kann das Schreckliche nicht schauen,

Kann sie nicht sterben sehen — Horch! Was war das?

Sie sind schon unten — Unter meinen Füßen

3865 Bereitet sich das fürchterliche Werk.

    Ich höre Stimmen — Fort! Hinweg! Hinweg   227

Aus diesem Haus des Schreckens und des Todes!

(Er will durch eine andere Thür entfliehn, findet sie aber verschlossen, und
fährt zurück.)

Wie? fesselt mich ein Gott an diesen Boden?

Muß ich anhören, was mir anzuschauen graut?

3870 Die Stimme des Dechanten — Er ermahnet sie —

— Sie unterbricht ihn — Horch' — Laut betet sie —

Mit fester Stimme — Es wird still — Ganz still!

Nur Schluchzen hör' ich, und die Weiber weinen —

Sie wird entkleidet — Horch! Der Schemel wird

3875 Gerückt — Sie kniet aufs Kissen — legt das Haupt —

(Nachdem er die letzten Worte mit steigender Angst gesprochen, und eine Weile
inne gehalten, sieht man ihn plötzlich mit einer zuckenden Bewegung zusammen-
fahren, und ohnmächtig niedersinken, zugleich erschallt von unten herauf ein
dumpfes Getöse von Stimmen, welches lange forthallt.)

Eilfter Auftritt.

(Das zweite Zimmer des vierten Aufzugs.)

Elisabeth tritt aus einer Seitenthüre, ihr Gang und ihre Gebärden drücken
die heftigste Unruhe aus.

Noch Niemand hier — Noch keine Botschaft — Will es

Nicht Abend werden? Steht die Sonne fest

In ihrem himmlischen Lauf? — Ich soll noch länger

Auf dieser Folter der Erwartung liegen.

3880 — Ist es geschehen? Ist es nicht? — Mir graut   228

3867 a: Er will] will a. — 3875 a: sieht man ihn] fährt er a. — zusammen-
fahren] zusammen a. — und] und sinkt a. — niedersinken] nieder a. — Eilfter
Auftritt.] Zehnter Auftritt. a. — Das zweite Zimmer] Zimmer a. — des
vierten Aufzugs] der Königin. a. — ihr Gang — heftigste] mit der heftigsten a. —
Gebärden] Geberden K M. — aus.] in Gang und Gebärden a c. —

Vor beidem, und ich wage nicht zu fragen!
Graf Lester zeigt sich nicht, auch Burleigh nicht,
Die ich ernannt, das Urtheil zu vollstrecken.
Sind sie von London abgereißt — Dann ists
3885 Geschehn, der Pfeil ist abgedrückt, er fliegt,
Er trifft, er hat getroffen, gälts mein Reich,
Ich kann ihn nicht mehr halten — Wer ist da?

Zwölfter Auftritt.

Elisabeth. Ein Page.

Elisabeth.
Du kommst allein zurück — Wo sind die Lords?
Page.
Milord von Lester, und der Großschatzmeister —
      Elisabeth. (in der höchsten Spannung)
3890 Wo sind sie?

      Page.
    Sie sind nicht in London.
      Elisabeth.
                    Nicht?

— Wo sind sie denn?
      Page.   229
    Das wußte niemand mir zu sagen.
Vor Tages Anbruch hätten beide Lords
Eilfertig und geheimnißvoll die Stadt
Verlassen.
      Elisabeth (lebhaft ausbrechend).
    Ich bin Königin von England!
      (Auf und niedergehend in der höchsten Bewegung.)
3895 Geh! rufe mir — nein, bleibe — Sie ist todt!
Jetzt endlich hab' ich Raum auf dieser Erde.
— Was zittr' ich? Was ergreift mich diese Angst?

3881: beidem] beiden F. — 3887: ihn] sie a. — 3887a: Zwölfter Auftritt.]
Eilfter Auftritt. a. — 3894: (lebhaft ausbrechend)] fehlt in a. — 3894a: Auf
und — Bewegung] Geht äußerst bewegt auf und ab. a.

Das Grab deckt meine Furcht, und wer darf sagen,
Ich habs gethan! Es soll an Thränen mir
3900 Nicht fehlen, die Gefallne zu beweinen!

(Zum Pagen.)

Stehst du noch hier? — Mein Schreiber Davison
Soll augenblicklich sich hierher verfügen.
Schickt nach dem Grafen Schrewsbury — Da ist
Er selbst!   (Page geht ab.)

Dreizehnter Auftritt.

Elisabeth. Graf Schrewsbury.

Elisabeth.

Willkommen, edler Lord. Was bringt ihr?
3905 Nichts kleines kann es seyn, was euren Schritt   230
So spät hierher führt.

Schrewsbury.

Große Königin,

Mein sorgenvolles Herz, um deinen Ruhm
Bekümmert, trieb mich heute nach dem Tower,
Wo Kurl und Nau, die Schreiber der Maria
3910 Gefangen sitzen, denn noch einmal wollt' ich
Die Wahrheit ihres Zeugnisses erproben.
Bestürzt, verlegen weigert sich der Leutnant
Des Thurms, mir die Gefangenen zu zeigen,
Durch Drohung nur verschafft' ich mir den Eintritt.
3915 — Gott. Welcher Anblick zeigte mir sich da!
Das Haar verwildert, mit des Wahnsinns Blicken,
Wie ein von Furien gequälter, lag
Der Schotte Kurl auf seinem Lager — Kaum
Erkennt mich der Unglückliche, so stürzt er
3920 Zu meinen Füßen — schreiend, meine Knie
Umklammernd mit Verzweiflung, wie ein Wurm

3902: hierher] hieher ab R M. — 3904: Dreizehnter Auftritt.] Zwölfter
Auftritt. a. — Graf Schrewsbury] Schrewsbury a. — 3906: hierher] hieher
ab M. — 3915: Erkennt] Erkannte a. — stürzt] stürzt er a.

Vor mir gekrümmt — fleht er mich an, beschwört mich,
Ihm seiner Königin Schicksal zu verkünden;
Denn ein Gerücht, daß sie zum Tod verurtheilt sey,
3925 War in des Towers Klüfte eingedrungen.
Als ich ihm das bejahet nach der Wahrheit,
Hinzu gefügt, daß es sein Zeugniß sey,
Wodurch sie sterbe, sprang er wüthend auf,
Fiel seinen Mitgefangnen an, riß ihn
3930 Zu Boden, mit des Wahnsinns Riesenkraft,
Ihn zu erwürgen strebend. Kaum entrissen wir
Den Unglückselgen seines Grimmes Händen.
Nun kehrt' er gegen sich die Wuth, zerschlug
Mit grimmgen Fäusten sich die Brust, verfluchte sich
3935 Und den Gefährten allen Höllengeistern.
Er habe falsch gezeugt, die Unglücksbriefe
An Babington, die er als ächt beschworen,
Sie seien falsch, er habe andre Worte
Geschrieben, als die Königin diktirt,
3940 Der Böswicht Nau hab' ihn dazu verleitet.
Drauf rannt' er an das Fenster, riß es auf
Mit wüthender Gewalt, schrie in die Gassen
Hinab, daß alles Volk zusammen lief,
Er sey der Schreiber der Maria, sey
3945 Der Böswicht, der sie fälschlich angeklagt,
Er sey verflucht, er sey ein falscher Zeuge!

Elisabeth.

Ihr sagtet selbst, daß er von Sinnen war.
Die Worte eines Rasenden, Verrückten,
Beweisen nichts.

Schrewsbury.

Doch dieser Wahnsinn selbst
3950 Beweiset desto mehr! O Königin!
Laß dich beschwören, übereile nichts,
Befiehl, daß man von neuem untersuche.

3921: sein] sein eignes a b. — 3939: als] als ihm a.

Elisabeth.

Ich will es thun — weil ihr es wünschet, Graf,
Nicht weil ich glauben kann, daß meine Peers
3955 In dieser Sache übereilt gerichtet.
Euch zur Beruhigung erneure man
Die Untersuchung — Gut, daß es noch Zeit ist!
An unsrer königlichen Ehre soll
Auch nicht der Schatten eines Zweifels haften.

Vierzehnter Auftritt.

Davison zu den Vorigen.

Elisabeth.

3960 Das Urtheil, Sir, das ich in eure Hand
Gelegt — Wo ists?

Davison (im höchsten Erstaunen).
Das Urtheil?

Elisabeth.
Das ich gestern

Euch in Verwahrung gab —

Davison.
Mir in Verwahrung!

Elisabeth.   233

Das Volk bestürmte mich, zu unterzeichnen,
Ich mußt' ihm seinen Willen thun, ich thats,
3965 Gezwungen that ichs, und in eure Hände
Legt' ich die Schrift, ich wollte Zeit gewinnen,
Ihr wißt, was ich euch sagte — Nun! Gebt her!

Schrewsbury.
Gebt, werther Sir, die Sachen liegen anders,
Die Untersuchung muß erneuert werden.

3958: An unsrer] Recht gut, an unsrer a b c. — 3959: haften.] lieben. a. —
3959a: Vierzehnter Auftritt.] Dreizehnter Auftritt a. — Davison —
Vorigen.] Vorige. Davison. a. — 3961: Elisabeth] Elisabeth (dringender). a c.

Davison.

3970 Erneuert? — Ewige Barmherzigkeit!

Elisabeth.

Bedenkt euch nicht so lang'. Wo ist die Schrift?

Davison (in Verzweiflung).

Ich bin gestürzt, ich bin ein Mann des Todes!

Elisabeth (hastig einfallend).

Ich will nicht hoffen, Sir —

Davison.

Ich bin verlohren!

Ich hab' sie nicht mehr.

Elisabeth.

Wie? Was?

Schrewsbury.

Gott im Himmel!

Davison.

3975 Sie ist in Burleighs Händen — schon seit gestern.

Elisabeth.

234

Unglücklicher? So habt ihr mir gehorcht?
Befahl ich euch nicht streng, sie zu verwahren,

Davison.

Das hast du nicht befohlen, Königin.

Elisabeth.

Willst du mich Lügen strafen, Elender?
3980 Wann hieß ich dir die Schrift an Burleigh geben?

Davison.

Nicht in bestimmten, klaren Worten — aber —

Elisabeth.

Nichtswürdiger! Du wagst es, meine Worte
Zu deuten? Deinen eignen blutgen Sinn
Hinein zu legen? — Wehe dir, wenn Unglück
3985 Aus dieser eigenmächtgen That erfolgt,

3969a—3970: Davison. Erneuert — Barmherzigkeit!] fehlt in bABCDK. —
3972a: (hastig einfallend)] fehlt in a. — 3979: Willst du — Elender?] Verwegener!
Willst du mich Lügen strafen? bc. — Elender] frecher Bube a. — 3980: dir] dich
ab. — 3982: Nichtswürdiger!] fehlt in a.

Mit deinem Leben sollst du mirs bezahlen.
— Graf Schrewsbury, ihr sehet, wie mein Name
Gemißbraucht wird.

Schrewsbury.

Ich sehe — O mein Gott!

Elisabeth.

Was sagt ihr?

Schrewsbury.

Wenn der Squire sich dieser That
3990 Vermessen hat auf eigene Gefahr,
Und ohne deine Wissenschaft gehandelt,
So muß er vor den Richterstuhl der Peers
Gefodert werden, weil er deinen Namen
Dem Abscheu aller Zeiten Preiß gegeben.

235

Letzter Auftritt.

Die Vorigen. Burleigh, zuletzt Kent.

Burleigh

(beugt ein Knie vor der Königin).

3995 Lang lebe meine königliche Frau,
Und mögen alle Feinde dieser Insel
Wie diese Stuart enden!

(Schrewsbury verhüllt sein Gesicht, Davison ringt verzweiflungsvoll die Hände.)

Elisabeth.

Redet, Lord!

Habt ihr den tödtlichen Befehl von mir
Empfangen?

Burleigh.

Nein, Gebieterin! Ich empfing ihn
4000 Von Davison.

3994: Letzter Auftritt.] Vierzehnter Auftritt. a. — Die Vorigen.
Kent.] Vorige. Burleigh. a. — 3997: enden] endigen a. — 3997 a: verzweif‐
lungsvoll] verzweifelnd a. — 3998: tödtlichen] tödlichen C. — von mir] aus
meiner Hand a.

Elisabeth.

Hat Davison ihn euch
In meinem Namen übergeben?

Burleigh.

Nein!

Das hat er nicht —

Elisabeth.

Und ihr vollstrecktet ihn,
Rasch, ohne meinen Willen erst zu wissen?
Das Urtheil war gerecht, die Welt kann uns
4005 Nicht tadeln, aber euch gebührte nicht,
Der Milde unsres Herzens vorzugreifen —
Drum seid verbannt von unserm Angesicht!
(Zu Davison.)
Ein strengeres Gericht erwartet euch,
Der seine Vollmacht frevelnd überschritten,
4010 Ein heilig anvertrautes Pfand veruntreut.
Man führ' ihn nach dem Tower, es ist mein Wille,
Daß man auf Leib und Leben ihn verklage.
— Mein edler Talbot! Euch allein hab' ich
Gerecht erfunden unter meinen Räthen,
4015 Ihr sollt fortan mein Führer seyn, mein Freund —.

Schrewsbury.

Verbanne deine treusten Freunde nicht,
Wirf sie nicht ins Gefängniß, die für dich
Gehandelt haben, die jetzt für dich schweigen.
— Mir aber, große Königin, erlaube,
4020 Daß ich das Siegel, das du mir zwölf Jahre
Vertraut, zurück in deine Hände gebe.

Elisabeth (betroffen).

Nein, Schrewsbury! Ihr werdet mich jetzt nicht
Verlassen, jetzt —

4004 – 4007: Das Urtheil — Angesicht!]
Darum verbann' ich euch aus meinen Augen.
Wie ihr den Willen vorschnell mir gelieh'n,
So traget nun auch selbst den Fluch der That! abc.
4006: unsres] unsers M.

Schrewsbury.

Verzeih, ich bin zu alt,
Und diese grade Hand, sie ist zu starr,
4025 Um deine neuen Thaten zu versiegeln.

Elisabeth.

Verlassen wollte mich der Mann, der mir
Das Leben rettete?

Schrewsbury.

Ich habe wenig
Gethan — Ich habe deinen edlern Theil
Nicht retten können. Lebe, herrsche glücklich!
4030 Die Gegnerin ist todt. Du hast von nun an
Nichts mehr zu fürchten, brauchst nichts mehr zu achten.

(Geht ab.)

Elisabeth.

(zum Grafen Kent, der hereintritt)

Graf Lester komme her!

Kent.

Der Lord läßt sich
Entschuldigen, er ist zu Schiff nach Frankreich.

(Sie bezwingt sich und steht mit ruhiger Fassung da. Der Vorhang fällt.)

4031 a: Geht ab] Kent tritt ein a. — zum Grafen — hereintritt] zu Kent a. —
4033 a: Sie bezwingt — Fassung da.] fehlt in a c.

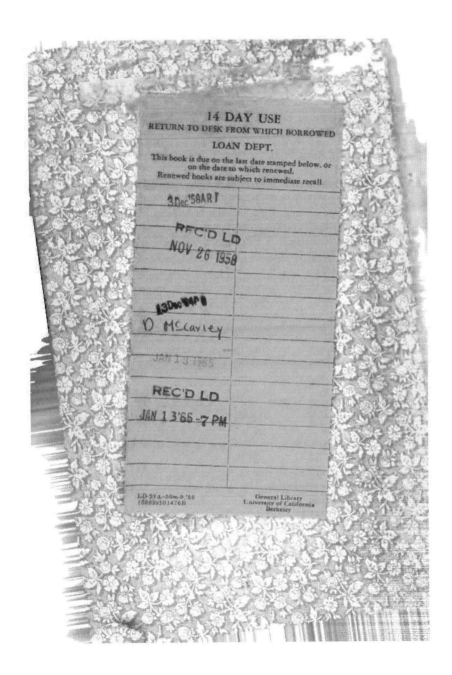